하나코는 없다

책임 편집 조연정

서울대학교 국어국문학과를 졸업하고 같은 과 대학원에서 박사학위를 받았다. 지은 책
으로 『만짐의 시간』 『#문학은_위험하다』(공저) 『여성 시학, 1980~1990』 『장전된 시간』
등이 있다. 현재 서울대학교 기초교육원 강의교수로 재직 중이며 『문학과사회』 편집동
인으로 활동하고 있다.

문지작가선 9 | 중단편선
하나코는 없다

펴낸날 2024년 11월 25일

지은이 최윤
책임 편집 조연정
펴낸이 이광호
주간 이근혜
편집 허단 김필균 이주이 윤소진 유하은
마케팅 이가은 최지애 허황 남미리 맹정현
제작 강병석
펴낸곳 ㈜문학과지성사
등록번호 제1993-000098호
주소 04034 서울 마포구 잔다리로7길 18(서교동 377-20)
전화 02)338-7224
팩스 02)323-4180(편집) 02)338-7221(영업)
대표메일 moonji@moonji.com
저작권 문의 copyright@moonji.com
홈페이지 www.moonji.com

ⓒ 최윤, 2024. Printed in Seoul, Korea

ISBN 978-89-320-4191-9 03810

문지작가선 9

하나코는 없다

최윤 중단편선

문학과지성사

차
례

회색 눈사람   7

당신의 물제비   57

워싱턴 광장   89

속삭임, 속삭임   113

하나코는 없다   155

열세 가지 이름의 꽃향기   195

밀랍 호숫가로의 여행   279

굿바이   315

동행   383

분홍색 상의를 입은 여자   419

해제
부재증명의 우정 | 조연정   446

회색 눈사람

거의 20년 전의 그 시기가 조명 속의 무대처럼 환하게 떠올랐다. 그 시기를 연상할 때면 내 머릿속에는 온통 청록색으로 뒤덮인 어두운 구도가 잡힌다. 그렇지만 어두운 구도의 한쪽에 쳐진 창문의 저쪽에서 새어 들어오는 따뜻한 빛이 있는 것도 같다. 그것은 혼란이었다. 그리고 무엇보다도 아픔이었다. 그것이 미완성이었기 때문에? 그러나 삶의 단계에 정말 완성이라는 것이 있기는 한 것인가. 아, 그때…… 하고 가볍게 일축해버릴 수 없는 과거의 시기가 있다. 짧지만 일생을 두고 영향을 미치는 그러한 시기. 그래도 일상의 반복의 힘은 강한 것이어서, 많은 시간 그 청록색의 구도 위에 눈비가 내리고 꽃이 지고 피면서 서서히 둔감한 상처처럼 더께가 내려앉아 있었던 모양이다.

우리 ─ 그렇다, 지금쯤은 우리라고 불러도 좋겠다 ─ 는 매일 매일 저녁을 알 수 없는 열기에 젖어 그 퇴락한 인쇄소에 갇혀서 보냈다. 서울 변두리의 허름한 상가 한 귀퉁이에 자리 잡고 있는 평범한 인쇄소였다. 우리는 거의 석 달을 매일 저녁 만나, 서로에 대해 아는 것이 없이 일에 매달렸다. 그 평범한 인쇄소의 이름이 왜 지금에 와서 아무리 생각해도 떠오르지 않는지 알 수 없다. 아주 정교하게 고안된 기억의 제동장치의 결과라고밖에는 그것을 달리 설명할 길이 없다.

그 시기가 다시 어제의 일로, 현재의 일로 다가온 것은 아주 우연히 시선을 던진 한 일간지의 서너 줄짜리 사회면 기사 때문이었다. 이미 이틀이나 지나버린 신문의 그 기사가 눈에 들어온 것은 그러니까 하나의 자그마한, 그러나 중대한 사건이었다. 왜냐하면 국립도서관의 자료실에 앉아 내가 뒤적여야 하는 것은 사회면이 아니라 사설란이었기 때문이다. 나는 나를 고용하고 있는 한 전직 교수의 저술을 위한 자료를 찾고 있었다.

나는 그 짧은 기사를 읽었다고 할 수 없다. 거의 번개 같은 속도로 나의 눈이 그 위를 훑었고, 읽기도 전에 그 내용을 파악했다는 편이 옳다. 커다랗게 확대되어 나의 이름이 눈에 들어왔고 그러자마자 내 심장이 미친 듯이 뛰었다. 그 뛰는 심장으로 한참을 망연히 앉아 있다가 나는 또 놀란 듯이 주변을 훑어보았다. 자료실 안의 이쪽 칸은 늘 그렇듯이 거의 비어 있다. 벌써 며칠 전부터 통계자료를 앞에 펼쳐놓고 반나절을 졸면서 보내는 안경 낀 한 남자가 있을 뿐이었다.

그제야 나는 입술을 움직거리면서 지극한 애무의 말을 연습하듯이 그 기사를 속살거리며 읽었다. 머릿속에 잘 들어오지 않는 공식을 암기하듯이 여러 번을. 그 기사는 다음과 같았다.

지난 26일 뉴욕의 센트럴 파크에서 한 한인 여인이 죽은 채로 발견되었다. 이 여인은 이미 오래전에 무효가 된 강하원(41세)이라는 이름의 여권을 지니고 있었으며 한인회는 그녀의 신분을 부인한 바 있다. 불법 체류자 명단에 올라 있던 이 여인의 사인은 쇠약에 의한 아사로 판명되었다.

나는 날짜를 확인하고 다른 일간지의 사회면을 뒤지기 시작했다. 다른 어떤 신문에서도 그와 비슷한 기사는 찾아볼 수 없었다. 나는 다시 펼쳐진 신문의 면으로 돌아왔다. 격렬했던 심장의 고동이 잦아들고 서서히 저 깊은 곳에서부터 이상한 감각이 약한 경련을 동반하면서 밀려 올라왔다. 맨 먼저 그것은 오랫동안 그래왔던 것처럼 도저히 수리될 수 없을 것 같은 후회의 감정이었다. 어떤 구체적인 대상을 지닌 것도 아니었다. 그리고 그 후회의 자리에 서서히 들어앉은 것은 역설적이게도 안도감이었다.

그때의 우리들 중 내가 아닌 누군가가 이 기사를 보았더라면 어떤 반응을 보였을까? 이럴 때는 서로에게 한시라도 빨리 연락을 취하려고 전화기 쪽으로 달려가는 것이 옳지 않은가? 그러나 어느 누구도 이 기사를 보지 못하고 지나쳤을지도 모른다. 그보다는 내가 그들에게서 잊힌 지가 너무 오래되었다. 그들은 어쩌면 신문의 기사보다 훨씬 앞서 이런 종류의 일을 예상했을 수도 있다.

그럼에도 불구하고 나의 손은 성급하게 가방 속의 낡은 주소록을 뒤지고 있었다. 지금은 연락을 취해봐야 쉽사리 만나보기가 어려운 바쁜 위치에 놓인 사람들의 주소는 한 번도 사용되지 않은 채 남아 있었다.

나는 떨리는 손으로 볼펜의 날을 세워 기사 가장자리에 깊은 금을 그으면서 그것을 오려냈다. 오려낸 기사를 나는 수첩 안쪽으로 깊이 밀어 넣었다. 보던 자료들과 짐을 정리하고 나는 국립도서관을 나왔다. 가을 하늘은 무연히 맑았다.

그 시절 우리 — 왜 나는 우리라는 단어 앞에서 여전히 수줍고 불편함을 겪는가 — 는 모두 넷이었다. 물론 우리는 처음부터 우리가 아니었다. 그들을 알았던 많은 사람들은 나의 이 우리라는 단어의 사용에 반대할 수도 있다. 그러나 나는 감히, 그들의 견해와는 무관하게 이 단어를 쓰기로 한다.

우리를 만들어준 것은 알렉세이 아스타체프의 『폭력적 시학: 무명 아나키스트의 전기』였다. 그러나 이 무의미한 책의 제목이 중요한 것은 아니다. 그저 기억에 남는 한 책의 이름일 뿐이다.

대학에서의 첫 학기가 끝나자마자 나는 교재를 내다 팔고 다음 학기 교재를 구입해야 하는 어려운 시절을 보내고 있었다. 그 인연으로 여러 번 들락거리던 청계천의 한 헌책방에서 나는 이 무명 저자의 책을 라면값에 구입했다. 이제는 까마득하게 멀기만 한 까만 장정의 그 책은 "동지여, 당신에게 용기가 있거든 두 손을 속박하는 이 책을 던져버리시오. 당신에게 의식이 있다면 이 책을 읽고 이것마저도 불에 태우시오……" 뭐 이 비슷한 어조의 선동적인 인용문으로 시작하고 있었다.

나는 그즈음, 당시에는 금서로 지정되어 있었던 이런 종류의 책을 헌책방에서 열심히 주워 모으면서 총기라도 수집하는 듯한 쾌감을 느끼고 있었다. 그렇지만 돈이 떨어지면 언젠가는 다시 내다 팔아야 하는 일종의 저금 형식이었고 내 자취방을 떠나야 하는 운명의 책들이었기 때문에 열심히 탐독했다. 그 시절 나는 그저 생활비를 절약하기 위해 청계천의 헌책방을 들락거릴 수밖에 없는 가난한 학생일 뿐이었다. 가장 평범하고 보잘것없는. 게다가 나는 누군가가 고향에서 올라와 나를 잡아가리라는 막연한 불안에 시달리고 있었다. 그리 되면 이 작은 방 한 칸도 내주고 다시 끌려가야 할 것이기 때문에 어디에서고 나는 자유로울 수가 없었다.

강의는 듣는 둥 마는 둥 하고 어떤 때는 용돈만 된다면 낮에도 코흘리개 아이들 과외수업부터 시작해서 밤늦게까지 국·영·수는 물론이요, 때로는 한 번도 배워본 적이 없는 이히 빈 두 비스트, 코망 탈레 부를 당일치기로 예습해서 가르치는 일도 비일비재한 때였다. 언제 들통이 날지 모르는 이런 일이 생기면 무조건 맡아 우선 돈을 축적해두는 것이 문제였다. 한밤중에 나의 차가운 방으로 돌아와서는 갓 배우기 시작한 끽연이 유일한 낙이었다.

과외수업 하나도 걸려들지 않는 운이 없는 학기가 있었다. 나는 학기가 끝나기도 전에 책을 싸들고 자취방이 있는 Y동 꼭대기에서 청계천까지 걸어갔다. 과외수업이 걸려들지 않는 학기는 헌책도 잘 안 팔리는 모양이었다. 내가 싸가지고 간 교재들은 책방 구석에 무더기로 쌓여 있었다. 바로 그런 이유로 나는 안─그의 이름은 밝히지 않기로 하자─을 만났다. 내가 벌써 여러 달 전에 구입해 제목조차 가물가물한 알렉세이 아스타체프라는 사람의 책을 어떤 사람이 찾고 있다고 하면서 책방 주인은 전화번호 하나를 건네주었다. 사방이 맥주병 바닥의 두꺼운 유리처럼 어두웠던 날이었다. 나의 배고픔은 하루를 넘기지 못하고, 남아 있는 단 한 개의 동전을 전화기 속에 밀어 넣었다.

어떤 구체적인 소속을 상상할 수 없는 사람들이 있다. 어디서 왔는지, 가족이 있는지…… 마치 공중의 전선에 매달려 있다가 어느 날 앞에 나타나 아무렇지도 않은 듯 이 얘기 저 얘기 나누다가 사라져버리는 그런 사람들 말이다. 그렇지만 그러한 겉모양과는 달리 안의 소개는 구체적이었다. 그는 명함이나 카드 등속을 만들어내는 작은 인쇄소를 운영하고 음악 감상이 취미이며 가령 에릭 사티 같은 사람을 아버지로 두고 있다고 말했다. 나는 그러한 사실들에서 공통점을 발견할 수가 없었고, 그런 일에 능동적인 관심을 가지기에는 당면한 가난에 질려 있었다. 음악이라고는 라디오 이외의 것을 접해본 적이 없는 나는 그의 농담을 이해하는 데에, 그의 아버지라는 이상한 이름의 사람이 외국의 작곡가라는 사실을 아는 데 무려 2개월이나 걸렸다. 나는 내가 가지고 간 책을 일주일 치 생활비로 넘겼다. 확인도 하지 않고 책을 가방 속에 집어넣은 그는 덤덤하게 말했다.

"보아하니 사정이 딱한 모양인데 당신이 할 수 있는 일을 찾아봅시다."

나의 어떤 모습이 그로 하여금 이런 말을 하게 했었을까? 누추한 복장? 태어날 때부터 우울을 짊어져 쪼그라든 마른 체구? 그것은 나의 시선 저 깊숙이 숨겨져 있는 갈구의 빛 때문이었을지도 모른다. 그것이 무엇이었든 간에 그날의 나는 미신적인 기적 외에 바랄 것이 없는 상태였다.

이틀 후에 나는 약속대로 그를 다시 만났고, 그 후부터 일주일에 세 번 오후 시간에 그의 인쇄소에서 잡일을 보기 시작했다. 교정을 보기도 했고, 인쇄되어 나온 카드나 청첩장을 반으로 접는 일 등이 주어졌다. 어떤 때는 배달도 맡았다. 안과의 만남은 내게 일자리와 약간의 생기를 동시에 주었다. 하지만 나는 여전히 자기의 취미를 음악 감상이라고 하는 사람을 믿을 수 없었다.

새 학기에 휴학을 할 작정으로 나는 전적으로 인쇄소 일을 보았다. 잡일에 조판하는 일이 추가되었고, 배달을 하는 일이 더욱 잦아졌다. 일이 많지도 않았고 퇴근 시간은 인쇄소에서 일하는 세 사람이 어김없이 지켰기 때문에, 저녁 시간이면 나는 아직 생소한 서울 거리를 헤매다가 자취방으로 돌아가곤 했다. 연탄은 늘 꺼져 있기가 일쑤여서 밥 짓는 일이 힘에 겨웠고 어딘가에서 주운 다리미를 엎어 책으로 받쳐놓고 그 위에다 싸구려 빵 조각을 덥혀 끼니를 때웠다.

나는 그 시절, 내가 틀림없이 곧 죽게 되리라고 생각하고 있었다. 나는 막연히 죽는 일자까지를 상상해두었다. 그것이 그 해가 될지 다음 해가 될지는 몰랐지만 4월일 것이 틀림없었고, 나의 죽음은 누구의 관심도 끌지 못한 채 한참이 지나서야 나의 단 하나의 혈육인 이모에게 알려질 것이었다. 어쩌면 이모는 "저것이 고렇게 도둑질까지 하고 도망을 쳐대더니 결국 제명을 다하지도 못했구먼……" 하며 안도의 한숨을 내쉴는지도 모른다. 나의 죽음이 이렇게 구체적으로 다가올 때 나는 안절부절못하면서 좁은 방 안을 휘둘러보았다. 그렇지만 방에서 한 발자국도 나갈 수 없었다.

이런 순간 가끔 안의 얼굴이 떠올랐다. 그 사실에 나 자신이 먼저 놀랄 수밖에 없었다. 안을 알게 된 지 벌써 여러 주가 지났지만 그가 인쇄소에 나타나는 경우는 드물었고, 그와 개인적으로 말을 나눌 기회는 그 후 한 번도 주어지지 않은 상황에서, 어처구니없는 연상이었기 때문이었다. 딱한 애야, 안은 서울에서 네게 친절을 베풀어준 단 하나의 사람이기 때문이야, 나는 자신에게 중얼거리곤 했다. 이럴 때면 유독 앉은뱅이책상 위에 놓여 있는 단 한 권의 두꺼운 외국어 책자가 눈에 들어왔다. 이탈리아 역사가의 독일어본 저서였는데, 나는 유서를 쓰듯이 그 책의 번역에 매달렸다. 이탈리아어도 독일어도 제대로 배운 적이 없는 내가 할 수 있는 구차한 도전이었다.

이렇게 마구 엉겨 붙는 세 나라 말의 문법처럼 내게 삶은 불가해하고 생소한 것이었던 반면, 최소한 죽음의 느낌은 분명한 것이었고 쉽사리 친해질 수 있는 것이었다.

겨울에 들어서자 인쇄소에 연하장과 부고문의 주문이 쇄도해 늦게까지 일하는 날이 많아졌다. 그래도 일주일에 두 번 이상은 정상으로 근무가 끝났다. 인쇄소 일을 안 대신 도맡아 하는 장 아저씨는 대목을 놓쳐 아쉬운 것 같았지만, 안의 전화를 받으면 한 번도 거역하지 않고 정상 시간에 인쇄소를 비웠다. 그 대신 주말이라는 것이 없었다. 나는 매일 방 밖으로 나올 수 있는 기회를 가진 행운에 감사했다. 아무도 인쇄소 주인인 안에 대해 말하지 않았고, 나 또한 그에 대해 말을 꺼낼 분위기가 만들어져 있지 않았다.

　연하장 주문이 끝나고 나니 이젠 정말 참기 힘든 겨울이었다. 나는 고향으로, 이모에게로 되돌아가지 않으려고 안간힘을 썼다. 한번 가면 통곡을 하면서 사죄를 하고 그냥 주저앉을 것 같았기 때문이다. 인쇄소의 기계적인 일은 내게 너무도 큰 위안이었다. 외로움이 컸을 때 나는 간호보조원이 되어 서울에 와 있는 고향 친구를 찾아갔다. 때마침 친구는 침대에 누워 있어 나의 근황이나 집주소를 물을 정도의 경황이 없었다. 친구는 맹장염 수술을 받아 누워 있다고 말했는데 나는 그 애가 근무하는 병원 문을 나서면서 "저 애는 내게 거짓말을 하고 있군. 그렇지만 낙태 수술로 누워 있는 게 틀림없어"라고 중얼거렸다. 나는 아무도 믿지 않을 정도로 피폐해져 있었던 모양이었다.

　사람이 하는 행동 중에 꼭 논리 정연하게 설명되는 일이 얼마나 있을 것인가. 친구의 병원에서 나왔을 때 10시가 넘었음에도 나는 집으로 가는 대신 어느새 인쇄소를 향하고 있었다. 무엇을 두고 온 것도 아니었고 꼭 끝내야 할 일이 있는 것도 아니었다. 내 가방 속에는 인쇄소의 뒷문 열쇠가 들어 있었다. 철문은 내려져 있었지만 거기서 희미한 빛이 새어 나오고 있었다. 나는 마지막으로 문을 잠그고 나오면서 전등 스위치를 내리던 나의 동작을 선명히 기억할 수 있었기 때문에 의혹에 사로잡혔다.

가까이 다가가자 기계 돌아가는 소리가 분명히 들려왔다. 쪽문을 살짝 당겨보았지만 열리지 않았다. 나는 감히 열쇠를 넣고 돌려볼 엄두를 내지 못하고 문 저쪽에서 나오는 소리에 귀를 기울였다. 사무실로 꾸며져 있는 안에서는 남자들의 낮은 목소리와 음악 소리가 들려왔다. 웅얼거림으로 낮아졌다가는 격해지기도 하는 삼중주는 모두 남자들의 낮은 목소리였다. 그 삼중주의 부드러운 화합에 귀를 기울이면서 나는 안의 목소리를 구별해내었고 그것을 좇아가고자 애썼다. 그의 목소리는 내용을 이해할 수 있을 정도로 크지 않았고 그의 음색보다는 약간 굵은 다른 음색이 곧잘 그의 음색을 덮어버렸다.

물론 나는 문을 두드리거나 그의 이름을 부르거나 하지 않았다. 그저 그렇게 한참을 서 있었다. 앞쪽 철문에서는 인쇄기 도는 규칙적인 소리가 먼 곳에서 다가오는 기차 소리처럼 들리기도 했다.

인쇄소에서 일한 지 한 달 반이 넘었고 그제야 나는 처음으로 안과 마주 앉았다. 안의 호출이었다. 아니 그의 저녁 초대였다. 우리는 시내의 한 중국집에서 간단한 식사를 마쳤다. 버스 안은 만원이어서 말을 할 수가 없었고, 중국집에서는 나의 신상에 대한 가장 간단한 질문에 대답을 하기 위해서 목청을 높여 반복을 해야 할 정도로 주위가 어수선스러웠다. 예를 들면 고향이 어디냐는 질문에 자취방 주소를 대는 식의 절름발이 대화였다. 게다가 나는 딱히 할 말이 없었다. 일자리를 주어서 고마웠다고, 그렇지 않았으면 나는 도둑년이란 표 딱지를 달고 고향의 이모에게로 내려갈 수밖에 없었을 것이고 그 일이 죽기보다 싫었으므로 무슨 일을 저질렀을지 나 자신도 알 수 없었을 것이라는 말만 멍청하게 머릿속을 휘돌 뿐 입은 점점 더 꽉 다물어질 뿐이었다.

우리의 겨울은 모든 병원균이 단번에 소독될 정도로 순수하게 차갑고 투명했다. 비원 쪽으로 찻집을 찾아 걸어가면서, 서울로 온 이래 처음으로 느낀 이런 종류의 말을 나는 안에게 하고 싶었다. 그러나 약간 앞서 걷는 그의 옆얼굴은 생각에 열중해 있는 것 같았다. 그는 물론 나보다 키가 크고 나보다 더 말랐고 나보다 더 나이가 많다. 그렇지만 그는 나보다 더 말이 없다. 이두 종류의 확인 사이에는 아무런 연관도 없었다. 나는 당황하고 있었다.

안은 익숙한 동작으로 거리의 한 영업소의 문을 밀고 들어갔다. 어떤 내용인지는 알 수 없지만 저 사람은 오늘 내게 아주 충격적인 어떤 것, 어쩌면 내가 일생을 두고 기억할, 내 일생의 방향을 단번에 바꾸어놓을 어떤 결정적인 말을 할 것이다. 안의 뒤를 따라 문을 들어서면서 내가 한 생각이었다. 나는 그대로 집으로 돌아갈 수도 있었다. 그렇지만 나의 몸은 벌써 실내의 따뜻하고 혼탁한 기운에 둘러싸여 있었다. 아, 이렇게 사람들은 운명을 만드는구나. 닥쳐올 파국을 충분히 감지하고 있으면서도 순간적인 방임인 양 어떤 거역할 수 없는 질서에 게으르게 몸을 맡겨버리면서 사람들은 삶의 나침반을 바꾸어버리는지도 모른다. 그러나 그것 역시 한 선택이다.

상황의 성격과는 아무 관계 없이 오랫동안 인상에 남는 장소의 표지들이 있다. 이를테면 그날 술집에 걸린 달력 속에서 환하게 웃고 있던 여배우의 얼굴 같은 것 말이다. 맥주잔을 앞에 놓고 나는 여배우에게서 시선을 뗄 수 없었다. 그 웃음이 끝내는 과장되어 보이고 화려한 의상에서 싸구려 분위기가 풍겨올 때까지 나는 그 무의미한 얼굴을 바라보며 다가올 어떤 시간을 연기하고자 애썼다. 다음 달이면 찢겨져나갈 사진, 저 사진은 오려져서 어느 종업원의 머리맡에 붙기에는 너무 개성이 없다.

"그래 그사이 뭣 좀 알아냈습니까?"

나는 거두절미한 안의 질문에 흠칫 놀랄 수밖에 없었다. 놀랐기 때문에 침묵했다.

"내 뒷조사를 열심히 한 걸로 알고 있는데요."

그제야 나는 안이 나를 불러낸 이유를 알아차렸다. 처음으로 우연히 밤에 인쇄소에 들른 이후, 자주 그 일이 되풀이되었던 것은 사실이었지만 안의 목소리를 확인하고 돌아섰을 뿐 그는 물론 인쇄소의 다른 사람을 그 시간에 마주친 적이 없었기 때문에 놀라움은 더욱 컸다. 바로 그 당장 인쇄소 골목을 서성거리다가 그 어두움 속에서 안과 마주 부딪치기라도 한 것처럼, 나는 창피함으로 얼굴이 벌겋게 달아오르는 것을 느꼈다.

"미안합니다."

나는 고개를 푹 숙였다. 그제야 나의 행동의 기괴함이 또렷이 인식되었다. 나는 미안하다고 다시 한번 덧붙였다. 안은 팔짱을 끼고 엄숙한 얼굴로 나의 표정을 살피고 있었다.

"강 양은 자신의 호기심에 책임을 질 자신이 있습니까?"

내가 죽음의 유혹에 시달리고 있기 때문에 자꾸 밖으로 나오고, 갈 곳이 없기 때문에 인쇄소 근처를 서성이고, 문 뒤에서 들려오는 그의 목소리를 들으면 안심이 되었기 때문이었다고 말한다면 그는 이해할 것인가. 그건 분명 구체적이건 막연한 것이건 호기심 때문은 아니었다. 그는 이해할 수 없을 것이다.

"그건…… 호기심이 아니에요."

그렇지만 나는 말을 계속할 수가 없었다. 공연히 속이 꽉 막혀왔기 때문이었다. 한밤중에 여행을 할 때 당신은 불빛이 있는 쪽으로 걷지 않나요. 내가 그 불빛을 당신의 인쇄소로 정했다 해서 내 여행이 죄스러울 필요는 없을 것입니다. 가끔 당신에게는 하찮은 것이 위로가 될 때는 없습니까. 예를 들면 어떤 사람의 목소리나 어떤 분위기 같은 것 말입니다. 내가 당신의 목소리와 당신들이 하고 있는 일을 선망으로 바라보면서 약간의 안도와 위로를 얻었다고 해서 당신에게 누가 된 것이 무엇입니까. 나는 침을 꿀꺽 삼키는 것으로 안에게는 이해되지 않을 이 말들을 삼켜버렸다. 그는 여전히 나의 답변을 기다리는 기색이었다.

"원하시면 인쇄소 일을 그만두지요."

나는 처음으로 원망을 가득 담고 그의 얼굴을 똑바로 쳐다보았다. 나는 거울 속에서 자주 나의 이런 일그러진 모습과 마주치기 때문에 그것이 상대편에게 어떤 느낌을 주리라는 것을 상상하기가 어렵지 않았다.

"그러시오."

안이 순순히 말했다. 나는 더 이상 할 말이 없었기에 옆에 놓인 가방을 집어 들고 천천히 일어날 채비를 했다. 약간의 침묵 후에 안이 덧붙였다.

"대신, 저녁에 우리 일을 도와주지 않겠소?"

내게는 안의 말이 농담처럼 들렸다. 그리고 실제로 그는 크게 눈에 흰자위를 드러내 보이며 웃고 있었다. 이모는 눈에 흰자위가 많은 사람을 조심하라고 했었다. 안의 웃음은 조금은 궁지에 몰린 사람의 웃음이었다. 나는 다시 가방을 내려놓고 의자에 앉았다.

"어떤 일이냐고 묻지 않습니까?"

나는 고개를 흔들었다. 저 사람은 결코 나를 이해하지 못할 것이다. 나는 그 생각만 되뇌었다. 통행금지를 앞둔 막차에 오르기 전에 안은 내게 접힌 종이를 내밀었다.

"내게 판 책 생각나요? 이런 서류가 책갈피에 끼어 있던데 나도 잊어버리고 있었어요. 잘 간수하시죠."

나를 이모에게 맡기고 미국으로 미군 운전병을 따라가버린 후 소식이 없었던 어머니에게서 최근에 도착한 초청장과 짤막한 편지였다. 그곳에서도 고국 소식의 끔찍한 정도가 오랫동안 무감해진 어머니의 감각을 순간적으로 자극했는지도 모르는 일이었다. 아니면 사는 정도가 조금 나아졌거나. 그것도 아니면 내가 가지 않으리라는 것을 잘 알고 부려본 변덕이거나. 내가 고향을 떠날 때 가지고 나온 것은 이 편지와 이모 몰래 준비한 대학의 입학금을 위해 훔친 돈이었다. 이모부의 병원비를 위해 판 땅값의 전액이었다. 까맣게 잊어버리고 있던 서류였다.

학교가 내게 분에 넘치는 것이 점점 분명해졌다. 나는 학교를 아예 쉬기로 결정했다. 그러고 나자 마음은 더욱 안정이 되었다. 이제 이 커다란 서울 구석에서 어느 누구도 나를 찾지 못할 것이다. 나는 일찌감치 휴학 원서를 집어 들고 왔다. 나에게는 물론이요 어느 누구에게도 특기할 만한 일은 아니었다. 두번째 휴학이 될 것이었다. 게다가 1년여 적을 둔 학교에서도 나를 아는 사람들은 거의 없었다. 나는 부정기적으로 일주일에 서너 번, 그러다가는 거의 매일 저녁에 인쇄소에 가는 생활을 시작했다.

나는 아직까지도 정처 없이 거리를 헤매는 버릇을 버리지 못하고 있지만, 그 시절에는 그 경향이 더욱 심해서 저녁에 인쇄소에 가기 전까지 남아 있는 긴 시간을 버스를 타고 이쪽 끝에서 저쪽 끝까지 혹은 그 구간의 상당 부분을 직접 걸어본다든지 하면서 보냈다. 그것은 심심풀이였다기보다는 어떤 성향 같은 것이었으리라. 영원히 삶에 정착할 수 없는 소수의 사람들에게 서식하는 불치의 병 같은 것 말이다. 나만큼 서울의 구석구석을 많이 걸어본 사람이 있을 것인가. 마치 내가 한번 지나침으로써 그곳이 조금은 나의 삶의 일부가 되기라도 하는 것처럼. 그러나 이 도시에서 아무리 만지고 냄새 맡고 열망해보아야 어느 거리, 어느 사람에게도 나는 받아들여지지 않은 채, 여전히 내가 처음에 기차에서 내렸던 바로 그 순간처럼 이 도시는 생소한 차가움으로 나를 거부하고, 나는 이 지상에서 여전히 유령처럼 적을 둔 곳 없이 부유할 뿐이었다. 어디서부터 잘못되었던 것일까.

오래전의 그 시기, 술병 밑바닥 유리의 어두운 두께로 다가오는 그 시기는 어쩌면 내 일생에서 가장 사건적인 시기인지도 모르겠다. 그 시기라도 없었다면 나는 나의 삶에 대해 정말 이야기할 만한 것이 없어져버린다. 비록 그것이 많은 곡해와 불안과 의혹의 시기였다 할지라도 그때부터 무언가가 다시 시작되었기 때문에.

나는 아직까지도 왜 안이 그 시절의 나를 더 오래 문책하지 않고 같이 일을 해보자고 제안했는지 이유를 알 수가 없다. 나는 그러니까 5년 이상 지하운동으로 결성, 활동해온 문화혁명회가 사라지기 3개월 전에 그곳에 가담한 셈이 되었다. 나는 확신 있는 사회주의자도 아니었으며, 그 계통의 책은 사 모으고 있었지만, 이 모든 것에 대해 이론적으로 무장해 있지도 않았다. 그러나 나는 주어진 일을 해내는 고용인의 성실성으로 이들이 만들어내는 글을 읽고 교정했고, 위험한 경우가 아닐 때만 간헐적으로 이 인쇄물들을 배부하는 심부름을 맡았다. 모든 종류의 반정부 움직임이 발각되자마자 해체되어버리던 마당에 어떻게 이들의 활동이 5년여나 계속될 수 있었는지도 불가사의했다.

　나는 인쇄를 담당하고 있는 안과 김 그리고 동회에 근무한다고 해서 모두 주사라고 부르는 정을 만났다. 그들의 입에 오르내리는 이름들은 무수히 많았지만 나는 그 이름이 본명이었는지, 그들이 진짜 존재하는지의 여부도 알 수 없었고 묻지도 않았다. 안과 정, 김이 존재하는 것은 확실했고 그 확실성이면 내게는 충분했다. 대부분 시위 현장이나 지방에 배포될 전단의 인쇄와 교정을 맡고 있었던 나와 그들 사이에는 늘 일정한 거리가 있었지만, 그렇다고 그들이 일부러 내게 일의 전반적인 절차를 숨기거나 나를 따돌리지도 않았다. 어떤 때는 그들이 내게 취하는 거리가 마음 편하게 느껴졌는가 하면 어떤 때는 그것이 며칠간의 불면을 만들기도 했다. 내 편에서 그 거리를 없애기 위한 노력을 하지도 않았다. 모든 것이 힘에 겨웠다.

　어느 날 아침, 나는 발작적으로 일어나 미국의 주소로 어머니에게 편지를 보냈다. 특별히 어떤 계기가 있었던 것은 아니었다. 내가 그리워했던 것은 어머니가 아니었다. 그러나 그날로, 초청장이 있어야만 가능했던 그 당시의 어려운 여권 신청 절차를 밟았다. 어머니, 어제로 나는 스무 살이 되었습니다. 우리가 떨어져 살기 시작한 지 어언 10여 년이 되었고 어머니가 미국으로 가신 지 4년째군요. 하신다는 봉제 공장 일은 힘들지 않은지요…… 더 쓸 말이 없었다. 나는 미국행 편지에 나의 주소를 알리지 않았고 내가 여권 발급 수속을 밟고 있다든지, 서울에서 무엇을 하고 있다든지에 대해서는 일언반구도 하지 않았다. 저녁에는 인쇄소에서 침묵한 채 일에 열중했다. 그다음 날 나는 방 밖으로 나가지 않았다. 잘 덥혀지지 않은 방에서 두꺼운 옷가지를 있는 대로 걸쳐 입고 나는 오랫동안 한구석에 버려두었던 독일어로 씌어진 이탈리아 역사가의 저서를 우리말로 번역하는 데 하루 종일 매달렸다. 그날은 물론 인쇄소에도 가지 않았다. 통행금지 시간이 될 때까지 몇 번이나 일어서서 밖으로 나갈 채비를 하기도 했다. 자정 시보가 라디오에서 울렸을 때야 나는 포기하는 심정이 되었다. 하루 종일 채 석 장도 못 되는 양의 번역을 했을 뿐이었다. 그날 밤엔 유난히 바람이 거세었고 언덕을 올라오는 술주정꾼들의 객설이 밤늦도록 심심치 않게 이어졌다. 사람들은 추위가 깊을수록 더 깊이 취하는 모양이었다.

이튿날 혼자서 동료들을 기다리고 있던 안은 조금 일찍 인쇄소에 도착한 내게 다짜고짜 연락처부터 물었다. 전날 내가 나타나지 않아서 일에 차질이 있었고 나에 대해서도 걱정을 많이 했다는 것이다. 그의 어조 어딘가에는 나의 신상에 대한 걱정보다는 약간의 불신을 동반한 불안의 기색이 있었다. 나는 집주인의 전화번호를 알고는 있었지만 문제를 만들기 싫어서 주소만을 가르쳐주었고, 피신 중이니 절대 다른 사람에게 주어서는 안 된다고 말했다. 안은 믿을 수 없다는 표정으로 내 눈 속을 깊이 들여다보면서 뜻을 새기는 기색이었다. 나는 지극히 개인적인 이유라고 덧붙였다. 그가 나의 말을 믿든 믿지 않든 그것은 중요한 것이 아니었다. 나는 은연중에 그들과 나의 처지가 어떤 면으로는 같다는 것을 전달하고 싶었는지도 모른다.

그들의 토론은 점점 더 길어졌고 점점 더 격렬해졌다. 나는 한구석에서 교정지에 시선을 고정시킨 채 되도록 몸을 조그맣게 만들려고 애쓰면서 그들의 대화에 신경을 집중해 듣곤 했다. 그들이 그처럼 열변을 토할 때면 나는 자주 너무 불필요하게 무겁고 자리만 많이 차지하는 처치 곤란한 가구라도 된 느낌으로 모든 움직임을 삼갔다. 나는 그들의 말을 한마디도 빠뜨리지 않으려고 신경을 모았다. 주로 그들 모임의 취약점이나 그들이 준비하고 있는 글에 대한 일들이 대부분이었다.

나는 그들의 신상에 대해 아는 것이 거의 없었다. 그럼에도 간간이 잡담을 통해, 정이 동회에 근무하다 최근에 그만두었다든가 김이 연극 평을 하고 있다는 것, 그리고 안과 정은 동향이며 안은 음대를 다니다가 제적되었다는 주변적인 사실들을 알게 되었다. 그것이 다였다. 그들의 나이는 우연히 그들의 대화를 통해 알 수 있었을 뿐이었다. 안은 당시 27세였고 정은 안보다 한 살이 적었고 김은 안보다 세 살이 위였고 결혼해 아이가 둘이었다. 그들의 모임에 문제가 제기될 때 자주 언급되는 이름들이 있었다. 김희진이라는 이름이 그중 하나로 모든 계획의 상당 부분을 담당하는 듯했다. 실제로 나는 그 이름으로 서명된 글을 한두 편 교정한 일도 있었다. 언제부터인가 나는 교정을 위해 글을 읽으면서 그것을 쓴 사람의 얼굴을 상상하는 습관이 붙어 있었다. 어떤 사람에게는 턱수염을 길게 늘여 붙였으며, 또 다른 사람에게는 우울하고 가느다란 얼굴을 부여했다. 지극히 드물게 그중 한두 명이 인쇄소에 들르는 일이 있었는데 물론 나의 상상의 어느 한구석 맞아떨어지는 경우는 드물었다. 어떻든 대부분 예외 없이 인쇄소에는 우리 넷뿐이었지만, 내가 있어서였는지 각자의 사생활에 관한 한 그들의 대화는 그 이상 진전되지는 않았다.

그들의 얘기를 듣고 있으면 나는 사는 일이 그다지 지옥 같지는 않을 수도 있다는 엷은 희망이 생겨나기도 했다. 내가 원하기만 하면 좀더 적극적인 방식으로 이들과 한 식구가 되어 지금까지와는 다르게 한 걸음을 걸어도 그것이 푹푹 발이 빠지는 모래밭을 걷는 기분이 아닐 수도 있을지 모른다는 낙천적인 마음이 들기도 했다. 나는 내가 만들어낸 인쇄물이 어떤 경로로 어떻게 쓰이고 그들이 바라는 효과가 무엇인지 조금씩 구체적으로 알게 되었다. 그러나 역시 나는 그들에게서 멀리 있었다. 그들은 내게서 멀리 있었다.

가끔 안은 귀갓길에 "강 양이 일을 그만두고 싶으면 언제든지 떠나도 좋다. 일만 많고 보수가 넉넉지 못한 것을 잘 알고 있다"라고 말했다. 나는 떠나기는커녕 누구보다도 일찍 인쇄소에 도착했고 가라는 말이 떨어지기 전에는 일어서지 않았다. 김은 그런 나를 강 진드기라고 별명을 붙여 놀리기도 했다. 그렇지만 이들 셋 중의 어느 누구도 그들의 회합에 같이 가지 않겠느냐고 제안하지 않았다. 그 불균형의 균형 속에서 날들이 지나갔다.

귀가가 늦어진 어느 날, 쪽문에 채 머리를 들이밀기도 전에 주인집 아줌마가 후닥닥 방에서 튀어나왔다. 경찰이 왔다 갔다는 것이다. 나는 기계적으로 부엌의 판자문에 나갈 때면 채워두는 자물쇠로 눈이 갔다. 어두워서 보이지는 않았지만 열려 있는 것 같지는 않았다. 나는 진정을 하고 사정을 물었지만 집주인은 경찰이 내일 다시 온다고 했다는 말만을 전하고는 겁먹은 표정으로 다시 방으로 들어가서 문을 소리 나게 닫았다.

　나의 즉각적인 반응은 안에게 인쇄소로 전화를 걸어볼까 하는 것이었다. 그러나 그것은 더욱 위험한 일일 수도 있었다. 나는 방 안에 인쇄소에 관한 정보를 줄 만한 무엇이 있는지를 점검했다. 벽에 나란히 놓여 있는 헌책들이 눈에 띄었다. 그중에는 경찰의 시선을 자극할 것이 여러 권이 있었다. 나는 그것들을 우선 한구석에 놓인 옷 보따리 속에 숨겼다. 시계를 보았다. 자정에서 기껏해야 10분 정도를 남겨둔 시간이었다. 나는 안에게 전화 거는 것을 포기하고 방바닥에 주저앉았다. 저녁 시간만 일하게 되는 고로 연탄불이 꺼지는 일이 드물었고 따스하게 덥혀진 아랫목의 이불 속에 손발을 넣고 앉아 있노라니 어떤 운명적인 느낌과 함께 공연히 눈물이 주르르 흘러내렸다. 밥상 겸 책상에는 영원히 끝날 것 같지 않은 번역하던 책이 열린 채로 놓여 있었고 그 위로 아주 조그만 거미가 한 마리 기어가고 있었다. 방 안을 다시 한번 둘러보고 자리에 누웠지만 잠이 오지 않았다. 어떤 경로로 인쇄소의 일이 발각될 수 있었을지 여러 가지 가능성을 생각해보았다. 그러나 생각은 곧 멈추어질 수밖에 없었다. 생각을 멀리 해보기에 내가 그들에 대해 아는 것이 너무 적었다. 불신과 서운함의 무게가 가슴을 누르는 것을 느끼면서 나는 밤이 여러 어둠의 결을 보여주면서 지나가는 것을 눈을 뜨고 바라보았다. 밤은 한순간도 완전히 검지 않았다. 보라색이었다가 짙은 회색이었다가…… 경찰이 오기를 기다리는 불안한 밤의 색깔은 가히 현란했다.

어처구니없게도 나를 찾아온 사복형사는 내가 까맣게 잊어버리고 있었던 여권 발급 절차 중의 하나로 신원 조회를 하러 온 것일 뿐이었다. 그때만 해도 직접 사람을 만나보아야 신원이 확인된다고 믿던 순진한 실증의 시대여서 나는 형사를 데리고 언덕 중턱쯤에 있는 다방으로 가 그의 몇 가지 질문에 덤덤하게 응했다. 그렇지만 나의 심장은 시종일관 뛰었다. 이미 자취방을 흘낏 훔쳐본 형사의 질문은 간단했다. 나는 어머니를 보러 가기 위해서 휴학을 할 예정이며 가끔 과외수업으로 생활을 하고 여비는 조만간 미국에서 도착할 것이라고 말했다. 아마 내가 가장 믿을 수 없는 일이 있다면 그것은 바로 어머니를 찾아 미국으로 가는 일이었을 것이다. 그러나 나는 이 모든 것을 확신에 차서 말했다. 죄 없이 멀쩡한 사람도 신원 조회라면 돈을 집어 주던 당시의 관행조차 무시하고 형사는 종종걸음으로 끝나지 않을 것 같은 언덕의 경사를 내려갔다.

나는 거의 한 달 후에 여권을 손에 넣었고 어머니의 초청장을 들고 삼엄하기 그지없는 미국 대사관에서 비자 발급 절차도 밟았다. 다행히 나의 본적은 이모네 집으로 되어 있었기 때문에 이민을 꺼리는 그들의 신경을 자극하지 않았다. 절차가 끝나자마자 나는, 헛된 비용과 시간을 소비한 데 대한 앙갚음이라도 하듯이 신경질적으로 여권을 잡동사니 보따리 속에 쑤셔 넣었고 헌책방의 금서들을 일렬로 벽에 세워두었다.

어떤 날은, 그들도 물론 어두운 시기를 지나고 있음을 알아차릴 수 있었다. 평소에 농담을 잘하는 연극쟁이 김조차도 저녁 내내 한마디 말 없이 우두커니 앉아 있고, 나머지 사람들 또한 난로 주위에 앉아 안주도 없는 술로 시간을 보내기도 했다. 아주 작은 일이 언쟁이 되었고 이미 인쇄된 종이들이 찢기기도 했다. 그럴 때가 내게는 제일 어려웠다. 나의 존재가 그들의 언쟁에조차 방해가 되는지 나의 눈치를 보는 게 역력했기 때문이었다. 일이 없다고 먼저 자리를 뜨기도 어색했고 무슨 일이 있느냐고 물을 수도 없었다. 나는 인쇄소에 오기 전의 긴긴 낮 시간을 메우기 위해 읽던 책들에 건성으로 시선을 주면서 이 긴장과 불안의 시간이 지나기를 기다렸다. 단 한 번 정은 아주 간접적이기는 했지만 나를 두고 안을 공격한 적도 있었다. 나의 참여가 위험하다는 식의 발언이었고, 안은 그런 나에 대해 드러내놓은 정의 의심에 대해 아무런 반응도 하지 않고 정을 보고 씩 웃을 뿐이었다. 나는 나를 더 적극적으로 변호하지 않은 안에게 서운한 마음이 들었다. 그러나 안으로서도 나에 대해 달리 할 말이 없었을 것이다.

그즈음 검열과 조사가 극에 달했고 신문에서는 거의 매일 사람들의 검거 기사와 이적 출판 행위의 처단에 대한 기사가 실렸다. 그러나 신문의 기사는 빙산의 일각이었다. 벌써 얼마 전부터 우리는 3백 면가량의 부정기 간행물의 출판을 위해 거의 매일 저녁 인쇄소에 모였다. 그들의 말에 의하면 이미 우리가 조판하고 있는 글의 필자 중 두 명이 붙잡혔다고 했다. 기껏해야 일주일가량을 남기고 있는 중요한 회합에 절대적으로 필요하다고 하면서 안은 일을 재촉했고 자정이 넘게 일을 하는 경우도 있었기 때문에, 그리고 아침에는 인쇄소를 깔끔하게 치워놓아야 했기 때문에 그들은 번갈아가면서 혹은 둘이 짝이 되어 인쇄소에서 밤을 보내는 것 같았다. 대부분 김과 안이 남아 있었다. 나는 그들이 외부에 전화를 거는 것도 전화를 받는 것도 본 적이 없었다. 그렇지만 차질 없이 원고가 들어왔고 내가 초교를 보면서 의문부호 표시를 해 넘긴 부분은 손이 가해져 어김없이 하루나 이틀 뒤에는 교정지용 플라스틱 바구니 안에 놓여지곤 했다.

어느 날 자연스럽게 나는 자정을 넘겨 인쇄소에 남아 있었다. 정과 김은 다른 곳에서 처리할 일이 있었던 모양으로 일찌감치 일을 내게 떠맡겼다. 뒤처리를 내가 하고 갈 테니 먼저 들어가라고 해도 안은 쓸 것이 있다고 하면서 오히려 그를 돕기 위해 내가 인쇄소에 남아 있는 것을 당연하게 생각하는 것 같았다. 나는 양철통 속에 담겨 있는 조개탄을 난로 속에 듬뿍 집어넣었다. 오랫동안 살아온 나의 집을 덥히기 위해서 하는 것 같은 익숙한 나의 동작에 나 자신이 놀랐다. 안은 내게서 등을 돌리고 철제 책상에 앉아 무언가를 쓰고 있었다. 나는 그가 쓰고 있는 글의 내용을 벌써 몰래 훔쳐본 바 있었고 그 진행이 궁금했다.

나는 연속 방송극을 좇아가는 심정으로 그의 글의 진전을 흥미롭게 지켜보았다. 나 또한 플라스틱 바구니 속에 들어 있는 교정 용지를 집어 들었다.

자정이 지나면 바람도 차지는 모양인지 허술한 창 밑으로 쌩쌩 바람이 들이쳤다. 나는 난로의 문을 조금 열어놓고 그 옆에 의자를 놓고 교정쇄를 무릎 위에 놓고 앉았다. 안이 지나가는 말투로 물었다. 내가 안을 만난 지 111일이 지나려 하고 있는 저녁에 처음으로 한 반말이었다.

"강 양은 여기 일에 깊이 연루되지 말고 일찌감치 손을 떼는 게 어떠니."

나는 안의 말을 어떻게 해석해야 좋을지 몰라 그를 멍하니 쳐다보았다. 그는 쓰는 일을 멈추지도 않은 채였다. 나는 그의 말을 괘념치 않기로 하고 다시 교정지로 시선을 돌렸다.

"학교도 계속해야 할 것이구, 그다음엔 안정된 직장도 가지구, 시집도 가야 할 테고."

평소 같으면 한 사람에 대한 결정적인 평가절하로 연결될 이런 진부한 말이 고개를 돌린 그의 어두운 표정 때문인지 의도적인 모욕으로 들렸다.

"그러려면 일이 터진 다음에는 곤란할 거야."

그는 내 쪽으로 돌아앉았다. 난롯불이 막 활활 일기 시작했고 열기가 얼굴로 옮아 붙은 듯해서 나는 의자를 뒤로 당겼다. 그렇다고 안이 농담을 하고 있다고는 생각되지 않았다. 피로로 인해 그의 얼굴의 요철이 더욱 분명하게 드러날 뿐이었다. 어쩌면 한 사람의 얼굴이 저렇게 달라 보일 수 있을까. 난생처음 보는 사람과 한밤중에 마주 앉은 것처럼 나는 그를 뚫어지게 바라보았다.

"내가 하는 말을 불쾌하게 들으면 안 돼."

"그 정도로 자신이 없는 일에 왜 매달려요, 안 선생님은?"

"지금 나는 나에 대한 말을 하고 있는 게 아니라구. 언젠가 가까운 미래에 좀더 자신 있는 사람이 많이 생기기를 바라기 때문이겠지."

우리는 잠시 침묵했다. 대화의 내용과는 관계없이 나는 그와의 한밤중 이 드문 속살거림이 한편으로는 오래 계속되기를 바랐고 다른 한편으로는 그가 어서 저 피곤하고 지쳐 시든 얼굴을 다시 원고지 위로 돌려주었으면 좋겠다는 두 가지 상반된 마음이었다. 그러나 크게 한번 기지개를 켠 안은 한순간에 평소의 생기를 회복한 듯했다. 그는 책상 쪽으로 돌아앉으면서 말했다.

"어떻든 이번 일이 끝나면 당분간 집에서 내가 연락할 때까지 기다리는 게 낫겠어."

그들은 이렇게 나에 대한 계획을 세워두었던 것일까. 하기는 신원도 색깔도 불분명한 나 같은 애가 처치 곤란이었겠지. 지금까지 같이 일을 해오면서도 어떤 더 분명한 증거를 그들은 원하는 것일까. 안은 부드러운 목소리로 덧붙였다.

"미리 등록금은 조금 도와주지."

이런 도움이 자존심을 자극하는 것을 보니 지난 몇 달간의 생활이 여유로웠던 것인지도 모른다. 그의 음성의 따뜻함까지 내게는 계산된 차가운 거리로 다가왔다.

"안 선생님, 나에 대해서 걱정하지 마세요. 조만간에 나는 이 나라를 떠날 예정이에요. 여권 발급도 벌써 마쳤구요."

조금은 희극적으로 들릴 수 있는 나의 갑작스러운 발언에 그는 뒤돌아보지 않았다. 나의 말에 반응하지 않았다.

2시가 넘자 그는 일을 끝냈는지 불을 끄고 군용 침대를 펴고 누웠다. 나는 잠도 오지 않고 할 일도 있었지만 그의 수면을 방해하고 싶지 않아 남아 있는 조개탄을 난로에 던져 넣고 불구멍을 줄인 후, 그가 나를 위해 남겨둔 난로 곁의, 군용 침대보다는 편안한 낡은 장의자에 누웠다. 나는 오랫동안 잠이 들지 못한 채 뒤척이면서 소음을 내지 않으려 애썼다. 숨소리를 가다듬으려 했기 때문에 오히려 큰 한숨이 솟아나기도 했다. 나는 눈을 감고 안에게 얘기하는 것을 상상했다. 선생님은 나에 대해서 아무것도 몰라요. 나는 말이죠, 충청도 시골에서 태어났어요. 어린 시절요? 가난하고 불행했어요. 좀더 큰 다음에는 이모네 집에서 살았어요. 어머니가 일자리를 구해 도회지로 나갔기 때문인데 이모네도 시골이었어요. 엄마가 돈을 보내오긴 한 모양인데 가난하고 불행하긴 마찬가지였어요. 중학교는 중간에 그만두고 고등학교를 검정고시를 쳤어요. 그때도 역시…… 모든 것이, 내가 거쳐온 짧은 시간들이 이렇게 생소할 수가 없어요. 내가 알고 싶은 건 말이죠. 나만 이렇게 느끼는 건지, 아니면 다른 사람도 조금쯤은 그렇게 느끼는지 하는 거예요. 예를 들어 안 선생님은 전혀 그런 것 같지 않은데 어떠세요?

안의 고른 숨소리와 뒤척임을 들으면서 나는 잠이 들었다. 한밤중, 누군가 목까지 담요를 끌어다가 가볍게 눌러주는 것을 그리고 그 동일한 손이 나의 움푹 들어가고 까칠한 뺨을 살짝 스치는 것을 멀리, 마치 먼 과거의 꿈처럼 느끼면서 나는 깊고 짧은 잠에 빠져들었다. 잠 속에서 나는 오랫동안 흐느껴 울었던 것도 같다.

얼마 전부터 주중보다는 주말에 더 많은 일을 하는 나에게 오래간만의 주말이 있었다는 것이 벌써 이상한 징조였을 수도 있었다. 비록 두 달 남짓한 기간이었지만 밤에 그들의 일을 돕기 시작한 이래 이틀간의 연속 휴일은 가져본 적이 없었다. 참 이상한 일이다. 아주 드물게 내가 이때를 생각할 때면 나는 기억의 왜곡을 경험한다. 저녁 일을 분명 7시경에 시작했음에도 불구하고 내 머릿속에는 우리가 매일 한밤중, 도시는 물론 지구 전체가 모두 잠들어 있는 어두운 시간에 작업을 한 것 같은 착각이 든다.

나는 그들이 나를 제외하고 긴밀하게 할 일이 있어 내게 주말을 집에서 보내도 좋다는 허락을 내린 것으로 굳게 믿었다. 단지 인쇄의 잡일을 돕기 위해 고용되었다는 그들과 나 사이의 무언의 약속은 이런 경우에 효력을 발휘해 그들은 결코 나에게 속사정을 말하는 경우가 없었다. 안마저도 아무런 말을 덧붙이지 않았다. 일하지 않는 이틀을 나는 어디에고 속하지 못한 사람이 자주 가지게 되는 방어적인 의심으로 괴로워하면서 보냈다. 산

동네의 자취방은 겨울 바다에 불안정하게 떠다니는 섬이 되었고 나는 아무런 이유도 없이 그 무인의 섬에 누군가가 와서 불러주기를 간절히 기다렸다. 토요일 저녁에는 눈이 내렸고 주인 아줌마가 다 탄 연탄재가 남아 있으면 으깨어 집 앞 언덕길에 뿌리라고 내 방문을 두드렸을 뿐이었다. 연탄재조차도 남아 있지 않았다.

책상 위에 영원한 장식처럼 펼쳐져 있는 번역에도 매달렸으나 반 면을 못 넘기고 지쳐 떨어졌다. 나는 방 안에서 단 한 벌의 반코트를 걸치고 시려오는 두 손을 겨드랑이에 끼워 넣은 채 그들의 대화 속에 회자하던 책을 읽었다. 지금은 그 책의 제목도 저자도 생각이 나지 않지만 그 책의 독서를 끝낸 후 내가 썼던 글의 제목이 지금도 생생한 것을 보면 나 같은 사람에게조차 일말의 자기중심적인 도취가 존재하는 모양이다. '가난이라는 소외의 탈역사적 경향에 대한 반성'이라는 것이었다. 주말은 이렇게 느리게 지나가고 있었다. 다시금 밤이 내리기 시작하면서 나는 안정을 찾기 시작했다. 나는 더 이상 아무도 기다리지 않았다.

아침이 되었을 때 나는 외로움의 감옥에서 완전히 벗어나 있었다. 나는 시간을 빠르게 흘려보내기 위해서, 즐거운 마음으로 오랫동안 방치해두었던 방 안 청소를 했고 휘파람을 불면서 눈과 연탄재가 범벅이 된 회색의 비탈길을 하릴없이 두어 번 오르내렸다. 미약한 햇살마저 판자벽을 슬쩍 벗어나 있었고, 그런 응달에서 볼이 튼 어린아이들이 재와 흙으로 범벅이 된 회색 눈으로 눈사람을 만들고 있었다. 나는 그 아이들이 몸통을 만들고 둥근 얼굴을 얹고 그 위에 돌조각으로 눈을 만들어 붙이고 입을 만드는 것을 오랫동안 바라보았다. 나는 거의 마지막 손질 단계에 있는 우리의 인쇄 책자를 생각했다. 주초에는 그 책에도 눈이 붙여지고 코가 붙여질 것이다. 이상한 흥분이 나를 사로잡았다. 나는 그리워하고 있었다. 사람을 그리워하는 것이 아니라 일을. 아무 일이나 그리운 것이 아니라, 비록 외곽에서의 잡일이기는 하지만 몇 달 전부터 내가 하기 시작한 바로 그 일을. 바로 그 인쇄소에서, 다른 사람이 아닌 바로 그들과 일하는 것을. 아이들이 눈사람 만들기를 다 끝내고 쉰 목소리로 만족의 환호성을 질렀다. 나는 내 목을 두르고 있던 목도리를 벗어, 멋진 나무젓가락 콧수염을 단 회색 눈사람의 목에 감아주었다. 조개탄을 아껴 써야 했던 어느 저녁, 안이 오버 주머니에서 꺼내 목에 둘러주었던 목도리였다. 다시 한번 터지는 아이들의 환호성을 뒤로하고 나는 단숨에 언덕을 뛰어올랐다.

나는 결국 책이 만들어진 것을 보지 못했다. 그리고 결국 인쇄소의 낡은 문에 내가 소중하게 간직하고 있는 열쇠를 꽂을 기회를 영원히 잃고 말았다.

긴 주말 끝의 월요일. 나는 해가 기울어지기도 전에 방문을 나섰다. 그렇다고 아무 때나 인쇄소에 얼굴을 들이밀 처지가 못 되었던 만큼 인쇄소까지의 긴 길을 걸었다. 이번에는 한 장의 버스표를 아끼기 위해서가 아니었다. 낮에 인쇄소에서 일하는 사람들과의 마주침을 피하라는 안과 정의 원칙은 철저한 것이었고, 정확히 알 수는 없어도 그것이 어떤 결과를 가져올는지를 상상하는 것은 어렵지 않았다.

평소처럼 골목을 돌아 뒷문에 이르는 길을 택하지 않은 것을 행운이라 이름 붙일 수 있을까. 당연히 셔터가 내려져 있어야 할 인쇄소의 입구가 먼발치에서 눈에 띄자마자 나는 단번에 모든 일이 틀어져버린 것을 감지할 수 있었다. 올려진 셔터, 환하게 켜진 불빛, 활짝 열려 있는 유리문. 유리의 하반부가 깨어진 것이 바로 눈앞에 있는 것처럼 확연하게 드러난 듯도 했다. 안쪽에서는 분명 누군가가 부산하게 움직이는 것 같았고, 문밖에 양복을 입은 두 명의 남자가 담배를 피우며 등을 돌리고 서 있는 것이 보였다. 나의 가슴은 터질 것처럼 뛰고 있었다. 절대 황망히 뒤로 돌아서지 말아라. 뛰지 말고. 절대 서두르지 말고 길을 가로질러라. 제발 인쇄소 방향으로 고개를 돌리지 말고. 나는 떨리는 손을 주머니에 집어넣고 행인들 사이에 섞여 건널목 앞에 섰다. 길의 통과를 무한히 금지하고 있는 것만 같던 건널목의 적색등. 이미 날은 어두워져 실제로 먼발치에 있는 그들이 나의 모습을 알아보거나 뒤쫓을 위험이 없었음에도 그 짧은 기다림의 순간에 세계는 위험한 밀고자들의 소굴로 변신했다. 당장이라도 옆의 행인이 나의 팔을 우악스럽게 잡고 "강하원이지. 순순히 나를 따라와" 하고 귀에다 속삭일 것 같았다. 나를 앞뒤로 둘러싸고 있는 행인의 얼굴을 쳐다보고 싶은 유혹은 견뎌내기 힘든 것이었다.

길을 건너고 가장 가까운 골목으로 기어들어 가고, 거기서 다시 큰길로 나오고 다시 골목으로 들어가고…… 충분히 인쇄소에서 멀어졌다고 판단되었을 때부터 나는 달리기 시작했다. 얼마 동안을 어떤 길로 해서 달려왔는지 아무런 기억이 없었다. 나는 뛰면서 입으로는 내가 한 번도 해본 적이 없는 기도 비슷한 것을 수없이 반복하고 있었다. 제발 내가 이 자리에서 잡혀 동료들에게 누를 끼치지 않게 해주십시오. 나는 잃을 것이 없는 사람이지만 그들은 그렇지 않습니다. 그들은 할 일이 많은 사람들입니다.

그 뒤로는 모든 일이 순식간에 진전되었다. 우리가 기획하고 있던 책은 물론이요 다른 단체들을 위한 인쇄물을 끝내지도 못한 채 일이 터지고 만 것을 나는 신문을 보고 알았다. 연행된 사람들의 이름이 서넛 실려 있었지만 교정으로 낯이 익은 한 이름만 제외하고는 생소한 이름들이었다. 그들의 활동은 이런 종류의 기사가 늘 그렇듯이 신문의 눈에 띄지 않는 한구석에 서너 줄로 요약되어 있었다. 그것은 안을 비롯한 우리 인쇄 담당이 안전하다는 것을 보장해주기에는 불충분했다. 만약 내가 알고 있는 그들의 이름이 본명이라면, 어떻든 그들의 이름은 신문에 나지 않았다.

불안한 나날이 시작되었다. 문밖에서 조그만 소리만 들려도 나의 가슴은 두근거렸다. 정말 이상한 일이었다. 나의 가슴은 두려움 때문에 두근거리고 있는 것이 아니었다. 그것은 기다림이었고 그리움이었다. 그것은 더 구체적으로 말하면 안에 대한 기다림이었다. 안이 나의 주소를 알고 있는 단 하나의 사람이었기 때문에. 그러나 그보다는, 마치 어느 날 안이 나타나면 다시금 우리가 일을 시작할 수 있기라도 한 것처럼. 날씨가 조금씩 풀려가고 있었다. 나는 며칠을 누워서 보냈다. 나는 병이 없는 신열을 앓고 있었고 단 하나의 치유법은 수면이었다. 가끔 집주인이 불안한 듯 방문을 살며시 열었다 닫았다. 그녀가 죽음을 확인하러 오는 것 같다는 생각이 들었고 그 기대에 부응하기라도 하려는 듯이 나는 그럴 때마다 꼼짝도 하지 않았다. 기대의 두근거림이 포기의 심정으로 변했을 때 나의 아픔은 극에 달했다. 그들과 일할 수 있는 기회가 어쩌면 영원히 오지 않을 수도 있다는 확신은 참을 수 없는 것이었다. 마치 나의 잘못으로, 나의 고발로 그들의 활동이 저지되기라도 한 것처럼 환각적인 죄의식에 시달리기도 했다.

　나는 거리를 헤맸다. 어디에고 그들과 연락을 취할 수 있는 방법은 없었다. 그들과 보낸 서너 달이 남긴 흔적이라고는 하나도 없었다. 단 하나. 청계천의 헌책방이 있었다. 그러나 책방의 주인은 바뀌어 있었다. 어느 저녁 나는 인쇄소 쪽으로 가보기도 했다. 그러나 간판이 떨어진 인쇄소는 아주 오래전부터 폐쇄된 금지 구역처럼 보였다. 수소문해볼 사람도, 전화로 문의를 해볼 만한 대상도 없이 나는 지쳐서 방으로 돌아오곤 했다. 그러나 설령 수소문을 할 건덕지가 있었다고 해도 나의 행동이 그들에게 누를 끼칠 것이 두려워 아무것도 할 수 없었을 것이다. 이성적으로 다시는 그들을 만날 수가 없음을 알고 있음에도 나는 끈질기게 그들 중 하나를 기다렸다.

나의 초라한 육신을 관리하기에도 지쳐 있는 상태에서 한밤중 나는 깨어 일어났다. 나는 둔화된 기억의 촉수를 다시 갈아세우고 절망에서 벗어날 수 있는 전파를 보내기 시작했다. 수신자 없는 고독한 전파였다. 나는 책상에 공책을 펴고 앉았다. 나의 모든 기억을 동원하여, 내가 적어도 두 번 이상 교정을 본 바 있는, 준비하던 책자에 수록된 원고들의 제목을 하나하나 공책에 쓰고, 생각나는 대로 각 원고의 내용을 거칠게 요점만이라도 정리해 내려가기 시작했다. 망각의 신비만큼 가끔 기억은 놀라운 힘을 발휘할 때가 있다. 가끔 한 문단 전체가 고스란히 기억에 되살아오는 것에 나 스스로 경악하기도 했다. 하룻밤에 나는 머리말까지 합쳐 모두 세 편의 논문을 그런대로 재구성할 수 있었다. 모두 열여덟 편의 논문이 있었고 그중 두 편은 번역이었다. 그중 한 편은 내가 부분적으로 참여하기도 한 것이어서 나는 보따리 속에 뭉텅이로 갇혀 있던 종이 뭉치에서 복사한 원문을 찾을 수 있었고 다음 날 하루 꼬박 걸려 그 논문의 번역도 끝을 맺었다. 되살아나는 기억이 사라질 것이 두려워 나는 감히 눈을 붙일 생각도 못 하고 미친 듯이 그 일에 매달렸다. 그것은 일종의 기도라면 기도였다. 기억이 살아 있는 한 그들을 향한 나의 송신기가 작동하고 있다는 미신적인 자기암시였다.

　믿음 없는 기도에도 응답이 있었던 것일까. 저녁나절, 안으로 잠근 부엌의 판자문을 가볍게 흔드는 소리가 들렸다. 그리고 이어 집주인의 목소리.

　"학생, 나와봐. 사촌이 찾아왔어."

나는 숨을 죽이고 가만히 앉아 있었다. 밖에서 웅얼거리는 집 주인의 목소리가 계속 들려왔다. 나는 맨 먼저 상 위에 펼쳐진 공책을 덮었고 왜 그랬는지 보따리 속에 들어 있던 여권을 꺼내 상 위에 놓고 밖에 찾아온 사람이 문을 부수고 들어오기를 기다렸다. 가슴이 두근거리지조차 않았다. 단지 사촌이라는 말에 힘이 빠질 뿐이었다. 한눈에 잡히는 좁은 공간을 꼼꼼하게 뜯어보고 있는데 이번에는 또 다른 여자의 목소리가 들려왔다.

"하원이, 안에 있니?"

친한 친구나 친동생을 부르는 듯한 부드러운 목소리였다. 그러나 난생처음 들어본 목소리였다. 여자 사촌이라고는 없었던 만큼 나는 직감적으로 그 방문이 안과 관련된 것임을 알아차렸다. 그 목소리의 무엇 때문인지는 알 수 없어도 나는 당장에 내 몸에 남아 있는 희미한 힘의 자취조차도 스르르 어디론가 빠져나가는 것 같은 느낌을 받았다. 내 이름을 부르는 목소리의 주인공이 좋은 소식의 전령자이건 나쁜 소식의 전령자이건, 나는 주저할 여지가 없었다. 나는 방문을 열고 방문자를 안으로 맞고 주인집에는 고맙다는 인사를 과장되게 했다.

"김희진이라고 해요. 안 선생이 주소를 주면서 도움을 청하라고 하더군요."

두 발을 옆으로 모으고 내 앞에 앉아 있는 여자는 피곤한 듯 등을 벽에 기댔다. 창백하기는 그녀나 나나 마찬가지였을 것이다. 조금 섬뜩한 아름다움을 지닌 얼굴이었다. 아주 먼 곳에서 와서 다시 먼 곳으로 떠나가버릴 것 같은 느낌을 자아내는 얼굴. 그렇지만 그녀의 지친 표정이나 행색은 그 모든 것을 교묘하게 가려버리고 있었다. 그녀의 눈은 열에 들떠 번들거리고 있었다. 한눈에 보아 앓고 있는 게 틀림없었다. 나는 우선 그녀의 등 뒤에 베개를 대 벽에 편안히 기대게 했다.

그녀와 나는 서로를 바라보면서 침묵하고 앉아 있을 뿐이었다. 들고 온 큼직한 가방의 손잡이에 놓인 그녀의 손은 마디가 굵었고 투박해 보였다. 자세한 설명을 듣지 않아도 그녀의 심신의 피폐 상태가 어느 지경에 이르러 있는지를 쉽게 알아차릴 수 있었다. 나는 아마도 오랜만에 이루어졌을 그녀의 휴식을 방해하지 않으려고 조심하면서 물었다.

"모두들 무사한 건가요?"

"더러는. 그렇지만 모임은 거의 해체 상태로, 준비 중인 일은 모두 압수당했고 모두들 연행되었거나 도피 중이지요."

"안 선생님은?"

김희진은 지극히 어두운 표정이 되어 눈을 감았다.

"모르겠어요. 모르겠어요."

김희진은 낮은 목소리로 그녀가 아는 여러 사람의 소식을 알려주었다. 모두가 나는 한 번도 만난 적이 없고 대개는 이름도 모르는 사람들이었다. 안은 그녀에게 나의 주소를 주면서 나에 대해 아무런 설명도 덧붙이지 않았던 것일까? 그러나 김희진에게 나의 주소를 주었다는 것으로 그사이에 내가 안에 대해 가지고 있던 모든 오해가 단숨에 지워지는 느낌이었다. 김희진은 오래 사귄 사람의 깊은 신임을 가지고 내게 모임이 처한 위험에 대해 말했다. 왜 그랬을까, 나는 그녀에게 사실을 말하지 않고 그녀가 믿고 있는 대로 오랫동안 모임에 가담한 것처럼 그녀의 말에 반응을 보였고 모르는 이름들, 기껏해야 가끔 들어봤을 이름들을 그녀가 언급했을 때, 오랜 지기라도 되는 것처럼 그들에 대한 우려를 표정에 담았다. 아니 나는 진정으로 그들을 우려했다는 것이 옳다.

약간의 여유가 생기자 나는 수줍게 말했다.

"나는 김희진이라는 이름을 들을 때마다 남자라는 생각을 했어요."

그녀는 갑자기 생각난 듯 말했다. 그러나 그 어조에는 어떤 불편함이 있었다.

"아 참, 안 선생이 하원 씨에게 전하는 편지가 있어요……"

그녀는 가방 속에서 가장자리가 낡은 편지 한 통을 내밀었다. 편지는 봉해져 있었고 얄팍했다. 나는 그녀 앞에서 편지를 열지 않았다. 이유도 없이 나는 그것을 바지 주머니에 황급히 집어넣고 밖으로 뛰어나갔다. 그러나 밖에 나와서도 나는 편지를 뜯지 않았다. 어쩌면 너무 오랫동안 기다렸던 소식이기 때문에 시효가 지나가버린 것 같은 아득한 느낌이 먼저 자리를 잡았기 때문이었다.

나는 연탄불을 활짝 열고 밥을 안치고, 주인집에서 빌려온 곤로 위에 찌개를 끓였다. 이 노천에 가까운 부엌에서 음식 냄새가 나지 않은 지가 참으로 오래되었기에 가슴이 다소간 설레기도 했다. 서울 하늘 아래 방 한 칸을 잡고 생활한 이래 누군가가 나의 거처를 방문한 것이 처음 있는 일이었다. 나는 그것이 이모나 이모가 보낸 친척이 아닌 것에 자축을 보냈다. 나는 시멘트 부뚜막에 앉아 편지를 뜯었다.

　강 양!

　급히 몇 자 적습니다. 내 몸처럼 중요한 사람을 보내니 도움을 부탁하오. 우리 당분간은 만나기 힘들 것이오. 거두절미하고 어려운 부탁을 합니다. 강 양이 지니고 있는 여권을 빌렸으면 하오. 큰 도움이 될 것이오. 일의 성질이 그러하니만큼 거절한다고 해도 이의는 없소. 그러나 다시 한번 말하건대, 만약 강 양이 동의한다면 얼마만큼의 도움이 될는지는 아무도 알 수가 없소. 그럴 경우 나머지는 김희진과 상의하기 바라오.

안.

　짧고 정확한 내용을 전달하는 사무적인 편지였다. 나는 안의 그런 편지를 오래 들여다보았다. 이것이 정말 안이 쓴 편지인가. 확실히 안의 글씨였다. 그는 내게 이런 일을 부탁할 권리가 있는가? 있었다. 왜? 그러나 왜인지에 대해서는 나도 대답을 할 수가 없었다. 안은 다른 식의 편지를 쓸 수도 있지 않았을까? 그러나 만약 다른 식의 편지를 썼더라면 나는 정말, 위로받을 수 없을 정도로 상처를 받았을는지도 모른다.

　음식이 담긴 쟁반을 들고 방으로 들어갔을 때 김희진은 반쯤 누워 있다가 몸을 일으키면서 쟁반을 받아들었다. 그녀의 팔에 경련이 이는 것이 보였다. 우리는 침묵한 채 식사를 끝냈다. 아주 오래전에, 이처럼 무겁게 내려앉은 늦은 밤, 침묵 속에서 앞에 앉아 있던 피로에 지친 얼굴을 조심스럽게 바라보면서 식사를 하던 때가 있었다. 상 반대편에는 일에서 돌아온 피로를 화장으로 숨긴 엄마가 있었고 상의 이쪽 편에는 기껏해야, 여덟아홉의 어린 내가 있었다. 그러나 김희진은 그때 상 저편에 앉아 있던 얼굴과는 성질이 다른 피로를 내보이고 있었고 그 얼굴에서는 발견되지 않던, 웬만한 피로로는 꺼지지 않게끔 질기게 가꾸어온 느낌을 주는 특수한 빛이 있었다. 김희진의 나이가 그때의 엄마 나이쯤 되었을까? 아니었다. 김희진의 얼굴은 훨씬 젊어 보였다. 그녀의 얼굴에는 나이가 없었다.

그때나 그 후나 그녀의 모습을 떠올릴 때면 나는 늘 한 가지 강박관념에 사로잡힌다. 그녀의 얼굴, 그녀의 자태가 내게 야기시키는 그 어떤 것을 꼭 말로 그려내야만 한다는 생각이다. 그리고 그녀가 지닌 아름다움만큼 그려내기 어려운 것도 없다. 누구를 닮았다거나 어떻게 생겼다거나 하는 비유적인 설명으로는 불충분한 어떤 것을 그녀는 지니고 있었다. 그저 아름답다는 가장 단순한 형용사밖에는 떠오르지 않는. 아니면 그것은 고독하고 어린 나이의 한 철없는 여자아이의 환상이었을까. 확실히 그것은 아니었다. 나는 생각했다. 만약 안의 부탁 편지가 없었더라도 나 자신이 그녀에게 잠시 잠적할 것을 제안했을 거야. 그것이 김희진이건 장이건 박이건…… 틀림없이. 나를 부르는 사람이 누구인지도 모르면서, 밖에서 그녀의 목소리가 들려오자마자 저렇게 그 목소리를 위해 여권을 준비해놓고 있었잖아.

"무슨 생각을 하느라 내 얼굴을 그렇게 뚫어지듯 보지요?"

나는 상 한 귀퉁이로 몰려 있던 여권을 집어 들면서 대답했다.

"앞으로 내가 할 일을 생각하고 있었어요."

김희진은 밥상 너머로 두 손을 내밀었다. 나는 말없이, 뜨겁게 열이 올라 있는 그녀의 손을 잡았다. 그녀의 손이 가볍게 힘을 주어왔다. 나는 손을 빼 이번에는 나의 손으로 그녀의 두 손을 감쌌다. 나는 끝내 그녀와 안과의 관계에 대해 묻지 않았다.

나는 가끔 희망이라는 것은 마약과 같은 것이 아닌가 하는 생각을 할 때가 있다. 그것이 무엇이건 그 가능성을 조금 맛본 사람은 무조건적으로 그것에 애착하게 된다. 그렇기 때문에 희망이 꺾일 때는 중독된 사람이 약물 기운이 떨어졌을 때 겪는 나락의 강렬한 고통을 동반하는 것이리라. 그리고 그 고통을 알고 있기 때문에 희망에의 열망은 더 강화될 뿐이다. 김희진이 도착하던 날, 그녀의 피곤에 지쳐 눈 감긴 얼굴을 쳐다보면서 나는 이미 오래전부터, 나도 모르게, 그 성격을 규정하기 어려운 희망이란 것에 감염되었음을 알아차렸다. 그리고 그것이 결국은 어떤 형태로든 일생 동안 나를 지배하리라는 것도. 나는 막연한 희망에 대한 막무가내의 기대로 김희진을 돌보았다.

도착하는 날부터 그녀는 앓기 시작했고 나는 저녁나절에는 그녀를 간호하고 낮에는 그녀를 대신해, 그녀가 알려준 대로 새로운 소식이나 도움을 줄 수 있는 사람을 찾아 서울의 구석구석을 헤매 다녔다. 그러나 대부분의 경우는 잘못된 연락처였거나 상황에 대한 극대화된 불안 때문에 오히려 내게 근신을 하고 적당한 때에 다시 들러줄 것을 부탁했다. 가끔 경제적 도움을 주는 경우도 있었다. 물론 그것도 자주 있는 일은 아니었다. 어떻든 뒤늦게 나는 많은 사람들을 만났고 그것은 내게 큰 힘이 되었다.

나는 여러 사람을 거친 후 겨우 정을 만날 수 있었다. 친구가 경영하는 다방에서 불안한 나날을 보내고 있던 정은 나를 보자 죽은 사람의 유령이라도 만난 듯 반가움보다는 걱정 어린 놀라움을 나타냈다. 그의 표정에서 나는 이러한 상황에서 대부분의 사람들을 사로잡을 수 있는 나에 대한 불신의 역력한 흔적을 보았다.

"아니 이게 누구요. 내 있는 곳은 어떻게 알았어요? 혼자 왔습니까?"

그러나 정의 태도는 더 이상 내게 상처가 되지 않았다. 그를 놀라게 한 것은 김희진이 나의 집에서 앓고 있다는 소식이었던 것 같다. 정 또한 안이 지방으로 피해 가 있다는 것 외에 다른 친구들의 소식을 전혀 모르는 채로 고립되어 전전긍긍하고 있었다. 나는 그에게 안의 편지 내용과 김희진의 뜻을 전했고 여권을 맡겼다.

여권 위조와 동회에서 근무한 적이 있는 것이 무슨 연관이 있는지 알 수는 없었지만 사흘 후에 정은 나의 사진이 들어 있는 자리에 김희진의 사진이 감쪽같이 대치된 여권을 내 앞에 내밀어보였다. 그러나 그것을 건네주기를 꺼리면서 다시 서랍 속에 집어넣었다. 다방 뒤편의 한 방구석에서 취할 대로 취해 있던 정은 늦은 시간인데도 나를 자꾸 붙잡아 앉혀놓고 안에 대한 불평을 늘어놓았다. 내가 인쇄소에서 그들과 같이 일하기 전부터 안이 나의 여권에 관심을 가지고 있더라고 말하기도 했다. 모두가 다 계획된 일이었다는 것이다. 나도 그의 말에 동의했다. 애초부터 그것은 안과 나 사이에 비밀리에 계획되었던 일이었다고 했다. 그러나 정은 나의 말을 주의 깊게 듣기에는 너무 취해 있었다. 정은 또 안이 문제를 확대시키지 않기 위해서 김희진의 미국행을 서두르고 있다고 분개했다. 나는 그가 술에 취해 나가떨어지기를 기다렸다. 다행히 그는 통행금지가 되기 전에 코를 골았고 나는 서랍 속의 여권을 집어 가지고 나왔다. 내 등 뒤에 대고 정은 크게 소리쳤다.

"미안합니다, 하원 씨."

나는 무엇에 대한 사과인가를 묻지 않았다. 그렇다고 그 사과를 받아들이지도 않고 뒤돌아서서 그 다방을 나왔다. 저 사람은 나를 영원히 모르는 채로 다시는 보지 못하겠지. 그러나 그런 독백도 내게 조금의 감흥을 주지 않았다.

김희진은 내 방에서 약 20일을 머물렀다. 그사이 그녀는 서서히 회복되어 어떤 때는 밤늦게까지 무엇인지 일에 열중하기도 했다. 시간 여유가 생길 때 나는 그 옆에서 논문들을 되살려내는 일을 계속했다.

어느 날 밤, 방 밖에서 달그락거리는 소리에 나는 잠이 깼다.

책상 위는 서류와 폐지로 산란스러웠고 방 안은 비어 있었다. 방문을 열자 행주를 들고 찬장이며 부뚜막을 열심히 닦고 있는 김희진의 모습이 보였다. 정말 동생 집을 방문해 집을 치워주면서 정을 표현하는 여느 사촌 언니처럼 김희진은 팔을 걷어붙이고 부엌을 바닥까지 말끔하게 닦아놓은 다음이었다. 나의 기척에 그녀는 몰래 하던 일을 들킨 사람처럼 나를 보고 소리를 죽여 웃었다. 그러나 그 웃음 속에는 불안기가 서려 있었다.

"걱정하지 마세요. 모든 일이 다 잘될 테니까."

그때쯤 그녀는 웬만큼 건강해져 있었다. 나는 그녀의 여행을 준비하며 그녀가 기거하는 내 방에 안이 한 번쯤 들러줄 것을 막연하게 기대했다. 그러나 그것은 당시 그가 처한 상황으로는 불가능한 것이었다. 김희진은 서서히 기운을 회복했고 결국 안을 보지 못한 채로, 그리고 시골에 있다는 가족에게 감히 연락을 취하지도 못한 채로 시간이 지나갔다. 내 방을, 서울을, 이 나라를 떠나는 날 그녀는 내게 예닐곱 장의 편지와 가방 가득히 무언가를 남겼다.

"하원 씨가 보관해주세요. 보잘것없는 글들인데, 때가 되면 빛을 보게 되겠지요. 곧 다시 만나요. 곧 다시 돌아올 것을 약속해요."

그녀는 위조된 여권과 내가 구입한 비행기표를 들고 혼자 김포로 향했다. 만일을 대비해 나는 공항까지 전송을 하지도 못했다.

그녀가 떠난 직후, 이번에 나는 집안 식구 아닌 누군가가 나를 연행하러 올 것을 기다리면서 마음의 준비를 하고 집에서 보냈다. 그러나 내게는 아무 일도 일어나지 않았다. 내가 하던 논문의 재구성이 다 끝났고 김희진이 남기고 간 글들을 하나도 빠짐없이 다 읽을 때까지 내 누추한 거처의 문을 두드리는 사람은 없었다. 김희진은 무사하게 떠났음에 틀림없었다. 봄이 오는 기색이 완연했건만 내 마음의 계절은 여전히 끝도 없는 겨울이었다. 햇볕이 짧은 이 동네의 눈사람은 여전히 녹지 않고 비탈에 서 있는 것이 보였다. 그 일이 있은 후 딱 한 번 발신인도, 주소도 적히지 않은 엽서 한 장이 도착했을 뿐이었다.

"강 양, 고맙소."

그것이 내용의 전부였다. 그리고 얼마 지나지 않아 나는 안의 검거에 대한 제법 큰 기사를 읽었고 뒤늦게 나의 익명의 동료들의 활동에 대한 왜곡되고 과장된 해석의 기사를 읽었다.

나는 늘 그 시기에 대한 짧은 보고서 형식의 글을 쓰고 싶어 했다. "아, 그 길고도 긴 길의 우울한 초겨울 풍경이라니! 사방은 술병 바닥 두꺼운 유리의 짙은 색깔처럼 흐렸지만 나는 그때 처음으로 희망이라는 단어를 만났다……"이렇게 시작되는 글을. 나는 여전히 우리의 사고가 활자화되는 것을 신성시하고 있는 모양이지만 내게는 그 시기를 분명하게 회상해 써낼 만한 글재주가 없다. 그러나 무엇보다도 나의 삶은 얘기될 만한 흔적이 없다. 안이 일할 때면 가끔 틀어놓던 그 높낮이도 없고 비슷비슷하게 연결되어 하오의 잠 같기도 한 음악의 소절 같은 나의 삶에 대체 그 누가 관심을 가질 것인가. 당치도 않은 일이다.

김희진은 내게 연락을 취하려고 해도 취할 수가 없었을 것이다. 나 또한 아무에게도 알리지 않고 서울을 떠났기 때문이었다. 나는 대학을 아주 포기하고 이모에게로 내려가 이모의 농사를 오랫동안 도왔다. 그러면서 내가 맛본 희망의 색깔을 주변과 나누려고 여러 가지 일을 벌이기도 했다. 그 후의 나의 삶도 그다지 변하지 않았다.

그사이 안은 유명한 민중예술가이자 운동가가 되어 여러 지면을 통해 그의 견해를 기탄없이 발표하고 있었고 내가 살고 있는 시골에서 멀지 않은 도시에도 수차 강연을 온 적이 있었다. 벌써 몇 년 전, 나는 한번 강연 즈음에 맞추어 그 도시에 간 적이 있었다. 주최자 측에 가방 하나를 안에게 전달해줄 것을 부탁하기 위해서였다. 마을의 젊은이들에게는 강연에 참석할 것을 극구 권했으면서도 나는 그 시간을 기다리지 않고 다시 시골로 돌아왔다. 그 가방 속에는 김희진이 남기고 간 글과 그럭저럭 재구성한 이후 한 번도 다시 읽어보지 않은 우리가 같이 일하던 논문들의 묶음이 들어 있었다. 후에 어떤 잡지에 그 글의 일부가 실린 것도 보았다.

이제 내 수중에 그 시기가 실제로 존재했었다는 물증은 아무것도 없다. 아, 한 가지가 남아 있었다. 불안과 고립의 시간과 싸우기 위해 나 혼자 하던 이탈리아 사학가의 독일어본 역사책의 미완성 한글 번역 원고. 그러나 이제는 너무 오래 버려두어서 원고지의 색깔은 노랗게 변했거니와 그 책으로 말할 것 같으면, 아마 나보다 나은 전문 번역가에 의해 이미 출판되었을 터였다.

그렇지만 나는 그것을 확인해보지는 않았다.

나는 그 이후로 딱 한 번 한 남자를 사랑했다. 그렇지만 그는 나의 친구와 결혼해버렸고 내가 그의 입장이었다고 해도 나보다는 내 친구를 선택했을 것이다. 몇 년 전에 나는 무슨 일 때문인지 학교를 그만두고 필생의 저술을 집필하기 위해 내가 사는 시골로 낙향했다는 한 교수를 만났다. 그는 언어학자였는데 '우리 시대의 언어사회학 강의'라는 제목의 저서를 준비하고 있다고 하면서 그를 대신해 자료도 찾고 원고도 정리해줄 사람을 찾고 있다기에 내가 자청해서 그의 집으로 찾아갔다. 이후 나는 그의 조수로 일하고 있으며 일주일에 한 번씩 그를 대신해 서울의 도서관으로 자료를 조사하기 위해 올라간다. 그렇지만 나는 그의 저서가 언젠가 빛을 볼는지에 대해서는 확신이 없다. 노교수의 방대한 사고는 매주 계획이 확대되기만 할 뿐이기 때문이다.

나는 시골로 내려가는 기차를 타기 위해 역 쪽으로 걸었다. 어쩌면 이 계절의 하늘은 이토록 무연히 맑을까. 그리고 그 시절의 아픔은 어쩌면 이리도 생생할까. 아픔은 늙을 줄을 모른다. 아픔을 치유해줄 무언가에 대한 기구가 그만큼 생생하고 질기기 때문일까. 이번 겨울에는 동네 아이들을 모아 비어 있는 들판에 커다란 눈사람을 만들어볼까. 며칠 전에 지구를 뜬 그녀의 별에 전파가 닿게끔 머리에 긴 가지로 안테나도 꽂고…… 그러나 사람이 죽은 다음에 별이 되지 않는다는 것은 누구보다도 그 아이들이 더 잘 알고 있지 않은가. 아프게 사라진 모든 사람은 그를 알던 이들의 마음에 상처와도 같은 작은 빛을 남긴다.

(1992)

당신의 물제비

밤의 창에 비친, 불 밝혀진 우리 삶의 실내는 현실보다 더욱 그윽하고 아름다운 비밀에 감싸인 듯하다. 단면만이 비치기 때문일까.

유리의 반대편에는 세상이 없기라도 한 것처럼, 단지 아름다운 것을 반사하기 위해서만 거기 있는 듯한 베란다의 긴 유리창은 겨우 장롱의 반쪽과 그 위에 놓인 마른 꽃이 꽂힌 꽃병, 그리고 잡동사니가 늘어놓인 응접실의 한쪽을 비추고 있을 뿐이다. 반사각이 만드는 특수한 요철의 환각적 효과.

창 속의 그림에서 배어 나오는 비밀은 공연히 다가갈 수 없는 것처럼 마음에 울려온다. 분명 내가 있고 나와 연관된 물건들이 있고, 내가 소유하고 있다고 생각하는 삶의 흔적들이 있는 이 풍경이 아주 멀리 있는 어떤 것처럼. 귀를 기울인다. 먼저는 톡톡 어디선가 돌아가는 시침 소리. 시간의 물방울 소리는 누가 조절해놓았기에 저토록 정확히 떨어질까. 그렇다. 늦은 시간이다. 귀를 기울여야, 아주 먼 곳에 쳐진 은유의 방벽 뒤에서나 울려옴 직한 웅웅거리는 그 무엇 외에는 시계 소리뿐이다.

다시 애써서 내가 듣고자 하는 것 쪽으로 몸을 기울인다. 옆방에서, 아주 연약하지만 아이의 고른 숨소리가 분명히 들려온다. 나는 아이의 숨소리가 만드는 리듬과 높낮이에 맞추어 숨을 쉬고자 한다. 하나 둘 하나 둘…… 그러나 한번 귓속으로 들어온 시계 소리, 웅웅거리는 소리는 물러나려 하지 않는다.

아, 늦은 시각이다. 너무 늦은 시각. 저녁나절에 여행을 떠난 남편이 돌아올 리는 없다. 나는 가끔 아무런 이유 없이 가히 원시적이라 수식할 만한 불안에 휩싸일 때가 있다. 껄끄러운 주변이 모두 제거되어 거의 인위적으로 완벽한 아름다움을 지녔던 창 속에 비친 실내가 음험한 지뢰밭으로 변하는 듯한 착각에 빠진다. 저 반사된 풍경 속의 아름다움이란 얼마나 불안정한 것인가. 삶은 아무래도 고체보다는 액체에 가까운 모양이다.

그리고 또 다른 소리가 있다. 마치 딴사람이 내 속에 살고 있는 것같이, 갑자기 생소하게 들리는 바로 나 자신의 숨소리. 아무것도 아닌 어떤 것이, 한순간만 지나도 지워져버리는 사소한 것이, 반사된 풍경의 거의 완벽에 가까운 조화를 단번에 위험스런 바다를 항해하는 배 한 척의 외롭고 어두운 선실로 바꾸어버리는 그런 때가 있다.

그렇다. 언젠가 나는 함몰 직전의 선박에 갇혀 한때를 보낸 적이 있다. 그것을 나는 돌의 이야기라고 불렀고, 그렇게 이름 붙이는 것 외에는 달리 나의 이야기를 할 수 없었다.

한 여자가 있었다. 그리고 한 노인이 있었다. 그는 돌을 가지고 있었다. 누구나 심장 한구석에 깊이 박힌 돌이 있을 것이다. 사람들은 그것에 물을 주고 그 주위를 가꾼다. 어느 날 많은 시간이 지난 후에 그 돌이 아주 하찮은, 여느 들길에서 흔히 발견되는 그런 조약돌에 불과하다는 것을 알아차릴 때까지. 돌을 심고 가꾸는 것은 삶의 행로에 닥쳐드는 아픔을 이겨내기 위함이다. 우리는 그 아픔을 받아들이기 전에 그것을 의문부호로 바꾸어버리고 그곳에 없을지도 모르는 비밀을 미련스럽고 집요하게 추적한다. 아, 슬프고도 힘든 추적. 그것은 여느 것이 되어버린 그 돌을 버리기 위한 하나의 제의인지도 모른다. 창 속의 풍경과는 달리 자주 어긋나는 삶의 추를 제자리에 돌려놓기 위한 모든 제의처럼 말이다.

그날, 나는 저녁 9시쯤에 경찰로부터 온 전화를 받았다. 그리고 한 시간 40분 후에 그 끔찍한 사건의 현장에 도착했다. 그 어둠 속에 둥그렇게 무리 지어 있던 사람들은 예외 없이 한곳을 향해 서 있었다. 현장 주변에 모여든 자동차 헤드라이트의 화려한 군집과는 대조적으로 국도 저 밑 강변의 어두운 경사지 어딘가에 뒤집힌 자동차의 거무스름한 차체가 눈에 들어왔다.

나는 경관 두 명의 부축을 받고 가까스로 서 있을 뿐이었다. 한시라도 빨리 사망자의 신원을 확인해주기만을 바라는 그들의 요구가 귀에 들어오지 않았다. 나는 경악을 이기기 위해 미친 듯이, 내 귀가 먹도록 소리를 질러대고 있었기 때문이다. 그렇게 고개를 내휘두르고 악을 써대면서 경찰관에게 이끌려 나는 경사지를 내려갔다. 사고는 지독했다.

어느 한순간 나는 악쓰는 것을 뚝 멈추었다. 차는 뒤집힌 채였고 그 안에 들어 있던 사람은 이미 밖으로 끌어내져 차 밑 쪽에 널브러져 있었다. 먼저 한 남자가 있었다. 그것은 분명 남편이었다. 상처의 흉악함과는 대조적으로, 그 정신없는 나의 시선에 가벼운 미소로까지 비친 그런 표정을 한 그 사람은 나의 남편이었다. 다시 보았다. 그것은 확실히 미소였다. 지극한 만족을 표현하는 미소. 미소가 만들어내는 미약한 공기의 움직임을 물리적으로 표상하듯이 남편의 입 주변에 가느다란 피 한 줄기가 흐르고 있었다.

남편 옆에 나란히 또 하나의 시체가 누워 있었다. 그것은 물론 남편이 아니었다. 얼굴은 알아볼 수 없이 망가져 있었고 옷은 찢겨져 있었지만 그것은 분명 한 여자의 몸이었다. 마구 흐트러진 풍성한 머리칼이 얼굴을 덮고 있었다. 아마 바로 그 순간 나는 까무라쳤을 것이다.

눈을 다시 떴을 때 나는 어딘가에 뉘어 있었다. 어떤 차의 뒷좌석이었고, 가까스로 기능을 되찾은 나의 시력은 먼저 흐릿한 얼굴 비슷한 윤곽을 보았고, 이어서 부드러운 주름이 깊게 파인 한 노인의 얼굴, 아주 익숙한 한 얼굴을 부분적으로 붙잡았다. 안심한 듯한 노인의 미소였다. 그 얼굴이 제대로 다 형성되기도 전에 나의 눈은 피로로 다시 감겼다. 악몽의 끝자락 어디에선가 어렴풋한 소리가 들려왔다.

"꼭 이런 현장을 보여주는 것이 옳았을까요? 젊은 부인의 충격이 너무 크군요."

"저 여자가 죽은 사람 부인이래요. 그러면 같이 사고를 당한 여자는……?"

"차 안에서 두 사람 빼내는 데 시간이 엄청 들었답니다."

저속으로 재생된 녹음기에서 흘러나오는 것처럼 느리게 느리게 들리는 혼란한 목소리들이었다.

팽팽하게 죄어진 기타 줄 같은 것이 끊어질 때처럼 투명한 소리가 머리 저쪽 어디선가 들려오는 것을 끝으로 나의 의식은 다시 게으르게 수면 속으로 잠수했다.

나를 구해준 사람이 민 박사라는 사실은 내게 우연 이상이었다. 나는 그때 미성숙한 스물다섯의 나이였고, 간호학교를 나온 후 잠시 D 대학 병원에서 근무를 하다가 사귀어오던 남편과 결혼을 하는 것을 계기로 직장을 그만두었다. 그런 내가 거의 일생을 그 병원에서 보낸, 그리고 병원 안은 물론이요 세계적인 명성을 얻고 있는 외과의인 민주환 박사를 왜, 사건 현장에서 깨어났을 때 단박에 알아보지 못했는지 이해할 수 없는 일이었다. 물론 민 박사는 같은 병원에 잠시 간호사로 근무했던 나를 알아보았기 때문에 돌보아준 것은 아니었다. 그는 우연히 여행 도중 사건을 목격하고 차를 멈추게 되었고, 의사였기 때문에 혹시 도움을 줄 수 있을까 해서 다른 사람들보다 오래 현장에 머물렀을 뿐이었다.

나의 치료를 맡은 사람은 민 박사가 아니었다. 그는 그즈음

정년 퇴임을 한 후였기 때문이다. 그리고 실상 치료할 것도 없었다. 나의 증세라는 것은 가끔 열에 들떠 횡설수설해대는 것뿐이었다. 충격에 의한 고열과 약한 섬망 증세. 절대적 안정 요. 딱하게도 노인의 얼굴이 나타났다 하면 나는 섬망 증세를 보여, 박사님도 남편이 짓고 있던 미소를 기억하느냐고 다그쳤고, 죽는 사람은 어떤 경우에 미소를 짓느냐고 물어댔다. 노인은 난처한 얼굴로 자신이 현장에서 사망 확인을 했지만 그런 것은 본 적이 없노라고 낮은 목소리로, 매번 지치지 않고 반복해주었을 뿐이다.

그러나 나의 회복은 빨랐다. 교통사고를 당한 것은 내가 아니었기 때문에, 그저 환자복을 입고 안정제를 맞으면서 잠을 자는 것 외에 딱히 받을 만한 치료도 없었다. 어떻건 가끔 알 수 없는 경련이 일기는 했지만 신체적인 어떤 쇠약 증세도 드러나지 않았기 때문에 얼마 지나지 않아 나는 퇴원했다. 그사이 민 박사는 매일 전화로 나의 안부를 물었고 세 번은 내 병실에 들렀다. 간단한 안부. 그리고 나의 동일한 질문에 대한 동일한 답변의 성실한 반복.

한 젊은 여자의 불행이 노인의 동정심을 자극했던 것일까. 민 박사가 내가 입원해 있는 동안 여러 면으로 나를 보호할 수 있는 조치를 담당 의사에게 부탁했음을 나는 후에 알았다. 내가 안정을 되찾을 기간 동안만이라도 사건에 관련된 일로 경찰 같은 사람들이 나를 찾아와 어떤 충격을 만들 가능성을 없애려고 입원을 고집한 것도 그였다. 경찰은 물론이요 가족들도 그대로 돌아가거나, 시어머니처럼 통곡을 하면서 병실 안으로 쳐들어왔다가도 간호사의 주의를 받고는 해 진 뒤의 그림자처럼 사라져갔다.

실제로 나는, 병원에 있는 동안 아마도 문자 그대로 아무 생각 없이, 모든 것을 잊고 잠을 자고 또 깨면 다시 잠을 자면서 보냈다.

어느새 5월. 벌써 정원에는 낡아빠진 분무기가 생쥐 울음 같은 소리를 내면서 약하게 돌고 있었다. 꽃보다는 나무가 있는 정원, 잘 다듬어져 있다기보다는 두꺼운 잎과 팽팽한 수액이 느껴지는 무질서한 정원이었다. 25년의 사계를 지나쳤지만 내게 그것은 첫번째 맞는 봄이었다. 누구에게나 처음으로 맞는 일들이 있다. 처음으로 맞는 겨울, 처음으로 해보는 여행. 겨울을 수없이 지나쳤으면서, 수없이 여행이라는 이름으로 일상의 자리를 떠나보았음에도 말이다. 그렇게 죽기 전까지 그 처음의 맛을 보지 못하고 가는 사람도 많이 있다는 것을 나는 그때 알았다. 민 박사 댁으로 거처를 옮기고 난 바로 다음 날 아침에. 그리고 처음으로 경험하는 가까운 사람의 죽음도 있었다.

새벽같이 일어나, 어느 누구보다도 먼저 내 손길을 기다리는 정원의 수도관을 열고 그리 넓지 않은 정원을 돌아다니는 것이 내게는 어느새 습관이 되어 있었다. 민주환 박사가 아니었더라도 나는 살아날 수 있었을까. 꼭 목숨만을 말하는 것은 아니다. 사고를 당한 것도 죽은 것도 내가 아니니 말이다. 그는 정말 여러 가지 의미에서 나의 삶의 은인이었다. 결혼한 지 막 1년을 넘기고 나서 일어난 그 사건으로 인해 나의 운명은 민 박사와 뗄 수 없는 것이 되어버렸다.

어떻건 죽음의 단순함에 반비례해 무한히 부산하고 복잡한 사건의 수습 후에, 민 박사는 내게, 괜찮다면 그의 집에 기거하면서 일을 도와달라는 제안을 했고 나는 기꺼이, 어떤 식으로건 새로 시작될 수밖에 없는 삶의 막차에 가까스로 뛰어오르는 기분으로 그 제안을 받아들였다. 민 박사는 정년 퇴임 후, 재직 기간 중에는 간헐적으로밖에 할 수 없었던 약초에 대한 연구에 많은 시간을 바치고 있었고, 그 일을 위해서는 나 이외에 젊은 한 의사 장 선생이 그의 연구 조교 겸으로 같이 기거하고 있었다.

봄은 오래 계속되지 않았다. 그렇다고 여름으로 연결되지도 않고 곧 끝나버렸다. 모든 처음이 영원히 계속될 수 없다는 평범한 까닭 때문만은 아니다. 사건 후의 그 길고도 긴 절차에 짓눌려 감히 자리를 차지하지 못했던 내 머릿속의 부산하고 음험한 활동이 다시 시작되었기 때문이다.

그래. 남편이 죽었다. 그것은 누구나 말하듯 '애석한 잃음'이었다. 그때 그의 나이가 스물일곱이었으니 그것은 인생이 꽃피기도 전에 스러진 애석한 죽음인 것만은 분명했다. 그건 그의 입장에서 본 것이었다.

그러나 그것이 누가 보기에도 애석한 일이었다 해도 나는 사건이 일어난 후 한 번도 자유롭게 슬퍼본 적이 없었다. 병원에서의 발작에 가까운 헛소리도 슬픔이라고 수식할 수는 없는 어떤 것이었다.

　내게 남편의 죽음은 받아들일 수 없는 죽음이었다. 나의 머릿속에는 슬퍼할 여유의 자리가 없었다. 나의 머릿속은 사건의 어떤 장면으로 가득 차 있었기 때문에. 남편의 입가에 영원히 지워지지 않게끔 고정되어버린 그 미소. 그리고 그에 그림자처럼 딸려오는 풍성한 머리채를 가진 그 여자. 그리고 그것을 지워버릴 정도로 강력하게 되살아오는 그 이해할 수 없는, 지고의, 그 미소. 내 25년 삶의 끝이자 내가 도저히 파고들어 갈 수 없는 그 어떤 것의 시작인 그 미소. 모든 것을 무의미하게 만들어버리는 그것.

　사랑? 혹은 질투? 아니었다. 나를 사로잡은 의문은 그 이전 혹은 그 이후에 속하는 것이었다. 내가 알 수 없는 그 무엇이, 나와 무관한 그 무엇이, 숨이 끊어지는 바로 그 순간 그 사람의 얼굴에 미소를 만들어놓았을까.

　민 박사는 내게 두 가지 일을 주었다. 2층 양옥집의 사방에 널려 있는 책들을 내용에 따라 나누어서 정리하는 일과, 전날 밤에 민 박사가 소형 녹음기에 대고 말한 것들을 아침나절에 문장으로 옮기는 일이었다. 내가 아닌 누구라도 할 수 있는 일이었고, 그것은 내가 기다리고 있는 앞으로의 삶만큼이나 그전에 내가 하던 일과는 판이한 것이었다. 층계의 양편까지 뒤덮고 있는 책들은 그가 넘겨주는 테이프 속 내용의 범위만큼이나 양적으로 방대했다. 그렇지만 어려운 일처럼 보이지는 않았다. 하룻저녁의 녹음 분량도 많은 것이 아니었다. 어떤 날은 테이프의 한 면이 다 돌 때까지 아무런 목소리가 흘러나오지 않는 날도 있었다. 물론 나는 그의 서재에서 그가 말하는 것을 당장에 받아서 쓸 수도 있었다. 그러나 그는 그 방법을 탐탁지 않게 여겼다. 그는 자신 이외의 다른 사람이 서재에 있는 것에 습관이 되어 있지 않다고 말했다. 오랫동안 혼자 산 늙은이의 병이라고 하면서 나의 제안을 점잖게 거두어들였다.

이미 삶보다는 죽음에 더 가까운 칠순의 노인이 만들어내는 목소리에는 이상한 안정감이 있어서, 그 일을 할 때에 나는 어느 정도의 평화와 자유로움까지 맛볼 수 있었다. 게다가 내가 이해하기에는 지나치게 전문적인 내용이 나를 잡념 없이, 기계적으로 그 일에 몰두하게 했다. 참으로 큰 위안이었다.

책 정리하는 일은 주로 오후에 할 수밖에 없었다. 나는 그 일을 너무 수월하게 생각했었던 것 같다. 책들은 자꾸 뒤섞였고 손에서 자꾸 미끄러졌다. 분류하는 단순한 작업은 나의 끊임없는 집중을 요구했다. 그리고 끝이 없었다.

민 박사는 오후에는 대개 출강을 나가거나 산책을 위해 외출했기 때문에, 오후면 동료의 한의원에서 진료를 보아주는 장 선생까지 없는 집 안은 갑작스레 넓어 보이고 나는 어두운 몇 가지 질문을 운명처럼 달고 그 큰 공간에 갇혀버린 사람처럼 긴, 그 시간의 끝이 다가오기를 기다렸다. 정원으로 나가 쪼그리고 앉아 있어보아야, 이미 시들어버린, 계절을 잃은 정원이 있을 뿐이었다. 대체 그 일은 어떻게 해서 일어났던 것일까.

그날 아침에는 남편의 지방 출장 준비를 위해서 일찍 일어났다. 그는 강릉으로 3일간의 출장을 예정하고 있어서 작은 가방을 챙겼다. 그래도 남편은 자고 있어 나는 신혼의 아내답게 사랑한다는 뭐 그런 말을 쓴 짤막한 편지를 넣으려다가, 엉뚱하게 출장지의 토산물을 사 오라고 부탁하는 밋밋한 편지를 가방 속에 집어넣었다. 그리고…… 나는 잠들어 있는 그의 곁에 미끄러져 들어갔고 그의 출장에 앞서 그리고 그의 죽음에 앞서—나같이 둔감한 사람도 죽음에 대한 예감을 했던 것일까—마지막으로 가히 추억에 남을 만한 사랑을 나누었다…… 출장을 떠난다면서 그는 저녁 7시경에 회사에서 전화를 했고 출장 중 묵을 호텔의 이름과 전화번호를 알려주었다.

이것이 내가 재구성할 수 있는, 너무 여러 번 반복해 떠올려 거의 허구적인 것이 되어버린 사건 당일의 내가 알고 있는 일의 전부였다. 그로부터 사건이 일어나기까지, 죽어 있는 남편의 얼굴에 지펴져 있던 그 불가해한 미소까지는 너무도 멀고 어두운 터널이 놓여 있을 뿐이었다. 그것도 통로가 막혀버린 터널.

경찰은 긴 머리채의 여인의 신원을 확인하지 못했다. 물론 회사의 동료 직원은 아니었다. 외출복 차림이었다는 것 외에 여자의 신원을 밝혀줄 만한 어떤 물건도 발견되지 않았다. 사건이 일어난 지 2주일이 지나도록 어느 누구도 그 여인으로 추정되는 사람의 실종을 알려오지 않았다. 경찰은 시댁 사람들과 마찬가지로 내가 일의 전말을 알고 있으면서도 숨기고 있다고 목소리를 높였고 친정집 사람들은 쉬쉬하며 일이 커질 것을 두려워

했다. 경찰의 말투는 때로 내가 사건을 야기시킨 장본인이라도 되는 것처럼 사건 당일의 나의 기억을 샅샅이 물었었다. 마치 남편이 운전했던 회사 차의 부속을 내가 계획적으로 빼놓아 사건을 일으키게 하고도 시치미를 떼고 있기라도 한 것처럼.

그렇지. 그날 아침에 나는 평소보다 일찍, 몇 시였더라, 그래, 한 5시 반쯤 일어났어. 그리고 일어나자마자 여행용 소형 가방을 꺼내, 속옷과 다려진 와이셔츠 그리고 또 뭣을 집어넣었지…… 생각은 끝도 시작도 의미도 없이 꼬리를 물고 뱅뱅 돌았다. 따뜻한 오후, 정원의 나무들이 물구나무를 서서 뺑뺑돌이를 했다.

대답될 수 없는 의문에 매달리는 일, 그것을 알면서도 대답을 찾고자 하는 일, 그것은 광기에 입문하는 일이다. 진실을 밝혀내고자 하는 인류의 모든 시도 속에는 광기의 위험이 있다. 모든 학자는 이성의 이름으로 무한히 광기에 접근한다.

나는 이런 식의 알쏭달쏭한 단문들을 오래된 책들 사이에 끼어 있는 빛바랜 종잇조각 귀퉁이에 썼다가는 쓰레기통에 버리곤 했다. 어깨너머 글이라고, 민 박사의 집에 기거하면서 나도 모르게 배운 풍월이었는지 모르겠다. 어떻건 나는 광기 비슷한 것이 이미 내 속에 살고 있음을 알고 있었다. 그건 꼭 연탄가스 같은 것이 아니던가. 조금만이라도 한데다 정신을 두고 있으면 어느 틈엔가, 소리도 형상도 없이 슬쩍 스며들어 신경에 구멍을 내어버리는 어떤 것. 그런데 한나절에 걸려 매달려봐야 흔적도 없는 이 같은 책 정리가 나를 미치는 일에서 보호를 해줄 수 있는 걸까.

저서 스물여섯 권(그중 다섯 권은 외국어). 논문 백세 편(그중 스물한 편은 외국어). 수필 여덟 편. 일주일에 걸쳐 나는 최소한 한 가지 일을 마쳤다. 그 끝도 없는 책 더미에서 민주환 박사의 글들을 모아놓는 데 성공했고 그것은 나를 안심시켰다. 언젠가는 저 책들이 어떻게든 책장의 자기 칸을 찾겠지. 비 오기 전날 밤 미친 듯이 대추나무 가지에 몰려드는 새들이 제각기 가지 위에 자리를 찾아 가지런히 앉듯이.

이상한 사실이 있었다. 주로 의학 잡지 등에 발표된 여덟 편의 수필은 모두 그의 고향 근처라는 가평에 관한 것이었다. 수필 같은 것과는 관계가 없는 민 박사라고 해서 고향에 대해 글을 쓰는 것이 이상할 것은 없었다. 그렇지만 가평은…… 남편의 차가 뒤집힌 바로 그곳이었다.

내가 6년간의 외지 생활을 청산하고 귀국을 마음먹은 것은 어떤 친구가 말하듯이 애국심이나 애향심 때문이 아니외다. 나는 꼭 찾아볼 사실이 있었소이다. 그것은 나의 고향과 관련은 되었으되 비밀이라고 함으로써 매력의 여지를 남겨둘까 하오. 기차로 조금의 시간만 들여도 가볼 수 있는 곳에 위치하고 있는 곳이오만 남들처럼 가슴 뛰는 마음으로 고향을 찾을 수 없었던 것은 내 개인의 특수한 이력 때문이오. 가평으로 말할 것 같으면 [……]

『의학 신보』, 1959)

지금은 젊은이들이 많이 찾는 유원지가 되었지마는 나는 인적이 한적한 주중에, 그것도 늦은 밤에 가평과 그 주변에 있는 강변의 명소에 자주 들르곤 하오. 동란 때 사생을 걸고 밤배를 빌려 탄 기억이 지워지지 않는 까닭도 있으나 그보다는 내가 밤배놀이의 고요를 즐기는 연유로 [……]

(『명사들의 명소』, 1964)

가평 부근에서 나는 약초는 많으나 여기서는 한 가지만 말하고자 한다. 속칭 장다리 덤불이라고 불리는 이 풀은 물가에서 찾을 수 있으며 정혈에 좋다고 하는 잡목과이나 체질이 특수하다. 대개는 줄기를 썰어 말린 후 달여 즙을 마시는데 수질에 따라 효과에 변화가 있는 특성이 있다. 때로는 보약이 될 수도, 때로는 극약의 요소를 내보이니 [……] 안심하고 약재로 쓰이지 못하는 흠이 있다. [……] 다리만 길고 볼품이 없으며 군락지도 형성하지 못하고 [……]

(『한의회보』, 1976)

나는 그 오래된 글 속에 내가 찾고자 하는 진실이 있기라도 한 것처럼 훑어 내려갔다. 그러나 나머지 다섯 편의 수필은 이것들보다 더 딱딱하고 더 멋없는 어투로 그의 고향 근처의 지리와 산세에 대한 장황한 지식을 말하고 있었다. 그러나 『한의회보』에 쓴 것을 마지막으로 그는 이후 수필도, 고향에 대한 글도 쓰지 않았다.

깜빡 잠이 들었던 모양이었다. 층계에 앉은 채로였다. 민 박사의 모습은 보이지 않았지만 내가 따로 더미를 만들어놓았던 그의 저술들이 두 개의 작은 더미로 나뉘어져 있었다. 나는 그의 서재로 올라갔다. 민 박사는 한쪽 편의 것은 이제 쓸모없는 것이니 버리라고 했다. 나는 묻고 싶은 것이 많았지만 입도 뻥긋하지 못하고 내려와 그의 명령대로 버리라고 한 책과 논문들을 문밖에 내다놓았다. 물론 수필류도 그 안에 끼어 있었다.

나는 그제야 그가 내게 맡긴 일의 성질을 어렴풋이 깨달았다. 내가 분야에 따라 책들을 구분해놓는 것은 민 박사가 그중에서 필요 없는 책을 좀더 수월하게 가려내기 위한 것이었다. 이 일에 관해서만은 그는 예외적인 성급함을 보여 작은 무더기가 모이기만 해도 어느새 그의 손길이 닿아, 버릴 책들이 따로 놓이곤 했다. 문외한이었기 때문일까. 나는 책을 내다 버리는 일을 은근히 즐기고 있었다. 버리기 위해서 분류하고 정리하고 있다는 사실이 알 수 없는 부유함을 안겨주었다.

민 박사가 장 선생과 약초를 캐러 며칠간 등산을 떠났다. 틈을 타서 나는 밖으로 나갈 결심을 했다. 오래간만의 외출이어서 겁이 나는 것이 아니라 내가 혹시 직면하게 될지도 모르는 어떤 사실이 무서웠다. 나는 관할 경찰서로 가는 버스에 올랐다.

벌써 뙤약볕이 따갑고 바람이 줄어드는 계절이었다. 버스는 진공 속을 지나가는 것만 같았다. 그 뒤로 과거가, 그 온갖 기억이 흡수되고 마는 그런 기적적인 대기층이 있다면, 나는 단 하나의 기억을 팔기 위해 무엇이라도 내줄 준비가 되어 있다. 단하나…… 아 명명하기도 싫은 그 의문. 나는 빈자리에 앉아 심심풀이로 집어 들고 온 잡지의 접힌 면을 펴들었다.

[……] 선생은 동란이 시작된 직후 가족의 몰살을 경험한다. 당시 선생은 부인 이정향 여사와의 사이에 일남 일녀를 두고 있었다. 현재 선생의 슬하에는 민복동 씨가 양자로 입적되어 있을 뿐이다.

1954년 도미, 외과 전문의로서 약 5년간 그곳에서 활발한 활동을 한 후 귀국, 지금까지 D 대학 병원 외과 과장으로 일한 바 있다. 일생 재혼을 거부한 선생은 오로지 의술과 저술에만 몰두하였으며, 1960년대 초부터 한의학에도 관심을 쏟아 1960년대 중반부터 1970년대 중반까지는 약초 채집을 위해 전국을 여행하였고, 한때는 한의학으로 불사不死를 이룰 수 있음을 증명하려 했던 신비주의 의학 단체에도 가입해 여러 편의 논문을 발표하기도 해서 자자히 인구에 회자된 바도 있다. [……]

나는 몇 번이고 머릿속에 들어오지 않는 글자들을 다시 읽었다. 그러나 내가 보고 있는 것은 국도 위를 달리는 한 대의 자동차 안이었다. 남자는 집에 전화를 마치자마자 다시 빠른 손놀림으로 다이얼을 돌린다. 한 여자의 목소리가 나온다. 남자는 노변에서 기다린다. 그리고 다가오는 한 그림자를 향해 차의 문을

연다. 여자가 차 안에 올라탄다. 그들은 달린다. 국도가 어두워
지고 말다툼은 심해진다. 남자는 비웃는다. 여자는 남자의 옆얼
굴에서 시선을 떼지 않는다. 여자의 손이 남자의 넓적다리 위에
놓이고 점점 느린 속도로 그곳을 향해…… 그리고 한순간……
남자는 서울을 빠져나가자마자 국도에 서서 도움을 청하는 어
떤 여자를 차에 태운다. 여자는 도주 중으로 떨고 있다. 그 얼굴
에서 남자는 무엇인가를 본다. 그가 모르고 있던 어떤 것, 그러
나 그가 오랫동안 찾고 있었을지도 모르는 무언가가 거기에 있
었다. 그것이 무엇인지는 아무도 모른다. 그 자신까지도. 남자는
앞만을 바라보며 운전하고 있다. 이상한 평온이, 이제는 더 이상
바랄 것이 없는 그런 상태에서만 느낄 수 있는 평온한 느낌이
남자를 사로잡는다. 여자는 어느새 눈을 감고 잠들어 있다. 남자
는 그것이 죽음이 유혹하는 평온인지를 알지 못한다. 그도 서서
히 눈을 감는다. 어두운 국도 위에 비치는 차의 원거리 조명이
숲의 요철들을 현란하게 드러내 보인다…… 그러나 이 모든 것
은 남자에게 어울리지 않는다.

　남자는 깊은 생각에 잠겨 있다. 그는 집에 있는 아내에게 쓸
편지의 문구를 머릿속으로 다듬는다. 우리가 3년 전에 갔었던
하조대 생각나나? 가을이었지. 그 하늘의 짙푸른 띠에 둘러싸
여 투명한 흰색으로 떠오르던 해변의 사구. 우리는 얼마나 오랫
동안 모래밭에서 누워 잤던 거지? 일어나니까 바람에 날린 모래
들이 머리카락에 들어와 박혀 아주 애를 먹었지. 그때 머리카락
을 털며 네가 보여준 미소라니. 그것은 우리가 나눈, 수없는 사

랑을 그저 하나의 상징으로 바꾸는 그런 미소였지. 나는 어려울 땐 바로 하조대에서의 우리의 오수 그리고 그때의 너의 미소를 생각한다……

어느 것도 내가 본 남편의 그 미소와 부합하지 않았다. 그러나 그밤, 경관이 비추어주던 그 얼굴 위에 나타난 그것. 그것이 정말 미소였던가. 그것은 확실한가. 부검을 위해 시체가 서울 병원으로 옮겨졌을 때 나는 그 미소를 다시 한번 보았던 것이 생각났다.

조 형사는 사건 당일 찍은 사진을 사건이 처리된 후 처분해버렸노라고 말했다. 그렇다고 그를 붙잡고 그때 사진 속 사람의 표정을 자세히 묘사해보라고 할 수는 없었다. 설령 그랬다고 대답한다고 하자. 그렇다고 진전되는 것도 없었다. 그것은 내 머릿속에 박혀 있었고 이미 부식액의 강한 농도로 나의 삶을 조금씩 지워나가고 있는 그러한 미소이므로. 일단 들어가 박힌 다음에는 자치적으로 활동을 계속하는, 다루기 힘든, 기억이라는 바이러스.

내가 묻지 않았음에도, 조 형사는 세 달이 지났는데도 머리 긴 여자의 신원은 확인되지 않은 채라고, 대한민국에 이렇게 실종되는 사람이 얼마나 많은지 알기나 해요, 하면서 나의 방문을 귀찮아했다. 그사이 실종된 가족을 찾는 예닐곱 명의 사람들이 그 여자에 대해 문의하기 위해 왔다가 그냥 돌아갔을 뿐이라고 했다. 그 사람들 주소를 좀 달라고 했다. 조 형사는 아니 정말 귀찮게 구시네, 거 죽은 사람 누군지 알아서 뭐 해요, 하면서도 내 요구 사항을 들어주었다. 실제로 나는 왜 그런 부탁을 했는지 알 수 없었다. 그들과 나를 이어주는 것은 아무것도 없었다. 무의미한 우연밖에는. 나는 조 형사에게 머리 긴 여자의 신원을 아는 데 혹시 도움이 되는 일이 생긴다면 꼭 알려달라고 하면서 연락처를 남겨놓았다. 분하기도 하시겠지만 이제 그만 잊어버려요,라고 말하는 조 형사의 말뜻을 나는 한참 동안 이해하지 못했다. 그는 내가 남편과 모종의 관계가 있었던 여자의 뒷조사를 시작하고 있다고 생각하는 모양이었다. 다른 사람들도 그렇게 생각하겠지.

다음 날도 나는 책 정리에 손도 대지 않았다. 나는 오전 내내 화단 옆에 새로 생긴 개미집 주변에 개미들의 대열이 만들어내는 어지러운 선들을 바라보았다. 그리고 오후에는 또 외출을 했다. 이번에는 남편과 가장 가까웠던 친구 사무실로 찾아갔다. 상대편이 불행하리라고 나름대로 단정해버리고 있는 사람과의 대화만큼 어려운 것도 없었다. 나는 불행했는가. 그 말만큼 무미하고 퇴색한 말도 있던가.

내가 얼마나 그 녀석 좋아했는지 잘 아시죠. 정말 아까운 녀석이 빨리 갔어요. 지연 씨 만난 후부터 사람이 변해서 그렇게 행복에 겨워하더니 말이죠…… 그 친구는 침묵했다. 그가 무엇 때문에 입을 꼭 다물었는지 알 만했다. 그런데 웬일인지 나도 입이 떨어지지가 않았다. 다행이었다. 무엇이라고 질문을 했겠는가. 당신의 친구를 알고 있던 대로 정의해보시오. 그리고 어떤 경우에, 어떤 근육 내지는 신경의 작용으로 사람은 죽는 순간에 미소를 짓게 되는지 그 가능성을 열거해보시오. 그것은 단순히 관골근의 순간적인 활동에 의한 것입니까.

세상을 등진 것처럼 고요하게 흘러가는 민 박사 집의 내 방에 가만히 누워서 나는 가끔, 내가 해양학 관계의 조사를 하는 잠수선을 타고 깊은 바다를 항해하고 있다는 착각에 빠진다. 배의 작은 현창으로는, 미미한 푸른 색조의 바닷물 같은 구분이 안 되는 시간이 지나간다. 모험 영화에 나오는 늙은 학자 선장이 찾고 있다는 고대의 희귀종 물고기의 자취는 보이지도 않고, 단지 기름을 수유받기 위해서만 잠시, 허구적으로 지상에 정박하는 그런 배. 모든 사람에게서 잊힌 전설 속의 배처럼 말이다. 잠시 햇살이 그 깊은 수심으로 내려 비치기도 했지만, 그것은 하도 알맞게 미지근하여 잠든 어느 수초 하나, 한가히 부유하는 어떤 물고기 하나 고요에서 벗어나지 않았다.

어느 날 사십대 중반쯤으로 보이는 한 남자가 문에 들어섰다. 얼굴이 햇볕에 그을린 영락없는 시골의 농부로, 큼지막한 보따리를 두 개나 들고 있었다. 그는 짐을 조심스럽게 현관에 내려놓으면서 아버님이 위에 계시냐고 물었다. 멍청하게 서 있는 내게 그는 자신이 민 박사의 아들이라고 말했다. 민 박사는 서재에 있었다. 남자는 보따리 속에 든 것을 풀어놓으라고 하면서 2층으로 성큼 올라갔다. 남자는 문을 두드리지도 않고 서재로 들어갔다. 민 박사의 수양아들이라는 바로 그 사람인 모양이었다. 보따리 속은 꿀이며 산채며, 햅쌀에 차조 같은 농작물과 미지근한 백설기 덩이까지 담은 올망졸망한 봉지들로 꼼꼼히 채워져 있었다. 왠지 가슴이 뭉클해지고 눈물을 핑 돌게 하는 수확물들이었다. 민 박사의 집에 묵은 지 벌써 한 계절 이상이 지나가버린 후였다. 그리고 나는 한 발짝도 더 앞으로 나가지 못한 채였다.

나는 층계참에 앉아서 2층에서 들려오는 소리에 멍하니 귀를 내맡기고 있었다. 방금 도착한 남자는 목청을 높여, 느릿느릿한 사투리로 그해의 농사 사정이니 동네 사람들 이야기를 민 박사에게 전달하는 것 같았다. 가끔, 허, 저런, 그래서, 어이쿠 같은 감탄사를 발하면서 민 박사는 방문자의 끝도 없는 말을 듣고 있었다. 왜 아부지도 기억하실 턴디요, 고 코 쪼끔 째진 담배밭 주인 말이요, 하면 그럼 기억나고말고! 하는 식의, 내용보다는 서로의 마음의 흐름을 확인하는 것이 더 중요한 그런 대화 말이다. 민 박사 집에 내가 살기 시작한 이래 그토록 길게 그와 이야기를 나눈 사람을 나는 보지 못했다. 두 사람의 정다운 대화는 저녁 늦게까지 계속됐다.

그날 저녁 민 박사는 아들과 단둘이 상을 받았다. 박사 아버지에 농군 아들. 그렇지만 민 박사는 참 이상한 사람이었다. 그날 저녁의 민 박사는 꼭 일생을 그렇게 아들과 살아온 사람처럼 평소와는 다른 사람이 되어 있었다. 나는 일찍 내 방에 들어가 잠을 청했다. 저녁 늦게야 나는 민 박사가 장 선생을 불러 시간이 늦었으니 아들을 차로 시골까지 데려다주고 오라고 이르는 소리를 들었다. 민 박사의 아들이라는 사람은 여전히 부산하게

떠들었고 장 선생에게는 오래된 지기처럼 반말을 하면서 거절
은커녕, 집에 담가놓은 술이 있다면서 오히려 장 선생의 밤 운
전을 부추겼다. 그들이 떠나고 난 후 집 안은 다시 예의 바다 밑
의 고요와 정지된 것 같은 푸른 시간을 되찾았다. 잠수함 속에
는 선장도 조수도 없었으며, 현창 밖에는 수초들의 미로만이 있
었다.

   아무 이유도 없이, 단지 밤 운전을 매개로 한 기계적인 연상
작용 외에는 아무런 연관이 없는데도 나는 차가 떠난 후부터 잠
을 이룰 수가 없었다. 새벽 4시가 넘어 문밖에 머무르는 자동차
의 소리가 들리고, 이어 철문에 열쇠가 꽂히는 소리가 들릴 때
까지.

   사람들이 무언가를 추구할 때는, 전혀 상관없는 것처럼 보이
는 사실에서 엉뚱한 유사성을 발견하곤 하는 모양이다. 특히 그
추구하는 것의 끝이 보이지 않는 절망적인 상황에서. 혹은 이것
은 나에게만 해당되는 경우일까?

   민 박사 댁에서 산 지 6개월이 넘은 즈음 나는 우연히 민 박사
의 삶에 관한 한 가지 사실을 듣게 되었다. 책으로 기둥을 이루
었던 층계 주변이 훤하게 비었고, 2층의 서재를 둘러싼 서가가
드문드문 빈칸이 생길 정도로 환해졌다. 참으로 많은 책과 많
은 글이 쓰레기통에 버려졌다. 다락이나 광에 널브러져 있는 책
들을 제외하면 집 안에 있는 것들은 어느 정도 정리가 되어가고
있었다. 민 박사의 지시대로 일단 자리를 찾은 그 책들에 분류

번호를 표시하기 위해 부착용 종이를 한 무더기 사가지고 집에 들어오는 날, 나는 아마도 그 집에 살게 된 이후 처음으로 민 박사와 장 선생에게 반짝 빛나는 웃음을 선사했다.

그러나 기실 나는 지쳐 있었다. 그사이 간헐적으로, 그럴 때는 꼭 미친 듯이 나의 비밀스러운 조사에 매달렸다. 어쩌면 비밀스러울 것도 없었다. 장 선생은 잘 알고 있는 일이었다. 많은 사람을 만나보았다. 남편의 직장 동료들, 그의 가깝고 먼 친구들, 사건을 전달받은 사람들. 그리고 아주 여러 번에 걸쳐서 조 형사를 찾아가 괴롭혔고, 그가 준 아무 주소나 받아 들고 상관없는 그들을 찾아가 엉뚱한 질문을 하고 오곤 했다. 여전히…… 아무 것도…… 아무도…… 이런 부정의 서두로 시작될 수밖에 없는 고통스러운 그 수많은 헛걸음들.

나는 그만 민 박사 댁을 떠날 때가 왔다고 생각했다. 책의 정리도 대강 되었고 녹음테이프의 내용을 기록으로 바꾸는 일은 누구든지 할 수 있었다. 하기는 책 정리도 마찬가지. 나 아닌 다른 사람이었으면 어쩌면 한 달 안에 끝냈을 일이 아니었던가. 이러한 운 좋은 그러나 거추장스러운 괄호와도 같은 삶의 유예 기간은 너무 오래 지속해서는 안 될 것이었다. 나는 새롭게 살길을 찾아야 했다. 나는 나의 감금된 우주를 덮어버리는 그 미소에서 어떻게든지 헤어나야 했다. 어떻게든지. 나는 가끔 집으로 민 박사에게 안부 전화를 하는 D 병원의 수간호사 홍 선생을 찾아갔다. 어디든지 하다못해 보조원 자리라도 구할 수 있겠지.

바로 그때 나는 수간호사에게서 민 박사에 얽힌 돌의 이야기를 들었다. 그 수간호사는 젊었을 때 나처럼 민 박사의 일을 도운 적이 있었다. 나는 새 일자리를 부탁하는 대신에 한 노인과 돌의 이야기를 가지고 집으로 돌아왔다. 아니 내 심장에서 자라나던 돌의 이야기. 나는 또한 민 박사가 외출하고 없는 어느 저녁 시간에 장 선생에게도 민 박사의 돌에 대한 얘기를 해달라고 졸랐다. 어쩌면 진부할지도 모르는 이야기. 관심만 조금 가지면 주변의 어느 가정에서나 한 번쯤은 듣게 되는 비슷비슷한 이야기. 그러나 답 없는 비밀의 미로에 빠진 그 시절의 나 같은 사람에게 삶의 모든 것은 출구를 표시하는 지표들이었다.

어떻게 잡히지 않는 이 이야기를 단순하게 할 수가 있을까. 한 의사가 겪은 평범한 전란의 이야기를 나는 다음과 같이 이해했다. 이것은 나의 월권일까? 이 이야기에 민 박사 자신은 동의할 것인가?

여기 삼십대 초반의 한 외과 전문의 민주환이 있다. 부인과 일남 일녀를 둔 젊은 의사. 그리고 전쟁이 일어났다. 민주환은 근무처인 서울 시내의 한 병원에서 전란의 소식을 듣고 집으로 돌아온다. 피난을 가려고 해도 억수 같은 비 때문에 동네 어귀까지 나갔다가 다시 되돌아온다. 이튿날 아이들을 지하실에 피신시키고 방에 들어와 짐을 정리하면서 정황을 보고 있는데, 창문이 깨지면서 안방에 자그마한 돌 하나가 떨어졌다. 허리가 잘록 들어간 조약돌 한 개. 돌에는 쪽지가 매어져 있었고 거기에는 다음과 같이 씌어 있었다.

"3차 숙청에 민 선생님 이름이 올라 있으니 얼른 피신을 해주시오. 샛골 어귀 농가에 가서 채민형을 찾으시면 고향 가는 배편 도움을 줄 것이오."

민주환은 그 글의 주인을 알지 못했다. 자신의 신상을 잘 알고 있는 듯한 이 사람은 대체 누구일까. 고향 사람일까, 아니면 사상은 달라도 그를 아까워하는 누구? 물론 그 글의 주인이 찾아보라는 채민형이라는 이름도 처음 듣는 것이었다. 그는 종이를 태우고 난 후, 한밤중에 아이들을 깨워 피난길에 올랐고 몇 날 몇 밤을 걸어 샛골에 도착, 쪽지에 적힌 채민형이라는 사람을 만나 그의 도움으로 무사히 부모가 있는 고향에 다다른다. 대구 지방에 살던 동생도 와 있었다. 그리고…… 채 열흘도 되지 않아, 이렇게 한자리에 모인 온 집안이 몰살을 당했다. 안방에 당당하게 앉아 있던 부모부터, 다락에 숨어 있던 동생, 잠시 뒷산에 갔던 아내 그리고 마당에서 놀던 어린아이들까지. 단지 뒷간에 구덩이를 파고 매달려 북군이 마을을 빠져나가기를 기다리고 있던 민주환만 제외하고.

뒤늦게 정신을 차리고 이미 반쯤 타버린 샛골의 그 농가를 찾아보아야, 강을 건너게 해준, 단 한 번 만났던 채민형이라는 사람에 대해 고향 사람들 주위로 수소문해보아야…… 아무런 것도 알 수 없었다. 그 인물은 그 지방 사람이 아니었다. 고향의 어느 누구도 그런 이름을 알지 못했다. 그는 모든 것을 잃고 홀홀히 이 땅을 떠난다. 그리고 다시 돌아온다.

귀국 후의 민주환은 중년의 중요한 시기를 한 가지 일에 바쳤을 것이다. 약초 채집. 그렇지만 그에 앞서 민주환은 전쟁 전에 그가 살던 서울의 동네로 돌아가 그에게 돌을 던진 장본인이 누구일까에 대해 모든 가능한 수소문을 했으리라. 가정假定만 있을 뿐인 함정들. 고향 사람과 타향 사람, 적과 은인, 제자와 배반자가 뒤섞여 모두 어두운 이력으로만 다가오던 그 음험한 수소문들. 불확실하며 위험스러운 가정을 버리고 그가 찾아야 했던 것은 채민형이라는 사람의 자취였다. 적어도 한 번은 확실하게 맞대면한 적이 있는 그 사람.

단 한 가지 질문을 하기 위하여, 그는 미국에서 돌아왔다. 대체 누가? 무슨 목적으로? 한밤중에 그의 집에 돌을 던졌을까. 돌에 묶인 쪽지에서처럼, 그를 숙청 대상에서 구하기 위해? 아니면 온 가족을 한자리에 모아놓고 단번에, 쉽사리 없애기 위해?

42세에서 57세에 이르기까지 15년이라는 세월을 민주환은 그 한 가지 사실을 밝히려 국토를 헤매고 다닌다. 약초에 대한 연구의 이름으로 행해진 수많은 여행의 자취들은 바로 채민형이라는 인물과 연관된 사람들이 살고 있는 지역들과 일치했을 것이다. 그러나 채민형의 자취는 아무 데서도 발견할 수 없었음에 틀림없다. 그의 수소문과 추적은 그의 연구만큼이나 철저하고 단계적이며 세밀했으리라. 그러나 사람들이 제공하는 그 인물에 대한 정보는 많건 적건 의미가 없었을 것이다. 민주환이 찾은 것은 그였기 때문에. 바로 돌의 임자, 민주환을 채민형에게 보낸 바로 그 사람의 진정한 의도였기 때문에.

단 한 가지 그가 찾아낼 수 있었던 것은 채민형의 아들이라고 추정되는 한 고아였을 뿐이다. 그러나 그것도 정확하지가 않다. 민주환은 열서너 살의 복동을 찾고부터, 그의 고아원 신상 기록을 통해 몇 사람을 더 만난다. 그러나 그 또한 시간과 인연으로부터 너무 멀리 비켜 간 무의미한 우회의 길이었으리라. 어떻건 언뜻 보아서는 이해되지 않는, 민주환과 복동의 관계는 이어진다. 복동을 고아원에서 빼내와 고향의 한 부인에게 맡기고 그의 성년기까지 부친만이 가질 수 있는 자상함으로 양육과 교육을 돌보면서도 그는 여전히, 철저한 그의 추적을 계속했고 그에 대해 한 번도, 단 한마디의 언질도 복동에게 주지 않았을 것이다. 복동이 29세에 이르러 법적 절차를 밟아 민주환의 양자로 입적될 때까지도. 그때 민주환의 나이는 57세였다.

결국 민주환은 아무런 대답도 얻지 못하고 주변적이며 불분명하고 연관성이 없는 잡다한 사실들만을 얻은 채 그의 질문을 포기하는 데 이른다. 어떤 계기로 그가 그것을 그만두었는지는 알수가 없다. 어쩌면 구체적이며 사건적인 계기는 없었을 것이다.

물론 나는 이 사실들을 알고 있다는 것을 민 박사에게 내색하지도 않았거니와 더 많은 사람들을 통해 자세한 사실들을 확인해보지도 않았다. 그것이 내가 그토록 많은 신세를 진 민 박사에 대해 베풀 수 있었던 최소한의 배려였다. 그리고 그것은 내가 이해한 한 노인 민주환이었다. 민 박사는 거의 1년 전 그 사건의 현장에서, 죽은 남편의 얼굴에 그토록 선명히 남아 있던 미소를 보았음에 틀림없다고 확언하는 것 또한 나의 권리에 속한다. 그는 죽은 자의 미소에 못 박혀 있던 한 젊은 여자의 시선에서 무엇을 보았던 것일까. 그것을 슬픔이 만든 왜곡된 미로의 시작이었다 하자. 그는 나에 앞서 그것을 보았겠지. 출구 없는 미로에 빠져본 사람은 절대적인 고독이 가르쳐주는 직관으로 세상을 감지하니까. 그러나 이제 와서 그게 무슨 의미가 있겠는가. 어떻건 그 이후 나는 서서히 죽은 남편의 유령 같은 미소에서 멀어져갔다.

나는 그 후 6년이나 더 민 박사 댁에 머물렀다. 그가 복동 씨의 통곡에 젖은 무릎 위에서 운명을 한 후에도 한참을 더. 어느새 나는 민 박사와 스스럼없이 가까워져 있었고, 임종 얼마 전, 할아버지에게 어리광을 부리듯이, 한 학자의 반생을 뒤흔든 그 돌조각의 행방을 물은 적이 있었다. 그는 대답 대신 딴청을 부리며 나들이나 가자고 했다. 우리가 간 곳은 그의 고향 근처, 복동 씨의 집이 있는 한 강가 마을이었다. 그는 강가의 길을 걷다가 길 위에 널브러진 여느 조약돌 중의 하나를 집어 들었다. 그리고 그것을 내게 건네주며 강물 멀리멀리까지, 가능한 한 멀리 던져보라고 했다. 내 손을 떠난 그 납작한 조약돌은 한 번, 두 번, 세 번 매끄러운 수면 위를 스치며 날아갔다. 물 차는 제비처럼 날렵하게. 내 짧은 생애에 가장 멋지게 띄워본 물수제비였다.

민 박사가 우리를 떠난 후 나는 뒤늦게 장 선생의 멋없고 건조한 청혼을 받아들였으며 그를 도와 민 박사의 업적을 정리·출판하는 일을 맡았다. 그중 한 논문에서 본 다음과 같은 구절이 오랫동안 내 기억에 남았다. 드물게 쓰레기통 신세를 면한, "과학의 우연성에 대한 소고"라는 제목의 짧은 논문이었다.

　[……] 이처럼 두 신체 부위에 대한 엄청난 지식이 총망라되었다고 해도 그 접합의 다양한 외과적 실험에 있어서 과학자에 의해 계산된, 바로 그 결과가 나타내는 예는 실로 드물다. 이는 인간 역사의 한 가지 행동이나 의도가 꼭 그 예상된 결과를 낳지 않음과 같다. 이때 과학자는 질문한다. 나의 지식의 어딘가에 차질이 있었던가 하고. 그러나 불가지론과는 무관하게 과학의 세계는 늘 예상 외의 놀라운 결과를 연출하며 이 앞에서 과학자는 한계성과 무한성이라는 심히 아름다운 상반된 우주의 법칙을 마주하게 된다. 그때 과학자는 자신이 질문을 잘못 던졌음을, 다른 방식으로 질문을 던져야 함을 인정하는 것을 배운다 [……]

　민 박사가 그의 힘겨운 추적을 그친 바로 다음 해 발표된 것이었다.

(1992)

워싱턴 광장

어느 날 아침, 머릿속 가득히 한 곡의 이중창이 채워져 있었다. 머릿속 작은 우주뿐 아니라 방 안 가득히, 도시 가득히 그리고 저 먼 우주까지 가득히. 그것은 여느 상쾌한 이른 아침 휘파람 곡으로 되어 입술 사이를 새어나오는 작은 행복의 표시 같은 것은 아니었다. 때가 지나가버린 유행가 가락이며, 음악이라기보다는 부르짖음에 가까운 그런 이중창. 변성기를 멀리 둔 여리고 쉰 두 개의 목소리가 만들어내는 이 이중창은…… 유년의 스산한 교실에서, 당장이라도 중요한 사건이 벌어질 것 같은 지방 소도시의 적막한 뒷골목에서, 복개천 근처에 버려진 시멘트 토관 속에서, 폐허가 된 한 빈집 속에서 울려 퍼지고 있었다.

　나의 머릿속이 이 괴상한 이중창으로 가득 차는 것은 처음은 아니었다. 가끔 아득한 느낌과 함께 이 노래의 언저리가 잠시 부상했다가 사라지지만 일상은 그것을 쫓아갈 수 있는 여유를 한 번도 내게 동의해주지 않았다. 그것은 다행한 일이었던가.

모르겠다. 한번은 면도를 하던 중에 그 노래가, 늘 그렇듯이 가벼운 통증과 함께 습격하듯이 덥친 적이 있었다. 면도기가 턱에 생채기를 내었기 때문에 그 노랫가락이 떠올랐던 것인지, 떠오른 그 곡조 때문에 면도기가 미끄러졌던 것인지 기억이 확실하지 않다. 기억에 남는 것은 그때의 내 얼굴 표정. 어떤 방법으로도 위로되지 않겠다는 완강한 슬픔의 표정 그것이었다. 위로되지 않으면 어쩌겠다는 것인지, 일부러 가까운 미래에 일어날 즐거울 일들을 상상해보아도 그 굳은 표정은 쉽게 풀어지지 않았다. 그때만 해도 나는 피식 웃을 수 있었다. 마치 내 삶이 내게 속한 것이 아닌 어떤 것처럼, 나의 느낌은 그저 방전해두면 언젠가는 흔적을 남기지 않고 사라져버리는 전지처럼 소홀히 할 수 있는 그런 무의미한 것인 듯이 빨리 변덕스러운 그 순간이 지나가기만을 기다렸다.

이럴 때면 나는 습관적으로 어떤 구체적인 이유를 찾곤 했다. 곧 결단이 날 것같이 삐걱거리는 인간관계나 혹은 중요한 공연을 앞에 두었다든지 혹은 전망 없는 앞날에 대한 불안같이, 약간의 시간과 정신을 할애해서 추리해보면, 스스로를 안심시킬 수 있는 가짜 이유들 말이다. 그날 아침에는 나는 그런 이유조차 찾아내지 못했다. 기계적인 집중 이상을 요구하지 않는 정기 연주회를 위한 연습이 이유가 될 수는 없었다.

그리고 내게 그 믿을 수 없는 일이 일어났다. 나는 그날, 도심의 한 지하철역의 오렌지색 때 긴 의자에 앉아, 밀려드는 승객의 부산스러움에 꼬았던 다리를 풀고, 보던 신문을 접고, 그날은 왜 그랬는지, 슬그머니 아무런 구체적인 계획도 없이 집으로 돌아가는 일을 포기하고, 앉아 있던 의자에서 일어섰다. 일단 일어서고 나서야 나는 내가 무엇을 보았기 때문에 일어섰을지도 모른다고 생각했다. 나는 무엇을 보았던 것일까. 내 주변에는 여전히 무관하고 발악적인 군중이 있을 뿐이었는데. 나는 몽유병자가 흔히 그러듯이 거의 무의식적으로 내가 걸어 내려온 층계를 다시 올라갔다. 내 옆구리에는 지루하게 구겨진 석간신문이 매달려 있었는데 나는 그것이 무슨 중요한 물건이나 되는 양 팔꿈치로 힘주어 누르고 있었다. 마치 그것이 그 거대한 대양에서 내가 잡을 수 있는 단 하나의 부표라도 되는 것처럼. 나는 예정 없이 입구가 지상으로 뚫린 출구를 향해 어렵게 밀려가고 있었다.

그때, 바로 나는 그 여인을 보았던 것이다. 여인은 지하철 입구 위쪽의 희붐한 가을 하늘을 배경으로 한 채, 층계 한구석에 쭈그리고 앉아 있었다. 마치 하늘을 화면으로 상영되는 불행한 영화의 여주인공처럼 그날 저녁에 본 여인의 모습은 나의 걸음을 단번에 멈추게 했다. 나는 층계 밑에 서 있었기 때문에 도시의 저녁 역광 속에 앉아 있는 여인의 얼굴은 어렴풋이 시야에 들어왔을 뿐이었다. 그러나…… 어떻게 설명하면 좋을까? 나의 눈은 정확히 그 여인의 얼굴 특징들을 알아보았다. 갸름한 윤곽과 두터운 입술, 오만하게 들어 올려진 각진 턱과 중간에서 흐려지는 코의 선들을. 그러나 이렇게 여인의 얼굴을 뜯어보면서 확인한 것들이 하나의 영상으로 조합되는 데는 시간이 걸렸다. 그 얼굴에, 내가 오래전에 알고 있었던 그 이름을 붙일 수 있을 때까지는 얼마의 시간이 흘렀던가.

층계 한중간에 서 있는 나를 지푸라기처럼 내던진 채, 때로는 옆구리를 쥐어박으며, 때로는 불평의 말을 중얼거리며 무수한 행인들이 지나가고 또 지나갔다. 기억의 무서운 물살에 나를 홀로 던져놓고. 나는 그 얼굴을 알아보지 않을 수 없었다. 이제는 여인이라고밖에는 달리 부를 길이 없는 그 소녀의 얼굴을.

뒤늦게 나는 갑자기 나를 침범한 두려움으로 황망해진 걸음을 층계 쪽으로 몇 번 옮겼을 뿐이었다. 좀 전에는 그토록 또렷하게 모습을 드러낸 여인이었는데, 내가 다시 바라보았을 때, 여인은 모아 세운 무릎 위에 두 팔을 두르고 고개를 파묻고 있었다. 여인은 벌써 오래전부터, 어쩌면 내가 그 모습을 발견하기 훨씬 이전부터 그곳에서 잠이 들어 있었을 수도 있지 않을까? 낡은 캐시밀론이 비어져 나오는 점퍼에 깊숙이 묻힌 그 얼굴을 내가 정말로 보았던 것일까. 바로 조금 전까지 여인은 피로로 움푹 들어간 큰 눈으로 나를 마주 보고 있었고 그 시선 속에서 그녀를 알아본 나의 느낌을 어떻게 증명할 수 있을까. 그러나 그것마저도 나는 확신할 수가 없었다. 적막 수천 리를 가로지르는 막막한 저속低速으로 나는 얼굴을 파묻은 여인 앞으로 올라갔다. 누런 종이 상자 귀퉁이에는 아무렇게나 그려진 글씨들에 뒤섞여 동전 몇 개가 떨어져 있었다.

그러나 나는 차마 여인의 앞에 놓인 그 진부하고 상투적일 구걸의 구절을 읽을 수가 없었다. 그 여인이 그토록 오랜 시간이 지난 후에 그 몇 음절의 구걸의 문장으로 요약되는 것을 나는 용납할 수 없었다.

왜 어색하게 그려진 그 글자들은 나의 흐려진 시선 속에서 활짝 벌린 입의 미소로 보였을까. 앞니가 한두 개 빠지고 때로는 아주 희극적일 수 있는 그런 얼굴. 아니면…… 여자가 글자 대신에 여나믄 개의 미소를 그려놓은 것 같았다. 그리고 그것은 곧바로 구체적인 어떤 목소리로 변했다. 무언가 곡조를 읊고 있는 목소리, 오랫동안 나를 따라다니던 목소리, 벌써 오래전부터 잊힌 목소리. 그러나 나는 여자 위로 몸을 숙여 내면에서 울려 나오는 한 이름을 부르지 않았다. 오히려 그 이름에 여자가 고개를 들어 나를 바라보고, 나의 변모된 얼굴을 알아보는 대신, 기계적이게 되어버렸을 구걸의 말이 그녀의 입에서 튀어나올 것이 두려워 나는 빠른 걸음으로 도망치듯이 여인에게서 멀어져갔다.

나는 오래 망설이지 않았다. 연습이 끝난 후 나는 단원 일행과 헤어져 시내 쪽으로 나오면서, 나도 모르게 전날 걸인 여인을 목격한 지하철역 쪽으로 되돌아왔다. 너무 이른 시간이었던가. 지하도 층계에는 아무도 없었다. 그렇지만 전날에 내가 지하철을 타려던 시간과 비슷한 시간이었다. 나는 지하도 옆에 있는 신문 판매대에서 일간지 몇 장을 건성으로 고르면서 입안에서 나오려는 질문을 애써 감금하였다.

"혹시 어제저녁 저쪽 지하도 층계에 앉아 구걸하던 여자를 기억합니까?"

나는 공연히 지하도의 여러 입구 주위를 머뭇거리다가 다시 처음의 자리로 돌아왔다. 그러고는 지하도 입구에서 멀지 않은 한 다방으로 들어갔다. 꼭 만나야 하는 사람을 기다리기 위해 그곳에 들어온 것처럼, 나는 초조한 기색을 보이면서 다방 안을 휘둘러보았다. 나는 방금 비워진 창문 옆의 테이블로 가 앉았다. 행인들은 모두 나처럼 간밤에 불면에 시달렸던 것인지 피곤한 얼굴로 짙은 채색유리 저편을 가로질러 갔다. 나는 분주한 거리의 수없이 반복되는 풍경을 바라보고 앉아 있었다. 유리벽처럼 매끈하게 평면적이며, 그 선처럼 단조로운 풍경들. 지금까지의 나의 삶의 풍경이기도 한 그 매끈한 표면의 풍경 속에 누군가가, 어제 본 그 여인이 다시 그 자리에 나타나기를 확신 없이 기다리고 있었다. 시야에 한 사람이 나타나면 그 사람이 시야에서 사라질 때까지 멍하니 그 발걸음을 시선으로 뒤쫓으면서.

가끔 아주 짧은 순간 거리가 행인 하나 없이 비기도 했다. 왁자지껄한 어떤 모임의 한 순간에 갑자기 이상하고 불편하고 불안한 정적의 순간이 침범하듯이. 갑자기 거리에서 행인이 사라질 때면 지하철 입구가 비교적 훤하게 틔어보였다. 입구에서 서너 층계 내려간 곳에…… 지금은 여전히 아무도 없었다. 그 짧은 정적의 시간이 지나면 다시 행인들의 무리가 거품을 만들며 거리와 층계를 메우고…… 방과 후면 아직은 지펴지지 않은 난로 주변에 몰려선 아이들을 관객으로 삼고 노래를 부르던 아이가 있었다. 우리가 알고 있었던 것은 얼마 전에 이사 온 그 아이가 산동네의 어딘가에서 정신이 온전치 않은 엄마와 살고 있다는 것뿐이었다. 이상하게 말이 없고 여리고 수줍어 보였지만 꼭 아무도 모르는 나라에서 온 것처럼 무심하면서도 경계의 눈초리에 과장된 악의가 배어 있던 가난한 몰골의 여자아이. 바로 그 아이는 무릎을 기운 바지를 숨기려 하지도 않고 한 다리를 걸상에 걸치고 기타 반주에 맞추어 돈을 벌고 있었다. 기타가 없어도, 목소리가 청승스러워도 방과 후의 이 공연에는 관객이 많았다. 때로는 상상 속의 기타를 가까이 껴안았다가, 때로는 팔을 뻗어 밀어냈다가 하면서, 정말 무대에 익숙한 인기가수처럼, 아이는 반달처럼 큰 눈을 반쯤 슬프게 감고 쉰 목소리로 노래를 불러댔다.

저 넓은 광장 한구석에
쓸쓸히 서 있는
그 사람은 누구일까
만나보고 싶네

"워싱턴 광장"이라는 제목의 이 노래를 여자아이가 부를 때면 왜 기타가 있어야 하고, 어떤 구절에 이르러서 왜 여자아이는 꼭 눈을 감아야 하는지 알 수 있는 아이는 아무도 없었다. 여자아이가 노래를 마치면 둘러서 있는 다른 아이들은, 돈이 될 만한 물건이나 동전 혹은 드물기는 해도 가끔 땟국에 절은 소액의 지폐 같은 것을 여자아이 앞에 놓인 빈 구두 상자에 던져 넣었다. 그러나 서너 곡의 노래를 끝내고 나면, 아이는 상자 뚜껑을 닫아 옆구리에 끼고는, 그 새침하고도 차갑도록 무관심한

얼굴을 하고는 어느 누구에게 인사도 눈짓도 없이 교실을 나가
곤 했다. 다음 날도, 그다음 날도, 약간의 변화가 있을 뿐 이 방
과 후의 난로 주변의 원은 지칠 줄 모르고 그려졌다. 음악 시간
에 선생님의 풍금에 맞추어 천사 같은 얼굴을 하고 「향기로운
월계꽃」을 따라 부르는 아이들의 머릿속에서는 어두운 목소리
의 「워싱턴 광장」이 있었다. 수업 시간에 그 여자아이가 있었는
지 없었는지는 기억에 없다. 그러나 방과 후면 어김없이 팔꿈치
를 덧댄 녹색 스웨터에 빛바랜 군청색 바지를 입고 아이는 나타
났다.

무엇에 끌려 나는 어느 날 은행나무가 있는 집 동네를 훨씬
벗어나 뒷산 언덕에 가시철망 너머로 사라지는 여자아이를 뒤
쫓아갔던 것일까. 내가 뒤따라오는 것을 알고 있으면서도 여자
아이는 한 번도 뒤를 돌아다보지 않았고, 쫓아오지 말라거나 혹
은 좋다거나 하는 어떤 가부의 신호도 보내지 않았다. 노래를
부를 때마다 여자아이가 내 쪽으로 자주 시선을 주었다고 느낀
것은 나의 착각이었을까. 조만간에 여자아이 편에서 어떤 겁나
는 반격이 다가올 것을 예상하고 있는 사람처럼 나는 짐짓 양미
간을 잔뜩 찌푸리고 여자아이를 뒤쫓아갔다. 그러나 그 긴 시간
동안 여자아이는 아무런 반응도 보이지 않았다. 산동네에는 집
도 드물었고 가을의 하늘 색은 내 기억 속에서는 보라색이었다.

여자아이는 야산 중턱에 있는 버려진 것 같은 채마밭 앞에서
걸음을 멈추었다. 나도 걸음을 멈추었다. 채마밭 저편으로는 움
막이라고밖에 할 수 없는, 천막이 둘러쳐진 판잣집 한 채가 놓

여 있었다. 카키색 비닐 천막의 한 자락이 언덕을 오를수록 심해진 바람에 가끔 펄럭였다. 여자아이는 한참을 꼼짝 않고 서 있었다. 그러고는 내가 서 있는 쪽으로 홱 고개를 돌려 나를 원망 가득한 시선으로 바라보았다.

"애들한테 말하면 죽여버릴 거야."

그 눈은 그렇게 말하고 있는 것 같았다. 그러나 무서움보다 강한 어떤 것이 나를 그 자리에 머물게 했다. 여자아이는 천막을 쳐들고 그 안으로 사라져버렸다. 그러고는 정적이었다. 천막집 안에서도 밖에서도. 채마밭 주변에는 이미 다 시든 칸나 꽃나무가 일렬로 서 있었다. 꽃이 떨어진 칸나 꽃대는 하늘처럼 짙은 보라색 화육을 위협적으로 내보이고 있었다.

추억의 그 언저리의 삶은 왜 이리 징그러운 영상으로 들어차 있었던 것인지. 나는 갑자기 선잠에서 깨어난 사람처럼 끊임없이 들락거리는 다방 안의 사람들과 실내의 음악을 뚫고 밖에서 울려오는 사이렌 소리에 귀를 기울였다. 그러나 이 다방에 들어온 이래 내 귓속을 맴돌고 있는 것은 전날 저녁부터 머릿속을 한순간도 떠나려 하지 않는 그 이중창의 음색이었다. 내가 멍하니 한눈을 팔고 있던 사이, 전날 그 여인이 앉아 있던 지하도의 층계쯤에는 언제부터인가 한 노파가 보자기를 앞에 펼쳐놓고 허름한 가방에서 물건들을 꺼내고 있었다. 플라스틱 머리빗이나 귀이개, 솔, 수세미 같은 잡화를 벌여놓았을 노파의 허술한 보자기를 기웃거리기에 행인들의 걸음은 너무 빨랐고 가끔 나이 든 부인들이 그 앞에 멈추어서서 몇 마디의 말을 주고받는 것 같았지만 물건을 집어 드는 것은 보이지 않았다. 노파 근처에는 주머니에 양손을 넣고 귀마개를 두른 어린 소년 하나가 맴돌고 있었다. 그렇지만 자세히 보면 그것은 귀마개가 아니라 가는 끈이 연결된 워크맨 같기도 했다. 사람들 사이를 옮겨다니며 부산하게 움직이는 소년의 몸짓은 어디서 많이 본, 유행하는 춤 같기도 하다.

학교가 파하고 나면 나는 거의 매일 여자아이의 뒤를 쫓아갔다. 여자아이는 늘 야산의 천막으로 돌아가지는 않았다. 때로 아이는 시장 쪽으로 갔다. 특히 방과 후 아이들에게서 거두어들인 것이 없을 때 아이의 걸음이 시장을 향한다는 것을 나는 여러 번의 관찰로 어렴풋이 알아차릴 수 있었다. 거기서 여자아이는 시장 바닥에 푸성귀나 배춧단을 놓고 파는 그녀의 어머니를 도와 가까운 거리에 배달을 하거나, 어머니를 대신해 어른들과 배춧값 흥정을 하기도 했다. 시장 거리에서 그리 멀지 않은 곳에 나의 아버지가 하고 있는 잘 닦여진 커다란 진열창이 달려 있는 양복점이 있었기 때문에 나는 엄숙한 얼굴로 뒷짐을 지고 진열창 너머로 밖을 바라보는 아버지의 눈에 띌까 두려워 여자아이가 시장에 가는 날은 일찍 집으로 돌아왔다. 집에 돌아오면 나는 숨듯이 뒤꼍으로 갔다. 그즈음 막 금술 장식을 주렁주렁 단 가지를 펼쳐 늦가을 하늘을 더욱 푸르게 쓸고 있던 은행나무 옆에 앉아 나는 지금 생각하면 참으로 청승스럽게 「워싱턴 광장」이라는 제목의 그 유행가 가락을 여덟 살 생일 선물로 받은 하모니카로 연습했다. 나의 그 공들인 연습이 언젠가 소녀 앞에서 빛을 발할 수 있기를 갈망하면서, 마치 내 장래 희망이 하모니카 주자라도 되는 것처럼 혼신을 다해 여자아이가 우리들 앞에서 부르는 유행가 가락들을 익혔다.

그 일을 생각할 때면 가끔 하모니카에 비벼 얼얼해진 입술의 느낌이 그대로 되살아오기도 했다. 그런 몰입은 삶에 자주 일어나지 않는 어떤 것이었다. 아, 나는 진정, 소녀가 부르는 노래를 반주하는 하모니카 부는 사람이 되고 싶었다. 그리고 잘 생각해보면 나는 실제로 거기에서 그리 멀리 가 있는 것도 아니었다. 사력을 다해 앞으로, 앞으로 뛰어왔다고 생각했지만 뒤를 돌아 달려온 거리를 보면 제자리걸음에 방불한 헛된 달음질. 확신 없는 후원자들의 동정과 허영심으로 운영되는 이름 없는 작은 교향악단의 제2플루트 주자가 하모니카 부는 소년보다 더 나을 것이 무엇 있겠는가.

언제부터인가 내 앞자리에는 빈자리가 나기를 기다리는 한 여자가 앉아 있지만 나는 언제 그녀가 내게 허락을 구했는지, 내가 동의의 표시를 했는지 아무런 기억이 없었다. 아마도 약속 시간에 나타날 누군가를 시선으로 찾고 있는 여자는 외투를 벗어 무릎 위에 가지런히 접어놓고 가끔 앞에 앉은 나의 얼굴에도 시선을 주었다. 끊임없이 불안정한 눈동자를 움직이면서 다방 안을 휘둘러보는 여자의 시선에서 나는 찾을 대상이 불확실한 사람이 내보이는 부산한 공허를 보았고, 눈 주위의 검은 화장으로 그것은 더욱 깊어 보였다. 서로 마주치기를 피하던 여자의 시선과 나의 시선이 어느 순간 부딪쳤다. 나도 여자도 어색하게, 서로에게 미안한 표정을 내보이며 미소를 지었다. 시간이 지남에 따라 창밖에는 점점 더 많은 노점상들이 불을 밝히고 늘어섰다. 잠시 거리가 비면서 지하철 입구가 드러나 보이는 순간은 점점 더 드물어졌다. 그래도 행인들의 바쁜 걸음 사이로 웅크리고 앉아 있는 노파의 모습이 가끔 부분적으로 드러났다. 노파의 옆에도 무언가를 접었다 폈다 하면서 행인들에게 물건을 들어보이는 한 젊은 남자가 자리를 잡았다. 걸인 여인이 나타나기에는 이제는 정말로 늦은 시간이었다. 앞에 앉은 여자는 희고 가느다란 팔목을 드러내며 천천히 주문한 차를 마셨다. 그러나 그녀의 시선은 여전히 실내를 빠르게 훑고 있었다. 내가 아주 오래전부터 조금씩 익히게 된 그러한 공허의 표정.

토요일? 아니면 일요일? 집 안이 완전히 비어 있던 날, 나는 하모니카를 들고 단숨에 뒷산 언덕을 뛰어올라 천막집 앞에 섰다. 방망이처럼 뛰는 가슴을 부여잡고 나는 여자아이의 이름을 큰 소리로 불렀다. 큰 소리? 내가 고함이라고 생각한 나의 목소리는 필경 제대로 목구멍을 넘어 나오지도 않았는지 모른다. 천막 저편에서는 아무런 소리도, 미동도 없었다. 빽빽한 칸나 꽃밭에서 쥐 한 마리가 후다닥 튀어나와 눈 깜짝할 새도 없이 어디론가 자취를 감추었을 뿐이었다. 나는 더 크게, 여러 번, 아이의 이름을 불렀다. 모스부호로 구조 타전을 치는 난파선 선원의 심정이 그러했을까. 그리고 아이가 나왔고…… 아이의 표정이 어떠했는지, 우리가 어떤 말을 나누었으며, 어떤 과정을 거쳤으며, 얼마간의 시간을 밖에서 마주 보며 서 있었는지에 대한 기억은 완전히 삭제된 채, 나는 믿을 수 없게도, 그토록 멀기만 하던 천막의 저편, 어두운 방 안에 들어가 앉아 있었다. 캄캄하기만 하던 실내에 나의 시선이 조금씩 익숙해지고 창문 없는 그 방의 세부가 드러나 보일 때, 나는 더 이상 뒷걸음질할 수 없을 만큼 많은 것을 보고 말았다.

그들. 그들은 동네 사람들의 소문에서처럼 둘이 아니었다. 셋이었다. 여자아이와 그녀의 엄마라는, 가끔씩 시장에서 본 푸성귀 장수 여인 그리고 방바닥에 한 남자가 누워 있었다. 마르고 볼이 쑥 들어간 얼굴이 수염에 뒤덮인 남자. 여자아이는 나를 뚫어지게 바라보고 있었고 여인은 내가 편히 앉을 수 있도록 바닥에 놓인 쟁반을 한옆으로 옮겨놓고 있었다. 그들은 때늦게 점심을 먹고 있던 중이었다. 남자는 여전히 눈을 감고 누운 채였고 나는 어쩌면 그 사람이 죽었을지도 모른다고 생각이 되어 거기서 눈을 뗄 수 없었다. 그렇지만 아니었다. 남자가 눈을 뜨고 여자아이의 이름을 불렀다. 그리고 나를 보았다. 나의 속마음을 읽으려는 것 같은 날카로운 눈길이었다. 낮은 목소리로 남자를 아버지라 부르는 아이는 변해 있었다. 아주 온순하고 연약한 아홉 살의 소녀로 변신한 아이는 누운 아버지의 귀에 대고 무언가를 속살거렸다. 아마 나를 소개하는 모양이었다. 푸성귀 장수 여인이 미쳤다는 동네 사람의 말이 얼마나 거짓이었던가를 나는 천막 속의 어둠에 익숙해지자마자 알 수 있었다. 필경 그런 소문을 만들게 했을 여인의 차림새는 방 속의 더할 수 없는 불행한 풍경과 잘 어우러져 있었다. 여인은 겁먹은 시선으로, 당시의 나로서는 이해할 수 없는 애원을 담은 얼굴을 하고, 누워 있는 남자와 나를 번갈아 바라보았다. 그리고 내 앞에도 수저와 밥공기와 국그릇이 놓여졌을 때, 여인의 얼굴은 따뜻한 온기로 덮여 있었다. 나는 내 일생에 가장 맛나는 배춧국을 그날, 그 오후, 천막 안에서, 맛보았다. 내가 그날 나누어 먹은 배춧국밥이 그들과 내가 나눈 무언의 계약이었다는 것을 나는 그때 물론 알 수 없었다. 그들은 왜 나를 방 안으로 들어오게 했을까. 왜 모르는 내게 점심을 권했을까. 그들은 왜 나를 믿었을까.

앞에 앉은 여자는 왜 자꾸 내게 미소를 보내는가. 이번에 나는 되돌려 보내줄 미소가 없었다. 나는 입만 벌리면, 머릿속에서 뱅뱅 돌아다니는 이중창의 음색이 그대로 재생되어 튀어나오기라도 할 것처럼 입을 꼭 다물고 있었다. 이제는 기다림이 안정을 되찾은 듯 혹은 어느 정도 기다림을 포기한 듯, 귀걸이를 손가락으로 만지작거리며 간헐적으로, 재빨리 나를 바라보곤 하면서 나와 시선이 마주칠 때는 자연스럽게 작은 미소를 보였다. 그녀는 그녀가 알 수 없는 이유로, 안간힘을 쓰며 굳은 표정으로 함구하고 있는 나의 표정을 거부의 표현으로 해석할 수도 있었을 것이다. 그녀의 입가에서 미미한 미소의 흔적이 지워지는 것이 확실히 보였다.

나와 여자아이가 부르던 이중창은 감히 행복했다. 그러나 그것은 아주 불안정한 행복이었다. 나는 혼이 빠져나간 사람처럼 거의 매일 여자아이와 산동네와 시멘트 토관과 저문 날의 빈터와 이웃 동네의 폐가를 쏘다녔다. 그러나 두 번 다시 나는 아이

네가 사는 천막집 속으로 들어가지는 않았다. 밀회를 하는 부정한 관계의 연인처럼 나도 여자아이도 멀리멀리 우리가 살던 소도시의 모르는 동네를 찾아다녔다. 나는 하모니카를 불고 아이는 쉰 목소리로 유행가를 부르거나, 대부분 우리는 둘 다 목에 핏줄을 세우면서 악을 써대면서 퇴폐적인 유행가를 매일매일 익혔다. 그래도 다음 날 수업이 끝난 시간이면 그 아이는 어김없이 노래를 부르러 교실에 나타났다. 나는 겹으로 만들어진 아이 주변의 원에서 슬그머니 빠져나와 운동장 구석에서 발부리가 얼얼하도록 공을 차거나 건물 벽에 대고 돌을 던졌다. 할 수만 있었다면 내가 지니고 있는 것을 다 주면서라도 아이가 다시는 나의 존재에 신경도 쓰지 않는 오만하고 차가운 자세로 노래를 부르러 나타나지 않기를 바랐다. 그러나 내가 줄 수 있는 것이 무엇이 있었겠는가. 망가진 장난감에 흥미를 가지기에는 우리는 이미 서서히 아이들의 세계를 떠나고 있었고, 엄마의 손지갑이나 누나의 저금통에서 동전이나 작은 지폐를 꺼내는 것도 오래 계속할 수 있는 일이 아니었다. 어느 날 우리가 동네를 돌아 흐르는 개천의 상류로 올라갔을 때, 그 근처에 줄지어 포개져 있던 커다란 시멘트 토관들이 있었다. 우리는 빛이 조금밖에 새지 않는 토관들이 만드는 터널의 가장 깊은 곳까지 들어갔다. 거기서 나는 여자아이에게 나의 가장 귀중한 재산이었던 하모니카를 주었다. 여자아이가 다시는 교실에 나타나지 않기를 바라는 기구의 표시였다. 바로 그날 어쩌면 우리는 그 토관 속에서 번개보다도 짧은 시간 동안 설익고 외로운 우리의 살을 맞대어보았는지도 모른다…… 그러나 이것은 정확하지가 않다. 나의 환상이 만들어낸 허구적인 기억일 수도 있다.

무엇이 나에게 가르쳤던 것인지 나는 아직도 답변할 수 없다. 어두운 천막집 안에 누워 있던 남자에 대해 물어서도 안 되고 말해서도 안 된다는 것을. 여자아이와 놀기 위해서는 집과 동네를 버려야 하며 사람들이 볼 때에는 서로 모르는 사이처럼 눈길을 피해야 하는 것을. 삶이 시작되기도 전의 그 원시적인 시기에 나는 그 엄청난 금기의 지식을 터득했던 것이다. 지하도 층계의 저 노파와 나 사이에 놓인 이 흑갈색 유리벽처럼, 산동네로 가기 위해서는 생채기가 날 것을 무릅쓰면서 들어 올려야 했던 철망의 존재였던가. 아니면 천막집의 어두운 실내에서 감지된 어떤 무엇이 또는 시장 거리의 어른들이 푸성귀 장수 여인에게 보인 어떤 몸짓들이 은연중 나에게 어떤 위험의 신호를 보냈던 것일까.

노파가 벌여놓은 물건들을 거두면 나도 일어나리라. 그렇지만 그러기에는 거리의 행인들이 아직 너무 많았다. 내일이라면 여인이 저 자리에 모습을 나타낼까. 아니면 모레에. 그 여인이 오늘 모습을 나타내지 않은 것은 그 여인 또한 나를 알아보았기 때문일까. 그토록 많은 시간이 흐른 후에도 소녀가 그때보다 더욱 초라한 모습으로, 그것도 우리들이 만난 장소에서 이렇게 멀리 떨어진 서울의 한복판에 나타나는 것이 가능한 일일까. 마치 어떤 사람에게는 가난과 불행이라는 것이 시간의 흐름에 정비례해서 커지기라도 하는 것처럼. 아무리 오래, 힘겹게 뛰어도 제자리걸음을 하는 많은 삶이 있지 않은가. 조금씩 나는 전날 내가 본 것을 의심하기 시작했다. 기대와 추정을 그치기 시작했다. 이제 일어나야 되는데, 내게는 꼭 일어나야 할 이유가 없었다.

실내는 더욱 북적거리고 언제부터인가 소란스럽게 바뀌어버린 음악이 수많은 연인의 속살거림을 지워버렸다. 서서히 밖의 불빛은 줄어들기 시작했고 유리벽 위로 다방의 실내가, 내 얼굴의 흐릿한 윤곽이 자라나기 시작했다. 여전히 빈자리가 나타나기를 기다리는 여자의 옆모습도 같이. 어쩌면 그 사이에 여러 빈자리가 났음에도 불구하고 그녀는, 지금의 나처럼 어떤 불가항력에 밀려 그대로 앉아 있는 것인지도 모른다. 우리는 얼마 동안이나 이렇게 함께 앉아 있었을까. 오래된 것 같지만 그저 한 시간을 넘기지 않은 짧은 시간일지도 모른다. 추억의 속도는 시계의 속도보다 빠르니까.

이유도 없이 나는 언덕 오르는 일을 멈추었다. 여자아이와 소도시의 생소한 동네를 누비고 노래 부르며 다니는 일을 멈추었다. 누가 시킨 것도 아니고, 그곳에 가는 것을 금지시킨 것도 아니었건만 나는 더 이상 「워싱턴 광장」을 흥얼거리지 않고 방과후에 여자아이가 교실 뒷문으로부터 나타나는 시각을 기다리지도 않았다. 나는 예전대로 말없고 수줍음 많은 은행나무집의 아들로 되돌아갔다. 소녀에게 아무런 예고도 없이. 일찌감치 시합을 포기해버린 사람의 비굴함으로, 시장이나 하굣길에서 여자아이와 맞부딪칠 때, 나는 고개를 숙여버렸다. 그러나 무엇보다도 나는 겁을 먹고 있었다. 비밀을 혼자 간직해야 하는 사람이 겪는 열병을 나는 앓고 있었다. 소녀를 자주 만나면 꼭 천막 안에서 내가 본 것들에 대해, 그 안에 누워 있던 퀭한 눈의 남자에 대해, 내가 맛본 배춧국에 대해, 여자아이와 몰래 가본 거리에 대해, 그리고 무엇보다도 여자아이에 대해 집안 식구에게 혹은 동네 아이들에게 목청 높여 말을 해버릴 것만 같아 무서웠기 때문에 나는 여자아이에게서 멀리 도주했다.

어느 날 소란스럽게 동네 사람들이 집 앞의 길로 몰려들었다. 시장 입구에까지 줄지어 몰려선 사람들은 언덕을 내려오는 일행을 주시하고 있었다. 집 앞으로 두 명의 경찰에게 양팔을 결박당한 채로 일행의 선두에 서서 걸어 내려오고 있던 사람은, 바로 천막 안에 누워 있던 그 남자였다. 그 남자는 창백했는데, 이 남자는 아픈 기색이 없었다. 그 남자의 얼굴은 수염으로 뒤덮여 있었는데 이 남자의 얼굴은 깔끔하게 면도가 되어 있다. 천막집 속의 남자는 속옷 차림으로 누워 있었는데, 이 남자는 낡았지만 양복을 입고 있었다. 그러나 남자는 분명히 여자아이의 아버지였다. 그 뒤로…… 푸성귀 장수 여인이 울면서 뒤따랐고, 그 뒤로 몇 걸음 떨어져 아이가 한눈이라도 팔 듯이 방심한 자세로 걸어오고 있었다. 또 한 명의 경관이 대열의 끝을 장식했다. 참 이상한 침묵의 대열이었다. 영원히 지연될 것만 같던 침묵이었다. 푸성귀 장수 여인과는 달리 여자아이는 고개를 숙이지도 않았고 오만하고도 당당한 시선으로 사람들을 하나하나 훑어보고 있었다. 그들의 놀라는 시선을 즐기는 것처럼, 그들의 속살거림을 비웃듯이. 그러나 단 한 시선, 몰려든 사람들을 뚫고 그들의 대열에 가까이 다가간, 나의 시선만은 극구 피하고 있는 것이 분명했다. 내가 서 있는 곳으로 그 아이의 시선이 옮겨 올 때, 입가에 지펴지는 노오란 조소는 내가 마지막으로 본 소녀의 표정이 되었다. 그 순간 나는 그들의 행렬이 그렇게 내게서 멀어져 가서는 안 된다는 것을 막연히 느끼고 있었다.

"너는 알지? 나는 아니야. 나는 아무에게도 말하지 않았어!"

여자아이에게 달려가 이렇게 해명하고 외쳤어야 했는데, 나의 두 발은 그 자리에 얼어붙어버렸다. 무슨 말을 하지 않았다는 것인지를 누가 물었다면, 그 또한 분명히 말할 수 있는 것도 아니었다. 멀어져 가는 그들의 등에 대고 사람들이 나누는 얘기들이 웅얼거림이 되어 귓바퀴를 허하게 돌아다녔다.

살인자라. 그럴 리가. 역적이라지. 역적은 지금 세상에…… 그게 아니라 신고가 들어왔는데. 간첩이었대요. 아니, 툭하면 그 얘기네. 그게 아냐. 큰일을 벌이다가 실패해 1년여를 감쪽같이 숨어 있었다는 것 아냐. 그런데 어떻게 알아내고 잡아가지? 하도 이상해 누군가가 신고했대.

해명할 기회를 박탈당한 오해는 나의 유년에 짙은 그림자를 남겼다. 주인을 잃은 이 그림자는 삶의 피곤한 모퉁이에서 얼굴을 내밀며 끊임없이 내게 빚쟁이처럼 무언가를 요구해왔다. 머릿속에 현기증 나는 공동을 만들며 울려 퍼지는 이중창으로 생생한 자신의 존재를 요구하며. 그러나 나는 아직까지도 그 그림자의 주인인 내 유년의 소녀에게 그림자를 돌려주지 못했다…… 여자아이의 식구가 동네를 떠난 후, 순식간에 퇴락한 천막집의 낡은 판자 더미에서 내가 구해낸 하모니카를 그녀에게 되돌려줄 기회는 다시 찾아오지 않은 채로 우리 식구도 그 도시를 떠났다. 그 시절 나는 그 아이와 결혼하는 꿈을 여러 번 꾸면서 그때마다 나는 빨리 어른이 되기만을 갈구했다. 내가 어른이 되면 그 아이를 다시 찾으리라. 그리고 내가 하지 못했던 말을 기필코 해주리라. 내가 어른이 되면, 그 아이와 같이 슬프고 각질화된 모든 얼굴에 웃음을 되돌려주리라. 내가 어른이 되면…… 그러나 나는 평범하고 전망 없는 한 이류 악단의 연주자가 되었을 뿐이다. 아직까지 그 기회가 다가오지 않았기 때문에.

빈 찻잔을 만지작거리던 여자가 일어설 채비를 했다. 그녀가 기다리던 사람은 나타나지 않았다. 그래도 여자는 고개를 갸웃거리면서 마지막으로 다방의 벽에 걸린 시간과 손목의 시계를 비교하는 듯했다. 벗어놓았던 외투를 집어 들고 여자는 천천히 일어섰다. 여자는 더 이상 실내를 둘러보지 않았다. 출구 쪽으로 걸어가던 여자가 한순간 멈추어 섰다. 그리고 작별 인사를 잊었다는 듯이 내가 있는 쪽으로 돌아서서, 내게 가볍게 고개를 숙인 후, 문 뒤로 사라져버렸다. 오랫동안 속내 얘기를 나눈 여자 친구를 돌려보내듯이 나 또한 손을 약간 들어 여자의 인사에 대답했다.

다방이 문을 닫는 시간에 나는 밖으로 나왔다. 도시 한복판 번화한 거리의 빛무덤을 피해 나는 오래오래 걸었다. 상점들이 문을 닫기 시작하는 상가 쪽으로, 포장마차들이 늘어서 있는 뒷골목으로, 도시의 뒷길을 돌아다녔다. 어디론가 다시 가야 하는

데, 저 바쁘고 확신에 찬 귀가객들의 발걸음에 뒤섞여, 나도 서둘러 아무 노선의 기찻간 안으로 늦기 전에 뛰어올라 가야 하는데, 나는 점점 그들에게서 멀어지고만 있었다.

(1994)

속삭임, 속삭임

이애 원한다면 까짓것! 자객이 되거라, 네가 되고 싶다는, 만화 속의 그 자객이. 가끔 생각하지. 어떤 때는 괴괴한 달빛 속을 소리 없이 걸어, 아무도 넘지 못하는 높은 담을 넘고, 그리고 용서할 수 없는 사람들의 마을을 지나는 너의 가볍고 경쾌한 발자국 소리가 달빛에 묻어나는 것 같은 착각이 들 때도 있다. 네가 자객이라면 너의 무기는 어떤 것일까? 아무리 그리고 또 그려보아야 흰 달무리 밑의 광야에 서서 가야 할 방향을 가늠하는 너의 손에 들려질 수 있는 무기가 떠오르지 않는다. 그것은 야광빛을 발하는 작은 장난감 막대기 같은 것일까. 너의 눈빛 같은 것. 너무 맑아 초록의 빛을 발하는 그런 눈빛 말이지. 그래 너의 무기는 그런 날 없는 무엇이어야 하겠다. 빛이나 공기 같은 것. 만져지지 않지만 누구나 그 앞에서 멈칫하고 사방을 다시 한번 둘러보게 하는 것. 그래, 이애. 그렇다면 너는 만화 속의 그 나어린 자객이 되어도 되겠다. 그렇게 해일 앞에 네가 설 수 있다면. 그렇게 아픈 사람들의 마음 위를 지나간다면.

이애, 담배나 한 대 피자꾸나. 약간의 연기는 배 속을 소독해주지. 안개가 그렇듯이. 노을빛이 그렇듯이. 저 앞의 숲을 보거라. 아, 그 황량하던 가시덤불이 왜 이리 그리우냐. 다 일없다. 해질 녘의 호수를 둘러싼 숲가에 오랫동안 앉아본 사람은 알지. 낮과 저녁이, 물과 하늘이, 말과 말의 경계가 어떤 순간 흐려져버리는 것을. 바로 그 경계가 흐려지는 곳. 세상에서 가장 아름다운 풍경이 아니겠느냐. 그럴 때면 나는 눈물이 나온다. 왜일까. 너 때문일까. 어떤 눈물도 순수하지 않더라. 기쁨 속에 슬픔이 녹아 있고 또 지극한 슬픔은 꼭 자그마하나 어떤 행복에의 기대를 가져다주니 말이다. 그래서 눈물은 마약과 같은 거야. 제때에 흐르지 않으면 저 깊은 존재의 밑바닥에 숨은 경련을 일으키거든. 이애, 숨어서 우는 사람의 눈물을 볼 줄 알아야 하지. 울고 싶어도 울지 못하는 사람의 눈물.

아, 좋은 거지. 모든 사람이 울 만할 때에 울 수 있는 솔직함만 있다면 이애, 내 배 속에서 꽃이 피겠다. 왜 배 속이냐고. 그건 배속만큼 솔직한 것이 없다는 말이다. 다 배 속의 일을 위해 일들이 일어나지 않던. 세상이 펼쳐지고 그 위에 인간이 나타났던 그 최초의 날 이후 이것이 바뀐 적이 있더냐. 배 속 만세! 네가 살고 있었던 그 배 속. 아, 만세, 만세! 선글라스를 써야겠다. 햇볕이 아직 따갑구나.

우리는 경기도 북쪽에 위치해 있는 한 과수원에서 일주일간의 휴가를 보내고 있었다. 바캉스. 아이가 그토록 조르던 거였다. 딸애는 어릴 때 바캉스와 박카스를 자주 혼동해서 우리 부부를 웃게 했다. 진분홍 테에 깜장에 가까운 짙은색 플라스틱 알이 끼워진 선글라스를 끼고 앉아, 입술을 뽀로통하게 내밀고 아이답지 않게 팔짱을 끼고 있는 딸애는 표정은 볼 수 없어도 뙤약볕과 심심한 주위 풍경에 꼭 앙심이라도 품고 있는 것 같았다. 우리가 앉아 있는 비닐 돗자리의 그늘 속에는 아이의 크레파스 나부랭이와 미술 공책이 펼쳐져 있었다. 짙은 유리의 선글라스를 통해 보이는 바다와 요트와 금붕어가 뒤엉켜 있는 딸애의 그림일기는, 바다는 더욱 짙푸르고, 요트는 더욱 희게, 그리고 세 마리의 금붕어는 더욱 짙은 오렌지색을 띠고서 반란이라도 하듯 출렁이고 있었다.

"이애, 너 그러고 앉아 있으니까 꼭 그레타 가르보 같구나."

"그레타 가르보가 누구야!"

아이는 화를 풀까 말까 망설이는 표정으로, 뙤약볕이 만들어내는 나무의 그림자가 선명한, 정물에 가까운 풍경을 향하고 앉아 시큰둥하게 대꾸했다.

"엄마가 제일로 치는 미인이란다."

"피이!"

아이가 빵긋 웃었다. 나는 다시 오수의 자세로, 아이는 그리다 만 여름방학 그림일기로 되돌아갔다.

호수. 글쎄 그런 자그마한 웅덩이도 호수라 부를 수 있는 것인지. 그렇지만 모두들 호수라고 불렀던걸. 산 바로 밑의 잡목 숲 아래 수줍게 숨어 있는 그 호숫가에는 늘 여리고도 맑은 빛이 어

려 있는 것 같았지. 저물녘이 되면 둔덕의 한 자락으로 산을 내려오는 사람이 그리운 아주 외딴 호수였단다. 수면 위에는 무수히 작고 깜찍한 여울을 만드는 소금쟁이. 소금쟁이의 앙상한 다리, 부산한 새들의 날갯짓이 훤히 보이는구나. 자그마한 잡새이지만 그 나는 모양은 어느 산봉우리의 비상에 길든 매에 못지않았지. 그리 높지 않은 하늘에서 제법 커다란 원을 그리고, 하강해서는 아주 빨리 그 좁은 수면을 스치고 다시 솟아오른다. 다시 하늘을 나지막하게 선회하고. 작은 물고기를 잡아먹는 거야. 아마 물총새였던 게지. 날면서 하는 저녁 식사. 암, 들새는 때로 사람보다 더욱 고상하더라.

아, 지독한 장마였지. 그 장마가 끝난 뒤 어느 날, 호수가 생겼단다. 호수가 있으니 새가 날아오고 새가 날아오니 소금쟁이들이 모였고…… 그 호숫가에 앉아 오랜 시간을 보내본 사람은 안다. 호수의 어느 쪽에 앉아 보아도 하늘의 반만이 수면에 비추어져 있는 것을. 하늘 전체가 비치지 않는 게 아주 오랫동안 답답했지. 그렇지만 눈만 감으면 떠오르는 것은 나무 그림자에 가려지지 않은 하늘을 온통 비추고 있는 호수. 나는 오래전부터 그 호숫가가 너를 맞는 데 제일 적합한 장소라고 생각했다. 무엇 때문이었을까. 아마도 호수 주변의 풍경이 만들어내는 황량함 때문이었으리라. 나는 네가 세상에 와 첫눈을 뜨는 바로 그날 그 버려진 과수원의 황량함을 보기를 바랐다. 분홍빛 커튼이 쳐지고 알맞은 습기에 앙증맞은 침대가 놓여 있는 그런 닫힌 방이 아니라, 호수 저 너머에 둘러쳐진 벌판, 그 사막 같은 잡목 숲을. 네

가 거기서 삶을 시작하기를. 일찍이 황무지를 본 사람은 삶에 대해 아주 부끄러운 마음을 갖게 되지. 그리고 삶에 많은 것을 바라게 되지 않는단다.

"아, 호수는 외롭구나."

"무슨 호수? 아빠가 낚시하러 간 호수?"

"아니다."

"엄마, 또 혼자 말하는 거지!"

개인 사업을 처리하고 이 산골의 과수원으로 식구들과 함께 나앉은 남편 친구의 제안이 없었다면 우리 가족은 이번 여름도 자연의 한 자락 보지 못하고 홍콩 무술 영화나 보면서 여름을 날 뻔했다. 경제적 여건도 여건이지만 인파가 몰리는 피서 장소에 아귀다툼을 하면서 찾아들 정도의 정열은 애초에 없는 인물들인 데다가 신종 피서법을 개발해 쫓아다닐 정도로 주변이 있는 부부도 못 되었기 때문이었다. 괌인지 사이판인지 하여간 야자수가 달력 그림과 똑같이 늘어서 있는 해변으로 그 대가족이 모두 동부인해 부모님을 모시고 떠난다면서 과수원 좀 보아달라는 남편 친구의 제안이 있었을 때, 우리는 각기 다른 이유로 환성을 지르며 오래간만에 우리도 바캉스라는 걸 떠나기로 작정했다. 남편은 즉각 눈을 찡긋하며 내게 공모의 시선을 던졌고, 또 과수원에서 30분 정도 가면 있다는 낚시터를 염두에 두었다면, 아이는 그토록 노래 부르던 바캉스인 데다 과수원의 닭과 오리에게 모이를 주게 해주겠다는 약속에 잠을 설칠 지경이었고, 나로 말할 것 같으면…… 과수원이라는 단 한 마디에 저 가슴 밑바닥에서부터 그 이상한 광증이 동하여 시선을 먼 곳으로 던지면서 고개를 끄덕거렸던 것이다.

그러나 이 과수원은 내가 멀리 던진 시선으로 떠올린 과수원과는 달리 너무 기름졌으며, 너무도 넓었고, 사방에 물웅덩이 하나 없었으며, 곳곳에 꽥꽥거리는 동물투성이였다. 서른 마리가 넘는 닭과 여나믄 마리의 오리 그리고 칠면조에 공작에 앵무새 장까지 곁들여져 과수원이라기보다는 동물원을 방불케 했고 유실수보다는 값비싼 정원수의 묘목장에 가까웠다.

아침에는 남편 친구의 지시대로 돌아가는 물뿌리개에 연결된 수도꼭지들을 모조리 열어놓고 호스가 닿지 않는 곳까지 물을 뿌리고, 쉴 틈 없이 동물원의 조류들에게 모이를 주고 나니 아침나절이 후딱 지나가버렸다. 모이를 주는 것도 수월하지 않았고 그것을 재빨리 간파한 딸애는, 모이통을 들고 냄새나는 새장을 돌아다니는 내 뒤를 시큰둥한 표정으로 멀찌감치 따라다녔다. 중노동이었다. 그래도 좋았다.

과수원. 내가 알고 있던 과수원은 깊은 산골의 야산 자락에 위치한 작고 황량한 것이었다. 그리고 거기에는 호수……가 있었다. 그 호수는 어렸을 때 나의 은근한 자랑거리였다. 일찍이 서울로 단신 유학을 떠난 나에게는 서울내기들에게 억울한 놀림을 당할 때마다 내심으로 부르짖을 수 있는 유일한 조커패였다. 시골 우리 과수원에는 말이지 호수가 있다구. 호수가. 그 호수라는 말을 그토록 자랑스럽게 발음하는 것은, 그 호수라는 마술의 단어를 발음하자마자 어김없이 딸려오는 얼굴이 있었기 때문이었다. 바로 그 얼굴의 주인에게서 받은 비밀스러운 사랑, 거의 무조건적이라고 느낀 서툰 사랑, 서툴렀기 때문에 오랫동안 남는 사랑이 있었던 것이다.

사라져버린 모든 것이 다 아름답지는 않다는 것을 나는 일찍이 배웠다. 일생—최소한 반생—동안, 내 부모가 어렵사리 장만한 고향의 황량한 과수원의 과수원지기로 일하던 아재비를 통해서. 그는 스스로를 그렇게 비하해서 칭했고 어느새 그는 누구에게나 아재비가 되었었다. 지금은 과수원도 아재비도 사라져버렸다. 그의 삶에 대해 나는 많은 시간 거의 잊고 지냈다. 그는 일찍, 쉰 중반을 겨우 넘기고 죽었으며, 오래전부터 누적된 빚을 처리하느라, 딸애가 태어나기 바로 전에 우리는 그 과수원을 팔 수밖에 없었다. 지금 그 자리에는 산장 비슷한 여관이 들어섰으니 어디에고 흔적은 없다. 그도 갔고 과수원도 사라졌으며, 호수도 흙에 묻혔다. 그러나 아무리 생각해보아도 그것은 내게 울먹거림만을 남겼다. 깊이 받은 사랑을 한 번도 갚지 못한 사람이, 삶의 가감 계산에 어렴풋이 눈떠 그 사랑을 조금이라도 갚으려고 했을 때 대상이 이미 사라져버린 것을 느끼는 순간 샘처럼 가득 고이는, 그런 울먹거림. 그리고 그 울먹거림이 치솟아 오를 때마다, 나의 자랑이던 그 빚진 사랑에 대해, 그 사랑의 작은 상징인 호수에 대해 끝도 없이 말을 토해내고 싶은 그 광증과 같은 욕구. 사라져버린 모든 것은 사람을 울먹거리게 만든다.

그러나 나는 아무에게도 그 얘기를 끝까지, 모두, 말해본 적이 없다. 남편에게조차도. 남편도 내게 그토록 중요했던 과수원을 팔 때, 나만큼은 아니더라도 나를 위로할 만큼 충분히 슬픔을 표시했고, 그를 만났을 때는 이미 저세상 사람이 된 지 오래인 과수원지기 아저씨의 존재에 대해 들을 만큼 들었다. 그렇지만 한 사람의 삶에 대해, 그를 알지 못했던 누군가에게 모두를 이야기한다는 것은 얼마나 많은 조바심을 자아내는가 말이다. 처음부터 하나하나 설명해야 하는 참을성이 내게는 없었다. 그건 그러니까 불가능한 것이었다. 뿐만 아니라 듣는 사람이 나와 동일한 감정의 굴곡을, 같은 장소에서 전달받지 않는 것 때문에 오히려 더 외로움을 겪기 일쑤인 것이다. 이런저런 이유로 그것은 늘 진부하고 싱거운 이야기로 변해버렸다. 설령 다 얘기했다고 생각하는 순간이 있어도 거의 동시에 예기치 않은 공백이 생각나 나를 당황시키는 것이다.

내가 의식적으로 무엇을 감지하기도 전에, 때로는 커튼의 미동 때문에, 때로는 화초의 그림자 때문에, 자주 아무것도 아닌 어떤 것에 부추겨져, 예의 울먹거림이 나도 모르게 심장에서 목구멍으로 여울져 올라올 때면 나는 난감해진다. 그 과수원의 이야기는, 아재비의 이야기는 어떤 어조로 말해야 하는 것일까. 금지된 속내 이야기를 어렵사리 털어놓는 것처럼 속살거려야 하는가. 아니면 무관한 한 사람의 이야기를 전달하듯이 과장을 섞어서 부산스럽게? 어머, 저런, 그래서 말이지 하는 식으로 호들갑스럽게? 그보다는 비극적인 어투로 작은 일화들에 요철을 줄수도 있다. 그것이 어쩌면 가장 사실에 가까운 것일 수도 있지만 이상한 우수가 그 이야기에 비극적인 어조를 부여하는 것에 훼방을 놓는다. 그만 그것에 함몰되어 말이 사라져버릴 것 같은 느낌 말이다.

"엄마, 그림일기 끝냈어."

"어디 보자. 이런, 가짜 일기구나. 여기에 바다나 요트가 어디 있니. 오리하고 칠면조를 그려야지."

"엄마, 지루해요."

"옛날얘기 하나 해줄까?"

"진짜 옛날얘기, 가짜 옛날얘기?"

"물론 진짜지."

"또 엄마 시골 얘기? 엄마는 구식이야."

"한 바퀴 돌고 오렴."

아이는 지루한 통행금지라도 풀린 것처럼, 나무 옆에 기대놓은 잠자리채를 집어들고 집 쪽으로 단번에 뛰어갔다. 집 뒤에 꽃나무가 마구 피어 있는 마당과 잡풀들이 자라는 잠자리들의 요새를 아이는 마음속으로 미리 점거해놓고 있었던 것이다.

이애, 왜 사람은 빨리 어른이 되지 않는 걸까. 네가 아직 아이인 것이 나는 너무 지루하단다. 그래, 이애, 네가 좋아하는 자전거 얘기를 해주마. 네가 아직 태어나지 않았을 때 네게 해준 얘기를 모두 기억하고 있는지. 너를 기다리면서 한 그 수많은 속삭임들. 너는 자전거 이야기 또 호수 이야기를 아주 좋아했지. 기억하니? 배 속에서 작은 투정을 하다가도 호수나 자전거 얘기를 하면 너는 가만히 움직임을 멈추곤 했지. 자전거가 있었지. 요술 자전거가. 언제부터인가, 눈에 익어버려, 마치 몸에 붙은 두 다리인

양 익숙해져버린 자전거. 이애, 바로 저기 먼 시간의 그늘 속, 나무 등걸에 기대져 있는 자전거 말이다. 보이지? 아, 물론 바퀴의 바람은 지금 휴식 중이고, 체인이나 안장의 가죽은 빛이 바래 있지. 그 밑의 용수철에도 녹이 많이 슬었다. 그렇지만 그건 아무것도 아니란다. 휴식 중에는 모든 것이 느슨하게 풀어지는 법이란다…… 이애, 그래도 저 자전거의 뒷자리에 바구니가 놓이고, 공기 펌프로 낡은 바퀴에 바람을 가득 채우고 바큇살에 묻은 갈색 쇳가루가 폴폴 날려 자전거의 온몸에 기름이 돌면…… 그리고 과수원의 숨은 그늘을 골라 씽씽 달릴 때면 말이지…… 그래, 이애, 저 그늘에서 휴식하는 자전거는 아무도 못 만진다. 만지면 아마 가루가 되어 부서져 내릴는지도 몰라.

그 과수원에 호수가 생기던 날, 나는 알았지 언젠가, 네가 오리라는 것을. 내가 네 나이의 한 배 반쯤 됐을 때였던가. 그해의 굉장했던 장마 후, 커다란 웅덩이가 파였지. 그리고 며칠 후 호수가 생긴 거야. 아저씨의 선물이었지. 아, 이애, 장마로 팬 큰 웅덩이를, 사흘 낮 사흘 밤을 아재비가 파대고 산줄기를 타고 내려오는 물길을 잡더니 호수가 생기더라.

살다 보면 정말 예기치 않게 타인의 삶의 증인이 되는 경우가 있다. 얼마 전 저녁만 해도 그렇지 않던가. 나는 그만 못 볼 것을 보고 말았다. 초여름의 상큼한 저녁나절, 나는 복도에 나가 우리가 사는 아파트 건너편을 멍하니 바라보면서 친구 집에 놀러 간 딸애를 기다리고 있었다. 다닥다닥 붙은 아파트 단지인 만큼 채 50미터도 못 되는 앞 단지의 아파트 내부는 내가 보지 않으려 눈을 감지 않는 한, 수족관처럼 들여다보였다. 한 아파트에서 남자와 여자가 뒤엉켜서 칼―그건 분명 커다란 식칼이었다―을 들고 난장판을 벌이는 끔찍한 장면이 불 켜진 실내를 배경으로 선명하게 눈에 들어왔던 것이다. 그들의 목소리를 들을 수 없었기 때문에 더욱 과장되어 시선에 잡힌 그 장면은 폭력 영화의 한 장면처럼 비현실적으로 보이기까지 했다. 나도 모르게 쿵쿵거리는 심장을 부여안고 문을 나섰고 칼부림이 일어나고 있다고 추정되는 아파트로 올라가, 그 집 문 앞에 서서 안에서 흘러나오는 소리를 들으려고 귀를 기울였다. 안에서는 아무런 소리도 들려오지 않았고 문을 열어놓은 이웃집에서는 커다랗게 틀어놓은 텔레비전의 어느 연속극 대사의 한 구절이 양쪽 집에서 스테레오처럼 확대되어 흘러나올 뿐이었다.

그러나 그것이 다였다. 나는 아무것도 할 수가 없었다. 늘 나 자신에 대해, "이런 바보"라고 중얼거리게 만드는, 이상하기 짝이 없는 힘의 전면파업. 그렇지만 결과적으로 그들을 위해 아무 일도 벌이지 않기를 잘했다. 며칠이 지난 주말, 다정하게 팔짱을 끼고, 웃으면서 내 앞을 지나가던 칼부림하던 남녀 앞에서 내가 할 수 있었던 것은 여자의 얼굴에 난 멍 자국을 보지 않으려 고개를 숙이고 발걸음을 서둘러 빨리 그들 앞을 지나가는 일 뿐이었다. 이런 일은 부지기수로 많다. 모든 사람이 곧 잊어버리는 아무것도 아닐 수 있는 이런 일들에 나는 매번 쉽사리 일상의 평화를 잃는 것이다. 타인의 숨은 삶의 증인이 되는 것은 얼마나 두려운 일이던가. 그것은 일생을 두고 따라다니는 빚과 같은 것임을 나는 일찍이 알았기 때문이었다. 그때는 막연하게 이렇게 자문했다.

아재비는 나를 그의 삶의 증인으로 택했기에 사랑했던 것일까, 아니면 나를 사랑했기에 증인으로 택했을까.

그러나 아주 오랜 후에 그의 삶을 이해하는 데 꼭 필요했던 연결 고리들이 조금씩 되찾아졌을 때 나는 다른 질문을 던졌다.

그는 나를 증인으로 택하면서 무엇을 원했던 것일까.

딸애 나이 지금 여덟 살. 낼모레면 열 살! 단숨에 잡은 서너 마리 잠자리를 노란색 플라스틱 잠자리집에 가두어두고, 한동안 내 주위를 맴돌며 놀아줄 낌새만 엿보던 딸애는 집 안으로 들어가 지쳐 낮잠을 자는지 보이지 않는다. 우리 부부가 삼십대 중반에 가까스로 보게 된 딸이어서인지 남편과 나의 휴가 계획은 가방을 챙길 때만 해도 거창했다. 딸애의 기억에 영원히 남을 만한 휴가를 만들어주자는 것이었다. 인디언 놀이, 소방수 놀이…… 아이는 얼마 전까지만 해도 빨간 헬멧을 쓰고 소방서에서 불 끄는 사람이 되는 게 꿈이었다. 지금 그애의 꿈은 외계인의 세계에 침투하는 자객.

우리의 원대한 계획과는 달리 남편은 눈만 뜨면 낚시터로 가버렸다. 왜 낚시광인 그가 싫지 않을까. 나는 과수원 위쪽 동네에 있다는 낚시터의 웅덩이 앞에서 낚싯대를 드리워놓고 뙤약볕에 앉아 있는 그를 상상하는 것이 좋았다. 우리끼리만 알고 있는 비밀스러운 놀이를 각자 떨어져서 하고 있는 것처럼. 저녁이 되면 미꾸라지만 꿈틀대는 빈 어롱을 내려놓으면서 그가 짓는 그 순화된 표정이 좋은 것이다. 그렇다, 물 앞에 오랫동안 앉아 있을 줄 아는 사람이 나는 좋았다. 그건 아무나 좋아할 수 있는 일이 아님을 알고 있기에. 나는 딸애와 같이 점심만 먹고 나면 과수원 한 자락에 돗자리를 깔고 눌러앉아 미안하게도 건성으로 딸애가 제안하는 장난에 동참은 하면서도, 생각은 자꾸 아주 오래전, 나의 유년의, 호수가 있는 과수원 부근을 헤맬 뿐이었다.

황해도의 송림이 고향이던 나의 부모가 어떤 경로를 거쳐 우리 생계의 원천인 그 과수원을 지니게 되었는지는 알 수 없다. 아마도 일찍 남쪽으로 와 돈을 번 동향인의 도움에 힘입은 바가 컸다는 것만 어렴풋이 들었던 것 같다. 이북에 있을 때는 순진한 사회 초년생이었던 나의 부모는 남쪽으로 단신 내려와 정착해서는 지어본 적 없는 농사도 짓고, 야산을 일구어 밭도 만들고 유실수도 심었다. 그렇다고 일생 동안 한 번도 풍족하게 지낸 기억은 없다. 과수원 이름도—나의 이름이기도 한—고향 이름을 따 송림농원이었건만 소나무는 드물었다. 경험이 많지 않은 두 사람에게는 벅찬 과수원 일 때문이었는지 아버지는 일찍부터 병치레가 잦았다. 만약에 어느 날 밤, 한 남자가 과수원으로 살러 오지 않았다면 그렇지 않아도 전전긍긍하던 과수원의 살림이 얼마나 더 어려워졌을지는 쉽사리 상상할 수 있는 일이었다. 그 사람의 손길이 아니었으면 과수원은 더욱 조야한 야산의 모습으로 되돌아갔을 것이다. 그가 사라져버린 후에 그랬듯이.

그 젊은이가 과수지기로 나의 부모와 어려운 반생을 같이 보
낸 정 씨 아저씨다. 그렇다고 나의 기억 속에서 그가 젊었던 적
은 없다. 어머니를 누님으로 아버지를 형님으로 불러 친척인 줄
만 알았던 아재비는…… 우리의 과수원에서 살길을 찾은 석방
된 반공 포로라고 들었다. 어린 시절 몰래 주워들은 부모의 대
화에 의하면 어느 날, 실신 상태로 산 밑에서 발견되었다고 했
다. 다행히 그를 본 사람은 아버지밖에 없었고 반달이 넘게 신
열로 앓은 후에 겨우 몸을 추스른 그는 나의 부모의 먼 친척으
로 차츰차츰 마을에 알려졌다. 마을이라야 20여 호가 고작인 깊
은 산골에 그는 하늘에서 떨어진 것처럼 우리 과수원에 흘러 들
어온 것이다. 내가 웬만큼 컸을 때까지도 마을 사람들이 그에
대해 말할 때 포로라는 단어가 한두 번 묻어나오기도 했다. 그
러나 그 단어의 음험한 분위기와 나를 바라볼 때면 그의 눈에
활짝 지펴지는 미소를 일치시키지 못해 나는 그 단어의 어두움
을 곧 잊어버렸다. 그리고 사람들도 나처럼, 마을의 궂은 일을
도맡아 해주는 그에게 그렇게 익숙해지면서 그 단어를 잊었을
것이다. 이렇게 나의 탄생과 비슷한 즈음에 우리 과수원으로 들
어와 가족의 일원이 된 그는 우리에게뿐만 아니라 마을 사람들
에게도 꼭 필요한 사람이 되어 있었다. 부모들이 구수하고 정겹
게 쓰는 이북 사투리를 쓰지 않는, 무심히 일만 하는 친척 아재
비, 이것이 어릴 때 가진 그에 대한 나의 느낌이었다.
　아버지의 이른 병고 때문에, 어머니는 고된 일과 병간호에 매
달려 있었기 때문에 내게는 아재비와의 기억이 훨씬 더 많았다.

그의 무릎에서 재롱을 피웠으며, 초등학교에 들어가기 전에 그에게서 한글을 익혔고, 족히 5리는 되는 초등학교까지 데려다주고 데려오는 것도 그의 몫이었다. 지금 내가 딸애에게 하듯이 옆에 앉혀놓고 숙제를 돌보아주는 것에서부터 더듬거리는 느린 말투로 일부러 영감 흉내를 내면서 해주는 귀신 얘기, 도깨비 얘기까지. 과수원은 그의 과수원이었을 정도로 모든 일이 그의 손을 거쳐 이루어졌다. 학교만 파하면 그를 졸졸 따라다니면서 나는 꽃씨 심는 법도 익히고 나무의 쓸데없는 가지 치는 법도 배웠다. 여름방학이면 얇은 판자를 엮어서 내가 들어가 앉아 놀 수 있는 나무 위의 놀이집도 그가 만들어주었다. 날씨가 좋을 때는 어머니가 북에 두고 온 할아버지 할머니 생신상 차리는 데 쓰려고 따로 아껴놓은 곡식을 그가 슬쩍 광에서 꺼내서 우리끼리 몰래 천렵도 갔다. 가난의 기억이 완전히 삭제될 정도로 두고두고 생각해도 맛나는 사건들이었다. 나는 그렇게 정신없이 그를 쫓아다니면서 열 살이 된 것이다.

나의 열 살. 그날은 아재비의 선보는 날이었다. 이미 삼십 후반에 들고서도 혼인을 거부하던 그가 갑작스레 어머니의 고집에 꺾인 것인지, 아니면 그냥 그래 본 것인지 20리가 넘는 이웃 읍내의 국밥집에서 일하고 있다는 한 아낙을 보러 가는 길에 나를 데려간 것이다. 재를 넘어가는 그날의 흙길은 유난히도 희고 길었다. 조야한 과수원에서 야생 동물처럼 뒹굴던 내게 그것은 참으로 희한한 경험이었다. 누가 해보라면 생생하게 모든 세부를 말해줄 수 있을 정도로. 게다가 그 국밥집의 어두운 내부와,

담배를 빡빡 피워대면서 술잔을 부지런히 채우던 난생처음 본, 남자같이 코 밑에 수염이 난 노파를 사이에 두고 앉아 굳게 입을 다물고 있는 남녀의 우울한 얼굴은 어린 내게 선본다는 일에 대한 확고한 편견을 만들었다. 예를 들면 그것은 역겨운 냄새와 가슴에 스산한 바람이 일 정도로 음산한 분위기를 대동하는 어떤 것으로 굳건히 나의 의식에 각인된 것이다. 내가 그의 삶의 첫번째의 증인이 된 것은 바로 그날이었다. 결정적인 순간은 — 적어도 결과를 두고 생각하면 — 돌아오는 길에서 내게 한 그의 질문이었다.

"송이야. 봤쟈. 아줌마가 네 마음엔 어찌 보이던?"

못 마시는 술에 벌겋게 얼굴이 달아올라 그랬는지 눈빛이 무섭게 빛나 보이던 그가 나를 쳐다봤을 때 나는 장난을 쳐서도 안 되고, 가짜로 대답해도 안 된다는 것을 알았다.

"무어, 우리 과수원에서는 못 살 것 같더라. 그치?"

그 선이라는 것이 성사되면 그가 영영 과수원을 떠나 그 국밥집으로 예쁘지도 않은 슬픈 얼굴의 여인과 아주 살러 갈 수도 있으리라는 심각한 우려에서 나온 대답이었다.

그는 한참을 침묵했고 우리는 어느새 시장거리를 떠나 묵묵히 희디흰 흙길을 걷고 있었다. 그때는 봄이었다. 그가 꽃나무 가지를 꺾어 풀피리를 만들어 주었으니.

"그래. 송이 말이 맞다. 아마도 나랑은 못 살 것이다. 아재비도…… 아들이 하나 있단다. 여편네도 뻔히 살아 있는데 또 뭔 장가냐."

"아재비 아들이면 내 오빠가 동생인가? 어디 있는데? 내가 가서 데려올까?"

"송이가 알아도 못 데려와."

"피이, 아재비 거짓말하네."

"그래. 송이 놀리려고 한 거짓말이네. 괜시리 해본 소리."

그래도 국밥집 여인은 과수원에 살러 왔다. 그리고 어느 날 밤 짐도 다 놓아두고 몰래 과수원을 떠났다. 여인은 6개월을 살았다. 여인이 도망치듯이 과수원을 떠난 것은 너무도 당연한 일이었다. 여인이 온 후부터 그는 더 부쩍 나를 학교에 바래다주었고 학교가 파하기 훨씬 전부터 와서 운동장가에서 담배를 피우며 기다렸다. 이미 다 컸다고 생각한 나는 방과 후 친구들과 뛰어놀 기회를 박탈하는 그가 귀찮았었다. 여인이 온 이후, 그들의 살림살이를 위해 지어진 산 밑의 방에보다는 전처럼, 입구 쪽에 있는 우리 집에 더 오래, 늦게까지 남아 있었다. 더욱 자주 늦게까지 아버지와 장기를 두러 왔고 늘 그랬듯이 두 분만의 끝도 없는 얘기를 나누다가 그냥 마루에 쓰러져서 자기도 했다. 아낙과 그가 둘만이 있게 될 때면 그는 수시로 나를 인질로 데려다 앉혀놓고 그들 사이의 어색함과 뻑뻑함에서 도망할 방도를 찾았던 것 같다. 그들 사이에 흐르는 그 깊고도 암담한 침묵은 날이 갈수록 나를 조여와 급기야는 송이야 하고 그가 부르면 무조건 밖으로 줄행랑을 칠 정도가 되었을 때 여인이 사라졌던 것이다.

나는 가끔 여인의 도망이 나 때문이라고 생각하기도 했다. 선을 보고 오던 날 내가 한 말 때문에 그와 여인 사이의 거리가 벌어져버린 것이라는 생각. 그렇지만 철이 들어 그에 대해 좀더 알게 되었을 때, 또 그들의 짧은 생활을 돌이켜볼 때면 그것은 누구도 어떻게 해볼 도리가 없는 불가항력의 영역이었으리라는 쪽으로밖에는 달리 결론을 지을 수 없었다. 한마디로 그는 다른 곳에 있었던 것이다.

이애, 어지럽다. 가끔 나는 이 불안한 세상에 너를 데려온 것이 겁이 나 안절부절못할 때가 있지. 누구는 마인드 컨트롤이란 걸 또 누구는 선을 해보라고 권하더라만 얘야, 나는 어쩐지 파충류의 후예인가 보다. 땅을 길 때가 제일 마음 편하더라. 이애 한 번쯤 새로 시작해본다면 나는 먼저 세상을 재는 단위부터 바꿀 생각이다. 아무렴. 모든 거리나 높이는 땀방울로 재는 거다. 백두산, 한라산, 지리산 이런 산들은 해발 1미터당 5백, 4백, 3백 땀방울, 종로에서 서울역까지는 1미터당 50 땀방울 하는 식으로 말이다. 일도 땀방울로 재는 거다. 한 시간에 4백 땀방울짜리 일과 5백 땀방울짜리의 일. 그렇다면 그 호수, 어느 날 아재비가 하늘을 담은 그 호수는 몇 땀방울의 호수인 것일까. 그리고 말이지…… 우리가 사는 데 흘리는 모든 눈물을 에너지로 바꿀 수 있다면! 눈물 한 방울의 에너지…… 이 눈물 에너지의 단위는 무엇이라 부르면 좋을까…… 그건 그저 방울이라 부를까…… 에너지 다섯 방울짜리 눈물, 이렇게 부르는 거야. 그런 싱거운 장난은 언뜻언뜻 갈라진 땅 사이로 드러나는 무서운 구멍을 잊게 해주지.

너의 시작을 생각하면 그만 웃음이 나오는구나. 꼭 천둥이라도 치고 온몸에서 빛이 발할 줄만 알았지. 그런 표적이 내 몸 어디에선가 나타나 세상 모두가 알고 있는 줄 알았던 거야. 그렇지만 너는 소리도 없이, 기척도 없이 가만히 왔지. 2개월이 넘어도 네가 이미 내 배 속에 와 있다는 전보도 치지 않고 말이다. 그렇게 비밀스럽게. 그렇게 수줍게.

이애, 아직 눈물 에너지가 없는 너. 아직 에너지로 바뀔 수 없는 눈물만 가지고 있는 너. 이제는 배 속 속삭임이 아닌 무슨 얘기를 해주랴.

나는 아재비가 눈물을 흘리는 것을 본 적이 없다. 그렇지만 나이가 든 후의 그의 얼굴을 생각하면 이상하게도 울고 있는 주름진 얼굴이 떠올랐다. 그것은 아마도 나만이 그의 눈물겨운 몇 번의 시도를 알고 있기 때문일 것이다. 그런 그의 얼굴은 내가 제일 싫어하는, 나를 제일 화나게 하는 얼굴이었다. 가만히 생각해보면 아재비가 나와 함께 있을 때, 그의 얼굴에 지펴지는 봄 아지랑이 같은 웃음이 오히려 예외였다. 동네 사람들에게 있어서 과수원 정 씨는 말이 없고 우울한 얼굴을 지닌 키 작은 일 장사일 뿐이었다.

언제부터인가 나는 알고 있었다. 그는 석방된 반공 포로가 아니라는 것을. 나의 부모와 동향인도 아님을. 그는 단지 도망자였을 뿐이었다. 누구에게 물은 것도 아니고 또 구체적인 누가, 가령 나의 부모라든가, 우리 집과 친하게 지내 자주 만나게 되는 동네 사람들이 말해준 것도 아니었다. 일종의 직감이었을까, 아니면 나와 단둘이 있을 때 그가 슬쩍 흘린 불분명한 언질에서 비롯된 상상력의 작용이었을까. 그렇게 나는 그가 도망자였다는 사실을 알아차린 것이다. 정확하게 그가 무엇에서 도망해야 했는지는 알 수 없었다. 굳이 짚어보자면 그것은 내가 감히 물어볼 수조차 없는 어떤 심각한 것이리라고 감지할 뿐이었다.

나의 나이 열셋, 나는 그가 어려운 처지에 놓인 도망자라는 결론을 내릴 수밖에 없는 그의 삶의 두번째의 증인이 되었다. 그해 여름에 일어난 작은 사건은 어쩌면 내가 집을 떠나 서울로 간 것과 연관된 것일 수도 있다. 나의 서울 유학에 가장 애석함을 표시한 것이 아재비였으니까. 그의 애석함은 내게는 너무도 당연한 일이었다. 그가 내게 보내는 사랑의 표시를, 어렸던 나는 단순히, 나의 부모의 사랑 외에 내가 받아야 하는 너무도 당연한 보너스 사랑으로 여겼으니까.

나는 고향에서 국민학교를 마치고 서울의 여자중학교에 입학하기 위해서 여러 번에 걸쳐서 어머니와 같이 서울에 올라갔다. 이북에서 단신 월남한 우리 부모에게 친척이 있을 리 만무해, 우리는 나의 하숙집을 정하기 전까지 반달 정도의 기간을 한 여관방에 묵고 있었다. 내가 남루한 여관방에서 입학시험 준비를 하고 있는 사이 어머니는 아침 새벽에 나가 밤늦게까지 나를 혼자 내버려두고 서울 장안을 돌아다녔던 것 같다. 당연히 내가 시험에 합격하리라고 작정을 한 어머니는, 그 학교에서 멀지 않은 곳에 하숙방을 구해놓자마자 하루 종일 서울 장안을 헤매고 다녔다. 단순히 오래간만에 서울에 온 사람의 호기심이라고 보기에는 잘 납득이 되지 않을 정도로 어머니의 표정은 다른 곳에, 나의 입학시험이 아닌 다른 것에 몰두해 있었다. 가끔 두고 온 고향의 가족과 산천에 대해 말할 때 부모의 얼굴에 어리던 흥분과 공허가 반반씩 뒤섞인 그 야릇한 표정을 하고. 얼마 전 남편이 친구의 과수원에 대해 제안했던 바로 그때 나의 얼굴에도 영락없이 그런 모호한 안개가 지펴져 있었을 것이다. 어느 날 밤, 늦게 들어온 어머니의 얼굴을 보고서 나는 어머니가 찾고자 했던 그 무엇을 찾았다는 것을 알았다.

나는 시험에 합격했고 어머니는 그사이 밀린 살림 때문에 한시가 바쁘게 시골의 과수원으로 내려갔다. 황해도 부모의 억척을 물려받은 때문인지 나는 서울 생활에도 잘 적응했다. 비가 오면 신발을 벗고 운동장으로 뛰어나간다든지, 원예 시간에 아무도 못 드는 무거운 화분을 번쩍번쩍 든다든지 또는 다 죽어가는 화단을 일주일 만에 회생시킨다든지 하는 원시적인 기행으로 동급생들을 깜짝깜짝 놀라게 하거나, 가끔 방과 후에 빈 교실에서 통곡을 하고 울다가 웃다가 해서 생활지도실에 불려가는 일은 있어도 나름대로 잘 지내는 편이었다.

아버지가 편찮으시니 주말에 집에 오너라. 올 때는 이런저런 약을 사 오거라.

나는 이런 부모의 편지보다는, 송이가 없으니 풀포기가 다 기운이 없이 시들하다. 아재비.라고 간단하게 쓸 줄 아는 그의 편지가 훨씬 마음에 들었다. 아재비는 시인이야 하고 중얼거리게 만들던 편지들.

서울에 홀로 떨어진 후 맞는 첫 방학. 열세 살의 방학이었다.

오래 계속될 아버지의 심장병 투병이 결정적으로 악화된 방학이기도 했다. 그의 간호는 어머니의 정성 이상이었으며, 그것은 마지막 순간까지 그 강도나 부드러움에서 변질된 적이 없었다. 변질되다니! 그들은 친형제 이상으로 상대방이 원하는 것을 눈빛 하나만으로도 알아챌 정도로 더더욱 떨어질 줄을 몰랐다. 그즈음에 나는, 내가 쓰다 버린 공책에 밤늦게 무언가를 끄적거리다 지우다 하던 그를 몇 번 보았다. 나 또한 그즈음에 일기를 쓰기 시작했던 만큼 그때서야 뒤늦게 아재비의 공책이 나의 각별한 관심을 끌었을 뿐이지 어쩌면 그가 공책에 무언가를 긁적거린 지는 오래된 일이었을 수도 있다.

과수원의 일에 틈이 생길 때마다 그는 아버지와 두런두런 이야기를 나누러 뛰어왔다. 그는 주로 과수원의 일을 아버지와 의논하는 것 같았다. 그들은 오랫동안 낮은 목소리로 얘기를 나누었다. 아버지의 거동이 편할 때만 해도 그들은 단둘이 나가 집 앞의 평상에서 시간을 보내곤 했다. 그러나 그즈음 그들은 아버지의 이불이 펼쳐져 있는 방 안의 문을 닫고 이야기에 열중했다. 그러면 아무도 그 방에 들어가서는 안 되었고, 어머니도 건넌방이나 내 방에서 자야만 하는 얘기 밤샘이 펼쳐진다는 신호였다. 멀리서 들려오는 듯한 그들의 속살거림은 생각만 해도 가슴이 싸하고 아픈 향수를 불러일으킬 정도로 지극히 평화로웠다.

바로 그 여름의 끝에 그 알 수 없는 여행을 하게 됐다. 아버지의 약도 받아오고, 새로 개발됐다는 농약과 낡은 기구들을 개비改備하러 가는 평범한 읍내행에 그는 자주 그랬듯이 나를 데려가겠다고 했다. 들고 올 짐도 많으니 당연한 일이었다. 그러나 읍으로 나오자마자 서둘러 볼일을 마친 그는 짐을 장터의 농기구상에게 맡기고 내 손을 잡고 가타부타 말이 없이 버스에 올랐다. 두 시간 너머 걸리는 시골길을 달린 후에 내린 곳에서 어디로 들어가는지도 모를 점심을 먹고 다시 버스에 올랐다. 그 당장에는 왜 내가 아무것도 묻지 않고 그의 뒤를 순순히 따라왔는지에 대해 자문하지도 않았을 정도로 그의 태도에는 위압적인 데가 있었다. 게다가 창밖으로 내내 시선을 주고 있는 그의 얼굴은 내가 그 이상한 여행에 대해 무언가를 묻기에는 너무도…… 싸늘했다. 끈적한 더위에 절은 시골 버스에서 끝내 그에게 말 한마디 던지지 못하고 잠이 들었다.

중천에 떠 있던 해가 살짝 옆으로 기울려 할 때 우리가 도착한 곳은 M시에서 멀지 않은 한 읍이었다. 우리는 정류장 근처의 빙수집으로 들어갔다. 그때 나는 처음으로 어느새 노년의 초입을 향하고 있는 아재비를 발견했다. 그때 그는 사십을 갓 넘겼을 뿐이었다. 나이에 앞서 늙어버린 그의 눈꺼풀 밑으로 잠깐 고이다 만 눈물의 그림자를 보았다. 그는 심장의 아픔을 누르는 바로 그런 자세로 팔짱 낀 팔에 힘을 주면서 혼자 안간힘을 썼다. 그는 건조한 목소리로 내가 좋아하는 앙꼬빵 두 개와 팥빙수 하나를 주문했다. 그 빙수집의 실내에는 파리가 여러 마리 부산하게 날아다니고 있었고 그것이 나에게 알 수 없는 불안감을 주었다. 그는 주문한 것에 손도 대지 않았다.

그 혼자서만 시간을 앞달려 간 것이 아니었다. 나 또한 예전처럼 어리광을 부리거나 엉뚱한 소리로 그를 웃기는 것을 겸연쩍어하는 나이에 다다라 있었던 것이다. 오히려 훌쩍훌쩍 울기 시작한 것은 나였다. 낯선 읍에서 깬 선잠, 무엇인지는 모르지만 내가 아무것도 해줄 수 없는 아재비의 안간힘, 저무는 낮이 만들어내는 소외의 빛깔. 그러나 무엇보다도 그렇게 먼 곳까지 나를 데리고 와서 마침내 그가 내게 하고야 말 어떤 말이나 그가 부탁할 그 무언가를 견뎌낼 수도, 해낼 수도 없으리라는 데서 오는 무서움 때문이었다. 그때처럼 내가 철없는 아이였다는 것을 두고두고 후회하게 한 일이 또 있을까. 어른이었다면 그런 상황에서 아재비의 답답함을 풀어줄 알맞은 말을 찾았을 것이고, 어른의 현명함으로 그의 얼굴에서 단번에 그늘이 거두어지는 기적을 만들 수 있었으리라는 생각. 그러나 어른이 된 지금은? 가끔 그때 들었던 그 생각은 나를 미소 짓게 한다. 어른이 된 지금 다시 그 일을 겪는다 해도 나는 여전히 속수무책의 당황함을 맛보았을 것임에 틀림없다. 위로되지 않는 슬픔이 있는 것이다.

아재비가 부탁하는 것은 아주 쉬운 일이다. 우리 송이면 능히 해낼 수 있지, 그럼, 할 수 있고말고. 아무도 보지 않을 때 그저 대문 안에 던져놓고 나오면 된다. 아무 일도 없을게다.

그저 공책 반절을 기름하게 접어서 세 번 돌려 귀를 맞물린, 딱지 비슷한 편지 한 장을 탁자에 놓여 있던 내 손지갑 속에 밀어넣으며 아재비가 말했다. 그리고 그는 미리 준비해온 종이 한 장을 꺼내놓고 속삭이듯 설명했다. 내가 찾아가야 하는 집의 주소와 약도였다. 순간적으로 몇 달 전 서울에서 발이 부르트도록 서울 장안을 헤매다가 늦게야 여관으로 돌아와 무언가를 옮겨 적던 어머니의 모습이 그 주소 위에 겹쳐졌다. 모든 게 이해되는 듯했다. 그는 지금 어머니가 원하지 않는 어떤 일, 어쩌면 이 약도를 건네주면서 절대 하지 않기로 약속한 무언가를 지금 바로 어기고 있다는 것을.

오래전부터 그런 사소한 절차를 그려보고 또 그려보아 아주 자연스럽게 되어버린 그의 지시들. 그 집을 찾아가서 아무도 없기를 기다려 편지를 안에 던져 넣어야 하는, 죽음의 나라로의 여행 같은 것이 앞에 놓여 있었다. 나는 막연히, 그 일을 잘못 수행하면 아재비에게뿐만 아니라 우리 가족 모두에게 매우 결정적인 어떤 위험이 닥칠지도 모른다고 생각했기 때문에 빙수집을 나설 때만 해도 부들부들 떨고 있었다. 누구에게 동 이름을 묻고 우체국의 위치를 또 초등학교의 뒷문……에 이르는 길을 물었는지, 길에서 어떤 얼굴을 만났는지 어찌 기억하랴. 직선으로 뻗친 길 위에서도 길을 잃고 허둥대던, 꼭 악몽 속의 길이었다. 그 집에 점차 가까워짐에 따라 나는 놀라운 냉정함을 되찾았다. 나는 앞에 막아서는 국민학교 안으로 뛰는 가슴을 진정하러 들어갔다. 방학이어서 더욱 스산하던 학교 운동장에 막 여름의 뜨거운 바람이 일고 있었다. 나는 완벽하게 혼자였다. 내가 해내야 하는 일의 실체를 알기 위해 지갑 속에서 딱지 편지를 꺼냈다. 귀가 풀리고 접힌 금을 따라 종이가 펼쳐지면서 눈에 익은 아재비의 길쭉한 글씨체가 나타났다.

흐르는 냇물에 달이 뜰 틈이 없네.

거두절미 한 문장. 뚱딴지 같은 내용이었다. 종이를 뒤집어 보아야 아무것도 없었다. 빈 운동장이 무한히 넓어 보이고 나는 지극한 무서움을 맛보았다.

그러나 외따로 떨어져 있는 집의 닫힌 문 틈으로 편지를 던져 넣는 것은, 내가 해낼 수 있는 그다지 어렵지 않은 일이었다. 아재비의 말처럼. 문은 닫혀 있었지만 허름한 안을 드러내는 적당히 닫힌 짝문이었고 시멘트가 발린 작은 마당에는 아무도 없었다. 어찌 아재비를 위해 이 정도를 못 하겠는가. 나는 편지를 문 안으로 던져 넣었다. 막연하지만 그때 무서움을 이기려고 아랫배에 힘을 잔뜩 주면서 나는 이런 종류의 마음 다짐을 했던 것 같다.

어디선가 가느다란 목소리가 들려와 나는 벌떡 일어섰다. 송이야 하고 부르는 듯한 약간 쉰 목소리. 그러고 보니 그 소리는 내 방심한 귓바퀴를 스쳐 지나가서 그렇지, 한참 전부터 나를 부르고 있었다. 내 이름이 아닌, 엄마를 부르는 아이의 목소리. 사방을 둘러보아야 두꺼운 벽처럼 주위를 막아서는 대낮의 열기뿐, 아무것도 당장 눈에 들어오지 않았다. 돗자리 위에는 여전히 아이의 여름방학 숙제 가방과, 바다가 있는 그림일기와, 녹아내릴 것처럼 반들반들 빛나는 알록달록한 색깔의 크레파스가 흩어져 있을 뿐이었다. 나는 사방을 황망히 둘러보았다. 머리가 쭈뼛 일어섰고 모공이 활짝 열렸다.

아이가 없다!

그러나 아이 이름조차도 제대로 목구멍을 빠져나오지 못했다. 나는 소리가 나던 쪽을 향해 뛰었다. 그런데 이제는 소리조차 들려오지 않는 것이다. 조금 멀리서 희극적인 칠면조 울음소리가 한번 내질러졌을 뿐이었다. 집 안으로 들어가 방을 모두 들여다보아도 실내는 어둡고 신선한 침묵뿐이었다. 나는 미친 여자처럼 애 이름을 부르며 아래층에서 지하실로 광으로 뛰어다녔다. 나는 머리를 산발한 여인의 몰골을 스스로 떠올리면서 다시 집 밖으로 뛰어나와 아이가 잠자리채를 들고 사라진 뒷밭으로 가면서 또 미친 듯이 딸애 이름을 외쳤다. 은하! 은하야! 그때서야 아주 멀리서인 것처럼 좀 전의 가느다란 목소리가 들려왔다. 엄마를 부르는 소리. 그러나 소리 나는 쪽으로 머리를 들어야 아무것도 보이지 않았다. 더 잘 보려고 집 앞의 마당으로 한껏 뒷걸음질을 쳐 올려다보았다.

딸애는 뙤약볕이 내리쪼이는 지붕 위에 있었다. 얼굴에는 앙괭이를 그린 채, 꼼짝할 엄두도 못 내고. 나는 온몸의 피가 순간적으로 다 말라버리는 것 같았다. 그러나 초인적인 힘으로 목소리를 자제했다. 애는 겁에 질렸을 뿐이지 통통한 종아리로, 말 안장에 앉듯이 멋지게 지붕 꼭대기에 걸터앉아 있었다. 집 뒤에 있던 사다리가 생각났다. 아이는 사다리를 타고 지붕으로 올라갔던 것이다. 나는 기도를 드리는 심정으로 가까스로 힘을 내서 말했다.

"이애, 너 거기서 뭐 하니?"

눈앞으로는 당장 지붕에서 떨어져 나뒹구는 아이의 모습이 왔다 갔다 했다. 아이는 대답은 고사하고 놀란 눈으로 평정을 가장한 나의 모습을 뚫어지게 쳐다보고 있었다.

"어서 내려오지 않고 뭐 하니. 일사병 걸리겠다."

나는 눈을 꼭 감고 천천히 지붕 위의 정경에서 눈을 돌리고 뒤돌아섰다. 급박하게 부르는 아이의 목소리가 들렸다. 다시 뒤돌아섰을 때 아이는 작은 손을 내 쪽으로 내밀고 있었다.

"너 혼자 올라갔으니 혼자 힘으로 내려와야지? 엄마가 여기 서 있을 테니 살살 내려와보렴."

아이의 예쁜 눈에서 확 불이 이는 것 같기도 했다. 아이가 움직이기 시작했다. 조심조심. 고양이처럼 한 걸음 두 걸음. 그래. 그렇지. 그렇게. 아, 너는 과연 내 딸이다. 옳지 그렇게. 은하야, 너라면 할 수 있고말고! 나는 내심으로 외쳤다. 마침내 아이의 얼굴이 지붕에서 사라지고 약간의 사이를 두고 아이가 집 뒤쪽에서 내게로 뛰어왔다. 그 시간은 천만년보다도 길었다.

나는 딸애 숨이 막힐 정도로 그 작고 따끈따끈한 몸을 껴안았다. 그제서야 아이는 내 품을 벗어나 그늘로 뛰어가서는 주저앉아 서럽게 울기 시작했다. 빈 과수원이 쩡쩡 울릴 정도로.

"이런 굴뚝 귀신이 오셨네. 이리 온. 엄마가 목욕시켜줄게."

"엄마는 날 미워하시면서 뭘!"

서운할 때면 나오는 딸애의 존댓말. 아이는 거세게 도리질을 치고 쉰 목소리로 통곡에 가까운 울음을 다시 울기 시작했다.

"그렇게 울다가는 칠면조가 언니, 하고 달려오겠네. 자, 이리 와봐."

아이는 웃고 싶은 것 같았지만 또 고집스럽게 고개를 흔들었다.

나는 그쪽으로 다가가 나를 거부하느라 싱싱한 생선처럼 팔 안에서 요동을 치는 아이를 꽉 껴안았다.

"엄마가 우리 은하를 얼마나 사랑하는데. 아니다. 엄마는 은하를 존중한단다."

아이의 따갑게 달구어진 정수리에, 뺨에 나는 무수히 입을 맞추어주었다. 아이의 서운함이 풀릴 충분한 시간 동안. 요동이 서서히 그치고 아이의 작은 몸이 내 품에 살짝 안겨들 때까지.

"존중은 사랑보다 덜 좋은 거지, 응?"

"웬걸. 더 무겁고 더 깊은 거야. 사랑보다 더."

"엄마는 왜 나를 존중해?"

"응. 그건 말이지, 네게는 아직 눈물 에너지가 없기 때문이야. 그리고 네가 지붕에서 무사히 내려왔기 때문이지."

"눈물 에너지가 뭐야?"

"글쎄다. 그게 뭘까?"

나는 아이를 데리고 수돗가로 가서 아직 키 작은 정원수들 사이에 널브러져 있던 긴 호스를 집어 들었다. 그리고 수도꼭지를 활짝 열어놓았다. 거센 물줄기가 환성처럼 솟아 나왔다. 나는 먼지와 땟국이 낀 아이의 올통볼통한 벗은 몸 위에 흠뻑 물을 뿌려주었다.

이애. 작은 이파리가 통통한 채송화 같은 이애. 이애, 아직 눈물 에너지가 없는 너를, 아직 시인의 나라에 사는 너를, 모차르트나 반 고흐에 가까운 너를, 어찌하면 좋으냐. 너를 부스러지게 껴안고 싶을 뿐. 이애, 네가 미친 짓을 할 때가 나는 좋더라. 내 말

을 잘 듣지 않고 고무줄놀이에 발이 부르터 들어올 때, 나의 부당한 처사를 받아들이지 못해 다섯 시간이 넘도록 돼지 멱따는 소리로 울 때, 용서해달라고 끝내 빌지 않을 때, 학교 가기 싫다고 떼를 부리면서 장난감을 모두 창문 밖으로 던졌을 때. 두 손을 나무처럼 하늘로 치켜올리고 서 있으라고 벌을 줄라치면 잠시 신경을 딴 곳에 팔고 있는 사이 어느새 네 자리에 인형을 대신 벌세워놓고 바람처럼 밖으로 줄달음쳐버리는 너, 그럴 때의 네가 나는 좋더라.

딸애와 나는 한참동안을 물장난을 치며 시시덕거렸다. 그리고 몸을 수건으로 말리지도 않고 우리는 돗자리의 그늘로 돌아왔다. 아이는 이제 다소곳이 턱을 무릎에 괴고 앉아 내가 가장 이뻐하는 표정을 짓고 앉아 있었다. 어릴 때 어른에 앞서 혼자 깨어 새벽이 비쳐오는 창문을 향해 겨우 얼굴을 쳐들고 흰자위가 파르스름한 두 눈으로 가만히 새벽빛을 맞고 있을 때의 그 철학자적인 얼굴. 나는 아이를 내 품으로 와락 끌어당겨 안고 아이의 그림일기 공책장을 한 장 넘겼다. 그리고 백지를 앞에 놓고 반쯤 녹아 몰랑하게 된 파랑 크레파스를 집어 들었다. 아이는 고개를 쳐들고 재미있다는 듯이 나를 올려다보았다.

"엄마, 율리시스 그려봐. 그리고 아르고스도!"

율리시스와 그의 충견 아르고스는 어느새 아이가 보는 만화책 속에서 의로운 자객과 그의 동반자로 변신해 있었던 모양이었다. 나는 동그라미를 하나 그렸다.

"에이, 이게 뭐야."

아이는 모처럼 엄마 품 안에 안긴 것이 대단히 만족스러운 듯, 늘 나를 피식 웃게 하는 표정, 눈을 동그랗게 뜨고 입술을 살짝 깨물고 있는 표정을 짓고 물어왔다. 그렇지만 아이의 눈에는 어느새 가벼운 졸음의 안개가 몰려와 있었다.

"글쎄, 뭘까? 맞춰보렴."

"하늘?"

"그럴 수도 있지. 또?"

아이는 동그라미의 밑과 옆에 은 자와 하 자가 되도록 손가락으로 보이지 않는 선을 그렸다.

"이렇게 되면 은하가 되니까 이건 내 이름이다, 그렇지?"

"참, 그렇구나. 그리고 또? 눈을 감고 생각해보렴. 이건 호수란다. 또 이건 자전거 바퀴야."

아이는 온순하게 눈을 감고 생각하는 표정이 되었다. 그리고 선심이라도 쓰듯이 말했다.

"엄마, 시골집 옛날얘기 해주세요."

"그래, 눈을 뜨면 안 된다. 동그란 호수를 생각해봐. 그리고 동그란 두 개의 바퀴가 팔랑팔랑 돌고 있는 자전거도. 엄마가 너만 할 때 살던 고향에는 말이다, 나무 가족이 많이 모여 사는 숲이 있고, 그 나무들이 매일 아침 세수할 때 얼굴을 비추어보는 호수도 하나 있었단다. 호수에는 소금쟁이라는 날씬한 아가씨 벌레가 하루 종일 수영을 즐기고 있었는데 저녁이면 물총새가 저녁 식사를 하기 위해서 호수 위를 멋지게 날아다녔지……"

아이 머리의 묵직한 무게가 가슴에 와닿았다. 긴장이 풀린 아이는 어느새 잠이 들어 있었던 것이다.

이애, 밖은 전쟁이다. 밖은 늘 전쟁이었다. 어느 해 어느 시 어느 대륙에 전쟁이 멈춘 적이 있었더냐. 아무리 방으로 방으로 숨어들고 아무리 방패를 꺼내들어도 사방의 문틈으로 전쟁의 냄새는 새어 들어오지. 그 냄새는 딱딱하고 질기고 직선으로 세상을 자르는 그런 고약한 냄새지. 아, 너를 위해 세상의 미운 단어들을 모두 바꿀 수 있다면…… 모든 딱딱하고 근육질이 박힌 단어에 공기 같은 가벼움과 부드러움을 주고 모든 악취 나는 단어에 지상의 들꽃 이름을 대신해 줄 수 있다면. 너도개미자리, 둥근바위솔, 찔레, 명아주, 두메투구풀, 미나리아재비, 땅비싸리, 무릇꽃, 청사조, 패랭이, 쑥부쟁이, 아 그리고 채송화, 채송화…… 이애, 너는 아무래도 시인이 되어야겠다. 미운 단어를 아름답게 만드는, 악취에 향기를 주는, 입을 벌리면 음악이 나오는…… 너는 아주 고전적인 시인이어야겠다. 발고락, 땅콩, 코딱지 같은 단어를 예쁘게 발음할 줄 아는 너. 처음 글을 배울 때 네 성인 '박' 자를 삐뚤삐뚤하게 써놓고 글자가 웃고 있다고 말하던 너. 이 먼 과수원의 오수의 나른한 틈새에까지 비집고 들어오는, 아 비릿한 그 냄새를 이애, 빨리 지워다오. 아주 강력한, 아주 향긋한 방취 살포제인 너의 웃음. 이애, 그토록 짙은 미소를 지을 줄 아는 너는 아마도 외계인인 모양이다. 그래서 네가 자전거에만 오르면, 너의 그 짧고 가는 다리를 소금쟁이만큼 빠르게 놀려 앞으로 갈 때면 나는 그만 가슴이 무섭게 뛰기 시작하는 걸 느낀다. 너의 자전거에 가속이 붙고 앞바퀴가 들려지고, 공중으로 공중 저 높이로 솟아오르는 것이 보이는구나.

　작은 호수가 있네. 호수 주변에 채송화를 심었네.
　달력에 찍은 수많은 점들이 언젠가 별이 되려니.
　살. 사랑. 사람. 살림. 서리. 성에. 잘 살으오……

　그가 남긴 낡은 공책에는 이해하기 어렵게 갈겨쓴, 일기라고
하기에는 너무도 딱딱한 어투의 글들에 섞여 이처럼 정갈하게
정리해서 쓴 모호한 암호 문자들도 적잖이 들어차 있었다. 그
암호 문자 중의 몇 개는 낱장에 옮겨져, 몇 년에 한 번씩 딱지 편
지로 접혔다. 변함없는 기름한 글씨. 변함없이 세 번 돌려 접은
딱지 편지. 글쎄 그것은 암호 문자가 아닐 수도 있었다.
　그와의 첫 여행에서부터 그가 죽기 전까지 10여 년에 걸쳐 모
두 다섯 번을 나는 그런 이상한 편지 심부름을 했다. 수신인은
그의 처자였다. 나보다 서너 살 나이가 많은 아들과 그의 아내.
그가 내게 말을 해주어서 알게 된 것이 아니었다. 설명 이전의
지식이라는 것이 있는 것이다. 너무도 분명한. 게다가 다섯 번의
심부름을 하는 사이에 나에게는 편지의 수신인에 대해 호기심
을 갖는 조금씩의 여유가 생겼던 것이다. 나는 M시 근처의, 낡
은 슬레이트 지붕이 내려앉을 것 같은 첫번째의 집 앞에서처럼
눈앞이 하얘지는 현기증을 맛보지는 않았다. 그리고 그때처럼
오래 집 주위를 멀리 배회하다가 편지를 집어 던지고 긴 길을
뛰어나오지는 않았다. 나는 한번은 문틈으로 그들을 본 적이 있

었다. 뒷모습을. 그 부당하던 뒷모습을 나는 잊을 수가 없다.

다섯 번은 모두 다른 주소였다. 나는 어떤 방식으로 그가 그들의 가족이 집을 옮길 때마다 새로운 주소를 알아냈는지를 알지 못한다. 첫번째의 주소는 어머니가 수소문해준 것이었다고 하자. 그다음은……? 내 열세 살의 그 여행길, 밤늦은 귀가에서 어떤 낌새를 나의 부모가 알아차렸는지…… 아버지, 어머니, 그리고 아재비가 그날 밤을 꼬박 새웠던 것을 기억한다. 아재비를 닦달하는 언쟁—글쎄 언쟁이라기보다는 나의 부모의 엄격하고도 긴 질책이 있었고 그는 시종일관 침묵하는지 그의 목소리는 들려오지 않았다. 나는 나대로 불 꺼진 내 방에서 감긴 시야의 저쪽에서 어른거리는 불규칙 연속무늬를 쫓아가다가 잠이 들었다.

그가 나의 부모의 눈물 어린 호소에 어떤 약속을 했는지 알수 없지만 나의 편지 전달은 잊어버릴 만하면 한 번씩 이어졌다. 나는 아무에게도 그 사실을 말하지 않았다.

오랫동안 나는 무의미한 자연 송시를 닮은 그의 편지들이 진짜 내용을 숨기고 있는 암호 문자일지도 모른다고 생각했다. 그들이 어떤 피치 못할 사정으로 헤어질 때, 그들만의 교신을 위해 교묘하게 만든 어떤 것. 시간이 지나고 내가 아재비에 대해 좀더 구체적으로 알게 되었을 때, 나는 그 편지에서 중요한 것은 단지 그가 살아 있음을 알리는, 그들의 삶의 등대지기 노릇을 멀리서나마 하고 있다는 것을 알리는 미미한 신호, 절망적인 신호임을 알게 되었다. 그러나 얼굴을 절대로, 단 한 번도, 보여

148

주지 않은, 보여줄 수 없었던…… 그는 정말 용납할 수 없는 등대지기였다. 삶은 때때로 얼마나 시대착오적인가. 내가 그 사실을 용납할 수 없다는 마음이 들었을 때는 그러니까 그가 이미 저세상 사람이 된 후였으니까 말이다.

내가 세번째 편지를 전할 때 그의 가족의 주소는 서울로 옮겨져 있었다. 변두리의 언덕배기에 위치한 아주 작은 집의 반지하방에서, 그보다 나은 작은 집으로, 거기에서 한 뼘 정도 더 큰 한옥으로. 내가 알고 있는 집의 모양은 이 세 가지뿐이었지만 10여 년에 걸쳐 그들은 여러 번 이사했다…… 그리고 아주 후에, 그가 죽고 난 다음에도 몇 계절을 지나쳐 보낸 후의 어느 날 저녁, 갑작스러운 발작처럼 나는 단숨에 마지막 편지를 던져 넣었던 그 집까지 뛰어간 적이 있었다. 늘 망을 보고 주변을 사리고 그리고도 행여 그와 그의 가족에게 누가 미칠까 저어하는 모든 불편한 습관을 팽개쳐버리고. 그들에게 내 내면에서 아우성치는 소리를 전달해줄 목적으로. 그저 일을 저지를 생각으로. 뒤늦게.

그들은 이미 그 집에 없었다. 내가 동사무소에 들렀을 때, 기류계에서 알아본 그의 아들의 주민등록은 말소되어 있었다. 이유는 해외 이주. 아재비의 아내의 주민등록은 이전도 되지 않은 채로 그대로 있었다. 그렇지만 그들이 살던 집에는 그들 중 어느 누구의 모습도 보이지 않았고, 밖에서 보기에 아주 행복해 보이는, 지금의 우리처럼 아이 하나를 둔 젊은 부부가 살고 있었다. 그들은 집을 보러 왔을 때에도, 이사 왔을 때에도 집주인

이외의 세 사는 사람을 본 적이 없다고, 이삿짐을 옮기는 날, 집은 벌써 비어 있었다고 말했다. 그는 집주인의 주소를 내게 적어 주었을 뿐이었다. 그렇지만 나는 더 이상 아재비 가족의 뒤를 쫓지 않았다. 아재의 방식대로. 비극적으로 소모된 그들의 과거에 대한 최소한의 예우로.

이애, 사람들은 모두가 언제나 너만큼 크냐? 너의 양미간은 참으로 넓고 깊구나. 그 작은 호수처럼, 채송화꽃이 쪼르르 둘레에 피어 있던 그 호수처럼, 너를 보고 있노라면 나는 목이 마르다. 이애, 저 길 앞으로 나가보자. 이래서는 안 되는데, 네가 자고 있을 때면 이애, 나는 너를 흔들어 깨우고 싶다. 그리고 자꾸 수다를 떨고 싶구나. 그래 옛날 옛적에 사람들이 모두 평화로이 잠들어 있는 사이에 말이지, 그만 땅에 틈이 생기더니…… 그게 바로 옛날이야기가 되어버린 오늘의 이야기. 아, 이애 나는 아직도 찾지 못했구나. 어떻게 얘기를 해주랴. 폭풍의 이야기로. 아니면 가벼운 봄비 이야기로, 그것도 아니면 지금처럼 피융피융 내리박히는 여름 햇살의 이야기로?

한때 남로당 고위급 간부였던 그는 사형 이외의 구형은 예상할 수 없는 도망자였다. 그는 고위 간부의 자격으로 월북의 기회를 엿보며 도피해 있다가 검거되었고 검거되어 송환되던 중 도망하였다. 도망하지 못하도록 동행하던 호송자들이 소지품과 의복을 뺏어놓은 채로 하룻밤을 나던 중, 그는 그 상태에서 기적적으로 도망한 것이다. 검은 몇 날의 밤을 말처럼 집어타고. 한 과수원 속으로. 영원히.

아버지에 이어 그의 장례를 치르러 시골집에 내려갔을 때 지쳐 있는 어머니의 입에서 당신도 모르게 넋두리처럼 흘러나온 말들이었다. 아마도 그를 잃은 슬픔이 무한히 컸던 때문이었겠으나, 나는 그렇게 뒤늦게 들은 사실을 핑계로 그를 미워할 출구를 찾았다. 어떤 종류의 거대한 도망을 나는 그에게서 기대했던 것일까. 바보 같은 아재비. 멍청이. 겁쟁이. 아, 비겁한 도피자. 그렇게 딱한 사람의 삶의 증인으로 채택된 것이, 그의 삶을 억누르고 있는 음험한 그 무엇인가에 감염되어 입 한번 뻥긋 못하고 그토록 강한 열망으로 말을 붙이고 싶었던 그의 아내와 아들과의 만남을 방해한 것이 바로 그이기라도 한 것처럼 말이다. 이상하게 꼬인 감정의 매듭이었다. 당신들의 남편, 아버지가 저기 야산 자락에 살고 있다고 한 번도 외쳐보지 못하고 그의 편지 심부름을 한 것이 미치도록 미웠던 것이다. 그를 열렬히 미워하면서 조금씩 나의 슬픔이 진정되었다고나 할까. 그 미움의 기간은 다행히도 그리 길지 않았다.

그가 간 후 한참이 지나, 이미 야산으로 변해버린 과수원을 정리하기 위해 내려갔었다. 인력도 달리었거니와 무엇보다도 오래된 아버지의 투병으로 진 빚 감당으로 팔려 나간 과수원에 방책을 만들러 벌써 남자 서너 명이 와서 일하고 있었다. 나는 딸애의 출산을 얼마 남겨놓고 있지 않은 때였다.

과수원의 길이 곧게 뻗어나가는 게 보이는 호숫가에 앉아서 나는 다시는 못 보게 될지도 모르는 낯익은 풍경들 하나하나에 나의 애정 어린 시선을 나누어주었다. 과수원은 황폐했어도 내게는 평화였다. 설령 그것이 어느 날 없어졌다 해도. 그 안에서 일어난 일을 알고 있는 무언의 동반자인 나무들은, 내일 다가올 걱정에는 무관심한 채 늘연하게 푸른 하늘에 미세한 실핏줄을 그리고 있었다. 잎이 다 진 가을이었던 것이다.

그 비어 있는 길 위에 하나의 영상이 떠올랐다. 아재비의 어깨에 팔을 얹어 기대고 불편한 몸을 움직이며 짧은 산책을 하는 아버지와 그 옆에 그림자처럼 엉킨 아재비의 모습이었다. 그들은 늘 할 말이 많았다. 단둘이서. 나는 그럴 때의 그들이 제일 아름다웠다고 생각한다. 그들은 무에 그리 할 말이 많았을까. 혈혈단신 가족을 모두 버리고 남쪽을 택해 내려온 아버지였던 만큼 건강이 좋았던 젊은 시절만 해도 읍으로 나가서 또는 내가 다니는 초등학교에 와서 가끔 반공 강연을 하곤 했었다. 모든 사람이 고개를 끄덕여주어 내 어깨를 으쓱하게 한 강연들이었다.

바로 그가 남로당의 열성 간부였던 아재비를 과수원에서 발견했고 그의 불안한 신원의 바람막이가 되어주었으며 그와 일생의 의형제가 된 것이다. 그리고 어머니가 내준 아재비의 공책에 보면 자연을 읊은 글만 있었던 것이 아니었다. 거기에는 잘 알아볼 수 없을 정도로 흘려 쓴 글씨이기는 하지만 그가 일생 동안 붙잡고 있었던 생각들이 두서없이 채워져 있었다. 그가 겪어온 사고의 모든 갈피들. 어떻건 그는 변하지 않는 채로 일생을 살았던 것 같고 그것을 아버지나 어머니한테 그다지 숨겼던 것 같지도 않다. 상식으로는 설명되지 않는 일들이, 그 이전 혹은 그것을 뛰어넘은 어떤 곳에 그들의 삶과 함께 위치해 있었던 것이다.

과수원의 사방에 그들의 속삭임이 있었다. 그들이 근본적으로 지니고 있는 차이가 끝도 없는 속삭임을 만들었던 것일까. 특히 늦은 밤의 집 앞에 내놓은 평상 위와 과수원의 좁은 길들, 야산 밑에 팬 호수 주변…… 사방에서 귀만 기울이며 바람 소리 같은 그들의 속삭임이 들려왔다. 무엇보다도 호수 주변에. 그것이 수많은 세월이 흐른 지금까지도 황량하고 지난하던 과수원의 생활을 안온한 미소로서 기억하게 하는 것이다.

또 다른 영상이 있다. 내가 몇 살 때쯤이었을까. 스물여섯, 스물일곱? 여전히 여름이었고 과수원에서 보낸 연휴의 끝이었다. 나는 서울에서 직장에 다니고 있었고 주말이 끝나고 출근하기 위해 서울행 기차를 타려고 어머니가 준비해준 밑반찬을 들고 거기, 호숫가에서 곧바로 보이는 그 길을 거의 다 걸어 나왔었다. 사각사각 흙길 위에 속살거리듯 작은 간지럼을 만드는 자전거의 바퀴 소리가 들렸다. 머리가 허연 아재비였다. 송이야! 하고 부르지도 않았다. 그저 이를 한껏 드러내고 깊은 주름이 잡히는 미소를 짓는 것이 다였다. 자전거의 사각거림이 멎고 그가 내렸다. 자전거 뒤쪽에 얹혀 있는 허름한 바구니에는 채송화 화분이 하나 들어 있었다.

창가에 놓고 아재비 생각도 해여.

다시 자전거를 뒤돌아 세우고 이어서 멀어져 가던 사각거리는 소리. 그것이 그를 마지막으로 본 것이었다. 그때 그의 미소는 그토록 깊었는데, 직장 생활에 얽매여 고향에 들르지 못하는 기간이 점점 길어지던 그즈음의 어느 날 아주 갑작스럽게 그는 그렇게 가버린 것이다. 내게 채송화 화분 하나를 아프게 남겨놓고.

아, 이애, 오늘은 왜 이리 목이 마르냐, 너의 잠은 또 왜 이리 깊으냐, 사방에 정적이다. 이애, 어서 깨어 내 말을 좀 들어주렴. 눈을 잠시 감았다가 떴을 때, 저 앞으로 부활한 호수가 걸어온다면…… 그늘에 쉬고 있던 먼지 덮인 자전거의 바퀴가 둥글둥글 소리 없이 홀로 돌기 시작한다면…… 아, 세상의 모든 속삭임이 물이 되어 흐른다면…… 이애, 우리가 한 몸일 때 그랬던 것처럼, 네게 해줄 속삭임이 이다지도 많은데, 이제는 어떻게 그 얘기를 해야만 할까. 울음처럼, 웃음처럼, 옛날이야기로 혹은 미래의 이 야기로, 기체의 이야기 아니면 액체의 이야기로? 이애, 햇볕이 아직도 이렇게 따가운데…… 우리가 예전에 한 몸이었을 때처 럼, 그렇게 얘기해볼까.

(1993)

하나코는 없다

폭풍이 이는 날에는 수로의 난간에 가까이 가는 것을 금하라. 그리고 안개, 특히 겨울 안개에 조심하라…… 그리고 미로 속으로 들어가라. 그것을 두려워할수록 길을 잃으리라.

로마에서의 일을 끝내자마자 그는 기차에 올라탔고 저녁 늦게 베네치아에 도착했다. 그리고 방향 잃은 김이 하얗게 서려오는 새벽의 어느 창가에서 그는 이 환상에 가까운 팻말을 보았다. 여전히 정리되지 않은 몽상을 헤매는 피곤한 꿈속에서였다.

그러나 그것은 이탈리아에 도착한 이래 그가 읽은 여러 여행 안내 책자 속의 단어들이 거의 무의식중에 조립된 것일 뿐.

그가 눈을 떴을 때 기차는 어둠 속에서 육지와 베네치아를 잇는 철로 다리 위를 달리고 있었다. 약간 설익은 어두움. 겨우 8시를 넘겼을 뿐이다. 이윽고 베네치아 산타 루치아라는 진짜 팻말이 어둠 속에 떠오르며 기차는 역 안으로 들어섰다. 기차에서 내리는 사람들의 흐름을 따라 역을 나왔을 때…… 그는 서른

두 살의 생애에 그가 본 것 중 가장 놀랍고 이상한 도시 앞에 있음을 알아차렸다. 무거운 장식을 머리에 이고 있는 건물들이 물 위에 가득 떠 있는 도시, 그것은 침몰 직전의 거대한 유람선처럼 수로 위에서 흔들리고 있었다.

그러나 거기에는 난간도, 안개도 없었다.

숙소까지 태워다줄 작은 배에 오르면서 그는 서서히 여행 초기부터 그를 지배하던 이상한 최면 상태에서 깨어났다. 유령들처럼 말이 없는 승객들에 섞여 그는 혼자 중얼거렸다. 아, 이것이 베네치아군. 지금부터 여기서 뭘 한담?

이탈리아 거래처의 한 직원이 그의 부탁에 따라 예약해둔 여인숙은 이 물과 안개의 도시, 구시가의 중심에서 멀지 않은 리알토 다리 근처에 위치해 있다고 했다. 꼬불꼬불한 수로의 자락들 그리고 누군가가 오래전에 그려놓아 색이 바래고, 시간이라는 습기에 침윤되어 낡아버린 건물들이 늘어서 있는 거리가 내려다보이는 작은 방. 거래처 직원은 한 번 그 여인숙에 머물렀던 적이 있다고 하면서 괜찮다면 예약하겠노라고 했다. 물론 그는 반대할 이유가 없었다.

그는 이렇게 비현실적으로 베네치아에 와 있었다. 이탈리아에 도착한 이래 점점 잦아드는 용기를 길어 올리기 위해 혹은 그의 용기를 부추기는 무언가에서 도망하는 것처럼.

모든 일은 갑작스럽게, 우연히 이루어졌다. 일상의 자리를 떠난 지가 기껏해야 나흘밖에 되지 않았음에도 그 가까운 어제가 몇 년 전의 시간처럼 느껴지는 허구에 가까운 여행의 시간.

여행의 시간으로는 정확하게 잴 수 없는 어느 날, K의 전화가 있었다. 족히 5, 6개월은 되었던 것 같다. 그때 그는 먼 출장에서 돌아왔다고 말했다. 고등학교 때부터의 친구. 대학 시절의 크고 작은 악행의 공범자이자 사회에서의 동업자. 그 자신과 K 그리고 서너 명의 고등학교나 대학 동창들은 최소한 한 달에 두어 번은 만나게 되어 있었다. 서로 할 말이 딱히 있지도 않고 그들 중 대부분은 서로 다른 일에 종사하고 있는 데다가 꼭 서로를 열렬히 그리워하는 것도 아니지만, 친구니까. 때로는 그들 친구들끼리, 주말에 만날 때면 너 나 할 것 없이 아이 한둘은 매단 채, 아내를 데리고. 건강식품 광고에 나오는 이상적인 가족 세트처럼. K가 출장에서 돌아왔다면 어찌 그에게 전화하지 않고 다시 일을 시작하겠는가. 그들은 물론 모자에 대해서 얘기했다. 그들의 사업 종목인 모자에 대해서. 모자에 대해서 얘기하면서 그들은 그 직업적 정보 속에 전달할 만한 것은 대충 다 전달한다. 하다못해 음담패설까지.

화학도 사회학도 모자와는 아무런 관계가 없었지만, 대학 졸업 후 취직한 한두 회사를 거치면서 그와 K는 각기, 어쩌다가, 아주 우연히 모자 전문가가 되었다. 그것이 고정적으로 만나는 그들 중에서 그와 K를 각별히 맺어주는 이유였다. 모자에 대해 얘기할 때 그들은 진지했다. 그들은 이제는 달리 할 말이 많지 않았기 때문에 제법 오랫동안 사업 얘기를 했다. 그렇지만 그 얘기가 조금 억지로 길어진다고 생각했던 것은 꼭 그 혼자 감지한 것은 아니었다. 그들은 그 정도는 서로를 잘 알고 있는 것이다.

그리고 K가 갑자기 말했다. 마치 우연히 생각이 났다는 듯이.

"하나코…… 말이야."

"……?"

"누구한테 들었는데 하나코가 이탈리아에 있다는군."

"그래? 그런데?"

"그냥 그렇다는 거지. 혹 네가 궁금해할 것 같아서."

"왜 꼭 나야?"

"그래, 다들 궁금해하고 있을 거야. 조금쯤은."

누가, 언제, 어디서, 무엇을 하고 있는 하나코를 보았다는 것인지. 그런 자세한 내용을 그가 K에게 묻지 않은 것처럼, 그 소식을 전달한 사람이 누구든, K 또한 자세한 질문을 틀림없이 피했으리라. 그들의 차가운 우아함은 이런 식의 예절을 잘도 배치할 줄 알고 있었다. K와 그 사이에 잠깐 어색한 침묵이 흘렀지만 그는 상큼한 농담을 끝으로 적당히 전화 통화를 끝냈다. 그리고 며칠 뒤에 가진 술자리에서 K는 그 전화에 대해서 그에게는 물론 다른 친구들에게도 더 이상 한마디도 언급하지 않았다. 그도 그 전화 건을 까맣게 잊어버린 것처럼 굴었다. 그러고 나니 정말 잊어버린 것 같은 느낌이 들었다. 그러고는 정말로 그 작은 전화 건을 잊어버렸다.

늘 그렇듯이 그들은 술자리에서 토론이 되면 곧바로 세상이 바뀌기라도 할 것처럼, 잘못 돌아가는 세상의 이모저모를 들추어대며 잠시 열을 올렸다. 술자리의 열기가 식어간다는 징조였다. 그들은 더 이상 젊지 않았고, 조금씩, 견고한 사회에서 겁을 먹기 시작했고 갑자기 삶이 즐거울 수 있는 확실한 대책이 없었으며…… 그래서 그들은 자주 만났다.

하나코. 그것은 그들만의 암호였다. 한 여자를 지칭하기 위한 그들 사이의 암호.

한 여자가 있었다. 물론 그 여자에게도 이름이 있었다. 그 이름은 그들의 도시적 감성에는 그다지 매력적으로 다가오는 이름이 아니었다. 그렇다고 그 때문에 암호를 사용한 것은 아니다. 그리고 하나코 앞에서 그녀를 별명으로 부른 적도 없다. 그들끼리만 모였을 때, 지루하고 전망 없는 하루 저녁 술자리에서 그녀를 지칭하느라 우연히 튀어나온 농담조의 이 별명이 암호가 되었다. 그들은 암호를 만들기를 좋아하는 삶의 그리 밝지 못한 단계를 지나고 있었다. 약간씩의 차이는 있지만 그들은 대충 스물너덧 정도의 나이를 먹고 있었고 모두들 대학 졸업을 앞둔 상태였다.

어느 날 그들 무리 중 하나가 비슷한 나이 또래로 보이는 한 여대생을 소개했다. 키가 유난히 작고, 낮은 목소리로 그들의 대화에 무리 없이 끼여들고, 이마를 왼쪽으로 기웃하면서, 가끔 논리를 벗어난 그들의 객기에 대해 진지한 표정으로, 아주 심각하게 질문을 던지던 여자.

"왜 그렇게 생각하죠?"라든지,

혹은 약간 우울한 눈을 하고,

"아마 우리가 모두 젊기 때문에 그럴 거예요. 어떻게 그 젊음을 써야 할지 모르기 때문에 말이죠."

같은 말을 해서 그들 모두를 당황케 만들던 여자가 하나코였다.

그러나 이제 와서는 많은 것이 불분명하다. 그게 정확하게 언제였는지, 어떤 모임이 계기가 되었던 것인지, 그녀를 그들에게 소개한 것이 P였던지 Y였던지 아니면 그도 저도 아닌, 지금은 그들에게서 멀어진 그 시절에 알고 지내던 어떤 누구였는지……

그래, 그녀는 코가 아주 예뻤다. 그녀의 용모가 그다지 눈에 띄지 않는 어떤 분위기를 전달하는 반면, 그녀의 코 하나는 정말 예뻤다. 정면에서 보건, 옆에서 보건 일품인 코를 가진 여자. 그래서 붙여진 별명, 하나코. 그러나 이 암호는 그들이 어울려 다니던 시절에 만들어진 것은 아니었다. 그리고 이 별명이 붙여지기 전에, 그녀를 생각하면서 맨 먼저 떠올리는 것이 그녀의 코는 분명 아니다. 그녀의 별명이 하나코가 된 데는 숨기고 싶은 그들 모두의 실수가 있었다. 아무도 꼼꼼히 되돌아보고 싶지도 않으며, 더욱이 인정하기 싫은 취기 속에서 일어난, 많은 사실들을 숨기고 있었던 작은 실수. 이렇게 별명으로 불러야 마음이 편한 상대를 누구나 한 명쯤 숨겨 가지고 있다면 그들에게이 대상은 하나코였다.

대부분 고등학교 때부터의 동창인 그들은 취직 시험을 앞둔 대학 마지막 해에는 거의 매일 만나 같이 취직 공부를 했으며, 사회 초년생 시절에도 분주하게 핑계를 만들어 자주 모였다. 가끔 한 달에 한두 번쯤, 그들 중 누군가가 하나코에게 전화를 걸었고, 그녀는 혼자 혹은, 이 세상에 하나밖에 없는 것 같던 늘 똑

같은 여자 친구 한 명을 대동하고 그들의 모임에 합세하곤 했다. 지금은 이름조차 기억나지 않는 하나코의 친구에 대해 남은 기억은, 그녀가 한 번도 모임의 끝까지 남은 적이 없었다는 정도가 다였다. 집이 멀다든가 하는 이유로 모임의 분위기가 무르익으려고 하면 그녀는 하나코의 귀에 몇 마디 말을 던지고는, 그녀가 타는 지하철이 호박으로 변할 것을 두려워하는 신데렐라처럼 황급히 자리를 떴다. 이상하게도 어느 누구도 비록 빈말이라도 그녀를 붙잡지 않았다. 그들의 관심을 끈 것은 말이 없던 그녀보다는 가끔 재치 있는 농담도 하고, 모든 대화에서 가끔 오호! 하는 감탄사까지 유발시키는 발언을 나직나직한 목소리로 할 줄 아는 하나코였다.

그들은 모임에 분위기 쇄신이 필요할 때라든가, 각자 사귀고 있던 여자와의 까다로운 심리전에 지쳐 있을 때 또는 그렇고 그런 각자의 얼굴에 조금은 싫증이 나지만 안 볼 수 없는 관성 때문에 만나서 술잔이나 기울이게 되는 그런 모임이 있을 때 그들은 하나코에게 전화를 걸었다. 전화를 받으면 그녀는 늘 흔쾌히 그들과의 만남을 수락했으며, 기억하건대 한 번도 설득되지 않을 만한 이유로 그들의 제안을 거절한 일이 없었다. 뭐 생리통이라든가, 고향 친구가 와 있다거나 하는 어쩔 수 없는 이유들이었다. 그것이 진짜건 가짜건 무슨 차이가 있겠는가. 그녀의 어조는 늘 진지했고 박물관에나 넣어둘 만한 그 진지함을 재미있게 생각했으며 예상외로 잘 설득되었다. 사회 초년생이 되면서 그들은 더 자주 만났다.

그들은 그녀에 대해 아는 것이 거의 없었다. 어떤 대학에서 미술을 전공했다는 것 외에 그녀가 그림을 그리는지, 조각을 하는지 혹은 이런 모든 것을 다 하는지 알지 못했던 것이다. 그들 주변에는 이 방면에 정통한 사람이 없었기 때문에 가끔 그녀가 밝힌 사항들은 그들에게 매우 막연하게 들렸다. 그들은 마티에르라는 단어를 알고는 있었지만 대학을 졸업하고 난 다음까지 왜 돌과 흙과 나무를 그렇게 중요하게 구분해야 하는지 깊게 알고 싶지 않았다. 그녀의 집안에 대해서는 더 말할 것도 없이, 그들이 알고 있는 것은 단지 그녀의 전화번호와 가끔 도착하는 편지봉투에 적힌 주소뿐이었다. 그들이 그녀를 알고 지내던 몇 년 동안에도 그녀의 주소는 여러 번 바뀌었거나 아니면 그녀는 동시에 여러 군데 주소를 가지고 있었다. 한번은 기숙사였고 때로는 ×××씨 댁이었고, 한번은 ○○ 아틀리에…… 이런 식이었다.

조금 이상하게 느껴질 수도 있었던 이런 그녀의 일상사는 어쩌면 한 번도 그들의 궁금증을 자극하지 않았다. 오히려 그런 것이 하나코에게는 아주 자연스럽게 보여 궁금증을 표현하기가 멋쩍어졌다고나 할까.

그들의 모임에 여성이 끼여드는 것은 하나코가 처음은 아니었지만 하나코만큼, 모임의 균형을 깨지 않으면서 오래, 지속적으로 만나게 되는 여성은 많지 않았다. 왜 그랬을까. 아마 그녀가 마치 공기나 혹은 적당한 온기처럼 늘, 흔적 없이 그들 옆에 있다가는 사라져버렸기 때문이었을까. 그 일이 일어나 그녀가 아주 그들의 모임에서 사라져버리기까지. 그래 그때까지 그녀는 그렇게 늘 없는 듯 있었고, 어느 누구도 그녀가 어느 날 그들의 부름에 대답하지 못할 미지의 곳으로 사라져버리리라고는 한순간도 생각해본 적이 없었다.

그는 역 근처에서 지도를 한 장 사들고 이탈리아인 동업자가 적어준 여인숙의 위치를 찾았다. 바포레토라고 불리는 배를 타고 리알토에서 내려 다리를 건너지 말고 왼쪽으로 왼쪽으로 도십시오…… 그는 하루 종일을 기차 안에서 보낸 터여서 지칠 대로 지쳐 있었다. 이탈리아에 도착한 이래 쉴 시간이 없었거니와, 서울을 떠나던 당시의 조금은 탐닉적인 구석이 없지 않은 우울이 어디를 가든 질기게 쫓아다녔다. 그는 정거장에 배가 도착할 때마다 밧줄을 능숙하게 풀었다가 되감는 멋진 옆얼굴의 청년 옆에 서서 물 위에 떠 있는 건물들을 멍하니 바라보았다. 따뜻한 오렌지 빛깔의 조명에 비추어진 건물들의 내부가 초가을의 습기 찬 대기를 더욱 스산하게 만들고 있었다.

대체 이 생판 모르는 나라, 생판 모르는 도시에서 이틀 동안이나 무엇을 한담. 관광? 야, 아무리 바빠도 베네치아는 꼭 다녀오라구. 먼저 거래선을 트고 이탈리아를 다녀갔던 K의 말이었다. 그렇지. 누구나 한 번 정도는 베네치아에 가고 싶어 한다. 특히 사랑에 빠진 남녀나 신혼부부가 가장 가고 싶어 하는 도시 중 하나라는 베네치아. 그의 입가에 씁쓸한 미소가 떠올랐다 사라졌다. 마치 모든 것이 서서히 바다에 빠져들 것만 같은 느낌을 주는 이 도시에서 그가 상상할 수 있는 것은 아주 어두운 것들뿐이었다. 그렇지만 그가 새롭게 튼 이탈리아 거래처와의 일의 첫 단계를 마무리하자마자 베네치아행을 결정했다면 그것은 K의 조언 때문만은 아니었다. 그의 목적지는 이 도시가 아니었다. 이 도시에서 아주 가까운 또 다른 도시의 한 주소였다.

다리를 건너지 말고, 왼쪽으로 돌고, 또 돌면…… 이후 이틀 동안 지루할 정도로 보게 된 낡은 4층짜리 건물에 이틀 밤이 예약된 여인숙, 펜치오네 알베르고 게라토. 거기에는 다리 저는 여자가 이탈리아어·영어·불어 3개국어를 자유자재로 구사하면서 무섭도록 커다란 개를 한 마리 데리고 근무를 하고 있었다.

그 여인이 안내해준 방은 3층의 7번. 상사 사람의 말대로라면 그 여인숙의 방에서는, 낮에는 색색의 과일과 야채상이 늘어서서 볼거리를 제공해준다는 아담한 거리가 창문 밑으로 내려다보였다. 좀더 멀리에는 중앙 수로와 약간 숨어서 부분만이 내보이는 불 밝혀진 리알토 다리도. 한적한 밤 시간, 거리는 완벽히 비어 있었다. 멀리서 한두 번 젊은 웃음소리가 투명하게 울렸다가는 여운 없이 사라졌다. 그리고 아주 가까이에서는 배가 지나가면서 물살을 가르는, 이상한 외로움을 자극하는 평화로운 소리. 저처럼 부드러이, 곤두선 삶의 비늘들을 쓸어줄 얼굴이 있다면. 왜, 이렇게, 어디를 가나 무너지는 소리뿐이람. 서른 살이 넘어 갑자기 방문한 감상에 그는 확실히 당황하고 있었다.

그들은 하나코의 신상에 대해 아는 것이 많지 않았다. 대학을 졸업하기 전에는 동급생들과 함께 미술 학원에서 아이들을 가르친 적이 있다는 것 외에, 정확히 생계를 어떻게 꾸려가고 있는지, 혈액형이라든지 형제가 몇이나 되는지…… 이런 것들을 한 번도 그녀에게 터놓고 물어본 적이 없는 것이 이상했다. 설령 그 비슷한 일이 화제에 오를 때면 꼭 일부러 그랬던 것처럼 그녀는, 자신의 일로 시간을 소비해버리기가 아깝기라도 한 것처럼, 자연스럽게 다른 방향으로 말머리를 돌리기도 했다.

그러고 보니, 한 번쯤 그녀의 전공이 조각이라는 정도의 얘기를 들은 적이 있는 듯하다. 그렇다고는 해도 그저 명성 있는 조각가 밑에서 조수로 일을 도와주고 있는 정도라고 웃으며 덧붙이던 얼굴도 생각난다. 자신의 키보다 서너 배가 더 큰 돌덩이와 씨름한다고. 사실 그녀의 키는 유아처럼 작았기에 어느 누구도 그녀의 이 드문 신상 발언을 상상 속에서나마 구체적으로 떠올리지 않았다. 3년 남짓한 그들의 교류 기간 동안 그녀가 자신에 관계된 일로 그들 모임에서 주의를 끈 적은 없었다. 늘 동일한 표정. 내털리 우드의 코를 꼭 닮은 그녀의 코가 돋보이도록 약 45도 각도로 허공을 향해 비스듬히 치켜든 얼굴. 그것이 다였다.

자그마한 방. 이탈리아에 도착한 이래 자주 보게 된, 모퉁이에 부조가 새겨진 높은 천장, 그는 잠시 전화기 앞에서 망설였다. 수화기를 들고 잠시 윙 하는 소리를 듣고 있다가 다시 놓았다. 지구의 저쪽 편은 아마도 대낮. 그리고 그만큼이나 거리가 나버린 아내와의 삶. 4년이라는 시간이 무색할 정도의 가속도로. 처음에는 제법 진지한 대화도 있었다. 실존이니, 가치관이니, 공유니 하는 단어들을 섞은 고상한 공방전은 아주 빨리 적나라한 언쟁이 되었다. 시시껄렁한 물건 구입이나 중간부터 치약을 짠다든지 또는 늘 조금은 연기가 풍기게 담배를 비벼 끄는 그의 일상의 습관 같은 사소한 일을 두고 생겨나는 말다툼이 단번에 두 사람의 온 존재를 부정하고 뿌리에서부터 뒤흔든다.

모든 단어들이 어디론가 증발해버린 것처럼, 서로가 굳건히 지키는 침묵이 트집이 된, 그들 사이의 마지막 불화는…… 완전한 침묵 전야의 고함처럼, 격렬하고도 길게 계속됐다. 그 일이 아니었더라도 얼마든지 찾아질 수 있는 다른 원인들. 서로를 부정하기 위해 필수불가결한 정기적인 말다툼. 그러고도 세상에 대한 연극은 계속된다. 부부 동반으로 친척을 방문하고, 모임에 참가하며, 극이 끝나면 다시 냉전에 들어가는 나날들.

만약 그런 불화가 없었더라도, 아무것도 아닐 수 있는 가장 진부하고 지루한, 서로의 약점이 가장 비하되어 드러나는 그런 불화가 없었더라도 그는 이탈리아 출장을 서둘러 맡았을까. 아침에 출근한 그 차림으로, 집에는 알리지도 않고, 몰래 도망치듯이 엉성하게 채워진 여행 가방을 들고 출장을 떠났을까. 그는 작게 고개를 흔들었다. 만약 그랬더라도 그는 하나코의 소식을 기억해냈을까. 그리고 아주 비밀스럽게, 그가 알고 있던 그녀의 친지를 수소문하고, 여러 날, 여러 사람을 거쳐서 그녀의 이탈리아 주소를 알아냈을까.

그는 절대 비밀문서를 손에 넣기라도 하듯이 단계적으로, 하나코의 현재 주소를 수소문하는 데 바쳤던 시간을 약간은 흔쾌한 기분으로 다시 생각했다. 만약 아내가 그의 이탈리아 출장의 진의를 알게 되었을 때의 표정을 떠올리며. 그렇지만 그다지 강한 보상의 느낌은 아니었다. 그런 상상으로 기분이 전환되기에는 그들이 상대편에게 가지고 있는 무감각의 악의가 너무 두터웠다. 상대편과의 말다툼은 하나의 구차한 핑계일 뿐, 어느 누구도 이렇게 어긋난 관계가 수시로 만들어내는 불안과 불화에 능숙하게 대처하지 못한다. 하고 나서 후회가 될 만큼.

대체 여기서 무엇을 하고 있는 거지. 이곳에서의 이틀을 무엇을 하고 보내야 한담. 그는 시큰둥하게 중얼거리면서 안내 책자를 여행 가방에서 꺼내들고 침대에 누웠다. 더 공허하게 높아지는 천장. 더 멀어지는 지구의 저쪽. 그는 서서히 잠이 들었다. 이렇게 최소한 몇 시간 정도는 탈 없이 지나가겠지.

이튿날 아침의…… 창밖은 온통 소란스러운 안개였다. 여행 안내서에 씌어진 바로 그대로. 그리고 거래처의 직원이 설명해준 바로 그대로 창문 바로 밑의 길 양편에는 어느새 아침 야채 시장의 좌판이 촘촘히 들어차 있었다. 그는 창문을 열어놓은 채로 식당으로 내려갔다. 이른 시간이어서인지 식당 안에는 서너 명만이 낮은 목소리로 속살거리면서 아침 식사를 하고 있을 뿐이었다. 미국 젊은이들로 보이는 그들은 날씨에 대해 얘기하던 중이었던지, 낮이면 날씨가 맑을 거라고 그들을 안심시키는 주인 여자의 건조한 목소리가 들렸다. 커피 두 잔, 토스트 한 장. 그의 주문은 간단했고 식사를 마치자 이상한 피곤감으로 그는 서둘러 다시 방으로 돌아왔다. 아침 8시. 마음속의 서울은 어두운 무늬 가득한 날짜 없는 한밤중.

그는 여행 안내 책자의 펼쳐진 면에 커다란 활자로 인쇄된,

산마르코 광장, 토르첼로, 살루테…… 같은 단어들에 멍하니 시선을 주었다. 혼자 하는 여행은 질색이군, 그는 생각했다. 어쩌면 그가 한 출장 여행 중 이렇게 이틀 간의 공백이 온전하게 생겼던 것은 이번이 처음이다. 마치 일부러 그런 것처럼. 대체 그가 혼자 하는 여행이 이번이 처음이 아니던가. 늘 공무였고, 그렇지 않으면 몰려서 하던 여행이었다. 빠르게 머릿속에 떠오르는 얼굴들, 아내, 친구, 동료 어느 누구의 얼굴도 그가 바라는 가상의 여행 동반자의 모습으로 1초 이상 뇌리에 머무르지 못했다. 먼 그림자처럼 어두운 강변을 걷는 하나코의 뒷모습이 역광으로 슬쩍 스쳐 지나갔다. 여행 시즌이 아닐 때, 베네치아만큼 관광 명소의 개장 시간이 맘대로인 데도 없더라구, 하나라도 더 보려면 아침을 이용해. 3시 이후면 다 닫히니까. 늘 정력적인 정보의 소비자인 K의 목소리가 바래져 귀에 울렸다.

그는 전화기를 들었다. 그리고 수첩에서, 방심한 듯이 아무렇게나 씌어진 전화번호가 적혀져 있는 면을 펼쳐 들었다. 서울의 전화번호가 아닌 하나코의 전화번호.

그냥 사업차 왔다가 그녀 소식을 들었다고 하지. 그때 있었던 그 작은 불편한 사건, 그런 정도의 일은 지금쯤 아마 다 잊었을 거야.

처음으로 그는 하나코가 이 지구 반대편의 나라에서 무엇을 하고 있을까 하는 가벼운 궁금증이 일었다. 그의 기억으로 하나코가 이탈리아에 친척이나 친구가 있다거나 그들이 좀더 젊었을 때 이 나라 말을 배웠다거나 하는 말은 들어본 적이 없었다.

하기는 자신도 그런 이유로 이 나라에 와 있는 것은 아니지만. 그는 최소한 네 명의 사람을 거치면서 하나코의 주소와 전화번호를 수소문할 수 있었다. 물론 그는 더 빠른 방법을 택할 수도 있었다. 그러나 그의 신원을 구태여 밝히면서 그녀의 소재를 파악하기 싫었고, 그러느라 정작 하나코의 연락처를 알려준 그녀의 동창이라는 불친절한 목소리의 남자에게 그녀의 근황에 대한 솔직한 질문을 던질 수가 없었던 것이다.

전화번호는 베네치아에서 약 한 시간 정도 기차로 가야 하는 작은 도시의 지역 번호를 달고 있었다. 아주 작은 도시라는데, 그녀는 거기서 뭘 하는 걸까. 왜 그는 그 순간 수도원이나 혹은 그 비슷한 정적의 공간이 뇌리에 떠올랐는지 알 수가 없었다. 골목만 바꾸어도 모습을 드러내는 무수한 성당들 때문일까. 꼭 수녀는 아니라고 해도 그 비슷한 어떤 모습의 그녀. 그렇지만 그 그림의 자리에 구체적으로 떠오르는 하나코의 얼굴이 들어섰을 때 그는 작은 불편함을 맛보았다. 예전에 여러 번 느껴본 그런 느낌이지만 생소하기는 여전히 마찬가지였다. 기분이 슬쩍 구겨지고 짜증이 뒤섞이는 그런 생소함.

그는 수화기를 들고 외부로 연결되는 번호를 누르고…… 이후 단번에 일곱 개의 번호를 재빨리 눌렀다. 신호가 가고…… 신호가 계속되고…… 아마도 빈 공간에 울리고 있을 그 신호음에서 어떤 전언을 해독하려는 사람처럼 그는 그 반복적이고 규칙적인 리듬에 귀를 기울였다. 아무도 전화를 받지 않았다. 너무 이른 시간인가. 시계는 8시 반을 넘고 있었다. 그는 슬며시 수화기를 내려놓았다. 마치 미루고 싶은 숙제를 연기하고 난 사람의 가벼운 마음으로.

그는 생각했다. 리알토에서 산마르코 광장까지 아무에게도 길을 묻지 않고 걸어가야겠다. 미로같이 얽힌 골목에서 방향을 잃더라도 아무에게도 길을 묻지 말아야지. 그는 여인숙의 이름과 전화번호가 인쇄된 명함을 하나 들고 밖으로 나왔다. 열린 카페의 커다란 유리벽 저쪽에서 선 채로 카푸치노를 마시고 있는 사람들, 고급 의류 상점이나 가죽 제품 상점들의 진열장을 닦는 점원, 바쁘게 장바구니를 들고 상점들이 늘어선 좁은 거리를 지나가고 있는 사람들에게서 그는 막연히 하나코를 닮은 누군가를 찾고 있었다.

이처럼 강박적으로 하나코에 대한 기억이 떠오르는 것은 이상한 일이었다. 강박적? 그보다는 '고집스럽게'라고 말하는 편이 낫겠군, 하고 그는 중얼거렸다. 그녀가 산다는 곳에서 멀지 않은 곳까지 와 있기 때문일까, 아니면 안개와 미로 같은 짧고 좁은 길과, 길을 따라가다 보면 어김없이 한끝이 드러나는 물 때문일까. 그렇지. 이상하게도 하나코 하면 물이 연상되었었다. 그래서 모두 마지막으로 자연스럽게 그 강변으로의 여행을 생각했는지도 몰라.

그들의 모임과는 별도로, 하나코가 가끔 그들 중 하나와 따로 만나기도 한다는 것을 각자는 막연히 알고 있었다. 우선 그 자신부터 그러했으니까. 그렇지만 대체로 이에 대해서는 어느 누구도 일언반구도 없었다. 어떻건 그녀와의 연락이 두절되기 이

전에는 그러했다. 다른 친구들하고는 어쨌는지 모르지만 그로 말할 것 같으면 하나코와 만날 때는 늘 예식처럼 일정한 절차를 밟았다. 그가 하나코를 따로 만날 때, 그녀는 무리들과 만날 때 들르는 다방이 아닌 다른 장소를 택했다.

"아주 편한 소파가 있는 기분 좋은 카페를 알고 있는데 가볼까요?"라고 하면서.

아, 기분 좋은 장소에 대해서라면 서울에서 편안하고도 그들의 마음의 상태에 잘 맞는 장소를 그녀만큼 잘 고를 줄 아는 사람은 아마도 없을 것이다. 그녀가 택하는 장소는 다방이건 술집이건, 어떻게 지금까지 이곳을 발견하지 못했을까 하는 생각이 들 정도로 그들이 자주 지나치는 거리의 아주 평범한 곳에 위치해 있었다. 그러나 꼭 인상에 남을 만한 한 가지 특징들을 가지고 있는 곳. 기억에 남을 정도로 편안한 등받이가 있는 좌석이라든지, 각별한 장식이나 혹은 독특한 모양의 찻잔…… 그녀는 그런 것을 잊지 않고 지적했고, 그 방면에 다소간 둔감한 그 같은 사람도 얼마 후에는 말을 거들 정도는 되었다. 이렇게 해서 평범한 듯한 장소는 인상에 남는 추억의 실내로 변신하는 것이다. 그녀는 꼭 서울의 숨어 있는 명소의 목록을 다 준비해 가지고 다니는 사람처럼, 그와 만날 때 그 장소가 어느 동네에 있건, 슬그머니, 자기 집에 초대하듯이 그런 기분 좋은 장소로 안내하곤 했다.

그렇게 만나 잠시 얘기를 나누다가 그들은 거리를 걷는다. 그리고 간단한 식사를 한다. 참 이상한 일이었다. 학생 시절에야 그렇다고 해도 취직을 하고 난 후에도 하나코에 관한 한 그들은 스스로 생각해도 잘 이해되지 않는 인색한 습관을 가지고 있었다. 그것은 그들이 경제적으로 제법 풍족해진 후에도 고쳐지지 않았다. 다른 여자들과 데이트할 때와는 달리, 하나코와 만날 때 주로 그가 택하는 식당은, 돈을 꼭 그가 낸 것도 아니면서, 아주 볼품없고 값싼 식당이었다. 식사 후에 그들은 탁구나 혹은 볼링을 한두 게임 한다. 다시 걸어서 그녀가 선택한 처음의 장소로 되돌아온다.

그러고는…… 이상한 힘에 이끌려, 마치 고해성사라도 하듯이 어느 누구에게도 말할 수 없었던 구질하면서도 내밀한 자신의 얘기를 그녀에게 하는 것이다. 사귀고 있는 여자에 관한 얘기만 빼놓고는 모든 얘기를. 자신이 은밀하게 가지고 있는 괴로운 습관 같은 것 또는 하나코도 잘 알고 있는 가까운 친구들에 대한 숨겨진 불만 같은 것까지도.

그녀는 그 얘기들을 고개를 약간 갸웃이 쳐들고 듣는다. 얘기가 무르익을 때까지 그녀는 결코 그의 얘기를 중간에서 끊는 법이 없었다. 아무리 충격적인 얘기를 해도 그녀 입가에 깃들인 미소가 변질되는 일이 없어서 어쩌면 일부러 과장해서 그의 숨겨진 악을 스스로 고발한 적도 있었다. 그녀처럼 집중해서 그의 시시껄렁한 얘기를 들어준 여자를 그는 알지 못했다. 그러면서도 언뜻 그의 친구들 중 누구와 동일한 장면을 연출할 그녀의 모습이 떠오르기도 했다. 그것은 조금의 질투도 자극하지 않았다.

"하기 어려운 얘기였을 텐데 내게 해주어서 고마워요."

매번 그런 것은 아니었지만 그녀는 드물게 이런 식으로 피곤함을 전달하기도 했다. 그녀가 집에 돌아가고 싶다는 의사를 표시하는 말이었다.

늦은 시간에 밖으로 나와서는 그녀의 집 방향으로 가는 버스가 오는 것을 같이 기다려주지도 않고 그녀를 혼자 어두운 정류장에 놔둔 채, 그는 지하철 입구를 향해 걸어간다. 그녀 또한 그런 것에 대해 한 번도 반응하지 않았고. 어쩌다 뒤돌아볼 때의 그녀의 표정은 이미 다른 곳에 있었다. 왜 하나코에 관한 한 그들은 모두 최소한의 인내심과 배려가 부족했던 것일까.

갑자기 말라오는 목. 그는 유리창이 유난히 맑은 한 카페에 들어가서 남들처럼, 부드러운 생크림이 기분 좋게 입천장에 달라붙는 카푸치노를 한 잔 마셨다. 남들처럼 서서. 그들처럼 생생한 표정을 짓고. 산마르코 광장으로 가는 길이 어느 쪽이죠,라고 묻고 싶은 것을 애써 눌렀다. 다시 밖으로 나와서 그는 화살표의 방향보다는 사람들이 많이 다니는 길들을 골라 수도 없는 골목과 수도 없는 작은 광장을 돌았다. 마치 이 도시의 매력에 매혹되지 않으려고 마음을 다잡아먹은 사람처럼 상의의 깃을 세우고 목 언저리를 여민 채, 놀랍도록 빠른 속도로 안개가 밀려가는 수로를 따라 작은 다리들을 건넜다.

그들 중에서 맨 처음으로 객기를 부린 것은 아마 J가 아니었던가. 그들 무리 중에서 제일 먼저 결혼을 했던 친구. 어느 날 자정이 넘어 J에게서 전화가 걸려 왔다. 그는 침대 옆에 놓인 수화기를 살짝 놓고 다른 방으로 가서 전화를 받았다. 그리고 혹시 아내가 들을 것을 저어하여 침대 곁의 수화기를 다시 제자리에 얹어두는 것도 잊지 않았다. 술 취한 J가 하나코 얘기를 꺼냈기 때문이었다. 하나코와 그들 사이의 연락이 두절된 지 1년여가 넘은 다음의 일이었다. 늦은 전화에 궁금한 표정으로 올려다보는 아내에게 그는 대수롭지 않다는 듯 말했다.

"J야. 밤늦게 술주정을 하려는 모양이군."

J는 형편없이 취해 있었고 그런 상태에서 이어지는 횡설수설 헛소리는 그의 잠기를 싹 쫓을 정도로 그의 호기심을 자극했다. 넌 잘 모르지만 한때 상당히 망설였다구. 내가 멍청했지. 좀더 적극적으로 밀어붙여보면 어떻게 되었을 텐데 말이지. 괜찮아, 괜찮아. 이 사람은 친정 가서 있다구. 잠깐만 기다려라, 그 편지가 어디 있더라. 하나코가 답장으로 보낸 것…… 잠깐만. 좀 깊이 숨겨두었거든. 자, 들어봐. 중요한 부분만 읽을게. J는 술 취한 목소리로 어조를 과장해서 낭독을 시작했다.

J씨는 늘 중요한 말을 장난같이 하는 습관이 있었지요오. 그렇다고 J씨의 진의를 내가 가볍게 일축한다는 뜻은 아닙니다아. 나는 당신이 꼭 그런 편지를 한 번쯤 쓰지 않으면 안 될 정도로 어려운 때를 보내고 있다는 것을 잘 이해해요오. 그렇지만 J씨, 한번 생각해보세요. 내가 정말 그런 편지의 적합한 수신자인지를 말이지요. 한 일주일이나 열흘 정도 어디로 한번 떠나보세요. 그리고 대답이 찾아지면…… 그때 우리가 할 얘기는 따로 있을 거예요오……

끝을 길게 늘이면서 편지의 내용을 엉망으로 만드는 J의 목소리를 들으면서 내심 그는 자신이 하나코의 입장이 되어, J가 앞에 있다면 당장 한 방 먹여주었을 정도로 신경이 거슬렸다. 그러나 숨겨진 호기심이 더 컸기 때문에 J에 대해 솟은 신경질은 오래가지 않았다. 너 하나코의 글씨체 생각나지. 내가 어떤 편지를 보냈는지 알면 너는 아마 까무러칠 거다. 나는 그러니까 그때 열렬한 구혼을 했던 거야. 그냥 꼭 그렇게 해보고 싶더라구. 그런 사실 너희들 전혀 몰랐지. 요즘 그냥 생각이 나서 말이야. 물론 일주일 후에 나는 결혼 날짜를 잡았다만 말이다. 이런 편지를 어떻게 버리냐. 아, 생각난다, 하나코!

J는 정말 혀 꼬부라진 낭만적 회고를 하고 있었고 그는 적당히 그의 고백을 들어주었다. 그 자신도 예외는 아니었다. J의 경우와 다소간 달랐지만 그들은 모두 한두 장 정도의 편지는 간직하고 있었던 것이다. 그것이 무슨 전리품이라도 되는 것처럼. 그녀가 그들 모임에서 자취를 감춘 직후에, 그들 사이에서는 주로 그들의 만남의 초기인 학생 시절에 가끔 주고받던 낡아버린 하나코의 편지를 서로에게 읽어주는 짧은 유행의 기간이 있었다. 그즈음에 마련된 한 술자리에서 그들은 그녀에게 하나코라는 별명을 붙여주었던 것 같다.

그들의 편지에 꼭 대답을 하던 하나코. 어쩌면 그녀는 세상의 모든 편지에 대답을 하기 위해서 태어났을지도 모른다는 생각이 들 정도로, 그것도 이유를 알 수 없게 가슴을 쩡하게 하는 편지를 보내곤 했다. 그녀의 편지처럼 어딘가 깊은 것 같고, 어딘가 철학적이며 고상한 것 같은 편지를 주고받을 여자가 있다는 것이 그들을 조금은 우쭐대게 만들었다.

하나코는 세상에 태어나 처음으로 그에게 편지를 쓰고 싶은 욕구를 불러일으킨 여자였다. 아내와 연애하면서도 편지를 쓰고 싶다는 생각이 든 적은 한 번도 없었다. 한번은 어디서 읽은 시구를 베껴서 멋을 부려본 적이 있었는데 그녀는 그 편지의 대답에 "시 제목을 알아맞히는 수수께끼 놀이를 하자는 거지요?"라는 농담 어린 답장을 보냈다. 하나코와는 자존심이 상할 일이 없었다. 하나코와는 일이 덧나도 별 두려움이 없었다. 그 일이 있고도 그는 이렇게 출장을 핑계로 그녀를 찾아보려고 하지 않는가. 왜일까?

"우리는 친구잖아요."

언젠가 그의 실언 앞에서 그것을 무마하느라 하나코가 한 말이었다. 어떤 실수였는지는 물론 기억에 없었다. 그렇지만 그 말이 야기한 불편한 파장은 생생하게 기억에 남았다.

그 자신을 포함해 무리 중 누구도 하나코에게 자신들의 결혼 날짜를 알리지 않았다. 딴 친구들은 어떤 이유에서 그랬는지 알 수 없지만 그로서는 그저 단순한 부주의였다. 물론 그는 청첩장을 준비하던 때만 해도 그녀에게 보낼까 하고 생각했다. 그렇지만 분주한 일정에 밀려 그만 잊어버리고 말았다. 무의식적으로 계획된 건망증. 늦게 결혼을 한 친구들이야 이미 하나코와의 연락이 끊어져서 그랬다고 하지만 적어도 P와 J는, 그들이 하나코와 만나고 있을 즈음에 결혼했음에도 하나코에게 그 사실을 알리지 않은 게 분명했다. J의 결혼식 후에 그가 하나코를 만나

J 대신 사과를 했을 때, 그녀는 한마디했을 뿐이었다.

"설마 결혼 예식 같은 것을 그토록 중요하게 생각하는 건 아니겠죠?"

멀리서 사진으로 본 산마르코 광장의 첨탑이 보였다. 일찍이 바닷가로 몰려나온 인파들이 광장에 가까이 온 것을 알려주었다. 바다를 향해 버티고 있는 두 마리의 금박 사자가 인파가 없는 텅 빈 광장에 서 있었더라면 어쩌면 그는 감격했을지도 모른다. 평소에 그는 인파를 좋아하는 편이었다. 그렇지만 거기에는 너무도 많은 사람과 상인과 유난히 살찐 비둘기 떼들이 빈틈없이 몰려 있었다. 성당을 방문하기 위해 매표구에서 막 입장권을 받아들었을 때, 그는 카메라도 망원경도 모두, 여인숙에 두고 온 것을 알아차렸다. 일부러 구입한 성당 내부의 모자이크에 대한 안내서까지. 그것이 그의 기분을 그만 순식간에 구겨버리고 말았다. 그렇다고 여인숙까지 되돌아가고 싶은 마음은 추호도 없었다.

사람의 대열에 밀려 안에 들어갔으나 모든 관광객이 입을 벌리고 감탄사를 내뿜으며 바라보는 둥근 천장과 벽 그리고 기둥까지 빈틈을 남기지 않고 덮고 있는 금박 모자이크 장식은 화려한 색채와 뒤덮인 넓이에 대한 놀라움 외에는, 여행 준비를 서투르게 한 사람만이 맛볼 수 있는 심오한 지루함을 그에게 줄 뿐이었다. 전 세계인이 경탄해 마지않는 교회에 발을 들여놓고도 머릿속에서 하품하는 잡념은 다른 시간과 장소를 헤매고 있었다. 그는 의자 한 귀퉁이에 앉아 그가 알고 있는 성경의 지식을 모두 동원하여 모자이크로 그려낸 겨우 몇 장면만을 식별해 냈다. 그는 오랫동안 그렇게 넋을 반쯤 놓고 게으르고도 지루하게 시간이 가기를 기다렸다. 주변을 스치는 수많은 언어들 사이에서 한국 말을 하는 목소리가 들려오자 그 목소리에만 귀를 기울이면서 그는 고집스럽게 성당에 남아 있었다. 나이 많은 노인을 대동한 한 젊은 여자의 낭랑한 목소리가 그가 앉아 있는 바로 앞부분의 천장에 장식된 모자이크의 내용을 설명하고 있었다.「출애굽기」의 한 장면. 다정한 부녀지간.

여기서 대체 무엇을 하고 있지? 그는 집에 두고 온 딸을 생각했다. 이제 겨우 두 살. 그는 자신을 엄습하는 답답함을 누르며 자리에서 일어섰다. 그가 앉았던 자리를 딸이 아버지에게 권했다. 출구는 입구 이상으로 붐볐다.

그는 부두 쪽으로 가서 심호흡을 했다. 부둣가에 띄엄띄엄 늘어선 공중전화 부스가 자꾸 그의 시선을 끌었다. 서울은 아마도 침침한 초겨울의 저녁나절. 바다의 안개는 완전히 걷혀 있었다. 그때 그가 서 있던 데서 그리 멀지 않은 곳에서 커다란 외침 소리가 들려왔고 갑자기 그 소리 주위로 군중이 몰려들기 시작했다. 그는 자신도 모르게, 순식간에 만들어진 둥근 원의 가장 안쪽에 서 있었다. 그곳에서는 이탈리아 말로 욕설을 퍼부으면서 세 명의 남자가 엉켜서 전문 복싱 선수 이상의 솜씨를 보이면서 서로를 두들겨패고 있었다. 가만히 보니 2 대 1의 싸움이었는데, 그 주위로 몰려든 어느 누구도 말릴 생각 없이 그 자신처럼 눈을 동그랗게 뜬 채 구경만 하고 있었다. 그렇지만 혼자 대항하는 사내의 기세 또한 만만치 않았다.

원이 점점 커짐에 따라, 부두를 따라 지어진 고급 호텔의 테라스에서도 사람들의 얼굴이 싸움 구경을 위해 하나둘 나타나기 시작했다. 세 명 모두 가죽 점퍼를 입은 건장한 젊은이였다. 그들은 가끔 내지르는 외마디 소리와 거친 숨소리 외에는 입을 앙다문 채 엎치락뒤치락을 계속했다. 아무래도 수적으로 강세인 두 남자는 막 바닥에 깔리기 시작한, 궁지에 몰린 적수가 힘이 빠진다고 생각하자마자, 집중적으로 발길질을 하기 시작했다.

그들이 어떤 의미로 침묵의 싸움을 벌였다면, 그와 반비례로 군중 속의 소란은 점점 커졌다. 이 나라 말을 모르는 그로서는 그들이 마치 씨름 경기라도 응원하는 것처럼 보였다. 그의 주먹도 부르르 쥐어질 정도의 격렬한 광경이 배가되고 있었다. 역시 아무도 그들을 말릴 엄두를 내지 못하고 있었다. 그는 두 사람의 공격자의 주먹과 발길질에 그의 흥분이 고조되고 있음을 알아차렸다. 자, 한 방만 더, 쳐라. 결정적인 한 방, 그러고 나면 끝이다…… 바로 그때 어디서 나타났는지 군중을 헤치고 경찰들이 우르르 몰려들어 순식간에 세 명을 모두 일으켜 세워 어디론가 끌고 사라졌다.

모여 섰던 사람들이 하나둘 흩어지고 다시 공중전화 부스가 드러났다. 그를 부르기라도 하는 것처럼. 그는 빠른 동작으로 전화번호를 꺼냈다. 지구 반대편이 아니라 바로 옆의 작은 도시에. 누군가 '여보세요'에 해당하는 이탈리아 말을 서너 번 반복하고, 그 뒤로는 그가 알아들을 수 없는 빠르고 긴, 고음으로 즐거운 기분을 전달하는 여자의 목소리가 들려왔다. 그는 서둘러서 영어로 하나코를 찾았다. 물론 그녀의 본명을 대고. 잠시 대기음이 들리고 다시금 즐겁고 부산스럽게 이탈리아 말을 하는 여러 음성들이 뒤섞이고…… 그리고 그에게 익숙한 밝은 목소리가 들려왔다. 하나코의 목소리. 이탈리아 말이 아닌 그리운 '여보세요'. 바로 그 순간에 부두에 도착한 바포레토가 한 무리의 승객들을 내려놓았다. 서로의 허리에 팔을 두르고 작은 갑판에 내려서는 젊은 남녀가 웃으면서 그가 서 있는 옆을 지나갔다. 그때까지 그를 사로잡고 있었던 조심성이 사라지는 것을 느꼈다. 그것은 꼭 갑자기 오른 취기와 같았다.

그는 자신의 이름을 대고 어색하게, 과장을 섞어 한바탕 웃었다. 그녀의 반응을 기다리지도 않고 그는 장황하게 설명을 붙이기 시작했다. 출장 여행 중이다. 계약서가 준비되는 동안 베네치아에 와 있다. 다시 로마로 돌아가야 한다. 그러기 전에 당신을 만나고 싶다. 당신의 거처와 연락처를 알아내는 데 얼마나 힘이 들었는지 아느냐. 그는 이유도 없이 자주 크게 웃음을 섞으면서 상대편이 얘기할 틈을 주지 않고, 마치 무엇에선가 도망하듯이 빠른 말투로 떠들었다. 그리고 갑작스러운 정전으로 마비된 라디오처럼 침묵했다. 그가 침묵했을 때에야, 그녀도 밝게 큰 목소리로 웃으며 말했다.

"반가워요. 오세요."

이어 그가 잘 기억하고 있는 낮고 침착한 그녀의 목소리가 천천히 이어졌다. 기차에서 내려야 하는 정거장의 이름, 사무실이 위치한 거리의 이름 그리고 그녀가 디자이너로 고용되어 있다는 실내장식 사무실의 이름과 외양…… 같은 것을 그녀는 친절하게, 띄엄띄엄 말해주었다. 당신이 전화하고 있는 베네치아에 비하면 그다지 구경할 만한 도시는 아니라고 미안한 듯이 덧붙이면서.

그녀의 모든 것이 다 예전과 같아도 무언가가 달라져 있었다. 목소리도 아니고 어조가 덜 친절했던 것도 아니었는데…… 그녀는 정말 반가운 기색으로 그에게 말을 하지 않았던가. 그는 갑자기 힘이 조금 빠지는 것을 느꼈다. 그녀를 보러 기차를 타고, 그녀가 말해준 이름의 거리를 찾아 헤매고, 그녀가 일하는 사무실을 찾아 안으로 들어가고, 그녀의 책상 옆에 앉아 일이 끝나기를 기다려, 그녀의 생활공간으로 초대되고, 이 나라에서 하듯이 집에서 준비한 식사를 하고 환담을 할 엄두가 나지를 않는 것이다. 그리고 더욱이 그녀가 결혼이라도 했다면, 난생처음 본 그녀의 남편이라는 사람과 또 예의를 차려서 얘기를 해주어야 하고……

그는 물었다. 능청스럽게. 지금 애가 몇입니까? 그녀는 웃고 그 물음에는 대답하지 않았다. 그녀의 목소리에서 무엇을 느꼈을까. 그녀에게 방해가 되지 않겠느냐고 물었을 때, 그녀는 대답 대신, 잠시 침묵한 후, 나를 그렇게 몰라요? 하고 반문했다.

전화 카드의 잔액이 소진되었음을 알리는 음이 들려오자 그녀는 덧붙였다.

"J씨처럼 전화만 하고 안 오는 것은 아니죠? 혹은 P씨처럼 차

한 잔도 제대로 마시지 않고 떠난다든가? 오세요, 정말 반가운데요."

마치 시간이라도 잰 듯이 그녀의 말이 끝나자 전화가 끊겼다. 그의 머릿속에서도 무언가 찰칵 하는 소리가 들렸다. P가? J가?

그는 여행을 떠나기 전에 있었던 술자리를 떠올렸다. 그들에게까지 비밀에 부치고 훌쩍 떠나고 싶었던 그 출장 계획은 분위기가 무르익자 자신도 모르게 입 밖으로 튀어나왔었다. 그때 아주 오래간만에 모임에 합세한 누군가가 느닷없이 하나코 얘기를 꺼냈었다. 왜 꼭 왜색이 도는 그런 별명을 그녀에게 붙였지? 코하나가 더 낫지 않아. 대체 누가 붙여줬어, 그 별명? 알면 참 기분 나빠할 거야. 또 누군가가 말했다. 알 리가 없잖아. J도 P도 그 자리에 있었고 뭐라고 한마디씩 거들었던 것이 생각났다. 몇 달 전에 그에게 하나코의 소식을 전했던 K의 전화도 생생하게 기억이 났다. 어느 누구도 이탈리아에 사는 하나코의 소식을 제삼자를 통해 전해 들었다고만 했지 직접 만났다거나 통화를 했다거나 하는 말을 하지 않았던 것이다.

당장 가겠다고 호탕하게 대답한 것과는 달리, 그는 부두를 떠나 좁은 수로를 따라 나 있는 골목길을 걸었다. 겨울이어서 더욱 습기가 차 보이는 두터운 이끼에 덮인 채 물속으로 무너지는 듯한 벽들, 벽의 끝에 나타나는 작은 다리 그리고 소꿉장난 같은 삶이 진행되고 있을 것만 같은 좁은 정면의 집들. 가끔 그곳에서는 음악 소리나 회한 없는 일상의 호들갑스러운 소음이 들려왔다. 마치 물속에 기우는 이 도시를 더욱 기울게 하기 위한 것처럼, 칠이 벗겨지는 이끼 낀 표면의 슬픔을 더욱 드러내려는 듯이.

수로와 골목과 다리들의 무한한 변주. 그는 그 변주에 흔들리는 걸음을 내맡겼다. 한번 우연히 시선에 잡힌 거리의 팻말은 그가 리알토 다리에서 점점 멀어지고 있는 것만을 알려주는 막연한 지표가 되었을 뿐이었다. 낯선 도시에서 지도 없이, 목적지도 없이 걷는 낙망한 자의 자유, 말할 수도, 이해할 수도 없는 이국의 말을 쓰는 나라에서 침묵으로 미로를 헤매는 자의 안식에 그는 음울한 미소를 지으면서 빠져들었다. 몇 번인가, 하나코, 아니 스코베니 회사 소속, 인테리어 디자이너, 장진자의 목소리가 가볍게, 이 도시의 배음처럼 울렸다. 그렇게 날 몰라요? 그렇게도? 그것은 함정이 많은 수수께끼처럼 점점 더 깊이 그를 미로투성이의 한 도시 속으로 이끌었다.

창밖으로 북쪽 도시행 기차 한 대가 막 떠나고 있었다. 이미 저문 역 구내의 조명 속에서 그는 다시 한번 산타 루치아라고 씌어진 흰 간판을 보았다. 이제 곧 그가 탄 로마행 밤 기차가 떠날 것이다. 아직 잠들기에는 이른 시각이라 좌석은 맨 위쪽만 올려져 침대로 바뀌어져 있었다. 그 말고 두 명의 승객이 복도 쪽의 창문으로 배웅 나온 사람들과 이야기를 나누고 있었다. 그는 일찌감치 자신에게 예약된 위쪽의 준비된 침대에 올라가 누웠다. 기차가 서서히 움직이기 시작하고 베네치아와 내륙을 잇는 긴 다리 모양의 철교 위를 달리기 시작했다. 올 때와 거의 비숫한 시각. 누워 있으므로 더 멀리 보이는 바다 위로 드문드문 오렌지색의 램프가 긴 곡선을 만들면서 행진하는 수도사들처럼 늘어서 있었다. 검은 테를 두른, 끝이 뾰족한 나무둥치들이 합장하듯 모여 있는 수로 표시의 말뚝에 밤 뱃길을 알리기 위해 램프들이 걸려 있었다. 기차의 속력은 점점 더 빨라졌고 이내 바다는 시야에서 사라져버렸다. 공연히 무언가 아주 먼 곳에서 다시 한번 무너지는 느낌을 남기고서.

잠시 머무르다 떠나는 도시. 이제 기차는 불빛이 점점 드물어지는 인적 없는 어두운 풍경 속을 달리고 있었다. 아래 좌석의 승객들도 등받이를 올려 침대를 만드느라 부산하다가는 언제부터인가 갑작스러운 침묵이 왔다. 복도의 소음도 점점 더 줄어들고 기차는 짙은 밤을 향해 전속력으로 달렸다. 여전히 세 개의 침대는 비어 있었다. 한밤중이나 새벽에 모두가 잠들어 있을 때 누군가가 어떤 이름 모를 역에서 예약된 자신의 침대를 찾아 올라오겠지. 볼로냐, 피렌체……

그 일은 대체 어떻게 일어났던 것일까. 그런데 그런 것도 사건이랄 수 있을까.

그들이, 갈대밭 근처의 늪지대같이 질퍽거리던 곳의 그 술집을 어떻게 발견했는지는 아무리 생각해보아야 알 수가 없었다. 그들 중 두 명이 비슷한 때에 중고 자동차를 구입했던 것이 일의 발단이었던 것만은 틀림이 없다. 사흘간의 연휴에 그를 포함한 다섯 명의 친구와 하나코 그리고 그녀의 여자 친구, 이렇게 일곱이 두 대의 중고차에 나눠 타고 운전 연습 겸 서울을 떠나

낙동강가까지 갔다. 원래 그들의 목표는 마음에 드는 해변을 찾는 것이었다. 그러나 바다를 찾다가 그들은 강에 다다랐다.

회, 매운탕…… 이런 비슷한 간판이 언뜻 눈에 띄었었고 그 간판에서부터 좁은 흙길로 접어들어 한참을 달린 곳에 식당 하나가 나타났다. 너무 외따로 떨어져 있었던 식당이었음에도 그들은 그곳을 그날의 종착지로 삼기로 했다. 그 식당에 들어가기 위해서는 구두가 푹 빠지는 진흙 마당을 지나쳐야 했고 그 마당가에는 역겨운 냄새가 나는 풀꽃이 잡초처럼 무성하게 한구석을 채우고 있었던 것 같다. 늦가을이었던가. 아니면 초겨울. 지금처럼.

음식이 준비되는 동안, 세상의 끝이라는 느낌이 들 정도로, 시선이 닿는 한 사방에 아무 불빛도 보이지 않는 강가를 거닐다가 식당으로 돌아왔다. 음식과 술이 조금씩 들어가고 밤이 깊어짐에 따라 그때까지의 흥분되었던 여행의 분위기는 조금씩 우울하고 불안정한 것으로 변하기 시작했다. 세상에서 차단되어 당장이라도 늪에 가라앉아버릴 것 같은 개인 집을 방불하는 그 횟집의 건넌방에 들어앉자마자 그 이상한 분위기가 누구에게랄 것도 없이 그들 모두에게 퍼지기 시작했다.

운전대를 잡았던 W는 너무 멀리 온 것에 대해 후회하는 눈치가 역력했다. 그중 하나는 서울에 전화를 걸어야 한다고 반복했고, 누군가는 다음 날로 예정된 중요한 거래처 사람과의 약속을 잊어버렸다고 불평했다. 연락처도 아무것도 가지고 오지 않았다는 것이다. 당시 그들 모두가 은근히 부러워하던, 부유한 집 딸과 결혼을 앞두고 있었던 P는 갑작스러운 여행을 강력하게 주장했었음에도 누군가가 조심스럽게 꺼낸 숙박 문제에 대해 가장 신경질적인 반응을 보였다. 그로 말할 것 같으면, 조금은 굳은 표정으로 그들의 변화를 지켜보고 있는 하나코와 그 여자 친구에 대해 공연히 적개심이 솟았었다.

모두들 사회생활을 2, 3년 한 뒤에 생긴, 애써 감추어두었던 허탈감이 연휴의 여행 중에 무장해제되었던 탓일까. 아니면 삶의 피곤과 술과 여행이 기묘한 화학작용을 일으킨 돌이킬 수 없는 불안감. 누군가가 나갔다 오더니, 숙박 문제를 해결했으니 술이나 마시자고 했다. 은행에 들어간 이후로 그들의 모임에 조금 뜸해졌던 친구였다. 그는, 거금으로 주인을 매수해 방 두 개를 빌렸다고 연극 조로 말했다.

그 뒤로는 순식간에 누구도 예상 못 한 방향으로 미끄러져버린 일이었다…… 일곱 시간 이상을 달려온 후라 이야깃거리가 고갈된 그들은 노래를 불렀다. 아니 악을 써댔다. 돌아가면서 돼지 멱따는 소리로. 그리고 이렇게 변질되기 시작하는 분위기 속에 당혹감을 숨기고 앉아, 조용히 술잔을 비우는 두 명의 여자에게 그들 모두가 집중적으로 노래를 강요하기 시작했다.

그것은 더 이상 놀이가 아니었다. 하나코가 그런 자리에서 노래라면 질색한다는 정도는 그들 모두가 알고 있었고 실제로 그녀는 노래 같은 것은 빵점이었다. 그것을 알고 있기 때문에 그들은 농담 반, 협박 반 노래를 요구했다. 하나코의 여자 친구가 일어났다. 모두가 입을 모아 하나코의 이름을 외쳐댔다. 하나코의 여자 친구는 그때까지만 해도 쑥스러운 미소를 지으면서 다시 자리에 앉았다. 그래도 하나코는 웬일인지 일어나지 않았다. 그녀의 얼굴 또한 조금은 변했던 것 같다.

누군가가 벌떡 일어섰다. 부르나 안 부르나 내기하자면서 하나코에게 다가갔다. 그의 악물어진 이가 드러났다. 동시에 하나코 건너편의 누군가가 그녀를 일으키느라 팔을 위로 잡아당겼고 그녀의 친구는 하나코를 거머쥔 그 손을 떼어놓으려고 엉거주춤 일어섰다. 그가 일어섰다. 뒤에서부터 하나코를 일으켜 세우기 위해서. 누군가가 술병을 벽에 던졌다. 또 누군가가 고함을 내질렀다. 아무런 뜻도 없는 고함. 그리고 누군가가 잡아당기는 바람에, 하나코도, 그녀를 일으켜 세우려고 몰려든 두 친구도 주저앉았다.

얼마 동안이나 이런 종류의 실랑이가 계속되었을까. 아무도 말리는 사람이 없었다. 말리다니, 단언컨대 모두들 즐거이 엉켜들고 있었다. 하나코의 노래 따위는 문제도 아니었다. 그녀의 친구가 지르는 고함 따위는 아무런 것도 막지 못했다. 게다가 고함이라야 겨우 방 밖을 나갈까 말까 한 크지 않은 우스꽝스러운 목소리였다. 그 엉켜든 실랑이 속에 나름대로의 일사불란한 질서가 지배하고 있기라도 한 것처럼, 각자가 맡은 바 역할을 잘하고 있는 것처럼 보이는 이상야릇한 아수라장이었다. 거친 몸싸움과 깨어져나가는 유리 조각과 서로에게 짖어대는 그들의 고함. 그들은 그들끼리 걸고넘어지고 있었다. 적어도 그때까지 그들 중 어느 누구도 진짜 취해 있지 않았다. 취기를 가장하고 있었다. 모두가. 어쩌면 하나코도.

　얼마 전부터 일으켜 세워진 하나코와 그녀의 친구의 얼굴은 창백했고, 뒤로 올려진 하나코의 머리는 볼품없이 흐트러져 있었다. 그녀의 상의가 반쯤은 옆으로 돌아가 있었다. 누군가가 그녀의 그런 몰골을 손가락으로 가리키면서 웃음을 터트렸다. 그것은 순식간에 모두를 감염시켜서 조금씩 퍼지더니 얼마 지나지 않아 전반적인 광란의 웃음이 되었다. 일종의 벌을 받고 있던 두 명의 여자들에까지 퍼져, 그녀들 또한 웃음을 참을 수 없을 정도로. 그렇지만 그것은 웃음인지 울음인지 구별이 되지 않는 아주 찡그려진 표정의 웃음이었다.

　하나코와 그 친구는 미친 듯이 웃으면서 가방을 집어 들었다. 그리고 벗어놓은 외투를 집어들었다. 그리고 여전히 웃으면서, 한밤중의 역겨운 찬바람을 방 안으로 밀어넣으면서 방문을 열었고, 이미 그사이 몇 배로 두터워진 어둠 속으로 걸어 나갔다. 그녀들이 그때까지도 웃고 있었는지는 기억에 없다. 마당 저쪽으로 긴 방죽 같은 것이 어슴푸레 보일 뿐이었고 빛이라고는 마당을 밝히고 있던 낮은 촉수의 불빛뿐. 그녀들의 멀어져가는 뒷모습이 점점 더 어둠 속에 검게 풀리고 더 이상 아무런 것도 구별되어 보이지 않았다. 가끔 바람에 뒤집히면서 언뜻 여린 빛을 반사하는 풀잎의 모서리 외에는.

　모두들 시선을 그녀들이 사라진 어두움의 덩어리 쪽으로 두고 있으면서도, 어느 누구도 그녀들의 위험한 걸음을 되돌리려 뒤따라 뛰어나가지 않았다. 인가를 찾을 때까지 혹은 대로에 나설 때까지 그녀들이 오래 어둠 속을 걸어야 하는 것을 누구나 잘 알고 있었다. 그러나 광란의 웃음을 계속하도록 태엽이 감겨진 장난감 악기처럼 그들은 웃음을 멈출 수가 없었다. 누군가가 문을 닫아버렸다. 모두가 침묵했고, 무슨 일이 일어났는지 알아차릴 정도로 정신이 깨었기 때문에 다시, 새벽까지 마셨다.

이튿날 둘, 셋으로 나누어 차를 타고 서울로 올라오는 길은 무겁고 조용했다. 하나코는 이렇게 해서 그들의 모임에서 사라졌다.

그 후, 그들 사이에서 그녀, 장진자가 언급될 때 그녀는 하나코로 명명되었다. 그녀에 대해 얘기하고 싶은 마음과, 그녀에 대해 얘기하는 것을 자제하고 싶은 두 가지의 상반된 욕구가 교묘하게 절충되면서 그런 별명이 붙여졌던 것이다. 가끔 그 별명으로 그녀가 술자리의 객담에 등장하는 일은 있어도, 그날, 모두가 낙동강가로 표류했던 그날, 어둠 속으로 사라져버린 그림자의 실상에 대해서는 굳건히 침묵했을 뿐이었다.

그날의 밤은, 생소해서 더욱 어두워 보이는 이 여행지의 밤만큼 속수무책이었던 것 같다. 그는 어둠을 등지고 무릎을 오므려 벽 쪽으로 돌아누웠다. 태평스러운 낮은 휘파람을 부르면서 누군가가 복도 쪽으로 빨리 지나갔다. 아래쪽의 좌석에서는 요란한 코 고는 소리가 들려오고, 침대는 여전히 세 개가 비어 있었다.

로마에 내리자마자 서울에 전화를 걸리라. 그의 마음은 예전에 비해 한 치도 바뀐 것이 없다고. 당신의 자리가 너무도 비어 있었노라고. 꼭 한 번 아이를 데리고 베네치아에 같이 오자고.

그런 기약 없는, 확신 없는 전언을 전하기 위해 전화를 걸리라. 모든 것이 아주 쉽게 이루어지리라. 지금까지 그래왔던 것처럼. 그렇지만 아내가 이렇게 말한다면. 이번에는 그렇게 할 수 없어요. 얘기를 합시다. 단 한 번만이라도 서로에 대해 솔직하게. 그는 양미간에 깊은 주름을 지으면서 잠이 들었다.

서울에서 그는 저녁 술자리를 마련했다. 그것은 여느 술자리처럼 사업 얘기와 세상 돌아가는 얘기와 이권이 있는 장소에 대한 점검…… 들로 이루어졌다. 그 또한 J처럼 혹은 P처럼 혹은 다른 누구처럼 이탈리아 여행과 베네치아의 곤돌라—어쩌면 그토록 유명한 그 도시의 명물이 한 번도 그의 의식에 와닿지 않았을까—의 이국적인 아름다움에 대해 침이 마르게 칭찬했다. 그리고 모두들 취했고, 늘 그렇듯이 결론 조로 세상이 그런대로 그럭저럭 굴러가고 있으며, 아이들은 잘 크고 아내들과는 근본적인 마찰만 피하면 잘 지내며, 다음 날은 오늘보다 조금 덜 피곤할 것이며, 아마도 조금 더 풍족할 것이라는 정도로 요약되는 이야기들을 주절주절 늘어놓으며, 그들은 이튿날의 출근을 위해 흩어졌다.

"그렇게 날 몰라요?"라고 전화로 말하던 하나코의 음성은 가끔 유령의 목소리처럼 그의 귓가에 울리기도 했다. 그렇지만 그런 종류의 질문에 대답하기에 그의 삶은 너무 원대한 이유로 분주했다. 이탈리아 모자 원단 회사와의 거래는 끊임없이 번창했지만 그는 이후 한 번도 출장을 자청하지 않았다. 그의 욕구에 비해서는 늘 불충분했지만, 먹어가는 나이에 걸맞은 위치로 승진해 있었기 때문에 그런 종류의 출장 여행을 직접 할 필요가 없기도 했다. 그는 더 중요한 것을 결정하는 사람이 되었고 그런 일로 바빴다. 아내와 초등학교 입학을 눈앞에 둔 딸아이를 데리고 이탈리아 베네치아로 가족여행을 도저히 할 수 없을 정도로.

거래가 활발해지기 시작한 이래, 이탈리아 상공회의소에서는 매년 외국 바이어들을 위한 홍보 잡지 형식의 영어판 상업 정보지를 꾸준하게 그의 회사로 보내왔다. 그의 출장 여행에서 수년이 지난 어느 달에도.

그달의 잡지에는 두 명의 동양 여자를 담은 커다란 사진과 함께 인터뷰 기사가 실렸다. '동양의 매력을 의자에 담는 한 쌍의 한국인 디자이너, 귀국 전야의 인터뷰.' 이런 제목이 붙은 기사를 대동한 사진 속의 한 명은 하나코였고 그 옆에서 활짝 웃고 있는 이는 지금은 이름조차 기억나지 않는, 하나뿐인 것 같던 그녀의 여자 친구였다. 거기에는 그들이 우연히 참여한 이탈리아 주최 국제인테리어디자이너대회에서 시작해, 촉망받는 독창성을 지닌 한 쌍의 디자이너로 독립하기까지의 과정이 대담 형식으로 씌어져 있었다. 바로 그들과 가까이 지내던 시절의 하나코, 하나부터 끝까지 생소할 뿐인, 그녀의 학창 시절의 약력도 소개되어 있었다.

언제, 어떻게 하나코는 그들도 모르는 사이 이렇게 살았던 걸까.

인터뷰 기사는 이 한 쌍의 여인이 의자 디자인만 고집하는 전문성에 대해, 신체적인 편안함과 감각적인 미를 동시에 조준하는 그들 디자인의 독특한 매력에 경의를 표했다. 나머지 부분은 그녀들이 고안한 의자 사진이 곁들여진 전문적인 내용으로, 이탈리아와 한국에 동시에 개점할 그녀들의 사업에 대한 구체적인 절차와 계획을 다루고 있었다. 이 두 여인에 대해 기사는 때로는 동업자, 때로는 동반자라고 썼다.

하나코의 얼굴은, 옆에서 웃고 있는 친구의 얼굴 쪽으로 반 정도 돌려져 있어서 오똑하게 돋아난 코가 더욱 부각되어 보였다.

(1994)

열세 가지 이름의 꽃향기

1. 북극에서 온 전화

그가 스무 살이 되던 해, 늦겨울의 어느 날이었다. 고향에서 학교를 마치고 서울로 올라온 후, 그는 잡일을 하면서 시간을 보내고 있었다. 종로통을 어슬렁거리면서 만난 한 진돗개 소개업자를 통해 진돗개 파는 일을 주선하는 일도 했으며, 가끔 이삿짐센터에 단기적으로 고용되기도 했다. 주로 삼촌을 따라다니며 배우게 된 운전 경험을 살린 것으로, 궁여지책으로 구한 일들이었다. 다행인지 불행인지 이 막막한 기간이 얼마 지나지 않아, 그에게도 독립적으로 일할 수 있는 기회가 주어졌다.

친척 몇 없는 시골의 고향을 떠나 일찍이 도회지로 나와서 자리를 잡고, 늘 그의 미래를 걱정하던 여섯 살 위의 삼촌이 갑작스럽게 죽었던 것이다. 덕분에 그는 삼촌이 운전하던 작은 트럭을 한 대 물려받았다. 비행사가 되는 것이 꿈이었던 그의 삼촌은 열서너 살부터 자동차 수리공으로 일하다가 뒤늦게야 트럭 운전사로 독립했다. 그는 그 꿈을 조금이라도 실현시키기 위해서 끝도 없이 헐어빠진 자동차 부속들을 만지작거리면서 시간을 보냈다. 자동차 정비와 비행사가 엄연히 다른 두 개의 직종임을 아무리 설명해야 소용이 없었다.

비행사 중에서도 삼촌의 꿈은 전투비행사였으나 그는 한 번도 비행사가 되기 위한 교육을 받을 만큼의 돈을 벌어본 적이 없었고, 뿐만 아니라 그가 성인이 된 이래 그의 전투 조종사의 꿈을 실현시켜줄 만한 전쟁은 일어나지 않은 채로, 그의 꿈은 실현되기도 전에 낡아버렸다. 불쌍한 삼촌.

그를 고등학교까지 공부시킨 것은 삼촌이었는데, 조카만이라도 언젠가는 빛을 따라잡는 고속 전투비행기의 비행사가 되기를 바라면서 뼈 빠지게 일해 번 구차한 수입을 아낌없이 조카에게 보내주었고 자동차 부속을 조립해서 만든 이상한 기계를 완성할 때마다 그에게 보여주곤 했다. 대부분 실제 생활에 별다른 도움을 주지 못하는 장난감 같은 것들이었다.

"파이롯트란 말이다, 만년필 이름이 아니란 말이다."

너무도 큰 꿈을 실현할 기회를 한 번도 가져보지 못한 위축감으로 말끝마다에 말이다를 붙이던 습관을 버리지 못하고 삼촌은 가버렸다.

그래도 그는 신문 정도는 읽는 편이어서 삼촌이 비애에 빠질 때면 이렇게 설명해주곤 했다.

"삼촌. 생전에 전투비행사가 되려면 나라를 잘 타고나야 해요. 미국 같은 나라 보세요. 자기 나라 남의 나라 가리지 않고 얼마나 전쟁을 많이 치렀어요. 그런 나라 사람이어야지 전투비행사가 쉽게 된다구요."

그래도 삼촌은 유언을 남길 시간은 있어서 자기의 무덤을 만들어놓지만 않는다면, 전 재산을 조카에게 남기겠다고 밝혔다. 그는 약속을 지켜 혼자서 삼촌을 화장했고 그것을 고향의 냇물에 뿌렸다. 이렇게 해서 그는 트럭과 함께 삼촌의 잡동사니를 고스란히 유산으로 물려받았다. 대부분 수명이 다한 일상 용품이었지만 그중에는 수종의 지도와 대여섯 종류의 망원 쌍안경 그리고 열 개가 넘는 나침반들이 있었다. 그는 그것들이 삼촌의 꿈과 무슨 연관이 있는지 알 수 없었지만 하나도 버리지 않고 소중하게 간직했으며, 그중 가장 덜 낡은 나침반을 꼭 트럭 속에 넣고 다녔다. 그렇지만 그가 다니는 길이라는 것이 그 나침반의 도움을 받을 만큼 복잡한 것이 아니어서 한 번도 정말 그것을 유용하게 쓴 적은 없었다. 가끔 그의 트럭이 한적한 오솔길을 달리게 될 때, 그는 트럭을 멈추고 나침반을 꺼내서 들여다보곤 했다.

"음, 북북서로 달리고 있군."

때때로 그가 북북서쪽으로 달리고 있다는 것을 확인하는 것은 큰 위로가 되었다.

그가 잠시나마 트럭 운전사로 일하기로 한 것은, 딱히 생계를 유지할 만한 방법이 생각나지 않은 탓도 있지만, 다른 한편으로는 일생의 중요한 부분을 트럭 운전사로 보낸 삼촌에 대한 그 나름대로의 경의의 표시였다.

그러나 그의 꿈은 북극의 남자가 되는 일이었다. 그는 한동안 종로통에서 만난 남자가 살고 있는 교외의 집에 작은 방 하나를 세내어, 한 용역 회사에 등록을 하고, 전화로 일자리가 들어오면 시내로 나가고 그렇지 않은 날이면 주인집의 고장 난 물건을 고쳐주거나 낡은 집을 수리해주거나 하면서 보냈다. 일은 심심치 않게 있었고 삼촌의 트럭은 고장 한 번 나지 않고 잘 달렸다.

저녁나절에는, 두 개의 방송밖에 나오지 않는 중고 텔레비전에 멍하니 시선을 주기도 하고, 발길질을 가볍게 하면 작동하기 시작하는 삼촌의 아주 오래된 전축에 몇 개밖에 없는 테이프를 집어넣고 유행가를 듣거나 따라 부르면서 보냈다. 그러면서 그는 삼촌이 남긴 구닥다리 기계 부속품들을 들여다보기도 했다.

그즈음 그의 불면증은 심해 가끔 일이 없는데도 한밤중에 트럭을 몰고 고속도로를 달리다가 들어오는 때도 있었다. 그의 상념은 밤잠을 방해할 정도로 멀리멀리 퍼졌다. 가령 그는 멀리 있는 사람들과 단지 마음과 마음으로만 통해올 깊은 얘기를 나눌 수 있는 방법을 모색하거나, 귀에 꽂고 있으면 마음에 있는 생각을 받아쓰는 볼펜의 발명을 위한 구체적인 계획을 세우거나 하면서 보냈다. 그 볼펜이 커다란 성공을 거두고 그는 그 사용법을 설명하기 위해 멀리멀리 여행을 떠난다. 그는 말이 다른 사람들에게 아무런 어려움 없이 볼펜의 사용법을 설명하고, 감탄하면서 그의 주위에 몰려든 사람들에게 조용하고 겸손한 미소를 보낸다. 이런 상상을 하다 보면 자주 밤 12시가 넘곤 했다.

그는 그것이 고독한 사람이 만들어낸 무의미한 일인 것을 잘 알고 있었다. 그것은 그래도 삼촌의 전투비행사 꿈보다는 덜 혹독해 보였다. 그는 상상 속에서나마 삼촌의 꿈에 감염되지 않으려고 애썼던 것이다.

가끔 그를 스쳐 지나갔던 사람들이나 잠시 그의 마음을 설레게 하기도 했던 이름도 모르는 여자아이들의 얼굴을 떠올리며 시간을 보내기도 했다. 혹은 차바퀴에서 퉁겨져 나오는 물방울처럼 사방으로 흩어져 미장원이나 공장이나 슈퍼 같은 데서 일을 하고 있는, 고향에서 알던 그 나이 또래의 여자아이들 생각도. 그저, 다른 생각이 나지 않았기 때문에.

아주 춥던 어떤 겨울날 아침, 그는 단 한 벌의 검은색 양복을 다려 입고 빨간색 목도리를 두르고 시내로 나간 적이 있었다. 언젠가 동물원에서 본 멋없는 꼬리를 오만하게 펼치는 칠면조의 몰골을 하고서. 그날 그는 기적을 바라는 사람처럼 혹은 아주 중요한 거래를 하러 가는 사람처럼 주머니 속의 언 손을 움켜쥐고 시내의 중심가를 하루 종일 바쁜 걸음으로 걸어 다녔다. 마치 한순간이라도 걷는 것을 멈추면 그가 획득할지도 모르는 기적적인 기회가 사라져버리기라도 할 것처럼. 그러나 저녁이 되도록 그에게는 아무런 기적적인 일도 일어나지 않았다. 감히 말로 발설할 수조차 없는 그의 외로움을 멈추게 해줄 만한 아무도, 아무것도 만나지 못했다.

그는 상큼한 미소를 지으면서 추운 겨울 거리를 활보하는 그 나이 또래의 젊은이들을 눈여겨 바라보았다. 그들도 그처럼 스무 살이었다. 입에서 새어 나오는 입김까지 달콤한 성분으로 되어 있는 것 같은 그들과 그는 같은 스무 살. 그는 그만 초저녁에 집으로 돌아와버렸다. 이불을 접고 기대 누워 그의 유일한 사치인 맥주를 마시면서 삼촌이 남긴 지도 중의 하나를 꺼내 벽에 붙였다.

이렇게 해서 그의 북극에의 꿈이 시작되었다. 그는 심심하면 지도를 벽에서 떼어내어 발음하기도 어려운 도시의 이름들을 큰 소리로 읽었다. 울란바토르, 블라디보스토크, 시에라네바다…… 그러나 그의 상상이 가장 많이 머무는 곳은 역시 북극이었다. 엘즈미어. 에타, 툴레, 레이캬비크…… 북극의 섬, 수만 리의 설원을 가로지르면 여남은 가구가 모여 사는 마을이 나온다…… 그는 이렇게 조금씩 조금씩 북극의 얼음 벌판으로 걸어 들어가곤 했다.

매일 밤마다 그는 작은 불빛이 얼음 속에 모여 있는, 인가가 점점 뒷걸음치기만 하는 북극의 벌판을 혼자 걸었다. 멀리서 불빛이 비쳐오는 듯하다가 그가 다가가면 불빛은 멀어졌다. 그는 숨이 찼고 뼛속까지 얼어, 아 지금 당장 저 멀리 있는 불빛이 다가오지 않으면 이 벌판에서 그만 쓰러져버리고 말 텐데…… 그는 쓰러지지 않기 위해서 굳어진 두 발을 옮기면서 중얼거리곤 했다.

언젠가 마음씨 좋은 에스키모 여인을 만나 살림을 차리리라. 우리에게는 마음 착한 순록 한 마리와 식량을 운반해줄 들개들이 있을 것이고 시간이 지나 아이도 가지게 되리라. 아이가 자라면 같이 사냥감을 찾아서 들판으로 나가겠지. 북극의 설원 속의 그의 행진은 매우 힘이 들었고 얼음판에 쓰러져 아주 잠이 들어버리기 바로 직전에 그는 잠에서 깨어나곤 했다.

이렇게도 간단한 꿈을 꾸기 위해 그는 정말 북극으로 가야 하는 것일까. 이 소박한 꿈을 꾸는 데 그는 정말 북극이 필요한 것일까. 한밤중에 깨어나서 그는 진짜 북극 여행에서 동상이라도 걸린 것처럼 간지러워진 발바닥을 문지르면서 스스로에게 묻곤 했다. 그리고 다시 잠이 드는 순간 머릿속에는 여전히 소리도 중력도 아픔도 슬픔도 없는 듯한 사위 수천 리로 펼쳐진 북극이 있었다.

그가 여전히 북극을 걷던 그 시절의 어느 날 밤 전화 소리가 울려왔다. 북극의 평원 위에 울리는 전화 소리. 북극의 얼음 사막에 울리는 전화는 분명 잘못 걸려 온 전화이기 때문에 그는 그대로 계속 걸었다. 흠, 여기는 참 공기가 맑군, 그리고 꼭 빙하기처럼 고요해,라고 중얼거리면서. 빙판 한가운데 집이 나타났고 그는 그 안으로 걸어 들어갔다. 전화는 그곳에서 울리고 있었다. 그는 손끝에 차갑게 닿아오는 수화기를 집어들었다. 수화기 저편에서는 이상하고도 시끄러운 잡음이 들리고 있었다. 그러다가 아주 가까이에서처럼 여린 한숨 소리가 들려왔다. 모든 것이 느리게 흘러가는 것만 같은 북극의 시간으로는 5분이 넘는 시간이었을 것이다. 그리고 전화는 끊겼다.

북극의 여자는 혼자서는 말이 없었다. 그렇지만 다음 날도, 그다음 날도 밤만 되면 전화가 울렸다. 그가 수화기를 들었을 때,

늘 동일한 목소리는 여보세요 하고는 가만히 있었다. 그가 한참을 말을 하고 있지 않으면 그녀 또한 말을 하지 않는다.

그리고 그의 일은 계속됐다. 이 도시에는 어디에선가 어디로 끊임없이 이동하는 사람, 한 집을 버리고 다른 집으로 이사하려는 무수한 사람들이 있어 아침이면 어김없이 누군가가 그에게 전화를 걸었고 그는 때로는 기름이 든 수십 개의 드럼통을, 때로는 낡은 장롱과 재봉틀을, 때로는 내쫓기는 여자의 이삿짐을 옮기러 도시를 헤집고 돌아다녔다. 물론 이따금 예고 없이 계약을 취소하는 사람들이 있어 허탕을 치거나, 아무도 그를 부르지 않는, 그런 날도 있었다.

그는 아직 북극에 대해 아는 것이 없었다. 그저 몇 개의 사진을 보았을 뿐이고 한 번, 기억조차 희미한 아주 오래전에 북극에 사는 에스키모 부부의 하루를 찍은 프로를 텔레비전에서 보았을 뿐이었다. 밤에 그는 여전히 북극의 이야기를 머릿속에 그리면서 잠이 들었다.

바이하기투라는 이름의 에스키모 청년이 있다. 그는 오래전에 떠난 여행에서 돌아오는 길이다. 그가 고기잡이 뗏목을 타고 여행을 한 것이 얼마나 되었는지 그는 모르는 것이다. 그는 고기와 가죽을 많이 가지고 돌아오고 싶었지만 뗏목이 빙산에 좌초하는 바람에 겨우 목숨을 건질 수 있었을 뿐이었다. 때로 그는 눈바람에 묻혀 겨울을 나는 바다표범 떼에 섞여서 한 계절을 나기도 했다. 고드름 달린 수염 사이로 드러난 이빨로 두터운 얼음을 깨고, 아이를 낳으러 빙석 위로 나온 바다표범의 출산을 도와주기도 했다. 그사이 북극에는 많은 변화가 있었다. 열여섯에 이글루를 떠났던 그는 벌써 어른이 되어 있었다. 그는 나침반을 보면서 마을 쪽으로 걷고 또 걸었지만 마을은 나타나지 않았다. 그는 걷지 않으면 얼어 죽을 것이기 때문에 어두운 얼음벌판을 끝도 없이 걸었다. 얼마나 그렇게 걸었을까. 그는 어느 백야의 길 위에서, 낡고 우스꽝스러운 썰매를 혼자 끌며 걷고 있던 한 여자 에스키모를 만났다……

2. 파랑손

다음에 달려오는 차에는 꼭 뛰어들어 죽어버릴 테야. 그녀는 한밤중의 어두운 국도, 나무숲의 검은 그늘에 숨어서 중얼거렸다. 그녀는 차에 뛰어들 마음을 먹고 여러 시간 걸려서 국도까지 걸어왔고, 그녀의 결심에 꼭 들어맞는 도로 모퉁이의 다복솔 숲속을 골라 웅크리고 앉았다. 그녀가 기어 들어갈 때 조그맣게 웃게 했던, 그녀의 뺨을 간질이는 솔가지가 있는 잡목 숲이었다. 그녀가 골라잡은 모퉁이까지, 드문드문 스산하게 켜져 있는 국도의 불빛이 여리게 스며들었다.

그녀는 벌써 여러 대의 차를 그대로 보내버렸다. 그녀는 초봄의 차가운 냉기에 오스스 떨면서 다시 한번 중얼거렸다. 나는 아무 차에나 뛰어들지는 않을 테야. 그렇게 중얼거리는 것이 자꾸 까부라지려는 그녀의 몸에 힘을 주었다. 숲속에 앉아서도 그녀는 멀리서 불을 밝히고 달려오는 차를 바라볼 수 있었다. 모통이는 도로 안쪽으로 들어가 있어서 그녀가 원하기만 하면 마음에 맞는 차를 골라 뛰어들 시간의 여유가 충분히 있었다.

그녀가 자리를 정하고 웅크리고 앉은 이후 벌써 몇 대의 차를 그대로 지나쳐 보냈는지 세지는 않았다. 자꾸 뒤로 밀려 숲 아래의 절벽 밑으로 떨어지는 것만 같은 느낌이 들었기 때문이었다. 나는 두렵지는 않아, 그녀는 여러 시간을 걸려 여기까지 걸어오면서 수없이 자신에게 말했다. 한번, 그녀는 어둠 속에서 갑자기 튀어나온 어떤 그림자에 소스라쳐 놀랐다. 그것은 그저 한 마리의 야생 고양이였을 뿐이었다. 그런가 하면 그녀는 한번 돌부리에 발을 헛디뎌 넘어졌는데 그런 하찮은 사고가 그녀에게 생생한 무서움을 만들었다.

그렇지만 나는 아무 차에나 뛰어들지는 않을 테야! 그녀는 아랫입술을 꼭 깨물었다. 그녀의 아랫입술은 각별히 도톰했다. 어렸을 때 아랫입술을 자주 뾰족 내밀어 깨물어야만 하는 슬픈 일이 그녀에게 많이 일어났기 때문이었다. 냉기가 그녀의 몸속에 스며들었고 그녀는 조금 떨면서 고향에서 어릴 때 부르던 노래를 부르면서 자신에게 꼭 알맞은 차가 지나가기를 기다렸다.

그녀의 고향은 아주 깊고 높은 산골이었다. 그녀에게는 형제가 없었다. 어머니도 없고 아버지도 없었다. 그녀에게는 백 살도 더 넘어 보이는, 그녀가 세상에 태어나 처음으로 눈을 떠 세상을 바라봤을 그때 이미 늙어 있었던 할머니가 있었을 뿐이었다. 그녀는 자신이 어떻게 태어났는지, 어떻게 고향 산골에서 열두

해를 보냈는지, 어떻게 해서 읍에서, 소도시로, 거기에서 다시 대도시까지 나오게 됐는지, 그리고 매번 모든 일이 다 불행하게 변해버렸는지 아무리 생각해도 알 수 없었다. 어떻게 그녀가 일하던 모든 장소에서 쫓겨나 다시 고향으로 가는 길에 오르게 됐는지 알 수 없었다.

너무나도 많은 일이 그녀에게 일어났기 때문에 그녀의 작은 머리는 그 모든 일을 담아둘 만한 자리가 없었다. 그녀는 작고 아담한 조금은 낡은 상자로 자신의 머릿속을 상상하곤 했다. 언젠가 시골을 방문한 할머니의 먼 친척이 주고 간, 그림이 그려진 과자 상자 같은 것으로 그녀는 자신의 머리를 그리곤 했다. 주변의 종이가 낡아 보풀이 일고 끈이나 마른 잎이나 돌조각 같은 것이 가득 담겨 늘 뚜껑이 닫히지 않던 작은 상자…… 그녀의 머릿속 상자를 잠가둘 여러 개의 열쇠가 있었지만 그녀는 늘 열쇠를 잃어버렸던 것이다.

그렇지만 그녀가 결심을 하고 고향길에 오르는 버스를 타고 가다가 한순간 내린 결정, 이대로 할머니를 다시 볼 수 없으니, 차에 뛰어들어 죽어버리겠다는 결정을 하던 순간에 그녀를 사로잡은 온몸의 회오리는 잘 기억할 수 있었다. 그렇다고 해도 그녀는 죽어야 하는 이유를 확실히 자신에게 말할 수 없었다. 그녀는 열여섯 살일 뿐이었다. 열여섯 살의 그녀에게, 죽음은, 실현하기 쉽고도 감미로운 어떤 것, 어려운 일을 해결해주러 주위를 떠도는 요정과도 같았다. 그녀는 그 요정과 오랫동안 말을 나누었다. 그녀가 아이를 돌보고 밥도 하고 찌개도 끓이고 하던 집에서 아무것도 아닌 실수로 쫓겨났을 때부터 그녀는 그 감미로운 목소리의 요정과 얘기를 나누기 시작했던 것이다. 요정과 얘기를 나누기 때문에 죽는 거라고 이유를 댈 수는 없었다. 늘 그렇듯이 모두가 코웃음을 칠 것이 뻔했다. 모두? 사실 그녀 주위에는 이렇게 부를 만한 사람도 없었다. 그렇지만 아무도 이유를 묻지는 않을 거야. 왜냐하면 나는 죽어버렸을 테니까. 죽은 사람은 대답할 수 없으니까.

그녀는 스산하고 슬픈 산속의 새벽 풍경을 떠올리듯이 늘 겨울이었던 지난 몇 년 간의 생활을 떠올렸다. 그녀가 돌보던 주인집의 아이, 오이밭에 오이 날씬한 오이 이리 봐도 저리 봐도 날씬한데 뒹굴뒹굴 호박이 놀러 왔다가 나는 언제 예뻐질까 잉잉잉, 고추밭에 고추 뾰족한 고추 이리 봐도 저리 봐도 뾰족한데 동글동글 사과가 놀러 왔다가 아야아야 따가워서 잉잉잉…… 어디선가 아이가 배워 온 이런 노래나 따라 부르면서 하루를 보내던 그녀.

그녀가 돌보던 그 아이가 죽게 된 것은 그녀의 잘못이 아니었지만 그녀는 주인 아저씨에게 매를 맞고 한밤중에 쫓겨났다. 그녀가 들고 나온 것이라고는 좁은 베란다에서 기르던 치자꽃 화분뿐이었다. 그렇지만 아이가 앓게 된 것은 주인 여자가 말하는 것처럼 그녀가 이상한 물을 주어 향기가 너무 강하게 되었다는 치자꽃 때문만은 아니었다. 심장병을 앓고 있던 아주 조그만 네 살짜리 여자아이였다. 젊은 부부는 아이를 잃고 너무도 괴로웠기 때문에 그녀를 내쫓았다는 것을 그녀는 알고 있었다.

그 후에도 그녀는 여러 집을 전전했다. 그러나 번번이 쫓겨났다. 매번 이유를 모르는 채로. 주인집 아들이 방문을 부수고 들어온 적도 있었고, 주인집 남자가 술이 취해 두들겨 팬 적도 있었다. 그러다가 그녀가 들고 다니던 치자꽃도 죽고 말았고, 그녀는 오래간만에 다시 어느 농원에서 일하게 되었다. 그때는 그래도 그녀에게는 웃음이 넘치던 시기였다. 그녀가 소나무와 단풍, 회양목과 잣나무의 어린 묘목이 자라지 못하게 친친 감고 있는 철삿줄을 어느 날 모두 풀어버리고 물을 흠뻑 주었기 때문에 내쫓기기 전까지는. 그뒤로 그녀는 여러 농원과 화원을 돌아가며 일자리를 얻었고 또 그러다가는 얼마 지나지 않아 쫓겨나기를 거듭했다.

차가 한 대 지나갔다. 그녀는 작게 고개를 흔들었다. 저 차는 아니야. 멍청한 동물처럼 씩씩 달려오던 그 중형 트럭은 이마에 올려붙인 회중전등을 술 취한 부랑자의 두 눈처럼 부라리고 굉음을 내며 재빨리 그녀가 들어앉아 있는 잡목 숲 앞을 달려 지나갔다. 그녀 앞으로 쌩한 바람이 일어났다. 다시 국도는 침묵이었다.

살이 으깨지겠지, 뼈가 부러지겠지. 그녀는 낡은 오버 속의 통통한 팔뚝을 만져보았다. 할머니가, 파랑손이라고 부른 자신의 투박하고 두툼한 양손도 만져보았다. 할머니는 그녀가 화전이나 돌밭에서도 농작물을 잘 길러낸다고 해서 파랑손이라고 불렀다. 할머니를 따라 동네 사람들도 그녀를 파랑손이라고 불렀다. 어느 날 할머니의 집에서 하루를 묵은 약초꾼도 산속 깊은 곳의 약초 자리를 알아내는 그녀의 재주에 혀를 내두르며 할머니를 따라, 동네 사람을 따라 그녀를 파랑손이라고 불렀다. 약초꾼의 소개로 일하게 된 읍내의 첫 농장에서도 그녀를 파랑손이라고 불렀다. 도시에서만 그녀를 파랑손이라고 부르지 않았다. 화원에서는 그녀에게 미스 오라는 이름을 붙여주었다. 그게 손님을 끄는 데 쉽다는 것이었다. 그래서 이제 아무도 그녀를 파랑손이라고 부르지 않았다.

그녀는 두 손으로 약간 아파오는 자신의 유방을 건드려보았다. 그녀는 유방이 그만 봉긋 모양을 드러내기 전에 죽고 싶었다. 그녀는 이런 처지로 어른이 되는 것을 참을 수 없었던 것이다. 고향을 떠난 이래, 한 번도 그녀의 살은 마음먹은 대로 기를 펴본 적이 없었다. 그녀 자신의 살의 촉감은 어두움 속에서 아주 생생하고 탄력 있게 전달되어왔다. 그것은 놀라운 느낌이었다. 그 모든 것이 차바퀴 밑에서 으깨지고 부러질 것을 생각하고 그녀는 조금 눈물을 흘렸다. 어디선가, 파랑손! 하고 부르는 소리가 들리는 듯했다. 할머니가 부르는 소리, 동네 사람의 목소리? 그녀는 눈물을 씻고 가만히 소리 나는 쪽으로 귀를 기울였다. 그러나 한밤중 멀리서 웅웅거리며 낮게 대지를 훑고 지나가는 산바람 소리가 있을 뿐이었다.

또 차 한 대가 달려오는 소리가 들렸다. 흰빛의 원거리등을 드높이 밝히고 멀리서부터 달려오는 것이 보였다. 그녀는 몸을 약간 일으키고 불빛과는 달리 수줍게 달려오는 작은 체구의 자동차를 바라보았다. 그런데 바로 그 순간 뜨거운 눈물이 솟아올라 볼 위로 흘러내렸다. 새벽에 아무도 몰래 집을 떠나던 날의 할머니의 모습이 떠올랐기 때문이었다.

할머니는 살았을까 죽었을까. 몇 안 되던 산마루 사람들은 떠났을까, 아직 있을까. 할머니는 새우처럼 작은 몸을 구부리고 잠들어 있었다. 할머니는 파랑손이 떠나려 한다는 것을 알아차리지 못하고 있었던 것만 같았다. 아침에 일어나면 물 떠오는 일을 시키고 밭일을 시키고 점심을 같이 먹고…… 그런데 고향에서 멀어지고 또 멀어져 한순간 뒤를 돌아보았을 때, 주위를 둘러싼 어떤 산봉우리도 더 이상 눈에 익은 산봉우리가 아닌 것을 알아차린 그때, 그녀는 재게 놀리던 발걸음을 멈추고 작은 마을 입구의 산길에 주저앉았었다. 가방 속에 넣은 주먹밥을 꺼내려고 가방을 열었을 때, 그녀의 짐 보따리 속에는 할머니가 넣어둔 쑥떡과 여비가 들어 있었다. 그녀의 도망을 할머니가 알아채지 못하도록 천 가방을 마루 밑에 버려진 낡은 농기구 사이에 오랫동안 숨겨놓았었는데……

너무 커다란 피로와 많은 기억이 한꺼번에 밀려와 그만 잠시 잠이 들었는데 지나치게 깊고 멀리 잠이 들었던 나머지, 그녀는 그녀가 태어나기도 전에 존재했던 공룡 같은 짐승과 이름도 알 수 없는 파충류가 뒤엉켜서 싸우는 꿈을 꾸었다. 그녀가 밭은기침을 하면서 고개를 흔들었던 바로 그때 우스꽝스러운 불을 이마에 달고 멀리서 차 한 대가 느리게 느리게 비틀거리며 다가오는 것을 보았다. 그 모양새가 어찌나 우스웠던지 그녀는 무서운 꿈을 잊어버렸다.

바로 저거야! 그녀는 눈을 비비며 중얼거렸다. 애꾸눈인 그 차는 여느 자동차보다 조금 높은 곳에 빛을 밝힌 채 그녀가 앉아 있는 모퉁이로 연결되는 길목을 돌고 있었다. 작은 트럭이었다. 그녀가 막 길섶으로 뛰어나갈 준비를 하고 눈을 감고 일어서려고 할 때, 트럭은 가까운 거리에서 쿨룩거리더니 멈추어 섰다.

차 안에서 한 남자가 전등을 들고 내려왔다. 그는 차체를 전등으로 비추며 한 바퀴 휘 돌았다. 바퀴에 한두 번 가벼운 발길질을 하기도 했다. 남자가 마치 그녀를 위해 전등을 비추어주는 것처럼 그녀의 시선은 고슴도치를 닮은 차체를 비추는 전등빛을 따라갔다. 그러는 사이, 곧 맞을 준비가 되어 있던 죽음에 대한 기대로 무섭게 뛰던 그녀의 가슴의 고동이 서서히 가라앉았다. 어쩌면 좋담. 바로 저 차 밑으로 뛰어 들어갔어야 했는데, 마침 내 앞에서 멈추어버리다니.

키가 작고 바짝 마른 젊은 남자였다. 그녀는 하마터면 여보세요! 하고 부를 뻔했다. 다리를 벌리고 등을 약간 구부리고 전등을 켜고 서 있는 남자의 뒷모습은 그녀가 지금까지 무수히 보아온 남자들의 뒷모습과는 다른 무엇을 그녀에게 전달했다. 그것은 그녀의 고향 안개봉에 겨울 안개가 지필 때, 이승의 모든 걱정거리를 거두어 함께 사라진다는 한 남자의 이야기를 생각나게 했다. 고향의 겨울바람이 안개봉에 몰릴 때면 꼭 남자의 뒷모습을 닮은 안개 기둥이 지펴 생겨난 이야기였다. 그녀는 등을 돌리고 서 있는 저 앞의 남자가 안개 기둥이 되어 어디론가 날아가버릴 것이 걱정되었다.

몇 대의 차들이 길섶에 세워진 트럭을 지나쳐 갔다. 그렇지만 그녀는 한참을 그대로 앉아 있었다. 그녀는 깔고 앉았던 옷 보따리 가방을 들고 일어섰다. 남자가 저 밑, 먼 곳의 불빛을 바라보며 휘파람을 부는 사이 그녀는 트럭으로 기어 올라갔다. 남자는 되돌아와 옆자리에서 모르는 여자를 발견해 무척 놀랐지만 그녀에게 자세한 사정을 묻지 않았다. 그저 얼룩진 그녀의 더러운 얼굴과, 구차한 옷 가방, 진흙 묻은 두 발에 잠시 시선을 주었을 뿐이었다. 트럭은 쿨룩거리며 다시 떠났다. 그녀는 다시, 그녀가 떠났던 도시로 되돌아왔다.

새벽이 되어 화원들이 줄지어 서 있는 도시의 외곽 지대에서 그녀는 차에서 내려 아침이 깨어나기를 기다렸다. 그리고 봄이 되었기 때문에 일손이 달리는 한 농원에서 일자리를 얻었다. 그때 처음으로 그녀는 파랑손이라고 자기를 소개했으며, 월급은 없지만 농원의 한구석에서 잠을 자면서 수백 개의 화분의 흙을 모두 갈아준다는 조건으로 그곳에 묵게 되었다. 그녀는 이번에는 녹색 철사에 친친 묶여 있는 아기 소나무, 아기단풍의 철삿줄을 풀지 않았다. 그녀가, 달리는 차 밑에 깔려 죽겠다는 결심을 실천에 옮기려 국도를 걷는 일은 다시 일어나지 않았다.

그녀는 밤에는 잠을 잘 수가 없었다. 너무나 피곤했기 때문에 저녁나절 선잠이 들었을 때, 그녀는 철사에 묶여 낑낑거리는 아기 전나무가 되었다. 선잠이 들었을 때 그녀는 자주 절벽에서 떨어지는 꿈을 꾸었다. 자라느라 그런 게야, 할머니는 말하곤 했다. 그녀의 키는 이미 다 자랄 대로 자랐기 때문에 그녀는 이제 그런 말을 믿지 않았다. 또 한 번 절벽에서 굴러떨어지는 꿈을 꾸고 머리가 쭈뼛 서 깨어난 어느 저녁, 그녀는 국도에서 만난 낡은 애꾸눈 트럭을 생각했다. 뒷모습이 고향의 안개 기둥을 닮은 남자를 생각했다.

한밤중의 손전등 불빛에 생생히 드러나던 이사 전문 ○○○-○○○○이라는 트럭 옆구리의 글자들이 선명하게 그녀의 기억에 되살아나 깜빡거리며 빛났다. 그 숫자들은 제각기 다른 색의 자그만 장식 전구처럼 반짝거리는 것이었다. 그녀는 그 번호로 전화를 걸었다. 처음에 그녀는 아무 말도 하지 않고 수화기 저편에서 들려오는 남자의 목소리를 들었다. 매일, 저녁 무렵. 농원 근처에 이내가 내릴 때부터, 국도로 뛰어 들어가 달리는 차에 깔려 죽고 싶다는 생각이 트림처럼 올라와 그녀를 사로잡는 늦은 시간. 매일매일.

3. 바람국화의 탄생

바이가 처음으로 파랑손이 일하는 화원 뒷동산의 공터로 파랑손을 만나러 온 그날의 햇살은 화창했고 언덕에서는 때 이른 아지랑이가 일어났다. 그들이 서 있는 곳에서 불과 3미터 정도 떨어진 곳에서 참꽃나무가 드디어 첫 꽃봉오리를 맺었음에도 불구하고 그들은 그 봉오리에 감탄할 여유를 잃어버린 채, 더듬거리면서 겨우 이렇게 말할 수 있을 뿐이었다.

"나를 바이라 불러줘. 내가 만든 별명이지. 낮에는 이삿짐을 날라주는 일을 하고 밤에는 북극으로 가는 꿈을 꾸지. 바이는 북극 평원을 걷는 남자라는 뜻이야."

"내 이름은 파랑손. 산간 마을에서 태어났는데 여기까지 왔어요. 9월이면 열일곱이 된답니다."

그날 국도를 달리던 트럭의 어두운 빛 속에서는 알 수 없었지만 이들은 서로의 얼굴에서, 그들이 아주 먼 곳에서부터 오래전부터 서로를 향해 조금씩 걸어왔던 것을 알아볼 수 있었다. 너무 오랫동안 혼자였던 이들은 이 밖에 무슨 말을 해야 할지 몰라 화라도 난 것처럼 서로, 눈을 부릅뜨고 바라보는 일밖에는 할 수 없었다. 매일 밤 전화를 걸어온 북극의 여자는 전화에서 그런 것처럼 말이 없었다. 매일 밤 전화를 받은 국도 위의 휘파람 불던 남자는 파랑손이 생각했던 것보다 더 심하게 손을 떨게 만들었고 심장이 무너지는 것만 같은 압박감을 일으켜 파랑손은 할 수만 있었다면 당장이라도 도망가고 싶은 심정이었다. 그러나 그들은 이상한 전염병에 걸린 것처럼 온몸에 열이 올라 있었기 때문에, 도망은커녕 한마디 말도 더 나눌 수가 없었다.

그들을 맨 먼저 사로잡은 것은 슬픔의 감정이었다. 바이는 파랑손이 슬프게 보였으며, 파랑손은 바이가 슬프게 보였다. 상대편의 눈에 비친 선한 눈이 슬펐고, 무엇을 해야 할지 몰랐기 때문에 슬펐고, 두 사람이 만나는 것은 이런 것이구나 생각하니 슬펐다. 그러나 슬픔은 이후 그들을 사로잡은 열기에 비하면 아무것도 아니었다.

각자 헤어져 집에 와서는, 바이는 이불을 뒤집어쓰고, 파랑손은 화원 한구석에 마련된 침구에 머리를 팔로 감싸고 누워, 각자, 밤새 내내 몸이 바짝 구워지는 것같이 조여지는 열기와 턱없이 싸우면서 헛소리를 해댔다. 그들은 그들이 걸린 병이 장티푸스인지 이질인지, 홍역인지 콜레라인지 알 수가 없었다. 다음날 아침이 되자 열은 조금 내렸지만, 지는 달처럼 가까스로 한 조각이 남아 수돗가에 매달려 있는 바이의 조각 거울과, 죽지를 잡혀 끌려온 새처럼 화원의 기둥에 매어 달린 파랑손의 반달 거울 속에서 그들 각자의 얼굴은 간밤의 고열의 자국으로 반들반들 빛이 났으며, 하룻밤 새에 너무도 많은 땀을 쏟아낸 결과 뺨과 눈자위가 움푹 들어간 것을 알아차릴 수 있었다. 특히 많은 사람들에게 독특한 인상을 주는 바이의 눈자위에는 검은 그림자가 어릴 정도였고, 파랑손의 뺨에는 하룻밤 사이에 보조개가 깊이 파여서 웃지 않았어도 웃는 것처럼 보였다. 그렇지만 수천년 만의 해일처럼 그녀를 갑자기 강타한 열병에 온몸으로 시달리고 있는 그녀에게 웃을 여유가 있을 리 없었다.

이렇게 만난 첫날의 외롭고도 긴 밤이 지난 다음에는 더욱 이상한 일들이 일어났다. 다음 날 바이는 일주일 전에 예약한 대로 도시의 남서쪽에서 북동쪽으로, 음울한 낮은 목소리로 전화를 걸어온 피아니스트의 피아노를 옮겨주기 위해서 아침 일찍 트럭을 몰았다. 그는 그의 작업 공책에 그려놓은 약도에 따라 운전을 하고 있었다. 그런데 그의 트럭은 어느새 바이가 모르는 어떤 길로 접어들더니 맹렬히 달리기 시작했다. 아침의 옅고도 푸른 안개를 헤치면서 바이의 트럭이 어디론가 미끄러질 때마다 트럭에 실은 피아노에서는 병사들의 행진곡이 연주되는 것만 같았다. 그렇게 얼마를 달렸을까, 바이의 트럭은 어느새, 파랑손이 일하고 있는 농원 앞에서 급정거했다. 누구보다도 바이 자신이 가장 크게 놀랐다.

그 시간에 파랑손은 그날로 약속한 손님이 가지러 오기로 한 군자란의 삐뚤어진 뿌리의 중심을 잡아놓고 작은 조리로 물을 주려고 수돗가 쪽으로 걸어가고 있었다. 그런데 발걸음은 자꾸, 아직 완전히 열어놓지 않은 비닐 덮인 문 쪽으로 가고 있었고, 손은 성급하게 문을 막기 위해 놓아둔 키 큰 오손이를 옮겨놓고 있었다. 문을 활짝 열어젖히자, 거기에는 아, 새벽빛 속에 눈 주위에 구멍이라도 뚫린 것 같은 초췌한 얼굴의 바이가 서 있는 것이 아닌가.

이런 식이었다. 그들이 만난 첫 일주일간은. 마치 광폭한 폭풍우가 그들을 서로에게 떠밀어 내던지기라도 한 것처럼, 어느새, 어떻게, 그런 일이, 일어날 수 있는지 영문을 몰라 멍청해져서 마주 서 있는 자신들을 발견했다. 바이와 파랑손은 그들의 눈에 자석이라도 달린 것처럼 끝도 없이 서로를 쳐다보았다. 곧 그들은 자석의 활동이 그들의 눈에만 작동하는 것이 아니라, 손에도 발에도 종아리에서도 위력을 발휘해, 기회만 되면 그들의 발과 손과 머리와 가슴이 맞부딪친다는 것도 알게 되었다.

어쩌다가 한번 그들의 입술에도 자기장이 생겨 서로 맞부딪쳤는데, 그것이 너무 강해서 처음에 파랑손은 앞니가 부러진 것이 아닐까 걱정이 될 정도였다. 그들은 다른 무엇보다도 이 입술 자기장을 가장 좋아했다. 여러 종류의 현상을 통해서 그들의 몸 여러 부위의 자기장 중 이 입술 자기장이 가장 강력한 힘을 발휘하는 것을 느낄 수 있었기 때문이었다. 그것은 꼭 새빨간 램프가 무수히 켜져 있는 긴 터널 속으로 빨려들어갔다가 서서히, 눈부시게 푸르고 높은 산정의 숨막힐 듯한 맑은 대기로 헤쳐나온 느낌이었다. 파랑손은 고향의 산마루를, 바이는 그의 북극을 동시에 머리에 떠올렸다.

"파랑손, 왜 그렇게 놀라지?"

"방금 고향의 산마루를 보았어요. 오랫동안 잊고 있었거든요."

"나는…… 북극의 평원을 걷고 있었어."

"북극의 평원에는 무엇이 있었어요?"

"네가 있었고 설원이 있었지."

"고향의 산마루에, 바이 당신이 있었어요. 그리고 산마루는 온통 눈이 덮여 있었어요."

그러는 사이, 어떤 가출 소녀의 짐 가방이 독신 남자의 침실에 배달되는가 하면 치자꽃 대신에 오렌지나무를 가져가야 하는 손님의 항의가 농원 주인의 집에까지 도달했다. 농원을 드나드는 손님들이 꼭 불평만 하는 것은 아니었다. 때때로 잎새가 두 배로 왕성해진 벤자민이나 일곱 개의 수술이 하얀 꽃잎 위로 솟아오르는 기이한 모양의 양란을 보고 손님들은 그만 넋을 잃는 수도 있었다. 그런가 하면 몇 년째 꽃을 피우지 않은 채 시들시들하던 작은 풍란에 갑자기 세 송이의 꽃이 돋아나, 주인은 파랑손에 대한 판단을 내리는 데 여간 혼란을 겪는 것이 아니었다. 잠시 틈만 나면 뒷산으로 올라가는 파랑손을 당장 쫓아내는 것이 좋겠다고 생각해 불렀다가도 파랑손이 눈앞에 나타나기만 하면, 그만 할 말을 잊어버리게 되곤 했다.

바이와 파랑손의 자기장은 더욱더 활발하게 작동을 해, 이제는 한순간도 떨어져 있을 수 없는 지경에 이르렀다. 그들은 너무나 서로를 열렬히 그리워했기 때문에 우울했다. 바로 앞에 얼굴을 마주 대하고 있음에도 불구하고, 바이는 하루 종일 밤만 계속되는 어떤 나라의 희미한 길을 하루 낮, 하루 밤 쉬지 않고 달린 것처럼 머리가 무겁고 몽롱했으며 파랑손은 자신이 천 길 끝없는 우물 속에 어떤 목마른 아이가 던져 넣은 조약돌이 된 것처럼 끝도 없이 우물 밑으로 밑으로 내려가는 현기증을 맛보았다.

그것은 그들이 만나기 전, 한밤중에 바이를 사로잡은 고독한 몽상이나, 그 어느 날 혼자 국도를 걷던 파랑손의 머릿속을 부유하던 어두운 영상보다 그 농도에 있어서 더 짙고 혹독한 것이었다. 가능하다면 그들은 서로의 뼛속으로 비집고 들어가 한 개의 뼈로 녹아버리고 싶었다. 그들은 서로를 삼켜 먹어버리고 싶었다. 그 욕구가 그들의 생활을 마비시켰다. 그들은 불행히도 욕망의 모든 변덕스러운 현상을 이해하기에는 너무 젊었던 것이다.

바이는 이제 더 이상 트럭으로 이삿짐을 옮길 마음의 여유가 없었으며, 파랑손으로 말할 것 같으면, 자라지 못하도록 철사를 감아놓은 난쟁이 나무들의 파릇한 살점이 하얀 수액을 흘리면서 철삿줄 사이로 비어져나오는 것을 더 이상 참을 수가 없었다.

어느 늦은 봄날, 그들은 언덕에 누워 노란 구름이 느리게 그려내는 그림을 바라보고 있었다. 먼저 파랑손이 말을 꺼냈다.

"차에 기름을 가득 채우면 어디까지 갈 수 있을까요, 바이?"

"아주 멀리, 파랑손, 아주 멀리까지 갈 수 있어."

마침내 그들은 둘이서 어디론가 가버리자는 똑같은 결론에 이르렀다. 서로가 만난 이래, 그들은 처음으로 하루 종일 헤어졌다. 각자가 길 떠날 준비를 하기 위해서였다.

"마치, 무인도에 가는 것처럼 꼭 필요한 것만 가져가는 거야."

"그래요, 꼭 필요한 것만요."

가진 것이라고는 몇 개의 옷가지밖에 없는 파랑손은 너무도 빨리 길 떠날 준비가 되어 심심하게 앉아 있을 수밖에 없었다. 모든 옷 주머니에는 어떻게, 언제 넣었는지 알 수 없는 씨앗들이 들어 있기 때문에 버릴 수 없었을 뿐이지, 옷들이라는 것도 다 낡은 것뿐이었다. 파랑손은 씨앗들이 떨어지지 않게 조심스럽게 서너 벌의 옷을 접어 작은 가방에 넣고 바이가 오기를 기다렸다.

그녀는 혼자 있을 때 자주 그렇듯이 조그맣게 웃었다. 지루해하지 않고 바이를 기다릴 수 있는 방법을 생각해냈기 때문이었다. 그녀는 차일이 쳐진 창 앞에 세 줄로 늘어서 있는 작은 아기나무들을 감고 있는 철삿줄을 하나하나 풀어주기 시작했다. 어떤 것은 철사가 너무 깊이 파여 들어가 있어서 절단기로 끊어내야 할 정도였다. 수십 개가 넘는 화분의 작은 나무를 감고 있는 철사를 모두 풀어준 후 파랑손은 커다란 조리에 물을 가득 담아, 그들 위에 흠뻑 뿌려주었다. 그녀는 하늘만 보면 언제 물을 얼마만큼 뿌려주어야 하는지를 잘 알 수 있었다. 그러고도 시간이 남아 그녀는 주인이 늘 그늘 속에 처박아두어 손길이 덜 간 화분들에도 물을 주려고 하늘을 바라보았다. 그 하늘에는 멀리서부터 밤이 다가오고 있었다.

바이는 뒷마당 구석에 두었던 삼촌의 유물이 든 커다란 상자에서 녹이 슨 기계들을 정리하고 지도나 나침반 같은 것들을 모두 트럭에 실었다. 그것은 작은 짐더미 정도였다. 그는 한 가지 물건을 트럭에 실을 때마다 스스로에게 물어보았다. 이게 꼭 무인도에서 필요할까, 하고. 그는 마지막으로, 그에게 유일하게 친절하게 대해주었던 집주인에게 인사를 하러 갔다. 정작 짐을 챙기는 데는 짧은 시간이 걸렸는데, 주인집 식구와 작별 인사를 하는 데, 거의 하루 종일이 걸리고 말았다.

바이와 파랑손의 이야기를 들은 그 집 식구들은 새로운 생활을 시작하는 데 필요한 물건들에 대해 서로의 의견을 분분히 나누었다. 그들은 오랜 시간 논의한 끝에 결론을 보지 못하고는, 적어도 한 식구가 하나씩 꼭 필요하다고 생각한 물건들을 트럭 속에 선물로 넣어주었다. 그래서 트럭 안에는 바이가 챙긴 짐 외에 주인집 남자가 벽장 깊이 숨겨두었던 커다란 술병과, 주인집 아주머니가 넣어준 밥솥, 맏딸이 넣어준 침구와, 맏아들이 준 비단 넥타이, 막내아들이 준 태어난 지 일주일이 된 강아지 한 마리가 들어차게 되었다.

한밤중이 되어서야 바이와 파랑손은 떠나게 되었다. 바이는 나침반을 꺼내 처음에는 남쪽으로 달렸다. 일주일 후에는 북서쪽으로, 한 달 후에는 북동쪽으로 달리고 있었다. 그들은 시간과 끼니나 잠자리에 대한 걱정을 잊은 채 오랫동안 사방을 달렸다. 그들을 사로잡는 알 수 없는 외로움을 이겨내기 위해서 그들이 할 수 있는 일은 트럭을 타고 밤이나 낮이나, 앞으로, 앞으로 달리는 일뿐이었다. 때로 검은 산 능선 위로 희미한 새벽빛이 스며들어올 때까지 달릴 때도 있었다. 그럴 때면 그들은 서로를 가슴에 안고 트럭을 세우고 가만히 그 빛을 바라보았다. 그들이 가는 곳은 어디든 무인도였다. 때로 그들은 며칠씩 식당이나 공사장이나 농장에서 일을 하면서 생계를 이어갔고, 그들은 이렇게 수개월을 달리다가 어느 날 파랑손의 고향에 닿게 되었다.

이렇게 해서, 오랜 시간이 지나, 바이가 스물두 살, 파랑손이 열아홉 살이 되었을 때, 그들은 바람국화라는 희귀한 꽃의 탄생을 보게 되었다.

4. 바람국화의 비밀

누가 바람국화에 대해 정확하게 얘기할 수 있을까. 누가 바람국화의 모양과 향기와 탄생의 비밀에 대해 얘기할 수 있을까.

바람국화. 너의 별명은 북극꽃. 혹한을 삶의 터전으로 삼는 고도의 구름 그늘, 삭풍의 바람 속에 연약한 꽃잎을 나부끼며 강인해졌다. 구름 사이로 쏟아지는 햇볕을 가득 받아보려는 연한 자주색 꽃의 의지, 생존을 추구하는 갈망의 상징. 다섯이라는 미의 수량적 기본을 잊지 않고 55개로 피어난 너의 꽃잎. 네 작은 몸의 온갖 정열을 농축해 내뿜는 희디흰 향기는 세상에 대한 슬픈 헌사. 건조한 대기에 저항하기 위해 너의 키는 낮고, 외로운 네 잎은 사시사철 푸르며 겸손한 너의 줄기는 솜털로 가려져 있다.

누군가가 쓴 이 꽃글은 바람국화에 대한 드문 기록 중 하나가 되었다.

그러나 정작 바이도, 파랑손도 그들이 어떻게 세상에 유일한 바람국화의 군락지를 만들게 되었는지 정확하게 말할 수 없었다. 물론 그들이 바람국화를 처음 발견하던 날에 대해서는 기억이 생생했다. 그러나 그 밤에 본 시들하던 몇 송이 꽃은 후에 사람들을 그토록 흥분하게 만든 그 바람국화라고 말하기 어려운 것이었다. 그러기에는 바이가 불어준 북극 바람과, 천 일에 가깝게 꽃을 보살핀 파랑손의 밤샘을 빼놓을 수 없는 것이다. 그런 다음에야 그 꽃을 모두가 바람국화라고 부르게 되었으니까.

바이와 파랑손이 파랑손의 고향, 햇살이 가장 짧게 드는 산속 마을 땅끝에 도착했을 때, 사람들이 다 떠난 그 산마루 마을은 빈 것이나 다름없었다. 그 황량해져버린 산꼭대기에서 가장 행복해하던 것은 긴 트럭 여행에 지쳐 여러 번 죽을 고비를 넘겼던 그들의 강아지 짱이뿐이었다. 산등성이를 굽어보며 능선 위에 서 있는 집에서 파랑손의 할머니는 마음 편히 눈을 감기 위해서 손녀의 귀향만을 기다리고 있었다. 그래서 바이가 파랑손의 고향에 돌아오자마자 제일 먼저 한 일은, 바로 할머니의 눈을 감기고, 쪼글쪼글한 노인의 몸을 눕히기 위해 작은 무덤 자리를 준비한 일이었다.

"너무 오래 살았으니, 이제는 그만 가게 나를 내버려다오. 그리고 내 무덤가에는 마루 밑의 봉지에 있는 꽃씨를 뿌려다오."

그것이 할머니가 그들에게 남긴 단 한마디의 유언이었다. 파랑손은 마루 밑에서 어렸을 때부터 보아온 누런 꽃씨 봉지를 발견했고, 자신의 옷 주머니 여기저기에 흩어져 들어 있는 꽃씨도 마구 섞어 할머니의 무덤가에 뿌렸다. 그때는 늦은 가을이었기 때문에 할머니를 잃은 슬픔을 달래기 위해서 꽃씨를 뿌리면서도 파랑손은 가슴이 아팠다. 그 꽃씨들이 싹을 틔우지 않을 것을 잘 알고 있었기 때문이었다.

할머니를 묻고 겨울 준비를 마치자마자, 바이와 파랑손은 그들이 만난 이래 처음으로 길고도 깊은 잠을 잘 수 있었다. 그들은 그들의 외로움, 배고픔, 추위와 불안을 잊고 잠을 잤다. 워낙 깊고 높은 산속 마을의 낮이 짧아 가끔 눈을 떴어도 사방은 늘 밤처럼 어두워 그들은 다시 잠에 빠져들었다. 그들은 때때로 눈을 뜨는 일이 무서워서 잠을 계속하기도 했다. 얼마나 그렇게 잤을까. 바로 그런 긴 잠에서 깨어난 겨울, 그들은 집 뒤의 둔덕에서 어쩌다 계절을 잊고 잘못 피어 있는 것처럼 작게 돋아나 있는 다섯 송이의 연자주색의 꽃봉오리를 보았던 것이다.

어느 날 한밤중에 일어나 밖으로 나간 파랑손이 이 꽃봉오리를 처음으로 보았다. 주먹만 한 눈송이에, 입김이 당장 먹구름으로 얼어붙을 것만 같은 밤이었다. 87년 만에 몰아닥친 추위라고 말하는 할머니의 목소리가 환청으로 들릴 정도로 매섭게 삭풍이 몰아치는 밤에 손전등을 켜들고 밖으로 나갔다. 미처 안으로 들여다놓지 못해 그만 죽어버릴 꽃송이에 이별을 고하려 했던 것이다. 그런데 파랑손은 그만 놀라 소리를 지르지 않을 수 없었다.

숨도 쉬기 어려울 정도로 사방에서 휘달려오는 눈발 속에 어느 천사의 소프라노 목소리 같은 바람이 능선 너머에서 불어닥치자, 희미한 전등 빛 속에서 파랑손은 분명 보았던 것이다.

다섯 송이의 자줏빛 꽃이, 그 바람 속에서 기지개를 켜듯 피어 일어나는 것을!

그녀는 꽃 위에 덮어두었던 투명 비닐 덮개를 조심스레 벗겨보았다. 가녀린 잎을 당장이라도 갈기갈기 찢어버릴 듯이 거칠게 부는 바람 속에서 꽃이 더 크게 벌어지고 굽혀진 꽃대가 기괴한 소리를 들으려고 귀를 세우는 부엉이의 귀처럼 쫑긋 일어섰다. 바람 속에서 기적처럼 꽃잎을 키우는 그 꽃의 생김새가 국화를 닮았기에 파랑손은 그것을 바람국화라고 부르게 되었다.

그러나 파랑손의 외침에 밖으로 뛰어나온 바이의 생각은 달랐다.

"이 꽃을 어디선가 본 적이 있어."

파랑손 옆에 서서 꽃봉오리가 서서히 열리고 꽃잎이 나오는 걸 바라보면서 바이는 그것이, 언젠가 한번 그림으로 본 적이 있는, 북극에 피어나는 단 한 종류의 꽃이라는 그 꽃일지도 모른다고 생각했다. 고산 꽃이 많이 자라는 '땅끝'에서 어린 시절을 보내면서 무수한 꽃을 본 파랑손으로서도 이런 꽃은 처음이었다.

그러나 땅을 뚫고 나온 이 꽃은 얼마 지나지 않아 바람이 잦아들고 햇살이 산정에 퍼지면서부터 시름시름 앓기 시작했다. 이파리가 얇아지고 줄기가 가늘어지며, 다섯 송이 중 한 송이의 고개가 숙여지더니 그만 어느 맑고 따뜻한 날 시들어 죽고 말았다. 물을 주고 따뜻하게 비닐을 덮어주고, 화분에 옮겨 집 안으로 들여놓아보아야 아무런 소용이 없었다. 그러나 한 송이가 죽으면, 파랑손의 마음을 무한히 안타깝게 하면서 또 한 송이가 겨우 돋아나 꽃들은 아슬아슬하게 생명을 연장했다.

시들어가는 바람국화를 되살려, 작은 군락지를 만드는 데에 얼마의 시간이 걸렸던가. 꽃의 생리를 익히고, 맨 처음의 다섯 송이에서 열 송이로, 그로부터 능선 아래를 덮는 바람국화밭을 만드는 데 바이와 파랑손은 실로 많은 시간을 보냈다. 바람국화가 차가운 그늘을 골라 뿌리를 내리며, 여과되지 않은 빗물이나 이슬을 좋아하지 않는다는 것, 겨울에는 연보라색이 조금 더 짙어지며, 찬바람이 불 때면 향기가 더 강해진다는 것을 배우는 데에 오랜 시간이 걸렸다. 줄기를 덮은 하얀 솜털이 서리가 내릴 때면 이따금 눈에 띄지 않을 정도로 여린 하얀색의 점액을 분비한다는 것을 그들은 오랜 관찰 뒤에 알아냈다.

꽃마다 조금씩 다른 바람국화의 향기는 새벽과 밤중에 가장 강해, 때때로 바이와 파랑손은 그 향기 때문에 잠을 설치는 일도 잦았다. 그럴 때면 그들은 두 눈을 뜨고도, 산정을 날듯 달리는 흰 털로 뒤덮인 커다란 짐승의 등에 올라타 푸르름의 신비경을 보기도 했고, 한 번도 가본 적이 없는 먼 바다 속의 야광의 바위 사이를 헤매기도 했다.

바람국화가 꽃을 피우는 데 꼭 필요한 추위와 강설과 강풍을 만들기 위해, 바이는 삼촌이 남기고 간 부속품으로 북극의 강풍을 만드는 강력 프로펠러와 기계를 만드는 데 그의 온 정열을 쏟아넣었다. 여러 해의 경험을 통해, 그들은 꽃봉오리 때 33일간 강풍과 강설의 세례를 받은 바람국화가 가장 강인하고, 가장 강한 향기를 발하며, 또 가장 오래 꽃을 피운다는 사실을 알아낼 수 있었다.

파랑손은 꽃의 향기를 더하기 위해, 산정의 샘물에 치자꽃 줄기즙과 여뀌풀 한 뿌리, 참마 한 조각을 섞어보기도 하고, 칠월 칠석의 빗물을 받아 55일을 침전시켰다가 당귀와 촉새 깃털에 싸리꽃 새순을 얹어 물 위에 띄우기도 해보았다. 꽃은 그때마다 아주 미묘하게 꽃향기를 달리했다. 외로움을 완벽히 잊은 시간이 흘러갔다.

후에 사람들이 이 산마을까지 몰려와 바람국화 향기의 비결을 물었을 때 파랑손이 대답할 수 없었던 것은, 몇몇 호사가들이 공격했듯이 바람국화의 전파를 꺼리는 파랑손의 '부작위에 의한 허위'가 아니었다. 파랑손은 너무도 많은 것을 즉흥적으로 뒤섞어 침전시킨 물을 꽃에 주었다. 그때마다 꽃이 뿜는 향기는 미묘하게 달라졌으며, 그 모든 향기에 파랑손은 매번 이름을 붙여주었다. 그러나 향기의 비결을 묻는 사람들에게 물에 섞는 모든 것을 나열해주려면 한나절이 걸려야 했고 설령 그랬다 해도 소용이 없었다. 그녀의 기억이 자주 뒤섞이기도 했거니와, 대부분의 사람들은 조금씩 다른 향기의 차이를 냄새 맡을 수 없었기 때문에 아무도 파랑손의 말을 믿지 않았다.

바이와 파랑손이 처음으로 읍내 5일 장터 거리에서 조금 떨어진 응달에 자리를 잡고 바람국화를 선보였을 때, 기껏해야 한 뼘 정도의 크기에 창백해 보이는 연자주색의 이 다년생 식물에 대해 아무도 주의를 기울이지 않았다. 그들은 33일 이상의 강한 북극 바람을 쐬어 팽팽한 줄기와 잎새를 뽐내듯 곧게 세운 열 그루의 바람국화를 골라 바이가 직접 나무를 파서 만든 화분에 넣어 늘어놓았음에도 저녁 안개가 내려 파장의 시간이 가까워올 때까지 단! 한 사람의 눈길도 끌지 못했던 것이다. 바람국화의 기이한 향기에 자신도 모르게 이끌려 부모의 손을 슬그머니 놓고 화분 주위에 몰려든 몇 명의 아이들이 있기는 했다. 그러나 곧 뒤따라 달려온 부모들은 바이와 파랑손에게 의심의 눈길을 던지며 그들을 데려갔을 뿐이었다.

북극 바람을 만드는 프로펠러를 작동시킬 기름이 절실하게 필요했던 그들은 읍내에서 가장 큰 화원에 가서 싼값에 열 그루의 꽃을 팔려고 했지만 화원에서는 한 번도 본 적이 없는 그 꽃을, 가을이면 노천에 널려 피는 구절초나 흔한 잡초 정도로 생각해 꿈쩍도 하지 않았거니와, 파랑손이 주인의 코에 갖다 댄 바람국화의 향기는 다른 꽃들의 냄새에 섞여 불행히도 주인을 매혹시킬 기회를 잃었다.

그들은 작은 바람국화를 감싸안은 열 개의 나무 화분을 다시 트럭에 싣는 수밖에 없었다. 그들은 나무숲이 낮빛을 거의 다 빨아들여 어두워진 길을 털털거리며 달렸다. 그들은 여남은 가구가 모여 사는 작은 마을에서 잠시 멈추었다. 그들이 땅끝을 향해 남남동쪽으로 달리고 있을 때였다. 그 마을은 오래전 파랑손이 고향을 떠날 때, 할머니가 준 쑥떡을 삼키면서 새벽빛 속에 서서히 드러나던 산마루를 둘러보던 바로 그 동네였다. 그 마을은 아주 안온해 보였고 완전히 어둠에 잠긴 산에 겹겹이 둘러싸여 바이와 파랑손의 지친 마음을 무한히 어루만져주었다. 처음 그 생각을 낸 것은 바이였다. 마을의 집집마다 바람국화 한 그루를 놓아두자고 제안한 것은. 그것은 고향을 떠날 때의 파랑손의 황량한 마음을 헤아린 바이의 배려였다. 하나둘 30촉의 가물거리는 전등을 끄고 잠의 세계로 직진하는 피곤한 사람들의 창문가에 서둘러 도착한 꿈처럼 바람국화의 향기가 배달되었다.

어디서 왔는지 알 수 없는 그 꽃이 한 계절을 피어 있다가 져버리자, 그 마을 사람들은 행여나 아직 피어 있는 한 그루라도 찾을까 해서 산속을 뒤졌다. 그러던 중에 그들은 향기의 향방을 따라 조금씩 조금씩 산을 오르게 되었고, 마침내, 그때만 해도 자그마했던 바이와 파랑손의 바람국화 군락지를 발견한 것이다. 그렇게 해서 그 마을 사람들 중 여러 가구가 땅끝으로 이주해오는 일이 생겼다.

이렇게 바람국화는 옆 마을에서 아랫마을로, 아랫마을에서 읍으로, 읍에서 가까운 소도시로 조금씩 조금씩 퍼져나갔다.

바람국화 군락지가 형성되고, 시간이 감에 따라 북극 바람 프로펠러도 여러 대 설치되었다. 일정 강도를 넘은 북극풍의 방향이나 속도 또는 향기의 종류에 따라 꽃의 색깔도 조금씩 다르다는 것을 알게 된 파랑손과 바이는 색과 향기의 조화를 가장 훌륭하게 이루어낼 수 있는 방법을 찾아 산하를 헤매었다.

그들은 그때까지 모두 여덟 가지의 향기를 내는 바람국화의 종류를 재배하는 데 이르렀다. 깊은 바닷속의 고요를 연상시키는 바다향, 광대한 고원지대를 달리는 바람의 순수성을 불러일으킨다는 바람향, 고생대 낙원의 원시적 희열로 인도하는 파라향, 시간의 저편에 묻혀 있던 아스라한 기억을 되살려주는 아스라향…… 향기를 처음 맡았을 때, 그들의 머리를 스쳐 지나간 정경에 따라 그들은 하나하나 향기에 이름을 붙여주었다.

아랫마을, 인근 소도시에서도 땅끝에서만 나는 바람국화를 먼 곳에까지 유통시키기 위해, 그 일에 종사하는 여러 사람들이 정착하러 왔다. 그들의 집단 전입을 신고받은 산 너머의 이장이

도지사의 경고장을 가지고 도착했을 때, 이미 바람국화 군락지는 산마루의 반을 덮고 있었고, 수십 가구가 그 둘레에 흩어져 살고 있었다.

5. 바람국화 바람

외지에서도 사람들이 도착했다. 이들 중 맨 처음으로, 땅끝에 형성된 바람국화 군락지를 보러 온 것은 창백한 얼굴에 수만 리 먼 곳에서 한 번도 쉬지 않고 곧장 이곳으로 온 것처럼 가쁜 숨을 내쉬는 한 남자였다.

"내가 바로 바람국화 같은 사람입니다."

마당에 들어서서 인사를 마치자마자 남자는 이렇게 말해 모두를 의아하게 했다.

"방해가 되지 않는다면 당신들 옆에서 바람국화의 생리를 연구하고 싶군요. 허락해주기 바랍니다."

그는 저지대병을 앓고 있는 사람으로 자신의 이름을 고씨라고 소개했다. 그는 마치 바람국화가 그런 것처럼 고산지대의 차가운 공기와 강풍에서만 그의 위태로운 건강을 유지할 수밖에 없는 사람이었다. 거의 마흔 줄에 다다른 이 남자는 자신의 병을 발견한 성년 초기부터 거의 20년 동안이나 자신의 병을 치유할 수 있는 방법을 찾아 전국의 고산지대를 헤매었으나 별 효과가 없었다. 바이와 파랑손은 저지대병이 어떤 것인지는 잘 알고 있지 못했지만 그를 땅끝에 받아들이기로 했고, 그가 알고 싶어 하는 바람국화에 대한 모든 것을 말해주겠노라고 약속했다. 고씨의 표현에 의하면, 그의 육체와 정신은 지구의 사막지대를 수 세기 동안 헤맨 광인의 신발 뒤축처럼 피폐해져버렸다는 것이다. 그는 이웃 나라의 눈 덮인 산에 머물러 있던 중에 바람국화에 대한 소문을 들었다고 했다.

그는 바람국화 군락지, 프로펠러 바람이 불어닥치는 옆에 움집을 짓고, 그의 건강과 직결되어 있는 이 고산 꽃의 연구에 그의 여생을 바치기로 결심했다. 그의 방에는 수도 없는 실험 기구들이 들어차기 시작했고, 그는 주말에 한 번씩 여섯 시간이나 걸리는 도시에 있는 한 친구의 실험실로 일주일 동안 작은 유리병에 나누어 담은 것들을 가지고 가는 일을 오래 반복했다.

"마침내 일생을 바쳐 일할 거리를 찾다니 이 아니 기쁜가!"

그는 자주 이렇게 중얼거렸다.

일주일에 한 번 가는 도시 여행을 빼고, 자신의 병을 잊을 정도로 두문불출 연구에 몰두한 그 저지대병 환자는 약 2년여 만에 '바파정'이라는 알약을 만들어내게 되었다. 바이와 파랑손에게 감사하는 뜻으로 그들의 이름 첫 자를 조립해 만들어진 약 이름이었다. 그렇지만 그와 같은 병을 앓고 있는 사람은 많지 않아 고씨는 자주 절망에 빠졌다.

그는 '바파정'의 보급을 위해 틈이 나는 대로, 신문에 저지대병 환자를 찾는다는 광고를 내느라 자신의 남은 재산을 축내는 한편, 수많은 제약 회사에 그의 연구 결과를 알리고 제약을 제안하는 편지를 썼다. 그는 편지지에 향기가 배도록 봉투 속에 바람국화 꽃잎을 하나씩 넣는 것을 잊지 않았다.

그러나 단 한 사람을 위해서, 그것도 저지대병 환자를 위해 산꼭대기까지 기어 올라와야 하는 처지를 매번 한탄하는 우체부에게서, 그는 거절의 답신을 전해받았을 뿐이었다. 시간이 지나면서 거절의 답신마저 드물어져 그는 어쩌면 자신이 이 나라에 존재하는 단 한 명의 저지대병 환자일지도 모른다는 생각에 사로잡혀 있을 즈음, 서너 주일에 한 번꼴로 뜸해진 우체부의 발걸음이 끝내는 멎고 말았다.

그의 실망이 너무 큰 것을 본 파랑손은 자신이 차라리 저지대병에 걸려 그를 위로해주고 싶을 지경이었다. 그녀는 향기와 색이 뛰어난 바람국화 마흔두 송이를 몰래 말려두었다가 꽃줄기를 엮어서 만든 바구니에 담아, 그의 마흔두번째의 생일날 아침 선물로 주었을 정도였다. 그 바구니에서는 모두 열 종류의 향기가 어우러져, 열 개의 정선된 악기가 조화를 이룬 관현악단의 음악처럼 방에서 마을로, 마을에서 산정으로, 산정에서 하늘로 퍼져나갔다.

바람국화 바람은 처음에는, 땅끝 사람들이 마랑이라고 부르는 5월의 남풍처럼 서서히, 수줍게 퍼져나갔다. 마치 그 꽃의 향기가 그렇게 퍼져나가듯, 은밀하게. 모든 바람국화의 향기가 퍼져나가는 반경이 다 같지는 않았지만 그중 몇 향기는 대강의 반경이 수백 리를 넘을 정도로 강한 것도 있었다.

그 향기를 따라 많은 사람이 땅끝의 바람국화 군락지를 구경

하러 왔다. 시인들은 바람국화의 색깔과 향기를 노래했고, 바이와 파랑손의 바람국화 모험을 서사시로 쓰겠다고 발표한 시인도 두 명이나 되었다. 시인 K가 그 무렵 한 신문에 발표한 「북극꽃」이라는 시는 처음에는 별다른 주목을 받지 못했지만 서서히 사람들의 입에서 입으로 옮겨져 암송되었고, 자연시 노래 모임의 작곡자에 의해 모두가 즐겨 부르는 노래로 작곡되었다.

> 잊혀진 산마을 높은 구름 머문 곳
> 북극의 처녀 바람에 영원을 빌어본다
> 고독한 사람들이 모여 꽃 피운
> 바람국화, 너 세찬 부드러움이여
>
> 연보라 석양에 네 꿈은 원초적 평화
> 북극을 그리워한 연인의 꿈 꽃향기 되었네
> 가없는 욕망이 만든 무수한 잎새
> 바람국화, 너 영원한 미의 기본이여
>
> 사랑을 바치리
> 순수를 바치리
> 너의 향기에 불행이 잠자고
> 네 얼굴빛에 슬픔이 기운다……

5월의 남풍 마랑처럼 은근히 퍼지던 바람국화 바람이, 땅끝 사람이 방향이 일정하지 않은 광풍을 일컫는 마파처럼 불어닥치게 된 것은 노래「북극꽃」이 유행한 것과 비슷한 즈음이었다. 무수한 사람들이 땅끝을 찾아왔다. 인터뷰를 위해 그 가파른 산끝까지 올라온 기자들은 물론이고, 새해의 달력에 넣을 바람국화의 사진을 찍겠다는 사진작가는 달력을 만들기 전에 바람국화 사진 전시회를 열기 위해서 다섯 대의 카메라와 두 명의 조수를 데리고 왔다. 그들은 이틀 낮이나 걸려서 바람국화 군락지를 나무에 올라가 찍기도 하고 바닥에 엎드려 카메라앵글을 꽃받침에 클로즈업시키기도 했다.

군락지 앞에 서서 뒷짐을 지고 있는 바이와 그 옆에 수건을 두건처럼 감아 쓰고 앉아 먼산바라기를 하는 파랑손의 모습도 여러 장 찍었다. 햇살과 바람에 그을린 그들의 피부는 센불에 단숨에 쪄서 꺼낸 맛 좋은 찰감자처럼 매끄러웠고 여기저기 터진 자국이 있었다. 그들은 웃고 있었다. 그들은 행복해 보였다. 그들에 대해 질문을 받은 사진작가 조수는 어디선가 이렇게 말했다.

"그렇지만 그때, 그들은 뭐랄까요…… 슬프도록 행복해 보였습니다."

사진 속에서는 누구나 고깔 수건을 쓰고 있는 파랑손의 모습을 알아볼 수 있었다.

때때로 파랑손은 겁에 질린 얼굴로 몰려오는 사람의 대열을 바라보는 때가 있었다. 그녀가 한 번도 이해하려고 노력해보지 않은 외로움의 기억이 살짝 선잠처럼 그녀를 스칠 때가 있었던 것이다. 그러나 바이는 그때마다 말하곤 했다.

"아, 우리의 자기장이 있는 한 그런 일은 다시 없을 거야. 그러기까지 얼마나 힘이 들었던지. 우리는 마침내 북극을 찾은 거야."

아무에게도 드러내놓고 이야기해본 적은 없었지만 사실 파랑손에게는 작은 걱정거리가 있었다. 그것은 파랑손의 머리카락이었다. 그것이 언제부터 시작되었는지는 파랑손도 정확하게 말할 수가 없었다. 그리고 처음에는 걱정거리도 되지 않았다. 왜냐하면 머리카락이란 한 가닥이 빠지면 그다음 날이나 그다음 다음 날쯤 또 한 올이 생기는 것이기 때문에. 세상의 먼지처럼 혹은 민들레 꽃씨처럼, 아침에 산정에 촘촘히 지펴졌다가 낮에는 잃어버린 바늘처럼 감쪽같이 숨고 저녁이면 다시 산을 에워싸는 안개처럼.

그렇지만 파랑손은 매일 몇 올씩 빠지는 그녀의 긴 머리가 한 번 빠지면 다시 돋아나지 않는다는 것을 알았다. 광막한 스텝 지역을 휘덮고 있는 이끼 같은 잔풀처럼 빽빽하게 들어차 등허리까지 출렁이던 파랑손의 머리카락은 점점 성기어졌고 어느 때부터인가 파랑손은 머리카락이 빠지는 것이 바람국화의 끝없는 탄생과 무관하지 않음을 알아차리게 되었던 것이다. 남아 있는 머리카락은 여전히 계곡물 속의 조약돌처럼 매끈거렸지만 파랑손은 그 긴 머리를 먼저 싹둑 잘라버렸다. 그리고 수건을 둘렀던 것이다. 그것은 세상에서 가장 아름다운 바람국화를 만들려는 파랑손의 걱정거리에 비하면 아무것도 아니었기 때문에.

「북극꽃」이라는 제목의 이 노래가 퍼지면서 바람국화의 향기와 아름다움은 더 널리 알려지게 되었고, 사람들은 모두 한 송이의 바람국화를 집의 창문 앞에 놓아두고 싶어 했다. 4월 19일, 사랑하는 사람에게 바람국화를 선물로 바치는 것이 젊은이들 사이에 유행이 되었다. 어떤 젊은이는 바람국화를 한 포기 사기 위해 다섯 달 동안 주유소에서 일했다는 소식이 들려오기도 했다. 심지어 어떤 향의 바람국화가 연인들의 욕망을 두 배 반 정도로 자극한다는 근원을 알 수 없는 낭설이 퍼져, 서울 근교의 러브호텔 지배인들은 극성스럽게 이 특수한 향의 바람국화 구입을 위해 암거래를 벌이기도 했다. 바이와 파랑손을 슬프게 하는 소식 중 하나였다.

그래도 바이와 파랑손은 바람국화를 원하는 그토록 많은 사람들의 요구를 모두 들어줄 수 없었다. 무엇보다도 꽃봉오리 때 33일의 북극 바람을 쐬어야 하는 것은 어겨서는 안 되는 불문율이었고 군락지의 봉오리 중 까다로운 봉오리들은 때로 예정한 날짜를 훨씬 넘기고서도 꿈쩍하지 않는 일도 자주 있었기 때문이었다. 군락지는 한정없이 넓어지지도 않았으며, 넓어질 수도 없었다.

바람국화를 닮은 사이비 꽃들이 꽃 시장에 나타나 많은 사람들을 혼란시키는 일이 일어나기 시작했다. 그 꽃들은 향기가 없고 바람국화 꽃잎의 특징인 55개의 꽃잎을 지니지 않았으며, 꽃잎의 색깔도, 따사로운 9월의 석양빛 속에서 바라본 잠든 아이의 얇은 눈까풀처럼 연한 보라색을 도저히 내지 못했다. 그 사이비 꽃들은 며칠 후에 여느 꽃처럼 시들어버리기 일쑤였다.

이미 개로서 성인의 나이에 다다른 짱이의 일과는 더욱 바빠졌다. 낮에 산등성이에 올라와 기슭에 숨어 있다가 밤을 타고 꽃을 훔치러 오는 사람들이 심심치 않게 생겼기 때문이었다. 꽃 도둑질에 실패한 몇몇 사람들은 군락지 한 자락을 구둣발로 밟아버리는 심통을 부리기도 했다. 무엇보다도 바람국화의 강인함은 그 뿌리에 있었다. 아무리 꽃을 따 여느 꽃처럼 화병에 꽂아도 곧 향기를 잃고 시들어버리는 바람국화의 생리를 그들은 모르고 있었던 것이다. 그리고 그 꽃의 유난히 긴 뿌리를 뽑는 데 시간을 소비한 사람들은 영락없이 귀가 밝은 짱이의 감시에 걸려들지 않을 수가 없었던 것이다.

바이와 파랑손에게 고액을 지불할 테니 군락지에서 재배되는 바람국화 모두를 전속 계약 맺자고 나서는 원예 업체가 있는가 하면, 꽃 재배의 비밀을 가르쳐주면 그 대가로 더 높고 더 넓은 고지대의 땅을 구해주겠다고 나서는 사업가도 있었다.

땅끝이 위치하고 있는 산은 그리 수려한 산은 아니었다. 그러나 언제부터인가, 황량하던 이 산은 군락지를 중심으로 몰라볼 정도로 경관이 변모해 많은 등산 단체들이 '쉬어 가고 싶어 하는 명소' 중 하나로 손꼽는 곳이 되었다.

이 산등성이를 밟고 땅끝까지 구경오는 알록달록한 복장의 등산객 대열 때문에, 산 입구에는 음식점과 기념품 가게가 줄을 이었다. 바람국화 꽃잎에 향료와 색소를 섞어서 만든 바람국화떡과 바람국화전은 서푼에 두 벌 하는 티셔츠처럼 잘 팔렸다.

바람국화 잎이 박힌 플라스틱 여의주, 손잡이가 꽃 모양을 한 지팡이, 손이 연보라색으로 칠해진 기괴한 모양의 효자손은 바람국화 그림이 그려진 수건만큼이나 쉽사리 팔려 나갔다.

아무리 높은 산중이지만, 여름은 바이와 파랑손에게는 늘, 가장 어려운 계절이었다. 땅끝의 잡목 위에 봄기운이 오르기 시작하면 바이와 파랑손은 군락지를 여러 구역으로 나누어 그 위에 흰색 페인트를 몇 겹으로 칠해 적정 온도를 유지할 수 있는 냉실을 만드는 힘든 작업을 시작해야 했다. 향기의 강도와 색깔이 다른 꽃에 따라 모두 열두 개로 늘어난 냉실을 만드느라 바이와 파랑손은 지칠 대로 지쳐버렸다. 그것은 멀리서 보면 마치 북극 사람들이 모여 사는 크고 작은 이글루 동네 모양을 하고 있어 바이는 북극 꿈을 꾸고 있는 기분이었다.

그런 이국적인 모습을 띤 군락지를 보기 위해, 한여름에 땅끝에 들르는 관광객이나 꽃 구입자들 중에는 보는 데 그치지 않고 더위를 피해 극구 냉실 안으로 들어가려고 해서 바이는, 저지대병 환자처럼 허덕이는 짱이와 함께, 마당에 심어져 있는 초래나무 그늘에 의자를 내놓고 앉아 한시도 한눈을 팔 수 있는 여유가 없었다. 바람국화가 열병에 걸려 고통을 받는 것도 이 계절이어서 파랑손은 파랑손대로 냉실 속에서 대부분의 시간을 보내야 했다.

바람국화 바람이 아주 멀리까지 퍼져나간 것을 바이와 파랑손이 실감하게 된 것은 지독한 더위의 한여름 날이었다. 그날은 열풍이 한곳에 부챗살처럼 모인다고 해서 마삭이라고 부르는 바람이 바로 땅끝에 진을 치고 머물러 있던 날이었다. 열기가 만들어내는 아지랑이와 마삭의 보이지 않는 회오리를 헤치고 온 사람은 정말 멀리서 온 사람들이었다.

마침 더위를 이기지 못하고 방 밖에 나와 있던 고씨의 도움으로 이 이국인들과 긴 대화를 나눌 수 있었다. 바이는 난생처음 본 이들이 혹시 북극에서 온 진짜 북극인일지 몰라 흥분해서 자신이 귀중하게 간직하고 있던 낡은 지도를 펼쳐놓았다. 그러자 남자는 네덜란드를, 여자는 유난히 긴 가운뎃손가락으로 이탈리아를 각각 가리켰다.

두 사람의 여행 목적이 비슷했기 때문에, 이곳까지 오느라 기차도 버스도 같이 탔고, 길고도 가파른 산길을 몇 시간이나 같이 올라왔다고 하면서 이 두 남녀는 서로를 여간 못마땅하게 바라보는 것이 아니었다. 한 사람이 말을 하면 다른 사람이 그 말을 반박하거나 중간에서 끊어버리는 식이었다.

네덜란드 남자는 자신이, 오래전에 '서쪽' 사람으로서는 처음으로 한국에 대한 책을 쓴 하멜이라는 사람의 후손이라고 거듭 강조했다. 그러자 이탈리아 여자는 자신의 조상은 당시의 불행한 여건으로 미처 한국까지 오지는 못했지만 최초로 한국의 이웃인 중국까지 왔던 마르코 폴로라고 자랑스럽게 밝혔다. 그리고 객관적으로 보아도 자신의 조상이 쓴 『동방견문록』은 하멜이 쓴 『표류기』보다 우수하거니와 무려 4세기나 앞서서 씌어졌다고 바이와 파랑손을 향해 풍만한 흑발을 쓸어 넘기면서 말했다. 그들의 끝없는 설전은 그날의 유난하던 마삭이 더 극성을 부리게 만들었다. 그들의 싸움을 말리기 위해서 파랑손은 약간의 최면 효과가 있는 강렬한 원시 향기가 나는 바람국화를 재빨리 가져와야만 할 정도였다.

파랑손의 개입으로 안정을 되찾은 하멜과 폴로는 마침내 그들의 긴 여행의 목적을 밝혔다. 이들은 둘 다, 염색업과 향수 제조업을 겸하고 있는 사람들로 경쟁 관계에 있었고, 소문으로만 들은 바람국화의 향기로 전대미문의 향수를 만들고자 멀리서 바람국화 군락지를 보러 온 것이었다.

바이와 파랑손이 그들을 냉실 중의 하나로 안내했을 때, 그 두 사람은 백야의 하늘을 홀로 날아다니다가 수년 만에 오래 그리워하던 사람을 만난 것처럼 서로 얼싸안고는 그들 자신도 뜻을 잘 알 수 없는 감격의 괴성을 외쳐댔다. 그 냉실은 그때까지 만든 향기 중 바이와 파랑손이 가장 좋아하는 북극향 바람국화의 냉실이었다. 그러나 그들의 혼연일체가 된 감격의 포옹은 그리 오래 계속되지 않았다.

"이건 PJ07965호 향기 비슷하군."

첫번째 냉실의 바람국화 향기에 취해 있던 하멜이 이렇게 말했다. 하멜의 말에 폴로가 반격했다.

"천만에! 이건 이지우스라는 별명을 가지고 있는 NH8247과 같은 계열의 향이 틀림없어요."

"아니 그건 우리 회사가 극비리에 얼마 전에 개발해 아직 시판도 하지 않은 향수인데 당신이 어떻게 알지요?"

그녀는 대답 대신 가늘고 긴 손가락으로 자신의 오똑한 코를 톡톡 두들겼다.

"나는 이 세상 모든 것을 이 코로 감지한답니다. 당신의 속마음까지요."

그들은 서로 다투며 크고 작은 12개의 냉실을 모두 방문하고 싶어 했다. 그러나 두번째의 냉실을 방문하면서부터 하멜과 폴로는 더 이상 유사한 향수의 분류 번호를 나열하면서 상대방의 기를 죽이려는 시도를 하지 않았다.

"창백한 성 가브리엘의 백합, 무미한 성 필로멘느의 장미!"

"아, '쾌락의 정원,' 아, '환희의 정원'……"

"오, 에덴의 강, 오, 옴팔로스! 옴팔로스!"

그들은 바이와 파랑손이 이해하지도 못할 무수한 감탄사를 중얼거리며 12개의 냉실을 모두 방문했다. 그들은 마침내 침묵했다. 그러고는 한참을 넋을 잃고 서로를 바라보고 앉아 있다가, 나란히 손을 잡고 땅끝을 떠났다. 그들은 다시 모습을 나타내지 않았다.

역시 가장 발길이 잦은 것은 식물 관계의 다양한 종류의 전문가들이었다. 그들은 떼를 지어 오기도 했지만 대부분 혼자 와서 파랑손에게 엉뚱한 질문을 던지고 꽃잎을 씹어보기도 하고 줄기에 약물을 뿌려보기도 했다. 그들이 가져온 특수 현미경으로 꽃잎과 수술을 으깨어 들여다보기도 했다. 그들은 번갈아가며 한 명씩 와서 염색체와 유전자를 예외 없이 부르짖으며 고개를 갸우뚱거렸고, 바이와 파랑손의 살림집 안에서 무언가를 찾아내려는 의심의 눈초리로 툇마루에 앉아 안을 기웃거렸다.

그들 중에는 마루의 먼지를 비닐봉지에 넣어 가는 사람도 있고, 땅끝의 흙 한 줌을 병에 담는가 하면, 뒤꼍의 우물의 물을 마셔보는 사람도 있었다. 바이가 삼촌에게서 물려받은 구식 기계들을 조립해서 만든 북극 바람 프로펠러 한구석에 적힌, 너무 닳아 제대로 보이지도 않는 기계의 일련번호를 수첩에 적기도 했다. 그들은 심지어 파랑손의 머리카락이나 손톱 조각, 그럴 수만 있다면 살점 한 조각이라도 떼어내 가져가고 싶어 하는 것 같았다. 그들은 땅끝 마을 사람들이 그들의 진지한 관찰을 도와주지 않는 것에 오히려 화가 난 것처럼 보였다.

너무도 많은 사람들의 방문이 끊이지 않는 주말이 지나고 나면 바람국화는 심하게 몸살을 앓았다. 그런 후면 꽃잎의 수가 줄어들어 미의 균형이 깨지거나 줄기의 솜털이 벗겨지는 등의 수난을 겪었다. 줄기에 붕대를 감아주어도 시름시름 앓다가 시들어버리는 바람국화가 생겨나기도 했다. 바람국화 바람이 심하게 불고 난 다음에는 더더욱 바람국화의 재배량이 줄어들어, 그것은 오히려 더 강한 바람국화 바람을 일으키고 더 많은 사람을 불러들이는 것만 같아 바이와 파랑손은 그 바람 앞에 진퇴양난의 고통을 맛보았다.

그렇다고 군락지의 방문을 금지할 수도, 온갖 종류의 방문객의 지나친 관심에 바람국화들이 수난을 당하도록 내버려둘 수도 없었다. 다행히도 고씨가 있었고 마을 사람들이 있었다. 거의 처음부터 바이와 파랑손의 군락지 생활을 보아온 땅끝 주민들은 방문객들의 거친 항의에도 불구하고 사람이 많은 주말에는 돌아가면서 일을 멈추고 군락지를 지켜야 할 정도로 바람국화를 둘러싸고 퍼지는 바람은 극에 달한 것처럼 보였다. 사람들 중에는, 주민들의 연대적인 방어에도 굴하지 않고 아직 제대로 크지 않아 봉오리 상태에 잎이 투명하게 비쳐질 정도로 여린 바람국화 서너 포기라도 구해가지고 내려가겠노라고 고집을 피우는 사람도 적지 않았다.

그사이 자신의 저지대병을 극복한 고씨는 '바파정' 보급의 실패에 굴복하지 않고 이번에는 바이와 파랑손의 바람국화 재배에 대한 모든 것을 기록으로 남기기 위해 남은 생애를 바치기로 결심했기 때문에 다시 한번 두문불출하게 되었다. 바람국화에 대한 그토록 많은 꽃글을 쓴 것 또한 이 고씨였다. 어떤 때는 거의 일주일에 한 번씩 바람국화 꽃글을 쓰는 정열을 보이기도 했다. 그는 그것을 그만이 아는 비법으로 만든 공책에, 연한 향기가 뿜어져나오는 특수 잉크로 쓰고 있다는 것을 군락지 사람이면 누구나 알고 있었다.

그러나 고씨는 그것을 너무도 비밀리에 진행시켰고 그렇게 간직했기 때문에, 바이와 파랑손을 제외한 군락지의 어느 주민도 그가 쓰고 있다는 공책을 실제로 본 적은 없었다. 꽃글 중 몇 개를 고씨는 기분이 좋을 때 사람들 앞에서 읽어주곤 했는데, 불행하게도 그중 단 한 개의 꽃글만이 남아 후대의 사람들에게 바람국화가 실제로 존재했음을 증명해줄 수 있었을 뿐이었다.

이처럼 마파와 마삭이 겹쳐져 불어와, 한참 동안이나 군락지에 몰려 떠날 줄 모르던 즈음, 파랑손과 바이는 그들이 지금껏 만들어낸 향기 중 가장 놀라운 향내 만들기에 흠뻑 빠져 있었다. 그들은 철새 청둥오리 알, 반딧불 날개, 수수꽃다리의 암술, 꺽다리티눈의 잎새, 고산 매미의 투명한 허물 등 열여덟 가지를 여러 날 띄워놓은 이슬물을 만들었다. 그러고 나서 그 물을 주기에 적당한 때를 고르기 위해 여러 번에 걸쳐 귀중한 물을 허비하는 일도 있었다. 더 좋은 비법을 찾아 산천을 헤매고 다니느라 그들은 끝도 없이 분주했다.

여름의 혹독한 마삭, 가을 바람 마야, 파랑손의 머리에 남아 있던 성긴 머리카락의 마지막 올까지 뽑아버린 초겨울의 비바람 마차가 모두 땅끝을 훑고 지나간 후, 이곳에서 한겨울의 회오리를 일컫는 마후가 불어닥친 어느 날, 파랑손과 바이는 마침내, 바람국화의 향기 중에서 가장 먼 반경의 향기를 지녔으며, 가장 그윽한 북극의 향기를 지닌 바람국화를 탄생시키게 되었다. 바로 바이와 파랑손이 만들어낸 열세번째 향기인 호하향의 바람국화가 태어났던 것이다.

6. 바람국화의 운명

"자, 자, 자 쉿! 자아, 사적인 얘기는 후에 하시고 회의를 시작할까요. 안건을 정리해주시지요."

"나누어드린 보고서에 보시다시피, 저희 수목원예부로 넘어온 안건은 모두 이처럼 다섯 가지입니다. 약 40분 동안 짧게 의

건들을 말씀해주시지요."

"왜 40분인지 말해줄 수 있습니까?"

"그래요, 왜 하필 40분이지요?"

"그런데 이건 뭡니까?"

"보시다시피, 바로 문제의 그 꽃입니다."

"아, 이게 바로!"

"다들 잘 조사해봤습니까? 저번에 문제가 된 수입 개량종 꽃의 한 종류가 아닙니까."

"보시다시피, 그런 것 같지는 않습니다. 누가 먼저 말씀해주시겠습니까? 제약 협회 대표께서 먼저……"

"왜 하필, 제약 협회가 먼저 시작해야 하나요?"

"아시다시피, 누구든지 시작해야 하니까요."

"간단히 말씀드리자면, 현재, 중요한 세 제약 회사에서 이 식물과 관련해 특허 신청을 내놓고 있습니다. 줄기의 수액을 생약 재료로 사용해서 천식 등 호흡기나 구강 계통의 약을 개발해놓고 있는 회사와, 꽃잎과 수술을 압농축해 노인성 치매를 막는 제약을 진행시키고 있는 회사가 있습니다. 또 이 꽃의 유난히 긴 뿌리를 한약재로 사용해 비뇨기 계통 치료약을 개발해 시판중인 회사도 있는 것으로 알고 있습니다. 아직 허가가 내려지지 않았으니 불법 시판인 셈이지요. 우리는 이 셋 중 하나를 국민 건강의 측면에서 심각하게 고려해보고 특허를 내주어야 합니다. 제 생각으로는 구강 계통보다는 비뇨기가, 비뇨기보다는 노인성 치매가, 노인성 치매보다는 구강 계통이 중요하다는 생각이 드는데……"

"짧게 하시지요."

"간단히 말씀드리자면 이 세 회사의 특허 신청은 모두 13종으로 알려졌다는 일명 바람국화 중에서 2, 7, 11호의 꽃에만 해당된다는 것입니다. 예를 들면 구강 계통은 2번 종, 비뇨기 계통의 한약은 7번…… 이런 식이지요."

"그건 왜 그렇죠, 뭐가 문제입니까?"

"그걸 다 특허 내주면 어디 덧납니까?"

"모르시는 말씀. 생산량의 한계가 있지 않습니까, 아시다시피."

"그걸 많이 형성해서 대량 생산하면 될 것 아닙니까. 다 방법이 있을 겝니다. 하면 안 되는 게 어디 있습니까?"

"중간에 죄송합니다만 제가 말씀을 드리지요."

"잠깐, 간단히 결론을 내리자면 이 작은 군락지에 이렇게 많은 변종을 재배하는 것이 비효과적이며 비경제적이라는 것이 관련 회사 대부분의 생각입니다. 말하자면 한 가지 종으로 한정을 하되, 국민 건강에 가장 큰 도움을 주는 한 변종을 선정해, 그에 적합한 회사에 특허권을 주어야 하지 않겠습니까."

"결국 저와 같은 의견이신데, 제 안건을 먼저 토론합시다."

"간단하게 해주시기 바랍니다."

"제 생각에는 비뇨기 계통의 병이 시급한 것 같습니다. 배설 문제는 역시 누구나의 고민이니까요."

"제약에 대해서는 이미 그 지역의 누군가가 제약 개발을 한 걸로 알고 있는데요."

"그럴 리가! 그럼 벌써 특허를 따냈단 말입니까?"

"아, 아무래도 우리 관할 지역의 문제이니만큼 제가 말씀드리지요. 아주 희귀한 병 환자가 찾아낸 일종의 민간 치료법일 뿐이니 문제될 게 없습니다. 뭐 저지대병이라고 하는 이상한 병명인데 수만 명에 한 명 꼴로 생길까 말까 한 희귀병일 뿐입니다. 우리나라에서는 지난 50년 간 단 두 명의 환자가 신고된 것으로 알고 있습니다.

그와 연관해서 말씀드립니다만, 이 사람처럼 이런저런 이유로 이 지역으로 이주해온 사람들의 숫자가 늘어 관할 군인 저희 군 행정에 문제가 종종 발생한다는 것을 말씀드려야 할 것 같군요. 제가 온 목적은 수목원예부에 이 지역 전입 세대들의 정착을 위해 지원금을 신청하자고 하는 의견이 기왕에 타진되고 해서, 이렇게 예산을 짜보았습니다. 참고하시기 바랍니다."

"이렇게 중구난방이면 어떻게 합니까? 요약들을 하세요."

"제가 드리던 말씀을 계속해도 좋겠습니까?"

"지난 몇 해 저희 협회로 많은 투고가 들어왔습니다. 우리나라 초목 재배 공개법에 어긋나는 사례들이 횡행하고 있다는 보고지요. 재배법 및 기술의 투명한 공개 원칙을 고지하고 있는 우리의 원예법에 가장 심각한 타격을 입힌 사건으로 투고의 80퍼센트가 바로 이 바람국화 건이라는 것 아닙니까."

"제 얘기를 먼저 들어보시지요. 아시다시피 벌써 1년 전부터 외국의 화장품 회사와 기술제휴를 한 국내 화장품 회사들이 바람국화의 엑기스를 추출해 새로운 향수를 제조하고 싶다는 의향을 전달해왔습니다. 이미 상품명까지 정해질 정도로 판매 작전을 고안해놓고 있지요. 여기 자료에 의하면 '블루 윈드' '필로멘느' '폴 노르' '옴팔로스' 같은 이름을 제안하고 있습니다. 그들이 관심을 가지는 변종은 4, 9, 11번 종입니다. 제약 협회가 제기한 문제와 맞물리는 면이 있는 것 같은데 말이죠, 역시 이들은 상품의 시판을 위해서 꽃의 종자를 하나로 통일해 한 종류의 향수를 생산해야 할 필요가 있다,라고 모두들 역설하더군요. 아까 제약 협회에서 제시하신 번호 중에, 중복되는 꽃 종의 번호는 단 하나, 11번뿐입니다."

"그 종자라면 바로 노인성 치매에 효과적인 11번 바람국화로군요."

"맞습니다. 여기 보고서에 그렇게 씌어져 있군요."

"모두 한 발자국도 뒤로 물러나려 하지 않을 텐데요. 각기 고가로 연구진을 투여해 1년 이상을 투자했거든요."

"그건 다른 분야도 마찬가지지요. 그러기에 회의를 하고 있는 것 아닙니까."

"이러면 어떻겠습니까. 비뇨기보다 노인성 치매가 덜 중요하다고 아무도 말할 수 없는 것 아닙니까."

"우선 해결의 실마리를 보이는 안건을 한데 모아, 11번 종으로 재배를 한정하는 쪽으로 의견을 모으면 어떻겠습니까?"

"그에 동의하면 지원금을 확보할 수 있겠습니까?"

"역시 노인성 치매는 우리 모두의 가까운 미래의 병이니만큼 그쪽으로 생각을 돌려주기 바랍니다."

"그러면 최소한 그 종목에 관해서는 초목 재배 공개법이 그 종자에 대해 구속력을 갖게 되는 거지요. 그러면 확실히 더 많은 재배와 더 넓은 군락지 형성을 고려해볼 수도 있겠구요."

"그렇게 되면 지원금은 어떻게 되는 겁니까. 해당 지방은 우리 군 관할인데, 전입 주민의 더 많은 이동이 예상되는데요."

"대체 뭘 원하십니까? 지원금입니까, 아니면 전입자 수의 축소입니까?"

"그것은 부수적인 문제지요. 비공식적이긴 하지만, 사실 오래전부터 그 지역에 녹지 휴양지 건설을 요구하는 투자회사들이 여럿 신청을 해놓고 있는 상태입니다만…… 물론 그렇게 된다면 우리 군이 발전할 수 있는 좋은 기회임에는 틀림없습니다. 그곳은 여름에는 자연 산장, 겨울에는 스키장으로 안성맞춤인 기후와 지역적 조건을 가지고 있지요. 얼마 전부터 우리 군청의 윗분들은 그 자리가 그따위 야생 잡초의 군락지로 썩는 것을 아주 안타까워하고 있던 차였지요."

"게다가 대부분은 불법 거주를 하고 있는 셈 아닙니까."

"대부분은 그런 셈이지요. 일군의 전입자들은 떠났다가 다시 들어온 사람들입니다."

"이런 문제가 겹치지 않는다면 민둥산으로 싹둑 깎아 밀어버리고 레저 타운을 세워도 되겠구먼요, 그래."

"11번 종의 향기가 좀 독하다고 들었는데, 맞습니까?"

"몇 번이건 무슨 상관이겠소."

"스키 좋아하세요, 스키?"

"떠나기 전에 저번에 말씀하신 건도 얘기해야겠는데…… 먼저 국제화훼전시협회로부터 저희 협회로 온 초대장을 읽어도 되겠습니까?"

"짧게 요점만 읽으시지요."

"귀국의 희귀 화초, 일명 바람국화(학명은 미정)에 대해 우리 국제화훼전시협회는 각별한 관심을 가지고 있습니다. 이 부분은 기니까 뛰어넘겠습니다."

"아니 아직 학명이 미정이란 말이오?"

"요지를 읽겠습니다. 금년 하반기에 이곳에서 열릴 세계희귀화훼전시회에 귀국의 대표적인 희귀꽃 7종을 전시하고 싶습니다. 이것은 두 나라 사이의 희망찬 교류의 전망을 예견하고 있음을 확신합니다. 자세한 사항은 자료를 받으시는 즉시……"

"지난 회의 때 이미 읽은 편지 아닙니까."

"그랬던가요. 문제는 당시 수목원예부 산하 여러 단체들이 선정한 꽃들 사이에 너무도 커다란 차이가 있어서 말이지요. 먼저 국립정원협회에서는 무궁화 3종, 소나무 2종, 대나무 2종으로 우리의 전통 정신을 반영하는 종류에 한정했고요. 남부원예협회와 서부원예협회에서는 그쪽의 지역 식물들을, 주로 난 종류지요, 거개 선정하고 있어 의견의 팽팽한 대립을 보고 있습니다."

"지난 회의 때 다 끝난 얘기를 자꾸 꺼내 시간을 버리십니까. 어떻게 무궁화를 빼고 우리나라를 대표하는 식물을 선정할 수가 있습니까?"

"그렇지만 무궁화는 희귀 식물이 아니니 우리로서는 처음 참여하게 되는 이 전시회 초청의 조건에 해당이 되지 않지요."

"그렇지만 '대표적 식물'이 더 깁니까, '희귀 식물'이 더 깁니까. 긴 걸로 합시다."

"다른 군소 협회에서도 만만치 않은 제안을 하고 있습니다. 국제원예애호협회는 우리 개량종 장미와 유전공학으로 접목시킨 탱자와 동백의 접종꽃, 토종 찔레 같은 아주 특이하게 개발된 꽃들의 목록을 보내서 강력하게 참여를 주장합니다. 더욱 어려운 것은 위의 초청장에 일목요연하게 강조되어 있는바 '우리는 귀국의 바람국화에 대해 각별한 관심 운운'하는 구절입니다. 어느 단체도 바람국화에 대해서는 일언반구도 없는데, 이 문안의 해석은 또 어떻게 해야 할지요."

"보기보다 소심하시네. 희귀 변종 구절초 하나 집어넣으면 될 것 아니오."

"11번 종은 어떨까요."

"노인성 치매 치료약!"

"모두들 이것 좀 보세요. 이렇게 보잘것없는 꽃이 무슨 대표성을 지닙니까? 이거이 혹시 이북에는 오래전부터 있어왔던 꽃 아니야요? 어쩌다 바람에 날려 그쪽으로 간 그런 것 말야요."

"저 양반 고향 사투리 나오는 거 보니 화났구먼."

"보시다시피, 40분이 지났습니다. 오늘은 일단 이 정도로 결론을 내고 회의를 마치지요."

"정확히 어떤 결론 말입니까?"

"지금까지 논의한 바로 그 결론입니다."

"바이, 왜 사람들이 땅끝을 자꾸 떠나지."

"산 뒤쪽에 생길 휴양 단지 건설 공사장에서 일자리를 찾겠다나봐."

"바이, 짱이는 또 무얼 먹었길래 갑자기 죽었지?"

"누군가가 독이 든 음식을 주었겠지. 그렇지만 짱이는 분명히 좋은 곳에 갔을 거야. 애기 때부터 고생만 했거든. 트럭 멀미가 얼마나 심했는지 기억하지……"

"바이, 우리는 공문서에 적힌 것처럼 파라향 바람국화만 재배할 수는 없어요, 안 그래요?"

"없지."

"나는 우리가 키운 모든 바람국화를 하나도 포기할 수 없어요. 어떻게 해야 되지요?"

"내일이면 좋은 생각이 날 거야."

"파라향 바람국화만 남으면 고씨는 다시 병에 걸릴 거예요. 저지대병 약은 그 바람국화로 만들 때 효과가 떨어지는 걸 잘 알잖아요."

"알지. 그래도 고씨는 이제 외롭지 않을 테니 다행이지."

"그래요. 다행히 더 늦기 전에 저지대병 친구가 생겼으니 말예요."

"그렇게 젊은 사람이 저지대병에 걸리다니……"

"저지대병 환자는 모두 눈이 깊어요, 그쵸?"

"그래."

"왜 그럴까요?"

"글쎄 왜 그럴까?"

7. 학명 전쟁

벌써 1년여째 K씨는 바람국화의 분석에 매달려보았지만 마지막 결론 부분에서 매번 벽에 부딪혔다. 국화과의 전대미문의 희귀종! 그는 이 꽃이 생물학적 특성에 있어서는 고산지대 국화인 크리잔테뭄 몬투오쑴의 대부분의 특성을 지니고 있으면서도, 에리게론 알피콜라나 크리잔테뭄 루밸룸의 외양을 가지고 있으며, 그 어느 종에도 귀속시킬 수 없는 특수 조직으로 구성되었다는 것을 밝혀내는 데 많은 시간을 투자했다. 그럼에도 불구하고 이 변형 인자의 형성과 생장의 비밀에 관해서 연구는 여전히 제자리걸음을 하고 있었다.

그 비밀을 밝혀낸 자료를 제공하지 않고 이 일명 바람국화라는 희귀 화본 식물의 학명 제정이라는 역사적인 과업은 완성될 수 없었다. 그는 휘하의 연수생들을 대동하고 그 꽃의 군락지를 여러 번 방문했다. 빛·수분·습도 등의 자연조건을 연구하기 위해 연구팀을 산등성이 뒤쪽의 움막에 잠복시키기도 했으나, 눈에 띄는 진전을 볼 수 없었다. 군락지의 꽃 재배를 담당하는 젊은 농부 부부와도 두어 번 대화를 나누었지만, 그들의 더듬거리는 설명은 K씨를 설득하지 못했을 뿐만 아니라 재배의 비밀에 대해 그들이 부분적으로 거짓말을 하고 있다는 인상을 받은 이후, 그는 더더욱 원예 공개법 실행안의 촉구를 위해 일하는 사람을 고무해야 할 필요성을 느꼈다.

군락지에 요양하면서 「바람국화에 대한 모든 것」이라는 제목의 기록물을 쓰고 있다는 한 아마추어 연구가를 만난 것도 K씨를 불쾌하게 했다. 그 사람은 초기부터 바람국화 군락지에 살면서 재배의 과정을 모두 기록해두었다고 하면서도 K씨가 착수한 원대한 사업에 동참하는 것에 황송해하기는커녕 사사건건 방해를 하고 나섰던 것이다. 결국 K씨는 더 이상 군락지를 방문할 필요를 느끼지 못했다.

시간이 흐르면 흐를수록 희귀 식물을 발견하는 것은 얼마나 점점 더 드물어졌던가. 그것은 영국 왕실 박물관, 큐박물관이 출판하는 인덱스 크웬시스의 두께가 점점 더 얇아지며, 그 출판 연도가 점점 뜸해지는 것으로도 알 수 있는 일이었다. 큐박물관에서 발행하는 학명 목록집, 인덱스 크웬시스! 이 단어는 언제 발음해도 그의 가슴을 삼십대의 젊음으로 뛰게 만드는 마술적인 초능력을 지니고 있었다. 그 인덱스에 오르기 위한 논문 발표로 그의 정신은 온통 머리 큰 나사못처럼 조여져 있었다.

수십 년을 전국, 각국의 산하를 헤매다닌 바 있는 K씨가 처음 바람국화 얘기를 들은 것은 바람국화가 유행하기 훨씬 전, 강연을 위해 방문한 한 지방의 화원 주인으로부터였다. 그는 화원의 한구석에 놓인 15센티미터 가량의 한 꽃에서 뿜어져 나오는 강한 향기를 맡는 순간, 그 꽃이 그 방면의 전문가인 자신조차 한 번도 본 적이 없는 희귀종 현화식물이라는 것을 알아차렸다. 그는 내부에서 끓어오르는 흥분을 가까스로 누르고 주인에게 꽃의 이름과 출처를 물었다.

"산마을 사람들이 가져온 건데 바람국화라고 부르더라구요. 세 그루를 한꺼번에 사시면 싸게 드리지요."

K씨는 그 화원에 남아 있던 화분 셋을 구입한 즉시, 모든 여행 일정을 취소하고 집으로 돌아왔다.

자신도 알아차리지 못했지만 하루가 지나고 이틀이 지나면서, 그는 이 꽃이 자신의 내부 저 속에 숨어 있는 향수를 불러일으키는 특이한 효과가 있다는 것을 알았다. 10여 년 전에 잃은 부인의 젊은 시절의 청순한 미소가 되살아났고, 신혼 시절 어느 봄날의 산책 장면이 선명하게 뇌리에 떠올라 그는 자신도 모르게 흰머리를 쥐어뜯으며 눈물을 흘리고 있는 자신을 발견했다.

희귀 식물에 관한 연구로 젊은 시절 명성을 얻은 이후로 국내의 중요한 식물원 원장을 3번이나 연임했고, 젊었을 때의 그의 연구 결과는 모두 관련 기업체들에게 채택되어 일찍이 경제적인 풍요를 누린 사람으로서, 꽃 앞에서의 이러한 반응은 스스로 생각해도 알 수 없는 일이었다. 때때로 까맣게 잊고 있었던 어린 시절의 슬픈 기억이 무한히 아름답게 각색되어 그는 하루 종일 넓은 정원의 한가운데에 멍하니 앉아 있을 때도 종종 있었다. 희귀 난을 가장 많이 모아놓은 그의 정원은, 그가 방금 가져다 놓은 잡초를 닮은 그 작은 꽃에 비하면 창백하게 느껴질 정도였다.

이렇게 해서 이 꽃이 자신의 말년의 의미를 결정할 중요한 사건이 되리라는 운명적인 느낌은 K씨에게는 하나의 집착이 되었다.

"그래, 시간을 뛰어넘는 일이 내게 남은 단 하나의 숙제다."

머지않아 저세상으로 조상과 부인을 만나러 가기 전에 이 꽃에 대한 연구 결과를 발표해, 조상에게서 물려받은 자신의 이름을 단 학명을 붙여주고자 하는 야심이 젊은 시절의 실패의 기억과 중첩되면서 마지막 정열로 타올라 그는 밤잠을 잃었다.

그가 젊었을 때, 산톱껄껄이의 발견으로 그의 이름을 학명에 넣을 기회를 가진 적이 있었다. 그러나 일본의 한 식물학자가 불과 두 달 정도의 기간을 앞질러 「산톱껄껄이의 유전자 연구에 따른 학명 제정의 필요성」을 발표해버리는 바람에 수년 동안의 노고가 수포로 돌아간 쓰디쓴 경험을 한순간도 잊은 적이 없었을 정도였다. 그는 이런 멍청한 실수를 두 번이나 저지르고 싶지 않았다.

크리잔테뭄 몬투오쑴 KGB! 이것이 그의 이름의 약자를 부기해 부여하고자 하는 바람국화의 학명이었다. 비록 자기 자신이 이 희귀식물의 최초의 발견자는 아니지만, 아마도 그 진가를 알아본 최초의 사람이리라는 사실을 그는 한순간도 의심하지 않았다. 그는 크리잔테뭄 반티라고 바람국화라는 속명과 바람 속에 자란다는 재배의 조건을 고려한 이름을 생각해보지 않은 것도 아니었다. 그러나 그 이름은 너무도 생생하게, 그 꽃을 만들었다고 우기는 철없는 젊은 부부를 연상시킬 것이기에 제일 먼저 제외한 가능성이었다. 그들에게 학명이란 아마도 야산에 날아다니는 개민들레 꽃씨만큼도 중요하지 않을 것이고 아무래도 학명은 권위 있는 학자의 이름을 다는 것이 관례라는 것이 그의 확신이었다. 그는 몇 가지 의문을 남긴 채로 서둘러 그의 연구 결과를 국내의 『고산식물 약지』 제45권 2호에 발표했다.

L씨는 K씨의 근황을 전해 듣고 뒤늦게 바람국화에 관심을 가지기 시작했다. 그때는 이미 바람국화에 대한 소문이 상당히 퍼져 있었던 즈음이라 연구에 있어서 지름길을 택할 수 있었다. K씨는 L씨에게는 어떤 활동 분야에서나 마주치지 않을 수 없는 일종의 무의식적 종양과 같은 존재였다. 그는 무엇보다도 K씨의 지나치게 심각한 태도와 공식 석상에서 더욱 강조되어 나타나는 유아독존인 고집을 참을 수가 없었다. 동일한 은사 밑에서 수학한 선후배 관계에 있는 K씨와 L씨는 한때는 무수한 공동 작업을 통해 밀월을 과시하기도 했다. 그러나 아시아 지역에 분포하는 꼬리고사리과 변종에 대한 K씨의 분류 체계에 L씨가 의문을 제기한 후부터 두 사람의 사이가 뜨악하게 변했다고 주변 사람들은 전한다.
그러나 L씨로 말할 것 같으면 그 반론을 발전시켜 새로운 분류 체계를 수립하는 일보다 더욱 중요한 사안들로 바쁜 사람이었다. 그는 K씨처럼 이상한 미망에 매달려 바람국화의 학명에 자신의 이름을 거는 순진한 사람들을 위험하게 보아왔다. 젊었을 때는 부친이나 삼촌처럼 직업 군인이 되기를 꿈꾸다가 불행히도 축구를 하다 팔을 다치는 바람에 그 길을 포기한 사람답게 그의 정신은 굵직하고도 원대한 것을 꿈꾸었다. 바람국화에 대한 그의 관심도 그러므로 K씨와는 전혀 다른 방향에서 이루어졌다.

L씨는 그가 자문위원으로 참여하고 있는 '원예산학협동추진회' '민족현화식물세계화모색협회' '원예법공정위원회'를 통해서 속명 바람국화라는 꽃을 둘러싸고 심심치 않게 문제가 발생한다는 사실을 해당 부서 담당관으로부터 간접적으로 전달받았다. 뿐만 아니라 평소의 L씨의 애국심과 추진력과 봉사적인 성향을 충분히 감지하고 있는 여러 관련 단체들은 그에게 바람국화 연구를 위한 연구비를 지급해 빠른 시일 내에 어떤 결과가 나타나기를 요구했다. 그는 공동 연구단을 구성해 K씨보다 더 빨리, 그 식물의 특징, 생장 조건의 중요한 점을 밝혀내고자 애썼다. 연구의 과정보다는 정보의 신속함을 더 중요하게 여기는 그답게, 그는 군락지 조사 때 만난 한 아마추어 연구자에게 그 식물에 대한 귀중한 자료가 있다는 것을 알게 되었다.

L씨는 단번에 그 사람을 의심하였다. 저지대병이라는 핑계를 대고 바람국화 재배자들을 찾아간 이후로, 바람국화와 '사랑에 빠져' 『바람국화에 대한 모든 것』이라는 저서를 준비하고 있다는 그 사내의 진정한 의도가 다른 곳에 있다고 L씨는 추정하였다. 어떻건 그는 바람국화의 향기의 원천과, 꽃잎의 색이 구분되

는 비밀 같은 재배의 비법 등을 옆에서 관찰한 대로 모두 기록한 단 한 명의 사람으로, L씨에게는 다른 누구보다도 필요한 사람이었다.

그는 한편으로는 꾸준히 공동 연구팀을 군락지에 파견하여 그에게서 최대의 정보를 수집하게 하였고 다른 한편으로는 그 사람에게 여러 가지 흥미로운 제안을 하는 것을 게을리하지 않았다. 그 사람이 개발했다는 저지대병 치료약의 비법을 공식적으로 알릴 것을 약속한다든지 혹은 그의 책의 출판 비용을 전담하는 등의 조건을 제안하는 설득의 편지를 대필시켜서 꾸준하게 보냈다. 연구비 마감 일자에 바람직한 연구 결과가 나오지 않을 경우를 대비해 그 사람의 지식을 원용할 수 있는 가능성의 여지를 마련해놓고 있었던 것이다.

사실 L씨는 학명의 제정 같은 것에는 그다지 관심이 없는 사람이었으나, 어느 날 그것이 크리잔테뭄 몬투오쑴 KGB로 제정되는 것을 가만히 보고만 있을 수는 없었다. 하필이면 K씨 이름의 약자가 KGB일 것은 무엇인가. 잘못하다가는 후대 사람들은 이 식물의 원산지를 구소련 연방의 음침한 어떤 지역쯤으로 오해할 것이 아니겠는가. 그 꽃에 학명이 붙여진다면 L씨의 생각으로는 최소한 크리잔테뭄 코레아눔 정도는 되어야 했다. 연구를 약간만 진전시킨다면 그 자신의 이름을 부기할 수도 있는 학명 제정에 나라의 이름을 붙이는 비장한 자기희생은 늘 L씨 집안의 오래된 가훈이었다. 그에게는 이렇게 숙연함을 즐기는 멋이 있었던 것이다.

그는 이미 이 이름으로 학명이 정해졌다는 가정하에 이 꽃을 더욱더 널리 알리기 위해 자신이 심사위원으로 초대된 '전국희귀꽃경연대회'와 '고산식물특별전시회'에 추천하기도 했다. 그는 공동 연구의 결과를 관례대로 발표하기 위해 연구가 채 끝나기도 전에, 제78회 국제식물지리학술대회지 준비위원회에 참가 의사를 전달하는 편지를 보내두었다.

크리잔테뭄 몬투오쑴 KGB! 크리잔테뭄 코레아눔! M씨는 이렇게 경멸 어린 어조로 이들 이름을 입안으로 중얼거리면서 사흘 동안 면도를 하지 않아 얼굴을 반 이상 덮은 것 같은 털을 모조리 깎아냈다. 면도질은 그의 얼굴에 쓸쓸름한 미소를 만들어냈다. M씨는 중대한 결정을 앞두고는 늘 면도를 하는 습관이 있었다. 그는 면도를 끝내자마자 연구소에 전화를 걸었다. 실험의 진전이 있었는지를 알아보기 위해서였지만 어제나, 그제처럼, 특기할 만한 사항을 발견하지 못했다는 대답만이 들려왔다. 연구소의 낙후한 실험 기기로 기상천외한 결과를 기대하는 것도 무리이기는 했지만, 누구나 예외적인 희귀꽃으로 열광하는 이 바람국화의 분석이 왜 그의 연구소에서만은 아주 평범한 국화의 변종으로 결론지어지는지 알 수 없었다.

그는 연이어 바람국화의 산업화에 관심을 가지는 여러 업체에 확인 전화를 걸었다. 아무도—적어도 오늘 아침까지는—그가 신경을 곤두세우고 있는 특허 신청을 받아내지 못했다는 대답을 듣고, 그는 단안을 내려야 할 시기가 왔음을 느꼈다. 그는 식물학자로서의 명성도, 야심도 그다지 없는 편이었다. 그와 동향인 L씨, 그를 늘 불순한 의도를 숨기고 있는 사이비 정도로 보는 K씨, 이 밖에도 N씨, O씨, P씨 같은 서너 명의 전문가가 요즈음 연구 유행의 절정을 달리는 바람국화라는 현화식물의 연구에 뛰어들었다는 사실은 얼마 전까지만 해도 M씨를 조금도 자극하지 않았었다.

동향 출신 유명 인사들끼리 모이는 연례 회식에서 늘 그랬듯이, 일인자연하면서 좌중을 휘어잡을 L씨의 얼굴이 다시 한번 떠올라오면서 그를 불편하게 하지 않은 것은 아니었지만 학명의 문제에 자신도 강력하게 뛰어들겠다고 결심한 것은 다른 상황에서 그랬던 것처럼 유행 때문도 아니요, 그를 인식한 것도 아니었다. 그의 관심은 학명을 제정함으로서 당당하게 권리를 행사하게 될 여러 종류의 특허에 관련된 선결권이었다. 낙후한 연구소의 현대적 개축과 설비의 마련! 그것이 M씨가 이 경쟁에서 바라는 것이었다.

그는 멀리 보는 사람이었다. M씨의 관점에서 볼 때, L씨는 뻐기는 기질에 영웅심이 너무나 강하기 때문에 비밀을 간직할 줄 모르는 허점이 있었다. K씨로 말할 것 같으면, 자존심이 너무 강한 것이 커다란 흠이었지만, 그 자존심만 건드리지 않는다면 오히려 L씨에 반대해 자신에게 도움을 주도록 설득할 수 있는 인물이라는 것을 M씨는 직관적으로 감지하고 있었다.

M씨는 평소에 외양에 민감하게 신경을 쓰는 사람답게 이날은, 청바지에 파란색 면 티셔츠를 입고 거울 앞에 섰다. 군락지

의 재배자들에게 위화감을 주지 않기 위해서였다. 그는 머릿속으로 여러 번 되뇌어본 계획을 다시 한번 떠올렸다. 까다롭다고 이미 소문이 널리 퍼진 군락지의 주민과 재배자들도, 그에게만은 예외적으로 호의적이었다는 인상을 받은 것은 그의 착각이었을까. 그는 자신의 사교적인 외양과 능력을 믿었다.

그는 재배자들에게 일종의 거래를 제안할 작정이었던 것이다. 연구에 필수적인 정보를 주면 그들이 원하는 학명을 부여해 연구 결과를 발표하겠다는 것이었다. 물론 사업에 관해서도 언급해야 할 것이다. 특허의 지분이라든지 하는 복잡한 문제를 간단하게 설명하기 위한 자료를 수첩에 이미 써놓고 있는 터였다. 그들이 알 리가 없지만 자신이 정해놓은 학명은 그에게까지 전해져온 K씨나 L씨의 머릿속에서나 나올 법한 그런 심심한 이름과는 비교도 안 되는 아름다운 이름이었다. 크리잔테뭄 반티페룸! 바람을 머금은 국화! 이 얼마나 시적인가, 얼마나 고산적인가. 바람국화의 재배자들이 조금이라도 식물 세계의 아름다움을 이해하는 사람들이라면 이 이름 앞에서 먼저 격앙하고 말 것이다. 그들이 북극꽃이라는 별명을 더 좋아한다면 까짓 것, 크리잔테뭄 아르크티쿰이라고 붙여주어도 그만이다. 재배의 온갖 비밀의 원천이라는 그 젊은 여자의 별명이 파랑손이라고 했던가. 그 여자의 이름을 따 크리잔테뭄 아주레움을 제안하는 것도 생각해봄 직하다. M씨는 차에 시동을 걸었다.

"바이, 북극은 여기서 먼가요?"

"멀지."

"트럭에 기름을 가득 채우면 갈 수 있을까요."

"아마 트럭을 버리고 뗏목을 만들어야 하는지도 몰라."

"뗏목 젓는 법을 배워야겠네."

"그래야겠지."

"물속에서 우리의 자기장이 없어져버리지 않을까요?"

"폭풍 치는 날 가면 괜찮을 거야. 번개 속에는 자기가 흐르거든."

"바이, 북극에서도 꽃을 피울 수 있을까요."

"그럼, 꽃이 사는 걸 사진에서 봤거든."

"바이, 북극에서는 바람국화라고 하지 말고 북극꽃이라 부르겠어요."

"파랑손, 당신이 좋다면 그렇게 하지."

8. 바람국화의 죽음

만약 엉뚱한 방향에서 일이 생기지만 않았다면 학명을 둘러싼 작은 전쟁은 장기적으로, 복잡한 양상을 띠며 전개되었을 것이다. 그들이 한창 각자의 계획을 추진하고 있을 때, 제일 먼저 파국적인 소식을 받은 것은 L씨였다. 그는 자신이 참가 신청을 해놓고 있는 국제식물지리학술대회지 준비위원회로부터 거절의 편지를 받았다.

귀하가 크리잔테뭄 코레아눔이라는 잠정적인 학명으로 발표
하고자 한 식물에 대한 공식적인 보고가 『신식물학지』(통권 제
37호 2권)에 이미 발표되었음을 알려드리게 됨을 무한히 유감
으로 생각하는 바입니다……

더 자세한 사항이 기재되어 있지 않은 이 짧은 편지를 받자마
자 L씨는 자신을 앞지른 이 논문의 저자를 당장 K씨로 추정하
고, 단번에 정력적인 미움을 K씨에게 쏟았다. 그런데 얼마 지나
지 않아 그는 우편함 속에서 그 문제의 잡지를 발견했다. 발신
인의 이름도 없이 도착한 우편물이었다. 성급한 손이 연 봉투에
서 그 잡지가 나오자 그는 잡지의 목차부터 훑었다. 「크리잔테
뭄 물티오도라툼 바파의 생리학적 접근」은 A라는 이름으로 되
어 있었다. 발신인의 이름뿐이 아니라, 문제의 논문을 발표한 사
람도 K씨가 아니라, A라는, 난생처음 들어본 이름이었다. 이름
옆에는 아무런 설명도 부기되어 있지 않았다. 그는 채찍을 마구
휘두르며 말을 달려 단번에 구릉을 뛰어넘는 기수처럼, 논문의
결론 부분으로 직진했다.

A라는 사람이 결론적으로 제시한 학명은 그러니까 크리잔테
뭄 물티오도라툼 바파, 여러 향기의 바파국화라는 기괴한 이름
이었다. 그는 왜 그런 이름이 생겨났는지를 알기 위해 그 논문
을 꼼꼼하게 읽어 내려갈 참을성이 없어 바닥에 패대기를 쳤다
가는, 다시 주워서 운동으로 단련된 근육을 모두 움직여 힘차게
쓰레기통에 던져넣었다.

거의 같은 때에 K씨는 그가 정기 구독하고 있는『신식물학지』최근 호를 보고 경악하고 말았다. 그의 얼굴은 노란 전등불에 비추어진 종이처럼 노랗게 변했다. 바로 그 순간에 다탁에 놓아둔 바람국화에 봄바람이 살랑이면서 강한 향기가 그의 코를 찔렀고 그것은 기괴하게도 이날만큼은 이상한 감정을 동반한 눈물과 함께 그에게 구역질을 주었다. 그는 뜨거운 눈물이 앞을 가리는 와중에서도 빛만큼 빠른 속도로 그 논문을 읽어 내려갔다. 그 눈물이 지금까지 그랬듯이 바람국화의 향기가 만들어내곤 하던 애수에서 오는 것인지 아니면 화증에서 기인한 것인지 그로서는 알 수 없었다.

대체 국내에서 이미 발표한 자신의 연구 논문과 반 정도나 유사한 논리로 논문을 시작한 이 A라는 작자가 누구란 말인가. 이 나라에서 자신이 모르는 이 방면의 전문가란 있을 수 없는 일이었다. 그는 단번에 자신이 해결 못 해 골머리를 썩이던 부분을 이 논문이 일목요연하게 해결했다는 사실을 깜빡 잊은 채, 이 A라는 사람을 표절자로 간주해버렸다. 민감한 사안이 터질 때마다 거의 습관적으로 복용해온 진정제를 한 알 삼키고 K씨는 우울한 얼굴로 정원을 오래 바라보았다. 이 괴로운 또 한 번의 실패를 인정할 것인가, 무슨 수를 써서라도 부정할 것인가, 그것이 문제였다.

M씨의 경우는 달랐다. 그는 웬만한 일로는 상처를 받지 않는 귀중한 낙천성을 가꾸어온 인물이기도 했지만, 무엇보다도 용의주도한 그의 성격 덕분에 난데없이 연구소의 직원이 그의 코

밑에 들이댄 이 논문으로 전전긍긍하면서 시간을 보내지는 않았다. 그렇다고 쉽사리 그가 시작한 일을 포기할 정도로 줏대가 약한 사람도 아니었다. 곧 해결책과 정보 수집과 그 밑에 딸려 있는 연구소의 10여 명의 직원의 미래가 달려 있는 민감한 사안의 보호를 위한 방법을 강구하러 나섰다.

그는 아침이면 늘 그렇듯이 그날도 수십 통의 전화로 이 기분 나쁜 하루를 시작했다. 사람들과의 관계는 까다로운 도자기처럼 평소에 늘 닦아두어야 하는 것이기에 그는 심하게 앓기 전에는 이 아침의 전화를 건너뛰는 법이 없었다. 그는 평소 아는 사람들을 동원해 A라는 사람에 대해 알아봐달라고 문의하였다. 마음 같아서는 당장 K씨나 L씨에게 전화를 걸어 묻고 싶었지만 그의 직관이 당장은 자제를 하라고 권했다. 그리고 정성 들여 면도를 하면서 하루의 일과를 머릿속에서 검토했다.

그때, 섬광처럼 한 가지 놀라운 생각이 떠올랐다. M씨는 한시도 지체하지 않고 면도기를 손에 든 채 그의 서재로 뛰다시피 걸어갔다. 서랍 속에 들어 있는 한 뭉치의 두꺼운 파일에서 바람국화에 관계된 자료를 꺼내 꼼꼼하게 검토하였다. M씨가 서류의 검토를 대강 끝냈을 때, 몇 통의 전화가 연이어 걸려 왔다. 그가 부탁한 대로, A라는 사람에 대해 알아보았다는 지기들의 전화였다.

그들과의 통화를 통해서, K씨와 L씨도 같은 방식으로 동일한 인물에 대해 문의했다는 사실을 알게 된 M씨는, 마치 바로 눈앞에서 바라보는 것처럼 그들을 사로잡았을 격정을 상상할 수 있었으나 그것은 이미 M씨에게 아무런 왜곡된 쾌감도 야기시키지 못했다.

제보자들의 정보는 무명의 젊은 학자의 신상에 대한 것이 대부분이었다. 그가 어떻게 연구를 진행시켰다든지, 어떻게 그런 결과에 다다랐는지에 대해 말해주는 제보자는 드물었다. 어떤 이는 이런 세밀한 뒷얘기까지 제공해주었다. 그에 따르면 그 문제의 논문이 A 자신에 의해 『신식물학지』에 기고된 것이 아니라는 것이다. 문제의 A는 단기간 해외 유학의 경험이 있는데, 거기서 알게 된 동료에게 그저 한번 자신의 연구 논문의 초고를 보내보았는데 그렇게 되었다는 것이다. 어린애 장난 같은 소문이었다. 그러나 제보자들의 정보는 서로 엇갈리는 것이 많아 M씨의 머리는 복잡해졌다. 한 가지 확실한 것은 그를 포함한 세 사람, K, L, M의 운명은 갯바위에 달라붙은 조개처럼 공고하게 연루되어 있다는 것이었다.

그는 평소 전화를 걸 때의 다급한 어조와는 달리 침착한 태도로 A에 대한 이야기를 메모를 하면서 들었다. 중구난방의 정보에서 드러나는 한 가지 공통된 사실은 A가 아주 평범한 사람이리라는, 아무런 설명도 못해주는 심심한 사실이었다.

무수한 전화 통화를 끝낸 후 M씨는 그 내용을 다음과 같이 간략하게 정리했다.

174센티미터의 키에 64킬로그램이 나가는 신체적 조건을 지니고 있으며, 주변에서 성실하며 온유한 성품을 지녔다는 평을 듣고 있으며, 남의 앞에 나서기를 좋아하지 않는 내성적 성격에 그 분야의 사람들이 자주 그렇듯이 여행을 취미로 삼고 있는 사람. 양돈업을 주업으로 하는 부모에게서 태어나 이를테면 쉽지 않은 환경에서 성공한 예외적인 경우. 장학금 수혜자로서 암스테르담 대학에서 2년 간 수학, 귀국한 후로는 모교인 C지방대학에서 교편을 잡고 있음. 1남 2녀를 두고 있으며 활동 범위가 넓지 않고 어떤 학회에도 등록하고 있지 않으며, 가입하고 있는 단 하나의 단체는 전국바둑동호인협회. 저서로는 『식물학의 역사』 『C지방 쌍자엽 목본식물 분포지』가 있으며 10여 편의 논문을 발표했으나 별다른 주목을 받지 못함. 최근 국제 학술 잡지인 『신식물학지』에 기고한 「크리잔테뭄 물티오도라툼 바파의 생리학적 접근」은 화본과 식물에 대한 그의 첫번째 논문임.

K씨, L씨도 각자 약간의 시간적인 간격을 두고 A라는 사람에 대해 이와 비슷한 정보를 전달받았다.

K씨는 약간의 진정을 되찾자마자, A라는 사람에게 긴 항의 편지를 쓰기 시작했다. 연구의 엄격성과 투명성에 대해 비장한 어조로 서술하는 편지를. 자신이 이미 발표한 바 있는 논문의 반 이상을 귀하의 논문에서 발견하게 되어 유감스럽기 짝이 없으며, 공식적인 사과와 이런 윤리적 실수에 대한 수정이 조속한 시일 내에 이루어지지 않는다면 후대를 위해 법적으로 대응하는 방법도 고려하고 있다는 내용의 긴 편지였다.

그는 그것이 일생에 쓴 편지 중에 가장 장엄한 감동을 일으키는 편지가 되기를 바랐다. 그는 사후에 누군가 이 편지를 발견했을 경우 그 감동을 더욱 진하게 하기 위해 마지막으로 문장의 몇 군데를 수정하는 정열을 보였다. 봉투에 넣기 전에 그는 편지의 내용에 걸맞은 낮은 목소리로 처음부터 끝까지 소리내어 읽어보았다. 마침 그때, 바람국화의 향기가, 십수 년 전의 어느 날, 바로 지금과 유사한 상황에서 그가 써놓고 끝내는 보내지 않았던 한 편지에 대한 기억을 상기시켜, 그의 목소리는 거의 울먹이는 것이 되었다. 그러나 그는 편지를 계속 읽어 내려갔다.

L씨는 행진곡 모음집 음반을 얹어놓고 볼륨을 최대한도로 높였다. 그리고 턱을 고이고 이 음악이 야기시키는 강렬한 감흥에 자신을 내맡겼다. 질서와 반복의 아름다움. 이것이 L씨가 모든 종류의 행진곡을 좋아하는 이유였다. 하! 크리잔테뭄 물티오도라툼 바파라고? 그것은 크리잔테뭄 코레아눔에 비해 정말로 안목이 짧고 미적으로 건조한 이름이 아닐 수 없었다. A는 이런 행진 음악이 무엇인지를 모르는 자임에 틀림없지 않은가. 그는 질서를 깨뜨리는 부류들을 의심하고 처단하고자 하는 평소의 내적인 사명감이 음악으로 배가되어 천둥 같은 북소리로 변해 그의 심장을 두드리는 것을 느꼈다. 그러나 A라는 작자가 어떤 질서를 깨뜨린 것인지에 대해서는 구체적으로 말할 수 없었다. 그는 그 점을 스스로에게 해명하기 위해서 올려놓은 음반을 듣고 또 들었다. 그는 진정으로 반복을 좋아했기에.

바람국화에 대해 불던 바람의 역풍은 그만큼 순식간에, 그만큼 이해할 수 없는 강도로 불어닥쳤다. 아무도 그 역풍의 진원지에 대해서는 알 수 없었으며 말할 수도 없었다. 그 진원지가 여럿으로 분산되어 있어 구태여 한 곳만을 따로 지적해내기가 어려웠기 때문이다. 그것은 모든 바람이 그런 것처럼 아주 자연스러운, 자생적인 에너지로 뭉쳐져 휘몰려오는 것만 같았다.

그것은 군락지만을 제외한 전국의 지역으로 사막의 열풍만큼이나 빠른 속도로 불어와 한순간에 대상의 길을 모래로 뒤엎어 둔덕으로 탈바꿈시키듯이, 모든 사람들의 영혼을 뒤집어놓았다. 운이 좋은 사람들의 정원이나 거실에, 창틀이나 서재에 놓여 그들 공간의 주인을 끝도 없는, 달콤한 몽상에 사로잡히게 한다던 그 동일한 바람국화에 대한 수많은 다른 소문들이 여름밤의 부나비처럼 사람들의 입에서 입으로 나부끼며 퍼져나가기 시작했다.

그윽한 고요의 내성을 촉구한다던 바다향, 불안한 정신을 위무해준다던 구름향, 냄새를 맡으면 천상의 무희의 비파 소리를 듣게 된다는 호하향에 대해 사람들은 이제 그 향기들이 인체와 정신 건강에 끼치는 위험에 대해서 사례들을 늘어놓았다.

어떤 이는 바람국화가 마약 성분이 함유되어 있는 양귀비의 변종이라고 주장하기도 했다. 그 예로 바람국화를 구하기 위해 부모의 지갑에 손을 댄 한 사춘기 소녀의 불안정한 행각을 들었다. 천식과 노인성 치매 혹은 비뇨기 치료에 효능이 있다던 바람국화 줄기의 수액, 꽃잎과 수술의 혼합 농축액과 뿌리는, 그 동일한 성분 속에 위경련이나 신경증 또는 변비를 강화하는 요소들이 함유되었다는 소문들 또한 사람들로 하여금 바람국화를 바라보는 일조차 꺼리게 만들었다.

어떤 잡지에서는 바람국화 재배자의 과거 사진과 현재 사진을 비교 설명하면서 바람국화가 함유하고 있는 어떤 요소 때문에 바라보거나 냄새를 맡기만 해도 탈모를 촉진한다는 경고성 기사가 실리기도 했다. 건강청이 바람국화의 부정적 효능에 대한 진상 조사에 나설 것이라는 풍문, 그 결과에 따라 곧 바람국화 군락지를 폐쇄할 것이라는 소문도 역풍의 속도를 배가했다.

그즈음에 한 신문의 학술란에는 「오랜 이별, 뜻깊은 해후」라는 제하에 손을 맞잡고 찍은 세 사람의 전문가의 사진과 최근에 공저로 출판된 『바람국화 연구』에 대한 기사가 실렸다. 기사는 지난 10여 년 동안 경쟁 관계에 놓여 소원했던 K씨, L씨, M씨가 연구실이나 실험실에만 머물지 않고, 대국적인 관심사로 오래전에 부상한 일명 바람국화라는 식물에 대한 수많은 오해를 불식하고 건전하면서도 미래적인 방향을 제시하기 위해 뜻깊게 만나 공동 연구를 하게 된 배경에 대해 극찬했다. 기사는 L씨와의 대담의 한 구절을 이렇게 인용했다.

바람국화라는 하나의 연구 대상에 대한 공통의 관심과 시각의 통일성이 그사이 다소간 소원했던 우리들의 공동체 의식을 자극해 이 책을 같이 출판하게 되었습니다. 말하자면 이 문제의 바람국화는 우리 세 사람에게는, 역설적이게도, 평화와 화해의 상징이 되어버린 셈이지요. 뭐니뭐니 해도 M씨와 저는 동향이고 또 저와 K 선배는 같은 스승의 지붕 밑에서 공부한 형제 같은 사이지 않습니까.

바람국화의 생리에 대한 연구가 저서의 전반부를 차지하고 있다면 후반부는 그사이 겁 없이 진전된 그 식물의 다양한 분야의 활용의 가능성의 타진이 얼마나 허구적이며 비과학적인가를 우회적으로 암시하는 사례들을 제시하고 있을 뿐이었다. 그럼에도 불구하고 이 저서의 출판과 그에 대한 작은 기사는 시기적으로 적절하게 발표되어, 마치 이 책이 그사이 바람국화의 역풍속에 퍼져나가던 수많은 소문들이 근거 없는 낭설에 머무르지 않고 정석화된 설로 자리 잡는 데 커다란 역할을 한 것으로 사람들에게는 인식되었다.

그 커다란 역풍의 회오리 속에서 A씨가 기고한 반론은 별다른 주의도 끌 수 없었음은 물론이고, A씨의 바람국화 옹호론은 그사이 상당한 비용을 투자해 바람국화 관련 사업을 추진하는 측과의 공모설을 나돌게 했을 뿐이었다.

바람국화나 바람국화를 활용해 그토록 잘 팔려 나가던 물건들의 판매를 금지할 필요조차 없었다. 과거의 열정적인 구매자들이 나서서 손해배상을 요구하고 나섰기 때문이었다. 그중에는 선천적 탈모증자, 만성 심장병 환자 등 바람국화와는 무관한 상당수의 기회주의자들도 끼여 있어 역풍의 잔인한 여파는 재배자들에게 법적인 책임을 묻거나 손해배상이나 구속 같은 파국에까지 이르지는 않았다.

다만 땅끝이 속한 군의 군민들은 지역의 발전과 환경보호를 위해 군락지 폐쇄를 요구하며 군청 앞에서 격렬한 시위를 했다. 군수는 조속한 시일 내에 그 요구를 들어줄 것을 약속함으로써 시위대를 해산시킬 수 있었다. 녹지대 휴양지 계획은 이제는 기정 사실로 자리잡았다.

역풍이 분 지 정확하게 일곱 달 만에 군락지는 폐쇄되었고, 바람국화라는 국화의 희귀 변종은 땅끝에서는 물론, 지구 위에서 자취를 감추었다. 그에 대해 남은 자료로는 발표된 이후 한 번도 국내에 정식으로 소개된 적이 없는 A씨의 논문과 군락지 소재 저지대병 환자이자 재배자들의 친구인 고 모씨가 썼다는 꽃글이 단 한 편 남아 있을 뿐이었다.

『바람국화에 관한 모든 것』이라는 저서를 집필하기 시작하면서 바람국화의 마른 잎을 탈색, 압착해 종이처럼 만들어 바람국화 꽃잎의 자주색에서 잉크를 추출해 써나간 그의 공책은 바람국화만큼 생명이 그다지 길지 못했다. 역사에 길이 남을 만한 기이한 책을 계획하던 필자의 의도와는 무관하게, 어느 날, 이 공책은 누군가에 의해 어처구니없이 도난당했다. 그 이후 그의 기이한 이파리 종잇장들은, 역풍과는 무관하게 천천히 소멸되는 운명에 처했다. 치매 방지에 좋다는 옛 소문을 여전히 믿고 있는 노인들 사이에서 바람국화 잎으로 만든 이 공책은 비밀리에 유통되어, 심심파적 잎담배로 한 장 한 장 모두 불태워졌기 때문이었다.

9. 북극 여행

그날 밤, 바닷가의 어두움은 유난히 짙었다. 때아닌 폭풍이 불었으니까. 「트리스탄과 이졸데」가 해안 지대에 세워진 한 별장의 열어놓은 창문, 그 뒤의 불 꺼진 실내에서 새어나왔다. 그 실내에는 무섭게 몰아치는 비바람을 무서워하지 않는 듯, 한 사람이 창문턱에 걸터앉아, 폭풍 속에 간간이 모습을 드러내는 긴 해안의 곡선을 바라보고 있었다. 천지를 뒤흔드는 폭풍을 잠재우듯 나지막하고도 비장한 목소리의 혼성 이중창이 해변에 울려퍼지고 있었다. 두 연인의 듀오였다.

"오, 우리에게로 내려오라, 사랑의 밤이여, 우리의 삶에 망각을 부어, 우리를 너의 가슴에 받아들이렴, 우리를 세상에서 멀리 떼어다오."

멀리 해안의 동쪽으로부터 비틀거리듯이 작은 트럭이 한 대, 희미하게 흔들리는 불빛을 달고 유령처럼 해변으로 미끄러져 내려왔다. 트럭은 해변의 한가운데에 멈추어 섰다.

"성스러운 새벽의, 숭고한 예감, 너는 우리를 세상에서 벗어나게 해, 광기의 두려움을 없애느니……"

두 사람의 그림자가 트럭에서 내려왔고 검은 두 개의 그림자는 폭풍 속에서 간헐적으로 어른거리다가는 바닷속 더 짙은 어두움 쪽으로 움직여갔다. 손을 맞잡은 한 쌍의 그림자가 산더미처럼 몰려오는 파고 속으로 걸어 들어가는 것을 창틀에 앉은 사람은 본 듯도 했다. 가끔 격정에 휘말린 젊은 연인들이 폭풍 속의 해변을 찾지 않던가. 창가의 사람은 그다지 신경을 쓰지 않았다.

"가슴에 가슴을 맞대고, 입에 입을 맞대고, 단 하나의 숨결로 맺어진 이 결합…… 거짓의 빛이 밝히는 이 세상……"

강한 비바람이 한번 더 몰아치자 깜빡거리던 트럭의 흐린 불마저 아주 꺼져버렸다. 그러자 해변은 좀 전보다 더 짙은 어두움에 휩싸였고 「트리스탄과 이졸데」의 이중창만이 더욱 극성을 부리는 비바람에 대항이라도 하듯이 크게 울려퍼졌다. 저쪽 해변까지 이 노랫소리가 닿을까? 두 그림자는 다시 물에서 나왔을까? 창틀에 앉아 음악을 듣는 사람은 알 수 없었다. 그는 아무것도 볼 수 없었다.

"그러나 세상은 바로 나 자신, 기쁨의 숭고한 씨실, 사랑의 가장 성스러운 삶, 다시는 깨지 말고, 다시는 생각하지 말고, 이 온화한 욕망 이외에는 더 이상 가지지 않으리."

멀리서 번개가 쳤다. 하늘을 가르고 질주해오는 빛은 흰 볏을 세우며 몰려오는 파도 앞에 정박해 있는 초라한 빈 트럭 한 대를 잠시 비추고는 스러져갔다. 창가에 앉아 있던 사람은 음반을 바꾸러 안으로 들어갔다.

작은 트럭은 폭풍이 스러지고 햇살이 내리비추는 다음 날, 그다음 날도, 해변에 버려져 있었다.

아무도 그 트럭을 찾으러 오지 않았기에.

나침반과 낡은 지도, 꽃씨들이 널브러져 있어, 한동안 동네 아

이들의 놀이터로 쓰이다가, 해안 관리인에 의해 폐기 처분될 때
까지.

(1995)

밀랍 호숫가로의 여행

가을 들판이 이토록 아름답게 다가오는 것은 내가 외롭기 때문이다.

집 아래로 내려다보이는 두 갈래의 오솔길이 마주치는 곳에 마침 알맞게 고여 있는 연못에서 시선을 돌리기 어려운 이유를 나는 아직 자세히는 알지 못한다. 햇살은 따사하고 솜털을 가득 터뜨린 억새들이 저마다 조촐하게 화려하다. 이틀 내내 줄곧 동일한 풍경 앞에 앉아 있건만, 이 작은 연못, 이따금 몰려서 이리저리 하늘거리는 억새꽃 무리, 빛나는 은술을 바람에 날리며 외따로 떨어져 서 있는 한 그루 은사시나무부터 오색 단풍으로 어우러진 개암나무, 졸참나무 또 떡갈나무, 어느 나무 하나 한순간 멈춰 있지 않다. 이들이 들려주는 크고 작은 교향곡은 매 순간 다른 음조의 연주로 내 마음을 울려댄다.

그러나 내가 꼭 풍경에 몰두해 있었다고 말하기 어렵다. 내

귀는 풍경의 연주를 간간이 들을 뿐, 다른 편으로는 저쪽 더 아래 길 위에 나타날 차 한 대, 그 차가 언덕을 오를 때 닐 만한 귀에 익은 소리에 조금 더 기울어져 있다.

하루에도 대여섯 번 유리문 앞에 놓인 의자에서 일어서 문밖을 나서본다. 그렇지만 멀리 나아가지 않고 다시 집 안으로 들어온다. 이틀 동안 사람 하나, 차 한 대, 이 집만을 위해 난 언덕길을 오르지 않았다. 왜 이럴까. 새삼스레. 겨우 이틀인데.

남편은 이 낯선 집에, 말 그대로 나를 부려놓고 설명 하나 없이 다시 떠났다. 국도를 달리고 있을 때 휴대폰이 울렸고, 차를 길섶에 세워놓고 내린 그는 전화기를 귀에 댄 채 앙상한 소나무밭 사이로 걸어 들어갔다. 운전석으로 되돌아왔을 때의 그의 상태가 안정되었다고 말할 수 없었으나 그는 아무 일도 아니라고 나를 안심시켰다. 전화를 받아 든 그의 목소리의 어조로 보아 급한 용무로 누군가가 그를 찾았던 게다.

고불거리는 길을 지나 나타난 마을에서도 한참 들어가, 정말 갑작스럽다 싶을 만큼 정돈된 아름다운 풍경 속에 한 채의 집이 나타났을 때, 나는 모든 것을 잊었다. 차에서 가방을 내려놓고 서울서 가져온 음식과 장 봐 온 물건들을 채 풀기도 전에, 아니나 다를까, 남편은 집 안을 제대로 살펴보지도 않고 곧 돌아온다며 황망히 떠났다. 하루는 집과 주변의 자연과 친해지느라 금방 지나갔다. 곧 갈 수 있을 것 같다,라는 마지막 전화가 걸려 온 것이 벌써 이틀 전 일이 되고 말았다.

나는 그리 겁이 많은 여자가 아니었다. 지금은 다르다. 불안하다. 아주 무섭지 않다고도 말할 수 없다. 외따로 아름답게 꾸며진 풍경 뒤에는 다소간 불안이 숨어 있다. 언덕 너머 저 뒤로 집이 두서너 채 있다고 들었지만 직접 보지도 못했고 언덕의 어느 언저리를 넘어서 가야 하는지도 모른다. 도로에서 거의 2킬로미터나 떨어진 외딴집에서 내게 낯설지 않게 된 것은 기껏해야 이 넓고 안락한 실내와 마주 보고 있는 저 밑의 풍경뿐이다. 이렇게 구체적으로 불안과 두려움을 키우는 이유는 무엇인가. 나는 피식 나오는 웃음을 막기 어렵다. 대체 내가 무서워할 것이 무엇이 있겠는가. 인간은, 언젠가는 생에 대한 모든 원시적 두려움이 사라지겠지, 하는 기대를 가지고 살아간다. 그러나 그럴 만한 날이 되어도 또 이런 식으로 두려움거리를 지어내고 있지 않은가.

"한국에도 이런 데가 있을까 싶을 만큼 아름답다는 거야. 오붓하게 며칠 쉬다 오자구. 어때, 괜찮겠지. 당신 고향에서도 멀지 않아."

고향 근처에 있는 그토록 아름다운 곳? 믿지는 않았지만 조르는 듯한 남편의 제안에 나는 무리를 하기로 했다. 하긴 둘이서 여행을 떠나지 못한 지 오래되었다. 아니, 여행을 싫어하게 된 지가 아주 오래된 것 같다.

나는 우리가 쉬러 온 집이 누구의 집인지 알지 못한다. 친구를 통해 빌렸다는 이 집의 주인을 남편 또한 한 번도 본 적이 없다고 했다. 도착한 날까지 쳐 겨우 사흘째이고 이 집의 구석구석을 탐사한 것도 아닌데 나는 벌써 이 장소에 기이하게 익숙한 느낌을 받는다. 과장 없는 실내장식, 안온한 가구의 배치가 사람을 끌고 받아들이는 집이다. 아닌 게 아니라 이 집을 이런 식으로 방문하고 이 집이 제공하는 풍경과 안락함을 누린 사람은 우리뿐이 아니다. 다탁에 놓인 방명록에 많은 사람들이 집주인의 관대함과 집의 편안함, 집 주변의 아름다운 자연에 대해 감사와 경탄으로 가득 찬 말들을 남겼다. 이 계절에 이르러 가히 최상의 풍경을 연출하는 산속에 이토록 안락한 집을 지어두고 사업 때문에, 게다가 여행광으로 한 해의 반 이상을 외국으로 떠돌아다닌다는 이 집의 주인은 대체 어떤 사람일까.

몇 년 전이었다면, 나는 내려앉는 저녁을 기다리며 창 앞에 앉아 있지만은 않았을 것이다. 나는 언덕을 걸어 내려가 억새대를 꺾느라 손바닥이 불그스름해졌을 것이며, 5리 길을 마다하지 않고 아랫마을로 내려가 사람들과 말을 텄을 것이다. 반나절의 교류 혹은 10분, 한 시간의 평범하고 무책임한 공유는 아무나 누리는 것이 아님을 이제 나는 안다. 내가 삶보다 죽음에 더 가까이 있다는 것을 매일 아침 확인하면서 삶에 미소를 보낸 지가 벌써 3년이 넘어가고 있다.

지난 이틀 동안 나는 물론 여러 번 남편의 휴대폰으로 전화를 걸었다. 여러 번이라고는 하지만 나의 마음이 시킨 횟수의 10분의 1도 되지 않는다. 그러나 통화는 하지 못했고, 어찌 된 일인지 음성 녹음을 하라는 목소리도 들려오지 않은 채 끝날 것 같지 않게 벨소리만 울릴 뿐이다. 한번은 열다섯 번까지 세면서 통화를 기다렸지만 결과는 마찬가지였다.

젊어서나 지금이나 우리는 서로를 호들갑스럽게 찾을 일이 없었고, 상황이 부여한 그러한 무덤덤한 관계가 일생의 습관이 되었는데 지금이라고 달라질 리는 없다. 우리는 약사였고, 같은 약국에 고용되어 일하다가 만나서 결혼까지 하게 되었다. 물론 그는 나보다 6년이나 위였기에 기반이 나보다 탄탄했다. 우리는 결혼한 뒤 둘이서 열심히 돈을 모아 독립했고, 약국을 하나 경영할 수 있었으므로 거의 같이 붙어 있었다고 보는 것이 좋다. 물론 우리 생활의 모든 단계가 순탄치는 않았다. 특히 우리의 결혼은 내 편의 미성숙한 망설임으로 인해 지난한 과정을 겪었다. 우리가 부부가 된 것은 남편의 말마따나 그의 꾸준한 인내심 덕분이었다.

우리 부부가 젊었을 때 주변의 어른들은 '다복한 부부'라고 칭찬해주었다. 그 당시 일찍이라고는 할 수 없어도 이십대 중반을 넘기자마자 결혼해, 탈 없이 아들 하나에 딸 하나를 가졌다. 두 아이가 어른들의 마음에 드는 언동을 잘 익혀주었던 점, 집에서 멀지 않은 약국문을 나란히 서서 열고 닫는 젊은 부부를 보고 하던 말이었으리라. 남편은 담담하고 말은 없는 편이나 일면 취미 생활에는 열정적인 면모를 보여 우리 집에는 늘 난이며 분재며 화초가 즐비했고, 지금은 멈추었지만 한때 여가 시간을 쏟아부으면서 모으던 수석들 또한 나로 하여금 이사 같은 것은 엄두도 내지 못하게 했다.

협소하고 낡은 변두리의 단독주택에서 나의 모든 행복, 불행이 엮어졌다. 좀더 나은 환경을 갈구하면서도, 내 앞에서 감히 한 번도 이사 얘기를 꺼내지 않은 남편, 때때로 불평은 했으나 열심히 나를 위해 집수리를 하다가 장가들면서 지방으로 간 아들, 두 사람 모두에게 나는 늘 감사하는 마음을 가지고 있다. 이 또한 남편의 말년의 취미 생활로 보아주어야 할지, 친구의 꼬임으로 말려든 증권 장난의 불행한 여파로 약국을 팔 수밖에 없었어도 남편을 원망하지 않은 것도 부분적으로는 그런 고마움 때문이다. 우리는 늙어가고 있었고, 어차피 경제 한파가 우리 낙후한 약국에 닥치기 전에 약국을 처분할 수 있었던 게 다행이 아닌가,라고 스스로를 다독거렸다. 증권 장난의 불을 끄고 남은 돈 덕분에 집을 깨끗이 수리한 것도 좋은 일 아닌가.

그러나 누구라도 우리 집이라는 것을 알아볼 수 있을 정도로 최소한만 손을 댄 집수리. 왜냐하면 바로 그 집에서 우리는 거의, 정말 거의 다 키워놓은 딸애를 잃었기에. 아니, 그렇게 말하는 것은 정확하지 않다. 막 열네 살 생일잔치를 마치고 방학 동안 떠난 어학연수 여행에서 아이는 사라졌다. 연수 프로그램의 일정에 포함되어 떠난 강가에서 딸애는 익사했다. 그렇게 연락을 받았다.

감히 지명을 입에 올리기도 두려운 그 장소를 나는 선명하게 세부까지 기억하고 있다. 내 딸을 태운 버스가 스쳐 간 마을, 내 딸이 부재하는 강가, 내 딸을 삼킨 강, 그 강안에 때도 없이 흐드러지게 피어 있던 억새풀 더미…… 딸애의 시신은 끝내 찾지 못했다. 거대하다는 나라의 크기답게 검은 강 또한 광대하게 깊었고, 물살은 음험했다.

나는 딸애의 실종을, 죽음을 한순간도 믿지 않았다. 나는 딸애가 돌아올 것을 믿어 의심치 않았기에, 딸애의 열네 살 생일 잔치를 했고 또 먼 여행을 위해 여행 가방을 준비해준 그 집에서 한 걸음도 다른 곳으로 옮길 수 없었다. 그사이 상황은 많이 변했지만 나는 아마도 내가 죽기 전까지는 그 집을 떠나지 않을 것이다.

다른 사람들이 더 이상 우리 부부를 바라보며 '다복한 부부'라고 부르지 않는다고 해서 마음 상할 것이 없는 나이에 다다랐다. 게다가 그런 말을 해줄 만한 어른들은 모두 죽어 사라졌고, 요즈음의 젊은이들은 더 이상 그런 말을 입에 올리지 않는다. '다복'이라니! 개성이 없고 촌스럽지 않은가. 단 한 가지의 행복이라도 붙잡을 수 있다면 그나마 횡재에 속하는 어두운 세상을 그들은 맞이하고 있으니 오히려 내가 그들을 동정해야 할 판인지도 모른다.

억새꽃 때문이다. 억새꽃이 내게 기억의 먼 우회로를 걷게 했다. 딸애가 열네 살이던 그 오래전까지의 먼 길을. 지금은 이름도 가물가물한 그 먼 나라의 긴 이름의 강안에서는 그것마저 살지게 뭉텅이 져 피어 있던 억새꽃.

이틀 내내, 때때로 내 시선을 온통 삼키듯 잡아끄는 저 연못가의 수줍은 억새꽃 사이에서 딸애는 여전히 앳된 소녀의 얼굴로 때도 없이 걸어나왔다. 그리고 장면이 예고도 없이 바뀌어, 나는 흐른 시간에 대한 조금의 고려도 없이, 오래전 그 애가 떠난 낡고 작은 우리 집 대문을 밀고 들어가는 딸애의 뒷모습을 본다. 어느 날 귀가하던 중 앞서서 고개를 숙이고 걷던 딸애의 우울해 보이던 뒷모습. 그 애는 자신의 짧은 생애를 감지했기에 어두웠던 걸까. 이미 마음대로 되지 않는 세상에서 자아에 눈뜬 사춘기의 단순한 우울이었을까. 나는 하필 딸애의 이런 뒷모습이 또렷이 되살아나는 것이 늘 못마땅했다.

3년 전, 나는 딸애가 실종된 것도, 언젠가는 되돌아올 먼 길을 떠나기 위해 사라진 것도 아니라는 것을 받아들이기로 했다. 물론 내 마음속에서 결정된 것이니 누구에게 말할 필요도 없었다.

"여보, 이제 그만 미현이 죽음을 받아들이기로 했어"라고 말이다.

이렇게 남편에게 말했다면 그는 또 얼마나 기절초풍을 했을 것인가. 그는 딸애가 사라진 후 얼마 동안 나를 강타했던 간헐적 섬망 증상이 재발된 것으로 생각하고 심각하게 치료를 제안했을지도 모른다.

내 주변의 사람들은 내가 딸애의 죽음을 받아들이는 지난한 과정을 겪으면서 불치의 병에 걸려버린 것이라고 생각한다. 내 생각은 다르다. 아무도 모르는 채로 이미 병인이 나를 깊숙이 엄습했기에 나는 다가오는 나의 죽음과 함께 그 애의 죽음을 받아들인 것이리라. 누군가는 내가 영혼의 세계에서 그 애와의 재회를 꿈꾸는 것이라고 말할는지도 모른다. 글쎄, 나쁜 생각은 아니지만 그게 병의 원인이 될 수는 없을 것 같다.

나이가 들면서 배우게 되는 것 중 하나는 자신에 대한 어떤 분명한 지식도 그다지 유효하지 않다는 것이다. 그보다는, 자신이 어떠한 사람인가에 대해 더 이상 그다지 고정된 생각을 갖지 않는다는 게 더 적절한 표현일지. 나라는 사람에 대한 지식을 조금씩 버리게 되는 거라고 한정해 말하는 것이 더 적합할지도 모르겠다.

시야 가득 가을 숲과 들판만 들어차 있는 이곳에 버려둘 것을 남편은 왜 그토록 나를 이리로 데려오고 싶어했던 걸까. 대한민국에도 이런 곳이…… 운운하던 것은 과장이다. 아름답기는 하지만 집도 자연도 소박하게 아름다울 뿐이다. 하기는 남편은 약국을 처분한 후 더 분주해졌던 것 같다. 낚시하랴, 친구 일 도우랴, 동창회 일도 맡기면 맡으랴, 집을 비우는 날이 많아지는 것을 늘 미안해했지만 그렇다고 습관이 바뀌지는 않았다. 누군들, 더 이상 젊지 않은 아픈 아내와 더불어 낡은 집에 갇혀 있길 원하겠는가. 나는 그의 분주함이 두려움과 공허에서 비롯됨을 잘 알고 있다. 어느 날 남편이 시내의 다방에서 골똘한 표정으로 혼자 앉아 있기에 감히 말을 붙이지 못했다는 조카애의 전화가 아니어도 그의 상황이 내 일처럼 짚어질 정도로 우리는 오래 같이 살아온 것이다. 조카애와 통화를 마치고 나는 한참을 흐느끼며 울었다.

집 근처 나무들 사이를 분주히 돌아다니던 다람쥐가 숨어버린 후, 덥혀지는 대기 속에 날벌레의 시간이 온 모양이다. 보는 이를 마비시키려는 것처럼 미세한 변주로 그 앞에 붙잡아두는 풍경을 등지고 나는 단호히 일어선다. 또 다른 하루를 먼산바라기로 보낼 수는 없는 것이다. 나는 정작 남편이 돌아오기를 기

다리는 것인지, 아니면 딸애가 억새풀 사이로 걸어나오는 환상
이 되풀이되기를 기대하는 것인지 마음의 경계가 몽롱해져, 이
제 막 뺨 절벽을 지나 턱 쪽으로 하강하는 눈물방울의 대열을
저지할 엄두도 내지 못한 채로 엉거주춤 풍경을 등지고 한참을
서 있었다. 머지않아 홀로 걸어 들어가야 할 죽음의 길보다, 남
편의 며칠의 부재에 더 외로움을 타는 일을 멈추지 못하는 것,
그것은 내가 아직 삶의 질서에 가깝다는 증거가 아닐는지.

　전시장 안은 혼잡하지 않을 정도의 사람들이 들어왔다가는
나가곤 했다. 나는 무릎을 가지런히 모아 되도록 방해가 안 되도
록 몸을 작게 하고 앉아 이미 한 바퀴 돌아본 그림들에 다시 시
선을 준다. 〈시간과 공간의 명암전〉? 제목은 내게 더 모호할 뿐
이다. 검은색과 갈색이 주조인 형상도 색의 경계도 불분명한 그
림을 찬찬히 훑어보아야 이런 것이 추상화라는 건가, 하는 아련
한 생각만 멍하니 떠올랐다. 무릎에 펼쳐놓은 책자 속 그림 설명
은 아예 머릿속에 들어오지도 않아 도움도 되지 않는다. 다만 나
는 화가의 투명하면서도 화사한 사진으로 자꾸 되돌아온다. 집
안 사정만 괜찮았어도 나 또한 미술 학도가 되었을지도 모르지
않는가. 한때는 그림 그리는 것을 퍽 동경했다. 또 잘 그린다는
소리도 적잖이 들었다. 그러나 조금 재주가 있다고 그 길을 고집
했다면 어찌됐을까. 일찌감치 다른 길 찾기를 잘했다는 생각이
평화로운 안도의 상태로 나를 인도한다. 이런 식으로 나는 내가
맞을 미지의 세상에 대해서도 평화로운 미소를 보낸다.

"누구에게 그런 미소를 보내는 거야? 보는 사람 마음 흔들리네."

친구는 키가 훌쩍 크고 건장한 체구의 젊은 여성을 데리고 와서 인사시킨다.

"얘가 명혜다. 우리 집 첫째. 고등학교 입학할 때 본 후 처음이지? 그렇게 말렸는데도 이 어려운 화가의 길로 들어섰구나, 글쎄."

서늘한 눈매의 젊은 여성이 탐스러운 머리카락이 파도칠 정도로 깊이 머리를 숙여 인사한다. 굵게 굽이치며 어깨를 덮은 파마 머리 위로 귀밑 1센티미터의 머리 길이를 유지한 단아한 단발이 겹친다. 탐스러운 젊음이 나를 향해 활짝 웃자, 나는 그때에야 왜 내가 이 생소한 장소에 예고도 없이 와 앉아 있는가를 알아차렸다.

집을 떠날 때 소일거리로 사 온 주간 시사지에서 T시에서 열리는 〈강명혜 개인전〉 소식을 읽고, 딸과 같이 산다고 전해 들은 고등학교 동창에게 축하 전화를 할 때만 해도 나는 친구 딸의 전시회장까지 오게 될 줄은 몰랐다. 친구가 데리러 오겠다고 했을 때, 나는 그저 오랜만에 한때는 가까웠던 동창을 만나 얘기를 나누는 것이 기다리는 무료함보다 나을 거라는 생각에 미안함을 무릅썼다.

딸애를 친언니처럼 잘 따르던 명혜, 어느 날. 딸애가 이미 없던 어느 날 저녁, 작은 가방을 양손으로 앞으로 모아 쥐고 노란색이 도는 문간 전등 밑에서 눈물 가득 고인 눈으로 나를 딱하게 쳐다보던 소녀. 딸애와 두 살 터울이 지는 명혜가 얼마나 멋진 성인이 되어 있는가를 나는 보고 싶었던 것이다. 분명히 의식에 떠오르지 않은 것은 물론, 발설되지 않은 이 숨겨진 욕망이 나를 이리로 이끈 것을 알고 나는 할 말을 잃고 말았다.

명혜는 앞자리에 앉아 생글거리며 웃는다.

"아주머니는 하나도 안 변하셨다면…… 거짓말이구, 참 보기 좋은 아주머니가 되셨네요!"

"고마운 말이구나. 너도, 아주 멋지고……"

무슨 단어를 택할까 망설이고 있는데, 젊고 유망한 화가는 엄마 친구와 한가로이 담소를 나눌 시간이 없다. 뭔가 명혜가 두고두고 기억할 말을 해주고 싶었는데, 방문객들이 서둘러 명혜를 요청한다.

"걱정이야, 저 나이에 독립할 생각도 하지 않고. 얘! 주변에 좋은 자리 있나 신경 좀 써줘. 네 딸이라 생각하고."

친구는 갑자기 침묵한 후, 화제를 바꾼다. 친구는 알고 있다. 나에 대한 지나치다 싶을 정도의 배려, 내 안색을 살피는 태도로 보아 친구는 이미 나의 병에 대해 자세히 들었음에 틀림없다. 잘된 일이다. 그 길고도 지루한 병의 정황과 진전에 대해 자세히 이야기하지 않아도 되니. 그사이 소원해진 우리의 관계도 다행스럽다. 만약 예전 같은 친밀함이 유지되었더라면, 친한 친구에게 어찌 생명에 관계된 일을 고백하지 않을 수 있겠는가. 우리는 건강에 대한 주제는 되도록 피했다. 그 외에도 할 얘기는 얼마든지 있다. 자식 얘기, 집안 얘기, 여전히 고향에 살고 있는 동창들 얘기.

나는 뒤늦게 목적을 깨닫고 그에 충실하려는 사람처럼 명혜를 시선에서 놓아주지 않는다. 명혜는 젊은이답지 않게 불필요한 몸짓을 하지 않겠다는 듯, 거의 부동의 자세로 한 그림 앞에 서서 상대방을 향해 말한다. 표정은 세련되었으며 편안하다. 그런 명혜가 나는 정말 마음에 든다. 작은 가방을 들고 고등학교 입학시험을 치르러 서울 엄마 친구네 집으로 올라온 명혜는 그때 나흘을 우리 집에 머물렀다. 친척 집을 놔두고 명혜가 우리 집에 묵기를 원했다고 친구는 말했었다. 시험을 앞둔 어느 날 저녁, 딸애 방에 앉아 두꺼운 수건에 얼굴을 묻고 울음소리를 죽이며 울고 있는 명혜를 보았다. 나를 향해 고개를 든 명혜에게서 같이 슬픔을 나누자는 눈물의 초대를 읽었다. 왜 나는 같이 바닥에 앉아 명혜를 딸애 대신 부둥켜안고 울지 못했던가. 스스로에게 부과했던 어른의 역할이란 지금 생각해도 얼마나 보잘것없었던지 나는, 시험 볼 사람이 울면 눈이 아파 쓰겠냐면서 눈의 부기를 가라앉히는 약물 조치를 해준 게 다였다.

친구가 준비해준 차도 다 마셨고, 동창들 얘기도 바닥이 났으며, 젊은 화가는 전시회 주인공답게 쉴 틈이 없다. 이럴 때 실용성보다는 실내를 꾸미기 위해서 전시회장에 마련된 손님 접대용 소파를 오래 독점하는 것보다 더 미련한 일은 없다.

"우리 언제 또 만나나? 명혜 다음번 전시회 때 만나기로 하자."

나는 지키지 못할 확률이 더 많은 약속을 날리고 일어선다. 친구도 명혜도 차로 데려다주겠다며 나서지만 나는 시내에 볼

일이 있는 남편과 연락해서 들어가기로 했다고 거짓말을 하고 전시회장을 빠져나온다. 다행히 두 사람이 맞이해야 할 귀중한 손님이 막 도착해, 아마도 마지막이 될 우리의 결별은 예식 없이 끝난다.

태어나고 자란 T시. 그러나 감흥이 없다. 방금 나온 전시장이 있는 거리의 저 끝 모퉁이에는 공교롭게도 이 도시에서 가장 큰 약국이 자리 잡고 있었다. 나의 부모는 우리 부부가 내려와 그 약국에서 일하는 것을 보는 것이 소원이었다. 그러나 부모의 소원이라는 것, 애초에 그건 자식의 소원과 배리背離되기 일쑤다. 고향에 내려와 사는 것은 고사하고, 약국을 경영한 그 긴 세월 동안 내가 고향에 내려온 것은 열 손가락으로 꼽을 수 있을 정도로 드물었다.

나는 잠시 걷기로 한다. 시외버스를 타고 산속 집에 가까운 면에 내려 택시를 타리라.

조촐한 소도시였던 고향은 크기가 늘면서 모든 것이 변해버렸는데, 버스 정류장에는 코스모스가 지난 시간의 흔적처럼 미안한 기색을 띠고 피어 있다. 나는 정류장에 마련된 의자에 앉을 생각을 하지 않고 따사한 기온이 하강하는 것이 느껴지는 오후의 햇살을 받으며 가만히 엄습하는 통증과 어지럼증을 제어한다. 이렇게 서 있다가 홀연히 연기 같은 것으로 변해 허공에 흩어지는 것이 죽음이었으면. 벌써 두 대나 버스를 보내고 나는 엇비슷이 내려오는 오후의 햇살 속에 결이 드러나는 코스모스 꽃잎에 코를 박고 비릿한 생물의 냄새를 맡는다.

옛 지방 도시의 정경을 완성하려는 듯, 거칠고도 급작스레 정류장을 지나쳐 멈춘 버스는 한 무리의 교복 입은 학생들을 와자지껄한 소음과 함께 쏟아놓는다. 중학생들, 기껏해야 고등학교 1학년 정도의 어린 학생들. 아직 성인의 육체의 배분을 갖추지 못한 몸이기에 신선함을 주는 소년 소녀의 무리 끝에 딸려 나오듯 앳된 여교사가 내렸고, 그 뒤로 반백의 꼬장꼬장한 용모의 초로의 신사를 끝으로 내려놓고 버스는 떠난다.

여선생이 도저히 제어될 것 같지 않은 학생들을 기적처럼 한자리에 모아놓는다. 그들 앞에 바짝 마른 초로의 신사가 선다. 저 남자는……? 나는 못 할 짓이라도 저지르다 들킨 사람처럼 가슴이 뛰는 것을 느끼며 정류장에 서 있는 사람들 뒤로 몸을 숨겼다. 여교사가 학생들에게 또박또박 주의 사항을 전달한다. 교감선생님을 대동한 선배 화가의 전시회 관람. 잊고 있었다. 아무리 커진 것처럼 보여도, 이 소도시에서 아는 사람을 만나는 일은 서울 같은 대도시보다 빈번하게 일어날 뿐 아니라, 또 그것이 정상이라는 것을.

내가 서 있는 곳에서도 옆얼굴이 또렷이 보이는 교감은 체구가 왜소해진 듯하고 많이도 늙었지만 잊을 수 없는 얼굴이었다. 다시 보아도 마찬가지다. 나는 대충 나이 계산을 해본다. 오십대 중반이기에는 많이 늙었다. 뒤늦게, 아주 뒤늦게 결혼을 했다고 들었다. 거의 30년 전 그 밤, 얼마나 다급했으면 야밤에, 약혼녀의 사촌에 불과한 나를 찾아와 절규했을까. 사랑하는 사람을 찾아달라고. 두 달 후면 내 사촌 여동생의 신랑이 될 사람이었다. 나는 그들이 열애 끝에 마침내 결혼 날짜를 잡은 줄로만 알고 있었는데, 나의 사촌 여동생은 어느 날 흔적 하나 남기지 않고 어디를 보나 그에 못 미치는 한 유부남과 야반도주를 감행했던 것이다. 그가 다른 사람 아닌 바로 나를 찾아왔기에 그 소식을 식구들에게 알리는 어려운 숙제도 내게 떨어졌다. 그 당시 철없기는 마찬가지였던 내게, 사촌이 나한테만은 진실을 말했을 거라며 도망가 숨어 있는 곳을 알려달라고 막무가내로 떼를 쓰던 젊다 못해 앳된 한 남자의 딱한 행색이 생생하게 되살아난다. 세상에 태어나 그때의 그 젊은이처럼 한 번쯤 저 깊은 곳에서 기쁨으로건 절망으로건, 누군가를 사랑한다는 절규를 원 없이 터뜨려본 사람은 그것만으로도 풍요한 사람이다,라는 생각을 하며 나는 학생들 뒤를 따라가는 교감을 바라본다.

뒷짐을 지고 허청거리는 걸음으로 느리게 걷는 바짝 마른 초로의 신사. 나는 그에게 다가가 나를 기억하고 있느냐고 묻고 싶다. 이제 우리는 과거의 폭풍과 같던 사건들을 담담히 떠올리고 화제로 삼을 만큼 충분히 살지 않았나요?라고 덧붙이면서 말이다. 지방 도시 사립학교 교사로 시작해 여일한 직장에서 반평생을 보낸 그의 내면에 대해서는 알 길이 없다. 그러나 저토록 많이 노쇠한 육체는 과거의 고통의 흔적일까, 아니면 어느 사람에게는 더 빨리 진행되는 자연스러운 시간의 여정 때문일까. 아마도 그의 경우는 후자일 것만 같다. 좌중에 섞여 있을 때 유난히 또렷하게 드러나던 그의 젊음이 유별났기에.

사촌 여동생은 무성한 소문만 남긴 채 한 번도 집안사람 앞에 나타나지 않았다. 지금까지 사촌여동생을 본 사람은 없다. 한참 동안 집요하던 집안 사람들의 추적도 몇 년이 지나 시들해졌고, 가끔 사촌의 소식을 궁금해하는 사람들은 '무소식이 희소식'이라는 식으로 얼버무리게 되었다. 사촌에게서 버림받은 지 수년이 지난 즈음의 고향 거리에서 나는 그를 본 적이 있는데, 외양의 변화가 없었어도 한두 마디 어색하게 나누면서 바라본 눈빛의 어딘가에서 나는, 저대로 두면 큰일나겠다, 싶은 가슴이 덜컹 내려앉는 느낌을 받았다. 그러나 그는 큰일을 잘 이겨낸 듯하다. 몸은 상했지만 그의 느리고 평화로운 발걸음에는 어려움을 견뎌내고 살아남은 사람의 격조가 있다. 그래서 내 마음속에서 메아리치는 그의 젊은 시절의 절규는 더욱 깊고 짙은 것이다.

또 한 대 버스가 도착했지만 차에 오르는 대신 그제서야 정류장에 마련된 의자를 발견한 듯 나는 빈자리에 주저앉는다. 초로의 신사는 학생들과 함께 전시회장 건물 안으로 막 들어가는 중이다. 그의 모습이 완전히 안으로 사라질 때까지 나는 시선을 거두지 못한다. 이제 그의 모습은 없다. 나는 마치 그가 다시 나오기를 기다릴 것처럼 의자에 주저앉았는데, 그의 모습이 시야에서 사라지자 모든 것이 순간 퇴색한다. 그가 다시 전시장에서 나오기를 기다리는 일, 그렇게 만나 허물없이 말을 건네고, 서로를 알아보고, 잊힌 과거의 사건 속으로 헤엄쳐 거슬러 올라가는 일이 덧없는 것으로 변모한다. 나는 다시 일어선다.

그를 우연히 만나고, 사랑한다고 외치던 그의 목소리의 메아리를 다시 한 번 들은 것만 해도 얼마나 커다란 횡재인가.

나는 방금 도착한 버스에 올라탄다. 미련 없이. 외출을 '감행' 하느라 두 배 분량으로 집어삼킨 진통제의 시효가 얼마 남지 않은 듯, 저 깊이 숨어 있던 어떤 기관에서 날카로운 손톱이나 가시 같은 것이 부드러운 위벽을 찌르면서 일어나는 기색을 나는 감지한다. 어느 때부터인가 통증은 내 일상의 익숙한 반려자가 되어 있다. 통증의 세기, 지속되다 사라지는 시간의 리듬의 세밀한 변주에 온 신경을 집중하다 보면 하루가 지나가는 것이다. 나는 차창에 기대 눈을 감고 그렇게 내 몸에 온 정신을 집중한다. 그렇게 또 하루의 지는 빛 속으로 들어가고 있다.

밤이 찬찬히 내려앉는다. 사흘 전 첫날, 이곳의 밤이 갑작스레 다가온다고 느꼈다. 안개 때문이었다. 남편이 황망히 떠난 후 언덕을 가득 채우며 피어오르는 안개에 낮과 밤이 갈리는 시간의 경계가 스러져버렸다. 어느 한순간 가까이서 멀리서 한 떼의 동물들이 일제히 울음을 울어 겁이 났다. 그때서야, 아랫마을을 지나면서 그 동네에 여러 종류의 동물을 사육하는 전직 수의사가 살고 있다고 들었다는 말이 생각났다. 남편이 왜 그 얘기를 했는지 모르겠다. 그는 어쩌면 이 집에 온 것이 처음이 아니었을지도 모르겠다. 그가 내게 자질구레하게 일어나는 모든 일을 얘기해야 할 의무는 없다. 나 또한 내 머릿속 환상이나 병의 진전이나 고통에 대한 자세한 보고의 의무가 없는 것처럼.

어릴 적 방학을 보내던 물가의 외갓집에는 안개가 잦았다. 안개가 심하거나 날씨가 흐린 날 사람의 육안으로는 구별되지 않는 일몰의 순간을 동물들은 알아차리고 울음으로 밤의 도래를 서로에게 알린다던가. 마을 동물들이 일제히 울음을 울면 할머니는 밤님이 오시네, 했고 나는 그것이 신기했다. 마모되지 않은 채 여전히 살아 있는 동물의 감각.

버스와 택시를 번갈아 타며 산속 집으로 돌아왔을 때 나는 연못가까지 내려와 서성거리던 남편의 얼굴에서 모든 상상이 동원된 극에 달한 불안을 읽었다. 그는 부산스럽게 내 안색을 살폈고, 집 안으로 들어와서는 나의 경솔한 외출을 나무랐다. 내 약상자까지 들여다보며 소란을 부리다, 그는 곧이어 침묵했다. 아무 소식 없이 사흘 만에 돌아온 것을 그는 그때서야 떠올린 듯했다. 그 정도로 그는 다른 곳에 있었다. 돌아와 있되 그가 부재함을 나는 온몸으로 느꼈다.

남편의 침묵은 깊고 안정되게 가라앉는 침묵이 아니다. 그건 불안정하고 산만한 일에 휘둘리는 사람의 옅은 침묵. 마치 누르면 배어나오는 스펀지의 물 같은 것. 사흘간의 부재, 나는 그것에 대해 묻기 위해 침묵을 깨지 않는다. 오랫동안 같은 공간과 시간을 나눈 사람만이 감지해낸 무언가가 아무것도 먼저 묻지 말라고 하기 때문이다. 그의 침묵뿐 아니라 거동도 불안정하다. 한자리에 있지 못하고 어둠 밖에는 없는 밖으로 나갔다가 들어온 그에게서 담배 냄새까지 훅 끼친다. 그가 금연을 한 것이 언제인지 생각이 나지 않을 정도로 오래됐는데.

자연을 탐해 지어진 별장식 집의 커다란 유리문은 낮에는 걸러진 풍경을 수시로 바꾸어 보여주어 사람을 꼼짝없이 붙잡아놓더니, 밤이 되니 커다란 한 개의 거울이 된다. 깊게 검은 밤의 입자를 수은 삼아 돋아난 거울 속으로 꼿꼿이 앉아 있는 한 여자와, 고개를 숙인 채 두 손을 맞잡고 앉아 있는 남자, 나이 든 두 사람의 기울어진 육체의 윤곽이 여실히 드러난다. 그와 내가 나란히 앉아 있는 두 개의 의자 사이가 멀어 보이는 것은 유리에 반사되는 실내가 큰 탓일는지. 나는 30년 이상의 시간을 같이 보낸 두 남녀를 생소한 마음으로 번갈아 바라본다.

　간단한 저녁을 위해 식탁에 마주 앉아 있을 때만 해도 감지되지 않던 무언가가 거울 속에서는 오롯이 잡힌다. 저 남자의 몸짓, 저 남자의 자세와 표정…… 남편은 무언가 중요한 할 말이 있는 것이다. 그렇기에 침묵하는 것이다. 그리고 저 여자. 그 모든 것을 무심히 남의 일처럼 바라보는 거울 속 저 여자의 부동성.

　나는 잠시 망설인다. 커튼을 닫아버릴까. 그렇게 화면을 단번에 지운다. 그러고는, 늘 하듯이 취침 전, 하루의 복용량 중 가장 많은, 모두 효과가 다른 아홉 개의 알약을 삼키러 나 또한 아무 말 없이 일어서 그 자리를 떠날 수 있다. 그리고 잠이 들면 그만이리라. 다소간 무책임한 사흘간의 부재에 대한 질문도 힐난도 없이. 한순간 나는 정말 그렇게 하고 싶고, 그럴 수 있을 것만 같다.

　그러나 나는 그렇게 하지 않는다. 때로 죽음에 대한 간헐적이며 피할 수 없는 사색이 가상의 용기를 주기도 한다. 커튼을 잡아당기러 일어서는 대신, 별장의 실내 여러 곳에 세워져 있는 꽃잎이나 나뭇잎이 박힌 장식용 양초 중에서 네 개의 양초에 불을 붙였다. 얼굴도 모르는 이 별장의 주인이 이 정도의 실례를 용서해주기를. 어떻거나 초는 언젠가 불타기 위해 만들어진 것이니.

심지에 불을 붙이자, 여린 빛은 가는 양초의 몸속에 램프라도 밝힌 듯 심지를 투명하게 드러내 보인다. 연한 귤빛과 분홍빛을 섞은 듯한 이런 색을 명혜 같은 화가는 명명할 수 있으려나. 나는 불장난을 걸듯이 네 개의 양초 심지에 차례차례 성냥불을 그어 당긴다.

넷이라는 숫자는 언제부터인가 내게는 불문율이다. 우리 식구의 숫자. 무엇을 사면 나는 늘 네 개를 산다. 그중 한 개가 깨지면 나는 나머지를 다 버리고 다시 네 개를 구입한다. 거의 강박적이던 이 미신적인 숫자에서 해방된 것 또한, 다른 것과 마찬가지로 겨우 3년 전이다. 네 개의 촛불이 겹유리창에서 여덟 개의 불꽃이 되어 우리 둘의 모습이 불분명하게 흔들린다. 실내등을 끄자 불꽃도, 우리도 원래 모습을 되찾는다.

그리고 나는 어쩌면 해서는 안 되는 작은 동작을 기어이 하고야 말았다. 나는 검은 거울 속 잠시 흔들리는 나의 초상에서 고개를 들고 의자를 약 30도 각도 돌려 남편 쪽으로 돌아앉은 것이다. 그리고 남편이 내게 하고 싶은 무슨 말인가가 그의 입에서 흘러나오기를 기다렸다. 그것이 파국이 아닌 사소한 걱정거리이기를, 사건의 범주에 들어가는 것보다는 미열 혹은 가을비처럼 잠시 기다리면 지나가는 어떤 것이기를, 가끔 노년을 사로

잡는 우울이나 소외감 같은, 길들이면 참을 만한 종기 같은 것이기를. 그리고 무엇보다 그 말을 할 때의 그의 목소리가 평화롭기를. 그 미미한 동작, 30도의 회전을 하지 않았어도 그 이후의 일이 동일하게 진전되었을지, 나는 알 수 없다.

"차혜연!"

갑자기 남편은 나의 이름 석 자를 한숨처럼 내지르고는 고개를 더 깊이 숙인다. 굵고 긴 열 개의 손가락으로 이미 많이 성기어진 머리카락을 여러 번이고 쓸어 넘길 뿐 말은 이어지지 않는다. 도대체 무엇이 그렇게 넘겨지기를 그는 바라는 것일까, 그게 무엇일까. 남편이 이렇게 나의 이름 석 자를 부를 때는 수리하기 어려운 실수에 대한 용서를 구할 때나, 감당키 어려운 비보를 전할 때다. 내게는 숨긴 증권 장난의 실패로 약국을 팔게되었을 때, 딸애의 죽음을 내게 전할 때, 그리고 3년 전 어느 날기습처럼 닥친 내 병에 대한 병원의 검사 결과를 알려올 때 남편은 이렇게 한숨처럼 내 이름 석 자를 불렀다. 그보다 좀 덜 충격적인 일들이 일어났을 때도 그는 그랬다. 그러나 이 세 가지만 머릿속을 맴돌고 다른 정황은 백지처럼 기억에서 사라지고없다.

그때마다 가슴이 철렁했는데, 지금은 오히려 내 자신의 잊었던 이름을 상기하듯 속으로 되뇌어볼 뿐 아무런 감흥이 없다. 그래 내 이름이 차혜연이었지. 많은 사람들이 각기 다른 마음으로 이 이름을 불러주었지. 짧은 생애에 사람은 참으로 많은 사람들을 만난다. 나는 10년은 더 늙어 보이는 고개 숙인 남자의 정수리에 시선을 고정시킨 채, 엉뚱한 감상 쪽으로 자꾸 미끄러지는 생각의 갈피를 손을 놓고 쫓아갈 뿐이다.

남편이 갑자기 얼굴을 들어 나를 똑바로 바라본다. 용서를 구하는, 초췌한 표정의 남자, 수면 부족으로 까칠한 얼굴을 들어 그는 한없이 잦아드는 목소리로 말했다.

"아기가…… 태어났어."

그 목소리는 너무 낮고 갈라져 있어 나는, 뭐라구? 하며 문득이 상체를 그쪽으로 숙인다. 같은 문장이 좀더 분명히 내 귓속으로 들어왔다. 아. 기. 가. 태. 어. 났. 어.

내가 맨 먼저 떠올린 것은 지방에 사는 아들 내외다. 그들은 엄마의 오랜만의 여행에 가방을 챙겨준답시고 바쁜 시간을 쪼개어 먼 길을 올라왔다. 정기 치료를 위해 입원할 때마다 그랬듯이. 며느리가 임신했다는 얘기를 들은 적 없고, 손자들은 아직 어리니 그들의 일은 아니다. 나의 연상은 아이가 태어날 수 있는 일반적인 상황에 걸맞은 몇몇 얼굴을 떠올려보지만 그런 일이라면 남편이 저런 식으로 말할 이유가 없다. 그가 만들어내는 극적인 분위기와 그의 입에서 발설된 짧은 문장 사이의 조화를 어디선가 찾으려 나는 그다지 서두르지 않고 내 머릿속의 여러 기억 상자를 가만가만히 열었다 닫기를 계속한다. 그런 나의 수고를 덜어주기 위해서인 듯 남편은 그사이 좀더 또렷해진 음성으로 덧붙인다.

"아기 엄마는…… 선자야. 그저께…… 다행히, 산모가…… 건강을 회복했어."

이름 모를 들꽃이 흐드러지게 피어 있는 국도의 길섶에 황망히 차를 세우고 그 잔잔하면서도 화사한 풍경 속으로 멀어져가며 전화를 받던, 늙어 구부정하던 예순이 넘은 남편의 뒷모습, 그리고 어느 날 대학에 있는 후배의 소개로 우리의 약국을 찾아와 일하게 된 당시에는 삼십대 초반의 젊은 약사 하선자의 기름한 얼굴이 번갈아서 또는 나란히 또는 겹치면서 두서없이 떠올랐다. 공교롭게도 약국을 팔기 얼마 전에 우리 약국에 들어와 인연이 짧은 것을 안타까워하면서 나도 퍽 아꼈던 야무진 신세대 약사였다. 어디에서도 찾아질 것 같지 않던, 남편의 분위기와 말의 내용의 조화가 이 두 개의 얼굴 부분에 와서 찰칵 소리를 내며 맞추어진다. 어쩌다가 선명하게 줄이 맞추어지는 카메라의 초점처럼. 아, 그랬구나.

　그러니까 6년 전 일이리라. 나는 타인들의 만남과 헤어짐의 얘기를 나눌 때 가끔 하듯, 단아하면서도 강인한 인상을 내게 남긴 한 젊은 여자와 남편과의 관계의 가능한 역사를 무연히 더듬어본다. 역사랄 것도 없다. 곧 관계가 이루어졌으면 6년, 약국을 팔고 나서 시작이 되었다면 5년 남짓, 아니면 그 이하. 그 기간이다. 나로 말할 것 같으면 그즈음, 남편의 증권 장난으로 뒤집어쓴 빚 감당에 약국에서는 경황이 없었고, 주말이면 차를 집어타고 아들네로 내려가야 했던 힘든 때를 보냈다. 난데없이 이혼이네 별거네 하며 삐걱거리던 아들 내외의 위기를 넘겨주느라 나는 약국을 일주일이나 팽개쳐두고 밤길을 달려 아들네로 내려간 적도 있었다.

그때 남편은 어디 있었던가, 기억이 없다. 증권 손해의 불이 떨어진 것은 그의 발등 위였으므로 그가 매일 새벽같이 나가 밤 늦게 들어올 때의 스산한 분위기만 지금도 등에 찬바람을 만들며 되살아온다. 뜬금없이, 남편이 수석 수집도 화초 재배도 일제히 끊었던 때가 그즈음이었다는 사소한 기억이 떠오른다. 그랬다, 어떻든 그즈음.

있을 수 있는 일이다! 아무런 감정 없이 이런 문장이 떠오른다. 슬픔도 서운함도 없이. 마취에서 막 깨어난 후의 거의 개운하기까지 한 야릇한 느낌으로. 시간이 흐르면서 나만이 할 수 있다고 생각한 일들을 세상 사람 누구나 할 수 있다는 것을 배웠다. 내가 해줄 수 없는 많은 것들을 젊은 약사가 해줄 수 있다고 해서 그것이 기이하고 억울할 것도 없다,라고 나는 결론 내린다. 이런 일이 10년 전에 일어났다면? 그러나 사람들이 즐겨 말하는 가정이 인생에서 요긴히 쓰일 때는 참으로 드물다는 것도 나는 알고 있다.

이런저런 생각이 그리 느리지도 빠르지도 않게 머릿속 한쪽 끝에서 다른 쪽 끝으로 왕복운동을 하는 동안 남편은 내 얼굴에서 무언가를 읽어내려는 듯 시선을 떼지 않는다. 정신을 딴 데 두고 나 또한 시선은 그의 얼굴에 두고 있으니, 우리는 마주 바라보고 있다고 말할 수 있겠다. 누군가 유리문으로 안을 들여다보았다면, 한밤중 나이 든 부부가 촛불로 분위기를 밝혀놓고 남사스러운 사랑 고백을 눈으로 하고 있는 줄 알겠다,라는 생각이나 떠올리고 있는 나 자신을 이해할 수 없지만 정황은 희극적이

지 않은가. 나는 피식 나오는 웃음을 막을 길 없다. 조소로 알았을까, 내 미소에서 용기를 얻었을까, 남편은 무너지듯 변명한다.

"여보, 나도 힘들었어. 미안해."

설명할 수도 없고, 설명할 필요도 없는 무수한 이유들이 뒤섞인 듯한 표정이 남편의 얼굴에 떠올랐다 스러진다. 목적어도 보어도 필요 없는 미안함. 공허와 우울과 두려움…… 이런 것들의 뒤섞임. 그 한 원인임에 틀림없는 그의 아내인 나. 그는 나보다 소멸을 더 두려워하고 있는 것이다. 나의 소멸이라기보다는 그저 모든 생명의 단순한 소멸을.

무슨 말이든 해주어야겠다고 생각은 하면서도 나는 내 속에서 일어나기 시작하는 작은 반응에 신경을 쓰느라 입을 더 꾹 다문다. 이게 뭔가. 콕콕 가늘고 여린 가시 같은 것으로 찌르는 듯도 하고 간지럽기도 한 무엇. 나는 그 정체를 좀더 분명히 보려고, 사람들이 통상적으로 불륜이나 혼외정사라고 부르는 관계들의 상식적인 장면들을 대비적으로 떠올려보려 애쓴다. 20년을 훌쩍 넘게 나이 차가 나는 남녀의 밀회의 끈적한 분위기들을. 남편이 내심 진저리 쳤을지도 모르는 우리의 낡은 주택과는 다른, 아담하고 밝으며 또 현대적인 한 모델 아파트의 실내, 그 실내를 반 이상 장식하는 편안하고 거대한 침대에 엉켜 있는 두 개의 알몸. 그 영상 속에서 남편의 몸은 이십대처럼 젊고 탄탄하다. 여인의 몸 또한 만개해 있다. 비디오테이프 상자의 표지나 성인영화에서 한두 번 본 듯한 이런 장면들을 아무리 멀리 상상해보아야 이미 내 몸속에서 일어난, 바람기의 시작 같은 작은 흥분의 미풍을 밀어내기에는 역부족이다. 나는 상상을 포기한다.

작고 신선한 이 미풍은 조금씩 온몸을 돌아 여기저기 지금까지 깊이 잠들어 있던 단순한 기쁨의 감정대를 톡톡 건드리면서 적지 않은 회오리를 만들며 위로 솟구친다. 이런 것을 어떻게 설명할 수 있을까. 모든 잡다한 영상들을 제압하면서, 쉰 듯 막힌 듯 답답한 음색으로 발설된 한마디로 되돌아오는 이 회오리를. 이번에는 흥분과 희열을 숨기지 않은 어떤 익명의 목소리로 변조된 외마디 같은 한 문장.

"아기가 태어났어."

이 문장이 전조음이 되어 머릿속에서 경쾌한 드럼의 리듬으로 반복적으로 울린다. 젊은 애들이 좋아하는 랩과 재즈의 중간 정도 되는 리듬이 되어 몸속에 탕탕 울리자, 급속도로 마모되어가는 몸 한구석 오지의 상처에서 새순이 돋는 것 같은 쾌감이 가로지른다. 마치 애를 만든 것이 나라도 되는 것처럼 말이다.

다른 이들보다 좀더 죽음이라는 사고에 익숙해진 사람의 관대함인가. 아니면 혹시 고통을 외면하느라, 언젠가 그랬던 것처럼 내가 살짝 미쳐가는 건 아닐까? 그러나 내가 쫓아가는 것은 이런 생각조차 시들하게 만드는 신선하고 생생한 기쁨의 회오리다. 그걸 눌러두면, 그만 재채기를 참을 때처럼 간지럼증이 돈으며 깔깔거리는 웃음으로 터져나올 것만 같다.

남편은 모호한 표정을 짓고 있는 나와 그 사이에 방어벽이라도 치듯이 기어들어 가는 목소리로 말한다.

"딸이야."

이 말은 내 마음속 바람에만 풀무질을 한 게 아닌 듯하다. 나는 중죄라도 지은 듯 머리를 조아린 남편의 표정 저 밑에 어렵사리 숨어 있는 작은 광채를 마침내 보고야 말았다. 숨길 수 없는 광채가 있다. 희열의 광채.

그 순간, 정말 우리가 오래된 부부인 것을 증명이라도 하듯이, 거의 동시에 그의 입과 나의 입에서 웃음소리가 튀어나왔다. 호들갑스럽지도, 크지도 않은 미소에 가까운 그런 웃음소리. 그렇게라도 웃고 났더니, 꼭 참고 있던 하품이나 한 듯 눈에서 물기가 배어 나왔다. 한순간 모든 긴장과 두려움에서 해방된 듯 남편은 멍청한 웃음을 애써 자제하면서 다소간 수다스러워진다.

예정보다 이른 출산이어서 미리 털어놓지 못했지만 언제건 말을 하려고 기회만 보았었노라고, 출산 후 산모의 건강 상태가 좋지 않아 병원을 떠날 수 없었고, 겨우 안정되는 기미가 보이자마자 내가 걱정되어 뛰어왔다고, 선자와는 그저 좋은 사이였을 뿐인데 가족이 없이 외로운 사람이라 가까워졌는데 어느새 이런 단계까지 오게 됐는지 자신도 모르겠다고, 선자가 정말 아이를 원해서 어쩔 수가 없었노라고, 무조건 미안하다고…… 남편의 말은 끊길 듯 끊길 듯하면서도 끝이 없이 계속된다.

"여보세요, 박봉식 할아버지!"

남편의 구차한 설명을 분지르며 나 또한 실로 오랜만에 이름으로 불러본다.

"아기 사진 있으면 좀 봐요."

태어난 지 겨우 사흘인데. 그냥 해본 말이다. 막 태어난 아기가 보고 싶은 마음을 표현해, 남들이 알면 기절초풍할 할아버지 아빠가 된 그를 조금은 편하게 해주고 싶었는지도 모르겠다. 그런데 남편은 움찔 놀라면서 내 안색을 살핀다. 그러고는 정말 상의 안주머니에 손을 넣더니, 무슨 보물이라도 꺼내듯 거의 경건한 자세로 사진을 꺼내 내게 넘겨준다. 한 장도 아닌, 대여섯장의 폴라로이드 사진. 나는 그가 한참 사진 찍는 취미에 빠졌을 때 구입한 후 늘 자동차에 가지고 다니던 폴라로이드 사진기를 들고 아직 세상의 빛과 익숙해지지도 않았을 신생아 주변을 돌고 있는 그를 본다. 이제는 더 이상 건강하지도 확고하지도 않은 그의 발걸음과 몸짓들을.

막 태어난 아기의 사진은 대개 비슷한데도 사람들이 그 앞에서 예외 없이 경탄하는 것은 아마도 한 생명의 탄생이 어떤 우여곡절을 거쳤는지를 알기 때문이리라. 그 어둡고 작은 배 속의 집에서 작은 줄 하나에 매달려 열 달을 살아냈는데 나머지 삶에서 무엇은 못 할까. 아직 윤곽이 잡히지 않은 빨간 얼굴, 꼭 쥔 양주먹, 쪼글거린다는 느낌을 주는 두 다리. 그리고 앙증맞은 배냇저고리 위에 놓여 더욱 커 보이는, 누구의 것인지 거의 알아볼 것도 같은 한 여인의 손. 나의 시선은 그 손의 영상에 오래 머무른다. 그리고 나는 마음속으로 말해준다. 여인의 손이여, 오래도록 강하라.

나는 사진을 가만히 탁자 위에 놓는다. 벽에 걸린 시계를 본다. 밤은 깊어 보이나 시간은 그다지 늦지 않다. 기껏해야 8시 반. 갑자기 하루의 피로가 몰려오는 시간이기도 하다. 나는 남편의 얼굴을 보지 않고 말한다.

"내 걱정 말고 더 늦기 전에 아기에게 가봐요. 설마 고향 가까이인데 뭣하면 부를 사람 없을까 봐. 여기까지 다시 내려오긴 왜 내려와요, 참."

나는 마치 당장 잠자리에 누울 사람처럼 의자에 깊숙이 등을 기대고, 기지개를 곁들인 과장된 하품을 길게 한다. 그는 마치 내 말을 못 들은 것처럼 부산하게 실내를 왔다 갔다 한다. 내 약상자를 집어 분량을 확인하고, 냉장고를 열었다 닫고, 그러더니 부엌 개수대의 수돗물을 소리 나게 틀어놓고는 엉뚱하게 몇 개 있지 않은 저녁 먹은 그릇들을 오래오래 설거지한다. 그리고 다시 내 약들을 다시 한번 들었다 놓고, 내 옆에 와 가만히 서 있는 그가 유리문의 화면 안으로 다시 되돌아온다.

"미안해, 모처럼 제안한 여행이 엉망이 됐군. 그렇지? 원하면 집으로 돌아갑시다."

나는 가만히 고개를 흔들었다.

"이렇게 좋은데 와서 왜? 마음 안정되면 그때나 데리러 오고, 빨리 가봐요."

남편은 그다지 오래 망설이지 않았다. 정말이야, 하는 듯이 나를 물끄러미 바라보았다. 내 편에서 올 무언가를 기다리듯이 한동안 그는 말없이 서 있다. 나는 그에게 미소를 지어준다. 그리고 손을 내밀어 투박하고 긴 그의 손을 잡아준다. 그제서야 그는 고개를 숙이고 문을 나섰다. 잠시 후 자동차에 시동이 걸리는 소리가 나고, 나는 언덕을 내려가는 자동차의 헤드라이트 불빛이 한밤중의 자연을 거칠게 훑는 것을 보았다. 그리고 소리도 빛도 없이 다시 밤의 화면이 복원된다.

그의 차가 밝힌 풍경의 잔영이 시야에서 사라진 바로 그 순간 고통이 시작된다. 눈물 없는 건조한 고통. 뒤돌아서기 직전에 상대편의 시선에서 우연히 포착하게 되는 싸늘하게 식은 표정 같은 것. 나의 삶이 채 끝나기 전에 내 존재의 망각이 확인되는 순간에 새순처럼 적나라하게 돋아나는 고통. 그것은 구체적인 대상이나 사건을 조준하고 있지 않아 전면적임을 나는 통감한다. 죽음에의 사색이 어려운 것은 바로 진행되는 삶 속에서 존재가 부인되는 크고 작은 징후들을 매 순간 발견할 수밖에 없기 때문이다.

통증과 고통은 같지 않다. 진통제의 유효 시간이 끝나갈 때쯤 드러나기 시작하는 아픈 기관들의 호소에 나는 다른 사람들이 놀라는 저항력을 보여온 편이다. 통증과는 달리 고통에는 마땅한 진통제가 없다. 구체적으로 통증의 책임을 되돌릴 마땅한 기관이 없다. 심장으로 고통을 느낀다고 말하지만 어떤 고통은 지금처럼 거의 온몸으로 다가온다. 미약하게 시작되어 정상으로 치닫고 잠시 잠잠해지다가 그 곡선은 다시 시작된다. 떠나기 전에 보여준 남편의 얼굴 표정, 차가운 촉감으로 각인된 남편의 손의 감각에 의식이 다다르면 고통의 곡선은 최고조에 달한다.

나는 남편을 사랑하고 있는 것이다. 그것이 어쩔 수 없이 우리가 나눈 마지막 미소이자 마지막 접촉이 될 것을 나는 안타까워하고 있는 것이다.

신선하고 강렬한 것은 그러므로 기쁨만이 아니다. 모든 움직임이 멈춘, 소리도 빛도 없는 밤의 화면 속에서, 신선하고 강렬한 고통을 맞대면하고 앉아 있다. 그것이 좀 전에 나를 사로잡은 기쁨보다 덜 강렬하고 덜 신선하다고 나는 말할 수 없다. 지금까지 기쁨과 고통이 서로 연결되어 있는 하나의 관 속에 갇힌 물과 같은 감정이라고 생각해왔는데. 한쪽이 강하면 다른 한쪽이 약화되는, 한쪽을 기울이면 다른 쪽이 가득 차는, 일종의 작용과 반작용의 화학작용 같은 것으로. 그런데 뒤늦게 나는 기쁨과 고통은 별개로, 그렇기에 서로 상관하지 않고 동시적으로 존재할 수 있다는 것을 체험한다. 고통과 무관하게 투명한 기쁨이 존재하며, 어떤 기쁨으로도 자제되거나 삭감되지 않는 열정과 같은 고통이 있다는 놀라운 사실을. 만약 내게 예정된 시간을 앞당겨 내가 죽는다면 나는 그것이 이 고통 때문일 것임을 안다. 아니면 고통이 그 시간을 앞당기고자 하는 죽음에의 정열을 불러일으키리라는 것을.

갑자기 전화가 울린다. 우스꽝스러운 뽕짝의 청승맞은 한 소절을 경망스럽게 반복하는 남편 휴대폰의 발신음. 서둘러 떠나느라 남편은 그것마저 챙기는 것을 잊었다. 그것은 어제, 그제 내가 전화했을 때 그랬던 것처럼 열 번도 넘게 울린다. 받지 않는 전화음이 절박하게 들리는 것은 내가 정황을 알고 있기 때문이리라. 그러나 이 전화는 다시는 울리지 않을 것이다. 언덕을 내려가자마자, 이 산속의 집이 그의 의식의 수평선에서 사라지자마자, 남편은 곧 그가 휴대폰을 잊고 온 것을 알아차릴 것이고, 그를 필요로 하는 사람에게 그의 도착을 한시라도 빨리 알리기 위해 공중전화로 달려갈 것이기에.

검은 화면 속에 네 대의 촛불만 오롯이 드러난다. 그 가운데 어두운 그늘처럼 버티고 있는 나의 몸. 잠시 후에 끄려고 불을 붙인 양초였는데, 가느다란 양초는 이미 반 정도 타들어가고 있다. 허락도 없이 사용한 고급 양초에 대해 집주인에게 미안한 마음이 든다. 그러나 나는 이제 그 촛불들을 끄고 싶은 마음이 조금도 없다. 뿐만 아니라 고통이 지금의 강도에서 잦아들 마음이 없다면 나는 밤새 실내를 밝히기 위해 나머지 양초까지도 다 써버릴지 알 수 없다. 왜냐하면 나는 내가 앉아 있는 이곳 이외의 다른 곳에 나의 몸을 누이고 싶지 않기 때문에.

나는 소파에 더욱 깊숙이 몸을 기대고 다탁 위에 발을 올리고 벗어놓은 외투로 몸을 덮어 밤을 보낼 준비를 한다. 고통이 잠시 저공비행을 하는 동안 나는 눈을 감고 집주인의 방명록에 써넣을 말을 준비한다.

외람되게 당신의 집을 나의 마지막 여행을 위해 잠시 빌립니다. 마련해두신 네 대의 양초가 배웅해주어 나의 여행길이 따사합니다……

나는 다시 눈을 뜨지 않는다. 이미 낯설지 않은 실내에서 돋아나는 나의 외로운 초상과 유리문 위에서 마주치고 싶지 않다. 때로 고통은 몸의 통증을 잊게 할 정도다. 게다가 머지않아 고통과 통증은 하나가 되어 뒤섞이리라. 고통과 진통의 배합은 길고 날카로우리라. 그때쯤 되면 네 대의 양초는 다 타버려 불빛은 어느새 스러지고, 그 자리에는 작은 밀랍의 호수가 물결무늬를 새겨놓고 굳어져 있으리라.

아침은 어제, 그제 그랬듯이 저 밑 오솔길 옆, 연못가 주위에 파르스름한 안개를 피워올리리라. 그리고 날씨가 어제처럼 맑으면 다람쥐들이 나무들 사이에서, 하늘이 그제만큼 낮은 무채색의 아침을 마련한다면, 어디에선가 날아온 한 무리의 산새들이 떼를 지어, 가히 장관이라 할 수 있는 공중 곡예를 연못 위에서 연출하리라.

그것을 볼 수 있을지, 없을지 지금으로서는 말할 수 없다.

(2002)

314

굿바이

사흘 전

　고속도로는 젖어 있다. 새벽 2시, 여전히 비가 내린다. 무한히 가늘어진 빗줄기.

　가까이, 멀리, 폐기된 상자처럼 빼곡히 쌓여 있는 불 꺼진 창문들. 건물들이 기울어진다. 드문드문 켜진 가로등이 달려들다가는 짚단처럼 쓰러진다. 미끄럽게 번들거리며 비어 있는 길. 시속 130, 140. 차에 요구할 수 있는 최고의 속도. 그 이상이 되면 두려움을 감지한 짐승처럼 차체가 온몸으로 바르르 떤다. 언뜻언뜻, 저 아래 시커먼 강변, 촘촘히 박힌 창살처럼 조여져 다가오는 가로수 기둥, 번들거리는 근육질의 아스팔트…… 금속성 파찰음을 내며 그런 데를 향해 무분별하게 곤두박질치다 해체되어버리는 차체, 무수한 금으로 순간적으로 분할되어 제각기 흩어질 유리 조각, 조각들, 두서너 번 경사지에 부딪혀 튕겨 오르다 마침내 자유로이 허공의 무한궤도를 헛돌 차바퀴, 제각기 열려 습기 찬 공기를 한두 번 때리다가 떨어져 나갈 네 개의 문, 끝내 한 장의 가벼운 종이처럼 꾸겨져 내던져질…… 분해된 차체의 영상.

그녀는 그런 구체적인 영상의 경계를 달린다. 거의 매 순간.

그녀가 한밤중 도로를 달린 지 6개월이 되었다. 거의 매일 밤.

설령 눈을 감아버린다 해도, 미세한 길의 요철을 기억할 정도로 몸은 그에 익숙하다. 저 앞에 비어 있는 도로를 지우고 삼키면서 차가 달린다. 지운 만큼 더 빈 도로가 그녀를 부른다. 빨리, 더 빨리. 단 20여 분의 질주. 더 깊은 밤을 향해.

그 밤의 가장 깊은 곳에 방이 하나 놓여 있다. 그 방은 모양이 없다. 때로는 둥글고, 때로는 각지며, 때로는 액체이고 그러나 자주, 그 방은 그 어느 모양도 갖추지 못한 채 머릿속에서 부유한다. 그녀의 의식은 아무리 멀리 갔다가도 그 문 앞에, 늘, 잊지 않고 되돌아온다. 성실한 습관, 잘 훈련된 몸짓. 의식한다고 말하기에는 너무 깊이, 작은 씨앗으로 박혀 있다가 순식간에 자라, 머릿속의 모든 빛을 다 덮어버리는, 그녀의 어딘가에 서식하고 있는, 뇌수의 한구석에 그렇게 떠 있는 방.

차창을 내린다. 써늘한 빗방울이 속도가 만든 바람에 날려 안으로 분무해 들어오고, 마침내 그녀의 심장을 두르고 있는 한기와 외부의 기온은 비슷해진다. 아, 마침내! 그녀는 깊이 숨을 들이쉰다. 체온과 기온을 뒤섞는다. 여름이다. 아직 후끈거리지는 않는 초여름. 비가 없다면 스산하게 아름다울 수도 있었을 초여름 밤이다. 비가 내리지 않았다면 어느 주택가에서부터 펴져 나온 꽃향기가 이 고속도로에까지 산책 나왔을 그런 밤. 비만 아니라면.

바람이, 찬 기운이 잊혔던 통증을 일깨운다. 작은 알전구가 켜지듯이 머리 한쪽에서 드문드문 얼얼한 고통의 자국이 반짝인다. 우산 촉이, 그래, 그것은 겨우 우산 촉이었다, 닿은 곳은 이제는 그냥 얼얼한 정도가 아니라, 뜨끔거린다는 것이 옳다. 4시간 전의 통증이, 둔화된 신경이나 핏줄을 느리고 게으르게 지나, 그제야 그녀에게 전달되어오는 듯한 느낌. 그런 때가 있다. 한 가지 신경만 고도로 활동을 하고 나머지 신경들은 모두 쉬거나 죽어 있는 그런 때. 살아 있는 것과 죽어 있는 것이 잠시 뒤바뀌어 있는 때.

그녀는 6개월 전부터 매일 저녁 남자를 만나러 남자의 아파트로 간다. 쇠붙이가 자석에 가서 붙듯이, 의지나 욕구와는 무관한 무언가가 퇴근할 때면 그녀를 지배하고 그녀는 그의 아파트 근처를 서성거린다. 대체 어떤 길로 해서 여기까지 와 있는 거지? 하고 그녀가 질문을 던질 때, 그녀는 이미 남자의 아파트 안에 들어가 있다. 그리고 일단 그 안에 들어가면 그런 질문은 흔적도 없이 사라진다. 그 안에는 그 안에 걸맞은 질서가 있기 때문이다. 지움과 망각의 질서. 아니 그보다는, 지움과 망각이 가능한 것인가를 실험해보는 실험실의 불분명한 기대의 질서.

그녀는 오래전부터 비슷한 시간, 비슷한 길을 통과해 남자의 아파트를 찾아왔던 것 같은 착각을 하지만, 실제로는 겨우 6개월 전에 그 일이 시작되었을 뿐이다. 그러나 6개월, 2개월, 어제, 오늘이 무엇이 중요한가.

어느 날, 날짜가 기억나지 않는, 확인해보려면 확인하지 못할 것도 없는 그 어느 날, 우연이 배치한 배려로 인해 그들이 만났을 때, 그들은 서로를, 서로의 공허를 알아보았고, 그 당장에 이런 종류의 묵계가 이루어졌다고 보는 것이 옳다.

"나는 당신이 어떤 사람인지 알아."

"그래, 당신도 그렇고 그런 사람이지."

"저녁이 되면 왠지 밖으로 뛰쳐나가고 싶은 그런 사람?"

"별다른 기대 없이 말이야."

"다른 방법이 없으니까."

"그래, 그렇지."

만약 그들이 말을 했다면 이런 종류의 그저 해보는 소리들이 나왔을 것이다. 그러나 그녀도 남자도 말을 할 필요가 없었다. 그들은 연수회장의 한 테이블에 나란히 앉아 있었다. 그녀는 신입 사원이었고, 남자는 지방 도시의 지점에 근무하다가 그녀가 일하는 회사로 전근을 왔기에 그 자리에 나란히 앉게 되었다. 점심 휴식이 있은 직후의 나른한 오후 시간이었다. 오전에 그녀 옆에는 또 다른 신입 사원이 자리를 잡고 있었고, 회사에서 예약한 건물 지하의 식당에서는 엄숙한 자세로 옆자리에 시선을 주지 않는 한 중년의 간부가 있었다. 오후의 일정에 약간 늦은 그녀가 가장 쉽사리 찾을 수 있는 자리, 그 바로 옆에 남자가 앉아 있었다.

만약에 그녀가 식사를 마치고 건물의 주차장을 하릴없이 한 바퀴 돌지 않았더라면, 만약에 그녀가 연수회장 입구에서 커피를 한 잔 마시지 않았더라면 그녀와 남자는 나란히 앉지 않을 수도 있었으리라. 그리고 그들은 서로의 얼굴을 익히는 데 더 많은 시간이 필요했거나, 아니면 얼굴을 익혀야 할 아무런 이유가 없었을지도 모른다.

　그렇지는 않았으리라. 그들이 설령 연수회장의 한 테이블에 나란히 앉지 않았다 해도 그들은 머지않아 서로를 알아봤을 것이다. 평범함으로 감쪽같이 가장한 그들의 빈 동공, 타인을 돌볼 여유가 없는 무언가에 몰두해 있기에 더욱 조심스러워진 옆자리의 타인에 대한 내용 없는 배려, 온몸으로 말하는 그들의 부재를 그들이 알아보지 않을 수 없었으리라. 알아보기 이전에 바로 그런 것들의 혼합이 필연처럼 그녀를 남자의 옆자리에 앉게 했으리라.

　연수가 끝나고 모두가 모래알처럼 흩어질 때, 저녁이 되었고 그들은 아무 말 없이 한 방향으로 걸었다. 그들은 예정된 장소가 있는 것처럼 한 차에 올랐고 아무 말 없이 달려, 단지 그 시간 바닷가 도시로 가기에는 늦었기에 바닷가 대신 강이 내려다보이는 한 카페로 갔다. 그리고 마주 앉아 서로를 차갑게 과감히 바라보면서 서로의 시선에 어쩔 수 없이 배어 있는 공허를 돌이킬 수 없이 다시 한번 알아보았다. 그 결과 질감이 다른, 그러나 깊이가 유사한 공허가 그들의 말을 삼켜버렸다.

낮에 그녀는 머리가 아프다. 이건, 아주 오래전부터. 6개월 전부터 상황이 더 나빠졌다고 그녀는 말할 수 없다. 어느 누구도 더 나쁜 상황을 위해 매일 새벽 2시의 비어 있는 고속도로를 달리지 않는다. 그러나 정말 그럴까. 그녀는 알 수 없다.

전에는 저녁에도, 밤에도 머리가 아팠다. 그러나 이제는 낮에만, 낮에만 다소간 머리 뒤쪽이 당기는 통증이, 누군가가 뒤에서 덜미를 잡는 그런 묘한 기분을 만드는 것이다. 이러한 통증의 감소는 얼마나 커다란 위로인가. 통증의 부분적인 삭제나 마취. 단 한 부위의 마취는 때로 온몸에, 아마도 의식이 있다면 죽음만이 부여할 부재의 쾌감을 만든다. 그녀는 몇 년 전 작은 수술을 받기 위해 전신마취를 받고 두 시간 만에 깨어난 적이 있다. 꿈 없는 완벽한 수면. 거의 백색에 가까운 망각. 아마도 죽음은 그처럼 황홀하게 그저 비어 있는 상태의 연속이 아닐까. 제발 그러하기를. 그녀를 위해서가 아니라, 다른 사람, 어두운 방에 누워 있는 그 아름다운 사람을 위하여.

그러나 새벽 2시에서 2시 반 사이에 잠이 들고 아침 6시면 일어나 7시에 집을 나오는 그녀의 일정으로 낮에 머리가 아프지 않을 수 없다. 낮이면 끝도 없이 그녀 앞에 쌓이는 장부의 숫자들을 대조하고, 결재를 받으며, 늘 숫자 한두 개가 잘못되어 있어 다시 대조를 시작해야 하는 반복적인 일 때문일지도 모른다. 그렇다고 해도 두통은 그녀의 업무를 완전히 방해하고 마비시킬 정도는 아니다. 아니, 그보다는, 이런 기계적인 일들은 다행히, 끊임없이, 그녀 자신을 지워주러 줄지어 나타난다고 말하는 것이 옳다. 그녀는 오히려 그녀의 편두통의 적절한 이유를 만들어주는 이런 일을 고마워하는 편이다.

　무엇보다 일이 끝나고 나면 그녀의 몸과 마음은 깨어난다. 그 맑은 시간에 그녀는 남자의 아파트를 향한다고 할 수 있다. 8시 혹은 9시부터 새벽 1, 2시까지. 회사 근무가 끝난 후 남자의 집에 도착하기까지 그녀 자신이 매일 무엇을 하는지 분명하게 말할 수 없다. 이런저런 일들이 반복되리라. 다음 날의 몸을 경영하는 데 필요한 물건을 구입하고, 회사 근처의 상점들을 건성으로 기웃거리는, 잊혀도 그만인 이런저런 소일거리들. 때로는 달리던 대로에서 빠져나와 한적한 주택가의 골목에 차를 세워두고 잠시 잠을 자기도 한다. 수면이 그녀를 덮칠 때는 언제든지. 또 어떨 때는 일찍 도착한 남자가 아파트 앞에 세워진 차 속에서 잠들어 있는 그녀를 알아보고 깨우러 올 때도 있다.

　이날, 근무를 마치고 그녀는 동료들의 즐겁고 정상적인 저녁 시간에 합류하지 않았다. 그녀는 회사 건물 지하에 있는 오락실에서 기계를 바꿔가며 몇 차례 게임을 했다. 처음이었기 때문에 그녀의 모든 게임은 빨리 끝났다. 못 마시는 술을 낮부터 마셔야 하는 남자의 그날 일정을 알고 있었지만 그녀는 남자의 아파트로 갔다. 벨을 여러 번 눌러도 안에서는 대답이 없었다. 문은 잠겨 있었다. 가끔 그 문은 그렇게 잠겨 있다. 그러나 때로는 그저 닫혀 있다. 실제로 남자가 있을 때, 문이 잠긴 경우는 드물다. 대체 무엇을 위해?

　한두 번, 다만 닫혀 있었을 뿐인 그 문을 그녀는 흔들고―아마도 작게 흔들었으리라──열리지 않아, 잠긴 것으로 알고 두 시간 이상을 밖에서 기다린 적도 있다. 그녀는 이럴 때면 하얀 알약을 한 움큼 먹고 죽어 있는 남자를 상상한다. 남자가 먹는 약이 단지 간장약이라는 것을 알고 있음에도 그런 사실적인 지표가 아무런 의미를 가지지 않는다.

그러나 이날 문은 잠겨 있었다. 문이 잠겨 있다는 것이 확인되면서, 그녀는 문을 열고 안으로 들어가야만 한다는 강박적인 징후, 꼭 이 안으로 들어가야만 할 것 같은 절박감에 사로잡혔다. 그건 문 앞에 있는 누구나가 느끼는 관성일지도 모른다. 그렇지 않으면 왜 무수한 사람들이 닫힌 문 앞에 서 있겠는가.

그러나 그것은 불충분하다. 분명 안에서 남자가 고통스럽게 죽어가고 있는데 문은 잠겨 있다. 남자는 문 앞까지 기어 나올 힘도 없을 것이 분명하다. 아파트 관리실이 저만치 보인다.

"저 아파트 안에서 한 남자가 죽어가고 있어요. 문을 열어야 해요. 열쇠 수선공을 불러주세요."

그러나 그녀는 그런 일을 하지 않는다. 관리인 때문이다. 그냥 잠이 들어버려 남자의 집에 새벽까지 머무른 어느 날, 아파트 주민 장부에 등록되지 않은 그녀의 자동차 바퀴에 구멍을 뚫어 바람을 빼놓은 것이 바로 저만치 보이는 관리인이라는 것을 그녀는 알고 있다.

그녀는 회사에 늦고 말았다. 왜 이런 일을 했을까, 저 뚱뚱하고 늘 피곤한 얼굴을 하고 있는 남자는? 대체 무슨 집착이, 무슨 정열이 그런 거추장스러운 일을 관리인으로 하여금 저지르게 만들었을까. 차 번호를 확인하고, 관리실 도구함에서 송곳을 찾고, 주변에 사람이 없는 것을 확인하고, 바퀴를 골라 구멍을 뚫고…… 고집이 되어버린 의무감, 아니면 삶이 별 볼 일 없는 사람에게서 싹이 자라는 악의? 그녀가 관리실 남자의 빈 정열에 대해 느끼는 거의 놀라움에 가까운 감정은 여러 질문을 만든다. 그러나 그녀는 오래 그 질문 주변에 머무르지 않는다. 관리인을 쳐다보지 않는다.

오늘도 저 안으로 들어가지 않으면 안 된다는 절박함이 떠올린, 약을 먹고 죽어가는 남자의 영상은 사라지고, 단지 술에 만취해 초저녁부터 잠들어 있을 한 남자의 현실적인 모습이 떠올랐다. 절정에 이를 때면, 단지 그때에만 구체적인 얼굴의 표정이 살아나는 남자. 고통스러운 듯 온 얼굴을 찡그리며 우는 남자. 정말 한두 방울 눈물을 떨구는 남자.

그녀는 냉철한 마음으로, 여름이 되면 더욱 짙어지는 잡풀들이 가득한 아파트 뒤편으로 갔다. 남자가 커튼이 쳐진 유리문을 잠그지 않는다는 것을 그녀는 알고 있다. 아마도 잠금장치가 망가져버렸기 때문에. 안에서 보면 그토록 낮아 보이던 유리문은 높이 달려 있었고, 그 밑으로는 거미줄과 버려진 비닐봉지 사이로 잘 들여다보지 않으면 눈에 띄지도 않을 정도로 작은 벌레들이 종횡으로 바삐 기어다니고 있는 것이 길 쪽에 켜진 희미한 가로등 빛 속에 드러났다.

그녀가 유리문을 열고 안으로 들어갔을 때, 그 일이 일어났다. 무언가 뾰족한 것이 그녀를 스치면서 이어 막대기 같은 것이 머리를 후려쳤다. 그녀는 웃옷 솔기가 뜯겨나가는 소리를 들으면서 그녀를 향해 다시 내려오는 것을 잡아낚고는 거꾸로 공격하려고 잡고 흔들었다. 그래도 천 같은 것에 감긴 긴 막대기 같은 물건은 그녀의 손아귀를 빠져나가 한두 번 다시 그녀 위에 떨어졌고, 그녀는 온몸으로 그것을 막아냈다. 다시 물건이 그녀 옆을 스쳤을 때 그녀는 그것을 잡고 결사적으로 잡아낚으려고 온몸의 힘을 모았다. 물건 저쪽을 잡고 있는 쪽의 힘도 만만치 않게 전달되어왔다.

아주 가까이서 들려오는 씩씩거리는 숨소리. 더 가파르고 잦은 그녀 자신의 거칠어진 호흡. 서로 비틀거리며 유지하는 위태한 균형. 그 와중에 그녀와 상대편 중, 누군가의 몸이 벽의 스위치를 눌렀으리라. 갑자기 불이 들어왔다. 서로에게 따귀라도 갈기듯. 아마도 100볼트 이상의 전등이 우산대의 양쪽을 잡고 서서, 서로를 노려보고 있는 그녀와 남자의 모습을 적나라하게 발가벗겼다. 그것은 단지 우산일 뿐이었다. 초록색과 검은색이 엇갈려 장식된, 운동화나 체육 용구를 구입할 때 선물로 끼워 주는 긴 우산. 그녀는 자신을 내려친 막대가 외출복 차림으로 소파에서 누워 자고 있던 남자가 엉겁결에 집어든 우산대인 것을 알았고, 그녀를 침입자로 오인한 남자는 힘껏 우산대를 집어 든 팔을 휘두른 것이다. 그러나 그렇게 단순했을까, 그 사건은?

날이 기울면서 하늘을 온통 뒤덮으며 하루 종일 내리는 비, 세상을 등지고 늘 쳐져 있는 두꺼운 커튼. 그러나 혹시, 잠이 깨어 일어나 어둠 속에 앉아 있던 남자는 그녀가 유리문 쪽으로 올라올 때부터 그녀를 알아보았던 것은 아닐까? 마찬가지로, 긴 막대 같은 것을 집어 온 힘을 다해 그녀를 향해 내려치는 사람이 바로 남자라는 것을 알고 그녀가 그토록 격렬하게 대항할 수 있었던 것처럼.

남자와 여자는, 서로 놀라, 거의 동시에 우산을 바닥에 집어 던졌다. 살이 한두 개 부러져 박쥐의 날개처럼 펼쳐진 우산은 바닥에 널브러졌다. 그녀는 그 당장에는 아무런 통증도 느끼지 못했다. 다만 놀란 듯이 바닥에 던져진 그 물건을 바라보았을 뿐이다. 그들은 동시에 소파에 주저앉았고, 거칠게 터져 나오는 호흡을 가누느라 몇 분간 그렇게 나란히, 어색하게 앉아 있었다. 서로 놀랐을 뿐 아니라, 서로에 대해서 놀랐다. 지금까지 드러나지 않은, 숨기려고 해서가 아니라 무관심했기 때문에 나타나지 않은 상대편의 구체적인 현실에 대해서.

그녀는 고속도로를 달리는 이 순간에 이르러서야 그 놀라움의 정체를 알아차린다. 음울하게 불편한 알전구 하나가 심장에 켜지듯이, 그 빛 속에 희미하게 드러나는 두 몸의 격투를 알몸으로 바라다본다.

아무런 사건 없이 그녀는 집에 도착한다. 22분. 그녀가 남자의 아파트를 떠나 집에 도착하기까지 걸리는 시간. 늘 20여 분. 그녀는 열쇠로 문을 열고 실내로 들어선다. 그녀는 아무 소리도 내지 않고 열쇠로 문을 여는 법을 알고 있다.

어두운 실내. 그 한쪽에서 희미한 불이 새어 나온다. 늘 그렇듯이. 어두운 방에 그렇게 켜져 있는 불. 마치 잊지 말라는 당부처럼 방 안의 사람이 깊이 잠들었을 때도 연녹색으로 밝혀져 있는 어슴푸레한 불. 늘 아무 때나 들어가 맥박을 재고, 약을 따르고 또 숨이 멎었는가를 확인하기 위해 켜진 불. 그녀는 작은 신음 소리를 듣지만 그건, 늘 귓속에 남아 있는 소리, 그녀의 숨소리가 되어버린 익숙한 리듬.

얼마나 오래전의 아침이었던가? 그녀는 그 방 주인의 몸에 돋아나 하부를 온통 덮은 이상한 발열을 보았다. 뿐만 아니라, 그 이후, 그 사람의 아름답던 이마에는 이 불안한 발열에 신기한 치료 효과가 있다는 물약의 복용으로 인해서 털이 수북이 자라 있다. 이제는 그 사람의 신체와 떼어놓고 생각할 수 없는, 그럼에도 매번 생경스럽게 들여다보게 되는 신체의 이상 현상들. 그 신체가 살아 있다는 것을 알려주는, 그 신체가 배양하는 작은 식물들. 그녀는 출근하기 전, 얼굴의 솜털을 깎는 전기면도기로 그 사람의 이마를 부드럽게 밀어준다. 면도기에 가득히 밀려오던 검은 털. 그녀는 그 아름다운 사람의 이마가 순간 역진화해, 슬픈 표정을 하고 평원을 관조하는 그네들의 먼 조상이라는 네안데르탈인의 이마로 되돌아갈 것을 저어하였다.

그 사람은 그녀의 얼굴을 근심 어린 시선으로 바라보았지만, 언젠가, 지금은 정확한 때도 잊은 그 언젠가 그녀에게 말했듯이,

"너무 늦게 다니지 마…… 무슨 일이 있을까만 세상이 늘 변덕스러우니……"

라는 말도 하지 못했다. 그러나 그 사람의 눈은 이상하게 빛

났다. 열기로 빛나던 시선. 그런 시선의 비정상적인 빛남을 그녀는 언제나 피하고 싶어 했음에도 고개를 돌릴 수 없다. 그 눈빛은 얼마 전부터 저녁나절이면 밤하늘의 눈 시린 별빛처럼 돋아나곤 했다.

그녀는 이날 들릴 듯 말 듯한, 어쩌면 단지 그녀의 귀에 떠돌 뿐인 그 사람의 신음 소리를 뒤로하고 어두운 방 앞을 지나친다. 그녀는 자그마한 자신의 방으로 미끄러지듯 들어간다. 바로 그 순간 아름다운 사람의 반대편 방에서는 갑자기 코 고는 소리가 들려온다. 그리 소란스럽지도 그렇다고 작다고도 할 수 없는 평화롭기까지 한, 그러나 결코 평화로울 수 없는 수면의 외침.

그녀는 침대 머리맡에 있는 라디오에 연결된 리시버를 귀에 끼고 자리에 눕는다. 이 시간이면 자질구레한 유머를 날리며 음악을 내보내는 한 채널에 다이얼을 맞추고 눈을 감는다. 그리고 옷도 벗지 않은 채 누워 새벽까지 잠을 잔다. 자명종을 맞추어놓을 필요도 없다. 어떤 시계도 필요 없을 정도로 그녀는 새벽이 되면 눈을 뜬다.

이틀 전

아침, 그녀는 어두운 방 안으로 들어간다. 아름다운 사람은 눈을 감고 누워 있다. 세상에, 세상 이전에 스스로에게 실망해버린 사람이나 지을 법한 미약한 미소를 띠고, 미동도 없이. 그녀는 그 사람의 코 가까이 정수리를 가져간다. 그녀의 오래된 습관이다. 어릴 적 그녀의 정수리 바로 위에서 규칙적이며 평화로운 미풍을 만들면서 까다로운 수면을 위무해주던 사람의 숨소리. 오늘 정수리 위에서는 미약하고 미지근한 입김이 느껴질 듯 말 듯 하다. 코에 귀를 갖다 대도 숨소리는 들리지 않는 듯하다. 아름다운 사람이 이렇게 눈을 감고 있을 때면 그 어느 전문가도 생명의 진위를 구분하지 못하리라. 그녀는 알고 있다. 아름다운 사람의 숨소리가 이처럼 무한히 작아져 있을 때, 그 사람의 몸 속에서 이루어지는 무수한 유기물질의 유해한 활동이 가장 미미해져 있는 때라는 것을.

새벽의 어스름 속에서 그녀는 그 사람 이마의 검은 솜털이 밤 사이 더 많이 돋아난 것을 보았다. 그러나 하복부 알레르기에 유효한 약을 멈출 수는 없으니, 솜털은 앞으로도 더 자랄 것이다. 그녀는 얼마 전부터 매일 아침 하듯이 작은 분홍색 면도기를 갖다 대지 않고 일어선다. 그녀는 드물게 편안한 그 사람의 수면을 방해하지 않기로 한다. 저녁이면 아름다운 사람이 시간을 거슬러 역진화하는 일은 그만큼 진전되어 있으리라. 벌써 오래전에 떠나기 시작한 그 사람은 그 길의 어디쯤 가고 있을까. 백만 년 전, 2백만 년 전? 기하학적인 숫자가 지금 같은 의미가 없었던 그 어디쯤에 아름다운 사람의 수면은 머물러 있는 걸까.

파출부가 만드는 소음을 듣고서야 그녀는 방에서 나온다. 눈이 큰 젊은 여자. 수술한 쌍꺼풀의 자국이 선명한 삼십대 초반의 파출부는 늘 굽 높은 구두를 신고 나타난다. 그녀가 취직을 하게 됨에 따라 아름다운 사람을 위해 고용하지 않을 수 없었던, 그녀 월급의 반 이상에 해당하는 금액이 매달 지급되는 이 여자의 이상하게 커 보이는 눈을 그녀는 이날 처음인 것처럼 바라본다. 일하러 온 여자는 집안의 가장으로부터 하루에 할 일을 지시받고 있는 중이다. 어두운 방의 사람에게 해주어야 할 일들 그리고 시간이 남을 때 해야 하는 일들. 가장이 들어오기 전까지. 그러나 여자는 그 말을 건성으로 듣고 막 문을 나서려는 그녀를 돌려세운다. 마치 가장의 말이 이해할 수 없는 먼 나라의 말인 것처럼, 얼떨떨한 표정으로 여자는 거의 매일 하는 일에 대해 매번 처음인 것처럼 묻는다. 몇 시에 약, 몇 시에 식사, 몇 시에 물약, 몇 시에 식사 준비…… 그녀는 여자가 꼭 해야 할 일만을 간단히 말해준다.

이즈음 수입보다는 지출이 많은 가장의 전자 기기 대리점은 그래도 매일 아침 문을 연다. 그녀는 매일 아침, 가장을 집에서 멀지 않은 상점에 내려다주고 나서 출근한다. 가장은 차 운전을 좋아하지 않는다. 아니 면허증은 있지만 운전을 잘할 줄 모른다. 그녀는 시계를 본다. 가장도 시계를 본다. 피곤에 전 가장의 하관은 이날 아침 더 강팔라져, 밤새 내내 코를 골며 잠을 잔 사람 답지 않다. 그러나 그는 그녀가 잠든 한밤중 홀로 화다닥 깨어 일어나 곧 닥쳐올지도 모르는 파국에 대한 대처할 수 없는 불안으로 밤을 샜을 수도 있다. 언제? 어떻게? 아무도 대답할 수 없는 의미 없는 질문이 밤새 내내 그를 괴롭혔을 수도 있다.

차 안에서 가장은 고개를 숙이고, 이제는 여러 번 극적인 어조로 반복되어 처음 들었을 때처럼 그만큼 외설적으로, 그만큼 극적으로도 들리지는 않는 그 말을 또 발설한다.

"차라리 빨리 닥쳐오는 게 낫겠다."

그녀는 답변하지 않는다. 그녀는 자신과 비슷한 옆얼굴을 가진 가장을 재빨리 곁눈질한다. 그는 갑자기 누추해 보인다. 그는 갑자기 늙어 보인다. 그 눈에서 어쩔 수 없는, 그녀에게는 관성으로 보이는 눈물이 맺히는 것을 그녀는 다시 한번 바라본다. 매일 아침 이런 시간은 제의처럼 반복되고 그녀는 이 순간이 가장 당황스럽다. 아름다운 사람을 위해서라기보다는 자기 자신에 대한 동정으로 관성적인 눈물을 눈물샘에 저장해두는 가장을 위로하기엔 그녀는 다른 일에 몰두해 있다. 자신이 꼭 있어야 하는 곳이 아닌, 모든 '다른 곳'에 놓아두는 일에. 그 일은 그다지 쉬운 일이 아니어서, 그녀는 가장을 위로할 여유가 없는 것이다. 그리고 설령 여유가 있어도 그녀는 가장을 위로하고 싶지 않다. 또한, 그것이 가장이든 누구든, 그녀 자신 위로받고 싶지도 않다. 이것을 그녀는 아무와도 나누지 않을 것이다. 그리고 사실을 말하려면 그녀가 위로받을 일도 딱히 없다.

가장은 아주 빨리 자신을 되찾는다. 한 줄기 눈물을 거두고, 상처받아 과장되게 의연한 표정으로 되돌아와 고개를 빳빳이 들고 침묵한다. 그러고는 혹은 나무라는 혹은 포기한 목소리로 말한다.

"너는 변했어. 얼마 전만 해도 우리는 많은 말을 나누었는데……"

그녀는 가장을 상점 앞에 내려준다.

"아마도 조만간 가게 문을 닫아야 하겠지."

가장은 이렇게 독백을 하고 차 문을 닫는다.

"조심해. 너무 늦게 다니지 말고."

가까스로 차창을 넘어오는 미약한 목소리의 동일한 문장, 동일한 단어가 다른 온기와, 다른 질감으로 다가온다.

그녀는 "네"라고 대답하고 다시 떠난다.

그녀는 동료들과 점심을 마친 후 급한 용무가 있는 것처럼 화장실로 숨어 들어갔다. 그리고 변기 뚜껑 위에 앉아서 잠시 오열했다. 그러나 눈물이 나오지는 않았다. 동료들과 식사 중에 나눈 대화에 별다른 내용은 없었다. 누군가가 며칠 전에 본 멜로드라마에 가까운 한 영화에 대해서 말했을 뿐이다. 그녀 자신은 딴생각을 하고 있었기 때문에 내용도 제대로 따라가지 못한 그런 얘기였을 뿐이다. 자신이 무슨 생각을 했었는지, 두껍고도 모호한 그녀의 상념의 층을 비집고 들어온 한두 마디가 그녀에게 불러일으킨 연상의 실체에 대해서도 그녀는 알 수 없다. 그러나 그녀는 어느 경로를 통해서도 다가갈 수 없는 황량한 고생대의 경치를 보고 있었다. 그 속을 느리게 걷고 있는 한 멸종동물의 영상이 그녀가 오열할 때마다 머릿속에서 나타났다가는 스러진다.

그녀는 속이 떨렸지만 이런 정도의 간헐적인 경련 상태는 당연하게 앞으로도 여러 번 다가올 것임을, 치러내야 하는 것임을 잘 알고 있다. 오늘 저녁에는 집에 들어가지 않으리라. 오늘 저녁에는 아름다운 사람의 역진화의 상태를 점검하지 않으리라. 어떤 직감이 그녀에게 그렇게 하라고 시킨다. 두려움 혹은 게으름에 가까운 무언가의 지배를 받고 그녀는 그렇게 결정한다. 그녀는 남자의 아파트에서 밤을 보내기로 한다. 커다란 이변이 없는 한. 갑자기 남자가 지방으로 출장을 간다거나 혹은 그녀를 만날 수 없는 갑작스러운 사정이 생기지 않는 한도 내에서는.

그녀는 남자의 일정을 확인해보기 위해 사무실로 전화하지 않는다. 애초에 그녀는 남자의 사무실이나 집으로 전화를 건 적이 없다. 여덟 걸음을 걸으면 남자의 업무용 책상이 있지만, 그녀가 남자와 복도에서 마주치는 경우는 드물다. 마주쳐도 옆에 다른 사람이 있으면 그들은 모른 척하고 지나친다. 다른 사람이 없어도 그들의 서로에 대한 태도는 크게 달라지지 않는다.

업무를 끝내고 그녀는 사무실 근처의 분식집에 앉아 혼자서 저녁을 먹는다. 그녀가 주문한 부드러운 면이 액체가 될 때까지 오래오래 씹으면서 기다린다. 시간이 되기를. 남자의 집으로 향하는 시간이 되기를. 그녀는 사무실 근처의 슈퍼에서 일상에 필요한 물품, 약국에 들러 이미 작성된 목록에 적힌 약을 산다. 그것을 비닐봉지에 몰아넣고 문이 잘 열리지 않는 차 트렁크에 집어넣는다. 그러고 난 다음에야, 그녀는 집에 들어가지 않으리라는 그녀의 결심을 상기한다.

그래, 그녀는 오늘 밤 집에 들어가지 않을 것이다. 야채는 내

일이면 시들 것이다. 아름다운 사람이 매일 밤 먹어야 하는 약은 어쩌면 낮부터 떨어졌는지도 모른다. 파출부는 그런 일에 신경을 쓰지 않을지도 모른다. 아름다운 사람이 먹어야 하는 약이 어디 한둘인가. 가장은 늘 그렇듯이 그의 과장된 슬픔으로 일상의 목록을 잊는지도 모른다. 아무도 낮 동안 자라난 아름다운 사람의 이마의 솜털을 깎아주지 않으리라. 그러나 그녀는 집에 들어가지 않을 것이다.

남자의 아파트에 커튼이 걷혀 있다. 남자는 청소 중이다. 그녀는 잠시 밖에서 기다린다. 그녀는 화단 옆의 시멘트 블록 위에 앉아 남자가 청소를 끝내기를 기다린다. 누군가가 그녀를 바라보는 느낌에 눈을 든다. 관리실 바깥에 나와서 인상을 찡그리고 담배를 피우면서, 아파트 관리인이 그녀를 바라보고 있다. 그녀의 짧은 치마 밑으로 나온 긴 다리와 그녀의 긴 머리카락, 앞이 둥글게 깊이 파인 그녀의 상의를 눈에 띄게 못마땅한 시선으로 훑어본다. 네가 어떤 여잔지 다 안다,라는 표정으로 그렇게 의도를 드러내며 그 뚱뚱한 남자는 그녀에게 시선을 꼬라박는다. 그녀도 관리인을 바라본다. 야릇한 미소를 흘리기까지 한다. 당신 같은 남자가 나를 바라보며 어떤 생각을 하는지 나도 잘 알지. 이런 전언을 그녀는 미소에 담는다.

남자가 청소를 마치고 밖으로 나온다. 그들은 남자의 아파트에서 차로 10분 정도의 거리에 있는 삼류 호텔의 나이트클럽으로 간다. 거기에는 발가벗은 여자들이 삼류 밴드가 연주하는 소음에 가까운 음악에 맞추어 춤을 추는 밤 프로가 있다. 그녀와 남자는 의무적으로 청해야 하는 맥주와 안주를 앞에 놓고 약간 높은 곳에 마련된 단 위에서 여자들이 줄지어 서서 느리게 춤을 추는 것을 멍하니 고개가 아프도록 쳐들고 바라다본다. 그곳에서 그녀와 남자는 소란스러운 풍경 속으로 서로 사라질 수 있어서 좋다. 아무 생각을 할 필요가 없을 정도로 음악이 크게 울리고, 무수한 사람들은 제각기 볼거리를 제공한다.

줄지어 춤추는 벌거벗은 여인들의 춤 프로가 끝나고, 악단이 느린 음악을 연주할 때, 여자와 남자는 사람들 사이에 섞여 춤을 추기도 한다. 그러나 마이크를 잡고 노래를 부르지는 않는다. 그 시간이면 그녀와 남자는 좀더 전격적으로 마신다.

그들이 테이블 가득 즐비하게 사열해 있는 맥주병들이 모두 비어 있음을 확인할 때, 더 앉아 있는 일과 일어서서 그곳을 나오는 일이 동일하게 거추장스럽게 느껴질 즈음, 새벽 1시경, 그들은 남자의 아파트로 되돌아온다. 새로 세탁한 침대 시트, 새로 간 베갯잇. 남자의 아파트가 이 정도의 쾌적함을 제공한 것은 6개월 이후 아마도 처음 있는 일이다. 그들은 나란히 누워서 취기와 함께 어느 순간 어쩔 수 없이 머리를 드는, 서로에 대한 까다로운 생소함이 사라지기를 기다린다. 그녀는 낮에 직장에서 들은 유머 한 조각을 말해주고 히스테릭하게 웃는다. 침대 바로 밑에 놓인 국산 양주병을 가끔 들어 올리면서 남자는 얘기를 듣는 둥 마는 둥 한다. 얘기가 끝나고도, 병이 반 정도 줄어들어도, 생소함은 줄어들지 않았지만, 피곤과 취기가 그 참기 힘든 느낌을 다소간 지워준다.

그녀와 남자는 매일 밤 그렇듯이, 단순하면서도 극명하게 물질적인 살의 논리 속으로 잠수한다. 그녀와 남자가 그 속으로 달려가는 이유는 다를 것이다. 그녀도 남자도 서로의 이유에 대해서 무지하다. 그러나 그래야 하는 절박함의 강도는 아마도 유사해, 그들은 거칠고도 깊게 살 속으로, 살 속으로 침수해 들어간다. 뼈가 닿아 덜그럭거리는 느낌이 구체적으로 다가올 때까지. 그 느낌을 줄이기 위해서 남자와 그녀는 때로 소리를 지르기도 한다. 쾌락의 외침과 유사한 소리. 덜그럭거리는 소리가 가장 미미해질 때까지.

한밤중, 그들은 극도의 피로 속에 누워 있다. 남자의 눈은 피곤으로 충혈되어 있으나, 시선은 무한히 부드러워져 있다. 때로 몸의 이완이 마음을 선하게 만들기에. 그녀는 처음으로 남자에게 아름다운 사람에 대해 얘기하고 싶은 욕구를 느낀다. 그러나 바로 그 순간 아름다운 사람과 그녀를 잇는 기억의 줄이 무한히 가늘어져 그녀의 시야에서 사라지는 것을 느낀다. 그녀는 눈을 감고 그 여린 점선으로 된 줄을 따라간다.

아름다운 사람은 미소가 아름다웠다. 그녀의 목소리가 높아진 기억이 그녀에게는 없다.

그러나 가끔 아름다운 사람은 우울한 뒷모습을 드러내고 어둠 속에 홀로 앉아 있곤 했다. 누군가 무얼 하느냐고 물으면 그 사람은 자신이 태어난 작은 항구도시를 보고 있었다고 말하곤 했다.

그러나 이런 말을 하는 바로 그사이 그 사람의 아름다운 미소는 시들고, 나지막한 목소리는 힘겨운 신음 소리로 변모한다. 남자는 듣는다. 무관한 표정으로. 그를 덮치려 눈자위까지 와 있는 수면에 함몰되지 않으려고 최대한의 주의를 기울이며. 남자의 그런 태도가 그녀를 안심시킨다.

아름다운 사람의 자그마한 손가방은 늘, 언제라도 떠날 것처럼, 그럴 때 꼭 필요한 물건들이 잘 정돈되어 들어 있었다. 깨끗한 수건 한 장, 작은 투명 비닐 백에 들어 있는 앙증맞은 세면도구, 속옷 한두 벌, 카메라 한 대, 얇고 부드러운 하늘색 양모 스웨터 하나…… 이런 여행 장비로 아무도 오랫동안, 멀리 떠날 수는 없다. 그녀는 그 가방을 들고 홀로 떠나는 그 사람의 모습을 본 적이 없다. 아름다운 사람에게 그런 한적한 여유는 한 번도 생기지 않았다. 게다가 얼마 전부터 그 손가방은 그 사람에게서 잊힌 채, 장롱 한구석에 잠들어 있었다……

얼마 전부터 아름다운 사람은 백 그램 이상의 육류는 더 이상 소화시키지 못했다. 보드랍고 싱싱한 야채도 그녀의 소화기관의 무서운 적 중 하나였다. 야채를 갈아 체에 쳐서 삼킬 때, 잘못 갈린 작은 알갱이는 그녀의 위에 그대로 남아, 구토의 원인이 된다. 살기 위한 모든 몸짓, 모든 음식, 모든 약이 아름다운 사람에게는 지뢰 같은 것이 된 지 오래되었다.

그녀는 이미 얼마 전부터 잠에 곯아떨어진 남자의 귀에 입을 가까이 대고, 아름다운 사람에 대한 무의미한 기억의 조각들을 속삭여 불어넣는다. 마치 달콤한 이야기를 들려주듯이.

그 사람의 이마에는 검은 솜털이 매일 자라나고, 다리에는 몇 년이 지났는데도 아직까지 아무도 원인을 알아내지 못한, 어떤 약도 사라지게 하지 못한 이상한 돌기들이 생겨, 가려움증이 그녀의 미소 띤 얼굴을 고통으로 일그러지게 했고, 가끔 한밤중 그 사람의 입에서 고함이 터져 나오곤 했다. 수년 전, 처음으로 그녀가 그 사람의 연약한 두 다리를 뒤덮은 발열 돌기를 보았을 때, 그것이 잊힌 작은 손가방 때문일지도 모른다고 생각했다.

그녀는 갑자기 말하기를 멈춘다. 잠이 깊게 든 남자에게서 멀어진다. 스산함. 선잠에서 깨어난 듯한 스산함. 갑작스럽게 그녀를 침범한 이 추운 느낌을 거슬러 올라가다가 그녀는 그것이 아름다운 사람의 얘기를 모두 과거형으로 얘기했다는 것, 자기도 모르게 사건에 앞서 사건을 완결한 그 사실에서 기인하는 것임을 알아차린다.

그녀는 당장 일어나 고속도로를 달려, 어두운 방에 들어가봐야 한다는 강박감에 잠시 사로잡힌다. 그러나 그녀는 뒤돌아 누운 남자의 벗은 등에 가슴을 맞대고 그냥 누워 있다. 불가항력이 그녀의 몸을 남자의 등에 붙여버렸다. 그녀는 눈을 감고 얘기를 계속한다. 자신도 이해할 수 없는 이미 모두에게 잊힌 무의미한 기억들을 중얼거리며 그렇게 잠이 들었다.

아름다운 사람이 좋아하는 색은 초록색이었다. 그 사람이 싫어하는 것은 완숙 달걀. 그 사람이 좋아하는 것은 여름 장마에 맨발로 마당을 거니는 것……

그녀는 꿈속에서, 화사한 햇살에 미지근해진 잔디에 앉아, 옥색 치마저고리를 입은 아름다운 사람이 고개를 젖히고, 희고 여린 목덜미를 드러내며 행복하게 웃고 있는, 아주 젊은 시절의 모습을 보았다. 동물원, 아니면 고궁의 정원. 아름다운 사람이 그렇게 한껏 웃을 때면 그렇듯이, 그 사람의 눈꼬리에는 반투명의 엷은 안개 같은 눈물이 맺혀 있었다.

하루 전

그녀는 남자와 같이 출근하지 않았다. 그녀는 남자보다 일찍 떠났다. 사무실 근처의 카페에서 아침을 먹으면서 바쁜 걸음으로 출근하는 사람들을 바라보았다. 아침의 햇살이 유리창에 반사되어 그 앞을 지나치는 그녀의 동료들은 누군가가 자신들을 안에서 바라보고 있는지 알지 못한다. 그녀는 시간을 기다린다. 출근 시간. 시간이 다 되었어도 남자는 나타나지 않는다. 남자가 꼭 그녀가 앉아 있는 길 앞으로 지나갈 이유는 없다.

그녀는 출근 시간이 조금 지나서 사무실에 도착한다. 사무실, 옆자리의 동료가 그녀에게 일찍이 걸려 온 전화 내용이 적힌 메모지를 하나 건네준다.

"병원에 들러 약을 지어가지고 곧 귀가하기 바람."

하루가 또 지나간다. 그녀는 전화 전언 속의 '곧'을 지루하게, 불안하게 뒤로 뒤로 미룬다. 아침나절이 지나가고, 점심시간이, 또 그 이후의 오후 시간이 지나간다. 간밤에 부족한 수면으로 시간은 더 더디게, 힘겹게 지나간다. 그녀는 두통약을 한 알 삼킨다. 그러나 집에 전화하지 않는다. 가장은 상점 문을 닫고, 연락 없는 그녀 대신 병원에 다녀갔을지도 모르지만 그것을 확인하러 병원 의사에게 전화를 하지도 않는다. 게다가 그녀는 퇴근하자마자 집에 갈 수도 없다. 그녀가 빠져서는 안 되는 중요한 회의가 갑자기 예정되었다.

그러나 오후에 잠시 틈을 내, 그녀는 병원에 들른다. 아무도 전화하지 않았고, 약을 받으러 들르지 않았다. 그녀는 전전날 밤에 관찰한 아름다운 사람의 상태를 설명한다. 의사까지 만나볼 필요는 없다. 그녀는 간호사에게 모든 것을 부탁하고 간호사는 잘 처리해준다.

회사로 돌아올 때, 건물의 홀에서 그녀는 남자가 동료 하나와 자판기 앞에서 커피를 마시고 있는 것을 본다. 남자가 잠시 머뭇하며, 평소와는 달리, 그녀 쪽으로 한 걸음 내디딘 것을 본다. 그녀는 그 앞을 빠르게 지나친다. 그녀는 오늘 밤, 그녀가 남자의 집에 들르지 않을 것이라는 것을 말하지 않는다.

퇴근 후의 회의는 예상외로 길어졌고, 그녀는 시간을 잘 알고 있었음에도 관성에 의해 자주 시계를 보았다. 남자도 참석한 그 회의에서 남자는 그녀가 자주 시간을 보는 것을 불안한 눈초리로 바라보았다. 그녀 차례가 되어 준비한 보고를 마치자마자 그녀는 회사를 빠져나왔다. 여러 잔 마신 커피로 속이 부글거렸지만 의식은 점점 더 명징해졌고, 간밤, 한밤중까지 깨어 있었기 때문에 누적된 피로로 두 손이 떨렸다. 그녀는 조심스럽게 차를 몰았다.

하루 만에 본 아름다운 사람의 얼굴은 더 이상, 이상한 빛으로나마 빛나지 않았다. 대신 열기로 두 눈이 번들거렸다. 이마에는 소복하게 검은 솜털이 나 있고, 반대로 머리카락은 간밤에 더 성기어진 느낌을 그녀는 받았다. 그녀를 보자 그 사람의 얼굴에는 고통으로 달구어져 더 따뜻해진 미소가 지어졌다.

파출부는 이미 돌아간 늦은 시간이었고, 가장은 목욕탕에서 손수, 아름다운 사람의 손수건을 빨고 있다. 가장은 등을 둥그렇게 하고, 목욕실 문을 크게 열어놓고, 온 집 안의 빨래를 하는 것처럼 거센 물줄기를 틀어놓고, 아름다운 사람의 고열이 쏟게 한 피가 묻은, 단 한 장의 손수건을 빨고 있다.

그녀가 옆에 앉자마자 아름다운 사람은 말한다.

"어젯밤, 얼마나 힘이 들었는지. 한 3시쯤인가. 너무 힘이 들어서 그길로 떠나는 줄 알았지. 너를 봐야지 생각하며 밤을 넘겼다. 아침이 되고 눈을 뜨니, 살아 있는 것이 바로 기적이야."

그녀는 바로 그 시간 남자의 아파트에서 아름다운 사람에 대해 과거로 얘기하고 있었다. 그녀는 가방 속에서 지어 온 약을 꺼내 물과 함께 아름다운 사람의 입에 흘려 넣는다. 아름다운 사람은, 아마도 잠시, 고통 없는 평화의 시간을 가진다. 그녀는 그 사람의 이마에 입을 맞추고 분홍색의 앙증맞은 면도기로 검은 솜털을 부드럽게 밀어준다.

가장의 손수건 빨래가 진행될 동안, 그녀와 아름다운 사람은 얼굴을 맞대고, 온기 없는 손을 맞잡고 대화를 주고받는다. 속살 거림. 마치 그 순간이 오래 지속될 것 같은 달콤한 착각이 만드는 쌉싸름한 속삭임. 내용보다는 어조가, 어조보다는 표정이, 표정보다는 같이 있음이 중요한 속삭임.

지난밤에는 저녁에 먹은 것이, 고기 넣은 뭇국이었던가? 관격을 일으켜, 그 사람은 모두 토해낼 수밖에 없었다. 물론 그 사람은 건더기를 먹지 않았다. 그래도 이제는 더 이상 고기도 무도더는 먹을 수 없을 것이다. 고통은 동일한 강도로, 오래 지속되었다. 그 바람에 아름다운 사람은 하복부를 덮고 있는 작은 돌기들의 가려움증을 잊었다. 게다가 무슨 연관 작용인지는 모르겠으나 돌기들이 잦아든 듯하다.

아름다운 사람의 바짝 마른, 주름진 다리가 이불 밖으로 드러난다. 그랬다. 돌기의 수를 모두 셀 수는 없지만 이틀 사이에 확연히 줄어든 듯하다. 아마도 이제는 가려움증을 줄이기 위한 약을 먹지 않아도 될 것이며, 그러다 보면 이마의 검은 솜털도 더이상 돋아나지 않으리라. 아마도 그러하리라. 그래야 하리라. 그러고 나면 모든 일이 전처럼 순조롭고 평화롭게 지나가리라.

그러나 정말 그럴까. 돌기들은 더 발갛게 극성스럽게 돋아나 있지 않은가. 다만, 아름다운 사람의 감각이 서서히 마비되어, 둔감한 물질 단계로 진행하고 있을 뿐.

아름다운 사람은 갑자기, 느리고, 반복적인, 지난밤 그녀가 겪은 고통의 세밀 묘사를 그친다. 그리고 그녀에게, 바로 그 순간 손수건 세탁을 마치고 방에 들어선, 어찌할 바를 모르고 두 손을 드리우고 서 있는 가장을 향해서가 아니라, 바로 그녀를 향해서 말한다.

"깨끗한 냄비를 골라 물을 끓이렴. 그리고 뚜껑에 맺힌 증기를 그릇에 받아 줄 수 있겠니. 여러 번 반복하다 보면 한 종지 정도는 될 거야. 그 물로 내 얼굴을 좀 씻어다오. 얼굴을 다스리지 못한 지 정말 오래됐지."

아름다운 사람은 마치 그녀가 처음 듣는 것처럼 그 기이한 증류수 만드는 방법을 상세히 설명한다. 그 방법은 아름다운 사람이 젊었을 때 때때로 하던 세면 방법이다. 드물게 그 사람이 화장을 할 일이 생겼을 때, 그렇게 그 사람이 백수라 부르는 증류수에 얼굴을 씻곤 했다. 아름다운 사람의 맏아들과 맏딸의 결혼식 때.

그녀는 일어선다. 밑이 넓고 납작한 냄비와 그에 맞는 뚜껑을 골라, 여러 번 깨끗하게 씻는다. 그리고 수돗물을 받아 불 위에 얹고 뚜껑을 덮는다. 그녀는 부엌의 의자에 앉아 물이 끓기를 기다린다. 밤은 이미 구석구석까지 깊이 다가와 있다. 물이 끓는 것을 바라보면서 그녀의 몸은 일어서 차 열쇠를 찾고 운전대에 앉으며 시동을 걸고 어딘가를 향해 달린다. 그 시간이면 어디론가 멀리 달려가는 몸을 그녀는 의자 깊이 비끄러매고 기다린다. 물이 끓기를. 그녀는 뚜껑을 열어 증기를 그릇에 흘려 넣고 다시 뚜껑을 덮는다. 증기가 고이기를 기다린다.

그녀가 증류수가 든 그릇과 가장이 막 빨아 넌 면 손수건을 걷어들고 어두운 방으로 들어갔을 때, 아름다운 사람은 눈을 감은 채 작은 목소리로 무언가를 속삭이고 있었다. 그건 친근한 사람에게 전화로 내밀한 얘기를 하거나 자꾸 기억에서 도망치는 시 한 구절을 암송하는 것 같았다.

철없는 아이처럼, 응접실에 선 채, 전화번호 수첩을 들고 눈에 들어오는 아무 번호나 눌러 아내가 겪은 위기 상태가 진정 국면에 들어섰다는 것을 알리기 위해 여기저기 전화를 하다가 멈추고 들어와 앉은 가장은, 아내의 입 가까이 얼굴을 가져다 대더니 그것이 아름다운 사람이 한때 고향을 그리며 지은 시구라고 말한다. 그는 한 구절을 외워보이기까지 한다. 그는 꼭 내기를 하는 사람처럼 비정상적으로 흥분해서 말한다. 그녀에게는 자신에게 무언가를 부탁하는 것으로, 예를 들면 멀리 있는 그녀의 형제들을 불러달라는 것으로 들렸지만 상관하지 않는다. 가장의 말에 반대하지 않는다.

그녀는 아름다운 사람이 편안한 자세가 되도록 일으켜 기대 앉힌다. 그리고 손수건을 적셔, 면도 후의 창백하고 말끔해진 이마부터 턱 밑 목주름에 이르기까지 구석구석 쓰다듬듯 씻는다. 이런 얼굴에 검은 솜털이 뒤덮일 수 있는가. 이런 미소의 안온한 표정을 지을 줄 아는 사람의 하복부를, 때로 썩은 수초 냄새를 풍기는 진물을 내뱉는 발열 돌기들이 그악스럽게 뒤덮을 수 있는 것일까.

그녀가 마지막 손길을 거두었을 때, 아름다운 사람은 황홀한 듯 눈을 깜짝거리면서 말한다.

"이제 됐다. 내 요가 등에 배기네. 저 요를 깔아주렴. 저기 누울 테야. 이제는 아무것도 더 부탁하지 않을 테니 가서 자렴. 네가 옆방에 있어 안심하고 나도 잘 테니.”

아름다운 사람은 접혀 있는 가장의 요를 가리킨다. 가끔, 오래되긴 했지만, 불안이 가장을 그 사람 옆에서 자게 했기에 가장의 요는 늘 거기, 어두운 방 한구석에 접혀서 놓여 있다. 그녀는 온순한 손길로 접힌 요를 펴고 아름다운 사람의 깃털처럼 가벼워진 몸을 그쪽으로 옮긴다. 그리고 오랜만에 화사해진 아름다운 사람의 미소의 잔영이 여전히 떠도는 실내의 불을 끄고, 그녀는 더 어두워진 어두운 방에서 나온다.

밤이 모든 사물을 짙게 물들여, 그녀의 방문은 아주 멀어 보였다. 그녀는 그러나 불을 켜지 않는다. 가장의 요에 아름다운 사람이 잠들어 있기에 가장은 자신의 방으로 들어간다. 자정이 훨씬 넘은 시간, 아마도 그제의 그녀가 남자의 아파트를 나와 비에 젖은 고속도로를 달리고 있었던 즈음의 시간.

그날

그리고 그날. 모두가 다소간 낙관적이게 되어 깊어진 수면에 침강한 그날 밤과, 채 오지 않은 아침의 경계쯤에 그녀가 들어가본 어두운 방, 그 방에서 그녀는, 오래전부터 예견했으면서도 영원히 길들여질 수 없는, 미지의 목적을 위해 완결되었기에 진행을 멈추어버린 한 육체 앞에서, 자신의 경악의 외침이 홀로 몸 밖으로 뛰쳐나오는 소리를 들었다.

나흘 후

소란스러움과 복잡한 절차가 모든 감정을 집어삼킨 며칠이 스산하고도 어지럽게 지나갔다.

아무도 정확한 시간을 알지 못한다. 언제 아름다운 사람이 마지막 숨을 들이쉬었는지 혹은 내쉬었는지. 어떻든 그 사람이, 한밤중 홀로, 이미 오래전에 떠난 길의 끝에 다다른 지 나흘이 되었다. 막 지나왔을 뿐인데 그 밤, 하룻밤 새 반이 넘게 비어버린 약병에 대해서는 말하지 않기로 모두가 약속이 되었기에 아름다운 사람이 떠난 시간에 대해 아무도 질문을 던지지 않는다. 떠나는 사람에게서 짚어볼 수 있는, 의심이 가는 어떤 다른 의지보다는, 아마도 한밤중 고독한 고통이 기울게 한 손길. 길이 갈라지는 모퉁이를 돌기 전, 떠나는 자가 흔드는 마지막 손짓.

마지막 손님이 새벽 일찍 떠났다. 검은 정장에 모자를 쓰고 그 손님은 진심으로 애석한 표정으로 떠났다. 아름다운 사람의 젊었을 적, 아직 저 남쪽 해안 도시의 소녀였을 때의 애인,이라고 가장은 말했다. 신사는 가장의 손을 잡고 오랫동안 흔들면서, 기억하시죠, 하고 말한다. 그 신사의 부인이 가벼운 정신질환으로 이 도시에서 치료를 받을 때, 아름다운 사람이 정성껏 보살펴주었던 것을 그녀는 기억한다.

손님이 떠나고 난 후, 그녀의 아침은 갑자기 길어진다. 그녀가 다듬어주어야 할 이마도, 확인해야 할 숨소리도, 낮에 시간을 내어 구입해야 하는 물품의 목록도 없다. 뿐만 아니라, 가장을 상점까지 데려다주지 않아도 된다. 가장은 한 열흘간 상점 문을 닫을 것이다. 가장은 요가를 시작할 것이다. 그녀는 걱정 없이 출근해도 된다,라고 가장은 가장다운 어조로 말한다. 아름다운 사람을 보살피던 바로 그 파출부가 이제는 가장의 식사와 집안일을 위해 한두 시간 들를 것이다. 어떻든 당분간. 그러나 얼마 안 있어 그 시간마저 줄여야 하리라.

그녀는 어두운 방의 문, 창문, 침구로 가득한 장롱의 문을 활짝 열어놓고 며칠 만의 출근 시간을 기다린다. 이 방바닥이 이토록 노랗게 빛나는 것을 그녀는 잊고 있었다. 방구석의 쟁반에 여전히 놓여 있는 성실한 소품들. 끝내지 못한 여러 약봉지들과 하복부의 가려움증을 잠재우되 이마에 검은 솜털을 돋게 했던, 아직도 상당량이 남아 있는 파란색 뚜껑의 피부약병, 분홍색의 앙증맞게 작은 면도기. 그 옆에는 가장이 오랫동안 빨았으며, 그녀가 마지막으로 사용했던 면 손수건이 바짝 마른 채 놓여 있다. 누군가가 시급히 치워버린, 하룻밤 새 반 이상이 비어버린 독한 치료 약병 이외에는, 아무도 그동안 이 방에 주의를 기울이지 않았다.

그녀는 혼자 집을 나선다. 그녀가 안심하지 못할 것이 없다. 이제 어두운 방 안은 비어 있고, 방문은 열려 있다.

그녀는 여러 날 만에 사무실에 도착해 여러 사람이 다른 자리에서 이미 반복해서 한 위로의 말을 듣는다. 그녀는 고요하게 고개를 숙이고 그 말들을, 지금까지 관성적으로 들어온 각자의 목소리의 음색을 감미하며 듣는다. 그녀의 검은 원피스 위로는 그러나 눈물 한 방울 떨어지지 않는다. 누구는 용기를 내라고 한다. 누구는 시간이 잊게 해줄 거라고 말한다. 또 누구는 인생은 그런 것이라고 말한다. 누구는 그저 신음 소리를 내면서 그녀의 어깨를 두드리고 지나간다. 그녀는 자신도 모르게 새어 나오려 하는 웃음의 흔적을 가까스로 지운다. 때로 현명해 보이는 사람들도 멍청한 말을 남발할 때가 있다는 것을 그녀는 배운다.

오전은 그렇게 지나간다. 오후에는 사무실의 팀장을 대신해 시내에서 열리는 경제 관계 전문가들의 강연회에 참석한다. 그러나 그녀는 그곳에 오래 머무르지 않는다. 첫 강연자의 발표가 시작되자마자 발표문이 수록된 책자를 들고 밖으로 나온다.

그녀는 오후 내내 도시를 돌아다닌다. 여름 가까이 되어 더 징그러운 청록색으로 짙어지는 나뭇잎들, 기껏해야 소매나 옆구리를 스쳤을 뿐인데 상대편을 집어삼킬 듯 노려보는 사람들, 공허하게 번잡스러운 지하철 층계, 사철나무 가지가 삐죽하게 넘어오는 고궁의 벤치에 어색하게 앉아 철없이 영원을 떠들어대는 교복 속에 갇힌 미성숙한 육체들, 가로수 윗가지에 붙어 음산하게 펄럭이는 찢어진 검은색의 비닐봉지, 가짜 사랑에 영원히 가짜 약속을 한 후 감쪽같은 미소를 띠고 앉아 있는 오후 카페의 무수한 남녀들…… 삶은 뻔뻔하게 계속되며, 꽃들은 부당하게 피어나고, 날씨는 잔인하게 맑은 오후. 그래도 시간이 남아 그녀는 공원의 벤치에 앉아 소리 내어 강연 내용을 읽는다. 벌레가 갉아먹는 이파리처럼, 읽으면서 내용을 잊어버린다. 그녀는 퇴근 시간에 맞추어 회사로 돌아온다.

그녀는 여덟 걸음만 걸으면 남자의 사무실이라는 것을 안다. 그러나 그 방향으로의 여덟 걸음을 그녀가 내디딘 적이 아직 없다. 그녀는 기다린다. 남자의 아파트 근처에 있는 반찬이 열다섯 가지가 나오는 식당에서 식욕 없이 저녁을 먹으면서 기다린다. 그러나 남자는 아파트에 없다.

충분히 늦은 시각이기에 그녀는 차를 타고, 손의 변덕에 핸들을 맡기고 달린다. 밤길은 비어 있다. 그녀는 빈 대로를 따라 공항, 역, 터미널 근처를 달린다. 그녀는 천천히 달린다. 속도를 낼 필요가 이제는 없다. 그녀는 다시 도시 중심으로 되돌아온다. 그녀는 남자의 아파트 방향으로 가서 단지를 한 바퀴 돈다. 남자의 불 꺼진 아파트가 멀리서 보인다. 그날 그녀는 남자를 보지 못했다. 그러나 어느 날엔가 그랬던 것처럼 베란다의 열린 유리문을 통해 남자의 아파트에 무단 침입하지 않는다.

닷새 후

그녀는 거의 새벽 가까이에 집에 돌아온다. 그날에 이르러서야 그녀는 집 안에서 시들어가는 꽃들의 역겨운 냄새가 나는 것을 알아차린다. 그렇다, 꽃들이 있었다. 이미 반 이상 시들어버

350

린 화환과 화분들. 가장은 여러 사람의 반대를 무릅쓰고 그것들을 힘들여, 고집스럽게 집으로 옮겨 왔다. 아름다운 사람의 어두운 방이 빈 이후 가장이 엉뚱한 장소에서 인색함을 드러내는 것을 그녀는 여러 번 보았다. 여실히 가벼워진 코 고는 소리가 흘러나오는 가장의 방 앞을 지나면서 그녀는 화분을 내다 버리기로 결정한다. 점점 더 맑게 깨어 일어나는 의식, 그러나 그녀는 더 이상 머리가 아프지 않다. 새벽빛이 창문으로 새어 들어오고, 비를 머금은 거대한 구름이 빠른 속도로 하늘을 달릴 때, 그녀가 할 수 있는 일은 그 일밖에는 없다.

그녀는 화분들 중에서, 남자의 이름이 적힌 작은 카드가 꽂혀 있는 방울꽃 화분을 발견한다. 그녀는 깜짝 놀라 그 앞에 멈추어 선다. 사적인 전언은 없다. 받을 사람의 이름과 꽃 배달 가게에 일련번호를 붙이고 늘어서 있는 문장 중의 하나일 것이 분명한 상투적인 조문과 보낸 사람의 이름. 방울꽃도 벌써 반 이상 시들어 있다. 그녀는 조문객 중에서 남자를 본 기억이 없다. 그러나 그녀는 늘 그 자리를 지키지도 않았다.

그녀는 아무에게도 말하지 않았다. 남자에게도, 회사에도. 새벽에 일어나, 어두운 방의 문을 열고 아름다운 사람의 얼굴에 정수리를 가져다 대려고 누웠을 때…… 이미 그 사람은 시간을 거슬러 너무 멀리 가 있었으므로. 그녀의 짧은 일생에 처음 다가온, 오랫동안 준비되었음에도 여전히 갑작스러운 사라짐, 갑작스럽게 확인한 말랑했던 육체의 고체적 변질 앞에서 그녀는 다만 경황이 없었을 뿐이다. 그러나 그녀가 혹 누군가에게 알릴 생각이 났다고 해도 남자에게 전화를 하지는 않았으리라.

예고 없이 결근한 그녀를 찾는 동료의 전화에 모인 식구 중 누군가가 호들갑스럽게 그녀에게 일어난 일에 대해서 말해주었으리라. 해외 지사 근무 중이라 뒤늦게 도착해 일찍 떠난 그녀의 남자 형제나, 가족 모두를 대동하고 지방 도시에서 올라온 그녀의 자매.

그들은 사흘 내내 그녀의 앞으로의 거취를 궁금해했다. 혹시 집 안에 혼자 남아 있는 그녀마저 가장의 옆을 떠나 어려운 숙제가 그들 것이 될 것을 그들은 두려워했다. 해외에서 근무하는 그녀의 남자 형제의 경우는 그 부인이 해외 근무지에서 공부 중이기에 가장을 맡기 어렵다. 그런가 하면 지방에서 올라온 여자 형제의 경우는 이미 여러 기회에 누차 말했기에 누구나 다 알다시피 조만간 시부모를 모시기로 약속이 되어 있다. 아무도 질문을 던지지 않았지만 그들은 스스로 묻고 스스로 대답했으며, 어떻든 두루두루 좋은 대안을 찾아볼 시간이 충분한 데다, 가장은 아직 젊은 편이니 너무 조급히 생각지 말자,라고 가장에 대해 잠정적인 결론을 짓는다.

갑자기 불려 온 남자 형제의 부인과 여자 형제는 목소리를 낮추어 속삭인다. 부엌이나 밤 마당가에서 걱정스러운 듯 팔짱을 끼고 서서. 그녀가 듣지 못하게끔. 그러나 그녀 귀에 들릴 만큼 충분히 분명하게, 가장이 누군가를, 젊고 건강한 여자를 다시 만나야 한다,라고 그들은 말한다. 그러려면 그녀가 빨리 집을 떠나는 것이 나을지도 모르겠다고, 열려 있는 그녀 방문 쪽을 돌아다보며 속살거린다.

그녀에게 남자가 있는가. 두어 번 전화를 걸어 온 남자가 있었는데, 그와는 결혼할 사이인가. 그녀가 다니고 있는 직장은 튼튼한가. 결혼 비용은 충분한가. 전자 기기 대리점을 가장과 같이 경영해 다시 일으킬 생각은 전혀 없다는 건가.

그녀는 남자가 보내온 화분을 포함한 모든 화분을 문밖에 내놓는다. 마지막 화분을 버리고 났을 때, 여러 번의 왕복으로, 어떤 화분은 정말 무거웠다, 기진맥진해진 그녀는 거의 네발로 기다시피 해, 괴기한 자세로 문을 닫고, 집 안으로 들어온다. 그리고 들어오자마자 그녀의 방 뒤로, 세상으로 나 있는 문을 모두 닫는다. 커튼을 잡아당겨 점점 강해지는 낮빛이 새어 들어올 틈을 모두 막아버린다. 사각의 어둠 속에 그녀는 드러눕는다. 어둠은 그녀가 누워 있는 연두색 소파에 어두운색을 칠한다. 책장 모서리의 흰색을 모두 검은색으로 덮는다. 다탁 밑에는 연자주색 유리 재떨이가 놓여 있다. 그녀는 그것을 아예 검은색 페인트 통 속에 던져버린다. 그렇게 색칠이 끝나자 그녀는 이제는 잠이 들 수 있을 것 같은 기분이다.

그녀는 눈을 감는다. 그리고 앙가슴께를 누르는 여덟 개가 넘는 바늘이 각기 다른 강도로, 번갈아, 찌르는 일을 멈추기를 기다린다. 이 가슴은 드럼이 아니니, 그만! 그러나 그 일이 멈출 리는 없다. 찌르는 강도에 따라 하나 둘…… 바늘의 수를 센다. 짧지만 만만치 않은 통증으로 보아 굵기가 짐작되는 여섯 개쯤의 바늘을 식별해내다가 그녀는 잠이 든다.

일주일 후

남자에게는 아무런 변화가 없다. 그녀가 며칠간 남자를 보지 못한 것은, 남자의 아파트에 불이 꺼져 있었던 것은, 남자가 다만 지방 여행을 다녀왔기 때문이다. 남자는 병가를 내고 지방 여행을 다녀왔다. 남자는 바닷가에 있는 호텔에 머물면서 볼링과 수영을 했다. 하루 오후, 바다 저쪽에 보이는 섬으로 배를 타고 갔다 왔을 뿐, 특기할 만한 어떤 일도 일어나지 않았다. 남자는 섬의 이름을 말하지 않았다. 남자는 그 섬에 가지 말았어야 했다,라고 말한다.

남자의 아파트에는 속옷 등속, 꾸겨진 주간 시사지나 책 한두 권을 내보이며 열려 있는 커다란 트렁크가 놓여 있다. 그 구차한 여행 사물에 비해 트렁크의 크기는 너무 크다. 두 사람이, 열흘 이상의 여행을 떠나기에 충분할 정도로 크다. 그러나 남자에게는 다른 가방이 없다. 그녀와 남자가 같이 여행을 계획한 적도, 즉흥적으로 여행을 떠난 적도 없다. 그녀는 남자와 여행을 떠날 필요가 없다,라고 그녀는 냉소적으로 정의 내린다. 곧 바뀌어버릴 이런 감정적인 정의는 그녀에게 아무런 도움도 주지 못한다.

모든 일상은 변화 없이 진행된다. 다소간 약화되긴 했지만 그녀의 편두통은 여전히 그녀를 간헐적으로 습격하며, 그녀는 아직도 수면이 필요할 때는 약의 도움을 받는다. 그렇지 않아도 짧은 그녀의 수면 시간은 더 짧아져, 그녀는 당분간 수면제 복용을 계속할 수밖에 없다. 그녀가 말로 표현할 수 없는 어떤 근본적인 외로움이, 그렇지 않아도 저항력이 약화된 민감한 신체 주기에 정착할 기회를 찾아 그녀의 수면을 멀리 쫓기 때문이다.

의식을 말짱하게 깨워놓고 잠이 달아난 그 시간에 그녀는 그 정체를 들여다본다. 그녀는 떠오르는 모든 얼굴들을 수면이 쫓겨간 빈자리에 놓아본다. 형제나 가장이나 그 남자 혹은 다른 아는 얼굴들을. 한 얼굴도 빼놓지 않으려고 애쓰면서. 미소가 지워져버린, 이제는 무표정하게 떠올라오는 아름다운 사람의 얼굴까지. 이 마지막 얼굴은 그 빈자리의 가장자리를 더 깊고 넓게 패게 했을 뿐. 어떤 얼굴도 그 빈자리를 메워주지 못한다.

그래도 그녀는 이 마지막 얼굴로 잠시 되돌아온다. 갑작스럽게 등장해 의심해보기도 전에 요지부동으로 자리를 잡는 하나의 확신이 그녀 몸속에 한 줄기 차가운 바람을 일으킨다. 잘 생각해보면, 아름다운 사람이 사라지기 훨씬 이전부터, 아름다운 사람의 어두운 방이 비기 훨씬 이전부터, 그녀의 기억이 거슬러 올라갈 수 있는 한 가장 먼 그 어느 날부터 이 빈자리가 그녀 속에 들어와 자라고 있었던 것은 아니었을까. 어두운 방은 어두운 방이 되기 훨씬 오래전부터 이미 비어 있었던 것은 아니었을까.

그녀는 여전히 한밤중 1, 2시경이 되면 남자의 아파트를 나와 집으로 돌아온다. 가끔 그 시간에도 불 꺼진 마루 한 벽에서 숨을 휴우후, 휴우후 규칙적으로 크게 내쉬면서 물구나무서기를 하고 있는 가장을 만날 때가 있다. 땅바닥에서 올라오는 모든

굿바이   355

기운에 온몸으로 저항하려는 것처럼, 방석에 정수리를 받치고 거꾸로 서 있는 가장의 빨개진 얼굴이 방에서 흘러나오는 흐린 빛 속에서 드러난다. 가장은 그녀가 그 앞을 스쳐 지나갈 때도 물구나무서기를 계속하고 있다. 가장을 지나쳐 방 앞에 선 그녀는 가장이 눈을 질끈 감고 몰두해서 숫자를 세고 있는 것을 알아차린다. 스물, 스물하나, 스물둘…… 얼마 후 방 밖에서 가장의 목소리가 들려온다.

"자니?"

곧이어, 실망한 어조의 혼잣말.

"흠, 그새 잠이 들었구나."

열흘 후

그녀는 무언가 스치는 소리에 깨어 일어난다. 그녀는 전날 밤 그만 마루의 소파에서 잠이 들고 말았다. 아무도 잠든 그녀 위에 이불을 덮어주지 않았다. 더위의 시작이기는 해도 그녀는 햇볕이 조금만 드는 눅눅한 마루에서 추위를 느꼈고 그녀의 수면은 그 때문에 삐걱거렸던 것을 기억한다. 무엇이 그녀 옆을 스쳐 가며 바람을 만들었을까. 그녀가 눈을 떴을 때, 한 여인이 그녀 위에 구부리고 서 있었다. 그녀는 한순간 착각한다. 그러나 아니다. 그녀를 내려다보고 있는 눈은 반달형에 눈꼬리가 긴, 그녀가 한순간 전 꿈속 비슷한 몽롱한 상태에서 보았다고 생각한,

그 그리운 시선이 아니다.

파출부로 오는 젊은 여자의 굵게 파인 인조 쌍꺼풀이 그녀를 근심스럽게, 그러나 친밀한 표정으로 내려다보고 있다. 그녀가 틀림없이 불행하리라고 단정해버린 여인은, 그녀에 대해, 어떻든 잘 모르는 여자 중 하나에 불과한 사람에 대해, 예외적인 친밀함을 과감히 만들어 보인다. 그녀의 눈에서 한 줄기 눈물이라도 떨어졌다면 당장이라도 그녀를 품 안에 끌어안을 준비가 되어 있는, 그런 자세로 여인은 그녀를 굽어보며 서 있다.

그녀는 벌떡 일어나 시계를 본다. 10시! 그러나 주말이다. 그녀는 그대로 누워 있어도 된다. 그녀가 깨어 일어났을 때, 집 안에 누군가 있는 것이 습관적으로 그녀를 순간 안심시킨다. 가장은 일찍이 요가를 하러 나갔다고 여인은 말한다. 그녀는 뒤늦게 자신이 여인에게, 미루어둔 일을 주말에 처리하기 위해 와달라고 전화했던 것을 기억해낸다. 여인의 남편은 택시 운전을 하며 일요일에도 택시를 몰아야 하기 때문에 괜찮다고, 갈 수 있다고 여인이 대답했던 것도 기억한다.

그녀 같은 처지에 있는 사람 앞에서는 그렇게 행동하는 것이 옳다고 누군가에게서 배우기라도 한 것처럼, 그녀가 다른 곳으로 도망하지 못하도록 여인은 매 순간을 말로 촘촘히 채운다. 여인은 매일 오후 세 시간씩 집에 들렀다. 위아래층의 모든 창문을 닦았고 가장의 허락을 받고 지하실에 쌓여 있던 낡은 빈 상자 더미를 버렸으며 지하실 바닥을 비눗물로 싹싹 닦았다. 그래서 누구든지 그렇게 하고 싶은 사람은 마당이나 지하실에 그냥 누울 수 있을 정도로 깨끗하다. 어떻든 지하실과 마당 쪽은 여인이 믿을 만하게 처리했다. 그렇지만…… 아직 집 안은 매일 쓸고 닦던 공간만 손댔을 뿐, 그 이외에는 만지지 않았다. 벽장도 부엌의 찬장이나 선반, 마루에 놓인 가구의 내부도. 집 안은…… 물건들이 많아 조심스럽고 또, 여인 자신이 어디까지 손을 대야 하는지 알 수 없다. 지시를 내려받기 전까지 여인은 아무 데도 손을 대지 않을 것이다. 가장의 일상은 아주 규칙적이다. 일어나는 시간, 자는 시간, 요가하는 시간을 지키려고 결사적인 노력을 한다. 그러나 다음 날부터 이 시간표는 다소간 변경되리라. 가장은 상점 문을 다시 열 것이라고 여인에게 말했다.

그녀는 몸을 일으켜 그녀 자신도 알지 못하는, 관심을 가지지 않은 지 오래된 이런 정보들을 세밀하게 나열하는 여인을 바라본다. 여인의 말투는 느리고, 여러 지방의 사투리가 조금씩 섞여 있다. 택시 운전을 하기 전에 여인은 남편을 따라 여러 지방에서 몇 년씩 장사를 했기 때문이다.

그녀는 여인과 함께 아름다운 사람의 방, 장롱 서랍에 든 것들을 밖으로 내놓는다. 그 사람의 물건은 모두 밖으로 나왔으나, 그녀가 무의식중에 찾던 것, 아름다운 사람이 귀중한 친구를 만나러 나갈 때면 꺼내 입던, 그러나 입지 못한 지 이미 오래된, 아마실로 지은 연한 옥색의 한복 한 벌을 찾지 못한다. 신발장과 부엌, 집 안의 다른 공간을 채우던 아름다운 사람의 살과 뼈의 껍질은 물건들의 작은 동산을 만들며 시멘트 덮인 마당에 쌓인다. 쌍꺼풀 진 눈을 크게 뜨고 여인은 그녀와 물건 더미를 번갈아 바라다본다. 그녀는 여인에게 말한다.

"필요한 것 있으면 모두 가져가세요. 주변에 아는 사람에게도 주세요."

여인은 갸름한 얼굴에, 이럴 땐 어떡한담, 하는 표정을 떠올리다가는 그녀의 의도를 다 이해하겠다는 동작을 취한다. 조의를 표하듯 천천히, 여인은 옷가지와 구두와 가방, 장신구들을 뒤적이기 시작한다. 그녀는 커다란 비닐 가방을 여인에게 내민다. 여인은 비닐 가방을 한옆에 놓고 별 흥미 없다는 듯, 그러나 선택이 분명한 손길로, 골라놓은 물건들을 비닐 가방 위에 모아놓는다. 아름다운 사람이 오랫동안 사용하지 못한 채 그늘 속에서 잠자고 있었던 굽 높은 구두와 밝은 색상의 옷, 아름다운 사람이 병원에 갈 때, 그 사람에게 치명적일 수 있는 햇살에 노출되지 않도록 그녀가 얼마 전에 사준 모자, 벨트나 장신구 등을 비닐 가방 속에 던져 넣는다. 그녀도 이해할 수 없는 이율배반적인 감정으로, 아, 저건 여인이 골라내지 말았으면 하는 물건들, 초록색 원피스와 챙 넓은 밀짚모자, 갈색과 흰색의 굽 높은 구두…… 를 여인은 골라낸다.

여인은 바로 그 옷, 초록색 원피스를 들고 화장실로 간다. 몸에 맞지 않으면 골라봐야 소용이 없으니 입어보겠다고 말한다. 기이하게도 아름다운 사람의 소지품은 이 여인에게 잘 맞는다. 그녀는 아름다운 사람의 아담한 몸매와 그리 크지 않던 키가 여인과 유사했던 것을 기억해낸다. 여인은 만족한 듯하다.

여인은 고르는 일을 계속한다. 그녀는, 여인이 이미 고른 옷과 짝을 이룰 만한, 적어도 아름다운 사람은 그렇게 짝을 지었던, 초록색이 입혀진 가죽 벨트, 여인의 손이 이미 여러 번 스쳤으나, 그때마다 강렬하게 저것만은 여인이 집어 들지 말았으면, 하고 바라던 그 벨트를 골라 드는 것을 덜커덩 놀라는 심정으로 바라본다. 그러나 그 벨트에 얽힌 어떤 추억도 그녀는 기억하고 있지 않다. 그건 그저 주인을 잃어 생생한 빛을 발하지 못하는 한갓 벨트일 뿐이다.

여인은 고른 물건을 모두 비닐 가방에 집어넣는다. 비닐 가방은 가득 찼다. 게다가 여인은 뒤적거리기를 멈춘다. 여인은 주위에 줄 만한 사람이 없다,라고 말한다. 그때서야 그녀와 여인 사이에는 다소간 어색한 기운이 감돈다. 여인은 온 김에 집안일을 하겠다고 안으로 들어간다.

그녀는 물건들의 작은 동산 위에 준비해둔 기름을 조금씩 뿌린다. 그리고 그 위에 성냥을 켜서 던진다. 때로 흙을 비옥하게 하기 위해 풀을 태우듯. 물건의 동산은 검은 연기를 만들며 타기 시작한다. 가벼운 그을음이, 마당에 서 있는 단 한 그루 나무인, 감나무 윗가지 쪽으로 날린다. 아름다운 사람이 연못을 만들기를 꿈꾸었으나 끝내 이루지 못한, 실제 연못을 만들기에는 너무도 협소한 시멘트 덮인 마당은 곧 연기로 자욱해진다.

물건들의 동산은 얼마 안 있어 검게 그은 쇠붙이 장식 등속을 드러내 보이면서 재로 변모해 바닥에 흩어진다. 그녀는 잿더미를 빗자루로 쓸어 쓰레기통에 버리고, 수도에 호스를 연결해 바닥의 검은 자국을 지워버린다.

여인이 손을 댄 집 안 청소를 채 끝내기도 전에 그녀는 여인에게 말한다. 이제는 매일 올 필요가 없다고, 당분간 일주일에 두 번 화요일과 금요일 오후에만 들러달라고 말한다. 여인은 매우 놀란다. 가장은 매일 오후 세 시간씩 꼭 와달라고, 여인에게 이미 부탁한 바 있기 때문이다. 그것도 바로 어제. 여인은 이럴 때 어느 쪽 말을 들어야 할지 모르겠다고 말한다. 그녀는 가장도 그녀의 견해에 동의할 것이라고 말한다. 게다가 가장은 집안일에 대해서는 아무것도 모른다. 그녀는 덧붙여 설명한다. 여인도 알다시피 그사이 여러 가지 상황이 변했다. 이제 이 작은 집에서 매일 세 시간씩 할 일이 더 이상 없다. 여인은, 그건 그렇다,라는 표정을 지으며 고개를 끄덕거린다.

여인은 재빨리 하던 일을 끝낸다. 여인은 물건이 든 비닐 가방을 들고, 높은 구두굽으로 시멘트 바닥을 톡톡 두드리고 나서, 여인이 할 수 있는 가장 친절한 말을 하면서 문을 나선다. 여인은, 집안일과 가장을 잘 보살피겠노라고, 그러면 다음 화요일 오후에 들르겠다고 말한다.

열이레 후

주말. 또 한 번의 주말. 이제 그녀가 아름다운 사람과 함께 새벽의 수산시장에 붐비는 인파의 흐름을 따라 팔을 끼고 걸으면서, 우스꽝스러운 모양을 한 해산물을 보며 뜻 없이 깔깔거리는 일은 다시 없을 것이다. 그 사람과 머리를 맞대고 대체 오늘은 무슨 맛있는 것을 해 먹어볼까, 궁리하는 일은 과거에 속한 것이 되어버렸다. 그 사람만이 잘 구울 줄 아는 맛살조개의 쌉싸름한 맛을 그녀는 다시 맛볼 수 없을 것이다. 산뜻한 맛의 게장과 바지락이 들어간 찌개, 생선찜과 굴전…… 그녀는 그 사람, 해변 도시에서 태어났고 그곳에서 성장한 아름다운 사람만이 낼 줄 아는 맛, 그 맛에 대한 육체적인 욕구로 새벽에 깨어 일어난다. 그녀의 혀, 그녀의 위와 복부에 각인되어 있는 맛의 기억이 이 아침, 그녀의 몸속에 황량한 회오리를 만들면서 그녀를 깨운다. 그 사람이 하나의 추상, 하나의 사상으로 결정結晶되기 위해서는 몇 번의 주말이 지나가야 할지, 그녀는 알 수 없다.

그녀가 방에서 나왔을 때 집 안은 고요하다. 가까이서 동네 아이들의 크고 작은 외침 이외에는 아무 소리도 들리지 않는다. 늘 현관 한편에 가지런히 놓여 있는 가장의 구두는 지금 없다. 그녀는 가장이 집 열쇠를 가지고 외출했는지 아닌지 확인하지 않고 집을 나선다. 어디로 가야 할까. 그녀는 머릿속으로 그녀가 모르는 장소를 물색해본다. 어떤 기억도 서려 있지 않은 곳, 하루 만에 갔다 올 수 있는 멀지 않은 거리라면 아무 데고 다 좋다. 아는 장소보다는 모르는 장소가 단연 많으리라. 그러나 모르는 장소를 하나 선택하는 일, 그건 지금의 그녀에게는 가장 막연하고 어려운 일이다. 정신을 집중하자마자, 가득 들어차는 것은 그녀가 한 번은 들른 일이 있는, 구체적인 상황이 떠올라오는 그런 장소들뿐. 그녀는 차에 시동을 걸고 도심의 반대 방향으로 가야 한다는 것 외에 아무런 구체적인 지표 없이 떠난다.

이건 일종의 여행이다,라고 그녀는 생각해본다. 그녀에게는 잘 가꾸어온 구체적인 현실, 언젠가 닥칠지 모르는 파괴의 위험에서 보호해야 할 구체적인 현실이 아직은 없으며, 여행에서 돌아와 더욱 진하게 그 진가를 확인하게 되는, 그 정도로 안정된 신임할 만한 현실이 그녀 것인 적이 없다. 여행은 아직까지 그녀의 것이 아니다,라고 그녀는 생각을 고쳐먹는다. 이건 피크닉 정도다. 그녀는 정말 피크닉을 가는 것처럼 하기 위해 길 위에 차를 세우고 편의점에 들어가, 캔 커피와 김밥과 음료수를 산다. 그녀의 낡은 차 트렁크 속에는 잊혀진 지 오래된 비닐 돗자리도 들어 있으므로, 햇살도 강하지 않은 이런 주말, 피크닉은 안성맞춤이다. 그녀는 늘 같은 음악 프로에 맞추어져 있는 라디오의 볼륨을 최대로 올리고 달리기 시작한다.

그녀는 자신이 가장 드물게 택하는 방향, 도시의 북쪽을 향해 달린다. 그녀는 한 가지 원칙을 정한다. 길이 갈라지는 지점에서는, 망설이지도, 질문을 던지지도 말자. 무조건, 비어 있는 길, 덜 붐비는 길을 택하자. 모르는 길 앞에서 순간적으로 일어나는 궁금증이나 호기심 혹은 정체를 알 수 없는 이끌림으로 방향을 정하지 않기로 한다. 그녀는 그 원칙을 따른다. 그렇게 그녀는 도시에서 멀어진다. 그녀에게는 직진이나, 왼쪽 혹은 오른쪽 길만 있을 뿐이다. 그녀는 처음으로 빨간불 앞에 차를 멈추고 파란불이 될 때를 기다리는 정지의 시간이 주는 안식을 경험한다. 그녀가 가는 방향이 어딘지, 가로지르는 지역의 이름이 어딘지 그녀는 궁금해하지 않기로 하며, 실제로 그녀는 그런 것에 관심을 두지 않는다. 그녀의 시선에 무작위로 잡히는 상점의 간판에서 그녀는 지나가는 곳의 이름을 막연히 감지하기도 한다. 그것이 다. 어떻든 그녀가 한 번도 가보지 않은 동네, 지역, 그것이 그녀가 바라던 것이다.

그녀는 오랫동안 모르는 동네, 모르는 소도시, 모르는 시골길, 모르는 산길을 달렸다. 그녀는 마침내 앞에 나 있는 길을 따라 무작정 달리는 일 외에 다른 아무것도 생각하지 않는 일종의 공백 상태에 다다른다. 그녀는 산모퉁이를 돌고 한가하고 아늑해 보이는, 바로 오롯이 아늑하기에 그녀를 밀어내는 마을들을 지난다. 그리고 다시 산모퉁이를 한 번 돌았을 때, 그녀는 인공으로 만들었음 직한 작은 크기의 호수 앞에 다다른다.

이미 달구어지기 시작한 햇살을 피해 혹은 관습적으로 챙 있는 모자를 쓴 여러 명의 남자가 드문드문 낚싯대를 드리우고 앉아 있는 고요한 풍경 앞에서 그녀는 멈춘다. 어떤 얼굴은 그곳에 앉아서 밤을 지새운 것처럼 푸석하고 머리칼은 마구 흐트러져 있다. 정지된 무성영화의 한 장면처럼 그들은 나란히 미동 없이 침묵한 채 앉아 있다.

그녀는 그 풍경을 벗어난다. 낚시터 한옆으로 나 있는 숲속의 오솔길에 차를 세우고 피크닉을 위해 장만한 것들과 먼지를 뒤집어쓴 트렁크 속의 비닐 돗자리를 챙겨들고 오솔길을 따라 산속으로 걸어 올라간다. 햇볕이 따갑게 그녀를 쫓아오고 가파른 경사지에서 그녀의 높고 뾰족한 구두 뒷굽이 푸석 흙 속에 빠질 때, 그녀는 잠시 현기증을 느낀다. 어느 쪽이나 비어 있는 오솔길, 그녀는 경사가 덜 가팔라 보이는 곁길을 택해 조금 더 올라가본다. 이미 무성해진 잎에 휩싸인 나뭇가지들, 낚시터도 마을도 길도 더 이상 보이지 않는다. 그녀는, 커다란 잎새를 겹치고 또 겹쳐 마침내 하늘을 가려버린 한 나무 밑에 비닐 돗자리를 편다. 그 위에, 투박하게 말린 내용이 부실한 김밥과 밋밋해 보이는 디자인의 캔 커피, 키위와 딸기를 섞은 빨대가 부착되어 있는 음료수를 늘어놓는다. 그녀는 구두를 벗고, 보이지 않는 하늘을 향해 길게 눕는다.

그녀는 누운 채 손으로 더듬어 캔 커피를 집어 한 모금 마시고, 김밥을 한 조각, 한 조각 입으로 가져간다. 더 나은 미래, 더 안락한 내일을 위해 괴로운 현재를 감내하는 비장한 마음으로, 그녀는 밥알이, 김 조각이, 뒤섞인 야채들이 액체로 변할 때까지 오래오래 저작咀嚼한다. 서른일곱, 서른여덟, 서른아홉…… 한 덩이의 김밥 조각이 액체로 변하는 데 걸리는 저작의 횟수를 세면서 그녀는 갑자기 울음을 터뜨린다. 마흔 마흔 서른아홉 마흔…… 그녀가 세는 숫자가 흐트러지거나 제자리걸음을 하고 그 틈을 타 그녀의 오열은 점점 커다란 통곡 소리로 변한다. 그녀는 깔깔한 밥알을 씹으면서 오래오래, 길게 소리 내어 운다. 그녀는 더 이상 저작의 횟수를 세지 않는다. 눈물, 콧물이 뺨으로 흘러내리도록 내버려두며, 그녀는 떼를 쓰는 아이처럼 두 다리를 버둥거리면서 때로는 소리를 지르고 때로는 흐느끼면서 운다. 그녀는 그 순간, 농밀하게, 온몸으로, 울음, 그 자체에 몰두한다. 그렇게 주변의 고요한 경치를 그녀의 울음으로 청승스럽게 물들인다.

그녀는 그러다가 잠이 들었다. 그녀가 깊은 수면에서 빠져나온 것은 한기를 느꼈기 때문이다. 그녀는 한참 동안, 아마도 두서너 시간은 넘게 잠을 잤다. 사방은 지는 해의 차가운 빛이 배어 어둑해져 있다. 그러나 그녀를 깨운 것은 한기뿐만은 아니다. 그녀가 얼굴을 옆으로 돌렸을 때, 자신을 내려다보고 있는 한 남자를 발견한다. 그 남자는 흙바닥을 기는 개미를 관찰하듯이 쪼그리고 앉아 그녀를 내려다보고 있다. 그녀는 움직일 엄두를 내지 못하고 남자를 바라다본다. 웃고 있는 건지, 놀람을 표현하고 있는 건지 불분명하게 벌어진 남자의 입술 사이로 드러난 누렇고 고른 치아, 앞으로 드리운 두 손, 흙이 묻은 남자의 등산화……등을 그녀가 식별하자마자 그녀는 단숨에 튀어 일어난다.

그와 동시에 남자도 놀라 일어나는 것을 보면서, 그녀는 마시다 만 캔 커피와 다 끝내지 못한 김밥과 열지도 않은 음료수와 흐트러진 비닐 돗자리를 그대로 두고 산길을 뛰어 내려간다. 그녀를 앞으로 앞으로 내모는 것은 흙길을 밟는 남자의 등산화가 내는 소리였지만, 어쩌면 남자는 그 자리에 선 채, 경사지를 뛰어 내려가는 그녀의 뒤를 쫓아오지 않았을 수도 있다. 그녀가 들은 소리는 구두를 손에 들고 맨발로 뛰는 그녀 자신의 발걸음 소리였을 수도 있다. 왜냐하면 그녀가 오솔길 밑에 정차해둔 차에 다다랐을 때 올려다본 길에는 남자는 물론 어떤 살아 있는 생물의 소리도 모습도 보이지 않았기 때문이다.

두려움의 정도를 얘기하자면 꿈 없는 수면 상태에서 한기 때문에 깨어난 그녀 자신보다는, 어둑한 등산길을 가로막고 있는 여자, 두 팔을 벌리고 무엇이 들어 있는지 알 수 없는 열린 음료수 옆에 버려진 듯 누워 있는 묘령의 여자 쪽으로 혹시…… 하며 다가간 바로 그 순간 여자가 살아서 튀어 일어나는 것을 본 바로 그 남자였을지도 모른다. 그녀는 차에 올라서 호흡을 가다듬고, 발에 묻은 흙을 털고, 두 손에 움켜쥔 구두를 발에 꿰고, 차에 시동을 걸고 난 바로 그때에야 그런 생각이 든다. 등산복을 입고 그녀 쪽으로 바짝 얼굴을 갖다 대고 그녀를 내려다보던 남자의 시선의 의미를 이해한다.

차를 모는 그녀의 두 손, 두 발은 후들후들 떨리고, 그녀가 전속력으로 모는 차에서는 힘겨워하는 모터 소리가 난다. 그녀의 심장박동은 당장 터질 것처럼, 심장이 귓속에 달린 것처럼 격렬하게 뛴다. 그녀는 여전히 그녀를 지배하는 공포 속에서 놀라운 느낌, 그녀의 육체가 생생하게 살아 있다는 부인할 수 없는, 감당하기 벅찬 사실을 확인한다.

스무하루 후

참치 캔을 뜯어놓고 한 손에는 젓가락을 들고, 다른 한 손으로는 컵라면에 김이 나는 물을 붓고 있던 가장은 부엌으로 들어서는 그녀를 보자마자 벌떡 일어서 의자를 바꾸어 앉는다. 식탁 위에는 쓰레기통이 놓여 있다. 그녀는 처음 본 것처럼 식탁 위에 놓여 있는 것을 바라본다. 쓰레기통 옆, 거침없는 하품을 하다 멈춘 것처럼 방만하게 열려 있는 참치 캔의 쇠붙이 입이나 가위 등속, 종이컵에서 벗겨져 나와 구겨진 비닐 같은 것.

그녀는 가장의 반대편 의자에 앉는다. 그녀는 그가 그녀를 보지 않을 때 그를 홀낏 보고, 그 또한 그녀가 그를 보고 있지 않을 때 표정을 살피는 것을 알고 있다. 그는 바로 그 장면을 보여주려고 그녀를 식당으로 부른 것처럼, 참담한 얼굴을 하고 앉아 있다. 가장의 말이 맞다. 그녀는 변했다. 얼마 전까지만 해도 그들은 많은 말을 나누었다.

그녀가 이렇게 가장을 바라보는 그 순간, 그녀는 내면에서 솟아나, 모든 말을 막아버리는 부당한 느낌의 무서운 정체를 알아차린다. 그녀는…… 아름다운 사람 대신 가장이 자리에 누워 있지 않았고, 검은 솜털이나 무섭게 덮치는 발열 돌기들이 가장의 이마나 하복부에 돋지 않았으며, 아름다운 사람 대신, 그, 바로 가장이 그녀 앞에 남아 참치 캔을 따고, 라면을 끓이고 있는 일련의 사실을 부당하게 생각한다. 벌써 얼마 전부터 그녀는 그렇게 생각해왔고, 현재도 그렇게 생각하고 있으며 불행히도 그녀의 의지와는 무관하게 이 느낌은 당분간 그녀를 지배하리라는 것을 감지한다. 그녀가 가진 부당한 느낌이 부당하다는 것을 인식하고 있다고 해서, 그 느낌이 약화되거나 없어지지는 않는다. 그 느낌이 부당하다는 것을 인식하는 일은 오히려 상황을 더 나쁘게 만들 뿐이다.

바로 그것이 가장을 향해 그녀에게서 나올 수 있는 모든 말을 삼켜버렸다. 참치 캔과 라면은 정말 어울리지 않는다는 한마디, 다소간 힘들지만 이런 상태로 얼마간 지내다 보면 모든 일이, 어쩌면, 전처럼 제자리를 찾을지도 모른다는 기약 없는 약속 같은 것. 그러나 검게 넘쳐나는 밤 파도처럼, 말이 삼켜진 자리에는 울렁거리며 출구를 찾는 소란스러운 불화의 침묵이 자리 잡는다. 가장이 보여주는 살아남기 위한 모든 몸짓, 육체를 유지하기 위해 단말마적으로 삼키는 모든 음식, 허구적으로나마 일상을 지배해보고자 안간힘을 쓰는 모든 규칙적인 일과는 그녀에게는 참을 수 없이 과장되어 보이고, 가장이 그녀를 편안하게 하려고 하는 모든 배려는 참을 수 없는 실수로 그녀에게 다가온다.

그는 참치를 두 개의 젓가락이 집을 수 있을 만큼 힘껏 덜어 막 물이 채워진 컵라면 속에 집어넣고 뚜껑을 덮는다. 그리고 3분을 기다리면서 말한다.

"벌써 삼칠일째다. 시간이 가는 것이 무섭다."

가장은 확실히 말주변이 좋은 사람은 아니다. 가장은 얼굴을 두 손에 묻고, 이어 그 손으로 머리를 뒤로 쓸어 넘긴다.

"나는 네게 조금도 짐이 되기 싫다. 식사나 청소 같은 거라면 오던 파출부가 계속해주기로 해, 당분간 그렇게 해결할 생각이다."

3분이 지났다. 가장은 라면이 든 컵의 종이 뚜껑을 열고 젓가락으로 한두 번 휘저은 후 깊이 생각에 잠긴, 결연한 표정이 된다. 그녀는 식탁가에 말라붙은 밥알 하나에 열심히 시선을 고정시키고 있다. 딱딱하게 굳어 결사적으로 붙어 있다. 그런 그녀를 바라보던 가장의 얼굴이 순간적으로 불그레해진다. 가장은 빠른 어조로 말한다. 목소리조차 변해 있다.

"내가 네게 하고 싶은 말은, 네가 원한다면 너도 이제는 집을 떠나갈 나이가 됐다는 거다. 물론 네가 원한다면 말이야. 내가 원하는 일은 아니지만, 아마 그게 좋을는지도 모르겠다."

그녀는 가장의 말뜻보다는 이런 말을 하게 한 정황을 해독하려고 노력한다. 변화된 상황에 대한 다소간 순간적이며 변덕스러운 대응? 무언가 획기적인 일을 결정함으로써 더 커다란 파국의 감정을 상쇄시키고자 하는 의지 같은 것? 혹은 그녀가 몰래 키우고 있었듯, 가장 자신도 모르고 있는 채 누적되어 있던 그녀에 대한 부당한 감정이 가장으로 하여금, 여러 날에 걸쳐 이런 말을 준비하게 했을지도 모른다. 무언가가 그녀의 말을 삼켜버렸듯, 가장은 반대로 이런 말을 고안하지 않으면 안 되었을지도 모른다. 그러나 말을 마치고 난 후 갑자기 침묵한 가장은 그녀 자신보다 더 자신의 말에 놀란 표정을 짓고 있다.

어쩌면 가장은, 쓰레기통을 상 위에 올려놓고, 밥알이 눌어붙어 있는 식탁 위에 참치 캔을 따 컵라면 속에 집어넣고 3분을 기다리고 있는 자신을 아무에게도, 특히 그녀에게는 더더욱 보여주고 싶지 않았을지도 모른다. 다음 날, 다른 상황이라면 이런 말을 할 엄두도 내지 못했을 정도로 그 말은 갑작스럽게 그의 입에서 뛰쳐나왔을지도 모른다.

그러나 어떤 것도 그녀에게 상처가 되지 않는다. 이제는 웬만한 것이 아니면 그녀를 아프게 하지 않는다. 그녀는 아무렇지도 않다. 그녀는 당분간 집을 떠날 생각이 없다. 그녀는 식탁가의 밥알처럼 집 안에 눌어붙어 있을 것이다. 이 이상한 시간은 그들 둘, 가장과 그녀 공동의 몫이다. 그녀는 일어선다. 낡은 차의 열쇠를 집어들고 집을 나선다. 가장이 상점 문을 다시 연 지 여러 날이 되었지만 이제 상점에 가기 위해 그녀와 같이 집을 나서지 않는다. 그녀는 가장을 전자 기기 상점 앞까지 데려다줄 필요가 없다. 가장은 상점까지 걷는다. 무엇보다 그의 심장이 약하다고 요가 선생이 말했기 때문에 가장은 매일 만 보를 꼭 걸어야만 한다.

스무닷새 후

오후의 사무실, 한 여자의 목소리가 그녀를 찾는다. 그녀는 전화선 속에서 변질돼 들려오는 그 목소리의 주인을 얼른 알아보지 못한다.

"집에 일하러 가는 사람인데요, 아가씨를 만나서 할 얘기가 있어요. 볼 수 있을까요?"

여자는 여전히 느리게 말하지만 목소리는 두려운 듯 들떠 있다. 그녀는 무슨 일로 전화했느냐고 묻지 않는다. 그녀는 여자의 요구에 응한다. 근무가 끝나고 난 후, 남자의 아파트에 가기 전의 빈 시간에 약속 시간을 정한다. 그녀는 사무실 근처의 다방 이름을 말해준다.

여자는 집에 일하러 올 때와는 다른 분위기를 연출하고 있다. 여자의 뺨에는 발그스름한 윤기가 돌고 있다. 뛰어왔으리라. 여자는 분홍색의 얇은 스웨터에 하복부의 가는 선이 드러나는 청바지를 입고, 주부들이 장을 보러 갈 때 들고 다니는, 은행이나 슈퍼에서 사은품으로 나누어주는 사각의 천 손가방을 들고 있다.

"얼마 전부터 아저씨가 자꾸 우리 집에 전화를 하세요. 내가 가지 않는 날은 오전에 네 번이나 전화를 한 적도 있어요."

"……?"

"다행히 애들 아빠는 일하러 나가 그이가 받은 적은 없지만, 전화로 별의별 이상한 얘기를 다 하세요."

여자에게는 아이가 둘이 있다. 아이들은 낮에는 학교에 가 있다. 지금 택시 운전을 하는 남편과 여자는 일찍 결혼했기 때문에 아이들은 다 컸다. 다행히, 낮 동안 집에는 여자 혼자만 있었기에 아직까지 문제가 되지는 않았다.

그녀는 자신도 모르게 지펴지는 얼굴의 긴장을 풀어보려고 노력한다. 여자는 이런 얘기를 하면서 그녀를 향해서 어색한, 그러나 다소간 흥분된 미소를 짓는다. 여자가 웃을 때, 가장이 아름다운 사람에게서 좋아하던 눈주름이 여자의 얼굴에 잡히는 것을 그녀는 바라본다. 그 눈가 주름 때문에 그녀는, 여자가 하려는 말이 무엇인지 조금씩 이해하기 시작한다. 아, 그런 일이구나. 그녀는 단번에 가장에 관한 여자의 이야기를 다 이해해버리고 만다. 그 근본적인 이해로부터, 그녀는 멀리서부터, 여자가 말하는 기이한, 예상치 않은 상황 속으로 다가서보려고 애쓴다.

"점잖은 분이 왜 이러시냐고 하면, 공자도 여자관계에는 체면 차리지 않았다나요, 그런 말을 하면서 아저씨는 나더러…… 매일 오후 집에 와달라는 거예요. 어제는 일부러 전화를 받지 않았더니, 글쎄, 우리 집 근처까지 와서 나를 보자고 했어요."

그녀는 상점 문을 닫고 나와, 만보기萬步機를 혁대에 달고 반백이 된 머리카락을 날리면서, 자신도 모르는 열기의 노예가 되어 여인이 사는 동네를 배회하는 가장의 모습을 본다. 여자를 향해 절망적인 약속을 곁들인 구애의 다양한 방법을 고안하는 데 손님 없는 상점에서 오후 시간을 보내고, 여자의 목소리가 들릴 때까지 집요하게 여자의 집에 전화를 거는, 여자가 전화를 받지 않으면 상점 문을 닫고 누구인지도 모르는 그 여자에게로 뛰어가는, 자신을 뛰어넘는 강한 힘에 쫓겨 마침내 여자에게서 몰두할 거리를 찾은 가장을 환하게 바라본다. 그치지 않고 말하는 여자의 말은 그녀의 귓바퀴를 스쳐 지나가고 그녀는 결론 조로 여자에게 답해준다.

"화요일과 금요일, 일주일에 두 번만 와달라고 부탁한 건 잊으세요. 그리고 시간이 나면, 매일 오후 일하러 집에 오셔도 좋아요. 전처럼요."

여자는 그녀의 답변에 어이가 없다는 듯, 여자의 답답한 심정을 이해해줄 만한 증인을 찾는 시선으로 고개를 들어 주변을 살핀다. 여자의 말은 좀더 적나라해져간다.

"그런 게 아니에요, 아저씨는 매일 날 보지 않으면 미치겠대요. 그렇지만 어떻게 그래요. 나도 생활이 있는데. 아저씨는 집을 팔려고 내놓겠대요. 그걸 팔아서 반을 날 주겠다는 거예요, 글쎄. 점잖은 분이 나 땜에 망할까 봐, 그게 난 걱정이 돼서 아가씨를 만나자고 한 거예요."

이런 말을 하면서 여자의 볼이 다시 한번 발그레하게 되살아난다. 여자는 "당신을 매일 보지 않으면 미치겠다"라고 한 가장의 말을 여러 번 반복한다. 실제로 그 문장은 그만큼 여러 번 반복되었으리라. 아마도 여자 때문에 누군가가, 점잖아 보이는 외모에, 나이 지긋한 한 남자가 미칠 수 있다는 생각은 여자를 혼란시키고, 그 혼란만큼 여자를 격앙시킨다.

그녀는 여자를 안심시킨다. 걱정하지 말라고 한다. 그러나 그녀 자신이 여자에게 해줄 수 있는 일은 아무것도 없다. 여자는 자기가 하고 싶은 대로 하면 된다. 가장이 원하는 대로, 그녀가 매일 오후 두세 시간씩 집에 들를 수 있으면 그렇게 하라. 그것이 여자의 비위를 상하게 하지 않는다면. 그녀는 자그마한 시멘트 마당에, 삐죽 한 그루 감나무가 자라 있는 초라한 외양의 단층집, 햇볕이 잘 들지 않는 실내, 좀더 그럴듯한 외관을 갖추고자 조각조각 수리와 수리를 거듭했음에도 불구하고 결코 더 나아진 것도 없는, 여름에는 덥고, 겨울에는 추운 그녀가 10년 이상 기거해온 그 집을 떠올린다. 그녀는 여자에게 덧붙인다. 가장이 집을 팔겠다면 그건 가장의 자유다. 그는 그 집에서 살 만큼 살았다. 가장이 집을 판 돈의 반을 주겠다고 하거든 받아도 괜찮다. 이것도 저것도 아니라면, 가장 자신이 말했듯이, 미치게 내버려두던가. 각자가 살아남는 방법이 다르다. 가장을 살아남게 하라. 여자는 그녀의 말을 이해하지 못한다.

　그녀는 셔터가 반쯤 내려지고 전자 기기들이 긴 그늘을 만들며 줄지어 서 있는 어두운 상점의 내부를 들여다본다. 한때, 아름다운 사람이 상점을 지킬 때 손님이 붐비고 동네 아이들의 놀이터가 되기도 했던 햇볕 잘 들어오는 길목에 위치한 상점, 이제는 더 이상 냉장고도 세탁기도 선풍기도 사러 오는 사람이 없는, 불규칙하게 문이 닫혀 그렇지 않아도 드물어진 사람들의 발길이 아예 끊긴 상점의 내부에 홀로 앉아, 속수무책 자신의 그림자를 타인 보듯 바라보고 있는 가장의 얼굴을 오랫동안 들여다본다.

　그녀는 여자에게 고맙다고 말한다. 진심으로. 그녀는 시계를 본다. 떠나야 할 시간이다. 여자는 아무것도 이해하지 못한 채 엉거주춤, 그녀를 따라 일어선다. 여자는 시간이 나는 대로 들르도록 노력은 해보겠지만, 어쩌면 다른 일자리를 구할지도 모른다,라고 말한다. 여자는 뭣이 어떻게 돌아가는 건지 차차 생각해볼 참이다. 그녀도 그게 좋겠다고 말한다.

한 달 후

　남자의 우울, 남자의 침묵, 남자의 무관심, 그녀에게 위로가 되었던 남자의 그녀에 대한 무관심. 그보다는, 남자의 최소한의 관심. 여전히 수면이 부족한, 이따금 머리가 깨질 것 같은 편두통의 노예가 되는 그녀에게 이완된 팔베개를 만들어줄 줄 아는 남자의 최소한의 배려. 그녀는 남자를 만난 후 처음으로 남자의 이런 면모에 대해 궁금증을 갖는다. 그렇지만 물론 남자에게 질문을 던지지는 않는다. 그것은 그녀 아닌 누군가에게라면 때로 인색해 보일 수도, 때로는 잔인해 보일 수도 있으리라는 것을 그녀는 알아차린다.

그녀는 뒤늦게, 그 남자를 이루는 이런 분위기의 정체, 적어도 그 정체의 일단에 대해 누군가로부터 듣는다.

그녀는 직장의 여자 동료와 공휴일의 오후를 보낸다. 동료는 합창 동호회의 연주회에 그녀를 초대했다. 아마추어 합창단의 레퍼토리는 화려했고, 합창 수준은 보잘것없었다. 그녀는 답례로 동료를 이른 저녁에 초대한다. 저녁을 먹고 카페로 커피를 마시러 간다. 그때, 방금 들은 합창곡 중 하나가 완숙하게 연주된 협주곡으로 흘러나오는 그 카페에서 동료는 괴로운 표정을 짓고, 그녀에게 말을 털어놓을 수 있는 기회를 엿본다. 그녀는 동료가 쉽사리 말을 하도록 부추기지도, 말을 하지 못하도록 화제를 돌리지도 않는다. 그녀보다 일찍 입사해 직원들의 신상에 대해 많은 것을 알고 있는 동료는 옆 사무실에 근무하는 전근 온 지 얼마 되지 않은, 아, 그래 바로 그녀의 입사와 비슷한 때에 지점에서 전근해 온 남자 직원에 대해 길고도 자세하게 말한다.

동료가 그 직원의 침묵과 차가운 친절에 대해, 가끔 가다 엉뚱하게 던지는 농담과 동료에게 매력적으로 보이는 그 직원의 우울한 무관심에 대해 얘기했을 때, 그녀는 동료의 마음을 그토록 괴롭히는 그 문제의 직원이 바로 그 남자였다는 것을 느리게 알아차린다.

이제는 7개월이 되어가는 그녀와 남자와의 관계에 대해서, 회사 안의 그 누구도 모르듯이 동료도 모르고 있기에 동료는 안심하고 자신의 비밀스러운 감정을 고백한다. 동료는 그 남자에게 마음이 있다. 그보다 더. 동료는 남자를 짝사랑하고 있다. 그러나 남자에게 어떻게 접근할지 알 수 없다.

동료는 남자가 불쌍한 사람이라고 말한다. 그 남자는 결혼식 바로 다음 날, 신혼여행지에서, 신부를 잃어버린 불쌍한 남자다. 남자는 한 해안 도시의 지점에 근무하고 있었는데, 일이 많은 때여서 그 도시의 맞은편에 있는 섬으로 신혼여행을 떠났다. 그런데 그만 부인이 그 섬에서 익사하고 말았다. 익사해야 할 아무런 이유도 없는 피서객이 즐겨 찾는 해변이 있었을 뿐인데 한번 물에 들어간 신부는 살아나오지 못했다. 어쩜 그럴 수 있을까. 얼마나 불쌍한가. 신부도 그렇지만 죽어버린 신부를 물에 들어가 안고 나온 남자도.

불쌍한 남자는 그래서 전근을 신청했고, 그 신청은 받아들여지게 된 것이다. 동료는, 회사 내에서 다 알려진 이 일을 그녀가 모르고 있는 것에 놀란다. 그녀는 대답한다. 얼마 전부터 늘 '다른 곳'에 있었기에, 아마도 그 얘기를 들었을지도 모르지만 잊었을 것이다. 동료의 표정은 갑자기 경건해지며, 그녀의 심경을 이해할 수 있을 것 같다고 말한다.

동료는, 신혼여행 중 아내를 잃어버린 너무너무 불쌍한 그 남자, 불쌍한 사람이기에 더 사랑하고 싶어지는 그 남자에 대해 또 길게 말한다. 동료는, 사랑의 감정에 영원히 장례를 치른 것 같은 메말라버린 남자의 마음에 자신이 한 줄기 불을 지펴보고 싶다고 말한다.

그녀는 남자의 방 한구석에 변함없이 놓여 있는 커다란 여행 가방을 다른 식으로 바라본다. 저 가방이 남자가 신혼여행지에서 건져 가지고 온 그 가방인가. 그녀는 남자에게 질문을 던지지 않는다. 남자의 아파트에 오기 전 동료가 그녀에게 전한, 남자에게 일어난 불행한 사건에 대해 일언반구도 하지 않는다. 여덟 걸음만 가면 되는 남자의 옆 사무실에서 한 여성이 그에게 다가가고 싶은 열망으로 괴로워하고 있다는 것을 남자는 알고 있는가. 그녀는 그런 질문들을 막연히 만들어보지만 머릿속에서 채 문장으로 만들어지기도 전에 미미하게 스러져버린다.

다행히도, 남자와 그녀의 관계에서 좋은 것은 그들 사이에 아무것도, 일어날 것도, 변할 것도 없다는 것이다,라고 그녀는 생각한다. 왜냐하면 그녀와 남자와의 사이에 아무 일도 일어나지 않았기 때문에.

안식을 되찾은 남자의 편안한 숨소리가 귀 가까이 들리고, 그 호흡이 그녀의 흐트러진 머리카락을 흔들어 목덜미를 간질인다. 이 간지러움은 감미롭기까지 하다. 그러나 그녀는 이날, 감미로움을 떨치고 옷을 입는다. 남자는 벌써 잠이 들어 있다. 그녀는 조용히 문을 닫는다.

그녀가 차에 시동을 걸었을 때, 잠든 밤에 낡은 차가 부르르 르 떨면서 내는 소음으로, 3, 4미터 앞의 관리실에서 졸고 있던 관리인이 깨어 그녀를 바라본다. 그사이 관리인은 바뀌었다. 그녀가 관리실 앞을 지나갈 때, 새 관리인은 다시 졸 채비를 한다.

그녀는 처음으로, 집으로 돌아가는 데에 단 20여 분이 걸릴 뿐인 고속도로를 택하지 않는다. 가는 비가 내리기 시작하고, 얼마 안 있어 빗줄기가 굵어질 것을 예고하는 검고 커다란 구름이 흐린 날 새벽에 자주 그러듯이 떼를 지어 비어 있는 하늘을 달려가는 것을 보면서, 그녀는 도시를 도는 외곽 도로를 떠나 시내 쪽 길을 택한다. 이제는 무거운 습기가 완연한 여름.

아무 시간, 아무 분위기에나 잘 어울리는 개성 없는 음악과 가벼운 말장난으로 밤잠 없는 젊은이들을 위로하는 한밤중의 음악 프로에서 비음을 섞은 한 남자 진행자의 목소리는, 내일 어쩌면 모레쯤 장마가 시작될 것이라고 말한다. 아닌 게 아니라 헤드라이트 빛다발 속으로 몰려들었다가 흩어지는 빗방울은 그사이 다소간 굵어진 것도 같다. 그녀는 네온이 꺼진, 어두운 시내의 거리를 택해 달린다. 마치 목적지를 향해 달려가는 것 같은 가벼운 흥분이 그녀로 하여금 속도를 내게 한다.

그녀가 후미진 도시 구석에 엉성하게 세워진 작은 고가도로 앞에 이르렀을 때, 그녀의 자동차는 괴이한 파찰음을 낸다. 그러나 그녀는 그 음을 무시하고 고가도로로 올라선다. 가파른 경사에 힘겨워하는 그녀의 자동차는 무언가 타는 냄새를 풍긴다. 변속기어를 사용해 속도를 낮추고 액셀러레이터를 밟아도 차는 아주 느리게만 경사를 올라갈 뿐이다. 어슴푸레 가로등이 밝혀져 있는 고가도로 경사의 한중간에서 그녀는, 몇 방울씩 떨어지는 비 때문이라고 생각하기에는 짙은 연기가 자동차 앞 뚜껑에서 무럭무럭 지펴지는 것을 본다. 때때로 모터가 뜨겁게 달군 차 뚜껑에 물방울이 떨어질 때 그런 연기를 만들고는 했다. 그녀는 간신히 경사지의 정상에 도달한다.

올라갈 때보다 더 급한 고가도로의 내리막 경사가 바로 앞으로 다가왔을 때, 차 뚜껑에서 미약하지만 불길 같은 것이 새어나오는 것을 그녀는 보았다. 불길은 연기와 섞여 간헐적으로 작은 검은 기둥을 만들며 그녀의 시야를 가린다. 그녀는 급브레이크를 밟아 겨우 정상에 올라온 차를 멈추지 않을 수 없다. 불길은 이제 확실히 눈에 띄게 올라오고 순간순간 더 세지는 것이 역력하다. 고무 타는 독한 냄새가 열어놓은 창문으로 들어온다.

그녀는 한순간 망설인다. 제법 타오른다는 느낌을 주는 세진 불길과 연기가 차체를 완연히 덮어버리는 것을 차갑게 바라본다. 잠시 후, 차의 불길은 운전석까지 번질 것이다. 그리고 좀더 지난 후엔, 차는 굉음을 내며 폭발할 것이다. 그녀와 차는 같이 뒤집혀 폭발 속에 흔적도 없이 사라지리라.

그녀는 그러나, 오래 바라보지 않는다. 차에서 내려 문을 닫는다. 그녀는 차를 뒤에 두고 고가의 경사를 걸어 내려간다. 내기를 하듯이, 천천히. 그녀는 뛰지 않으며 뒤를 돌아보지 않는다. 서서히 멀어지는 타는 냄새를 들이마시며, 그 시간 마치 그녀를 위해서인 것처럼 차 한 대 지나가지 않는 고가도로를 내려온다. 어떤 굉음도 느리고 규칙적으로 고가를 걸어 내려가는 그녀의 몸을 떨게 하지 않았으며, 폭발하는 차의 부속품들이 그녀를 뒤에서 덮치지도 않았다. 그녀가 고가도로를 다 걸어 내려오고도, 그녀가 빈 밤 차도를 딱딱 구두 굽 소리를 내며 건너 보도로 올라선 후에도, 그녀 등 뒤에서는 아무 소리도 들려오지 않는다. 아무 일도 일어나지 않는다.

그녀는 그렇게 천천히 낡은 차에서 멀어진다. 그녀는 빗방울이 좀더 촘촘하게 떨어지는 밤길을 걷는다. 밤의 입자, 빗방울의 입자, 습기를 머금은 공기의 입자가 손에 잡힐 듯 투명한 밤길을 그녀는 자신의 구두 굽이 포도에 내는 규칙적인 소리를 들으면서 걷는다. 아름다운 사람은 밤공기 입자 속에, 도로변 강물의 입자 속에, 구름 속에 흩어져버렸다. 단단하게 굳어 있던 그 사람의 손발의 감촉, 거역할 수 없는 리듬으로 다가오던 역진화에 저항해 마지막 순간까지 그녀의 손끝에 말랑하게 다가오던, 유방과 겨드랑 밑 살의 질감에 걸맞은 미세하고 부드러운 가루로 변모해 어디론가 날아가버렸다. 그것은 아름다운 사람이 원한 것이다.

그녀는 오래 걸어 집에 돌아온다. 옆방에서는 가장의 코 고는 소리가 들린다. 그 소리는 무겁다. 소화해낼 수 없는 일, 이해할 수 없는 일 앞에서 가장의 코 고는 소리는 무거워진다. 그 무거움은 가장 이외의 그 누구도 가볍게 해줄 수 없다. 가만히 어둠 속에 턱을 괴고 앉아 그녀는 새벽이 오기를 기다린다. 새벽이

온다. 밋밋한 새벽. 충분히 날이 밝았을 때, 그녀는 처음으로 남자의 아파트에 전화를 걸기 위해 수화기를 든다. 윙 하는 소리를 귀에 대고 잠시 앉아 있다.

막 잠자리에서 빠져나온 사람의 안온하고 따뜻한 목소리가 들려올 때, 그녀는 남자에게 이렇게 말할 것이다.

어젯밤에 마침내 고물 차가 폭발했지. 고가도로 위에서였어. 내 탓은 아냐. 물질의 자연스러운 소멸 절차를 밟은 거지. 아주 낡았었잖아, 알다시피. 비가 조금씩 내렸고 나는 천천히 달렸어. 그러다가 피식 소리도 없이 타버리면서 고물 차가 폭발해버린 거야. 다치지도 않았고 이렇다 할 사건도 없었지. 내가 하고 싶은 말은…… 이제는 매일 밤, 당신에게 갈 수 없다는 거야. 차가 없는데, 어떻게 갈 수 있겠어.

자, 그러니. 굿바이.

그녀는 남자에게 그동안 고마웠다고 말하는 것을 잊지 않을 것이다. 남자도 그녀에게 똑같이 답하리라. 회사의 복도에서 남자를 마주칠 때나, 여덟 걸음 걸으면 있는 남자의 사무실에 그녀가 볼일이 있어 들를 때, 이제는 어쩌면 누구나에게 하듯이 손을 가볍게 들어 인사를 할 수 있으리라. 다른 동료들과 어울려 그와 함께 점심 식사를 같이 할 수 있을 것이고, 회사 내에서 일어난 시시한 일로 깔깔 웃으면서 차를 같이 마시는 일도 일어나리라.

언젠가는. 그녀가 아직은 예정할 수 없는 어느 날. 그 언젠가는.

(1999)

동행

내가 팔을 끼면 그는 늘 하듯이 늘어뜨렸던 팔을 가만히 들어 내 팔이 무색하지 않게 해준다. 결혼 예식을 마치고 걸어 나올 때 그렇게 하는 것으로 배운 이후 그가 버리지 않고 있는 습관이다. 다정하고 행복해 보이기는 하겠지만 이렇게 팔을 낀 채로 우리는 멀리 걸을 수 없다. 도저히 앞으로 나가지지 않는다. 사실 앞으로 갈 길이 딱히 있는 것은 아니라고 해도, 어찌 되었든 한 걸음 옮기면 그만큼 앞으로 나아간다. 그런 단순한 확인을 하려는 사람처럼 나는 한 걸음 한 걸음 앞으로 디딘다. 안 되겠다. 그의 팔뚝은 내 몸의 무게를 견디느라 딱딱해진다. 나는 그의 팔을 끼려고 왼손에 옮겨 쥐었던 지팡이를 다시 오른손에 들고, 늘 그렇듯이 몇 걸음 뒤처져 그의 뒤를 따른다.

공원의 숲길, 나뭇잎 사이로 내려오는 햇살이 그의 정수리를 비추고 있다. 벌써 머리칼이 성기어졌고, 뒤통수에만 덥수룩하게 모여 있는 머리털도 이미 반백이다. 유전이라고 우기지만 어느새 그런 나이가 된 것을 부인하지 못하리라. 사실 시간의 공격은 만만치 않다. 온몸으로, 전방위적으로 나 또한 적잖은 공격을 받았건만 그 옆에서 나는 늘 미안한 마음을 갖는다. 내 옆에서 그는 나이 차가 많이 나는 큰오빠나 어린 나이의 조카를 둔 삼촌의 면모를 하고 있기 때문이다. 내가 지팡이만 뒤로 감추면 말이다. 그래, 그가 이토록 나이 들어 보이는 것은 그 집안의 유전이라 칠 수도 있다. 내 생각은 다르다. 어느 날 그는 단 하루 만에 폭삭 늙어버렸다. 하룻밤 사이에 그의 머리가 세어버린 것이다. 그런 일이 가능한가. 가능했다. 그까짓 머리털! 그저 그렇다는 얘기다. 딱히 할 얘기가 없어 다시 반복하는 산책길의 빈곤한 대화에 불과하다.

그래도 오늘은 다른 날처럼 마냥 시간을 무시하고 걸을 수 없다. 이런 날은 단조로운 나와 그의 일상에 아주 드물게 찾아온다. 내가 꼭 봐야 하는 텔레비전 프로그램의 방영 시간이 다가오고 있기 때문이다. 물론 시간을 놓치면 인터넷으로 다시 찾아볼 수도 있을 것이다. 그러나 그렇게 하는 것은 이 일의 성격에 맞지 않다. 그와 내가 우연히 알게 된 그 프로그램을 내가 봐야 하는 것은 정열의 영역이 아니라 확인의 영역에 속한 일이기에 단번에, 망설임 없이 해치우는 것이 바람직하다.

이날따라 나의 발걸음은 더욱 느려진다. 허벅지 부근의 묵직한 통증이 근래에 부쩍 되살아오는 것 같기도 하다. 기억이 되살리는 감각이라고나 할까. 그러나 나는 무감각보다는 통증을 선호한다. 그것이 의학적으로 더 양호한 상태의 표시이기 때문

386

이다. 한 걸음 뗄 때마다 오른쪽 발밑에 희한한 역삼각형을 경련적으로 그리면서 느리게 움직이는 나를 바라보는 그의 몸 어딘가에서 은밀한 조바심이 느껴진다. 그가 보지 않는 것이 낫다. 나는 그에게 손짓한다. 먼저 가요.

나는 그보다 3, 4분 정도 늦게 아파트로 돌아온다. 어차피 빈 아파트일 바에야 아주 황량하게 비어 있는 것이 좋다. 이것이 그와 나의 공동의 취향이 되었다. 실내는 작은 부엌 쪽을 빼고는 완전히 비어 있다. 이 안에서는 모든 것이 '겨우'다. 부엌도 겨우 부엌의 면모를 갖추었고 침실도 겨우 침실을 닮았을 뿐. 응접실이라 부르기에는 너무 작은 그 공간에 소형 텔레비전 한 대가 '겨우' 놓여 있다. 이것이 그와 나의 평화의 방식이다.

텔레비전 앞으로 부엌의 간이 식탁 앞에 놓인 두 개의 의자를 끌어다 놓고 젊었을 때 같이 관람한 적 있는 어느 부조리극의 배우들처럼, 이제 겨우 50의 해변에 다다랐을 뿐인데, 그와 나는 운명이 우리에게 맡긴 금실 좋은 노부부 역을 조숙하게 연기한다.

그가 텔레비전을 켠다. 나는 케이블 채널을 찾아 리모컨 버튼을 누른다. 젊은이들을 위한 연예 프로그램으로 채워지는 이 채널을 그나 나나 볼 기회는 거의 없다. 이런 예외적인 경우가 아니라면. 한 프로가 막 끝나고 진행을 맡은 인기 연예인의 입에서 J의 이름이 발설되면서 프로그램의 성격에 걸맞게 눈자위에 짙은 화장을 한 젊은 여자의 영상이 소용돌이치며 화면에서 춤을

춘다.

　네, 화요일입니다. ○○○의 〈화요초대석〉, 이번 주에 초대
한 손님은 많은 시청자들께서 만나고 싶은 사람으로 뽑아주신
여성 마술사 J씨입니다. 한국 마술사들 중에서도 독보적인 존
재로 꼽히는 J씨는 또 수준급의 무술 솜씨로도 유명하죠. 오늘
은 특별히 그중, 전국에서 아니 전 세계에서 J씨만 보여줄 수 있
는 몇 가지를, 정말 예외적으로 시청자들에게 선보여주실 텐데
요……

　이제는 성년이 된 한 여자의 얼굴에 나는 빨려 들어갈 듯 온
정신을 집중한다. 아, 참 다르다. 저렇게 변한 모습을 보고 싶지
않았나. 다행이다. 그러나 같다. 의심할 여지 없이 그 애다. 10년
가까운 시간이 지났지만 나는 J를 단번에 알아보았다. 눈꼬리
를 검게 올린 무서운 인상을 연출한 분장 너머로, 몸의 움직임
에 따라 지어내는 변화무쌍한 표정 너머로, 나는 매정한 무표정
을 낯에 깔고 빛의 그늘에 웅크리고 앉아 있는 열두 살의 한 소
녀를 본다. 그 소녀가 뇌리에 떠오르자마자 그 이미지는 거의
기계적으로 성인이 된 한 청년의 모습으로 바뀐다. 오랜 상상과,
수정과 가필로 여전히 진행 중인 한 그림. 옆 의자에 앉아 있던
그가 내 쪽으로 몸을 기울여, 내 손을 잡고 아플 정도로 으스러
지게 쥐는 것을 느끼는 듯 마는 듯. 움켜잡은 그의 손에서 내 손
을 빼내면서 나는 그의 손등을 살짝 두드린다. 괜찮아, 나는 정

말 아무렇지도 않다니까……라는 뜻으로.

진행자의 목소리와 뒤섞이면서 무대 전면으로 나온 J의 모습이 화면에 가득 찬다. 발을 약간 벌리고 서 있는 몸의 균형은 거의 완벽하다. 몸을 쓰는 것이라면 무엇을 해도 잘할 만한 발달된 몸매다. 나는 새 무용단원을 뽑느라 심사위원석에 앉아 있는 사람처럼 화면 속의 J의 몸과 동작을 살핀다. 저런 몸매라면 십수 층에서 뛰어내려도 사뿐 날듯 착지할 탄력이 있으리라. 저 애의 근육, 뼈, 심줄 어딘가에 매일 저녁 신들린 듯 해 먹인 닭볶음, 핫도그, 잡채, 피자, 갈비찜, 돈까스, 샤브샤브……가 녹아들어가 있을 것이다. 내 가슴에 뿌듯한 열기가 고인다. 내가 할 줄 아는 음식은 모두 먹였다. 아이들이 그다지 좋아하지 않을 법한 음식도 J는 잘 먹었다. 집에서 만들어 먹으려면 하나같이 손이 가는 음식들.

앳된 듯한, 몇몇 발음을 목구멍 깊은 곳에서 긁어내는 듯한 신세대풍의 허스키한 목소리로 J가 인사를 한다. 목소리의 질도 감도 짙어졌다. 아무렴. 시간이 지났다. 프로그램 진행자가 던지는 질문에 답변하는 J의 목소리를 나는 잠시 눈을 감고 온 감각을 집중해 들어본다. 내용이 아니라 그 음색을. 그 갈피에서 나는 기억 저 속에서 여전히 울리는, 그 짧은 시간, 가성으로 일관하던 한 목소리를 구별해내고자 애쓴다. 뭐 해 인마! 찔러, 그냥 찔러! 모두, 10~12초 정도 계속된 가성. 왜? 무슨 목적으로? 그저 관성이다. 오래전에 들은 목소리의 음색을 기억하기에는 너무 많은 시간이 지났다. 성인의 목소리에서 성장기 아이의 목소리를 구별해내는 것은 특수 기계나 해낼 수 있는 일이다. J는 말을 하기 위해 초대되지 않았다. 진행자의 길고 화려한 물음에 J는 간단하고 투박하게 답한다. 진행자는 옆으로 물러서고 J는 미리 연출된 율동을 그리면서 준비된 테이블에서 카드 마술을 시작한다. J의 동작과 표정, 손놀림, 모두 아름답다. J가 저렇게 아름다운 것은 그 애가 살아남았기 때문이다.

대답 없는 적막 속에 매일 밤이 지나가고 있었다. 나는 그날, 그 자리에 없었다. 그, 그는 있었다. 운이 없었던 거다. 아니다. 그는 억세게 운이 좋았다고 말해야 한다. 지훈을 마지막으로 볼 수 있었던 것은 내가 아니라 그다. 그러니 그는 운이 좋았다. 늘 늦게 귀가하던 그가 그날은 집에 있었다. 그저 '픽' 소리가 났던 것 같고, 사람들이 내지르는 소리가 심상치 않아 베란다로 다가갔다고 했다. 나의 질문에 백이면 백, 그는 '소리가 났다'라고 하지 않고, '소리가 났던 것 같다'고 말했다. 그 자리에 있지 않았기에 나는 그날, 그 시간의 모든 세부가 필요했다.

나는 그의 '것 같다'는 표현을 오랫동안 증오했다. 그에게는 일을 할 때 귀에 이어폰을 끼고 하는 습관이 있으니 사실적으로 말하면 그가 그 소리를 듣지 못했을 수도 있다. 그런 사실적인 것을 내가 말하고자 한 것이 아니다. 어떻게 부모로서 그 같은 사건에 대해 '것 같다'라고 말할 수 있는가? 그것이 내게는 뻔뻔하고 몰염치하게 느껴졌다. 반면, 나는 분명히 들을 수 있었다. 그날, 그 시간 집에서 두 대륙이나 멀리 떨어진 곳에서 공연 중이었지만 나는 다 들을 수 있었다. 두번째 작품 「조각들의 행진」과 세번째 작품 「무언」을 추고 있는 사이에 간헐적으로 왼쪽 발끝에 작은 경련이 있었다. 공연을 중단할 정도는 아니었다. 그러나 나는 바로 그 경련의 시간, 지훈이 우리를 떠나기로 결정했고, 우리와 아무런 의논도 하지 않고 홀로 결단을 내렸으며, 우리를 버리고 떠났다는 것을 안다. 발의 경련 때문이 아니라, 바로 내가 내용은 아직 모르지만 일어난 일에 대한 앎 때문에 경련이 온몸으로 퍼져, 나는 이 알 수 없는, 그러나 일어난 것이 확실한 어떤 것 때문에 나머지 작품들을 공연할 수가 없었다. 다행이라면 그날은 공연 마지막 날이었다. 단원 대표가 공연 주최 측과 현실적인 문제를 두고 실랑이를 벌이고 있는 사이, 의사가 도착했다. 예술을 아는 의사는 오점을 남길 수도 있는 불완전한 공연보다는 중단을 독려하는 진단을 내렸다. 이유는 알 수 없지만 더 심한 경련으로 이어질 징조가 있다고 했다. 독무는 군무로 대체되었고 빈 분장실에 앉아 나는 온몸으로 퍼진 경련으로 떨며 전화가 오기를 기다렸다. 서울의 시간을 계산했다. 새벽 1시 47분. 내가 알고 있는 그 일은 무엇일까? 나는 우리에게 닥칠 수 있는 여러 가지 파국적인 일을 상상했다. 그렇지만 지훈은 그 안에 들어 있지 않았다. 서울 시간으로 2시가 거의 다 되어 나는 전화선을 통해서도 확연히 볼 수 있는, 사색이 된 그의 목소리를 들었다. 그는 지훈의 몸체가 바닥에 부딪치면서 나는 '픽' 소리를 들은 '것 같다'고 말했다.

　나와 그의 눈에는 이토록 명료한 사실인데, 경찰은 쉽사리 자살로 결론짓지 않았다. 우리는 지훈의 부재라는 엄연한 사실 외에는 다른 생각을 할 수 없었는데, 그들은 그 밖의 다른 것들에 치중했다. 다용도실로 쓰고 있는 베란다의 난간 이쪽에 가지런히 놓인 파란색 플라스틱 의자와 슬리퍼 한 켤레가 실족사의 가능성을 애초에 차단했음에도 그들의 생각은 달랐다. 아파트 입구의 CCTV를 판독했으며 나와 그를 따돌린 채, 아파트 경비원에서부터 우리의 이웃들의 증언을 경청했다. 그와 나는 같이, 또 따로 수번에 걸쳐 경찰 조사를 받았다. 사건 당일 한국에 없었던 것이 여권으로 증명되었어도 그들은 의심을 거두지 않았다. 우리도 모르게 외할머니가 지훈 이름으로 넣고 있었던 적금과, 우리도 잘 모르는 교육보험의 액수가 드러났다. 그와 나의 병력을 조사하던 중 드러난 의료보험 내역이 우리 앞에서 공개되었다. 나와 그의 공모 가능성으로 수사의 방향이 잡힌 적도 있었다는 것을 알아차리지 못할 정도로 고통의 충격은 우리를 우둔하게 만들었다. 우리가 피의자 신분으로 조사를 받고 있다는 것을 겨우 알아차렸을 때 우리에게는 발악을 할 힘도 남아 있지 않았다. 그 와중에서도, 인간의 악에 대한 수사관의 상상력의 깊이와 넓이에 그도 나도 혀를 내둘렀다.

우리는 적극적으로 협조하지 않았다. 그들의 의심이 사실이 되기를 은근히 바랐다. 지훈이 다니던 학교가 어린 학생을 죽음으로 모는 부도덕한 학교이기를, 아들을 은밀히 괴롭히던 교사나 친구나 깡패라도 모습을 드러내기를, 그 혹은 나 또는 우리 둘 다 친자 살해범으로 감옥에 갇혀 영원히 빠져나오지 못하기를, 이 모든 것을 동시에 열렬히 갈망했다. 서로 짠 것도 아닌데, 그는 그대로, 나는 나대로 각자 수사관 앞에서 "내가 아이를 죽였다. 빨리 수사를 접고 나를 가두라!"라고 울부짖었다. 나와는 달리, 그에게는 알리바이가 없었다. 그러나 수사관들이 그것을 찾아냈다. 그가 아마도 가상으로 들었을지도 모르는, 그래서 '것 같다'라고밖에 말할 수 없는 '픽' 소리를 이어폰 너머로 듣고 일어섰을 때 그는 작업 중이었던 파일을 저장했다. 아들의 죽음을 감지하지 못할 정도로 둔하기에 발휘된 아버지의 침착함이 그의 알리바이가 되었다. 나의 노트북과 그의 컴퓨터를 수거해 조사한 결과, 수사관들은 그의 작업 파일이 마지막으로 저장된 시간이 국립과학수사연구원에서 추정한 아들의 사망 시간과 거의 일치한다는 것을 알려주었다. 그는 의심에서 벗어났다. 그도 나도 마음이 더 편해지지 않았다. 우리의 무죄가, 아들의 자살 확인이 우리를 더 깊은 허무로 내던졌다.

　이 긴 우회는 아들이 아무것도 남기지 않았기 때문에 불가피했다. 내 말은, 일반적으로 사람들이 찾는, 분명한 이유를 말해주는 증거물을 남기지 않았다는 얘기다. 그와 나에 대한 수사와는 달리 아들의 학교나 그 주변에 연관된 수사는 일찍 끝났다. 마치 그들의 전문가적인 후각이 학교 쪽에서는 찾아보아야 나올 것이 없다고 판단을 내려버린 모양이었다. 그들은 수사를 종결지었다. 아이의 이름은 학교의 학적부에서, 우리의 주민등록등본에서 사라졌다. 호적에는 '사망'으로 기록되었다. 그들의 어떻게?에 집중한 수사가 종결된 바로 그 자리에서 그와 나의 수사가 시작되었다. 왜?의 수사. 지훈이가 도대체 왜?

우리 삶의 모든 것이, 부모인 그와 나의 삶의 모든 세부가, 그 아이의 방과 아이와 연관된 모든 물건 하나하나가, 집에서의 일상과 학교로 요약되는 아이의 공식적이며 현상적인 삶의 모든 것이 다 음험한 징조가 되었다. 5분 거리에 있는 집과 학교 사이의 길이, 학교를 나와 바이올린 학원과 영어 학원을 거쳐 집으로 돌아오는 좀더 길어진 귀갓길의 모든 것이 지뢰이며 함정이고 심연이었다.

대체 초등학교 5학년의 남자아이에게 무슨 일이 일어났던 것일까? 무엇이 그 미성숙한 몸 안에 죽음의 에너지를 만들어 한밤중에 깨어 일어나게 했으며, 베란다로 이끌었고, 그 깊은 허공 속에 그 몸을 내팽개치게 했을까. 나는 그 아이를 움직인 악한 에너지를 향해 허공에 삿대질을 하고 온몸으로 덤볐으며 욕설을 동원해 모욕했으며 보이지 않아 더욱 흉물스러운 그 실체를 상상 가능한 모든 흉기와 저주를 동원해 난도질했다. 밤새도록 악을 쓰고 싸운 후 그래도 힘이 남아, 나는 아들 방에서 자고 있는 그에게로 달려 들어 그 나름으로 지쳐서 곯아떨어진 그를 흔들어 깨웠다. 잠을 자지 않고도 내게는 전쟁을 벌일 수 있는 힘이 넘쳐흘렀다.

그는 멍한 몰골을 하고, 불평 없이 일어나, 지은 죄를 달게 받는 사람의 온순한 태도로 나의 취조에 응했다. 그가 사무실 겸 작업실로 쓰는 오피스텔에서 6시경에 집에 돌아왔다. 그는 요청이 있으면 시도 때도 없이 뛰어나가야 하는 잘나가는 동시통역

가였다. 끝내야 하는 일감의 자료를 가져가려고 집에 왔다. 그날 따라 엄마 없이 저녁을 혼자 먹을 아이에 생각이 미쳐 눌러앉았다. 할머니가 오는 날이었고 밥은 차려져 있었다. 8시쯤 아이가 귀가해 단둘이 식사를 했다. 이때부터 그는 잠에서 완전히 깨어 흐느꼈다. 아이와 오랜만에 마주 앉으니 할 얘기가 없었다. 아버지가 할 수 있는 엄숙한 얘기 하기 싫어 스포츠 얘기 했다. 아이에게 이상한 조짐은, 전혀! 없었다. 저녁 먹고 아파트 단지의 놀이터 옆에 있는 농구대에 가서 한 30분 같이 뛰었다. 아들은 즐거워 보였다. 아들은 숙제할 것이 있다고 자기 방으로 들어갔고 그는 하던 일을 계속했다. 글쎄 몇 시쯤이었나? 이어폰 속으로 아들이 "아빠, 먼저 잘게요" 하는 소리가 끼어 들어왔을 때, 그는 뒤를 돌아다보았다. 아이는 웃으면서 벌써 네번째 불렀다고 말했다. 그는 말을 멈추고 두 손으로 머리를 감싸 쥐고 오열했다. 잠시 후, 그가 일어서서 아들 방으로 갔다. 아이는 침대에 누워 잘 준비를 하고 있었다. 문을 열고 오른손을 들어 "잘 자라, 아들!" 하고 말했다. 아들도 귀엽게 웃으면서 손을 들어 응답했다. 열두 살 소년의 웃는 모습은 그날 저녁 농구장의 공기처럼 늘 상큼했다. 그는 문을 닫고 돌아와 다시 귀에 이어폰을 끼고 일에 몰두했다. 이상한 낌새? 없었다. 그 저녁 아들은 수학 숙제와 여행에 대한 작문 숙제를 했다. 그는 아이가 방문을 열고 나와 거실을 가로질러 베란다로 다가가는 소리를 듣지 못했다. 귓속은 다른 음악으로 채워져 있었다. 무슨 음악? 말할 수 없다. 그건 아이와 아무 상관이 없는 일이다. 그는 말하지 않았다. 잘 못했다. 일부러 고른 곡은 아니지만 그러나 용서해달라. 도저히 말할 수 없다. 아이가 죽음으로 뛰어드는 순간에 아버지가 듣는 곡이 어떤 걸작이건 그건 음란하고 음험하다. 말하라! 단언컨대 그건 지훈과 아무런 관계도 없다. 용서해달라. 이에 대해 대답하지 않을 최소한의 자유를 달라.

그렇게 스무 번도 더, 동일한 내용을 반복하게 한 나의 취조는 끝났다. 취조가 끝났을 때 그는 그 자리에 있었다는 단 하나의 사실만으로 범인이 되었고, 나는 그 자리에 있지 않았다는 한 가지 사실로 인해 죄인이 되었다. 범인과 죄인 사이에 견고한 불행의 연대가 형성되었다. 우리는 전문적인 탐정이 되어 왜?에 대한 답을 찾아 돌진했다. 불행의 당사자들에게 보여주는 관대함을 이용해 우리는 거의 학교에 출근하다시피 했다. 5학년 2반의 모든 아이들이 우리의 수사 대상이 되었다. 아이의 친구 관계의 가장 미미한 망까지 추적해가다 보니 우리의 탐색을 학교 전체의 아이들로 확대해야 할 필요를 느끼게 됐고, 각별히 친절하게 협조하는 5학년 담임 교사를 의심의 눈초리를 늦추지 않고 관찰했으며, 교사 한 사람 한 사람을 두고 그들의 신상의 숨겨진 그늘을 찾아 놀라운 집요함으로 인터넷 서핑을 계속했다. 아들에 대해 우리가 알고 있는 것 이상의 비밀스러운 사실이 드러나지도 않았고, 긴 탐사와 수사를 통해 아들의 생활에 대해 우리가 알고 있었던 것 이상으로 더 잘 알게 되지도 않았다.

아들에 관한 한 세상 사람들은 너무 매끄러웠다. 학교의 어느 누구도 우리가 매달릴 만한 어떤 깨진 모서리, 디딜 만한 돌출부 하나 제공하지 않았다. 우리 아이는 눈에 띄는 수재는 아니었고 또 교사들의 관심을 끌 만큼 적극적이거나 활동적이지 않았지만 웃음에 인색하지 않았다. 폭이 넓다고 볼 수는 없었지만 친근한 몇 명과 원활한 교우 관계를 유지한 평범한 소년이었다. 우리가 알고 있는 지훈, 그 이상도 그 이하도 없었다. 눈에 거슬리는 것이 있다면 언제부터인가 방문을 안에서 잠근다거나, 자신의 컴퓨터에 비밀번호를 걸어놓은 정도. 혹은 근육에 신경을 쓰면서 아침저녁 아령 운동에 정열을 쏟는 사춘기 초입의 다른 아이들과 다를 것이 없었다. 아이가 다니는 두 개의 학원에서는 정말 털려야 털 먼지조차 없었다. 아무런 단서도 찾지 못한 채 왜?에 대한 대답은 더 멀리 물러났다.

시댁과 친정 양가 어른들의 슬픔도 광기의 수사에 박차를 가하게 했다. 아이의 머릿속을 들여다볼 수 없어 우리는 수사관들이 했던 것보다 좀더 정밀하게 아이의 컴퓨터를 분해했다. 전문가를 불러 구석구석 숨어 있는 모든 가능한 메모리 기록들에 접안렌즈를 들이댔다. 초등학교 5학년 남자아이에게 지극히 정상적인 몇 개의 게임이나 만화 사이트, 스포츠 용품 사이트⋯⋯ 샅샅이 뒤져도 어디서도 징조가 드러나지 않았다. 아이가 듣기에는 난해해 보이는 음악들이 컴퓨터와 여러 소지품에 여기저기 내장되어 있었지만 나이에 비해 음악 취향이 다소간 조숙할 뿐 대부분 이상한 음악의 범주에 넣을 수 없는 곡들이었다. 이틀 저녁을 우리는 아들의 컴퓨터에 저장된 곡을 듣는 데 온전히 할애했다. 그에게, 혹은 내게 어떤 미심쩍은 기류를 전달하는 곡이 있으면 그 의심이 풀릴 때까지 두 번 세 번을 반복해서 들었다. 어떤 곡도, 어떤 물건도, 어떤 자료도 열두 살 남자아이로 하여금, 잠자려고 조용히 누운 침대에서 일어서게 하며, 당장 어두운 저 밑의 시멘트 심연에 몸을 던져 넣으라고 사주할 성격의 것들이 아니었다. 그러나 누가 알겠는가. 어떤 과학이, 어떤 면밀한 분석이 우리가 놓치고 지나간 답을 찾아줄는지. 미래의 언젠가를 위해 우리는 지훈이 남긴 모든 것을 사진을 찍어 파일에 담아두었다. 어쩌다 남겨둔 애기 때 쓰던 털모자나 양말에서부터, 가장 최근의 것으로, 여러 번 접어 작은 글씨로 하루의 일정을 적은 종이까지. 그 종이의 여백에는 거의 열다섯 개가 넘는 숫자가 연이어 세 개나 적혀 있었다. 이것이 무슨 암호인지, 무슨 비밀단체의 지시 사항인지…… 우리는 결코 알 수 없게 되었다. 파일명은 J. 그것을 끝내는 데 수 개월이 걸렸다.

그즈음에서야 우리는 왜?의 부재, 그것이 바로 왜?의 답이라는 것을 감지했던 것 같다. 우리의 수사의 정열은 싸늘해졌다. 1년 넘게 지속된 불행의 강렬한 연대는 끝났다. 둘이 할 일이 없어 우리는 그와 나로 분리되었다. 서로 바라다보는 것은 물론, 상대편이 살아서 숨 쉬고 있는 것을 참을 수 없었다. 지훈이 대신 그가 살아남아 있는 것이 나는 부당했고 그것은 그에게도 마찬가지였다. 한 번, 그는 내 쪽을 향해 지훈아, 하고 불렀다. 아들이 애기 때, 이따금 그가 아이 이름을 대신해 나를 부르던 그 어조와는 다르다. 몽롱한 착각 속에서 그는 내가 고개를 돌리자

얼어붙은 듯 서 있었다.

그는 낯선 사람을 바라보듯 생소하고도 먼 시선으로 한참 동안 나를 바라보았다.

그러고는 먼 곳에서 다시 이곳으로 돌아오려는 듯 고개를 몇 번 흔들더니 주머니에 양손을 넣고 실성한 사람처럼 실내를 여러 바퀴 돌았다. 그의 발걸음이 문 앞에 멈추었고, 그렇게 문을 열고 나갔다.

온통 흰머리로 뒤덮인 그의 뒤통수가 처음으로 내 눈에 들어왔다. 내가 돌아오기를 기다리며 머릿속에서 수도 없이 '픽' 소리를 듣던 그날, 하룻밤 사이에 반백이 되어버린 그 머리칼.

그가 나간 문이 스르르 닫혔다. 그는 다음 날도, 그다음 날도 돌아오지 않았다.

능숙하게 마술을 공연하는 J의 손이 화면에 클로즈업되어 있다. 가늘고 긴, J의 손가락이 공중에 현란한 곡선을 그릴 때마다 빈 손바닥에서 꽃, 새, 나비, 공 들이 끊임없이 튀어나온다. 진행자의 감탄사에 방청석의 박수 소리가 거의 속삭임처럼 작게 줄어 화면에서 새어 나왔다. 나는 그가 어느새 텔레비전의 볼륨을 줄여놓은 것도 알아채지 못하고 있었다. 나는 그의 옆얼굴을 바라본다. 무대를 이 끝에서 저 끝으로 날아다니듯 이동하며, 활달한 무술 동작으로 시청자의 시선을 사로잡는 화면 속의 J를 그는 가만히 두 손을 무릎에 모으고 앉아 바라보고 있다. 그의 볼이 노인처럼 옴폭하게 파였다. 우물처럼 파인 볼에 슬픈 평화가

서려 있다. 그래도 슬픔보다는 평화 쪽으로 몇 도 더 기울어 있달까. 그 몇 도의 평화를 위해 그의 이른 노년이 바쳐진 게다.

손바닥 마술을 끝내고 J는 한 소매에 넣은 물건을 다른 소매에서 빼내는 마술로 넘어갈 모양이다. 진행자가 설명을 하기도 전에 J가 무대 뒤로 들어가는 것을 보고 나는 알아차린다. 한 번도 정색하고 마술을 본 적이 없는데 나는 왜 이런 것을 이미 알고 있는 것일까. 방청석에서 울려오는 박자를 맞춘 박수 소리에 J는 의상을 바꾸어 입고 다시 나타난다. 그 애가 좋아하는 붉은색 중국풍의 상의, 7부 소매다. 어릴 적 아이가 즐겨 입던 비슷한 모양의 7부 상의. 아이가 유난히 좋아하던 그 옷을 사주던 날을 나는 이상하게도 선명히 기억한다. 웬만큼 커다란 덩어리가 아니면 기억의 언저리까지 채 기어 올라오지도 못하고 깊은 수렁 속에 녹아 없어지던 때의 일임에도 말이다. 작은 손수건 하나를 집어 넣었을 뿐인데 다른 소매에서는 끝도 없이 연결된 길고 긴 오색의 천이 이어져 나온다. 울긋불긋한 무늬에 동물 모양이 인쇄된 것 같기도 하다. 소매에서 끌려 나오는 천이 길고도 길어 J는 무술의 동작을 흉내 내며 팔을 번쩍 쳐든다. 나팔꽃 모양의 7부 소매가 흘러내리며 J의 위팔 부분이 희게 드러난다. 나는 카메라가 클로즈업할 순간을 기다린다. 나도 모르게 아! 감탄사가 터져 나온다. 위팔 중간쯤에 선명하게 드러나는 기하학 문양의 문신. 카메라맨은 내 마음을 읽기라도 한 듯 문신이 선명하게 보이도록 J의 팔을 클로즈업한다. 야, 야, 뭐 해, 찔러! 빨리! 찌르라니까! J가 큰 원을 그리듯 두 팔을 머리 위로 크게 흔든다. 이제 끝이다. 소매 끝에서 풀려 나오던 긴 천은 마침내 끝이 났다. J는 인사를 마치고 공중으로 뛰어오르며 허리 뒤춤에서 긴 칼을 빼내는 동작에 이어, 보이지 않는 가장의 적을 난도질하는 묘기를 보여주면서 무대 뒤쪽으로 퇴장한다.

화사한 차림의 한 여자가 아파트 문으로 들어섰다. 전화로 얘기를 나눈 동창이었다. 수면을 위해 복용했던 신경안정제의 약효에서 채 깨어나지도 않아 비몽사몽간에 전화를 받았었다. 겨우 이름이 기억날 뿐인 동창은 미국에서 잠시 귀국했는데 꼭 얼굴 한번 보고 싶다고 했었다. 누군가에게서 그 동창이 미국 가산다는 얘기를 오래전 한번 들은 것도 같다. 그런 통화가 겨우 기억날 뿐인데 동창은 집으로 들이닥친 것이다. 늦어서 미안해, 라고 말하면서. 졸업 후에 본 적이 없으니 그녀도 나도 변한 서로의 얼굴을 고개를 갸우뚱하고 바라보았다. 식구 이외의 사람에게서 전화가 온 것도 오래간만이었고, 감히 집에 오겠다고 말한 사람도 이 동창이 처음이었다. 집으로 오라고 했을 리가. 주소까지 알려주었을 리가! 그러나 동창은 내 앞에 나타났고 나는 아무 기억이 없었다. 당황했다기보다는 자포자기한 기분으로 나는 문을 활짝 열었다. 그녀 혼자 방문하는 줄 알았는데, 동창 뒤를 따라 한 남자, 또 그 뒤로 한 여자아이가 문밖에 엉거주춤 서 있었다. 각자 커다란 여행 가방을 하나씩 끌고.

남편이야. 그리고 얘가 내가 전화로 말한 딸애야. 무용에 재질이 있어 보여서…… 네 생각을 했던 거야. 남자를 향해 당황스러운 표정을 지었을 나에게 친구는 시원한 어조로 덧붙였다. 이렇게 많은 사람을 한꺼번에 만나는 것은 거의 2년 만의 일이었다. 집의 모든 호흡을 아들이 모두 몰고 가버렸다. 동화 속의 마술 걸린 집처럼. 내가 살아 있는 것을 확인하려는 것처럼 드문드문 들르는 친정 엄마가 아니었다면 나는 누운 자리에서 그대로 미라가 되었을지도 몰랐다.

너, 이 사람 생각 안 나? 이 사람도 우리 동창이야. 물론 나는 동창의 남편이라는 사람에 대해 아무런 기억이 없었다. 그 기억에도 없는 남자는 내 이름에 씨 자를 붙여 친근하게 알은척을 하며 성큼 집 안으로 들어서고 그의 뒤에 숨어 막 시작된 사춘기의 불균형한 몸매를 지닌 한 소녀가 그림자처럼 미끄러져 들어왔다. 자기 앞에 이르러 문이 닫혀버릴까 봐 두려워하듯 재빨리. 모르는 사람 앞에서 몸을 조그맣게 하는 것이 자기의 임무인 듯 아이는 두 손을 앞으로 모으고 남자 뒤에 숨어서 고개를 숙이고 바닥만 바라본다. J야, 인사드려야지 뭐 하니. 조심스러운 태도와는 달리 아이가 강렬한 눈빛을 내 쪽으로 쏘았다. 고개를 숙이거나 입술을 움직여 인사말을 하지도 않았다. 호기심과 방어와 공격적인 기운이 혼합된 시선으로 아이는 나를 올려다보았다. 아이의 눈과 내 눈이 마주치는 순간 나는 그 시선이 나를 확 잡아채는 것을 느꼈다. 내가 머물고 있던 모호하고 몽롱하며 무채색이었던 반수면 상태에서 마치 따귀를 맞듯이 순간적으로 빠져나온 듯한 느낌. 아들의 나이 또래다! 게다가 아들의 이름과 첫 자가 같다!

아이의 시선을 받는 시간이 조금 길어지자, 동창이 나와 아이 사이에 끼어들었다. 잠시 침묵이 흐르더니, 상투적인 위로가 입에서 튀어나오기 시작했다. 아, 참, 내 정신 좀 봐. 한국에 도착한 후에야 네 소식을 들었다. 얼마나 힘들었나. 미안하다. 힘들면 내일 다른 곳으로 갈 수도 있다…… 내가 여러 날을 약속했던가. 이 먼지 덮인 폐허에 누구를 들이는 것도 놀라운 일인데 며칠의 약속? 수면제의 조화다. 다른 이유를 찾을 수가 없었다. 동창의 말을 귓가로 흘려듣는 동안 기이하게도 내 몸 안 어디에선가 에너지가 모여들기 시작했다. 마치 아이의 쏘는 눈빛에 내가 걸렸던 마법에서 풀리듯이. 나도 모르게 내 두 손이 들리고, 먼저 아이의 가방을 밀어 깨끗하게 치워진 아들의 방으로 들여놓았다. 그리고 그가 집을 나간 후 닫아놓고 내 스스로 열어본 지도 오래된 침실 문을 활짝 열었고 동창 부부를 그곳으로 안내했다.

커튼을 젖히자 5월의 따사한 햇살이 파도처럼 거실로 밀려들어왔다. 마치 춤이라도 추듯이 나는 이 방 저 방을 돌아다니며 환기를 핑계로 창문들을 열어젖혔다. 오랜만에 동네 상점에 전화를 걸어 반찬거리를 주문했다. 그사이 주인이 바뀌었는지 내가 아파트 동수를 얘기해도 아무런 반응이 없다. 약국, 쌀가게, 빵집…… 단지 내 상가의 어느 가게 하나 내가 지나갈 때 그대로 내버려두지 않았다. 때로는 작게 혀를 차며, 때로는 하던 말을 멈추어 그들은 불행을 당한 자에 대한 무언의 호기심을 표현했다. 그들 중에서 가깝게 교류하던 몇 사람은 손님을 버려두고 가게 밖으로 뛰어나와 내 손을 잡고 눈물을 흘리기도 했다. 그러나 호기심도 동정도 위로도 받아낼 힘이 내게는 없었다.

무엇이 갑자기 이 광증에 가까운, 이례적인 에너지를 만드는가. 그건 분명 J라는 애와 연관이 있다. 그것은 어렴풋이 알겠는데, 그 이상은 알 수도 없고 알고 싶지도 않았다. 띠리리리리, 띠리띠리…… 익숙한 소음에 나는 내 방으로 쓰고 있던 문간방에서 우중충한 조깅복을 평상복으로 갈아입다 말고 뛰어나왔다. 아이는 나의 시선에는 아랑곳 않고 몸을 동그랗게 말고 소파 한구석에 깊이 파묻혀, 손에 든 게임기에 온몸으로 집중하고 있었다. 저건, 아들 방 책상 왼쪽 서랍 속에 있던 건데, 저 애가 저것을 어떻게 찾았지? 심장이 뛰며 아이에게 뛰어가려는 순간 게임기의 검은색이 눈에 띄었다. 아들애 것은…… 흰색이었다. 세상의 모든 게임기에서는 여전히 그리운 비슷비슷한 소음이 나지만 세상의 모든 게임기가 아들의 것이 아니라는 사실, 그 사실에 익숙해질 수 없어 나는 멈춰 서서 나 자신을 향해 중얼거렸다. 멀었어, 너는!

나의 사지는 나의 의지와 무관하게 가뿐하게 움직이기 시작했다. 배달된 물건들을 비어 있던 냉장고에 채우자, 오래된 관성에 숙련된 내 몸이 먼지를 털고 반응하기 시작했다. 파를 다듬고 마늘을 다지고 두부를 썰고, 맛을 봐가며 고기 양념을 했다. 몇 년 전의 여느 날처럼. 동창은 부지런히 손을 움직이는 내 주위를 돌며 끊임없이 말을 이었다. 미국에 갔더니 저 사람이 옆동네에 살고 있는 거야. 알고 보니 동창이더라구. 그렇게 된 거야. 응, 사업해. 새 일 시작해보려고 나왔어. 딸애가 무용에 소질이 있는 것 같아서 겸사겸사 네게 전화하게 된 거지. 동창회 수첩에 연락처 다 적혀 있잖아. 그거 봤지 뭐. 얘, 나중에 좀 봐줘라. 정말 소질이 있는 건지, 제가 그저 하는 소린지…… 동창의 수다는 나의 미미한 반응에도 지치지 않고 계속됐다. 우리 사이에 침묵이 자리 잡지 못하도록 그녀는 다른 동창의 소식까지 전하면서 애를 쓰는 것이 역력했다. J야, 이리 와서 아줌마한테 너 무용 솜씨 좀 보여드려. 내가 얘기했지. 이 아줌마가 무용가라구…… 아이에게서는 아무런 반응이 없다. 집에 들어온 이래 아이가 한마디도 하지 않았다는 것을 그때서야 깨닫고 아이의 목소리가 갑자기 궁금해졌다. J! J! 연거푸 부르는 엄마의 부름에도 아이는 시선 한번 들지 않는다. 다행히 동창은 목소리를 높인다거나, 아이를 끌어와 억지로 무용 동작을 시킨다거나 하지 않았다.

나의 몸은 이런 기회를 기다렸음에 틀림없다. 손에 입력되어 있는 대로, 초고속으로 준비한 음식을 식탁에 올려놓고 동창 식구와 함께 둘러앉자 나는 정말 눈물이 나올 정도로 그들의 방문이 고마웠다. 식사를 하면서 나는 동창에게 말로도 표현했다. 정말 고맙다고. 동창과 그 남편은 고마운 건 자기들이다, 이렇게 환대해주니 몸 둘 바를 모르겠다……라고 했지만, 이런 말의 내용과는 달리 그들의 표정에는 뭔가 불편함이 역력했다. 뭐가 고마운데요? 처음으로 듣는 아이의 목소리였다. 당돌하고도 버릇없는, 위악적인 표정을 지으며 아이가 내게 물었다. 목에서 빠져

나오기 싫은 듯, 굵고 거친 목소리는 그 나이 또래의 어린 몸, 예쁘장한 아이의 얼굴선과 부조화를 이루었다. 나는 아이의 질문에 대답할 말을 잊었다. 글쎄, 무엇이 고마웠을까. 아마도 너 때문이라고, 네가 내 아들 또래의 아이여서라고 솔직히 말할 수가 없었다. 그 순간은 큰 무리 없이 지나갔다. 나는 감정이 복받쳐 울지 않았으며, 아이도 그걸로 그만이었다. 동창의 찡그린 눈짓에 재빨리 식사를 끝내고는 다시 소파의 게임기를 집어 들었다.

그들이 이틀만 더 머물렀어도, 동창은 분명 나를 위로한답시고 아들에 대해, 아들의 죽음의 정황에 대해, 애 아빠에 대해, 내가 살아남은 방법이나 그보다 더 적나라한 신상의 내밀한 부분에 대해 질문을 던졌을 것이다. 거리가 조금 좁혀지자마자 두 인간이 저지르는 경계의 침범. 동창의 식구들은 저녁을 마치곤 곧바로 시차를 핑계로 일찌감치 각자 배정받은 대로, 동창 부부는 침실로 아이는 아들의 방으로 들어갔다. 널브러져 있던 물건들이 제자리를 찾아들듯. 나는 망설이다 약을 복용하지 않고 자리에 누웠다. 오랜만이었다. 어렴풋이 잠이 들었을 때 침실 쪽에서 남녀가 목소리를 낮추어 다투는 소리를 들은 것 같기도 했다. 흠, 부부 싸움이라. 먼 행성의 기이한 관습을 기억해내듯, 절제되어 더 격렬한 그들의 전투적 속삭임에 잠시 귀를 기울였다. 이것을 배경음악으로 나는 까무룩 잠 속으로 깊이, 깊이 빠져들어갔다.

한낮이었다. 세상에! 하루의 반 이상이 두터운 수면 속에서 녹아내렸다. 창문과 커튼은 전날 열어둔 채여서 쏟아지는 빛의 역광 속에서 소파에 반쯤 누워 있는 아이를 처음에는 보지 못했다. 아이에게 다가갔으나 나를 한 번 올려다볼 뿐, 반응이 없었다. 귀에 이어폰을 꽂고 시선을 다시 게임기로 옮기는 아이를 방해할 생각은 없었다. 침실 방문은 활짝 열려 있었고, 동창 부부는 없었다. 방은 깨끗하게 정리되어 있었고 그들의 여행 가방도 눈에 띄지 않았다. 침실과 연결된 욕실 안에도, 붙박이 옷장 안에도 그들의 흔적은 없었다. 며칠간의 기거를 제안했는지는 알 수 없지만, 어제 분명 옷장 안에서 옷을 꺼내 빈자리를 만들어 그들의 옷을 꺼내 걸었었는데. 오랜만에 귀국했으니 지방의 친척들 방문이라도 갔겠지. 뜬금없이 동창의 고향이 지방이었다는 사실이 기억에 떠올랐다. 하기는 집에 손님을 들여놓고 한나절을 자는 사람을, 게다가 수면장애가 있는 친구를 깨우는 것도 어려웠겠다. 아이는 네다섯 시간이나 꼼짝 않고 제자리에 앉아 있는 재주가 있었다. 여자애들이란 저렇게 다른가. 딸을 키워본 경험이 없는 나는 아이의 침묵과 아이의 부동이 기이할 뿐이었다.

평소 내가 백색의 공백을 머리에 이고 하염없이 낮이 가기를 기다리던 그 자리에 아이는 둥지를 틀고 하루 종일 아무 말 없이 가끔 게임기에 칩을 바꾸어 끼거나 MP3를 조몰락거리며 상체를 일으키는 것 외에 이렇다 할 활동 없이도 하루를 잘 보냈다. 다행히 아이는 식사 시간을 거부하지는 않았지만 귀에는 이어폰을 꽂은 채였다. 너희 엄마 언제 돌아오신다고 했니? 엄마, 아빠 가신 데 어딘지 연락처는 있어? 내가 아이를 향해 입을 열면 아이는 한쪽 이어폰을 뺐다가는 모른다는 뜻으로 어깨를 으쓱하고는 다시 이어폰을 끼었다. 음식을 먹으면서 음악을 들으면 그게 들리나. 미국에서 살다 보니 우리 말이 서투를 수도 있겠다. 우리도 국경만 넘으면 벙어리가 되지 않나. 나는 말 시키는 것을 포기했다.

다행히 아들이 잘 먹는 음식을 아이도 잘 먹었다. 식사를 끝내면 얼굴이 만족한 기색인데도 입을 열어 맛있었다거나, 고맙다거나, 만족을 표현하는 말이 꾹 다문 입에서 새어 나오지 않았다. 아이는 어떤 위험 앞에 묵비권을 행사하는 것처럼 내가 말을 걸라치면 눈에 띄게 방어적이 되었다. 사흘, 닷새가 지나도록 동창은 나타나지도 않았고 전화 연락도 없었다. 나는 이름을 겨우 기억할 뿐인 동창의 딸을 기약 없이 사육하는 사람이 되어 있었다. 왜냐하면 아이와 내가 마주 앉는 것은 식사 시간 때뿐이었기 때문이었다.

아이를 처음 보았을 때 내 몸을 채우던 에너지는 이제 제법 몸 안의 발전기를 돌려 서서히 내 것이 되어가고 있었다. 내가 속해 있던 무용단의 한두 친지에게 전화를 거는 용기도 생겼다. 어느 누구도 너도 엄마 자격이 있냐고 비판하지 않았고, 어쩌자고 '그 후'에도 살아 있느냐고 묻지 않았다. 나를 잘 아는 친구들은 섣불리 나를 위로하려 하지도 않았고, 그저 어제 만난 것처럼 스스럼없이 말을 이었다. 그들끼리 내게 대할 가장 바람직한 방법을 연구했음에 틀림없다. 한번은 편지함에 쌓인 초대장 중 하나를 집어 친한 친구의 발표회에 아이를 데리고 갔다. 나들이를 위해 나는 아이에게 어울릴 만한 7부 소매가 나팔꽃 잎처럼 벌어지는 붉은 자주색의 상의를 사서 입혀주었다. 동네 옷 가게에서 옷을 골라 입히고 거울 앞에 세웠다. 그때 처음으로 아이 얼굴에서 미소를 보았다.

남아 있는 모든 힘을 모아 공연장에 온 것은 잘한 일이었다. 아이가 아니었으면 나는 엄두도 내지 못했을 것이다. 아이는 하품을 했고 얼마 지나지 않아 내 팔에 머리를 기대고 잠이 들어버렸다. 빈틈없이 준비한 수준급의 공연이었다. 친구의 동작은 하나하나 아름다웠다. 그러나 나도 모르는 사이에 나는 어느새 홀로 훌쩍 강을 건너 이쪽, 다른 세상에 서 있었다. 강 저편에서 일어나는 남의 일을 바라보듯, 무심하고도 평안하게, 거의 반생을 같이 활동한 동료이자 친구의 완벽에 가까운 공연을 무심하고 생소한 시선으로 바라보고 있었다. 건너온 그 강을 다시 건너는 일은 불가능하고 무의미해 보였다. 그건 너무도 분명한 일이 되었다.

낮 시간에 아들 또래의 아이를 데리고 시내를 돌아다니자니 가벼운 흥분이 아침 안개처럼 지펴졌다. 이런 일이 다시 내게 일어나리라고는 상상도 하지 않았다. 아이의 발이 가는 대로 시장 좌판에서 군것질도 하고 거리에 있는 돌에 걸터앉아 아이스크림도 사 먹었다. 정말 오랜만의 외출이었다. 자투리 시간이 날 때마다, 1년에도 몇 번씩 나는 아들의 학교로 달려가서 애를 불러내 놀이동산으로 공원으로 놀러 다니는 것을 상상했다. 그러나 한 번도 그렇게 해보지 못했다. 매번 더 급해 보이는 일이 생겼고, 그보다는 애의 학업에 누가 될까 겁을 내는 겁쟁이 엄마에 불과했다. 나는 그렇게 너무 빨리 지훈을 학교에 뺏겨버렸다. 나도 모르게 나는 애의 손을 잡았다. 애는 슬그머니 손을 뺐다. 왜 이러세요, 하는 옆얼굴 표정을 내보이며. 하긴 5학년이 된 아들도 그랬다. 보는 사람이 없는지 주변을 둘러보다가는 슬그머니 손을 빼지 않던가. 이 애의 부모는 아이 학교도 보내지 않고 어디서 떠도는 거지? 애 학교 안 보내는 건 불법 아닌가?

어느 날 아침 놀라운 일이 일어났다. 아이의 말문이 마침내 터졌다. 한 열흘이 지난 즈음이었다. 아이가 입을 열자, 열두 살짜리 아이의 입에서 나오리라고는 도저히 상상할 수 없는 욕설이 솟구쳐 나왔다. 아, 씨발, 정말 말 못 해 미치는 줄 알았네. 아이의 쉰 목소리는 아이가 내뱉는 욕설에 그렇게 잘 어울릴 수가 없었다. 욕이 목소리의 음색을 변화시킨 것처럼. 낮고 거친 허스키 보이스가 아이의 욕설을 더욱 적나라하게, 더욱 구성지게 만들었다. 속사포처럼 쏟아지는 아이의 욕설을 내 식으로 번역하면 이쯤 되지 않을까.

아니, 아줌마는 바보야? 병신이야, 엉? 그 사람들 사기꾼인 거 안 보여요, 안 보여?

아이는 두 손가락을 뻗어 내 눈을 찌를 듯이 흔들어댔다.

아이가 입을 열었다는 사실도 사실이지만 아이의 욕설과 그에 걸맞은 몸짓들은 처음의 충격이 가시자마자 이상하게도 나를 편안하게 해주었다. 아이의 말 습관에 맞춰주고 싶었지만 나는 아무래도 전문가 앞에 선 풋내기에 불과했다. 나와 J 사이에

쩔뚝거리는 이상한 대화가 시작됐다.

그 사람들, 내 엄마도 아빠도 아니란 말예요.

그렇지만 너는 네 엄마를 빼다 박았는데.

반항으로 가득 찬 막돼먹은 사춘기 아이와의 대화는 그다지 어렵지 않았다.

멍청이. 내가 그 사람들 도망칠 동안 입 다물고 있으라고 해서 참았지. 안 그러면 나까지 당한다고 뻥쳐서!

그래, 내가 좀 멍청이야.

자연스레 반말이 끼어들기 시작했다.

아줌마는 그렇게 눈치가 없냐? 미국 좋아하시네. 옛날 옛적 얘기지. 뭐 사업? 웃겨. 그 사람들 헤어진 지 얼마나 됐는지 아냐? 내가 거추장스러워서 아줌마한테 내팽개친 것도 몰라?

너의 부모가 나 같은 상대를 잘 고른 것 같다, 얘.

그런 식이야, 그 사람들! 다 똑같아, 다.

모든 단어 사이에 욕설이 끼어들었다. 아니 욕설 사이에 토씨처럼 단어가 끼어들었다. 다행이라면 다행이었다. 아이의 엄마인 동창에 대해 수소문해볼 필요가 없어졌다. 아이의 거취에 관해 걱정할 것도 없었다. 아이를 이런 식으로 내버려두고 엄마가 사라진 것이 처음이 아니라고 했다. 아주 버리면 좋겠는데 그것도 아니라 똥 씹는 맛이란다. 상황이 호전되면 엄마가 이메일로 알리기로 했으니, 가끔 한 번씩 이메일을 확인해보면 된다고, 오히려 나를 안심시키려는 어투로 말했다.

전주곡이며 후렴인 아이의 욕은 듣는 사람의 속이 다 시원해지는 지독한 쌍욕이었다. 주로 아이가 자기 엄마 얘기를 할 때 욕은 아이의 온몸을 뒤흔들며 폭죽처럼 터져 나왔다. 그토록 집 중된 엄마에 대한 분노! 그토록 농밀한 부모를 향한 증오의 욕설을 들으며 나는 아이에게서 그런 관심을 받는 동창에게 전도된 부러움이 일 정도였다. 그래도 아이는 역시 아이였다. 매일 밤, 아이는 내 허락도 받지 않고 침실의 책상 위에 놓여 있는 컴퓨터를 켜고 그날 도착할지도 모르는 엄마의 이메일을 기다리느라 졸며 늦게까지 앉아 있곤 했다. 어떤 날은 하루에도 여러 번씩. 거의 착란으로 치닫던 광기의 한밤중, 나 또한 아들에게 수없이 수취인 없는 이메일을 보냈었다. 지훈아, 어디 있니? 겨울에는, 지훈아, 거기 춥지 않아?

아이의 막힌 입이 한번 터지자 아이의 생활도 180도로 변했다. 한번 집을 나서면 밤늦게 들어왔으며, 용돈을 달라고 말하는 대신 내 가방을 뒤졌다. 사소한 도둑질은 그저 그 애의 자연스러운 삶의 방식 같았다. 나는 애의 눈에 띄는 곳에 지폐 몇 장을 흘린 듯 놓아두기도 했다. 아이가 내 집에 맡겨져 있는 동안 행여나 문제가 생길까 노심초사했다. 그러나 내 기우였다. 아이는 씩씩했고 거침이 없었으며 어디에 갖다 놓아도 살아남을 만큼 겁이 없었다. 내가 외출에서 돌아오면, 어디서 만났는지 알 수 없는 또래 애들을 데려와 집이 난장판이 되기 일쑤였지만 나는 그것을 선호했다. 그런 날들 중 하루에 아이는 팔 안쪽 여린 살에 기하학적인 무늬의 문신을 새기고 들어왔다. 아이가 밤늦게까지 집에 돌아오지 않을 때, 나는 잠을 이루지 못했다. 그러나 그뿐, 이상하게도 나는 불안하지 않았다. 아이가 동창이 보낸 메일을 받기 전까지는 어김없이 이 집으로 돌아올 것을 알고 있었기 때문이다. 무엇보다도 나는 아이의 욕설의 힘을 믿었다. 그 욕설이 그 아이의 입에서 줄줄이 이어져 나오는 한, 그 위악적인 분노가 애 안에서 살아 있는 한, 아이가 내가 잠든 사이 집 베란다 창문을 열고 뛰어내리는 일은 없을 것임을 나는 확신했다.

J와 나는 이런 식으로 5개월을 같이 살았다. 어느 날 조금씩 시작한 산책에서 돌아왔을 때, 현관문이 활짝 열려 있었다. 도둑이 든 것처럼 온 실내가 뒤죽박죽이 되어 있었다. 아이가 자던 아들 방은 몇 달 전처럼 비어 있었다. J는 떠났다. 없어진 것은 아무것도 없었다. 집 안을 정리하다가 나는 뒤늦게 책상 서랍 상자 속에 넣어둔, J라고 이름 붙인 아들에 대한 자료 파일이 사라진 것을 알아차렸다. 비밀번호가 설정되어 있어 도저히 열 수 없는 그 파일을 J가 자신과 연관 있는 것이라 오해하고 가져갔는지 아닌지 그것은 나도 잘 모르겠다.

어떻든 J가 떠난 후에야 나는 아들이 우리를 영원히 떠났다는 것을, 그것은 돌이킬 수 없는 사실이라는 것을 받아들였다.

오후 4시가 가까워온다. 이제 〈화요초대석〉의 프로그램도 거의 끝나가고 있다. 카메라는 J의 얼굴을 클로즈업해 오래 머문다. J의 눈매는 예전과 같지 않다. 눈꼬리에는 여전히 매서운 기운이 남아 있지만 어릴 때의 겁 없이 날뛰던 반항기는 사라진 듯하다. 그 방면에서 어느 정도 성공한 젊은 여자의 관대한 웃음이 입가에 맴돌기까지 한다. 웃음기를 머금은 채 J는 마술 프로의 마지막 순서를 준비한다. 진행자가 이끄는 대로 방청석에서는 박수가 터져 나온다. 관 모양의 긴 상자가 무대 전면에 놓이고, 프로그램 사이사이 J를 돕던 작은 키의 여자가 나와 인사를 한다. 눈꼬리를 내린 광대 화장의 작은 여자는 파란색 타이즈를 입고 잔걸음으로 인형처럼 움직이며 J 주변을 돌아다닌다. 그다음 순서는 안 보아도 될 듯하지만 이 또한 관객이 거쳐야 하는 수순이다.

4시가 되면 그와 나는 차를 마신다. 나이가 들어가면서 새로운 습관이 하나 그에게 생겼다. 달콤한 주전부리를 자주 찾는다는 것이다. 아마도 하던 일을 그만두고 동화 작가가 된 다음부터 생긴 버릇인지도 모르겠다. 그는 일어서서 차를 준비한다. 오늘 우리가 마실 차는 터키 여행을 다녀온 그의 후배가 가져온 로즈힙이다. 한 개를 넣으면 커다란 유리 주전자 가득 짙고 투명한 새빨간 찻물이 지루할 정도로 우러난다. 약간 신맛을 내며 목구멍으로 넘어가는 이 차는 그가 막 꺼내놓은 작은 크기의 달콤한 다과와 궁합이 맞는다.

갑자기 방문이 열리고 세 남자가 들이닥쳤다. 한겨울, 한밤중. 열린 문 사이로 거실에서 부산하게 움직이는 또 다른 무리가 보였다. 눈만 겨우 드러나는 털모자를 쓰고 있어서 얼굴은 알아볼 수 없어도 모두 두 명의 여자아이와 세 명의 남자아이를 구분할 수 있었다. 방으로 들어온 그 아이들은 말없이, 일사불란하게 나를 묶었다. 영화에서 자주 보듯이 내 입을 테이프로 봉하고 두 팔을 등 뒤로 돌려 결박했다. 발은 여려 겹의 굵은 밧줄로 짚단을 조이듯이 촘촘히 묶었다. 한 여자아이의 지시에 따라 거실에서는 다른 세 아이가 각 방에서 물건들을 꺼내 그들이 가져온 커다란 가방 안에 집어넣었다. 각자 손에 전등을 들고 필요한 곳만 선별적으로 비추면서 그들은 어둠 속에서 소리 없이 민첩하게 움직였다. J는 노랑과 황색의 물결무늬가 그려진 화려한 관의 내부를 방청석 쪽으로 기울여 보인다. 관은 비어 있고 어디에도 도망갈 구멍이 없다. 방청객의 환호성과 박수 소리에 박자를 맞추어 J의 날렵한 손짓에 따라 좀 전의 여자가 관 안으로 미끄러지듯 들어간다. J는 관 뚜껑을 닫고 그 주변을 돌며 무술묘기를 부린다. 방청객의 박수 소리가 점점 더 격렬해진다. 그것이 내가 본 모두였다. 잠시 후 그들은 내 눈 주위를 천으로 한 겹, 두 겹…… 다섯 겹을 감고 뒤통수에 매듭을 지어 고정시켰다. 나는 저항하지 않았다. 저항할 힘도 의지도 없었기에 그들은 나를 묶지 않았어도 됐는데…… 그 말을 할 틈도 그들은 주지 않았다. 나는 마침내 옆으로 뉘어, 굵은 가죽의 느낌을 주는 어떤 것으로 침대에 묶였다. 그들은 나를 그렇게 처리하고 방 밖으로 나갔다.

오랜 시간이 흐르지 않았다. 소란스러운 움직임이 차차 멈추고 가방이 입구 쪽으로 끌리는 소리가 날 즈음 가성으로 목소리를 높인 아직 앳된 여자애의 목소리가 터져 나왔다. 뭐 해, 인마! 그냥 나오면 어떡해. 찔러. 새꺄! 찌르라니까! 야, 너 죽고 싶어! J? 너니? 그러나 재갈 물리고 테이프로 봉해진 입에서 그 말은 발음이 되어 나오지 않았다. 누군가 방 안으로 들어와 내 허벅지를 조준한 듯 침대 위에 무언가 날카로운 것이 서너 번 내리꽂혔다. 그러나 이미 내 다리는 아무 감각이 없었다. 몰려왔을 때처럼 갑자기 그들은 사라졌다. 조심스럽게 문이 닫히는 소리를 끝으로 집 안은 다시 고요하고 평안해졌다. 박수 소리가 멎고 J는 등을 크게 구부려 유연한 S 자 율동을 그려내며 길고 끝이 날카로운 칼로 목에 두르고 있는 천을 허공에 던져 세 동강을 낸다. 다시 환호성. 몸의 율동을 흩뜨리지 않으면서 J는 관 앞으로 다가간다. 북을 두드려대는 속도와 소리가 배가된다. J의 얼굴이 클로즈업된다. 무표정에 가까운 이상한 고요가 그녀의 얼굴에 넘쳐흐른다. 그녀가 게임에 완전히 몰입해 있을 때, 그녀가 희열을 느낄 때 저런 표정이 되던 것을 나는 기억해낸다. 아하, 저렇게 관객이 매료되는 거구나. 칼을 든 두 팔로 크고 둥근원을 그려낸 후, 날카로운 동작으로 단 세 번, J는 관에 칼을 내리꽂는다. 고조되는 북소리와 고함 소리는 J의 동작으로 멎는다. J는 과장하지 않는다. 길게 끌지 않는다. 관 속에서 칼을 맞고 피를 흘리고 있었어야 할 키 작은 여인은 어느새 노란색 날개를 달고 관 옆에 준비된 문의 커튼을 젖히고 나온다. J와 여인은 손을 흔들며 뒷걸음으로 퇴장한다. 〈화요초대석〉은 끝났다.

그가 준비한 차 맛은 늘 특별하다. 차에 따라 맛을 내는 데 필요한 물의 적정 온도를 그는 알고 있다. 이 집에 '겨우'가 아닌 것은 차뿐이다. 아마도 백여 종의 차가 그가 부리는 단 하나의 사치다. 우리에게 남아 있던 알량한 재산의 반이나 삼켜버린 나의 허벅지 마비를 그는 차로 치료할 수 있다고 생각할 정도다. 차를 마시면서 그와 나 사이에 막혀 있던 것들이 풀려가니 어쩌면 허벅지의 마비도 언젠가 풀릴지 모른다. 결박된 상태로 나는 거의 사흘을 꼬박 혼자 누워 있었다. 어떤 방식으로도 빠져나올 수 없는 고립의 상태에서 나는 한 번도 경험해보지 않은 놀라운 평화를 경험했다. 공복이 나를 깊은 잠으로 이끌었다. 이렇게 자다가 죽어간다? 그럴 수 있을 것 같았다. 그러나 죽는 것은 그렇게 수월하지 않았다. 내 몸은 어느새 고통으로 파르르 깨어났다. 공복과 허벅지에서 이는 경련이 내가 생생하게 살아 있으며 앞으로도 살아야 할 날이 많음을 일깨웠다. 경련은 몸에 세밀하게 깔린 신경 줄에 불을 붙이듯 허리를 타고 척추를 지나쳐 뇌신경을 눌러 충격을 가한 후 다른 노선을 타고 내려와 온몸을 일깨우며 반복 운동을 했다. 고통과 슬픔이 하나가 된 신음의 와중에 내가 그의 이름을 불렀는지는 기억에 없다. 어떻건 그는 내가 부르는 소리를 들었다고 했다.

그와 나는 이 사건을 아무에게도 알리지 않았다. 가끔 J의 현란한 욕설이 귓가에서 울릴 때, 나는 그 애를 만나 이런 말을 해주고 싶은 욕망이 일기도 했다. J, 나는 아무렇지도 않아. J, 네덕분에 내 인생에 불필요한 것들이 다 쓸려가버렸으니 오히려너한테 고맙다고 해야 하지 않을까. 뭐가 고마운데요? 당돌하게 묻는 어린 소녀의 목소리 앞에 나는 자주 멈추어 선다. 물론 나와 그의 삶은 매일 오후에 거를 수 없는 산책처럼, 산책 후에 마주 앉는 차 마시는 시간처럼 달콤하지만은 않다. 그러나 황량하

고 견고한 시멘트 바닥에 육체가 부딪치며 내는 둔중한 소리와
동행하는 사람에게 웬만한 쓴맛은 차 한잔에 넘겨버릴 수 있을
정도로 가벼운 것이 된다.

(2012)

분홍색 상의를 입은 여자

집 안은 깨끗이 치워져 있었다. K나 내 취향에 맞지 않게 덧붙여 있는 모든 것들을 제거하고 나니 잘 알고 있던 익숙한 공간이 모습을 드러냈다. 그 지방 사람이면 모두 하나씩 가지고 있는 나무 땔감을 태우는 로켓 모양의 양철 난로도, 촛농과 정리되지 않은 생활용품이 무질서하게 놓여 있던 곳곳에 덧붙여 설치한 선반도, 실내에 이상한 냄새를 감돌게 하던 붙박이 신발장도…… 공사 담당자에게 찍어두었던 사진을 미리 보냈다. 이대로 복원해주세요. 이곳을 주말마다 드나들던 게 어제 같은데 마을의 무엇인가가 변해 있었다. 집 수가 더 늘어난 것은 아니다. 대체 이 꼭대기에 누가 집을 짓고 오겠는가. 주변 경관? 인간의 손이 닿지 않는다면 자연은 그다지 쉽사리 변하지 않는다. 그 부서지기 쉬운 믿음으로 이곳을 찾은 것이 몇 년 전이던가. 이곳의 좋은 점은 아무리 크게 소리를 질러도 들을 사람이 없다는 것이다. 열서너 채의 집들은 산 중턱에 멀찍이 흩어져 있다.

고속도로를 빠져나와 멀리서 보면 가까이 이마를 맞대고 있는 마을 같다. 그러나 산등성이를 넘어 마을에 들어와보면 서로 조심스럽게 부딪치지 않으려고 배려한 것처럼 집들은 적당히 떨어져 등을 대고 서 있다.

여행 가방 속에서 다기를 꺼내 차를 준비한다. 물이 좋은 곳이야! 처음 이 집을 짓는 계획에 나를 끌어들이면서 K가 말했다. 등성이로 오르면 늪지대 비슷한 작은 연못이 서너 군데가 있다. 그 근처를 혼자 산책하는 것은 조금은 두려운 일이다. 애초에 인적이 드문 곳이다. 가끔 심마니나 버섯을 따러 올라온 아랫마을 사람들이 있다. 그들을 만나는 것조차 두려울 정도로 그들과 얼굴을 익히지도 못한 채 나는 그곳을 떠났었다. 연못 근처로 다가가면 마치 사람을 획, 흡수할 것처럼 습도가 높다. 습도와 수질이 무슨 관계가 있는지는 모르지만 이 등성이에 깊이 관을 박아 모터로 끌어 올린 물은 맛이 그윽하다.

맛 좋은 물로 차를 끓여 마시는 것은 이곳에서 누릴 수 있는 작은 즐거움 중 하나였다. 짐은 나중에 풀자. 나는 가방에서 공연을 관람할 때나 쓰는 쌍안경을 꺼내 먼저 멀리 있는 나무들을 살펴본다. 그들에게 인사라도 하듯이. 이 또한 이곳에 머무르며 누릴 수 있는 오락의 하나다. 응접실의 커다란 창은 커튼이 없어도 스산하지 않다. 자연이 와락 실내로 들어오기 때문이다. 미루나무, 플라타너스, 밤나무, 백양나무, 측백나무…… 내가 알아보고 이름 붙일 수 있는 나무들은 이 정도다. 이름은 몰라도 그들을 알아보기는 어렵지 않다. 쌍안경의 조리개를 조작해 가지와 잎과 줄기 들을 세밀히 들여다본다. 산비둘기와 참새, 까치와 까마귀 그리고 이름을 알 수 없는 보랏빛 날개의 새. 나와 K가 보라새라 부르는 새 두 마리가 키 높은 플라타너스 위쪽에 자주 와 앉는다. 그들의 모습을 홀린 듯 바라보다 거의 습관적으로 쌍안경의 방향을 저 멀리로 올리게 된다. 아무것도 보이지 않는 허공이 잡힌다. 시선에 걸리는 것이 없는 높은 허공에 쌍안경을 오래 고정시키지 않는다.

쌍안경을 내려놓고 가방을 정리한다. 가방 안의 열쇠가 손에 잡힌다. K가 사용하던 암실의 열쇠다. 내일은 장이 서는 날이다. 면사무소가 있는 사거리까지 나가 사 올 것들이 많다. 기이하게도 작은 흥분이 일어나며 내 몸의 저 안쪽 어딘가, 음들이 모여 살고 있는 곳에서 제목이 기억나지 않는 한 곡조가 콧노래가 되어 나온다.

K는 언젠가 한번, 산속에 집을 지으려는 지인을 따라 이곳에 와본 적이 있다고 했다. 그것이 인연이 되어 십수 년이 지난 후 K는 이곳을 생각해냈고, 집을 짓게 되었다. 그 지인이 누구인지 나는 알려고 하지도 않고 집 짓는 일에 끼어들었다. 그러나 결국 그녀는 이 집을 내게 주었다. 선물이었다. 때로는 이런 선물이 있다. 수락하는 데 비싼 대가를 치러야 하는 선물. 그런 것은 사람들이 일반적으로 선물이라고 부르지 않는다. 그러나 선물은 자주 그런 것이다. 환산되지 않는 것들의 비가시적인 거래. 사실 과거형으로 말할 단계는 아직 아니다. 왜냐하면 이 작은 산골 집은 엄밀히 말하면 서서히 내 것이 되어가는 중이기 때문

이다. 언제 이 진행형이 끝날지는 모르지만.

나의 유년은 불행했다. 부모의 불화와 이어진 이혼으로 할머니에게 맡겨져 자랐기 때문에 세상이 보내는 작고 미미한 친절에도 감지덕지하는 사람이 되었다. 병약한 여자였다고 할머니가 되뇌는 엄마의 부고는 내가 그 의미를 깨닫기도 전에 할머니를 통해 들었다. 다른 편도 현실감이 없기는 마찬가지였다. 잊을 만하면 나타나는 아저씨, 내가 '아빠'라고 부르던 사람은 얼굴이 생각나지 않을 정도로 드물게 보았다. 늘 변덕스럽게 움직이는 땅 위를 걷는 것처럼 내 발걸음은 조심스러웠고, 누군가 뒤에서 내 이름을 부르면 화들짝 놀랄 뿐만 아니라 뭔지 모를 두려움으로 가슴이 뛰었다. 나이가 들어가면서 일을 처리할 때는 배짱도 생겼고 험난한 일터를 전전하다 보니 담력도 생겼지만 사람 관계에서는 큰 변화가 없는 듯하다.

작은 조립식 주택이었지만 집이 지어지는 데는 적지 않은 시간이 걸렸다. 나는 아픈 K를 대신해 건축의 세부적인 일을 살펴보기 위해 일주일에 한 번 정도 기차를 타고 역에 내려 다시 버스나 택시를 타고 현장까지 왔다 가는 일을 거의 6개월 동안이나 반복적으로 잘해냈다.

어떻게 하다 K를 알게 되었는데 그만 일생 동안 코가 꿰이고 말았다. 그래서 나는 가끔 사진 동호회에서 강의 요청을 받을 때면 이렇게 시작하곤 한다.

"여러분은 사진 작품이 추상적으로 남기를 원하지요. 여러분의 삶에 조금도 영향을 미치지 않도록 적당한 거리를 취하고 그 저 편하게 그 앞을 스쳐 지나가기를 바라지 않나요? 그러나 사 진을 바라볼 때 조심하세요. 아무 사진이나 아무렇게나 바라보 는 거 아닙니다. 가끔 사진 한두 점이 여러분 인생을 바꾸거든 요."

이렇게 말할 때의 나의 어조에서 무언가 이상한 기운을 느끼 는지 부산했던 십수 명의 청중은 갑자기 조용해지곤 한다.

K가 말년에 나를 찾아온 이유를 나는 알지 못한다. 나는 이십 대 중반 첫 직장으로 제법 이름이 나 있는 건축 회사 홍보실에 서 일했는데 그때 K를 알게 되었다. 누군가의 소개로 홍보 잡지 의 사진을 담당하러 온 K와 안면을 트게 되었다. 나는 길지 않 은 경험으로 사진작가들이 오면 눈을 보는 버릇이 있었다. 내가 만난 사진을 잘 찍는 사람들은 다 눈꼬리가 길었다. 그중에서도 K의 눈꼬리가 눈에 띄게 길어 나는 묻지도 않고 홍보 잡지 사진 을 K에게 맡겼다. 그런데 그 건축 회사에서 잘 적응하지 못했기 에 얼마 지나지 않아 그만두고 말았다. 이럭저럭하다 보니 시간 이 지나갔고 안정적인 직업을 잡는 시기를 놓치고 말았다. 그러 나 후회를 해야 소용이 없기 때문에 후회를 하지는 않는다. 그 곳에서 계속 일했다면 어쩌면 나는 지금보다 더 나쁜 상황에 처 해 있었을지도 모른다. 아니 확실히 그렇게 됐을 것이다.

반면에 내 덕분은 아닐지라도 건축 회사의 홍보 사진을 담당 하면서부터 K는 점점 더 유명해지게 되었다. 이름 없는 사보에 실린 K의 사진들에 주목한 사람들이 있었다. K는 곧 회사 본부의 사진 관련 일을 전담하는 사진작가로 발탁되었고 그녀의 사진은 반응이 좋았다. K의 사진에 유명 연예인의 얼굴이 등장하지 않았음에도 회사가 조성하고 있는 수도권의 아파트 단지 분양에 중요한 영향을 미쳤다는 내부 평가가 나올 정도였던 것이다. 알맞은 때에 K는 숨겨두었던 작품 사진들을 모아 전시회를 열었다. 나 같은 사람을 왜 초대했는지 알 수 없지만 나는 그 자리에 불려갔다. 아름답고 기이한 전시회였고 K는 그해의 최고 사진작가상을 받았다. 나는 그게 진심으로 기뻤다. K의 사진을 보면 나는 자주 내 주변의 무겁고도 어두운 상황을 까맣게 잊고, 어딘가 나도 모르는 여행지 한가운데 서 있는 것 같은 느낌을 받았기 때문이다. 나는 그것이 뭔지 몰랐기 때문에 그녀의 작품 전시회 소식이 있으면 꼭 보러 갔고, 정성 어린 정자체로 방명록에 글을 남겼다.

　　—K, 축하해요. 진심으로!

　　—「행성 X425」의 창문의 푸른빛은 환상적이네요.

　때로 엉뚱한 말을 익명으로 남기기도 했다.

　　—모든 카메라 렌즈는 유년을 갈망한다.

　내 필체를 알고 있는 K는 간단하고 흥겨운 톤으로 꼭 답을 해왔다. 때로 전시장에 한두 점의 사진을 나를 위해 맡겨두었으니 꼭 가져가라는 메일을 보내기도 했다. 이렇게 해서 내가 소유하게 된 K의 사진 작품은 십수 점에 이르게 되었다.

　나는 치과나 미용실, 은행 같은 곳에서 잡지를 뒤적이다가

K에 대한 기사가 있으면 슬쩍 그 면을 찢어 가방 속에 넣었다가 몇 개가 모이면 파일을 만들어서 K에게 보내곤 했다. 기사나 평이 마음에 드는 것은 아니었기에 덧붙여 쓸 말은 없었다. 그렇게 전시회에 나타났다가는 말도 없이 사라지는 내가 이상했던 모양이다. 위험한 상황 앞에서 머리만 감추면 되는 줄 아는 타조를 닮았다고 나를 놀렸고, 타조가 내 별명이 되었다. 그렇게 불리고 보니 이것보다 내게 더 들어맞는 별명은 지상에 있을 것 같지 않았다.

정규 직장을 그만둔 후에도 나는 굶어 죽지는 않았다. 어쩌다 배운 솜씨로 친구와 함께 반찬집을 차리기도 했고, 여러 연구소의 자료 조사실에서 근무하기도 했으며, 직업이 무엇인지 딱히 알 수는 없지만 시간 많고 돈도 잘 버는 사람들의 개인 비서를 몇 번에 걸쳐 해보기도 했다. 내가 드러나지 않으면서 남의 일을 돕는 것이 내 체질에 맞아서 편안했다. 운이라면 운이랄까, 내게는 자질구레한 재주가 있어서 K의 소개이기는 했지만 대형 사진 스튜디오의 직원으로 괜찮은 월급을 받기도 했다. 이런 방식으로 사는 것이 무책임하기는 했지만 나는 친구들이 부르면 언제든지 시간을 낼 수 있는 사람으로 평판이 나쁘지 않았고, 일주일에 두 번 발레를 배울 수 있을 정도의 수입도 있었다. 별 진전 없는 발레 수업을 포기한 후에도 라틴 댄스나 배드민턴, 검도같이 몸을 격렬하게 움직이는 활동에 주력했다. 외로움을 이기는 나의 비법 중 하나였다.

나는 틈틈이 K의 사진에 대해 느낀 것을 써서 모아두었다. 평이라기보다는 나의 느낌을 적었다. 그중의 한두 줄, 서너 줄 때로는 글 전체가 어느 정도의 꼴을 갖추고 K의 작품이 실리는 사진 전문 잡지에 실리기도 했다. 길어봤자 A4 용지 한 장 정도의 분량이었다. 나는 '타조' 또는 'T.J.'라는 필명을 썼다. 두서너 번 그 짧은 사진 평을 잘 읽었다면서 다른 사진작가의 전시에 대한 글을 써달라는 전화도 받았고 시도도 해보았다. 그렇지만 그것이 다였다. 내가 읽어도 흥이 나지 않는 글이었고 부탁받은 사진전이 마음에 들지도 않았다. 나의 이십대 후반과 삼십대 중반까지 인생은 이렇게 여일하게 잘 굴러갈 것만 같았다.

K는 점점 더 나와 멀어져갔다. 너무 유명해졌고 바빠졌기 때문이다. 그녀는 여성지나 패션 잡지가 가장 붙잡고 싶어 하는 사진작가가 되어 있었다. 나 또한 K의 전시회를 쫓아다닐 마음의 여유가 없어질 정도로 일이 많아졌다. 한두 남자를 소개받고 짧게는 몇 개월 때로는 결혼이라도 할 것처럼 1년 이상 사귀기도 했지만 결혼이라는 게 내 마음대로 되지 않았다. 다들 곧 결혼할 것처럼 여자를 만나고 다니지만 실은 결혼은 꺼리는 꾼들을 만났기 때문이니 문제는 나에게 있었다. 그들은 아마 지금도 그런 식으로 살아가고 있을 것이다. 내가 쉽게 바뀌지 않았듯이. 남자를 만나는 기회는 점점 더 줄어들었다. 조금씩 혼자 살 생각을 하다 보니, 건강보험도, 적금도 들어야 했고 그것이 내 삶을 부산하고 바쁘게 만들었다. 거의 5년 가까이 K 생각을 할 겨를도 없이 정규 직장이 있는 사람의 두세 배로 일했고 그 결과

거리에서 죽을 일은 없어졌다. 부모 덕은 없어도 조부모 덕은 조금 있는 편이라 할머니가 돌아가시면서 남겨준 시골의 땅을 처분한 돈이 얼마간 내게 비빌 언덕이 되었다.

그사이 K의 결혼 소식이 들려왔다. 지하철 안에 버려진 스포츠 신문 기사에 의하면 K는 요식업계에서는 유명하다는 체인 레스토랑을 경영하는 남자와 결혼했다. 몇 달 지나지 않아 임신 소식을 읽었는가 했는데, K의 유산 소식이 들려왔다. 거의 모든 여성지에서 떠들썩하게 다루어졌기에 나는 머리를 자르러 미용실에 갈 때마다, 뒤늦게 생중계 방송을 재생해 듣는 사람처럼 머쓱해져서 수개월이 지나 내게 전달되는 K에 대한 조각난 소식들을 퍼즐을 맞추듯 읽었다. 그러고는 침묵이었다. 앙증스러운 요크셔테리어를 안고 활짝 웃고 있는 사진을 마지막으로 보았는데 이후 어디서도 K의 소식을 접할 수 없었다.

우리의 이야기는 그 정도로 마침표를 찍을 수도 있었다. 나와 K 사이의 짧고도 평범치 않은 우정에 대해 조금은 알고 있는 몇몇 친구들은 내게 그 정도에서 끝났으면 좋았을 것이라고 얘기하기도 한다.

자주 그렇듯이 무소식은 희소식이 되지 않는다. K의 삶에 대해서건 사진 활동에 대해서건 어디에서도, 아무도 얘기하지 않는 것은 나를 조금 불안하게 했다. 가끔 몰아쳐서 일감을 주는 어느 기획사가 요청한 전국 규모의 행사 계획서를 며칠간 밤잠을 설쳐가며 정리해주고 난 날, 나는 지치고 공허한 가운데 K를 떠올렸다. 늦은 오후, 내 원룸 아파트에 딸린 협소한 베란다에 나가 앉아 밑을 내려다보고 있었다. 재개발을 예고하는 문구가 씌어진 플래카드가 동네 입구에 매달려 있었지만 예정된 날짜는 한참이 지난 거였다. 오래되어 먼지와 비에 더럽혀지고 찢어진 귀퉁이가 스산한 바람에 간간이 펄럭였다. 그 밑으로 웅숭그린 채 다닥다닥 이마를 맞대고 침묵하고 있는 지붕들을 내려다보며 나도 모르게 중얼거렸다.

"참, K는 요즘 뭐 하지? 왜 아무 소식이 없는 거지?"

K의 소식을 듣지 못한 지 아주 오래된 것만 같았다. 그녀의 신상에 관해서 양은 냄비처럼 뜨겁게 다루었던 어떤 대중매체도 더는 K에 대해 관심을 보이지 않았다는 뜻이다. 단 몇 줄의 기사 하나 발견할 수 없었다. 수소문을 한다면 알아낼 수 있었겠지만 사실 나는 K의 전화번호도 사는 집의 주소도 모르고 있었다. 내가 가지고 있는 K에 대한 정보는 이미 철이 지난 것들이었다. K의 전시회가 일종의 접선 장소였기에 이제 와서 전시회 아닌 다른 장소에서 그녀를 사적으로 만나면 머쓱해질 것 같았다. 생각난 김에 궁여지책으로 K에게 엉뚱한 메일을 보내보았다.

─쉿쉿, 부우부우─ 타조입니다. 살아 있습니까? 오버.

─K, 다 자인, 다 자인…… 지금은 없어졌죠. 왜 없어졌을까요? 답 주세요.

'다 자인Da Sein'은 우리가 처음 같이 일했던 건축 회사 건물의 1층에 있던 카페 이름이었다. 이십대 중반의 내가 이십대 후

반이었던 K의 사진학 강의를 경청하던 곳이다.

아무 답도 받지 못했다. 붙잡아야 했지만 손에서 힘이 빠져나가 잡지 못하는 꿈속의 기차처럼 시간이 그렇게 흘러가게 내버려두면서 나는 마흔을 맞았다. 불행한 사람들은 그다지 동정심이 많지 않다,라고 말하는데 그건 사실이다. 독하게 살아남아야 하는 사람이 무감동, 무관심, 무반응의 '삼무三無 주의'를 몸에 새기지 않으면 문제가 발생하게 되는 것이다. 마음속에서는 피눈물이 나도 몸은 잘 움직여지지 않고, 눈에서는 눈물이 나도 입술은 그냥 무뚝뚝하게 다물어진다.

어느 저녁, 나는 머릿속이나 심장의 무겁고 어두운 색깔과는 정반대로 입으로는 노래를 흥얼거리며 집으로 돌아오는 길이었다. 얄궂게도 날씨가 유난히 쾌적한 날이었다. 9월이었고 알맞게 더웠고, 어느 집에서 풍겨오는 찌개 냄새가 오랫동안 잊고 있었던 할머니를 생각하게 하는 날이었다. 그러나 정말 내가 할머니를 잊고 있었을까. 나는 잊고 싶었지만 잊고 있지 않았다. 재개발 예정인 동네 끝에, 내가 기거하고 있는 오피스텔 건물 두 동이 오똑하게 솟아 있었다. 지하철에서 내려 그곳에 가려면 낮게 웅크린 그 동네를 지나야 했다. 물론 조금 우회를 하면, 마을을 통과하지 않고 귀가할 수 있다. 그러나 나는 이 재개발 동네의 할머니를 알게 되었다. 나이를 가늠할 수 없는 이 할머니는 아마도 너무 늙어 거동이 어려웠다. 그래도 저녁 시간이 되면 집 앞의 의자에 나와 앉아서 지나가는 사람을 불렀다. 시멘트로 덮인 작은 마당은 각종 채소가 심긴 커다란 고무나 플라스틱 화분으로 가득 차 있었다. 그녀가 재배하지 않는 것이 없을 것 같은 느낌이 들게 웬만한 채소는 거기 다 자라고 있었다. 나는 가끔 무농약 상추나 파, 고추, 토마토를 소량 구입한다. 계절에 따라 바뀌지만 내가 필요한 만큼 소량을 살 수 있고, 내가 주고 싶은 값을 주면 된다. 대신 나는 할머니에게 두부, 김, 어묵 같은 반찬거리를 사다 준다. 그런 거래가 없는 날 나는 이 동네로 가로질러 귀가하는 것을 되도록 피한다.

나는 늘 그렇듯이 야채를 조금 집어서 약국에서 준 비닐봉지에 약과 함께 넣고 천천히 집 쪽으로 걸었다. 그사이 날은 어둑해져 있었고 집 건물이 저 앞으로 다가왔을 때, 건물 옆의 시멘트 의자에 한 여자가 상체가 거의 무릎에 닿을 것같이 굽힌 자세로 앉아 있는 것이 보였다. 눈에 와 박히는 분홍색 상의를 입은 여자의 그 실루엣은 낙담과 고뇌가 배어 나오는 자세를 취하도록 누군가 연출한 것만 같았다. 그 모습이 어딘가 눈에 익었다. K?

9월의 저녁 빛은 어둡기도 했지만 나는 지독한 난시였다. 그녀일지도 모른다고 생각하니 숨겨야 하는 무언가를 들킨 사람처럼 가슴이 뛰며 시야가 한층 더 어두워졌다. 나는 멈추어 서서 가방 속에 늘 넣고 다니는 소형 쌍안경을 손으로 뒤적거려 찾았다. 잡동사니가 다 들어 있는 주머니나 다름없는 나의 큰 숄더백 안에서 쌍안경은 숨바꼭질이라도 하려는 듯 손에 잡히지 않았다. 약과 야채가 들어 있는 비닐봉지가 손에서 미끄러져 내리고 이마에서 진땀이 났다. 열린 가방을 들여다보려고 막 불이 켜지기 시작한 가로등 앞으로 다가가는 순간, 눈을 들어 바라보니 의자는 그사이 벌써 비어 있었다. 흐릿한 시선을 들어 사방을 둘러보았으나 분홍색 상의를 입은 사람은 눈에 띄지 않았다. 환각이었을까? 그렇다고 나는 길모퉁이로 뛰어가 살펴보지도 않았고, 목청껏 K의 이름을 부르지도 않았다. 나는 빈 의자 쪽으로 천천히, 아주 천천히 다가갔다. 거기에 사람이 있었다는 것을 알리는 어떤 증거도 없었다. 나는 손으로 그 자리를 더듬어보았다. 그랬다. 바로 옆의 시멘트에 비해 여인이 앉아 있던 자리에는 아직도 미지근한 온기가 남아 있었다. 어느 때부턴가 K의 일부가 된 늘 동일한 향수의 잔향이 온기와 함께 코에 전해져오는 것 같기도 했다.

정지! 나는 자신에게 경고했다. 과장하지 말 것. 감각을 절제할 것. 나는 벌써 이성적으로 추론을 하기도 전에 K의 삶에 대한 가장 비극적인 시나리오를 머릿속으로 쓰고 있었던 것이다. 멀리 가지 말 것. 모르는 것에 대해 상상하지 말 것. 건물 옆을 지나가는 사람이라면 누구나 앉을 수 있는 그 의자에 한 여인이 앉아 있었다 해서 K일 리는 없지 않을까. K는 내가 살고 있는 곳을 알 리가 없다!라고 단언을 내리자마자 수년 전, 이곳으로 이사하고 난 이후 K가 보낸 정체불명의 작품 사진 하나가 생각났다. 대체 어디서 구했는지 알 수 없는 나의 유년 사진 주변을 마치 수세기 전의 사진처럼 특별 처리를 한 작품이 들어 있는 액자가 바로 이곳의 주소를 달고 도착했던 것이다. 뒷면을 보니 이런 제목이 붙어 있었다. "살아남은 타조." 빛바랜 사진은 K가 고유하게 개발한 기술적 처리로 인해 매우 환상적인 분위기를 지니고 있었다. 그래도 사진을 물끄러미 적당한 시간을 들여 바라보노라면 정황이 기억나지 않는 어떤 아련한 향수를 불러일으키는 것이었다. 사실 나를 아주 잘 아는 사람이 아니면 사진 속의 얼굴에서 나를 알아볼 수는 없을 것이다. 애초에 사진을 카메라로 찍은 것에서 시작된 K의 기술은 그 사진에 몇 겹의 도약을 입혀 긴 시간의 흐름을 인위적으로 만들어냈던 것이다. 마치 이미 할머니가 되어 죽은 몇 세기 전의 아이를 보는 듯한 이중적인 시간의 중첩. 나의 삶을 K는 그렇게 압축했다.

방금 기억해낸 것처럼, 그녀가 나의 주소를 알고 있다는 사실이, 분홍색 상의를 입고 상체가 무릎에 닿을 정도로 등을 구부리고 의자에 앉아 있던 여인이 K라는 증거가 될 수는 없다.

그럼에도 불구하고 나는 미루어두었던 숙제를 하듯이, 모든 가능한 방법을 동원해 K의 연락처를 수소문하느라 저녁나절을 다 보냈다. 모르는 사람에게 전화하는 일은 내게 고역이었음에도 나는 거의 사투하듯 이 일에 매달렸다. 에너지가 소모되는 이 연락처 추적이 끝나자 나는 달콤하고 깊은 잠에 빠져들었다. 자고 일어난 다음 날 낮까지 이 전화 수소문은 계속됐다. 한두 사람이 최근의 연락처라며 전화번호나 메일 주소를 주었다. 그것은 나도 가지고 있던 것으로 더 이상 유효하지 않은 것이었다. 서너 사람을 건너 방송국의 모 씨를 찾고 무슨 협회의 장, 무슨 전시장의 소유주, 모 신문사의 문화부 기자에게 전화를 하는 중, 사람들의 반응에서 묘한 쾌감을 느끼고 있는 나 자신을 발견했다.

"아, 그 사진 찍는 K 씨요? 글쎄요. ○○에게 연락해보세요. 혹시 알까 모르겠네요."

"K요? 어떤 K? 아, 아, 아, 그 사람!"

"글쎄 K 씨라고 했죠? 기억은 나는데, 그 사람 이민인가, 뭐 여기 없다고 하던데……"

사진 역사에 남을 작품이라고 칭찬한 K의 대표작 〈정결〉 연작이나 「속으로」를 이들은 잊었단 말인가. 여러 사진을 겹치도록 배치해 거울 효과라는 기법으로 서로를 반사해 단아한 몇 개의 선으로 감상자의 시선을 이동시키는 〈정결〉 연작을 이들은 정말 잊었다는 건가? "평면을 사건화했다"거나, "시각예술을 시간화했다"는 평들은 바로 이들의 입에서 나온 말 아니었던가.

언제부터인가 나 또한 K에게서 멀어졌고 그것이 아주 편안했다. 그러면서도 주변 친구들에게 나는 K라는 사진작가의 대변인이라도 되는 것처럼, 그와 아주 가까운 친지 중의 하나인 것처럼, 예를 들어 언제든지 전화로 불러 식사까지는 아니라도 와플이나 아이스크림 정도는 같이 먹을 수 있는 사이인 것처럼 떠벌리곤 했다. K는 어느새, 하나 정도 알아두면 재미있는 유명 인사, 그 정도가 되었다. 그러나 서서히 K의 이름은 잊혀갔다. 사람들은 되물었다. 누구라고, K? 그게 누군데, 배우야? 가수? 그녀는 어느샌가 이사할 때마다 버릴까 말까를 망설이는 수많은 전시회 팸플릿처럼 애물단지가 되었다. 망각으로 인해 내가 그녀에 대해 발설한 모든 말은 거짓말이 되었다.

생각난 김에 나는 책장에서 K의 마지막 전시회 팸플릿을 꺼냈다. 기껏해야 5년 전이었다. 그사이에 끼워둔 잡지나 신문 들에서 오린 평들을 훑어보았다. 그 평이나 기사를 쓴 사람들 중의 두 명과 나는 방금 통화를 한 터였다. 나는 그들을 어쭙잖게 비난하고 싶은 생각이 없다. 누가 나에게 전화해 K의 연락처를 물었다 치자. 나도 그들과 별반 다름없는 대답을 했을 것이다. 그들에게서뿐 아니라 내게서도 K는 이미 실종되었거나 죽었거나 이민 갔거나, 어떻건 사라졌다. 작은 오피스텔 벽을 장식하고 있는 〈정결〉도 「속으로」도, 「살아남은 타조」도…… 그 어느 것도 더 이상 내 심장을 예전처럼 두근거리게 하지 못했다.

팸플릿을 뒤적거리다가 거기 수록된 한 사진 앞에서 나는 소스라치게 놀랐다. 분홍색 상의를 입은 한 여인이 늦은 저녁 도시의 빈 버스 정류장의 벤치에서, 상체를 숙이고 두 손으로 이마를 받치고 앉아 있는 사진이었다. 사진 아래에는 "비상 직전"이라는 역설적인 제목이 붙어 있었다. 전시실의 어디에 걸려 있었는지 선명하게 떠오르는데 이 사진을 떠올리지 못한 나 자신이 놀라울 정도였다. 그렇지만 내가 본 것은 사진이 아니었다. 나는 분홍색 상의를 입은 여자가 건물 앞의 시멘트 의자에서 상체를 깊이 숙이고 앉아 있었던 것을 분명히 보지 않았던가. 거기에 온기가, 향수의 잔향이 남아 있지 않았던가.

이곳으로 이사 오면서 나는 상당한 비용을 투자해 오피스텔의 벽 하나를 전시용 벽으로 개조했다. 그림 걸개와 조명을 설치해 스위치만 누르면 실내는 마치 K의 대표작 전시장처럼 변모한다. 조촐하게 준비한 집들이 때 친구들을 놀라게 했던 작품들은 바닥에 내려져 등을 보이며 벽에 세워져 있었다. 사람들은 호들갑스럽게 말했었다.

"너 혹시 사설 갤러리 차린 거야?"

"이거, 얼마나 나가?"

글쎄……? 그래도 나는 머릿속으로 계산해본다. K는 주로 연작으로 작품을 했지만 같은 연작이라 해도 어느 한 작품 비슷하지 않았다. 게다가 그 수는 늘 한정되어 있었다. 뭐라더라……복제 예술인 사진 장르에 도전한다던가. 이들 중 몇 작품은 그 희소가치로 상당한 가격에 팔 수 있다는 것을 나는 이미 알고 있었지만 가만히 침묵했다. 스위치를 눌러보지만 조명등은 두 개나 전구가 나갔다. 액자 위에는 먼지가 쌓여 있다. 걸개가 풀려 액자 서너 개는 아예 먼지가 늘 몰리는 실내 구석에 겹겹이 방치되어 있다.

다음 날 나는 하루의 일정을 모두 취소하고 침대에서 뒤척였다. 몸살인 것 같기도 하고 급체 같기도 한 불유쾌한 열기가 온몸을 장악했다. 약기운은 아니었다. 사 온 약은 얌전하게 비닐봉지 속에 방치되어 있었다. 현기증이 났고, 외출을 하다가 쓰러질까 두려웠고, 무엇보다 행여나 분홍색 상의를 입은 여자와 마주치고 싶지 않았다. 더욱이 그것이 K일 것이 나는 두렵기까지 했다. 식사를 했으나 채 한 시간도 못 되어 먹은 것의 거의 두 배를

토했다.

　바닷가의 어두운 밤, 하늘 위로 폭죽이 터져 올라간다. 상승하던 것이 하강하기를 기다린다. 그것이 현란한 빛을 방사하며 검은 심연으로 치솟아 올라갈 때, 그 산란한 빛의 목적은 하늘을 화려하게 수놓으며 장렬히 떨어져 내리는 것이다. 그러나 명멸하는 빛은 곧 소진되고 흔적 없이 사라진다. 빛은 순간적으로 소비된다. 그런 것은 감동이 없다. 떨어지고 난 뒤에 더 사건이 되는 하강에 격앙한다. 비행기 추락 사고. 우주의 한 지점을 목표로 발사되었으나, 그 거대한 은하계 어딘가에서 종적을 감춘 실패한 위성에는 관심이 없다. 솟아오르다 무언가에 부딪혀 산산조각 부서진 파편들이 떨어져 증거로 남을 때에는 짜릿한 쾌감이 있다. 피가 낭자한 추락사. 그것이 어느새 인류의 새로운 본능이 되었다. 하강을 예견하지 않고 순수한 상승을 갈망하는 유년의 본능은 퇴화했다. K가 돌아왔다. 하강과 실추의 드라마를 온몸에 싣고.

　궁금해하지 말자, 절대 내 입으로 질문을 던지지 말자!라고 나는 거의 입 밖으로 중얼거리다시피 다짐했다. 내 속에서 강렬하고도 끈질기게 일어나는 궁금증을 억누르고 나는 그녀를 보살피게 되었다.
　자세한 것은 여기 쓰지 않기로 한다. 아는 것이 없기 때문이다. 하강하는 것의 목적은 부서져 박살이 날 정도로 충분히 격

438

렬하게 땅에 떨어지는 것이다. 그리고 상승과 하강 사이를 채우는 인생의 사건들이란 다 엇비슷하다. 아무리 고상하게, 아무리 처절하게, 아무리 극적으로 꾸며보아야 하강의 색채와 냄새와 방식은 지루할 정도로 천편일률적이고 몰개성적이다. K는 그런 식으로 살아 돌아왔다. 하강과 실추의 처절한 전장의 상흔들을 증거물로 가득 몸에 채우고. 남편도, 반려견도, 화려한 미소도 없이 혼자 돌아왔으나 그 이유에 대해 아무런 말도 없었다. 어디서 돌아왔는지도 말하지 않았다. 상상할 수 있는 만큼 상상해보라는 듯 어쩌다 이 언저리로 얘기가 미끄러져 가지도 않았다. 하긴 그녀와 내가 재회의 예식을 치르기에는 K의 상태가 상상을 초월할 정도로 망가져 있었다.

K가 다급한 어조로 알려온 약속 장소에 서 있는데 택시가 서고 창문이 열리며 나를 부르는 K의 목소리가 들려왔다. 우리는 그길로 그녀가 예약해두었다는 병원으로 직진했다. 수술을 위해 그녀는 내가 필요했다고 말했다. 여행 가방 하나를 들고 그녀는 어디서 나타난 것일까. 대체 언제, 어디서, 어떻게, 무엇 때문에, 어떤 사건들이 그녀 삶에 터졌던 것일까? 폭죽처럼, 잘못 발사된 인공위성처럼. 수시로 고개를 쳐드는 이 궁금증이라는 괴물을 길들이고 억제하는 데 나는 초인적인 인내심을 발휘했다. 그것이 힘들어 때로 가슴이 미어질 지경이었다. K의 고통이 오히려 나 자신을 통제하는 데 도움을 주었다. 그 절대적인 강도가 주변의 모든 비본질적인 감정을 무화시켰기 때문이다. 고통의 격렬한 파도가 지나가고 난 다음에는 더 잔잔한 수면이 펼

처진다. K는 멀쩡한 사람보다 더 멀쩡했고, 그럴 때면 그에 대한 반작용으로 다시 궁금증을 해소하고자 하는 욕망이 입과 마음을 들볶아대곤 했다. 보호자가 없으니 내가 보호자가 되어 K는 대수술을 받았다. 수술할 수 있는 부위에서 모든 악성종양을 제거해 의료진이 성공적이라 평했지만 병은 깊었고, 완치는 불가능했다.

그녀를 받아줄 곳은 나의 작은 오피스텔밖에는 없었다. K는 극구 다른 지인이나 친척에게 알리기를 원하지 않았다. 나의 오피스텔에 머물라는 제안에 그녀는 기다렸다는 듯이 활짝 웃으며 동의했다. 그녀의 퇴원을 준비해야 했다. 청소를 시작했다. 구석구석, 먼지 한 점까지 닦아낸 것은 아마도 이곳에 살기 시작한 이래 처음 있는 일이었다. 나는 여기저기 늘어놓았던 K의 작품들이 들어 있는 액자도 특별 소재의 티슈로 정성껏 닦았다. 천장의 조명 전구도 교체했다. 걸레를 들고 바닥에 앉아 내가 가지고 있는 사진들의 배치를 두고 고민하다가, 나는 입구에서 시작해 가장 오래된 사진부터 순서대로 걸기로 했다. 다 걸고 나니 여전히 세 개의 고리가 남아 있었다.

나는 액자들을 다시 배치했다. 이제는 중간중간에 세 개의 빈자리가 만들어졌다. 숨기고 싶은 빈자리였다. 그 자리에 있던 작품들을 수집가에게 팔 때의 상황이 되살아났다. 첫 사진은 내 치아 교정을 하는 데 쓰였다. 남은 돈으로는…… 연애하는 데 다 썼다. 그즈음 나는 한 남자에게 흠뻑 빠져 있었다. 불규칙한 치열을 정리하면 남자가 떠나지 않을 줄 알았다. 그러나 소용없었다. 그 치아 교정이라는 것은 몇 년이 걸리는 일이었다. 남자는 참아내지 못했을 것이다. 그 때문에 남자가 어느 날 약속 장소에 나타나지 않았다고 생각하는 것이 마음이 편했다. 내가 가장 아끼던 두 작품은 고가에 팔았다. 적금과 대출만으로는 오피스텔 구입에 지불할 잔금이 턱없이 부족했다. 내가 가장 아끼는 두 작품을 두고 열흘이나 갈등했다. 잔금 마감일에 화상에게 전화를 걸던 순간의 그 가벼워지던 느낌이 지금도 생생하다.

실내를 정리하고 버릴 것을 과감히 처리한 후, 침대를 밝은 색의 시트로 덮고 나니 제법 갤러리의 면모를 되찾았다. 하나둘 매번 K에게서 사진을 받던 정황이 떠올라왔다. 그러다가 「살아남은 타조」에 이르렀을 때 나는 제목을 소리 내어 다시 발음해보았다. 그 작품은 예외적으로 K가 나를 위해, 나의 삶에서 영감을 받아 만들었다고 했다. 사진에 시선이 닿았을 때 나는 마치 그 제목을 처음 들은 것처럼 깜짝 놀랐다. 제목은 K의 사진과 나의 삶이 얼마나 긴밀하게 연관되었는지를 되짚어보게 해주었기 때문이었다.

우리가 아직 같이 일하던 때, 할머니 장례식에서 돌아온 내 책상 위에 놓였던 「밥알」, 1년 가까이 실업자 생활을 할 때 우편환과 함께 도착한 「뒤를 돌아봐」(이 사진 속 소년의 표정으로 인해 아마도 K의 신인 시절, 사진 전문지에 가장 많이 실렸던 작품 중의 하나다), 우울증에 가까운 심정으로 하루의 일과를 취소하는 날 자주 들여다보던 「디스토피아」 그리고 바로 지금도 내 마음을 부풀게 하려고 애쓰고 있는 〈정결〉…… 그리고 세 개의 빈 자리.

K는 내 거처로 왔다. 그녀는 달랑 여행 가방 한 개를 가지고 들어왔다. 그 가방 속에서 나는 이제는 내가 봤는지 안 봤는지조차 불분명한 분홍색 상의를 나도 모르게 찾았다. 그런 것은 없었다. 그래도 그 분홍색 상의를 입은 사진 속의 여인이 내 무의식에서 튀어나와 의자에 앉아 나를 기다렸기에 나는 지금까지 살아 있는 것이다. 그날 동네에서 구입한 야채로 만든 음식 속에, 나는 삶을 마감할 작정으로 평소에 조금씩 비축해두었던 약물을 부어 넣을 계획을 세우고 있었다. 분홍색 상의를 입은 여인의 등장으로 나는 그 계획을 까맣게 잊고 만 것이다.

K는 약물 치료를 거부했다. 첫 치료의 고통과 부작용에 그녀는 질려버렸다고 했다. 수년 전 산속에 집을 짓던 한 지인을 K는 기억해냈다. 그곳에 산속 집을 짓겠다는 거였다. 다른 방법이 없으니 내 오피스텔을 팔려고 내놓았다. K가 여러 통의 전화를 한 후, 지금의 나로서는 어떤 수를 써도 갚을 수 없을 것 같은 액수의 대출을 얻었고, 나는 그녀를 대신해 작은 땅을 구입하고, 조립식 전원주택을 지어줄 건축업자를 찾아냈다. 주중에는 여기저기 다니며 일을 맡아 하는 나의 일상은 그대로 계속되었다. 주말에는 기차와 버스와 택시를 갈아타면서 건축 현장으로 갔다. 집이 지어지는 과정을 K가 요구하는 대로 카메라에 담아 보내고 나면 저녁이 되었다. 아무나 할 수도 있는 그 일을 K는 꼭

내가 하기를 바랐다. 그녀가 그 집에 원한 것은 아무것도 없다. 단 하나의 예외적인 사치가 있었다. K를 위한 최고의 암실, 그것을 꾸미는 데 우리는 돈을 아끼지 않았다.

그리고 얼마 지나지 않아 집이 완성되었다. 마치 모든 세상이 K와 나의 산속 생활을 지지하는 것처럼 꼭 필요한 때에 오피스텔이 팔렸다. 이제 나의 거꾸로 생활이 시작됐다. 주말 앞뒤로 며칠은 인터넷으로 할 수 있는 일로 생활비를 벌면서 K를 돌보았다. 주중에는 새로운 일감을 찾아 서울로 올라가는 생활. 서울에서는 산속 마을에서 구할 수 없는 K의 자연식에 필요한 재료를 사는 것이 중요한 일거리였다. 내가 없는 동안 K가 무슨 일에 시간을 보내는지 묻지 않았다. 내가 무슨 일을 하는지 그녀가 묻지 않듯이.

한 달이 지나고 이 산속 마을까지 날아온 고지서에 내 이름이 씌어져 있는 것을 보았다. '이건 또 뭐야?' 하는 표정으로 그것을 내밀자 K는 난처한 미소를 지으며 말했다.

"내 선물이야."

사실, 그밖에 다른 방법이 있지도 않았다. 어떻건 선물은 선물이었다. 빚더미에 다름 아닌 유산 같은 것. 그래도 얻은 것이 있다. K의 자연식을 나누어 먹다 보니 어느새 나의 지독한 난시가 사라지고 없었다. 나무들의 선은 뚜렷이 보였고, 저 밑에서 힘든 모터 소리를 내며 올라오는 우편집배원의 차 번호가 문제없이 보였다. 쌍안경은 그저 나뭇결이나 보라색을 띤 이름 모를 새를 더 가까이 보기 위해서 집어 든다. 서로 쌍안경을 뺏어 들고자 작은 다툼이 있지만 그렇다고 쌍안경을 하나 더 구입하지는 않았다.

살려는 의지로 마지막 호흡까지 최선을 다했지만 K는 그다지 오래 견디지 못했다. 그녀는 평화롭게 지상을 떠났다. 기껏해야 2년 남짓한 시간 산속 집에 머물렀다. 우리는 조금씩 늙어가고 있었기에 죽음이 아주 생소한 것은 아니었다. 그러나 경험상, 천편일률적으로 이루어지는 죽음의 예식에도 불구하고 가장 익숙해질 수 없는 사건이기도 했다. 그녀는 한 줌의 재가 담긴 항아리로 내게 되돌아왔다. 나는 K가 원한 대로 그것을 산속 집 뒤꼍에 묻고, 마당에 굴러다니던 마른 나뭇가지를 엮어 십자가를 만들어 박아주었다.

K가 떠난 후에도 나는 수개월을 그 집에 머물렀다. 견딜 수 있을 때까지. 그녀도 오래 버티지 못했듯이 나도 그 집에 오래 머물 수가 없었다. 이장을 통해 집을 내놓았고 오래 지나지 않아 별자리 관찰을 취미로 한다는 몇 명의 남자들에게 그 집을 빌려주기로 했다. 암실만은 그들이 사용하지 않기로 서로 약속을 했다. K가 대부분의 시간을 보내던 암실의 문은 그때에야 그녀 사후 처음으로 열었다. 나는 스위치를 올렸다. 그리고 빼곡히 벽을 채우고 있는 사진들을 채 보기도 전에 나도 모르게 침을 꿀꺽 삼켰다. 소리가 내 귀에 들리도록. 그 소리가 하도 생생해 나는 지금도 가끔, 대체 그 의미가 무엇이었는지 가만히 내 내

면을 짚어볼 때가 있다.

어딘가에 둥지를 틀면 짐이 불기 마련이다. 아무리 버려도 버릴 수 없는 것들이 있어 그것이 한 트럭이 되었다. 트럭 운전사가 고르지 않은 흙길에서 속도를 낼 때마다 K의 사진들이 담긴 철제함이 트럭 바닥과 부딪혀 쇳소리를 냈다. 나는 도시 외곽, 반지하 아파트의 월세입자로 서울 생활을 다시 시작해야 할 것이다.

겨울 새벽에 길을 나섰기에 졸음이 밀려왔다. 아스라이 먼 곳에서 들려오는 것처럼 운전사가 틀어놓은 라디오의 일기예보 소리가 부드럽게 졸음과 섞였다.

"아침 최저기온은 영하 13에서 영하 2도, 낮 최고기온은 0에서 6도로 어제보다 낮겠습니다. 바다의 물결은 서해 먼바다와 남해 서부 먼바다, 제주도와 동해 모든 해상에서 1.5에서 5미터로 매우 높게 일겠습니다. 기상청 관계자는 '동해안은 너울로 인해 높은 파도가 방파제나 해안 도로를 넘는 곳이 있겠으니, 시설물 관리와 안전사고에 유의하기 바란다'고 당부했습니다."

삶의 너울은 언제나 예고 없이 닥쳐온다. 그래도 타조는 그 거친 파도를 타며 어김없이 살아남는다.

(2015)

분홍색 상의를 입은 여자

445

부재증명의 우정[1]

조연정
(문학평론가)

1

인간의 말하기는 그것이 독백일지라도 언제나 수신할 대상을 전제로 한다. 그렇기 때문에 사회적 존재로서 인간의 말하기는 일종의 사회적 실천이자 행위가 된다. 이와 관련하여 주디스 버틀러는 '자기 자신을 설명하기Giving an Account of Oneself'의 윤리적 실패가 오히려 또 다른 윤리적 배치를 발생시킬 수 있다고 말한다. 각고의 노력을 기울여도 자기 자신을 완벽하게 설명할 수 없는 불가능성과 불투명성이 오히려 자신을 타인과 언어에

---

[1] 최윤 소설에 대한 필자의 두 편의 글 「만질 수 없는 '부재'에 대하여」(『자음과 모음』 2013년 봄호)와 「후일담과 여성: 1990년대 젠더화된 문단과 최윤의 소설」(『대중서사연구』 제29권 제1호, 대중서사학회, 2023)의 내용이 부분적으로 반영되었음을 밝힌다.

더 단단하게 묶어두는 일을 한다는 것이다. "자아를 조건 짓고 무색하게 만드는 바로 이 관계성이 꼭 있어야 하는 윤리적 출처일 수는 없을까?"[2]라고 그는 묻는다. 요컨대 '자기 자신을 설명하기'는 가시적으로는 독백이지만 비가시적으로는 대화인 모든 말하기의 이중적 구조를 드러내는 것이 된다.[3]

최윤 소설의 인물들은 주로 독백을 하고 있다. 이 선집에 실린 10편의 중·단편 중에서 남성 화자에 의해 전개되는 「하나코는 없다」와 「워싱턴 광장」 정도를 제외한 대부분의 소설이 여성 화자의 독백으로 이야기가 진행된다. 그리고 많은 경우 그녀들은 자신의 삶에 깊게 각인된 어떤 사건이나 한 시절 혹은 지금은 곁에 없는 소중한 누군가를 되살리고자 혼잣말 같은 이야기를 하고 있다. 데뷔작 「저기 소리 없이 한 점 꽃잎이 지고」에서 두드러지는 것 역시, 5월 광주에서 목도한 형용 불가능의 비극을 기어코 스스로 납득해보고자 애썼던 한 소녀의 처절하고도 철저한 독백이었음을 기억한다면, '자기 자신을 설명하기'의 행위가 최윤 소설의 시작부터 현재에 이르기까지 인물들의 중요한 윤리적 실천이 되어왔음을 알 수 있다.

게다가 그것이 소설로 말해진 독백이라는 점을 환기한다면 자신을 말하는 최윤 화자의 노력들은 결국 작가 최윤의 소설 쓰기의 윤리로 확장된다는 점을 알 수 있다. "저자의 텍스트가 독

---

2 주디스 버틀러, 『윤리적 폭력 비판: 자기 자신을 설명하기』, 양효실 옮김, 인간사랑, 2013, p. 73.
3 양효실, '역자의 말', 같은 책, p. 240.

자에게 읽히는 것이 저자—독자 관계의 종착 지점"이기 때문에 작품을 둘러싸고 저자와 독자 사이에 "근본적으로 일방향적이고 비대칭적인"[4] 관계가 형성된다는 점을 고려한다면, 작품 내적으로나 외적으로나 쌍방향의 대화적 관계가 두 겹으로 제한된 최윤 '소설'의 '독백'들이 결국 무엇을 목적하는지 확인하는 일은 중요할 수밖에 없다. 여성 인물들의 독백이 구성되는 상황과 그 과정들을 눈여겨볼 필요가 있는 것이다.

이 책에 실린 작품들에 한정해 몇 가지 분류가 가능할 것이다. 우선, 결코 발설할 수 없는 타인의 숨겨진 삶의 유일한 목격자였던 '내'가 증언처럼 그들의 비밀을 기록해보는 소설들이 있다. 「회색 눈사람」에서 위조된 신분증을 지닌 채 타국에서 다른 사람의 이름으로 홀로 죽어간 김희진의 마지막을 기억하고 있는 강하원은 우연히 신문에서 그녀의 죽음을 발견하고 김희진을 기억하기 위한 이야기를 쓰고 있다. 그리고 그 이야기는 "틀림없이 곧 죽게 되리라고 생각하"(p. 15)며 고독과 불안 속에서 나름의 고통을 감내하던 자신의 이십대에 관한 이야기이기도 하다. 「속삭임, 속삭임」은 심장병을 앓다가 일찍 세상을 뜬 아버지를 대신해 어린 시절의 자신에게 든든한 버팀목이 되어주었던 '아재비'를 기억하는 이야기이다. 남로당의 간부 출신으로 월북의 기회를 놓친 도주자의 신세가 되어 가족 앞에도 나타날 수 없었던 그는 평생을 '나'의 가족 곁에 숨어 살았다. 결국 자신

---

4 김태환, 『실제 저자와 가상 저자: 내재적 저자론에서 저자의 사회학까지』, 문학실험실, 2020, p. 50.

의 존재를 철저히 숨긴 채 생을 마감해야 했던 그에 대해 '나'는 혼잣말을 하듯 속삭이듯 자신의 어린 딸을 바라보며 비밀스럽게 간직했던 이야기를 해보고 있다. 「워싱턴 광장」에서도 상황은 유사하다. 어린 시절의 '나'는 불우한 환경에 놓인 같은 반 여자아이의 처참한 삶을 목격했다는 이유로 "비밀을 혼자 간직해야 하는 사람"(p. 107)의 불안과 외로움을 앓아야 했던 기억을 환기하고 있다. 이 소설들은 결국 타인의 비밀을 홀로 간직했던 '나'에 관한 이야기인 셈이다.

다른 한편에는 영원히 납득할 수 없는 사태로서 가족의 갑작스러운 부재와 직면해야 했던 인물들의 '독백 같은' 삶이 있다. 그들의 부재도, 자신의 남은 삶도 도무지 이해할 수 없는 최윤의 인물들은 거대한 물음표를 숙명처럼 안은 채 남은 삶을 형벌처럼 살아낸다. 「당신의 물제비」는 예기치 못한 교통사고로 남편을 잃은 '내'가, 신원을 알 수 없는 젊은 여성의 곁에서 미소를 지은 채 죽어 있던 남편의 불가해한 마지막 모습을 가까스로 받아들이게 되는 과정을 그린다. 하루아침에 자식을 잃은 부모가 등장하는 소설도 있다. 「밀랍 호숫가로의 여행」의 열네 살 딸은 어학연수로 떠난 외국의 낯선 호숫가에서 익사한다. 「동행」의 사정도 마찬가지로 처참하다. 평소와 다름없이 웃는 얼굴로 인사하고 잠자리에 들었던 초등학교 5학년의 아들이 몇 시간 뒤 갑자기 아파트에서 뛰어내려 자살한다. "그 자리에 있었다는 단 하나의 사실만으로 범인이" 된 아이의 아빠와 "그 자리에 있지 않았다는 한 가지 사실로 죄인이" 된 엄마의 남은 생은 어떻게 되는 것일까.「동행」은 그 끔찍한 부재의 자리를 그리는 소설이다.「굿바이」에서는 우리가 사는 중 언젠가는 한 번 마주하게 될 부모의 죽음이 못지않게 고통스러운 경험으로 그려진다.

30년 넘게 소설을 써온 최윤은 이처럼 부재하는 타인의 자리를 그린다. 인간은 살면서 매일 새로운 부재와 마주하고 결국 자신의 부재로 귀결되는 삶을 산다. 어쩌면 타인의 삶과 죽음을 증언하는 독백의 말하기는 결코 확인 불가능한 자신의 부재를 미리 경험하는 과정과도 같을지 모른다. 최윤 소설에서는「회색 눈사람」이나「분홍색 상의를 입은 여자」의 경우처럼 누군가의 죽음에 대한 유일한 증인이 되어주는 남다른 우정이 등장하기도 한다. 서로의 죽음을 상호적으로 확인하는 일은 어느 한쪽의 부재 이후에는 불가능하다는 점에서 이러한 우정은 특별하다고밖에 할 수 없다. 모리스 블랑쇼가 말한 절대적 타자에 대한 인정으로서의 '우정'은 바로 이러한 부재의 자리에서 완성되는 것이 아닐까. 독백의 형태로 말해지는 '부재증명의 우정'을 통해 최윤의 소설은 지난 30여 년간 가장 완벽한 방식의 우정을 탐색해본 듯하다.

2

「회색 눈사람」은 1990년대의 한국 문단에 여럿 등장했던 후일담 소설의 성공적인 한 사례로 읽힌다. 이 작품은 1970년대에 '문화혁명회'라는 지하운동 조직에 관여했던 강하원이라는 여성이 20여 년 전의 시기를 회상하는 형태로 구성된 작품이다. 에필로그에 해당하는 부분에서 강하원은 "나는 늘 그 시기에 대한 짧은 보고서 형식의 글을 쓰고 싶어 했다"라고 말한다. "무엇보다도 나의 삶은 얘기될 만한 흔적이 없다"(p. 52)고도 말하는 그녀는 이 보고서 형식의 독백을 통해, 자신의 이름을 갖고 사라진 김희진이라는 여성과의 짧은 만남을 회고한다. 김희진은 문화혁명회가 와해되는 과정에서 검거를 피해 강하원의 이름으로 된 여권을 얻어 미국으로 도주했고, 그곳에서 자신의 이름도 마땅한 자리도 되찾지 못한 채 아무도 모르게 죽어갔다. 어느 날 신문에서 자기 이름의 부고를 우연히 발견한 강하원은 '우리'의 이야기를 쓰기 시작한다. 문화혁명회의 주동 인물이었던 '안'과 '나'의 인연이 주로 서술되고 있지만 이 소설이 결국 말하고자 하는 것은 김희진과 강하원의 우연한 만남이 같은 이름을 공유한 운명적 관계로 어떻게 전개되는가에 관한 것이다. 「회색눈사람」은 지하조직의 일원으로서 주목받지 못한 자리에서 함께 운동하다가 결국 '사라진 존재'가 되어버린 여성들의 이야기를 복원한다. 그런 이유로 이 소설은 '여성 후일담'의 성공적 사례로 읽혀오기도 했다.

이 소설의 '나', 강하원은 이모 집에 맡겨져 청소년기를 보냈으며 그녀를 버린 엄마는 결국 4년 전 미군 운전병을 따라 미국으로 가버렸다. 고독과 가난과 불안 속에서 근근이 대학 생활을 유지하며 금서를 모으는 일에서만 일종의 쾌감을 느끼던 그녀는 알렉세이 아스타체프의 책을 계기로 인쇄소를 운영하는 '안'과 인연을 맺게 되고 그의 제안으로 문화혁명회라는 지하조직에 관여하게 된다. '안'과 '김' 그리고 '정'이 주축이 된 그 모임에서 '내'가 주로 했던 일은 문건을 교정하거나 간헐적으로 인쇄물들을 배부하는 일이었다. 자신이 언젠가는 죽을 것이라 확신하며 삶에 안정적으로 뿌리내리지 못하던 '나'는 "인쇄소의 기계적인 일"(p. 17)에 몰두하면서 나름의 위안을 얻게 된다. 주로 주변적인 업무만을 담당하던 '나'는 점차 조직에 깊게 관여하게 된다. 그녀는 그들이 만들어낸 글을 읽고 교정하면서 최종적으로 자신의 손을 거쳐 완성된 "인쇄물이 어떤 경로로 어떻게 쓰이고 그들이 바라는 효과가 무엇인지 조금씩 구체적으로 알게"(p. 28) 된다. 스스로 "가난이라는 소외의 탈역사적 경향에 대한 반성"(p. 37)이라는 제목의 글을 혼자 써볼 정도로 이론적으로도 무장되어간다. 3백 면가량의 부정기 간행물의 출간을 앞두고 조직이 와해되어 모두 뿔뿔이 흩어진 이후에 사라진 글들을 얼마간 기억에 의지해 복원해낸 것은 바로 강하원이었다.

그러나 강하원이 모임에 관여하는 동안 남성 동료들은 "약간의 불신을 동반한 불안의 기색"(p. 26)을 보이며 그녀를 경계한다. 가장 관대했던 '안'조차도 그녀를 대등한 협력자로 대하지는 않는다. 그럼에도 불구하고 모임의 주요한 과업들이 그녀의 손에 남아 마침내 세상에 전해지게 되었다는 사실은 의미심장하다. 덧붙여 이 모임에서 강하원의 존재를 처음으로 제대로 인정해준 이가 도망자의 신세로 그녀를 찾아온 김희진이라는 여성 동료라는 점도 중요하다. 엄마가 자신을 떠난 이후 엄마 대신 자신을 키워준 이모에게서도 도망친 이후, 그리고 모임에 가담한 이후에도, 언제나 "신원도 색깔도 불분명한"(p. 34) 채로 불안과 고독 속에서 살아온 강하원은 김희진이라는 낯선 이의 방문을 통해서 처음으로 자기 존재를 증명받는다. 김희진에게 은신처를 제공하고 결국 '안'의 부탁대로 그녀에게 자기 삶의 마지막 보루와도 같았던 여권과 비행기표를 넘겨준 강하원의 행위는 '안'에 대한 그녀의 애정과 신뢰의 결과로만 이해할 수는 없는 것이다.

'안'을 비롯한 남성들이 강하원과 함께 '우리'가 되기를 주저했던 반면, 김희진은 첫 만남에서부터 "오래 사귄 사람의 깊은 신임을 가지고"(p. 44) 그녀를 대한다. 그녀들이 이렇게 서로를 특별하게 여길 수 있었던 것은 어쩌면 '글'이라는 매개가 있었기 때문이다. 강하원은 김희진을 '글'로써 처음 만났고 결국 둘은 '글'을 나누며 헤어진다. (비록 '안'의 이름으로이긴 했지만) 김희진이 가방 한가득 남기고 간 원고가 훗날 세상에 발표될 수 있었던 것도 강하원 덕분이었다. 강하원은 그 시기를 "내 일생에서 가장 사건적인 시기인지도 모르겠다"라고 회고하며 "그때부터 무언가가 다시 시작되었기 때문"(p. 24)이라고 말한다. 언제라도 떠날 수 있는 여권을 꼭 쥔 채로 자신의 삶에 안정적으로 정착하지 못했던 강하원은 김희진에게 그것을 내주고 오히려 현실의 삶을 제대로 시작할 수 있었다. 그렇다면 김희진이 강하원에게 일방적인 도움을 받았다기보다는 그 시절의 그녀들은 '쓰기 혹은 읽기'라는 행위를 매개로 서로가 서로에게 구원자가 되어주었던 것이라 할 수 있다. "나는 늘 그 시기에 대한 짧은 보고서 형식의 글을 쓰고 싶어 했다"(p. 52)라는 강하원의 언급은 김희진에 대한 혹은 그 시절에 대한 애도가 결국 이 같은 기록의 행위를 통해서만 가능하다는 점까지 환기한다. 이 소설은 '사라진 여성'들을 복원하는 서사로서도 의미가 크지만, 그녀들을 애도하는 행위가 결국 '함께 읽고 쓰는' 경험을 통과한 '대신 쓰기'를 통해 이루어진다는 점에서도 특별하다. 김희진의 삶과 죽음을 '대신 쓰는' 강하원은 엄밀히 말해 자신의 한 시절을 복기하며 애도하고 있기도 하다.

김희진으로 인해 강하원은 곧 죽을 것이라고 확신하던 불안한 삶으로부터 벗어날 수 있었고, 강하원의 이름을 얻은 김희진은 신원불상자로 사라지지 않고 강하원에게 기억될 수 있었다. 이처럼 「회색 눈사람」은 역사에 기입되지 못하고 실종된 여성들의 삶과 죽음을, '읽고 쓰는 행위'를 나누는 우정을 통해 복원해본다. 이에 대응하는 소설로 「속삭임, 속삭임」과 「워싱턴 광장」을 읽어볼 수 있다. 월북에 실패하고 남한에서 도망자로 숨어 살았던 남성과, 가장으로서의 역할을 제대로 하지 못한 채로 은신처인 집에만 누워 지내다가 잡혀간 남성의 이야기는 개인의 망가진 삶을 통해 실패한 역사를 증명한다. 물론 이 두 편의 소설에서도 유독 강조되는 것은 그들의 허망한 삶 자체라기보다는, 타인의 비밀 같은 삶을 오랫동안 기억하는 '나'의 우정과 같은 행위라고 할 수 있다.

「속삭임, 속삭임」에서 '나'는 어린 시절 자신에게 아버지 역할을 해주었던 과수원지기 '아재비'에 대한 기억을 소환하고 있다. 아내와 아들에게조차 자신의 생사와 거취를 숨긴 채 살아야 했으며 죽음조차 비밀에 부쳐질 수밖에 없었던 아재비의 고독하고 허망한 삶이 중요한 소재가 되고 있지만, 이 소설의 많은 부분을 차지하는 것은 "타인의 숨은 삶의 증인이 되"었던 '나'의 두려움 그리고 "일생을 두고 따라다니는 빚과 같은"(pp. 125~26) 그 이야기를 홀로 간직해야 했던 막막함에 관한 것이다. 그래서 '나'는 휴가지에서 평온하게 놀고 있는 여덟 살 딸애를 바라보며 비밀스러운 독백처럼 아재비에 관한 이야기를 속삭이듯 말해보고 있다. 아재비의 삶을 복기하면서 '내'가 골몰하게 되는 것도 "아재비는 나를 그의 삶의 증인으로 택했기에 사랑했던 것일까, 아니면 나를 사랑했기에 증인으로 택했을까"(p. 126)라는 질문에 관한 것이다.

황해도에서 단신으로 내려와 남한에 어렵게 정착하는 중이던 '나'의 부모는 어느 날 실신 상태로 산 밑에서 발견된 '정 씨 아저씨'를 가족으로 거둬 오랜 시간을 함께 지냈다. 그는 집안의 성실한 조력자였으며 다정한 삼촌처럼 '나'를 살뜰히 챙겨주었다. 아버지는 병치레가 잦았고 어머니는 고된 일과 병간호에 매달려야 했기 때문에 '나'는 주로 아재비의 품에서 자랐다. '나'는 아재비와 함께했던 어린 시절의 추억들을 "가난의 기억이 완전히 삭제될 정도로 두고두고 생각해도 맛나는 사건들이었다"(p. 129)고 기억한다. 어린 시절을 그와 함께하면서 '나'는 아재비가 어른들 말처럼 아버지와 동향인 석방된 포로가 아니라는 사실을 직감적으로 알게 된다. 그리고 중학생이 된 이후에는 그의 비밀스러운 삶에 더욱 깊게 연루된다. '나'의 엄마가 어렵사리 수소문해서 찾은 아재비의 남은 가족들에게 암호문과도 같은 그의 편지를 전달하는 일을 10년간 했던 것이다. 그의 가족들이 집을 옮길 때마다 어떤 방식으로 새로운 주소를 알아냈는지 알 수 없을 정도로, 내 손을 통해 전달된 그 편지는 "단지 그가 살아 있음을 알리는, 그들의 삶의 등대지기 노릇을 멀리서나마 하고 있다는 것을 알리는 미미한 신호, 절망적인 신호"(p. 148)에 불과했다. 아재비의 20여 년간의 삶에 '나'는 비밀스러운 증인이 되어주었으며, 지금 그 이야기를 여덟 살 딸을 앞에 두고 혼잣말처럼 중얼거려보고 있다.

그 과수원의 이야기는 아재비의 이야기는 어떤 어조로 말해야 하는 것일까. 금지된 속내 이야기를 어렵사리 털어놓는 것처럼 속살거려야 하는가. 아니면 무관한 한 사람의 이야기를 전달하듯이 과장을 섞어서 부산스럽게? 어머, 저런, 그래서 말이지 하는 식으로 호들갑스럽게? 그보다는 비극적인 어투로 작은 일화들에 요철을 줄 수도 있다. 그것이 어쩌면 가장 사실에 가까운 것일 수도 있지만 이상한 우수가 그 이야기에 비극적인 어조를 부여하는 것에 훼방을 놓는다. 그만 그것에 함몰되어 말이 사라져버릴 것 같은 느낌 말이다. (pp. 122~23)

이애, 어서 깨어 내 말을 좀 들어주렴. 눈을 잠시 감았다고 떴을 때, 저 앞으로 부활한 호수가 걸어온다면…… 그늘에 쉬고 있던 먼지 덮인 자전거의 바퀴가 둥글둥글 소리 없이 홀로 돌기 시작한다면…… 아, 세상의 모든 속삭임이 물이 되어 흐른다면…… 이애, 우리가 한 몸일 때 그랬던 것처럼, 내게 해줄 속삭임이 이다지도 많은데, 이제는 어떻게 그 얘기를 해야만 할까. 울음처럼, 웃음처럼, 옛날이야기로 혹은 미래의 이야기로, 기체의 이야기 아니면 액체의 이야기로? 이애, 햇볕이 아직도 이렇게 따가운데…… 우리가 예전에 한 몸이었을 때처럼, 그렇게 얘기해볼까. (p. 154)

「속삭임, 속삭임」을 채우고 있는 많은 문장들은 아재비의 삶에 대한 기록이라기보다는 그의 삶을 어떻게 전할 수 있을까에 관한 '나'의 망설임에 관한 것이다. 아재비의 삶은 그가 떠난 이후에는 오히려 '나' 혼자 간직하기에는 버거운, 누구에게든 말해져야 하는 '나'의 비밀이 되어버린다. "일생 동안 붙잡고 있었던 생각들이 두서없이 채워져 있었"던 공책만을 남겼을 뿐, "변하지 않은 채로 일생을 살았던"(p. 152) 아재비의 삶에 대한 안타까움과 슬픔 그리고 그에 대한 절절한 그리움은, "그렇게 딱한 사람의 삶의 증인으로 채택된 것"(p. 151)에 대한 분노 혹은 그에 대한 미움의 감정과 뒤섞이기도 한다. '나'는 그토록 혼란스러운 감정을 내 아이에게 속삭이듯 말해본다. 세상 물정 모르는 천진한 모습으로 '내' 앞에 있는 아이는, 그리고 그 아이가 세상에 나오기 전 "우리가 한 몸이었을 때"는 더더욱, 아재비의 삶을 쉽게 이해할 리 없다. 그러나 자신의 신념을 끝까지 포기하지 않으며 가족들과 생이별한 채로 숨어 지냈던 그의 고독과 절망을 어린 시절의 '내'가 어렴풋이 알아갔듯, '내' 아이도 언젠가는 누군가의 삶의 증인이 되면서 인생의 이치를 깨닫게 될 것이다. 철없이 순수한 아이와 나누고 싶은 것은 이런 것이 아니었을까.

엄밀히 말하자면, 내 삶의 유일한 증인은 바로 자신이다. 우리 각자의 삶은 그것이 아무리 특별한 누군가와 나눈 애틋한 경험들로 만들어진 것이라 할지라도, 나 자신이 아닌 타인에게는 온전히 전달될 수 없는 비밀에 가깝다. 그렇다면 누군가의 삶의 증인이 되어주는 최선의 방법은 바로 그 건널 수 없는 부재의 자리를 가늠해보는 것뿐일지도 모른다. 형용 불가능한 아재비의 그 꼿꼿했던 삶을 이해해보려는 '나'는, 자신과 한 몸이었으나 이제는 눈앞에서 곧잘 사라지기도 하는 딸아이를 바라보며 그 부재의 자리를 더듬어보고 있다.

3

최윤 소설은 바로 그 부재의 자리에서 씌어진다. 「밀랍 호숫가로의 여행」이나 비교적 근작에 해당하는 「동행」 같은 소설은 어쩌면 가장 비극적이라 할 수 있는 부재의 자리를 그린다. 10년을 넘게 제 몸보다도 아끼는 마음으로 키워낸 피붙이 자식을 잃은 부모의 이야기이다. 부모의 남은 삶은 어떻게 지속될 수 있을까. 초등학교 5학년 남자아이가 평소처럼 저녁을 먹고 아빠와 운동을 하고 다정한 인사를 건넨 후 잠자리에 들었다가 스스로 허공에 몸을 던졌다. "그 미성숙한 몸 안에 죽음의 에너지를 만들어 [……] 그 깊은 허공 속에 그 몸을 내팽개치게"(p. 394) 한 것은 과연 무엇이었을까. 그 끔찍한 상실은 어떻게 이해되고 인정될 수 있을까. 아이를 스쳐 갔던 티끌 하나조차 놓치지 않고 탐색했던 부모는 "왜?의 부재, 그것이 바로 왜?의 답이라는 것을 감지"(p. 398)한 이후에야 아이의 죽음에 관한 광기 어린 수사를 포기한다. 사태의 원인을 찾는 일에 필사적으로 매달렸던 부모는 그 불가능을 인정하고 고통스러운 상실감과 불행한 동거를 시작하는 것이다. 최윤의 근작 소설집 『동행』(문학과지성사, 2020)의 표제작이 된 이 소설은, 첫 소설집에 실린 「당신의 물제비」라는 작품과 오버랩되는데, 어떤 불가해함과 함께일 수밖에 없는 삶의 본질을 드러내는 소설로 읽히기 때문이다. 두 편의 작품은 "도저히 앞으로 나가지지 않는"(p. 385) 채로 살아지는 삶을 그린다.

「당신의 물제비」의 인물들도 가족의 갑작스러운 죽음이라는 형태로 자신 앞에 당도한 끔찍한 물음표와 마주하게 된다. 이 소설에는 두 개의 '부재'가 나란히 놓이는데, 소설 속 인물들은 온전한 피해자로, 또 피해자이자 가해자로 그 부재와 연루된다. 먼저 피해자의 이야기를 읽어보자. 이제 갓 스물다섯이 된 '나'는 아침에 출장을 떠난 남편을 불과 한나절 만에 교통사고의 현장에서 싸늘한 시체로 마주하게 된다. 남편의 갑작스러운 죽음이 결코 "받아들일 수 없는 죽음"(p. 67)이 되었던 것은 사고 현장에서 그녀가 목격한 잊을 수 없는 광경 때문이다.

내게 남편의 죽음은 받아들일 수 없는 죽음이었다. 나의 머릿속에는 슬퍼할 여유의 자리가 없었다. 나의 머릿속은 사건의 어떤 장면으로 가득 차 있었기 때문에. 남편의 입가에 영원히 지워지지 않게끔 고정되어버린 그 미소. 그리고 그에 그림자처럼 딸려오는 풍성한 머리채를 가진 그 여자. 그리고 그것을 지워버릴 정도로 강력하게 되살아오는 그 이해할 수 없는, 지고의, 그 미소. 내 25년 삶의 끝이자 내가 도저히 파고들어 갈 수 없는 그 어떤 것의 시작인 그 미소. 모든 것을 무의미하게 만들어버리는 그것. (p. 67)

출장을 떠나는 아침에도 '나'와 기억에 남을 만한 사랑을 나누었던 남편은 신원을 알 수 없는 "긴 머리채의 여인"과 나란히 죽은 채로 발견되었다. '나'의 광기 어린 집착에도 불구하고 그 여인이 누구인지는 끝까지 밝혀지지 않고 남편은 그렇게 내가 모르는 사람이 되어 영영 사라졌다. 도무지 그 의미를 알아챌 수 없는 미소만을 남긴 채로 말이다. 남편의 얼굴에 고정된 그 "불가해한 미소"(p. 69)와 더불어 '나'의 삶은 도저히 풀 수 없는 의문과 함께 미궁 속에 던져진다. 충격과 공포에 빠진 이 불행한 여성의 삶은 어떻게 지속될 수 있었을까. '나'를 구해준 사람은 민 박사라는 인물이다. 신경쇠약 증세를 보이는 '나'에게 전문의로서의 관심을 보인 것뿐 아니라, '내'가 다른 일에 몰두하며 그 불행한 사건을 잊을 수 있도록 일거리를 주기도 했다. 자신이 가진 방대한 분량의 책을 분류하고 자신의 육성을 녹취하는 일이었다. 전직 간호사였던 '나'는 전혀 생소한 그 일에 몰두하면서 어느 정도 삶의 안정을 찾아간다. 남편의 "불가해한 미소"와 신원을 알 수 없는 여자에 대한 질문은 그대로 남겨둔 채 말이다.

미궁에 빠진 '나'의 삶에 진정한 구원의 힘으로 작용했던 것은 어쩌면 민 박사 자신의 불행한 삶 그 자체였다고 할 수 있다. 처자식은 물론, 부모와 동생까지 그의 온 가족은 6·25 당시 한자리에서 몰살당했다. 민 박사는 자신의 집 안으로 던져진 조약돌에 묶인 메모대로 가족들을 한곳에 피신시켰고 그곳에서 가족들은 모두 죽었으며 민 박사만이 살아남았다. 가족을 살리려던 시도가 모든 가족을 죽음으로 내몰게 된 것이다. 그는 제 손으로 가족을 모두 죽인 가해자였으며, 가족을 모두 잃은 상실과 그에 대한 끔찍한 책임까지 떠안아야 했던 희생자이기도 했다. 당연하게도 민 박사의 남은 삶은 "대체 누가? 무슨 목적으로? 한밤중에 그의 집에 돌을 던졌을까"(p. 84)라는 물음에 대한 답을 찾는 일에, 즉 어디선가 날아온 '돌'의 의미를 찾는 일에 바쳐진다. 무엇엔가 홀린 듯 그 돌의 명령을 따를 수밖에 없었던 순간적 선택에 대한 후회가 그의 남은 생을 고통스럽게 만든다.

민 박사의 불행도, '나'의 불행도 알 수 없는 곳에서 날아든

돌처럼 우연한 것이었다고 말할 수밖에는 없다. 불행은 예측할 수 없음을 그 속성으로 하며 이러한 불행 앞에서의 인간은 모두가 운명의 피해자라 할 수밖에 없다. 그렇다면 인간 삶은 어떻게 고해가 아닌 축복이 될 수 있는가. 우리의 삶은 도무지 '인격적 원인'을 찾을 수 없는 '비인격적 사건'들로 가득 차 있으며 후자의 위력은 전자의 의지로는 웬만해서 피할 수 없는데 말이다. 물론 불운이 왜 일어났는가라는 질문에 대해서는 대체로 답할 수 없지만 불행 이후의 삶을 어떻게 재구성할 것인가에 대해서는 결코 답이 없는 것은 아니다. 따지고 보면 애초에 자신의 의지와 무관하게 저마다 다른 형태의 삶 속에 놓인 우리는 이 삶을 어떻게 구성할 것인가라는 나름의 질문과 대면하며 살고 있다. 불행의 원인을 찾기보다는 왜 살아남았는가라는 질문에 몰두해야 하는 이유는 명백한 것이다. 인간은 왜 예외 없이 죽는가라는 삶의 근본적 불행에 관한 질문이 우리가 애초에 왜 태어났는가라는 질문에 선행할 수 없듯이 말이다. 우연히 날아든 돌의 발신처를 찾기 위해 15년을 고투한 민 박사가 담담하게 다음과 같은 결론에 이르는 것은 자연스럽다.

불가지론과는 무관하게 과학의 세계는 늘 예상 외의 놀라운 결과를 연출하며 이 앞에서 과학자는 한계성과 무한성이라는 심히 아름다운 상반된 우주의 법칙을 마주하게 된다. 그때 과학자는 자신이 질문을 잘못 던졌음을, 다른 방식으로 질문을 던져야 함을 인정하는 것을 배운다. (p. 87)

민 박사가 힘겨운 추적을 그친 이후 쓴 논문에 적혀 있던 구절이다. 민 박사는 자신이 찾는 답을 결코 구할 수 없는 것이 애초에 질문이 잘못되었기 때문이라는 사실을 허무한 추적 끝에 깨닫는다. 그가 도달한 결론은 인간의 삶에 "한계성과 무한성"이 공존한다는 사실이다. 답의 불가능이 결국 질문의 가능을 열어젖힌다는 사실, 인간의 삶이란 결국 단일한 답을 찾는 과정이 아니라 끊임없이 질문을 갱신하는 과정이라는 사실까지 그는 이해했던 것이 아닐까. 자신에게 닥친 불행의 의미를 이해함으로써 남은 삶을 비극에서 구해내고 싶었던 '나'는 결국 민 박사의 '돌 이야기'를 재구성해보는 과정에서 예상치 못했던 결론에 도달한다. 민 박사가 '나'에게 베푼 이 같은 구원에는 어떤 이름이 적당할까. 타인의 더 큰 불행 앞에서 느낀 겸허함도, 불행의 보편성 앞에서 느낀 위안도 아닐지 모른다.「당신의 물제비」는 가까스로 가능한 애도의 한 양태를 보여준다. 이때 애도의 대상이 되는 것은 엄밀히 말해 죽은 자가 아니라 돌이킬 수 없는 부재 혹은 불가지론의 삶이라 해야 적당하다.

　가족의 갑작스러운 죽음을 겪고 남겨진 자는 그 갑작스러운 부재를 메울 무언가를 필사적으로 요청할 수밖에 없다. 그런 점에서「당신의 물제비」는 정확하게 20년의 간격을 두고 쓰여진「동행」과 동일한 구조로 읽힌다. 그러나 이 둘의 결론은 조금 다르다.「당신의 물제비」가 가까스로 가능해진 애도의 자리에서 삶에 관한 질문들을 만들어낼 때,「동행」은 불가능한 애도의 자리에 지울 수 없는 고통의 실감을 새겨놓는다. 자식을 잃은 부모는 죽을 때까지 그 죽음을 결코 인정할 수 없다. 자식은 사라지고 없지만 "오랜 상상과, 수정과 가필로 여전히 진행 중인 한 그림"(p. 388)으로 자식은 상상 속에서, 고통 속에서 계속 성장한다. "나는 무감각보다는 통증을 선호한다"(p. 386)라고 말하는 '나'는 그 고통스러운 사실과 동행하는 삶을 산다. 고통스러운 삶은 비유가 아닌 실제이며, 그 고통의 크기는 감히 가늠할 수조차 없다.

'내'가 집에서 두 대륙이나 떨어진 먼 타국에서 무용 공연을 하며 발끝에 작은 경련을 느꼈던 그 시간에, "지훈이 우리를 떠나기로 결정했고, 우리와 아무런 의논도 하지 않고 홀로 결단을 내렸으며, 우리를 버리고 떠났다"(p. 391). 지훈은 왜 죽었을까. "왜?의 부재, 그것이 바로 왜?의 답이라는 것을 감지"(p. 398)한 이후 부부 사이 "견고한 불행의 연대"(p. 396)는 끝이 난다. 그리고 '나'에게 불행인 듯 다행인 듯 손님이 찾아온다. 아이의 돌연한 죽음의 원인을 찾기 위한 광기 어린 탐색의 과정이 허무로 끝난 뒤 세상과의 문을 닫아버린 '나'에게 죽은 지훈과 같은 또래이며 이름마저 비슷한 J가 방문한다. 동창생의 딸이었던 J는 '나'에게 버려진 듯 맡겨진다. '나'는 "광증에 가까운, 이례적인 에너지"(p. 404)를 발휘하여 "이름을 겨우 기억할 뿐인 동창의 딸을 기약 없이 사육하는 사람이 되어 있었다"(p. 408). 아들의 부재 이후 "백색의 공백을 머리에 이고 하염없이 낮이 가기를 기다리던"(p. 407) 사람처럼 지내던 '나'에게 J는 잠시나마 자식을 돌보는 엄마의 일상을 되돌려준다.

죽은 아들의 방에서 5개월을 지낸 J는 어느 날 한마디 말도 없이 사라진다. 그 아이는 '나'에게서 무언가를 가져갔고 반대로 '나'에게 무언가를 남겨놓았다. 아들의 자살 이후 부모가 1년간 필사적으로 모았던 아들의 흔적들, 지훈이라는 이름을 따서 'J'라고 이름 붙여놓은 자료 파일을 J가 가져간다. J와 함께 아들 삶의 모든 흔적들이 사라지고 나서야 비로소 '나'는 "지훈의 부재라는 엄연한 사실"(p. 392)을 인정할 수 있게 된다. "J가 떠난 후에야 나는 아들이 우리를 영원히 떠났다는 것을, 그것은 돌이킬 수 없는 사실이라는 것을 받아들"(p. 413)이게 된다. 그리고 J가 '나'에게 남겨놓은 것은 치유가 절대 불가능한 '고통이라는 감각'이었다.

그러나 죽는 것은 그렇게 수월하지 않았다. 내 몸은 어느새 고통으로 파르르 깨어났다. 공복과 허벅지에서 이는 경련이 내가 생생하게 살아 있으며 앞으로도 살아야 할 날이 많음을 일깨웠다. 경련은 몸에 세밀하게 깔린 신경 줄에 불을 붙이듯 허리를 타고 척추를 지나쳐 뇌신경을 눌러 충격을 가한 후 다른 노선을 타고 내려와 온몸을 일깨우며 반복 운동을 했다. 고통과 슬픔이 하나가 된 신음의 와중에 내가 그의 이름을 불렀는지는 기억에 없다. 어떻건 그는 내가 부르는 소리를 들었다고 했다. (p. 417)

또래의 무리들과 함께 손님이 아닌 강도로 '나'를 다시 찾은 J는 손끝 하나 움직일 수 없도록 '나'를 결박해놓고는 집을 털어 나간다. J는 무리 속의 누군가에게 "찔러. 새꺄! 찌르라니까!"(p. 415)라고 외치는 목소리로 '나'에게 남았다. 그날 이후 10년이 지나도록 J의 생생한 목소리는 마치 어떤 고통의 신호처럼 내게 남았다. 암흑 속에 혼자 남겨졌던 '나'는 온몸에 세밀하게 깔린 신경을 타고 흐르는 고통과 더불어 아들이 없는 세상에 자신은 살아남아 있다는 사실을 생생하게 깨닫게 된다. "고통과 슬픔이 하나"가 되었던 그날 이후 '나'의 몸에는 허벅지 마비라는 불치의 병이 새겨졌다. '나'는 고통스러운 몸의 감각을 통해 아들을 잃은 슬픔과 평생을 동거하게 된 것이다. 불가해한 질문만을 던져놓은 아들의 자살로 인해 무용가였던 '나'의 다리는 제대로 걸을 수 없을 정도로 망가졌고 남편은 "단 하루 만에 폭삭 늙어버렸다"(p. 386). 살아남았다는 죄의식을 온몸으로 느끼며 이 부부는 고통의 연대를 지속하게 된다.

「동행」은 누군가의 삶에 갑작스럽게 당도한 돌이킬 수 없는 부재의 슬픔이 살아남은 자의 몸에 지울 수 없는 고통의 감각으로 기입되는 과정을 보여주는 소설이라 말할 수 있다. 이 소설에서는 슬픔이라는 감정보다 생생한 감각들이 유독 강조된다. 아들의 몸이 땅에 부딪치는 순간 '내'가 느꼈던 경련, 이어폰을 끼고 있던 남편이 그때 "났던 것 같다"(p. 390)고 증언한 어떤 소리 그리고 오랜 시간 기억 속에서 지워지지 않는 J의 목소리에 이르기까지, 「동행」에서는 아들이 사라진 자리에서 여러 감각들이 출몰한다. 10년 만에 TV를 통해 마주하게 된 마술사 J의 몸짓이 세세하게 묘사되는 장면도 흥미롭다. TV 속 J의 몸짓과 표정과 목소리에 몰두하던 '나'는 "J가 저렇게 아름다운 것은 그 애가 살아남았기 때문"(p. 390)이라고 생각해본다. 「동행」을 채우고 있는 이 섬세한 감각들은 '아들의 부재'라는 실감할 수 없는 상실을 더욱 비극적으로 강조한다.

어떤 부재를 온전히 받아들이기 위해서라면 우리는 그 부재를 느낄 수 있어야 한다. 그러나 '없음'의 의미를 이해하는 것은 가능하지만 '없음'을 그 자체로 온전히 감각하는 것은 불가능하다. 섬세한 감각들이 자주 출몰하는 이 소설에서 마땅히 그리움의 대상으로 그려져야 할 죽은 아들의 육신은 땅에 떨어지던 순간의 둔중한 소리로밖에는 더 이상 묘사되지 않는다. 당연하게도 아이의 육신은 부재하는 것이기 때문이다. 부재는 다른 '있음'과 더불어 상대적으로만 감각될 뿐이다. 아이의 부재는 결국 살아남은 J의 존재를 통해, 부모의 몸에 남긴 고통의 흔적을 통해서만 증명된다. 「동행」은 결국 '없음'을 감각하는 일의 불가능을 증명함으로써 상실에 대한 인정과 극복이 결코 온전히 완성될 수 없다는 사실을 말해준다. "황량하고 견고한 시멘트 바닥에 육체가 부딪히며 내는 둔중한 소리와 동행하는 사람들에게 웬만한 쓴맛은 차 한잔에 넘겨버릴 수 있을 정도로 가벼운 것이 된다"(pp. 417~18)라는 쓸쓸한 마지막 문장을 통해, 「동행」은 '부재'와 '고통'은 애초에 동행할 수밖에 없는 한 몸이라는 점을 담담히 강조하고 있다.

4

「동행」의 J는 결국 '나'에게 끔찍한 고통과 장애를 안겨준 인물이지만, 아들의 부재와 동행할 수밖에 없는 남은 삶의 방식을 생생한 고통의 감각을 통해 알려준 상대이기도 하다. 그렇다면 '나'에게 J는 특별한 우정을 선사해준 인물이라고 말해볼 수도 있다. 최윤의 소설에서 이와 같은 특별한 형태의 우정을, 특히 여성 인물들의 관계를 통해 확인하는 일은 흥미롭고 중요하다. 여성 인물간의 강력한 연대가 드러나는 소설로 「분홍색 상의를 입은 여자」와 「하나코는 없다」를 떠올려볼 수 있다.

「분홍색 상의를 입은 여자」의 '나'는 건축 회사 홍보실에서 잠시 일하던 시기에 사진작가 K를 알게 되었다. 각각 이십대 중반과 후반의 나이에 만난 둘은 잠시 가깝게 지냈으나 이후 다른 삶을 살게 되면서 멀어진다. '나'는 안정적인 직업을 잡을 시기를 놓치긴 했으나 이런저런 일들을 하면서 근근이 이삼십대를 보냈고, K는 유명 작가로 바쁜 일상을 살게 되면서 "점점 더 나와 멀어져갔다"(p. 428). 부모의 이혼으로 불우한 유년을 보냈던 '나'는 어쩐지 결혼도 뜻대로 되지 않아 점점 혼자 살 생각을 하게 되며 "정규 직장이 있는 사람의 두세 배로 일"(p. 428)하느라 K를 생각할 겨를조차 없었으나, 그사이 매체들을 통해 K의 결혼 소식과 뒤이은 임신 소식 그리고 유산 소식까지도 접하게 된다. 그 뒤로 K에 대한 언론의 관심도 줄어들었고 그녀에 관한 소식은 어디에서도 접할 수 없었다. 그리고 어느 날 "낙담과 고뇌가 배어 나오는 자세"의 "분홍색 상의를 입은 여자의"(p. 432) 실루엣이 K인 듯 아닌 듯 내 시야에 들어온 이후, '나'는 K의 연락처를 수소문해봤지만 K의 연락처를 아는 사람도, K를 정확히 기억하는 사람도 찾기 힘들었다. "그들에게서뿐 아니라 내게서도 K는 실종되었거나 죽었거나 이민 갔거나, 어떻건 사라졌"(p. 436)던 것이다. 그러던 어느 날 "하강과 실추의 드라마를 온몸에"(p. 438) 실은 듯한 모습으로 K가 돌아온다.

K는 "남편도, 반려견도, 화려한 미소도 없이 혼자"(p. 439) 완치가 불가능한 병든 몸으로 달랑 여행 가방 한 개를 가지고 '나'에게 돌아와 말년을 보냈다. K의 바람대로 산속에 집을 짓느라 '나'는 주말도 없이 일해야 했으며 집이 지어진 이후에는 K가 죽을 때까지 그 산속 집에서 2년 남짓의 시간을 함께 보냈다. 그리고 K는 그 집을 "선물"처럼 "유산"(p. 443)처럼 '나'에게 남겼다. K가 죽은 뒤 '나'는 그녀의 작품을 가득 실은 트럭과 함께 "반지하 아파트의 월세입자로 서울 생활을 다시 시작"(p. 445)하기 위해 도시 외곽으로 돌아온다. 이 선집에 실린 작품 중 최근작에 속하는 「분홍색 상의를 입은 여자」는 여러모로 「회색 눈사람」의 강하원과 김희진의 우정을 상기시킨다. K와 '나'는 이십대의 짧은 시기 동안 우정을 나누었고 그 이후로는 전시회와 작품을 매개로만 관계를 이어온 사이였지만, 사람들에게서 금세 잊힌 K를 찾아내고 K의 말년을 지켜보고 그리고 결국 그녀의 죽음을 함께한 것은 '나'였다. 그리고 K는 '나'에게 "빚더미에 다름 아닌 유산 같은 것"(p. 443)을, 즉 집과 사진들을 남겼다.

홀로 자신의 인생을 꾸려나가야 했던 '나'에게 K가 그간 선물처럼 주었던 작품들은 그 신산한 삶을 살아갈 용기를 주기도 했으며, 실제로 '내'가 갑작스러운 목돈이 필요했을 때 소중한 자산이 되어주기도 했다.

우리가 아직 같이 일하던 때, 할머니 장례식에서 돌아온 내 책상 위에 놓였던 「밥알」, 1년 가까이 실업자 생활을 할 때 우편환과 함께 도착한 「뒤를 돌아봐」(이 사진 속 소년의 표정으로 인해 아마도 K의 신인 시절, 사진 전문지에 가장 많이 실렸던 작품 중의 하나다), 우울증에 가까운 심정으로 하루의 일과를 취소하는 날 자주 들여다보던 「디스토피아」 그리고 바로 지금도 내 마음을 부풀게 하려고 애쓰고 있는 〈정결〉…… 그리고 세 개의 빈 자리. (pp. 441~42)

강하원과 김희진처럼 '나'와 K는 서로를 살리는 우정을 나누었다고 볼 수 있다. '내' 기억 속 K는 유명한 사진작가였지만 그녀는 여행 가방 하나를 달랑 들고 보호자 없는 몸으로 죽음 직전 '나'에게 돌아와 자신의 남은 모든 것을 맡기고 내 곁에서 죽었다. 결혼과 임신과 유산을 겪은 이후 보호자 없는 병든 몸이 되기까지 K에게 어떤 일이 있었는지는 알 수 없지만, 사람들의 기억 속에 거의 잊힌 K와 그녀의 작품을 기억해준 것도 '나'였으며, 죽음 이후 그녀를 내내 기억해줄 사람도 '나'라고 할 수 있다. 신원불상자가 되어 미국에서 홀로 죽은 김희진이 강하원에

의해 자신의 이름과 생전의 삶을 되찾을 수 있었듯, K는 '나'의 이름으로 된 산속의 집과 자신의 작품들을 '내'게 남기며 영원히 실종되지 않고 기억될 수 있었다.

최윤의 소설에는 이처럼 누군가의 비밀 같은 삶을 기억해주는, 누군가의 부재를 영원히 고통 속에서 잊지 않는, 서로를 살리는 우정을 나누는 관계가 반복적으로 드러난다. 「하나코는 없다」에서도 우리는 작품의 말미에 반전처럼 등장하는 여성들의 빛나는 우정을 읽은 바 있다. 작품이 발표된 지 30년이 된 시점에서 다시 읽으니 이 작품에 그려진 "한 쌍의 여인"(p. 193)의 "때로는 동업자, 때로는 동반자"(p. 194)로서의 관계는 최윤의 소설에서 가장 행복한 형태로 그려진 우정이 아니었던가 생각된다. 「하나코는 없다」는 이 선집의 다른 작품들과는 다르게 남성 화자의 시선으로 씌어졌는데, 여성을 사적으로 소유할 수 있는 대상으로만 착각해온 남성 동성사회성의 편협한 시각에서는 결코 보이지 않던 그녀들의 예술적 활약이 우정을 초월한 여성들 간 사랑의 관계에서 비롯되었음을 확인하는 이 소설의 마지막 장면은 특별히 소중하다고 할 수 있다. 남성들 사이에서 '하나코'라는 별명으로만 존재하던 '장진자'가 그들의 시답지도 않은 추근거림의 행태들을 무던한 태도로 넘기면서 오히려 그들이 스스로를 부끄럽게 느끼도록 할 수 있었던 것은, 그녀의 동반자가 항상 곁에 있었기 때문일 것이다. 장진자와 그녀의 동반자는 서로에게 영감을 주며 서로를 보호해주는 형태로 함께 성장해서 "그들도 모르는 사이" "촉망받는 독창성을 지닌 한 쌍의 디자이너로 독립"(p. 193)할 수 있었고 국제적 명성까지도 얻을 수 있었다. 우정을 넘어서는 사랑의 연대는 여성들의 삶을 서로 돌보며 그녀들을 예술적으로 성장시키는 강력한 동력이 된다. 「하나코는 없다」에서 우리는 이러한 사랑의 힘을 배웠다. 서로를 강력하게 지지해주며 결국 우리의 삶을 없는 것에서 있는 것으로 만들어주는 힘을 말이다.

돌이킬 수 없는 타인의 부재는 견디기 어려운 것이고, 언젠가는 마주해야 하는 자신의 부재는 상상하기 힘든 것이다. 이러한 인간의 삶이 허무한 것이 되지 않기 위한 유일한 방법은 결국 서로를 돌보는 마음의 능력을 발휘하는 것밖에는 없다. 최윤의 소설이 우리에게 내내 보여준 것은 이러한 돌봄의 마음이라고 해도 틀린 말은 아닐 것이다. 최윤 소설의 독백들은 자신에 대한 말하기를 통해 결국 타인의 마음을 더듬고 있는 것이다.